HERMANN MELCHER

DIE GEZEICHNETEN

Das Erleben eines 16jährigen Kriegsfreiwilligen der Waffen-SS beim Endkampf in Prag und in sowjetischer Kriegsgefangenschaft 1945–1950

HERMANN MELCHER

DIE GEZEICHNETEN

*Das Erleben eines 16jährigen Kriegsfreiwilligen
der Waffen-SS beim Endkampf in Prag und in
sowjetischer Kriegsgefangenschaft 1945–1950*

DRUFFEL-VERLAG
LEONI AM STARNBERGER SEE

Schutzumschlag: H. O. Pollähne, Braunschweig

ISBN 3 8061 1036 0

3. Auflage 1987
2. Auflage 1987
1. Auflage 1985

Vorwort

Der Saldo eines Massenschicksals, ermittelt von der Wissenschaftlichen Kommission für deutsche Kriegsgefangenengeschichte unter Leitung von Univ.-Prof. Dr. Erich Maschke, stellt sich in seinen drei Endsummen wie folgt dar:

A) Anzahl der von der Roten Armee eingebrachten Kriegsgefangenen 1941–1945   ca. 3 155 000 Mann

B) Anzahl der in sowjetischem Gewahrsam verstorbenen Kriegsgefangenen   ca. 1 110 000 Mann

C) Anzahl der aus der Sowjetunion repatriierten Kriegsgefangenen   ca. 1 959 000 Mann

Sowjetische Kriegsgefangenschaft – ein Massenschicksal, von vielen nicht überlebt und von fast 2 Millionen durchgestanden. Gibt es hierüber noch etwas Neues zu berichten? Oder, anders ausgedrückt, kann ein Buch Erkenntnisse vermitteln, die so noch nicht dargestellt worden sind? Ich meine JA.

Als junger Kriegsfreiwilliger der Waffen-SS bin ich, 16jährig, eingerückt. Nach wenigen Tagen Ausbildung kam ich sofort zum Einsatz in einer Truppe, deren Gesamtzahl Ende 1944 910 000 Mann betragen hat, davon über 200 000 ausländische Freiwillige aus vielen Ländern. 181 000 Mann der Waffen-SS sind gefallen, 72 000 Mann sind vermißt. Dieser hohe Blutzoll entspricht einem Gesamtverlust von rund 28 Prozent.

Erst gegen Ende des 2. Weltkrieges wurden auch 16jährige einberufen. Meines Wissens ist das Erleben dieser jungen Menschen, die im Deutschen Jungvolk (DJ) und in der Hitler-Jugend (HJ) großgeworden sind und die fast bis zum bitteren Ende an die gute Sache geglaubt haben, in dieser ausführlichen Form noch nicht beschrieben worden; zumal nicht von einem, dem – noch fast im Kindesalter – das Kainsmal der Blutgruppe eintätowiert wurde und der damit als Paria gebrandmarkt war.

Wie ist dieses Buch entstanden? Ich habe als Soldat und Kriegsgefangener wichtige Erlebnisse in Tagebuchform aufgezeichnet, habe mir diese eingeprägt und später die Notizen wieder vernichtet. Unmittelbar nach meiner Heimkehr im Jahre 1950 fiel es mir nicht schwer, dieses aufgespeicherte Wissen in zehn Schreibheften zu fixieren. Basierend auf diesen Grundlagennotizen rekonstruierte ich das Geschehen. Das Ergebnis ist der vorliegende Tatsachenbericht, der über 30 Jahre in der Schublade lag. Erst die Ermunterung von Kameraden und Freunden, die das Manuskript gelesen hatten, bewog mich, mit der Niederschrift dieses Erlebens zum 40. Jahrestag des Kriegsendes an die Öffentlichkeit zu treten. Ich muß dabei ausdrücklich betonen, daß das gesamte Geschehen aus der damaligen Sicht beurteilt ist. Ein Urteil aus dem Polstersessel unserer Tage und nach dem Schema selbstgerechter Umerzieher der heutigen Zeit wäre mir nicht nur zu bequem, sondern es ergäbe mit großer Wahrscheinlichkeit ein falsches Bild der damaligen Ereignisse.

Alle Namen der in meinem Tatsachenbericht vorkommenden Personen sind authentisch. Ich habe bewußt darauf verzichtet, andere Namen als die tatsächlichen einzusetzen. Ich bin der Meinung, daß nicht wenige Bücher über die letzten Tage des Kriegsgeschehens und das, was danach kam, darunter leiden, daß in ihnen im zeitgemäßen Trend zuviele Erkenntnisse von heute mit eingeflochten sind, die man damals meist gar nicht haben konnte. Meine Schilderungen der dramatischen Ereignisse in den letzten Kriegstagen und den folgenden Jahren in sowjetischer Kriegsgefangenschaft sind nachprüfbar, denn einige der in diesem Buch genannten Kameraden leben noch und sind mir bis heute freundschaftlich verbunden.

Der Sinn dieses Tatsachenberichts, der nichts beschönigen und nichts verschweigen will, soll nicht der sein, anderen zu beweisen, daß sie auch schuldig geworden sind; vielmehr möchte ich eine Analyse menschlichen Handelns in extrem schlechten Situationen erstellen: wie der Mensch, unabhängig von seiner Bildung und seiner politischen Einstellung, auf dem Nullpunkt seiner Existenz angelangt, reagiert und handelt. Ich will weiter zeigen, wie er in dem Inferno von Haß, Rache und Vergeltungssucht, von Hunger und Elend, untergeht, oder – wenn er Glück hat – zu überleben weiß.

Heidelberg, im Frühjahr 1985
Hermann Melcher

Marsch nach Prag

Es regnet in Schnüren an jenem 5. Mai 1945. Mit gemischten Gefühlen und mit den Händen unter der Regenplane trotten wir mit unseren Pferden an den Zügeln durch die Nacht in Richtung Prag. In einen Krieg, der zwischen den Fronten geführt wird. Zwischen den letzten großen Fronten des zu Ende gehenden Krieges, zwischen der Front der Russen und der Front der Amerikaner.

Man sagt uns, daß wir in Teinitz verladen werden sollen, aber wir sind schon längst an Teinitz vorbeimarschiert. Der Himmel über Prag ist von zuckendem Feuerschein rot eingefärbt. Das Hämmern von Schnellfeuerwaffen ist einmal stärker und dann wieder schwächer zu vernehmen.

Auf diesem Marsch nach Prag, durch den unaufhörlich nieselnden Regen, läuft plötzlich, wie im Rückspiegel gesehen, mein Leben vor mir ab, verknüpft mit der Fragestellung, ob Prag unsere Endstation werden wird. Soll das alles gewesen sein, was das Leben für uns bereitgehalten hat? Wie war's denn bisher? Es ist wohl so verlaufen, wie das unzähliger anderer Jungen in dieser Zeit. Im Jahre 1928 geboren und vom christlichen Elternhaus geprägt, komme ich trotzdem schon sehr früh, neunjährig, mit dem Deutschen Jungvolk (DJ) in der Hitlerjugend (HJ) in Kontakt. Der Dienst dort macht Spaß, die Zeltlager mit Sport und Spielen, einschließlich der vormilitärischen Ausbildung, begeistern, und wir marschieren im wahrsten Sinne des Wortes „für Hitler durch Nacht und durch Not, mit der Fahne der Jugend für Freiheit und Brot". So haben wir es in einem Lied gesungen und so haben wir es auch geglaubt. Mit 14 Jahren bin ich der jüngste Fähnleinführer im Jungbann 110 Heidelberg, und im Zug der Begabtenauslese werde ich Schüler der nationalsozialistischen Lehrerbildungsanstalt Straßburg in Bad Rippoldsau. Dort avanciere ich relativ rasch zum Gefolgschaftsführer der HJ in der LBA. Hier melde ich mich auch kriegsfreiwillig zur Waffen-SS, zu der Truppe, die mich wegen ihres Kampfgeistes und ihrem Durchhaltevermögen beeindruckt. Nach einem Schanzeinsatz am Westwall erfolgt die Einberufung zum Reichsarbeitsdienst (RAD) nach Freudenstadt. Der Stellungsbefehl zur Waffen-SS erreicht mich sozusagen „auf den letzten Drücker" in den ersten Märztagen 1945. Mein Vater, von der katholischen Arbeiterbewegung in Lothringen herkommend und ein Gegner des Nationalsozialismus, läßt mich nur ungern ziehen. Die Ausbildung erfolgt im Schnellverfahren beim Waffen-SS Kav.-Ausb.- u. Ers.-Bat. 8 auf dem Truppenübungsplatz Beneschau. In Marschowitz und Watzlawitz sind wir Tag und Nacht auf den Beinen, und man hält uns so in Trab, daß man meinen könnte, uns sei es zugedacht, den vielpropagierten Endsieg doch noch aus dem Feuer zu reißen. Da wir einem Kavallerieverband angehören, wird unsere Ausbildung auf eine geländeunabhängige Beweglichkeit ausgerichtet. „Beweglichkeit ist alles", das hören wir in diesen Tagen so oft, daß wir es wohl für lange Zeit nicht mehr vergessen werden. Selbst wenn wir auf dem Bauch liegend durch den verschlammten Übungsplatz robben, dient das der Beweglichkeit, die man von uns fordert. Dann geht's in den ersten Einsatz. Beim Sturm auf eine Eisenbahnbrücke, die bei Tschertschan über die Sawe führt und die von einem Partisanenkommando besetzt ist, werde ich verwundet. Eingeliefert in das Truppenlazarett Watzlawitz, hören wir hier über das Radio eine Hiobsbotschaft nach der anderen. Die Nachricht von Adolf Hitlers Tod in Berlin trifft uns wie ein Keulenschlag. Anschließend hält Karl Hermann Frank, der Staatsminister im Protektorat, eine Ansprache und warnt die Tschechen vor einem Aufstand. Kurz danach wird unser Lazarett aufgelöst. Wer gehen kann, kommt wieder als „frontverwendungsfähig" zur Truppe. Meine Steckschußverletzung am rechten Unterschenkel ist zwar noch nicht verheilt, aber „die Wunde sieht gut aus", und so geht's denn nun in Richtung Prag, einer ungewissen Zukunft entgegen. Ob das wirklich alles in meinem Leben war? Was passiert, wenn wir in Gefangenschaft geraten? Wir sind doch alle mit der Blutgruppe gezeichnet.* Da können sie uns doch einfach auslesen und liquidieren, oder? In dieser Rückschau in eigener Sache war ich wie

---

* Anfänglich machten in den Kriegsgefangenenlagern der Alliierten die Landser erstaunte Gesichter, als Kontrolleure der Siegermächte die abgekämpften Haufen halbnackter Männer Revue passieren ließen. Auf Kommando mußten alle den linken Arm heben, worauf sich die Prüfer neugierig nach vorn beugten und in die Achselhöhle starrten. Zunächst verstanden nur diejenigen, die es anging, den Sinn dieser merkwürdigen Untersuchung. Was steckte dahinter? Im Führungsstab der Waffen-SS kam man bei Ausbruch des Krieges auf die Idee, allen Männern der Waffen-SS am linken Oberarm das Zeichen ihrer Blutgruppe einzutätowieren. Der Zweck dieser Maßnahme war der, bei notwendiger Erster Hilfe sofort feststellen zu können, welcher Blutgruppe der Verwundete angehört. Nach der Gefangennahme wurde den Männern dieser Truppe die Blutgruppentätowierung zum Verhängnis. „An diesem Zeichen sollt ihr sie erkennen" hieß die Parole aller SS-Jäger in den Lagern der Alliierten. Nur selten konnte sich jemand dem Zugriff seiner Peiniger entziehen. Viele wurden nach ihrer „Entdeckung" geprügelt, gedemütigt und geschmäht. Nicht wenige Kameraden sind an den Mißhandlungen

entrückt. Diese Gedankengänge werden aber jählings unterbrochen, als ein scheuendes Pferd, das mit seinem abgeworfenen Reiter, der noch mit dem linken Fuß im Steigbügel hängt, an uns vorbeirast und mich in die rauhe Wirklichkeit zurückführt. Der Stahlhelm des mit seinem Kopf immer wieder auf den Boden schlagenden Unglücklichen hämmert einen apokalyptischen Takt zwischen die harten Schläge der Hufe, und der mitschleifende Karabiner kratzt wie ein singendes Sägeblatt über den Straßenbelag. Wie eine Furie fegt das entfesselte Pferd mit seinem Reiter zwischen den Hufen an uns vorbei und hinterläßt einen eigenartigen Eindruck. Auch unsere Pferde erschrecken, und einzelne Kameraden haben Mühe, ihre scheuenden Tiere wieder zu beruhigen.

Feindberührung

Als wir durch ein Waldgebiet reiten, mahnt uns leise knackendes Unterholz zu höchster Wachsamkeit. Zischend knallen plötzlich Kugeln in die Schwadron, und wir haben Mühe, uns auf den Pferden zu halten. Von vorne kommt ein Ruf nach dem Sanitäter. Auch von unserer Seite hämmern die ersten MPi-Salven ins Gestrüpp. Das nächtliche Durcheinander wird komplett. Fluchen, Schimpfen, auskeilende Rösser, Klirren von Metall auf Metall, knarrendes Sattelzeug und verbreitete Nervosität kennzeichnen die Situation, die wir dennoch – mit nur einem Verwundeten – überstehen.

Nach diesem Waldstück reiten wir in das Gelände einer offensichtlich leerstehenden Fabrik ein. Untersturmführer Köhler läßt Verheiratete mit Kindern vortreten: „Ihr übernehmt die Pferde und seid verantwortlich für ihre Sicherheit, das Wohlbefinden und die ständige Bereitschaft. Im Falle eines Falles müssen wir sofort aufsitzen und abreiten können."

Im Rahmen der 37. Waffen-SS Freiwilligenkavalleriedivision „Lützow", unter ihrem Kommandeur SS-Standartenführer Karl Gesele, geht

---

zugrunde gegangen und vielen hat Abgestempeltsein nicht nur Schläge und Tritte beschert, sondern auch noch jahrelange Haft, aus der wiederum viele nicht mehr zurückgekehrt sind.

die 5. Schwadron, 15. Abteilung im 95. Waffen-SS Kav.-Rgt. als Infanterie in den Einsatz. In Schützenreihe ziehen wir in Cunratice ein, einem Villenvorort von Prag, und gehen dort in Bereitschaftsstellung. Ich fungiere als Schütze Zwei und schleppe zwei Patronenkästen, einen Laufschützer und einen Vorratslauf.

Ungewißheit zehrt an den Nerven

Mit etwa fünf Schritten Abstand zum Vordermann geht es an parkähnlichen Gärten entlang zu unseren vorgesehenen Positionen. Schwarz heben sich die Silhouetten der Häuser gegen den brandroten Himmel ab. Das MG-Geknatter in Prag-Stadt hat anscheinend nachgelassen. Es ist nur ein dumpfes Grollen, unterbrochen von zeitweiligen, hell klingenden Explosionsschlägen zu hören. Der Himmel zuckt wie bei einem Wetterleuchten.

Ein fürchterlicher Guerillakrieg durchtobt die Straßen der Stadt Prag, und 80 000 Deutsche – Verwundete, Frauen, Greise und Kinder – sitzen zum Teil in den Kellern und harren der Dinge, die da kommen. Noch sind sie nicht schutzlos, noch kämpfen ein Häuflein Wehrmacht und die Waffen-SS gegen einen Gegner, der sehr schwer zu fassen ist und nirgends massiert auftritt. Ein Gegner, der aus Dachluken und Kellerfenstern knallt und hinter schnell entstandenen Barrikaden lauert. Oft genug haben diese Barrikaden Deutsche bauen müssen, und dabei ist schon das Blut Unschuldiger geflossen, ehe es überhaupt zu einem Kugelwechsel kam. Nun sollen wir die Besatzung von Prag entlasten.

Aus den Gärten von Cunratice duftet es betörend, und allenthalben schimmert es matt, wenn Mondschein und Brandröte auf blühende Sträucher fallen.

Ran an den Feind

7. Mai 1945, 12.00 Uhr Mittag. Heiß brennt die Sonne vom strahlend blauen Maihimmel. Wir liegen gruppenweise, zigarettenrauchend, seitlich der Straße im Gras und warten auf das, was jedem von uns bestimmt ist.

Wir sollen den Wald durchkämmen, an der Hauptstraße nach Prag rechts vorbeistoßen und durch einen Vorort in Verbindung mit dem rechten und linken Angriffsstreifen der 7. und 4. Schwadron weiter zur Entlastung auf Prag marschieren.

Tief gestaffelt und weit auseinandergezogen kommen wir zunächst zügig voran. Obersturmführer Ertl läuft eine Weile bei unserem Zug mit, bevor er zur Mitte hin überwechselt. Ungefähr 400 m vor dem Ort haben wir erste Feindberührung. Es scheint plötzlich aus allen Knopflöchern zu schießen, und wir hauen uns in die Ackerfurchen, um nicht wie Hasen bei einer Treibjagd abgeknallt zu werden. Feuerschutz gebend arbeiten wir uns sprungweise vor. So überraschend wie die Knallerei begann, hört sie auch wieder auf. Die Stille ist direkt unheimlich, als wir in Schützenreihe auf die ersten Häuser vorrücken. Es wird uns klar, daß sich die Aufständischen hinter einer Barrikade, etwa 200 m oberhalb der Straße, verschanzt haben. Die Partisanen beginnen auch wieder zu ballern, und Ertl, unser Schwadronchef, übernimmt das Kommando und befiehlt: „Fertigmachen zum Angriff!" Er tritt mit gezogener Pistole hinter einer Hausmauer hervor und springt auf die Straße. Im gleichen Moment kracht ein Schuß, und Ertl bricht stöhnend zusammen.

Junker Dürrwitz zieht ihn wieder hinter die Mauer und bekommt auch gleich die Quittung: einen glatten Backendurchschuß. Kreidebleich im Gesicht, Schaum vor dem Mund – Ertl. Blutverschmiert an der Mauer hockend und Zähne spuckend – Dürrwitz. Uscha Häussler legt Ertl, der einen Bauchschuß hat, auf eine Leiter. Wir holen aus einem Haus ein Federbett und polstern damit das Holzgestell. Gruzlak, im Zivilberuf Bergmann, verheiratet, und Bender aus Berlin, ebenfalls verheiratet, werden abkommandiert, Ertl zum Hauptverbandsplatz zu tragen. Ich beneide die beiden im stillen.

Straßenkampf

Haus um Haus kämpfen wir uns an die Barrikaden heran. Gefaßte Bewohner einzelner Häuser fallen flehentlich vor uns auf die Knie, und im Hauseingang liegen die rauchenden Patronenhülsen ihrer heimtückischen Feuerüberfälle.

Aus einem Lautsprecher brüllt es ganz in der Nähe: „Deutsche Soldaten, ergebt euch! Euer Kampf ist aussichtslos. Wir gewähren euch freien Ab..." Das letzte Wort geht im Detonieren einer Serie Handgranaten unter. Ein stechender Schmerz an der linken Hüftseite signalisiert, daß ich etwas abbekommen habe, aber in dieser Situation kann ich nicht überprüfen, ob dem so ist. Flach hinter einen Treppenaufgang gepreßt spähe ich nach vorn und orientiere mich nach den anderen. Der Lautsprecher schweigt. „Sprungweise zurückarbeiten! Gegenseitig Feuerschutz geben!" wird durchgerufen. Nur einzeln können wir uns lösen. Als unser lMG wieder antwortet, haste ich mit wilden Sprüngen weiter nach rückwärts. Am Ausgangspunkt unseres Angriffs, dort wo Ertl seinen Bauchschuß bekam, trifft sich unsere Gruppe. Es fehlen Schröder, Sommer, Lüttjen, Weiß, Gerber, Ries, auch Stephan hat sich nicht wieder eingefunden. Ein Melder bringt den Befehl, daß wir uns in Richtung Cunratice auf unsere alte Ausgangsstellung zurückziehen müssen. Icke, unser Berliner Großpapa, bläst Trübsal und glaubt, daß wir morgen noch mal ran müssen. „Gott bewahre uns davor", denke ich bei mir.

Ohne Behelligung haben wir den Ortsausgang erreicht und streben dem freien Feld zu, über das wir am Mittag unseren Angriff vorgetragen haben. An der linken Hüftseite spüre ich wieder stechende Schmerzen, und ich merke, daß mein Hemd an dieser Seite verklebt ist. Doch auch diesmal kann ich diesen Anzeichen keine Beachtung schenken, denn wir haben ein ganz schönes Tempo vorgelegt. Wir marschieren im Eiltempo in Richtung Cunratice.

Die Grillen zirpen im Feld, und hinter uns brüllen und johlen die Tschechen und schießen Freudenfeuer mit Leuchtspurmunition in die dunkle Nacht. Ein wildes Geknalle. Sie feiern ihren Sieg.

In Prag ist die Hölle los

Am 8. Mai 1945 halten wir die ersten Häuser von Cunratice gegen den Wald zu besetzt. Mit dem Rumänen Ludescu sitze ich in Korbsesseln auf einem Balkon. Zwei Mann, bewaffnet mit einer MPi und einem Karabiner 98, blicken gelangweilt durch die Gegend in Richtung Wäldchen. Ein wunderschöner Maimorgen, und man könnte fast meinen, es ist tiefster Frieden. In der vergangenen Nacht, nach unserer Rückkehr nach Cunratice, haben wir uns hier am Rande einquartiert. Die Bewohner geben sich eigentlich recht liebenswürdig, vermeiden es aber merklich, uns über den Weg zu laufen. Sie sind ansonsten nett und freundlich, lächeln beinahe mitleidig, und ich könnte wirklich nicht sagen, ob sie uns lieben oder hassen. Ganz anders dagegen zeigt sich die Lage in Prag-Stadt. General Toussaint hat im Laufe des 8. Mai 1945 Waffenstillstand mit dem tschechischen Nationalrat geschlossen. Ein Großteil der Wehrmacht verläßt in freiem Abzug Prag und marschiert nach Pilsen in amerikanische Gefangenschaft. Die deutsche Zivilbevölkerung sitzt schutzlos in den Kellern. Die Lazarette sind vollgepfropft mit Kranken und Verwundeten. Im Fieberdelirium und mit abgeschossenen Gliedmaßen kann man nicht mehr kämpfen und nicht mehr marschieren. Sie müssen in Prag zurückbleiben – schutzlos! Die kampfkräftigen Verbände der Wehrmacht sind abgezogen. Nur die wehrlosen Deutschen sind noch da – und die sind vogelfrei! Jetzt fühlen sich die Tschechen stark. Zu ihrer Siegesfeier müssen die „deutschen Schweine" geschlachtet werden. In der Reifstraße in Prag treibt man davon etwa hundert auf den Knien über das Pflaster. Die Schreckensschreie der mit Knüppeln Geschlagenen und mit Bajonetten Abgestochenen werden übertönt vom Getöse der rasenden Massen. Wer von den Deutschen übrigbleibt, wird ins Kino „Slavia" getrieben. – Im Stadtteil Motol werden gefangene Deutsche im Viereck aufgestellt. Etwa vierzig Hitlerjungen werden blutbespritzt und mit verquollenen, zerschlagenen Gesichtern in das Karree hineingetrieben. Vor den Augen der Spalier stehenden Gefangenen werden sie nach unsäglichen Grausamkeiten mit Messern und Knüppeln erledigt. Die „Svoboda Garda" säubert Prag von den Deutschen. Die tschechischen Machthaber der „Narodni Vybor" (Nationalkomitee) sind darauf aus, auf höchste Weisung die Deutschen auszurotten. Viele Deutsche können das Grauen nicht fassen und sehen nur im Selbstmord ihren letzten Ausweg. Totentanz in Prag! Totentanz im „befreiten" Böhmen! – An Telegrafenmasten, an Bäumen, an Fensterkreuzen hängt man die Deutschen auf, überall wo man ihrer habhaft wird. Wer gleich erlöst wird, kann glücklich sein, denn meist werden die Opfer vorher auf unmenschlichste Art gequält.

Unaufhörlich brüllt über die Welle 440 eine rauhe Stimme aus dem

Sender Prag: „Je revoluce, Smrt vsem Nomcum" – „Es ist Revolution! Tod allen Deutschen! Schlagt sie alle tot! Prager Landsleute, schlagt sie alle tot! Sie sind keine Menschen, sie sind Wölfe, Schweine und die Mörder Zehntausender tschechischer Patrioten! Prager Revolutionsgardisten! Vernichtet die Satansbrut, wo ihr sie trefft! Tötet! Tötet! Schlagt die Germanen tot! Die Stunde der Freiheit kommt immer näher!" Wie Peitschenhiebe schneidet das Gebrüll des Hetzers in die Gemüter der Tschechen. Tag und Nacht werden die Tschechen aufgefordert zu töten, Tag und Nacht gellt es durch das ganze Land, brüllt es über Straßen und Plätze, und Tag und Nacht wird gemordet. Zwischen den Mordaufrufen dringen kirchliche Choräle und russische Soldatenlieder aus dem Radio, und an den Laternenpfählen der Straßen von Prag brennen an den Füßen aufgehängte, nackte Soldaten, die man, mit Benzin übergossen, als lebende Fackeln angezündet hat. „Haut die Deutschen, schlagt sie, wo ihr sie trefft, laßt ihnen nur ein Taschentuch, damit sie ihre Tränen trocknen können", so klingt es aus den Lautsprechern der Regierung Benesch.

Am ersten Tag der „Heiligen Tschechischen Revolution" werden schon mehr als 60 000 Frauen, Kinder, hilflose Verwundete ermordet und massakriert. Die „Garde" läßt ihren Heldenmut nur an Wehrlosen aus, denn wenn irgendwo intakte Gruppen deutscher Soldaten Widerstand leisten, werden aus den Haufen wilder Mörder, wenn sie nicht in erdrückender Übermacht sind, Feiglinge, die sich verkrümeln und nichts riskieren wollen.

Als die Sowjetrussen in Prag einziehen, werden sie mit einem Jubel ohnegleichen empfangen. Die russischen Infanteristen werden auf die Schultern genommen, und man küßt und umarmt die Rotarmisten und schreit „Es lebe Rußland!", „Es lebe die Rote Armee!", „Es lebe Benesch!" Aber auch für viele Deutsche bedeutet der Einzug der Russen sehr viel, und mancher hat wohl ihrem Eingreifen sein Leben zu verdanken. Russisches Militär geht sogar des öfteren gegen die Tschechen vor und gebietet dem entmenschten Treiben Einhalt. Der Waffenstillstand wird am 8. Mai 1945 in Reims unterzeichnet. Für die Deutschen im Sudetenland wird dieser Tag vielfach erst zum Beginn einer langen Leidenszeit.

Dezimierte Schwadron

Das ganze Haus, in dem wir liegen, hallt wider vom treppauf und treppab klappernder Soldatenstiefel. Es geht zu wie in einem Bienenschwarm. Die innere Spannung und hetzende Eile, die sich auch nach außen hin mitteilt, ist überall spürbar. Das Überprüfen der Waffen und Geräte, Neuempfang von Munition und eisernen Rationen füllt die Stunden. Vorher war ich noch auf dem Hauptverbandsplatz. Dort hat mir unser Feldscher, Hauptscharführer Mayer, drei kleine Granatsplitter aus der linken Hüftseite herausgezogen, die Wunden verjodet, eine Tetanusspritze verpaßt und mich mit einem Klaps auf die Schulter wieder weggeschickt. Die Splitter stammten mit Sicherheit von den Eierhandgranaten, mit denen der Übergabelautsprecher erledigt wurde. Ich erfahre noch, daß ein gutes Drittel der Schwadron gefallen, verwundet oder vermißt sei. Man hat festgestellt, daß Obersturmführer Ertl mit seinen beiden Trägern nicht auf dem Hauptverbandsplatz angekommen ist, und die „Alten" sagen, daß unsere jetzige Lage so heikel sei, wie während des ganzen Krieges noch nicht.

Am 8. Mai 1945 gegen 15.00 Uhr erreicht unsere Schwadron ein neuer Marschbefehl. Wir sollen Vorausabteilung eines Angriffskeiles in Richtung Prag bilden. Dort sollen wir uns mit der vorrückenden amerikanischen Panzerarmee des Generals Patton vereinigen und Front gegen die Russen machen. Das ist für uns eine Sensation: Wir als Kavallerie, von amerikanischen Panzern gedeckt, gegen die Russen. Eigentlich kaum zu glauben. Icke, unser Berliner, erzählt mir, daß er im tschechischen Rundfunk gehört habe, daß sich alle deutschen Streitkräfte bereits am Montag um 2.41 Uhr den Alliierten bedingungslos ergeben hätten. Wir schreiben heute Dienstag, den 8. Mai 1945, haben einen Marschbefehl, sind feldmarschmäßig zum Kampf bereit, sollen uns mit den Amerikanern vereinigen, sollen Vorausabteilung spielen?! Die Situation scheint reichlich verworren. Wir kommen alle nicht mehr mit, und keiner weiß, was wirklich gespielt wird.

Auf weitere Befehle wartend liegen wir in Bereitschaft. Plötzlich taucht Uscha Häussler auf: „Mal herhören! Der Marschbefehl ist zurückgenommen worden. Wir müssen hier anhaltenden Widerstand leisten, bis die deutsche Zivilbevölkerung in Sicherheit, das heißt aus dem Kampfgebiet in Richtung österreichische Grenze abgezogen ist.

Gruppenweise werdet ihr auf einzelne Nester und Stützpunkte verteilt. Das für uns in Frage kommende Verteidigungsgelände ist etwa doppelt so groß wie unser Gefechtsstreifen vom Vortag. Die HKL (= Hauptkampflinie) verläuft vor dem Wäldchen. Ich erwarte von euch, daß jeder Soldat getreu den Grundsätzen der Waffen-SS bis zum letzten auf seinem Posten ausharrt. Wir sind stark genug, alle Angriffe der Partisanen in der Verteidigung abzuwehren. Die Gruppenführer kommen nun her zu mir."

Auf der Straße nach Prag ist es ruhiger geworden. Da wird nun niemand mehr herauskommen. Was wir da noch sichern sollen, ist mir unklar. Wir scheinen hier noch allein die Stellung halten zu müssen. Vorhut – Nachhut – hinhaltenden Widerstand leisten – das sind alles sehr unangenehme Aufgaben und Begriffe. Aber der Führer ist tot, trotzdem folgen wir noch nach wie vor. –

Wir ziehen los. Kehnschärper und Pfeiffer sind mit von der Partie. Ludescher kenne ich auch noch, die restlichen sind mir nur vom Sehen her flüchtig bekannt. Im Abstand folgen die anderen Gruppen. Aus den Nachbarhäusern kommen die Männer heraus und ziehen im Schützenrudel in Richtung Wäldchen, um hinhaltenden Widerstand zu leisten. Von Zeit zu Zeit verharren wir hinter Büschen und peilen die Lage. Es rührt sich nichts. Unsere Gruppe ist ganz allein, allein auf weiter Flur! Hitlers Worte gehen mir durch den Sinn: „. . . ich garantiere euch, das letzte Bataillon wird ein deutsches sein!" So ähnlich muß er zu Beginn des Krieges gesprochen haben. Und was ist heute? Am 8. Mai 1945, mittags, jetzt, wo wir als letzes Bataillon hinhaltenden Widerstand leisten sollen, von allen Seiten umspült von einer Sturmflut des Hasses und der Rache, da dämmert mir so langsam, daß wir irgendwie hinters Licht geführt wurden, und dennoch wollen wir nicht glauben, daß alles, aber auch wirklich alles aus ist.

Ludescu bringt die Meldung vom Kriegsende

Unsere Gruppe hat in einem mit Buschwerk umstandenen Gartenhäuschen Quartier bezogen. Kehnschärper und ich werden als Feldposten eingeteilt. Nachdem wir 50 m robbend zurückgelegt haben, kann ich erkennen, daß man unter dem Schutz eines Bahndammes auf schnellere und bequemere Weise den vorgesehenen Punkt erreichen kann. Mit ein paar Schritten Abstand buddeln wir uns dort zwei Spatenstiche tief ein. Ins Netz meines Stahlhelms stecke ich Grasbüschel. Kehnschärper sieht auch schon aus wie der leibhaftige Wald-und-Wiesen-Geist. Es fehlt nur noch, daß wir quaken und den Hals aufblasen.

Langsam schleicht die Zeit dahin. Mit erhöhter Aufmerksamkeit spähen wir nach vorn, denn vor uns ist nichts mehr, und wir müssen unsere Kameraden vor Überraschungen schützen. Es bleibt ruhig. Langsam verdunkelt sich der Tag. In der vor uns liegenden Ortschaft kann man die Lichter erkennen. Auf einmal raschelt es hinter uns: „Halt! Wer da? Kennwort?" – „Pferderücken – Ablösung". Unsere Zeit ist um. Wir informieren unsere Kameraden und machen uns auf den Rückweg zum Gartengrundstück. Auch hier sind unsere Leute wachsam. Wir werden sofort angerufen, antworten mit dem Kennwort „Pferderücken, Feldposten" und erstatten wenig später unserem Gruppenführer, Sturmmann Richter, Meldung. Während unserer Abwesenheit hatten die anderen das Gartenhäuschen als Unterkunft hergerichtet. In der Mitte steht ein Tisch mit einer Kerze drauf. Drei Mann liegen feldmarschmäßig umgeschnallt auf dem Boden. Richter sagt uns, daß wir schlafen können. Abschnallen ist nicht erlaubt. Ich suche mir eine Ecke aus und haue mich hin. Über mir hängt eine Mistgabel. Trotz des Verbotes schnalle ich mein Koppel ab und hänge es über die Forke. Meine Verwundung an der Hüftseite sticht und schmerzt. Hoffentlich gibt es keine Komplikationen.

Ich weiß nicht, wie lange ich gelegen habe, als ich im Unterbewußtsein jemand sprechen höre: „Mensch, hat der einen Schlaf, Junge, Junge, komm zu dir! Du mußt Wache schieben!" Verstört fahre ich hoch und sehe, wie sich einer über mich beugt: „Auf, komm mit, ich weise dich ein." Schlaftrunken schnalle ich mein Koppel um, schnappe meine Flinte und torkele hinter dem Kameraden her. Zwischen den Johannisbeersträuchern liegt der Kamerad, den ich ablösen muß. „Es ist nichts los", sagt er nur und verschwindet mit dem, der mich geweckt hat. Meine schläfrige Gleichgültigkeit weicht aber bald einer sich steigernden Unruhe. Zwar sichere ich in Richtung gegen den von uns besetzten Waldrand, aber ich kann mich einer gewissen Unsicherheit nicht erwehren. Alle Sinne sind bis auf das Äußerste angespannt.

Hinter jedem Rascheln und Ästeknacken vermutet man das Schlimmste. Urplötzlich ertönt nicht weit von unserem Standort ein Ruf, und ich sehe die geduckte Gestalt eines Mannes heranstürmen, der abrupt stehenbleibt, denn ich brülle: „Halt! Wer da? Losung!?" Der Kerl rennt auf mich zu. „Halt! Wer da?" rufe ich nochmals und bin so aufgeregt, daß ich schon den Finger am Abzug habe, als der Unbekannte endlich „Pferderücken" antwortet und hinzufügt „Schwadronsmelder Ludescu". Fassungslos starre ich die Gestalt vor mir an. Ludescu kommt heran und keucht: „Derr Krieg ist aus! – – – Soforrt abziehen – – Derr Waffenstillstand ist schon längst in Krraft – – Wirr – Wirr habben verrlorren den Krrieg! – Bedingungsloss!" – „Mensch Ludescu, ich hätte dich bald umgelegt!" – „Wirr habben verlorren", erwidert Ludescu nur. „Geh' dort in die Bude zu Richter!" Ich bin fertig. Meine Taschenuhr zeigt 00.35 Uhr. Nun ist es also da, das Ende, von dem ich mir nie eine Vorstellung machen konnte. Eine grenzenlose Verlassenheit überfällt mich, und ich kann und will es einfach nicht fassen. Was wird nun aus uns? Die werden uns jetzt alle umbringen. Eine Welt bricht in mir zusammen!

Noch kampf- und abwehrbereit

Der 9. Mai 1945 beginnt zu tagen. Ein fahles Licht wird von Osten herangespült und drückt gegen die Dunkelheit. Der Waffenstillstand ist schon eingetreten, und wir stehen als Kavallerienachhut noch kampf- und abwehrbereit unter Waffen. Man sagt uns, daß mit Hilfe von eventuellen Verhandlungen oder notfalls durch Druck auf die Linien der Amerikaner die Rettung vieler deutscher Soldaten und unzähliger Zivilpersonen vor den nachdrängenden Russen erreicht werden soll. Oberbefehlshaber Schörner habe versprochen, daß er alles tun werde, um diese letzte große Aktion des Krieges – Rettung von etwa einer Million deutscher Soldaten und Zivilisten – erfolgreich durchzuführen. Ich glaube an Schörner. Die Alten erzählen, wo Schörner war, hätten es die Fronttruppen immer erträglich gehabt, während er für Drückeberger ein wahrer Schrecken gewesen sei. Wir sind Führerbewerber der Waffen-SS. Die ganze Schwadron! Darunter sind keine Feiglinge und keine Drückeberger. Folglich ist Schörner unser Mann.

Auf die Pferde

Gegen 8.00 Uhr morgens kommt der Befehl, daß wir die Pferde holen und abmarschieren sollen. Im Eiltempo geht es an unseren Ausgangspunkt zurück. Die Pferde stehen gesattelt im Schuppen und zum Teil im Freien an errichteten Barrieren. Im Schritt reiten wir auf die Straße Prag–Strakonitz. Alles um uns scheint menschenleer. Ich reite dicht hinter dem Schwadronstrupp. Was liegt vor uns? Gefangenschaft, Not, Tod – oder schaffen wir es, mit einem Ritt zu den amerikanischen Linien unser Leben zu retten? Keiner weiß es! Am Anfang weniger, aber dann immer häufiger sieht man Waffen an der Straße liegen, umgestürzte Wagen, Mehlsäcke, Uniformstücke, gesprengte Geschütze und Kisten über Kisten. Wir reiten nur selten auf der Straße. Größere Ortschaften werden umritten. Die Sonne knallt vom Himmel, und der Staub macht uns viel zu schaffen. Scharfer Pferdeschweißgeruch hängt förmlich in der Luft und bei mir läuft der Schweiß in Strömen. An einem Bach sitzen wir ab und lassen unsere durstigen Gäule saufen und fressen. Unsere Feldküche dampft auch schon gewaltig, und es riecht verdächtig nach WSK-Eintopf (WSK = Wehrmacht-Suppen-Konserve). Nach einer Stunde ist Essenfassen: Dicke Bohnen mit Speck. Kalter Tee wäre mir bei der Hitze lieber gewesen. Für die Pferde gibt es noch eine Haferration, dann wird wieder aufgesessen und ab geht es „wie die Feuerwehr". Bei unserem Ritt abseits der großen Fluchtstraßen können wir oft beobachten, wie Partisanen, die hier Stellung bezogen haben, sich in ihre Gräben ducken, wenn wir vorbeiziehen. Sie trauen sich nicht, uns anzugreifen, denn wir sind noch gut bewaffnet und diszipliniert und denken nicht daran, uns ohne Gegenwehr massakrieren zu lassen. Da haben sie es bei den einzelnen deutschen Landsern, die abseits ihrer Einheit versuchen, mit Koffern und Rucksäcken nach Westen Boden zu gewinnen, viel leichter. Die sind gleich abgemurkst. Hier sitzen sie also. Dort, wo sie keiner erwartet, aber wo bestimmt viele Deutsche versuchen werden, weiterzukommen. Wir dagegen kommen ungeschoren vorbei. Unser Ziel ist es, in amerikanische Gefangenschaft zu gelangen. Die Moldau war uns als Demarkationslinie zwischen Amerikanern und Russen genannt worden. Wenn wir erst im Vorfeld der Amerikaner sind, wird sich das andere schon zeigen.

Fliegeralarm

Als der Alarmruf ertönt, reiten wir auseinander und räumen die Straße. Unser Troß bleibt stehen, wo er ist, und das Fußvolk haut sich in den Straßengraben. Russische Schlachtflieger donnern im Tiefflug über uns hinweg. Deutlich ist der rote Stern zu erkennen. Ich stehe mit meinem Pferd unter einem Baum und drücke mich unwillkürlich an den Hals des Tieres. Bangen Herzens blicke ich dann nach oben und befürchte, daß das Tier scheuen wird. Doch nichts geschieht. Mein Pferd „Banjo" bläht nur die Nüstern und wirft den Kopf hoch. Was auf uns herniederprasselt sind keine Geschoßgarben und keine Bomben – es sind Flugblätter, die gleich bündelweise herunterfallen: „Deutsche Soldaten! Bleibt, wo ihr seid, und erwartet die Ankunft der Roten Armee. Legt eure Waffen ab und versammelt euch im Abstand von euren Fahrzeugen, Geschützen, Panzerwagen. Wer seine Waffen nicht ablegt, wird dementsprechend behandelt.

4. Ukr. Garde-Panzer-Armee."

Das Flugblatt wird gar nicht erst diskutiert. Unser Ziel liegt greifbar nahe. Wir werden und müssen es schaffen, den Russen zu entwischen. Hinter uns folgen noch lange Zivilistentrecks. Unser Kav.-Rgt. kann man als Vorausabteilung dieser sich fluchtartig nach Westen wälzenden Menschenmassen betrachten. Ich habe sie schon gesehen, die Bogenbrücke über die Moldau – werde ich auch hinüberkommen?

Straße der Hoffnung

Die Maisonne heizt uns ein wie im Hochsommer. Staub und Gestank liegen über der Straße. Hier und da sieht man, wie tschechische Zivilisten Säcke wegschleppen, die am Rande der Straße liegen. Dort liegt alles: Mehl, Hülsenfrüchte, Konserven, Lederwaren, Textilien, angefangen von Herrenunterhosen bis zur feinsten Damenunterwäsche. Hunger leiden wir nicht, wir verpflegen uns von der Straße, marschieren und reiten auf der Straße, verfluchen die Straße, reiten weg von ihr und müssen doch wieder auf sie zurück. Wir schlucken ihren Staub und speien ihn wieder aus. Sie soll uns zum Schicksal werden, diese Straße!

Am 10. Mai 1945, nachmittags gegen 15.00 Uhr, überschreiten wir die Moldau am Zusammenfluß mit der Sazau, durchreiten ohne Zwischenfall Dawle und gelangen auf die mit Fahrzeugen aller Art verstopfte Straße in Richtung Pribram–Strakonitz. – Die 4. Ukr. Garde-Panzer-Armee unter Marschall Konjew ist beiderseits Prag und damit auch zu beiden Seiten der Moldau weiter vorgestoßen. Amerikanische Panzerverbände unter General Patton schwenken nach Südosten ein. Russische Streitkräfte stehen uns näher als amerikanische. Es ist gut, daß wir das nicht wissen. – Wir reiten schon zwei Tage und die zweite Nacht. Mein Gesäß ist total aufgeritten. Durch Verlagerung des Gewichts im Sattel versuche ich, den Schmerz zu lindern. Ich beiße die Zähne zusammen, um nicht weich zu werden. Sattel und Geschirr sind den Pferden in den letzten Tagen nicht mehr abgenommen worden. Wir reiten Tag und Nacht, abseits der Straßen, mitten durch lauernde Partisanengruppen hindurch. Von den etwa 200 Pferden unserer Schwadron sind nicht mehr viele im Rennen. Zurückgelassen, tot, irgendwo zusammengebrochen, untauglich geworden durch Beulen und Quetschungen des Sattelzeugs. Gestern habe ich mein Pferd „Banjo" verloren. Schweißnaß und lahm an beiden Vorderfüßen ließ ich ihn auf einer Wiese im Brdywald liegen. Ich habe ihn gestreichelt, habe ihm das Sattelzeug abgenommen und bin weitergegangen. „Banjo" hat den Kopf gehoben und wollte noch aufstehen, um mir zu folgen. Ich habe mich meiner Tränen nicht geschämt. „Banjo" – mein guter braver Kamerad. Du warst bis zum Ende deiner Kräfte mein treuer Begleiter! – Nun reite ich einen Rappen. Das Beipferd eines Kameraden. Es trägt die Hufbandnummer 81. Seinen Namen kenne ich nicht. Ich nenne ihn einfach „Fritz". Warum, das weiß ich auch nicht. „Fritz" ist ein richtiger Gaul. Ein Obergefreiter unter den Militärpferden. Er kennt alle Schliche, wie man seinen Reiter schikaniert und herumschaukelt. Er ist hart in den Weichen, hart im Maul und durch nichts zu erschüttern. Das Gefühl kommt in mir auf: „Mit dieser Krücke kommst du durch."

Straße des Elends und der Angst

So dreckig, verschwitzt und klebrig wie am 11. Mai 1945 habe ich mich selten gefühlt. Meine Augen sind entzündet, rot umrändert und staubverklebt. Wenn ich mit der Zunge die Lippen anfeuchte, schmeckt es salzig, und die Staubkörnchen knirschen zwischen den Zähnen. Von aufwirbelndem Staub begleitet, reitet die Schwadron seitlich der Straße nach Südwesten. Ich glaube, es ist die Reichsstraße 349. Meine „Reitfläche" brennt wie Feuer, und „Fritz" tut das seinige dazu, damit es mir nicht zu wohl wird. Die Straße selbst ist schwarz von Menschen und Fahrzeugen aller Art. LKWs, PKWs und Motorräder, Pferdewagen, Ochsenkarren und Handwagen, mit den letzten Habseligkeiten beladen, stehen auf der Straße und liegen im Straßengraben. Ihre Besitzer versuchen noch, so schnell wie möglich vorwärtszukommen. Die geflüchteten Bauern scheinen oft ihr ganzes Vieh mitgenommen zu haben. Pferde, Kühe und Ochsen trotten apathisch vor und hinter den Wagen her. Man haut den Tieren mit Stöcken über die wunden Rücken, um sie vorwärtszutreiben, und manches Stück Vieh verendet brüllend im Chausseegraben. Straße des Elends und der Angst. Auf ihr der Zug von Tausenden müder Menschen, die geschlagen, verbittert, enttäuscht und ausgebrannt sind. Müde Menschen ohne Gesicht. Wir reiten am Rande dieser Straße. Die Pferde reagieren sofort und scheuen, wenn Tote herumliegen, die wir überreiten müssen. Vereinzelt sieht man auch aufgeworfene Erdhügel. Darauf ein Kreuz. Einmal war es aus einer Wagendeichsel primitiv zusammengefügt.

Die Russen kommen

Am Mittag des 11. Mai 1945 biwakieren wir auf einer Wiese, etwas abseits von den großen Heerhaufen, die über die Straße ziehen oder am Rande lagern. An einem brüchigen Zaun binden wir unsere Pferde an und satteln das erstemal nach drei Tagen ab. Unser Troß ist nachgezogen. Wir können auch gleich Essen fassen, Reis mit Fleischstückchen. Die Pferde zupfen das junge, saftige Gras von der Wiese, soweit sie es erreichen können. Bei den Strapazen der letzten Tage sind die „Mukken" der meisten Gäule verlorengegangen. Die Sättel liegen hinter den Pferden. Die Gewehre sind zu Pyramiden zusammengestellt. Pferde und Männer genießen, soweit es die Umstände zulassen, das Biwak. Nur waschen müßte man sich können. Im Kochgeschirr hängen noch die Erbsenreste vom letzten warmen Essen am 9. Mai. Ich liege auf der Seite, um den aufgerittenen Hintern zu entlasten, und fühle, wie mir die Augen immer schwerer werden. Ein böses, zu einem Schnellfeuer anschwellendes Knattern von Maschinenpistolen reißt mich aus dem Dösen. Diese Schießerei ist in unserer Nähe. Reiter der anderen Schwadronen unseres Regiments galoppieren auf uns zu, Troßwagen preschen staubumhüllt die Straße entlang. „Die Russen kommen!" Hart und trocken knallt eine Panzerkanone, und ich sehe etwa 100 m seitlich unseres Biwakplatzes eine Erdfontäne aufsteigen. „Die Russen, die Russen kommen!" Ein Alarmruf, der wie ein Blitz entlang der Straße zündet und die Massen in Bewegung setzt. Unsere Pferde steigen hoch, unruhig und ängstlich die Nüstern gebläht, angesteckt von der Nervosität und der fieberhaften Schnelligkeit, mit der wir unsere Gewehre ergreifen, die Sättel auflegen und zwischen den auskeilenden Gäulen versuchen, die Gurte festzuziehen. Es gilt nur eine Parole: Abhauen, und das so schnell wie möglich. Es gelingt mir, „Fritz" den Sattel aufzulegen, und meinen Kopf in die Flanke des Pferdes gepreßt, ziehe ich mit aller Kraft den Gurt an, führe den Dorn ziemlich oben in das Loch und will „Fritz" vom Zaun abbinden. Mit einem Ruck reißt sich der Racker los, so daß ich gerade noch in der Drehung aufsitzen kann und die hängenden Zügel zu fassen kriege. Als ich in vollem Galopp zurückblicke, sehe ich, daß hinter mir ein wildes Durcheinanderlaufen beginnt. Etliche Männer rennen hinter ihren losgerissenen Gäulen her, während andere versuchen, sich auf das Pferd eines Kameraden zu schwingen. Ich liege fast auf „Fritzens" Hals und habe die Zügel freigegeben. Der Schaum fliegt in Fetzen aus dem Maul meines Pferdes, nur das am Riemen zu lockere Gewehr schlägt mir unbarmherzig im Rhythmus des vollen Galopps auf meine mageren Schulterblätter. Wie Boten des Unheils jagen wir mit dem Ruf „Die Russen kommen" weiter westwärts.

„Wohin Kameraden?" –

„Was ist denn los?" –

„Warum so eilig?" –

„Seid ihr blöd?" – „Wo brennt's?" –
„He, euch sticht wohl der Hafer?"

So viele Fragen, gebrüllt am Wege, aufgefangen und in der Eile des Rittes verklungen, aber alle beantwortet mit nur drei Worten: „Die Russen kommen!" Sie folgen uns alle, die, die sich schon sicher glaubten, jenseits des Moldauufers nur auf den Amerikaner warten zu müssen. Eingehüllt in dichte Staubwolken, fluchend und zweifelnd, drängen sie auf die Straße, verstopfen die Straße und verdammen den Krieg in alle Ewigkeit.

Stop durch Feldgendarmen

Menschenskind, da ist ja die Straße gesperrt. Russen können es keine sein, denn links und rechts der Straße biwakieren bespannte Einheiten. Also lasse ich „Fritz" in Trab fallen und reite der Sperre entgegen. Es sind Feldgendarmen mit einem Funkwagen. Das gibt es also auch noch am 11. Mai 1945. „Wohin?" fragt ein Feldwebel mit dem silbernen Kettenschild. „Abhauen", sage ich, „die Russen kommen mit Panzern hinter uns her." „Red' keinen Quatsch", sagt der, „Kavallerie sammelt dort oben!" Uscha Heinrich kommt jetzt erst angeprescht und pariert seinen Gaul kurz vor dem Kettenhund. „Was'n los?" will Heinrich von dem Feldgendarmen wissen. „Kavallerie am Waldrand sammeln! Befehl vom OB" (OB = Oberbefehlshaber), betont der Feldwebel mit Nachdruck. „Was heest do sammeln, die Russen gommen, do heests doch nischte wie ab", sächselt Heinrich wütend und fixiert dabei böse den Feldwebel. „Befehl lautet: Kavallerie am Waldrand sammeln! Haben Sie verstanden, Unterscharführer?!" brüllt der Feldwebel aus Leibeskräften. Da hilft nichts. Resigniert wenden wir unsere Pferde, sitzen ab und laufen in Richtung Waldrand.

Nach und nach werden die anjagenden Reiter gestoppt und zum Waldrand beordert. Hier sitzen schon ein Haufen Infanterie, eine Luftwaffeneinheit und ein paar Männer in Zivilkleider, die der kommenden Dinge harren. Doch zunächst kommen noch die Leute unserer Schwadron, der Nachbarschwadron und andere Einheiten unserer Abteilung, denen es gelungen ist, sich vom anrückenden Russen zu trennen. Schmutzig verklebt und ernst die Gesichter der Männer –

keuchend, mit schäumenden Mäulern und nassen Flanken die Pferde. So kommen sie an. Meine Beine zittern wie Espenlaub, und ich versuche, dies zu verbergen. Ich lasse mich in das Gras fallen, nehme die Zügel in die Hand, während „Fritz" den Kopf müde zwischen den Vorderbeinen hängen läßt und dabei schnauft, wie ich es noch nie bei einem Pferd gehört habe. –

Die Feldküche, ein paar Wagen vom Verpflegungstroß, zwei Züge mit je 30 Mann und 70 Pferden – das ist der Rest der 5. Schwadron im 95. Waffen-SS Kv.-Rgt. am Abend des 11. Mai 1945. Unser Häuflein wird immer kleiner. Wer weiß, ob man den nächsten Morgen erlebt. Die Ereignisse überstürzen sich.

Untersturmführer Köhler befiehlt Abmarsch

Die dunklen Umrisse der angepflockten Pferde heben sich scharf gegen den mondhellen Nachthimmel ab, und nur wenn ein Pferd ab und zu den Kopf hochwirft, verrät das Rasseln des Zaumzeugs, daß noch Leben in ihnen ist. Bei „Fritz" ist der rechte Vorderhuf angespalten und das Eisen fehlt. Ich mache mir Sorgen, ob es mit ihm weitergehen kann. Die ganzen Einheiten liegen immer noch am Waldrand. Ein Blick auf meine Taschenuhr zeigt, daß es bereits auf 23.00 Uhr zugeht. Kurz danach befiehlt Köhler den Abmarsch. Nachdem wir befehlsgemäß auf neue Anweisungen gewartet haben, die nicht gekommen sind, werden wir nun versuchen, uns auf eigene Faust zum Amerikaner durchzuschlagen. Uns wird niemand mehr befehlen, und Köhler äußert Zweifel, ob die Kettenhunde echt waren oder Agenten in deutscher Uniform, die die Schäfchen für ihre russischen Herren einsammeln wollten.

Ich lege den Kopf an den tief gesenkten Hals meines Pferdes und warte auf den Befehl zum Aufsitzen. Auf der Straße unten herrscht reger Betrieb. Ein Dröhnen dringt zu uns herauf, das von Panzerketten herrühren könnte. Eine Lichtspur von Scheinwerfern schlängelt sich heran, oft unruhig hin und her zuckend. Es könnten Russen sein! Der schöne Sternenhimmel will zu dieser Situation nicht passen, erscheint mir doch der Vollmond wie der kahlrasierte Schädel eines mongolischen Panzerfahrers. –

Untersturmführer Köhler wartet nicht, bis sich die Lichterschlange mit ihren Panzerketten auf gleiche Höhe zu uns heranschlängelt. Er gibt den Befehl zum Aufsitzen, und im Trab zuckeln wir in entgegengesetzter Richtung ab. „Fritz" geht nicht mehr gut. Es gibt mir immer einen Stich, wenn er den Kopf senkt und hochwirft und dabei keucht und schnaubt. Als wir eine in den Boden gerammte Straßensperre aus Baumstämmen umgehen wollen, passiert es: „Fritz" ist nicht mehr weiterzubewegen. Breitbeinig steht er da und hält den Kopf gesenkt. Der Atem kommt rasselnd aus den Lungen. Stolpernd geht er mit mir noch ein paar Schritte am Zügel, dann bleibt er endgültig stehen. Hinter mir fluchen und schimpfen sie, denn „Fritz" sperrt, weil er quersteht. Mir treibt es vor Aufregung den Schweiß aus allen Poren. Erst als ich mich in die Flanken stemme, gelingt es mir, „Fritz" abzudrängen. Da wir hier noch Platz für die Durchfahrt unserer Feldküche und unserer Troßfahrzeuge schaffen müssen, gibt es ohnehin einen Halt. Uscha Häussler besieht sich mit der Taschenlampe die Misere mit meinem Pferd. Als alter Pferdekenner erkennt er sofort, daß mit „Fritz" nichts mehr zu machen ist: „Los, los, schnapp dir ein anderes Pferd, oder willst du hier stehen bleiben?" Ich schnalle nur meine Zeltplane und meine Satteltasche mit der Futterage ab, ein letzter Klaps für „Fritz", der vor einer Straßensperre in den Ausläufern des Brdywaldes zurückbleibt. Es ist gut, daß die Dunkelheit diesen Anblick gnädig verhüllt. Häussler zieht mich mit sich zu einem Verpflegungswagen. Dort sind noch zwei Pferde hinten angebunden, die es bei der Flucht vor den Russen im Alleingang geschafft haben. Ich binde eines los und sitze wieder auf. Nach diesem Zwischenfall geht es in erhöhtem Tempo weiter. Aber wir müssen noch oft absitzen, um von den Tschechen errichtete Straßensperren zu umgehen oder wegzuräumen. Das Knarren des Sattelzeugs und das Schnauben der Pferde sind fast die einzigen Geräusche, die die Schwadron bei ihrem nächtlichen Ritt durch die Wälder begleiten. –

Wir erreichen die amerikanischen Linien

Am Morgen des 12. Mai 1945 befinden wir uns 10 km vor Blatna. Ein tschechischer Bauer, der einen gutmütigen Eindruck macht, erklärt, daß amerikanische Panzereinheiten Blatna besetzt halten. Wir fassen neue Hoffnung. Das wäre doch gelacht, wenn jetzt noch etwas schiefginge. 150 km haben wir geschafft, dann werden wir die letzten 10 km auch noch hinter uns bringen. Wir sitzen ab. Köhler schickt einen Spähtrupp unter Oberscharführer Hans aus, um zu erkunden, was sich vorne tut. Ein tschechischer Junge kommt uns mit einem Fahrrad entgegen und unterhält sich mit Köhler. Daraufhin befiehlt Köhler, das Sattel- und Zaumzeug nachzusehen, das Koppel zurechtzurücken, die Feldmütze vorschriftsmäßig aufzusetzen und die Feldblusen zu schließen. „Jungs, wir haben es gleich geschafft! Wir reiten zu den amerikanischen Linien und werden uns dort ergeben. Ich erwarte von euch, daß ihr bei den Amerikanern einen guten Eindruck hinterlassen werdet, und ich hoffe mit euch, daß es uns bald vergönnt sein möge, in die Heimat entlassen zu werden. Schwadron stillgestanden! Heil, Schwadron!" – „Heil, Untersturmführer!" Es klingt nicht so zackig wie sonst, es hört sich mehr wie ein Freudengebrüll an. Kurz vor den amerikanischen Linien ist dies der letzte Appell. „Schwadron aufsitzen" – Schwadron marrsch!" –

Vielleicht ist es nur Einbildung, aber ich fühle mich plötzlich nicht mehr so angespannt wie bisher. „Schwadron halt!" – „Nanu, was ist denn jetzt wieder los?" Ein einzelner Reiter kommt angejagt. Es ist Hans, der Führer des Spähtrupps. Junge, Junge, vielleicht sitzen die Russen dort in dem Nest. Uscha Häussler reitet nach vorn. Bange Minuten vergehen. Es ist ein Hin-und-her-gerissen-Werden zwischen Angst und Erwartung. Als Häussler zurückkommt, lacht er: „Den ganzen Spähtrupp haben die Amis kassiert. Hans wurde nur freigelassen, um uns zu holen. Sollen prima Kerls sein. Alles junge Burschen."

Wir reiten keine 500 Meter mehr, als wir auf der Straße eine lange Doppelkette behelmter Amerikaner erblicken, die sich beiderseits einer schmalen Straße, die auf ein großes Wiesengebiet abzweigt, postiert haben. Wir reiten zwischen die Postenkette und werden angehalten. Nach kurzer Unterbrechung geht es, auf beiden Seiten flankiert von Amerikanern, weiter auf das Wiesengelände, das ich jetzt voll überblicken kann. Es scheinen noch mehr gefangene Landser hier zu sein. Neugierig mustert mich ein begleitender Ami und streckt mir sogar einen Kaugummi hin, das ich aber ablehne. Wir sitzen noch immer auf unseren Pferden. Köhler hebt vorne die Hand hoch: „Schwadroon – nach rechts reiteet – ein!" Ein Ruck, und der Rest der Schwadron formiert sich aus der Marschkolonne zu einer breiten Reihe. „Schwadron haalt! – Schwadron absitzen!" Die Amerikaner wissen im Moment nicht, was sie machen sollen. Kopf an Kopf stehen wir mit unseren Pferden und nehmen die Gewehre ab. Amerikanische Geländefahrzeuge fahren vor. Etwa 20–30 Yankees springen aus den LKWs und eilen auf uns zu. Wir übergeben unsere Gewehre, Maschinengewehre und Munition, und Uscha Heinrich meint, daß er sich jetzt irgendwie kastriert vorkommt. So schnell wie sie aufgetaucht sind, fahren die Amis auch wieder weg. Mit zwei LKWs voller Gewehre und Munition. Die Schwadron steht da. Untersturmführer Köhler gibt die ersten Anweisungen. Er hat seine Pistole behalten dürfen. Am Rande der Wiese stehen schwere amerikanische Panzer. Die Geschützrohre sind auf uns gerichtet.

In US-amerikanischer Kriegsgefangenschaft

Mit unseren Zeltplanen haben wir Vier-Mann-Zelte geknüpft. Von den Amerikanern ist kaum etwas zu sehen. Nur die Panzer, die da herumstehen, erinnern an unseren begrenzten Auslauf. Junge amerikanische Soldaten spazieren zwischen unseren Zelten herum und versuchen, sich mit uns zu unterhalten. Willy, unser Dolmetscher, in Chikago geboren und bis zum 12. Lebensjahr dort wohnhaft, schäkert mit den Yankees, als ob er nie etwas anderes getan hätte. „Good day, Sir! I can make myself to be English understood", quetscht Willy durch die Zähne. Der Ami deutet auf die SS-Runen an Willys Kragenspiegel: „What is the meaning of the rune?" – „Waffen-SS", sagt Willy. Er spricht es ziemlich breit und lacht dazu. „Indeed, really!" wundert sich der Ami. „That's pretty strong!" ruft er aus und geht auf Willy zu: „If I were you, I wouldn't tell, nothing is worse than that!" Warum ist es schlimm, wenn ich sage, daß wir Waffen-SS sind, will Willy von dem Ami wissen. Der erklärt, daß ihnen gesagt worden sei, die SS-Soldaten wären alle „war-criminals" (= Kriegsverbrecher), fügt aber wie zu seiner Entschuldigung hinzu: „But it has been a very good fighting-troop and I like SS!" (Es waren gute Kämpfer und ich mag die SS.) Willy beendete das Gespräch mit dem sympathischen amerikanischen Soldaten: „You are all right, we are all soldiers, no war-criminals!" (Du bist in Ordnung, wir sind alle Soldaten und keine Kriegsverbrecher.)

Ein Kerl wie ein Schrank fragt mich: „What's your age?" (Wie alt bist du?) Ich blicke zu ihm hoch und sage „sixteen", worauf er erstaunt mit dem Kopfe wackelt und weiterlatscht. In der Mitte unseres Lagerplatzes stehen sie gruppenweise zusammen, amerikanische Panzersoldaten und die Männer der Waffen-SS. Die Amerikaner versuchen uns klarzumachen, warum Amerika schöner ist als Deutschland und „by the way", nebenbei gesagt, daß wir wohl alle jetzt nach Hause kommen würden. Die amerikanischen Soldaten erzählen von Altenburg, Chemnitz und Plauen. Diese Städte hatten sie ohne nennenswerten Widerstand unter Führung ihres Generals Patton genommen. Nun ist der Krieg aus, und sie sind bis Blatna in Böhmen gekommen, gerade recht, um uns zu internieren.

Merkwürdiges Verhalten der Amerikaner

17. Mai 1945. Wir fassen Verpflegung von unserem Troß: Zwei Scheiben Knäckebrot, einen Würfel Kunsthonig und ⅛ Liter Schnaps für jeweils acht Mann. Ein amerikanischer Offizier, der uns inspiziert und den sie mit „Colonel" anreden, erklärt auf die Fragen von Untersturmführer Köhler, ob wir denn nichts zu essen bekämen: „Zuerst die Pferde von den tschechischen Äckern jagen, dann bekommt ihr zu essen!" Neun Pferde können wir daraufhin einfangen, aber von den anderen ist nichts mehr zu sehen. Köhler will irgendwo eine Vollzugsmeldung anbringen, aber der Colonel ist nirgends zu entdecken. Die erst so freundlichen Amerikaner hocken jetzt mit mürrischen Gesichtern auf ihren Panzern, zucken mit den Schultern, wenn man sie ansprechen will, und kauen ihren Kaugummi. Wenn einer von uns zu nahe kommt, spielen sie auffällig mit ihren Schießeisen. –

Die Wiesen um Blatna sind moorig feucht und von dicht mit Schilf umstandenen Tümpeln und Teichen durchsetzt, die sich wie große verlorene Regenpfützen im Gelände ausnehmen. Das Gebiet, das zu einem Sammel- und Auffangbecken für Kriegsgefangene und Flüchtlinge geworden ist, wird im Norden von dichtem Wald hufeisenförmig umfaßt, während im Osten eine Straße die Begrenzungslinie bildet, die von den Amerikanern scharf bewacht wird. Nachts werfen auf amerikanische Panzer montierte Scheinwerfer mit grellen Lichtbündeln einen gespenstischen Zaun um unsere Lagerstätte und tasten abwechselnd mit ihren starken Strahlern prüfend über die ganze Szenerie.

Die „weiche Stelle" liegt am Wald, denn dort ist tagsüber von amerikanischen Posten nichts zu sehen. Auf der Wiese nahe des Waldes kampieren Flüchtlingstrecks, Heereseinheiten, darunter eine motorisierte Gruppe mit 20 schweren Büssingwagen, eine Flakformation und viele andere Gruppen unterschiedlichster Zusammensetzung, die es geschafft hatten, die amerikanischen Linien zu erreichen. Täglich treffen neue Lastwagen mit aufgegriffenen Landsern ein. Darunter sind auch einige, die schon in Passau und in Regensburg gewesen sind. Das stimmt uns alle sehr nachdenklich. Warum bringen denn die Amerikaner diese Leute hierher, wenn sie uns entlassen wollen?

Langsam kommen auch die Russen näher. Sie können nicht allzuweit von Blatna weg sein. Etliche Rotarmisten sind zu Fuß gekommen und durchstreifen, von den Amerikanern ungehindert, unser Lager, noch sehr vorsichtig und sehr zurückhaltend! Sie wollen tauschen, haben Speck und Brot, schönes rundes Weißbrot. Sie wollen Uhren, Ringe, Spiegel, Pferde, Fahrzeuge, Koppel, Stiefel, Hemden, Unterhosen – kurzum, sie können alles gebrauchen. Es sind einfache Burschen, die aber keinen bösen Eindruck machen. Ich überlege sehr gründlich, ob ich meine Taschenuhr gegen Brot und Speck tauschen soll. Seit Tagen haben wir außer den Minimalhappen von unserem Troß nichts mehr gegessen und beim Aufstehen funkeln Sterne verschiedener Dimensionen vor den Augen. Aber ich sage mir: „Du bleibst die paar Tage bis zu unserem Heimtransport eisern, deine Uhr tauschst du nicht ein. Diese Uhr hat Großvater getragen, mein Vater hat sie von ihm übernommen, und er gab sie mir zum Abschied als Talisman mit auf den Weg. Nein!!!" Ich krampfe meine Finger um diese Uhr und drücke die Glieder der Kette, aber ich bleibe eisern. –

Alte Männer, Frauen, Mädchen und junge Buben stellen das Hauptkontingent der Flüchtlingstrecks auf den Wiesen von Blatna. Ab und zu

30

haben sich auch Landser in Flüchtlinge verwandelt und betätigen sich nun als Rosselenker und Familienvorstand oder sonst etwas. Mit dem Kameraden Schmitt aus St. Ingbert mache ich mich auf, um hier vielleicht etwas Eßbares ergattern zu können. Dabei werden wir Zeugen einer makabren Szene. Als wir uns zwischen den Wagen des Trecks bewegen, hören wir plötzlich ein erschrecktes Wiehern und dazwischen dumpfe Schläge. Wie eine wahnsinnige Furie jagt ein Pferd aus dem nahen Wald quer durch das Flüchtlingsbiwak, bricht urplötzlich zusammen und wälzt sich auf dem Boden, daß der Staub in Schwaden aufwirbelt. Eine Horde Landser rennt zu dem Tier, und was wir dann erleben, dreht uns fast den Magen um. Ein großer kräftiger Kerl mit einer weißen Schürze und einem Holzprügel in der Hand schlägt auf den Kopf des Pferdes ein, bis es keinen Muckser mehr von sich gibt. Beim dritten Schlag hat das Pferd den Kopf noch gehoben, beim nächsten hat es sich gestreckt. Dumpfe, harte Schläge, die sich anhörten, als wenn man mit einem großen Vorschlaghammer auf einen Baumstamm schlägt. Das große Pferdesterben hat begonnen. Dort, wo das Pferd zusammengebrochen ist, wird es auch gleich aufgeschnitten und zerlegt. Schmitt und ich trotten stumm zu unseren Zelten zurück.

Russen stehlen meine Taschenuhr

Kurz vor dem Platz, auf dem wir lagern, schlendern zwei russische Soldaten auf uns zu. Hinter deren Rücken ruft einer von uns mir zu: „Steck' deine Uhr weg, wenn du eine hast, sonst bist du sie los!" Ich denke reichlich einfältig: „Warum soll ich denn meine Uhr wegstecken? Die Burschen werden mir doch nicht am hellichten Tage die Uhr klauen!?" Es bleibt keine Zeit zu weiterer Überlegung, denn die Russen sind sofort bei uns: „Dawei Uhri!!" Bei Schmitt finden sie nichts, aber ein ziemlich ruppig aussehender Kerl faßt sofort an die Uhrkette, die bei mir aus der Tasche hängt, und reißt mir die Uhr mitsamt der Kette aus der Tasche heraus. Ich will ihm die Uhr wieder wegnehmen und mache die Gebärde des Essens. „Nix Brott, dawei Machorka!" Aus der Tasche seiner verschlissenen erdfarbenen Bluse holt er eine verknautschte Zigarette und gibt mir diese in die Hand. Mit einem silberbeschlagenen Messer öffnet er den Sprungdeckel meiner

Uhr und zählt grinsend die Steine. „Karascho", knurrt er vor sich hin, spuckt durch die Zähne, schiebt sich seine Mütze ins Genick und will weitergehen. Ich ziehe ihn am Ärmel und will meine Uhr wieder zurückhaben, da richtet er die Mündung seiner Maschinenpistole auf mich. Mir wird ganz anders und ich mache mich schleunigst aus dem Staube. Aber innerlich ist in mir etwas verbogen, und ich bin so niedergeschlagen, daß ich am liebsten heulen würde wie ein kleines Kind. Meine Uhr ist weg – mein Talisman! Es ist gerade so, als wenn man mir das letzte Stückchen Heimat weggenommen hätte. Fluchen und toben könnte man über diese verdammte Zeit. Dies alles nützt aber nichts mehr. Die Uhr ist weg, und kein Mensch wird sie mir je zurückgeben können.

Morgendlicher Zählappell

Unser Spieß Hartmann ruft die Namen auf. Die Aufgerufenen brüllen „hier". Der in amerikanischer Gefangenschaft registrierte Rest der Schwadron ist auch nicht mehr vollzählig. Drei Mann sind abgehauen, und sieben liegen mit Verwundungen im Lazarett in Blatna. „Alles mal herhören!" Es ist der Beginn des üblichen Tagespalavers. Immer dasselbe: Einteilung der Wasserholer, Holzorganisatoren, Holzhacker usw. Es tritt sofortige Stille ein, als der Spieß bekanntgibt, daß die amerikanischen Truppen sich zurückziehen müssen. „Jungs, ich habe in Erfahrung gebracht, daß die Amerikaner uns morgen früh mitnehmen. Heute abend gibt es ein letztes Essen aus der Feldküche und jede Menge zu saufen." Wir freuen uns und hauen uns auf die Schultern, daß es nur so knallt. Jetzt haben wir es doch geschafft! Sind wir erst einmal in Deutschland, dann sind wir auch bald zu Hause bei Muttern. „Ruhe!" schreit der Spieß. Er gibt sich sichtlich Mühe, noch ein bißchen Autorität auszustrahlen, aber die Freude, die uns erfaßt hat, kann er bei sich auch nicht verbergen. „Ruuuhe!" brüllt er nochmals über den ganzen Haufen, um gleich danach mit der ganzen Schwadron in ein wildes Gelächter auszubrechen. „Heute abend werden wir einen heben, daß sich die Amis in ihren Panzern die Ohren verstopfen müssen – ruckzuck die Waschfrau – weggetreten!!"

Bombenstimmung

Unser Koch, der dicke Willi, hat mit seinen Helfern den ganzen Tag geschuftet, gebrutzelt und gemixt, bis es spät am Abend soweit ist. Die Überraschung ist gelungen, obwohl sich nicht verheimlichen ließ, daß es Pfannkuchen geben wird. Aber dicke, süße Eierpfannkuchen sind schließlich doch eine Überraschung, zumal sie mit echten Hühnereiern gemacht sind. Unser Spieß ist nämlich die zwei Kaltblüter vom Küchenwagen bei einem tschechischen Bauern gegen 200 Eier losgeworden. Hätte er es nicht gemacht, dann hätten todsicher die Amerikaner die Pferde kassiert. Es gehört schon eine gute Portion Schlauheit und die Unverfrorenheit eines echten alten Landsers dazu, um so ein Kunststückchen fertigzubringen. Er mußte nämlich nicht nur die Posten überlisten, damit er überhaupt ins Dorf kam, er mußte ja schließlich die Eier zurückbringen, ohne daß sie beschlagnahmt wurden. Wie er es gemacht hat, hat er uns nie verraten.

Pro Mann gibt es einen dicken Eierpfannkuchen, einen Doppelschlag Schokoladenpudding, eine ganze Packung Knäckebrot und ⅜ Liter Schnaps. Andächtig kaue ich meinen Eierpfannkuchen, und ich kann es nicht verhindern, daß meine Gedanken nach Hause schweifen. Ich glaube, daß wohl jeder mit seinen Gedanken daheim ist, und dieser wundervoll süße, wohlschmeckende Eierpfannkuchen bewirkt, daß viele Kameraden Heimweh bekommen. Ganz jämmerliches Heimweh, das gar nicht zu der so ausgelassenen Stimmung vom Morgen passen will. Ich gehe zu Ludescher, um mit ihm zusammen Schnaps zu trinken. Der aber hat seinen Alkohol schon gegen Pudding vertauscht, liegt neben dem Zelt, mit dem Kopf auf seiner Satteltasche und blickt nachdenklich in den dämmrigen Maihimmel. „Trinkt nur, morgen ist doch alles vorbei!" Das ist alles, was von ihm zu hören ist.

Mit ein paar Mann sitzen wir im Kreis zusammen. Überall vor unseren Zelten ist Betrieb und im allgemeinen eine bombige Stimmung. Nach ein paar Schnäpsen auf den himmlischen Eierpfannkuchen überkommt mich wieder ein sentimentales Gefühl. Vor dem Führerzelt spielt einer mit der Ziehharmonika, und wie Wölfe den Mond anheulen, singen wir mehr laut als schön altvertraute Weisen in den nächtlichen Himmel:

„Ein Heller und ein Baaatzen,
die waren beide mein – ja mein,
der Heller ward zu Waaassser
der Baaatzen ward zu Wein, ja Schnaps;
der Heller ward zu Waaassser
Der Batzen ward zu Schnaps.
Ei du Lump' Lump' Lump'
Ei du liederlicher Lump,
Ei du liederlicher Haderlump,
und lassen uns nicht lumpen,
denn wir haben nichts zu pumpen,
ei du liederlicher Lumpenhund."

Es ist ein wildes Gejohle und Gegröle, und vom Waldrand her zuckt der Schein vieler Lagerfeuer zu uns herüber. Wir singen noch zu später Nachtzeit: „Wir sind des Geyers schwarzer Haufen...", „Wohl auf Kameraden, auf's Pferd, auf's Pferd..." und statt „ins Feld in die Freiheit gezogen", jodelt ein Witzbold „vom Pferd haben sie uns gezogen, der Mann, der ist nun gar nichts mehr wert und wird zu den Russen verschoben". Das gibt den Auftakt. Das Gespenst der Auslieferung hockt wieder mitten unter uns und grinst mit sarkastischer Miene. So „schön" wie unser Trinkgelage begann, so mies endet es. Der morgige Tag wird zeigen, wer recht behält.

21. Mai 1945 – Schicksalstag

Als der 21. Mai 1945 tagt, zeigt es sich, daß es ein trüber Tag werden wird. Der Himmel ist bedeckt, und es ist nicht so warm wie in den vorhergegangenen Tagen hier in Blatna. Der 21. Mai ist für mich ein besonderes Datum. Heute, am 21. Mai 1945, werde ich 17 Jahre alt. Keiner meiner Kameraden kennt meinen Geburtstag. Mein einziger stiller Geburtstagswunsch ist der, daß wir heute alle zusammen in die Heimat entlassen werden mögen. Gleich früh am Morgen schlagen wir unsere Zelte ab. Jeder packt seine Sachen zusammen. Etliche haben noch dicke Rucksäcke mit Bekleidung, Futteralien oder ähnlichen Füllungen. Von der Feldküche fassen wir noch Kaffee und zwei Scheiben Knäckebrot. Die Troßwagen werden zusammengeschoben, auch diese sind zum Teil noch ganz schön bepackt. Der ganze Troß soll uns in die Heimat begleiten. Alle Verpflegungswagen sollen verladen und mit uns geführt werden, so hat es ein amerikanischer Obrist unserem Schwadronschef Köhler versichert. Selbstverständlich würde es noch zusätzlich amerikanische Heeresverpflegung geben.

Bis fast gegen 10.00 Uhr hocken oder stehen wir herum. Dann kommt der Abmarschbefehl. Je 15 Mann drücken zwei Troßwagen zum Sammelplatz. Unsere Pferde sind alle weg. Auf dem Sammelplatz nahe dem Waldrand wimmelt es wie in einem Ameisenhaufen. Als wir ankommen und unsere Verpflegungsfahrzeuge ausgerichtet haben, werden diese von hungrigen Zivilisten und Landsern im Nu gestürmt. Nach dem Motto: „Rette, was du kannst" versuche ich, wenigstens noch etwas zu erwischen. Doch gegen diese ausgehungerte Meute ist nicht anzukommen. Auf einem Wagen steht ein älterer, wohl seit Tagen nicht mehr rasierter Landser und schneidet sinnlos mit einem großen Messer alle Säcke auf, derer er habhaft wird. Da quillt es heraus: Erbsen, Mehl, Zucker, daß selbst wir Uneingeweihten staunen müssen, was unsere Küche alles noch besaß. Sie schlagen sich, stopfen sich die Münder mit Mehl und Zucker voll, stoßen sich schmatzend und kauend vom Wagen und beschimpfen sich in nicht wiederzugebenden Redensarten. Die Plünderer sind weiß vom Mehl bestäubt, und einer, der an mir vorbeitaumelt, blutet hellrosa aus der Nase, weil das Blut sich mit Mehlstaub vermischt hat. Unser Spieß Hartmann wird übel beschimpft, denn er wollte die Wagen nicht freigeben. Etwa 20 mit Knüppeln bewaffnete Amerikaner machen diesem Spuk ein jähes Ende. Ich sehe noch, wie der Lange, der unseren dicken Willi anschrie, selbst den Amis nicht weichen will, da hauen sie ihn kurzerhand zusammen. Mehr kriege ich von dieser Szene nicht mehr mit. Ziemlich energisch werden wir von Ami-Posten zurückgetrieben, und es fällt mir schwer, bei dem Durcheinander den Kontakt mit den Kameraden nicht zu verlieren. Köhler steht drei Mann weiter im selben Glied wie ich. Es scheint, daß wir erst jetzt, am 21. Mai 1945, zu richtigen Gefangenen degradiert werden. Wir werden in Blocks zu je 50 Mann eingeteilt. Ein amerikanischer Offizier beratschlagt mit einem Dutzend anderer Amerikaner, die alle im Stahlhelm im Halbkreis vor ihm stehen. Schade, daß Willi, unser englischer Dolmetscher, nicht in der Nähe ist. Er wurde vor drei Tagen angeblich ins Lazarett gebracht. Fast könnte man annehmen, daß ihn die Amis, dank seiner Sprachkenntnisse und halb amerikanischer Herkunft, entlassen haben. Das bleibt allerdings reine Vermutung und vage Deutung. – Oder ob sie ihm vielleicht das Kommende ersparen wollen??

„Make snell – nach Hause"

Aber wir sollen ja in die Heimat. Nur frage ich mich mit vielen anderen: Warum die starke Bewachung kurz vor der Entlassung? Warum die sichtliche Nervosität der amerikanischen Soldaten, die hier aufgeregt hin und her patrouillieren? Heute noch werden wir es alle wissen, was passiert, und wehe uns, wenn das geschieht, was Ludescher und einige andere annehmen. Laufend treffen amerikanische Studebaker-Armeelastkraftwagen ein und formieren sich zu einer langen Reihe. Die ersten Blocks sind bereits verladen. 50 Mann müssen auf einen LKW. Vorher wird noch gefilzt. Tschechische Miliz, die sich im Beisein der Amerikaner verhältnismäßig gut benimmt, durchsucht jeden einzelnen von uns, bevor er den Wagen besteigt. Bei mir gibt es nichts zu filzen; meine Uhr ist bereits geklaut, und Waffen habe ich auch keine mehr. Lastwagen werden mit je 50 Mann gefüllt, die Seitenbänke sind hochgeklappt, aber trotzdem stehen wir wie die Heringe in qualvoller Enge. Einige Landser schleppen immer noch dickes Gepäck mit sich. Das Zusammengepferchtsein wird dadurch noch spürbarer. Ich komme als einer der letzten auf Backbord des LKWs zu stehen. Zwei Neger drücken die Rückwand zu, murmeln was von „okay" und verschwinden im Führerhaus. Die Amis wirbeln durcheinander und treiben eine Gruppe nach der anderen auf die bereitstehenden Armeelastwagen. Sie haben es plötzlich sehr eilig. Die Tschechen filzen nur noch oberflächlich. Allenthalben treiben die amerikanischen Soldaten zur Eile: „Make snell – Make snell – los, los, snell, snell nach Hause." –

Die Auslieferung an die Sowjets

Es mag etwa eine Stunde gedauert haben, bis alle Studebaker mit Landsern, Rot-Kreuz-Schwestern und Zivilisten vollgepfercht sind. Ich kann von meiner Warte aus, der Rückseite eines LKWs, noch etwa vier Gruppen mit je 50 Personen ausmachen, darunter sind viele Frauen und Kinder vom Flüchtlingstreck, die noch angetreten stehen, für die aber keine LKWs mehr da sind. Einige versuchen, von den Amerikanern ungehindert, bereits vollbesetzte Lastwagen zu entern, um ja mit dabeizusein und nicht den Russen übergeben zu werden. Auf unserem Wagen steht kein Posten. Auf den anderen Lastern kann ich auch keinen erkennen. Eigenartig ist die Stimmung auf unserem LKW. Eigentlich ist es gar keine Stimmung – keine trübe, keine heitere – ein dumpfes Vorsichhinbrüten – drückende Stille – Spannung – Erwartung!! Die ersten Wagen fahren an. Als wir an der Reihe sind, gibt es einen Ruck, die ganze Gesellschaft zieht es nach der entgegengesetzten Fahrtrichtung, und ein profilierter, scharfkantiger Rucksack drückt sich mit der Last der Vordermänner in meinen Rücken, so daß ich mir vorkomme wie eine Ölsardine. In scharfer Fahrt geht es durch die Stadt Blatna. Tschechen machen die Gebärde des Aufhängens und drohen mit dem Finger hinter uns her. Nach den letzten Häusern biegen die LKWs plötzlich scharf ab und uns scheint es, daß es in entgegengesetzter Richtung weitergeht. Die Wagen sausen über einen schmalen Waldweg, daß uns Hören und Sehen vergeht. Wir werden hin und her geworfen, und daß wir noch nicht umgekippt sind, mag als Wunder erscheinen. Vorne im Wagen dreht einer einen Kompaß. Er dreht und wendet das Ding nach allen Seiten, aber es zeigt immer nach Osten! Nach Osten?? „Das Mistding geht nicht mehr genau, das hat genauso kapituliert wie wir." Es ist die Meinung eines dicken Landsers, der hinter mir steht und dabei lacht, daß sein Doppelkinn und seine gutausgefüllten Rosenbäckchen selbstgefällig wackeln.

Wir fahren schon gut eine halbe Stunde. Die Wege werden immer holpriger, der Staub immer dichter, die Fahrt wird schneller, und der Kompaß zeigt trotz intensiver Anstrengung seines Besitzers, die Nadel nach Westen pendeln zu lassen, wie zum Trotz weiter und konstant nach Osten! Keiner will es glauben – aber wir werden in Richtung Osten gefahren! Jeder aber hat wahrscheinlich die Hoffnung, daß es vielleicht über einen kleinen Umweg doch noch in westliche Richtung laufen kann. Die Amerikaner sagten doch „make snell nach Hause". Wenn man diesen allerchristlichsten Soldaten trauen könnte, möchte man ja behaupten, daß der Kompaß vielleicht doch kriegsmüde geworden ist. Noch oft müssen wir die Gebärden des Aufhängens und Halsabschneidens mit ansehen, die verhetzte Tschechen hinter uns nachschicken. Es scheint das tschechische Siegeszeichen zu sein: Tod allen Deutschen! Es lebe die tschechische Republik! An diesem Zeichen kann man sie erkennen, die Freiheitshelden der tschechischen Revolution. Plötzlich kommt mir der Weg sehr bekannt vor. „Mensch, wir sind hier runtergeritten, als wir uns von Prag absetzten", sage ich zu einem, der mir einen penetranten Zwiebelgeruch ins Gesicht atmet. Dieser erwidert zunächst gar nichts, – „Junge, Junge", sagt er schließlich nur und schüttelt den Kopf. Ich kann mich erinnern, daß hier viel zurückgelassenes Kriegsmaterial am Wege lag, davon ist nichts übriggeblieben. Verdammt noch mal, wenn nur der Dicke aufhören würde, mir ständig mit der Fülle seines Gewichts die Luft aus dem Leibe zu drücken. Unser LKW stoppt! Wir biegen auf eine breite Straße ein. Der Staub verzieht, die Fahrt verlangsamt sich. Was ist das??? Ein Schlagbaum? – – – ein Schlagbaum!!!! Rote Fahnen – russische Panzer – besoffenes Gegröle – kreischende Flintenweiber!! „Die dreckigen Hunde haben uns verraten – die dreckigen, elenden Gangster haben uns verschachert", schreit einer wie wahnsinnig aus einer bereits entladenen Gruppe heraus. Der Faustschlag eines Russen läßt ihn verstummen. Schreie und Faustschläge, das sind die ersten Eindrücke. Man muß erkennen, daß man nichts ist und nichts gilt. Wir sind nichts!! Diese Erkenntnis ist bitter und schmerzlich. Nun ist es passiert! Die Amerikaner haben uns schmählich belogen und an die Russen ausgeliefert! Aus der Traum von baldiger Heimkehr! Aus der Traum vom Wiedersehen mit den Lieben daheim! Alles aus! Endgültig aus! Jetzt werden wir fertiggemacht – alles endgültig aus! Viele weinen, einige schreien und toben, alle sind verzweifelt. – „Vier Jahre Ostfront, von Kessel zu Kessel haben wir uns durchgekämpft, sechsmal bin ich verwundet worden, jetzt bin ich doch hier." Es ist ein Feldwebel der Wehrmacht, der so vor sich hinspricht, der die Zähne zusammenbeißt, daß es knirscht und die Backenknochen scharf heraustreten. Tränen rinnen aus Augen, die in Rußland das Weinen verlernt hatten. Lautlose Tränen, lautloses

Weinen, ausgelöst durch irrsinnigen seelischen Schmerz über diese unbegreifliche Schuftigkeit der Amerikaner.

Russen umringen unseren LKW. Die Amerikaner feiern Verbrüderung. Sie umarmen ihre russischen Freunde, und die Wodka- und Whiskyflaschen gehen von Mund zu Mund. X-mal drücken sie sich die Hände, und die Russen sind mit brüderlichen Küssen nicht sparsam. – Das deutsche Schlachtvieh sieht zu, wie sein Ende gefeiert wird. Die Hinterklappe fliegt auf, und eine böse klingende, rauhe Stimme bellt los: „Dawei bistrej!!" Wir sehen uns mit verstörten Gesichtern an, springen vom Wagen und sind sofort umringt von Russen!

Brezova Hora

In Brezova Hora verabschieden sich die Amerikaner mit einem spöttischen „Bye-bye". Es klingt mir noch in den Ohren, als wir mit versteinerten Gesichtern unter dem Schlagbaum durchgetrieben werden. Hier weht reiner Ostwind, so wie er auch unter Dschingis-Khan geweht haben mag. Köhler steht, bis auf die Unterhosen ausgezogen, im Straßengraben. Man hat ihn gleich als Offizier erkannt, denn er war viel zu gut und akkurat gekleidet; das muß er als einer der ersten büßen. Es kommt mir verdammt komisch vor, als ich Köhler so stehen sehe. Immerhin war er für uns in den letzten Tagen und Wochen der Mann mit der höchsten Autorität. Nun steht er wehrlos und schweigend mit verbissenem Gesicht in Unterhosen im Straßengraben, und er muß sich gefallenlassen, daß sie ihn ohrfeigen und ihm ins Gesicht spucken. Eine unübersehbare Kolonne ausgelieferter Deutscher wälzt sich durch Brezova Hora in Richtung auf Pribrams zu. Russische Einheiten, die auf der anderen Straßenseite an uns vorbeiziehen, machen sich einen Hauptspaß, Brotstücke in die Marschblöcke zu werfen. Wie wilde Hunde stürzen sich die Landser, in deren Reihen das Brot fliegt, auf den hingeworfenen Fraß. Mit zehn Mann sind wir unter Uscha Häussler und Uscha Heinrich in der 5. Hundertschaft zusammengeblieben. Wir bücken uns nicht und streiten auch nicht um das in den Dreck geworfene Brot. So gut wie möglich versuchen wir, zusammenzubleiben. Noch bilden wir zwei Fünferreihen und wechseln zeitweilig die Flügelmänner aus. Die Russen springen von ihren Fahrzeugen und schlagen je nach Laune, filzen oder tasten uns ab. „Urri jest-Urri jest" – „Jibij twoja Matj" – „Geil Gitler" – „schdo takoj Faschiste??" – Ich beginne, die ersten russsischen Worte zu verstehen und bin bestrebt, mitsamt meinem „Gepäck" so harmlos wie möglich auszusehen, nur nicht einladend wirken, ist meine Devise. Die dicken Rucksäcke sind meist recht unsanft vom Rücken ihrer Träger gerissen worden, und auch die gutsitzenden Uniformen wurden schon längst denjenigen vom Leib gezogen, die sie so vortrefflich zu tragen wußten. Gute Stiefel und Schuhe werden mit „ras-dwa-tri" ihren Besitzern vom Fuß gestreift und oft noch mit einem abschließenden Tritt in den Hintern quittiert.

So marschieren wir auf der ehemaligen Reichsstraße 349, oft nur mit Hemd und Unterhose bekleidet, einer ungewissen Zukunft entgegen. Ausgeplündert, verspottet, angepöbelt, geschlagen und laufend durchsucht, wahrlich der rechte Vorgeschmack auf das, was uns noch erwarten wird. – Mit einer Affengeschwindigkeit springt ein alter Russe von seinem vorbeifahrenden Panjewagen. Die kleinen Pferde laufen alleine des Wegs. „Idi suda!" Ich weiß nicht, was er will, aber ich fühle, daß er mich meint. Stur laufe ich weiter und gebe mir den harmlosesten Anschein. „Hej Kamrad! Gomm her!!" Er zieht mich am Ärmel aus der Reihe und deutet auf meine Stiefel. „Dawei-dawei!!" Unmißverständlich bückt sich der Alte und will mir im Stehen die Dinger abstreifen. Ich versuche, ihm klarzumachen, daß er mir andere Schuhe für meine Stiefel geben soll. „Podaschdi minutschku". Mit einer befehlenden Handbewegung deutet er auf unseren Standplatz, und mir wird auch ohne Russischkenntnisse klar, daß ich hier einen Moment warten soll. Hastig läuft der Iwan seinem Wagen nach, was er dort will, ist mir schleierhaft. „Hau doch ab", rufen mir vorbeimarschierende Kameraden zu. Das lasse ich mir nicht zweimal sagen und verschwinde in der Masse. Ich versuche, meine Gruppe wieder zu erreichen, ohne aber zu versäumen, ab und zu einen Blick nach rückwärts zu werfen, ob der Iwan nachkommt. Der Alte wird nicht schlecht fluchen. Das Ende unserer Marschkolonne ist von meiner Reihe aus nicht zu übersehen. Es ist ein riesiger Lindwurm, der sich traurig und schmutziggrau die Straße entlangwälzt. Soweit ich zurückblicken kann, nichts als Köpfe, eine wogende, drängende und getrieben werdende, nach Tausenden zählende Menschenherde. Ich bin froh, daß ich vorerst meine Stiefel noch retten konnte. Auf den ersten Blick freilich erscheinen sie kaum des Ansehens wert. Sie sind schon tagelang nicht mehr geputzt, außerdem lasse ich die Reithosen darüberhängen, so daß sie tatsächlich kaum als Stiefel zu erkennen sind. Die Sohlen sind noch gut und dick, die Schäfte ausgezeichnet, und der Landser, der mich zum Abhauen ermuntert hatte, meint ironisch: „Mit denen marschierst du noch bequem bis nach Sibirien, ohne daß du einen Nagel verlierst."

Im Wald von Pribrams:
Tschechischen Partisanen freigegeben

Fünf Kilometer mögen wir etwa gelaufen sein, als von vorne beginnend die Marschblöcke zum Stehen kommen. Tschechische Partisanen mimen die wilden Freiheitskämpfer und pendeln mit grimmigen Gesichtern an unseren Reihen entlang. Fast sieht es so aus, als ob sie nun unsere Überwachung übernehmen würden. Schrittweise rücken wir vor, zu einem – wie uns ein russischer Posten sagt – Sammelplatz, auf dem wir das erste Mal übernachten sollen. Als wir näherkommen, merken wir, daß an der „Pforte" dieses Lagerplatzes ganz schön was los sein muß. „Schau dir diese Freiheitskämpfer an!" Eine Horde jugendlicher Tschechen wühlt johlend in dem Gepäck unserer bereits durchgeschleusten Kameraden. Ein kleiner Steg, der über einen betonierten Abflußgraben führt, ist der Eingang für Tausende in den Wald vor Pribrams. Das Waldstück ist von Partisanen abgeschlossen, die ringsum erkennbar Maschinengewehre in Stellung gebracht haben, deren Mündungen alle auf uns gerichtet sind. Als ich endlich am Steg ankomme, sehe ich, daß diese tschechischen Partisanen jeden einzelnen auf die SS-Blutgruppe untersuchen. Heinrich ist vor mir und hält die Arme hoch, damit die „Spürhunde" nachsehen können. Er muß sein Hemd ausziehen. Neben dem Steg stehen Pferdewagen, die schon vollgepfropft sind mit Gepäck- und Kleidungsstücken aller Art. Auch Heinrichs Hemd fliegt auf einen der Wagen. Eine Gruppe Zivilisten steht lachend dabei und macht sich über Heinrichs haarigen Oberkörper lustig. Ein russischer Soldat trennt ihm den Lederbesatz von der Reithose, und mit einem Schubs wird Heinrich über den Steg zu den Sortierten gestoßen, bei denen man keine Blutgruppe unter dem Arm entdecken konnte. Hernach müssen alle ihren Oberkörper entblößen, und ein russischer Kapitän geht mit einer blutrünstigen Meute tschechischer Gardehelden inspizierend durch die Reihen. Nicht alle Marschblöcke haben dieses Pech. Ein Teil scheint unbelästigt in das Waldlager gekommen zu sein. Aber bei uns sind sie auf die Idee gekommen, nach SS-Leuten zu suchen. Wir haben ja alle die Blutgruppe unter dem linken Oberarm eintätowiert. Wären wir nur bei den ersten gewesen, die sind noch gut durchgekommen. Ich möchte in den Boden versinken, als ich sehe, was mit unserem Koch geschieht. Von allen Seiten laufen Partisanen herbei und schlagen ihn zusammen, bis er blutüberströmt zusammenbricht. Der Vergleich von den Aasgeiern, die sich auf das sterbende Wild stürzen, drängt sich mir unwillkürlich auf. Ein schnauzbärtiger Partisan kommt auf mich zu und brüllt mich an: „Du warst doch auch bei der SS, dreckiger Hitlerjunge." Der Schreck des gerade Erlebten und das, was nun auch über mich hereinbrechen wird, läßt mich keinen Ton herausbringen. Die Knie zittern mir spürbar, und ich bin dem Umfallen nahe, obwohl ich bis jetzt nur geringfügige Schläge abbekommen habe. Sehe ich recht oder spinne ich? Der Alte zwinkert mit den Augen. „Nimm die Arme hoch", faucht er und blinzelt mich auf komische Art und Weise weiter an. Ich befolge die Anweisung des Alten wie im Traum und erwarte, daß es mir nun genauso geht wie unserem Koch. „Hast Glück gehabt deutsches Schwein, warst nicht bei der SS."

Ich kann diese Wendung schwer begreifen, und aus diesem Unverstand heraus lasse ich die Arme noch oben, so daß mir der Schnauzbart wie bei einem defekten Hampelmann die Glieder herunterzieht und mich mit einem knurrenden „Komm mit" am Ärmel packt und mit sich schleppt. Der Partisan drückt mir die Pistole ins Kreuz, und ich spüre eine Kälte in mir, wie noch niemals in meinem Leben. Ich bin auf alles gefaßt, und wie ein Film laufen meine 17 Lebensjährchen in Sekundenschnelle vor mir ab: Hitlerjugend – Arbeitsdienst – Luftangriffe – Prag – Ende! Hinter mir schreien meine Kameraden in ohnmächtiger Qual. Ich wage nicht, mich umzudrehen, und stolpere wie gelähmt vorwärts. Kaltes Entsetzen hat mich erfaßt, und mich schaudert, wenn ich daran denke, daß das Ende des Lebens gekommen sein wird. Ein Fußtritt des Partisanen läßt mich fast in ein geräumiges Zelt fallen, auf dessen Dach wie zum Hohn ein rotes Kreuz genäht ist. Der Alte zieht mich plötzlich an der Feldbluse herum und spricht auf mich ein, daß sein Atem wie Föhnwind mein Gesicht berührt: „Du bist jo noch a saujungs Kerlche und müaßt noch bei Muattern soin. Wie olt bist'n?" Ich will ihm gerade antworten, als er schon wieder weiterspricht, sehr aufgeregt und hastig und immer um das Zelt peilend, ob ihn auch niemand beargwöhnt: „Jung, jung bist – woißt i woar schon 14/18 im östreichischen Heer – da hast a Stückerl Brot – aber halts Maul, verstehst mi!" – – „Danke, danke", antworte ich. Mehr bringe ich nicht heraus. So brutal, wie ich in das leere Zelt stolperte, so werde ich auch wieder hinausgeboxt. Es tut nicht weh, es ist mehr ein Schattenboxen zum Schein, und der alte Schnauzbart geht wieder in Richtung Straße, wo sie eine Gruppe von Kameraden mit krachenden Kolbenschlägen in Richtung Pribrams treiben. „Gebt's den deutschen Schweinen", kann ich unter dem vielen Geschrei heraushören. Ich laufe eiligst zu den glücklich Sortierten, die mit bleichen Gesichtern auf dem Boden hocken und die Arme hinter dem Kopf verschränken müssen. „Saditje!!" brüllt ein Kerl und zeigt wie ein Herrscher auf den Boden. Ich gehe in die Hocke zu den anderen und vermeide es, den Burschen anzusehen, denn ein scheeler Blick kann falsch gedeutet werden. „Was denkt ihr euch, ihr dreckigen Hunde!" Ein besoffener rothaariger Revolutionsheld mit Schiebermütze und zwei großkalibrigen Pistolen im Gürtel, einer Maschinenpistole, die er an einer Schnur um den Hals hängen hat, im Anschlag, präsentiert sich uns als Transportleiter. „Alle Angehörigen der Waffen-SS und der schwarzen SS raustreten", befiehlt der Rote. Die pure Angst schnürt mir die Kehle zusammen. Ich melde mich nicht. Es meldet sich überhaupt keiner. „Wartet, ihr stinkigen Säue, wir werden euch alle finden." Er hängt die Maschinenpistole aus und haut mit dem Waffenknauf dem Nächsthockenden mit voller Wucht quer über das Gesicht, daß dieser umfällt und nach kurzem Aufstöhnen still liegenbleibt. „Mörder seid ihr alle!" schreit der Pistolenheld wie von Sinnen und tritt dabei noch voller Haß auf den am Boden Liegenden, der aber keinen Mukser mehr von sich gibt. Ich möchte den Kerl anspringen wie ein Hund, ich könnte ihm die Kehle durchbeißen wie ein Raubtier, und hinter und neben mir erhebt sich erregtes Gemurmel. Die Stimmung ist zum Zerreißen gespannt, und daß es nicht zum Aufstand der blanken Hände gegen waffenstarrende Henker kommt, ist nur dem Zufall zu verdanken, daß der Rote abhaut. Das Gemurre scheint ihm unheimlich geworden zu sein, da ist auf der Straße ein lustigeres Austoben als im Walde, mitten unter Männern, denen im Angesicht des Todes alles, aber auch wirklich alles egal ist. Wir stehen auf, kümmern uns um den niedergeschlagenen Kameraden, aber da ist nichts mehr zu machen. Die Augen hängen heraus, und dort, wo die Nase war, ist eine einzige blutige Masse. Einer, der einmal Offizier gewesen zu sein scheint, deckt über den massakrierten Kopf ein Taschentuch, dann betten sie ihn in eine kleine Mulde. Ein Teil sitzt noch immer auf dem Boden, einige stehen in Gruppen herum, nicht wenige liegen auf dem Boden und vergraben das Gesicht in ihren Händen – verzweifelt, zerknirscht, erbittert – mit allem am Ende. Wir sind keine Hunde, wir sind ärmer als Hunde, wir sind Deutsche, und das ist für die siegreichen Demokratien, für die Hüter der Freiheit und Wächter der Menschlichkeit Grund genug, ihren geheiligten Prinzipien, die sie alle zusammenführte, treu zu bleiben: Tod allen Deutschen! Haut sie, wo ihr sie trefft und schlagt sie, wo sie sich zeigen.

Wehe den Besiegten

Das Waldstück füllt sich mit Landsern. Immer mehr werden über den Steg getrieben, und ich suche vergeblich nach Kameraden unserer Schwadron. Das Stück Brot, das mir der Alte gab, halte ich fest in der Hosentasche. Es ist mein kostbarster Besitz. Soviel ich auch suche, meine Kameraden kann ich nicht finden. Auch Uscha Heinrich sehe ich nicht. Er wurde genau vor mir zu den „Sortierten" geschickt. Das letzte Band, das uns noch als Soldaten einer Einheit zusammengehalten hat, ist gerissen. Eine schrille Frauenstimme ertönt aus einem Lautsprecherwagen zu uns herüber: „Alles Schmuck, alles Uhr, alles Ring muß sofort bei Kommandant abgegeben werden! Bei wem noch Schmuck angetroffen wird, wird sofort erschossen!" Eine Männerstimme wiederholt den Aufruf in einwandfreiem Deutsch. Uhren werden zerschlagen, Ringe geschluckt, um das Geschlechtsteil gebunden oder in den After geschoben. Ich habe noch einen Ledergeldbeutel, eine Lederbrieftasche, Kochgeschirr und einen lumpigen Rucksack mit einer guten Decke darin. Diesen „Besitz" habe ich eigentlich dem Alten zu verdanken. Einem Menschen unter Unmenschen. Meine Hochachtung vor dem „alten Schnurrbart". Er hatte selbst in dem blutigen Wüten seiner Landsleute eine Spur von Anständigkeit und Herz bewahrt. Dieser alte Partisan freilich kann nicht ahnen, daß er einem jungen Kerlchen durch seine gute Tat geholfen hat, nicht ganz zu verzweifeln. Erst gegen Abend ist auf der Straße alles kontrolliert. Mancher Waffen-SS-Kamerad ist doch noch durch die Überprüfung geschlüpft. Von unseren zehn Mann sind noch fünf übriggeblieben. Zu meiner Überraschung erfahre ich, daß Heinrich nicht tätowiert ist. Deshalb ist er auch relativ unbehelligt über den Steg gekommen. Häussler ist auch noch mit von der Partie. Auch er wurde von „meinem" Alten kontrolliert. Schnurrbart hat alle Waffen-SS-Leute durchgelassen, uns paar Kerlen erscheint er wie ein Engel unter lauter menschlichen Ratten. – „Habt ihr was von den Frauen gesehen?" will Häussler wissen. „Da müssen viele hier sein", glaubt Heinrich. „Ich habe keine gesehen!" Köhler soll sich seitwärts in die Büsche geschlagen haben. Der Koch wurde erschlagen, die nach ihm folgenden wurden abgeführt, andere auf LKWs verladen und mit einer stark bewaffneten Eskorte in Richtung Pribrams abtransportiert. – „Alles Scheiße! Wir sitzen dick in der Tinte!" Häussler spricht es flüsternd aus, und wie nackte, junge Feldhasen hocken wir dicht aneinandergedrängt auf dem Waldboden, um uns zu wärmen, denn in uns ist alles eiskalt. Ich starre in die Dunkelheit und denke an meinen 17. Geburtstag, dessen Abend ich an dieser Schinderstätte erleben muß. Ein ganzes Rudel schwerbewaffneter Tschechen bricht plötzlich in unser Gehege ein und schwärmt prügelnd, kontrollierend, stehlend und plündernd durch unsere Reihen. Die Kerle hauen und schlagen wahllos. Wehe dem, der von ihnen für ihre teuflischen Späße auserkoren wird. Ich drücke mich dicht an den Waldboden und rücke fest an Häussler heran. Wenn sie mich schlagen, spüre ich das sowieso, aber ich möchte nicht sehen, wie sie auf mich zukommen. Das sind so meine bangen Gedanken in diesen Minuten. Am Eingang knallen die Pistolen und Karabiner besonders häufig. Ich sehe, wie ein paar Landser mit erhobenen Händen im Laufschritt aus dem Gehege getrieben werden. Später knallt es. Was ist passiert? Nun, darüber dürfte eigentlich kein Zweifel herrschen. Ich weiß nicht, dauerte der Zauber eine Stunde, eine halbe oder waren es gar nur 15 Minuten. Die Hauptmeute der Räubergarde hat sich so schnell, wie sie bei uns einbrach, auch wieder verzogen. Von Zeit zu Zeit brauchen sie eben ein paar Deutsche zum Abknallen, denn es gibt ja keine guten Deutschen, es gibt nur schlechte und noch schlimmere, und in den tschechischen Hetzaufrufen, die meistens von dem Privatsekretär des Dr. Benesch, Ivan Herben, verfaßt worden sein sollen, steht sogar geschrieben, daß der Teufel deutsch spricht. Ja, jeder Tscheche soll es sogar als unmenschlich betrachten, wenn die Deutschen ihrer totalen Bestrafung entgehen würden.

Die Unruhe will nicht aus unseren Haufen und Reihen weichen. Stöhnen und herzzerreißendes Schreien läßt vermuten, daß die Schweine mal wieder eine Frau gefunden haben. Ohnmächtiger Zorn, der einem fast die Besinnung raubt, das ist alles, was uns bleibt. Wir sind Tausende und können nichts machen. Wie oft müssen wir die Schreie der geschundenen Frauen und geschlagenen Männer in dieser furchtbaren Nacht ohne Ende noch anhören? Wir selbst sind hungrig, blutig und blau geprügelt, ausgezogen bis auf die Unterhosen oder „neu" eingekleidet mit jämmerlichen, alten Klamotten.

Schreie und Flüche, rohes böses Lachen, Pistolen- und Gewehrschüsse, höhnisches Grinsen, aufblitzende Taschenlampen, Räuber- und Vergewaltigungsbanden, die mit flackernden Fackeln Opfer suchen oder auf Raub- und Totschlag ausgehen, trunkenes wildes Gebrülle, hemmungslose, über den Lautsprecher gebrüllte Hetzworte, Befehle, Aufrufe und Drohungen am laufenden Band – das ist die Begleitmusik in der Nacht des 21. Mai 1945 im Walde bei Pribrams.

Im Tagesgrauen verrichte ich meine Notdurft neben einem Baum. Dort entdeckte ich zufällig drei herrenlose Rucksäcke. Ich lange in den prallsten und erwische eine Konservenbüchse und Knäckebrot. Blitzschnell lasse ich beides in meiner aufgeknüpften, absichtlich mit Dreck verschmierten Feldbluse verschwinden. Diese Fundsachen können mir helfen, denn wir haben noch keinen Bissen zu essen gekriegt. „Wekken" ist in aller Frühe mit Gewehrsalven! Der Lautsprecher brüllt in den Wald: „Auf die Straße treten! Fertigmachen! Auf die Straße treten! Wir machen darauf aufmerksam, daß jeglicher Schmuck abgegeben werden muß. Wer diesen Befehl nicht befolgt hat, wird standrechtlich erschossen! Jetzt kann noch abgegeben werden!!" – Ich sehe keinen, der bereit ist, etwas abzuliefern. – Das Opfer des Rothaarigen liegt noch an derselben Stelle. Man hat ihm eine Zeitung über den Kopf gedeckt. Rings um den Toten lagerte die Nacht über Mann an Mann. Russische Posten versuchen, die aus dem Wald heraustapfenden Massen zu formieren. „Wer abhauen will, muß sterben wie die Schweine, die hier noch herumstinken", schreit eine Männerstimme voller Ironie und spürbarem Haß aus dem Lautsprecherwagen. Beim Vorbeigehen erkenne ich den Sprecher – es ist der Rothaarige! Umgeben von schwerbewaffneten berittenen Russen ziehen wir einem ungewissen Schicksal entgegen, vorbei an ermordeten Kameraden, deren Leichen im Wald und am Wege liegen. Dunkelrote Flecken heben sich scharf vom hellen Asphalt ab. Vergossenes Blut geschlagener und geprügelter deutscher Soldaten.

Das große Treiben nach Osten

Wir marschieren, marschieren, und ein Ziel ist nicht zu erkennen. Meine Stiefel hat man mir weggenommen. Ein gutmütiger Russe schenkte mir dafür großmütig seine alten „Potinkis" und zog sich freudestrahlend meine Stiefel über. „Karascho Kamerad!" Die Dinger paßten ihm ausgezeichnet, dafür konnte ich in den seinen nicht laufen. Wie man in solchen Schuhen überhaupt marschieren kann, muß ich erst lernen. Überall sind die Latschen geflickt, an jeder Stelle scheuert und reibt das gestückelte Leder, vorne klaffen die Potinkis auseinander und letztendlich läuft man doch nur auf der Brandsohle, die einen Eindruck macht, als bröckle sie bei jedem Schritt stückchenweise ab.

Ganze Lastwagenkolonnen singender und besoffen grölender Svoboda-Gardisten fahren an unserem Gefangenenzug vorbei, ohne zu versäumen, die bösen Deutschen mit wüsten Drohungen und Schimpfwörtern zu überschütten. Überall bleckt uns abgrundtiefer Haß entgegen, und an manchen Stellen sind wir förmlich von rasenden Menschenmassen eingerahmt. Junge Mädchen mit verzerrten Gesichtern beschimpfen und bespucken uns, ja selbst alte Großmütter versuchen mit knochigen Händen, die verhaßten Deutschen an den Haaren zu ziehen. Wenn sich Jugendliche zusammengerottet haben, prasseln nicht selten Steinwürfe in unsere Reihen, und aus oberen Stockwerken, wo alkoholisierte Flintenweiber ihre nackten Brüste aus den Fenstern hängen und ihre Helden die Nachtgeschirre voller Unrat über uns herabschütten, dringt hysterisches Gelächter. Manchmal wird es selbst den Russen zuviel, so daß sie mit ihren Pferden und Gewehren die haßwütigen Tschechen zurückdrängen. Das meiste haben die auszustehen, die in den äußeren Reihen marschieren. Ich habe großes Glück und trotte in der Mitte der Kolonne. Allerdings muß ich meinen Platz laufend behaupten, denn die Äußeren versuchen, von dort wegzukommen und drängen nach innen. Wie eine ängstlich zusammengerückte, riesige Schafherde werden wir unaufhörlich vorwärtsgetrieben. In größeren Ortschaften hagelt es regelmäßig Hiebe. Dort wehen die roten Fahnen mit Hammer und Sichel in rauhen Mengen, dann folgt die Tschechenfahne, das Sternenbanner, und auch der Union Jack flattert von Masten, an denen vor Tagen noch tote Deutsche hingen. Dieser festliche Schmuck ist uns schon wohlvertraut. Als wir uns von Prag zurückzogen, hatten die Tschechen schon überall geflaggt. Ganz im Gegensatz zu jetzt wagten sie noch nicht, das Messer an die Kehlen der Njemze zu setzen. Erst jetzt spielen sie die forschen Helden und schlagen auf die weidwunden Körper derer, die sich nicht mehr wehren können. Seht, was für Kerle wir sind! Man kann es förmlich aus den Gesichtern der Revolutionshelden ablesen, die an den Dorfstraßen mit halb in Anschlag gebrachten Waffen ihren ganz aus dem Häuschen geratenen Weibern imponieren wollen.

Im Gefangenen-Lindwurm

Mit erschöpften und fußkranken Gefangenen wird bei diesem Transport nicht viel Federlesens gemacht. Das wird mir so langsam klar, als ich des öfteren tote Kameraden im Straßengraben liegen sehe.

„Stoj!" schreien die Posten und preschen mit ihren Gäulen die Reihen entlang. Allmählich kommt die Masse zum Stehen, und die Russen geben uns zu verstehen, daß wir eine Pause machen sollen. Es ist später Nachmittag. Ringsum ist freies Feld. Die Posten haben sich in einiger Entfernung von uns aufgestellt. Ein Fluchtversuch wäre von vornherein zum Scheitern verurteilt, denn man könnte wohl kaum unbemerkt verschwinden. Die Chance des Überlebens dürfte größer sein, wenn man bei der Herde bleibt. Ich möchte nicht wissen, wieviel Landser, die als Einzelgänger versuchen wollten, die Heimat zu

erreichen, von den Tschechen zur Volksbelustigung ins Jenseits befördert wurden. „Sadis – Saditje!" (Setzen – Setzen) sagen die Russen. Wir
müssen die Straße freimachen. Russische Panzereinheiten rasseln
vorbei, vollbesetzt, mit offenen Luken. Die Besatzungen dreck- und
ölverschmiert, aber sichtlich und hörbar guter Dinge. „Das sind T 34",
meint einer. Die stählernen Ungetüme brauchen fast die ganze Breite
der Straße für sich, und wenn einer zu nahe am Straßenrand fährt,
fliegen abgerissene Grasbüschel durch die Luft. Die aufgesessenen
russischen Soldaten singen und winken uns sogar zu. Das, was sie
singen, hört sich an wie „Hier hasch du Leberworscht!"

Nach einiger Zeit bringen die Russen wieder Bewegung in unseren
Haufen. „Dawei bistrej – dawei bistrej – bistrej dawei – Los Kamerad –
dawei, dawei!!" Zur Bekräftigung und Beschleunigung wird ein paarmal eindrucksvoll in die Luft geschossen, und die ganze Herde setzt sich
wieder in Richtung Prag in Bewegung. Leider war ich diesmal nicht
„auf Zack". Man hat mich nach außen gedrängt, und in meiner Reihe
laufen lauter fremde Gesichter. Heinrich ist ein paar Reihen vor mir.
Von den anderen kann ich keinen entdecken. Vorläufig scheinen
glücklicherweise keine Prügel in Aussicht zu stehen, denn wir marschieren durch Felder, und dort, wo der Gefangenen-Lindwurm beginnt, sind immer noch Felder. Bis wir da sind, wo die Spitze beginnt,
müssen wir noch gute zwei Kilometer marschieren. Ein paar Kilometer
lang dürfte unsere Kolonne schon sein. Wenn wir über eine Anhöhe
kommen, kann ich den Anfang gerade noch sehen, aber das Ende
nicht. –

Zug der Gefangenen – ohne Ende?

Leid der Gefangenen – ohne Ende?

„Fünfzig Kilometer werden wir hinter uns haben!" spricht ein
Landser zu sich selbst. Es geht schon gegen den Abend zu. Meine Füße
schmerzen und brennen, die Glieder sind schwer wie Blei, der Kopf ist
genau wie der Magen – unsagbar leer. Von Zellgewebe umgebene
Hohlräume, das wäre die treffende Definition dieser Masse Mensch,
wie wir sie am 22. Mai 1945 repräsentieren. – Vorne hört man wieder
Postengebrüll: „Dawai, dawai!" Immer dieses verflixte „dawai". „Dawai, stroize po pjatj, Kamrad! Los, los, dawai stroize." Der Russe hält
seine Hand hoch und spreizt die fünf Finger: „po pjatj Kamradd –
antrrätten zu finf!" Wir formieren uns zu Fünferreihen und werden zu

Hundertschaften eingeteilt. Nach einiger Zeit stehen wir endlich so da, wie die Russen es wollen. Außer filzenden Rotarmisten, die hie und da eine bessere Ausrüstung für sich zusammenklauen, passiert zunächst nichts Besonderes. Wir mögen etwa nach meiner Schätzung eine gute halbe Stunde gestanden haben, als von vorne langsam ein LKW entlangfährt. Der Ruf: „Es gibt Brot!" eilt blitzschnell durch alle Reihen. Es dauert allerdings noch geraume Zeit, bis der LKW bei uns ist. Pro Hundertschaft gibt es zwei (!!) Sechspfundbrote, das heißt mit anderen Worten: fünfzig Mann müssen sich einen solchen Laib Brot teilen. Einer, der sich bei uns als Hundertschaftshäuptling aufschwingt, teilt den Haufen in zwei Teile zu je fünfzig Mann. Das Brot hält er in der Hand, macht aber zunächst keinerlei Anstalten, es auf irgendeine Art und Weise unter die Leute zu bringen. Es findet sich aber doch einer, der die undankbare Aufgabe der Brotteilung übernehmen will. Im Nu ist er von einem dichten Knäuel Landser umgeben. Ich bleibe abseits und rechne mir im stillen aus: „3000:50 = 60, nein, wegen 60 g Brot streite ich mich nicht herum." Dieser Entschluß mag mir leichter fallen, als manchem anderen Kameraden, der nichts im Beutel hat. Ich habe immerhin noch acht Scheiben Knäckebrot und eine Büchse Fett im Sack. So setze ich mich an den Straßenrand und öffne behutsam den Rucksack meiner Reichtümer. Da höre ich etwas von „Bleeder Mensch!" Das kann nur Heinrich sein. Er scheint mitten in einem brotteilenden Klumpen Menschen drinzusitzen. „Paß auf, daß es nicht so viel Verschnitt gibt!" meckert einer mit einer verärgerten Stimme. „Jetzt habe ich die Schnauze voll!" krakeelt der Brotverteiler. „Teil doch du, du Jammerlappen!" – „Los – mach doch keinen Quatsch", beschwichtigen ihn wieder andere. „Die Russen können sich schön ins Fäustchen lachen, wenn ihr euch weiterhin so aufführt", doziert ein älterer Landser, der selbst noch in seinen abgetragenen Klamotten wie ein würdiger Herr aussieht. Schließlich liegen doch fünfzig Portionen auf einer Decke, jede etwa so groß wie ein Zeigefinger dick. Ich fasse auch meinen Teil, stecke das Stückchen in meinen Fettnapf, drehe es darin herum und schlucke es ohne viel zu kauen hinunter. Die Knäckebrotscheiben muß ich sparen. Nun, acht Scheiben Knäckebrot helfen auch nicht vor dem Verhungern, aber sie sind ein kleiner Trost und ein kleiner Selbstbetrug: Du hast ja noch zu essen.

Sammellager Königssaal

Es dämmert schon, als wir in der Ferne die Silhouette von Häusern erkennen können. „Königssaal" kann man auf einem Schild entziffern. Wir halten endlich an und werden marschblockweise eine Böschung hinuntergeführt. Vor unseren Blicken liegt eine große freie Fläche, deren eine Seite mit einem Drahtverhau abgeriegelt ist. Hinter diesem Zaun stehen glatzköpfige Kameraden, die uns lachend begrüßen: „Eure Mähnen habt ihr die längste Zeit gehabt. Hier wird alles kahl geschoren!" – „Seid ihr schon lange hier?" frage ich einen hinter dem Stacheldraht. „Bei mir werden's heut 12 Tage . . ." – „Dawai, nasad!" (= Schnell, zurück) Ein Russe scheucht uns auseinander, und unsere Gesprächspartner verschwinden vom Zaun. Über einem aus alten Brettern zusammengenagelten, mit Stacheldraht kreuz und quer bestückten Eingangstor prangt ein großer, überdimensionaler Sowjetstern. Auf den zwei Begrenzungspfosten stecken rote Fahnen. Am Tor steht ein ganzer Trupp russischer Offiziere und Zivilisten unbekannter Nationalität. Die letzteren scheinen aber Tschechen oder gewesene KZler zu sein. Wir müssen in Fünferreihen durch das Tor und werden von diesen Lagerherren aufmerksam gemustert. Ich befinde mich noch immer in der Außenreihe. Eine Alkoholfahne dringt beim Vorbeimarsch an der Russengruppe in meine Nase, die an Penetranz kaum noch zu überbieten ist. Die Brüder scheinen ganz schön einen gehoben zu haben, aber Gott sei Dank passiert nichts. Es wird nicht geprügelt, und es wird auch nicht nach der Blutgruppe geforscht. Unbehelligt kommen wir so durch das Tor und werden auf einen freien Platz dirigiert. Ich bin so ziemlich fertig, denn es waren gute fünfzig Kilometer, die wir hinter uns gebracht haben. Meine Füße brennen wie Feuer, und es ist mir fast gleichgültig, was sie jetzt noch mit uns vorhaben. Nur pennen müßte man können – schlafen, schlafen – nicht getrieben werden und nicht marschieren müssen, das ist mein einziger Wunsch. So nach und nach füllen wir den Platz. Es wird nochmals zu Fünferreihen aufgerückt, und die ganze Kommission, die am Lagertor stand, schreitet das Karree ab, zu dem wir aufmarschiert sind. Bei jeweils hundert Mann malt der Genosse Appelleiter einen Strich auf sein Notizbuch. Erst nach langer Zeit scheinen die Brüder mit dem Zählen fertig zu sein. Sie gehen zur Mitte hin und stehen dann noch debattierend zusammen. Der russische „Zählmeister" fuchtelt mit seinem Bleistift in der Luft herum, bis es den anderen Mitzählern zu bunt wird und alle zusammen die Prozedur des Zählens noch einmal von vorne beginnen. Ringsherum tauchen starke Scheinwerfer den Platz in ein grelles Licht. Nach einer mir endlos erscheinenden Zeit haben sich die Russen geeinigt. Ein kleiner, dicker Kerl mit krummen Säbelbeinen hält in gebrochenem Deutsch eine „Begrüßungsansprache": „Liebe Kamm-raden! Woina kaputt – Gitler kaputt. Wir Rußki Soldatt chabben Verantworttunk für alles deitsch Soldatt. Alles gommt nachause zu Mattka. Vier Wochen alles zuchause. Disziplina Kamraden – viel Disziplina muß sein. Perewotschik idi suda!" – „Dolmetscher will er haben!" rufen einige. Schließlich tritt ein Landser aus dem Glied und geht zu dem „Säbelbein". Der Kleine redet nun eifrig auf den Perewotschik ein und bedeutet ihm, wie man aus seiner Gestikulation unschwer erraten kann, uns sein Palaver zu übermitteln. Der Landser gibt sich nun redlich Mühe, ebenso wie der Russe gebrochen deutsch zu sprechen. Entweder ist der Kerl ein Lump, der sich verstellt und seine Muttersprache verleugnen will, oder er ist ausländischer Nationalität und beherrscht Deutsch nur unvollkommen: „Kamratten!" Der Landser spricht es aus wie Kamm und Ratten. „Der russki Towarisch Kamratt Offizier wünscht, daß wir alles machen, was befohlen wird. Wenn alles gemacht wird, was russisch Offizier befollen – dann dirfen wir heim!"

Der Russe klopft diesem vortrefflichen Übersetzer leutselig auf die Schultern und schenkt ihm eine Zigarette. Hier und da hört man vereinzelt Bravorufe und zaghaftes Beifallklatschen. Doch die große Masse steht in dumpfem Schweigen da. Trotz der optimistischen russischen Beteuerungen von „bald nach Hause kommen" schwant wohl den meisten nichts Gutes.

Die Nacht müssen wir im Freien verbringen. Es stehen nur einige Zelte im Lager. Morgen sollen neue Unterkünfte errichtet werden. dann soll es auch zu essen geben. Nicht weit von uns entfernt befindet sich der „Scheißgraben". Der Abendwind, der uns um die Nase säuselt, weht Duftproben konzentrierten Gestanks über den Lagerplatz. Wir haben wahrlich zum Naserümpfen Grund, aber es muß ja „Disziplina" gehalten werden, damit wir bald gesund und munter nach Hause kommen können.

Wir hauen uns auf den blanken Boden. Ich ziehe die Beine an und rolle mich zusammen wie ein Igel. „Alles Schitt und Quatsch von den Dösköppen!" Diese Feststellung eines Kameraden ist so ziemlich das letzte, was ich vernehme. Als ich nach wirren Träumen in der Nacht aufwache, peile ich ein bißchen durch die Gegend. Überall ist noch Bewegung. Man hört halblautes Sprechen, lautes Schnarchen und Fluchen. Weiter hinten ist alles hell. Von dort kommt auch lautes Singen und Schreien. Nachts feiern die Russen ihren Sieg besonders gern. Ich versuche, wieder einzuschlafen. Zuerst ziehe ich die Decke über den Kopf, dann stecke ich Papier in die Ohren, drehe mich auf die andere Seite, versuche an etwas ganz Liebes zu denken – alles vergebens, es gelingt mir nicht, die Wirklichkeit im Schlaf zu vergessen. Nach längeren Überlegungen entschließe ich mich, eine Scheibe Knäckebrot zu vertilgen. Langsam und bedächtig kaue ich jeden Bissen mit viel Speichel durch und es kostet mich direkt Überwindung, das Zerkaute hinunterzuschlucken, denn ist es erst einmal unten, dann ist es ja aus und man hat nichts mehr zu kauen. Mit dem Kopf liege ich auf meinem Rucksack und phantasiere zu den Sternen hinauf, bis es zu tagen anfängt.

Erste Registrierung

Am frühen Morgen müssen wir alle mit Gepäck antreten. Die Hundertschaftsführer sausen mit Fragebogen durch die Gegend. Jeder muß registriert werden: Name – Vorname – Vatersvorname – letzte Einheit – Landsmannschaft – Entlassungsort – Zielbahnhof. Wir werden gesondert eingeteilt. Bayern – Badener – Rheinländer – Österreicher usw. Ich halte mich an einen Gebirgsjäger Josef aus Karlsruhe. „Hermann", sagt er zu mir, „du warst doch bei der Waffen-SS!" Da ich ihm meine Geschichte erzählt habe, meint er treuherzig: „Das kannscht du net angebe, sonscht habet se dich gloi beim Wickel!" „Ja was soll ich denn machen?" frage ich Josef einigermaßen ratlos. „Des isch doch ganz oinfach", meint der harmlos, „du warscht bei mir in der Einheit. Wenn se dich froge, musch du lediglig wisse, wo mir oigsetzt ware, wer der Divisionskommandeur war, wie de Kompaniechef ghoiße hot und wer der Spieß gwese isch!" Das leuchtet mir ein. „Nur ist die Sache die, – ich habe die Blutgruppe eintätowiert!" – –

„Des isch allerdings Scheiße", meint Josef nach einigem Nachdenken. „Aber bis jetzt habet sie ja noch net nachgschaut." Bis wir mit dem Registrieren an der Reihe sind, lerne ich meine neue Einheit auswendig. Ich war bei der 4. Gebirgsdivision, in der 17. Regimentsstabskompanie im Reiterzug. Zuletzt eingesetzt in Troppau. Gefallen sind am Schluß Feigenbutz, Schmitthuber, Dämmel, Siegmaier. Ich weiß, wie der Spieß geheißen hat und daß er seine Leute immer „Kalmücken" nannte. (Stets dort eingeflogen, wo es am meisten stinkt.) – Es dauert Stunden, bis wir drankommen. Inzwischen haben wir einen Kochgeschirrdeckel voll schwarzen Kaffee gefaßt. Am Mittag soll es das erste Brot geben. Etwas unbehaglich mache ich dem registrierenden Russen mit seiner deutschen Begleitung meine Angaben. Josef steht hinter mir. Seine Anwesenheit beruhigt mich. Der Russe stellt keine Fragen und trägt in kyrillischer Schrift meine Angaben ein: Melcher, Hermann/Josef, Baden – Heidelberg, 4. Gebirgsdivision – „gdje byl", fragt er plötzlich den deutschen Dolmetscher. „Wo warst du?" – „17. Regimentsstabskompanie im Reiterzug", wiederhole ich geschwind. Der Dolmetscher übersetzt und der Russe gibt sich damit zufrieden. Als ich das Zelt verlasse, fällt mir ein Stein vom Herzen. Das hätten wir hinter uns gebracht. Josef lacht verschmitzt und klopft mir auf die Schulter: „Wie, du alter Gebirgsjäger?" – „Na, ich glaube, Josef, daß ich die Daten deiner Einheit mein Leben lang nicht vergessen werde – 4. GD/17. Rgtstbskp./Reiterzug!" –

Wir fassen Verpflegung und bauen Notunterkünfte

„Brotholer antreten!" Tatsächlich scheint es nun doch etwas zu essen zu geben. Jede Hundertschaft stellt vier Mann, mit einer Decke bewaffnet, zum Brotholen ab. Man fühlt förmlich, wie sich unsere Stimmung hebt. Ein unruhiges Umherlaufen beginnt. „Mal sehen, wieviel es gibt." „Wenn's so viel ist wie auf dem Marsch, dann können wir uns alle abschreiben." Doch es spricht sich schnell herum. 600 Gramm Brot gibt es für jeden Mann. Vor Freude esse ich von meiner eisernen Ration zwei Scheiben Knäckebrot auf einmal, ohne aber zu versäumen, die Substanz bedächtig zu zerkleinern. Der schönste Moment unseres jetzigen Zustandes ist nun mal eben, sofern man etwas hat, mit vollen Backen zu kauen. Ich habe noch und werde bald 600 Gramm Zusatz haben. Mein Zielbahnhof wurde auch schon notiert. – Vielleicht liegt das Schlimmste schon hinter uns.

Hin und her gerissen von Empfindungen und Gefühlen verbringe ich die Zeit bis zum Brotempfang. Es sind große runde Brote, die unsere Verpflegungsholer anbringen, und ich habe einen viertel Laib in Empfang genommen. Beim Anblick des frischen Brotes ist meine Beherrschung „im Eimer". Ich esse das ganze 600-Gramm-Stück dick mit Fett bestrichen auf einmal auf. Anschließend kommt das restliche Knäckebrot dran. Gott sei Dank! Nun muß ich nicht mehr daran denken, daß ich noch etwas zu beißen im Rucksack habe. Mein Gepäck ist restlos von Verpflegung gesäubert, und ich muß mir dennoch eingestehen, daß ich noch weit davon entfernt bin, gesättigt zu sein. Nach dieser „lukullischen Mahlzeit" werde ich eingeteilt zum Zeltbau. Alle noch vorhandenen Decken und Zeltplanen müssen abgegeben werden mit der nicht amtlichen Versicherung unseres Hundertschaftsführers, daß wir bei Auflösung des Lagers die Dinger wieder zurückbekommen würden. Auch meine Decke wandert aus dem Rucksack auf den Haufen. Alles, was ich besitze, ist jetzt lediglich noch das Kochgeschirr, ein Eßbesteck, der Rucksack und die Klamotten, die ich auf der Haut trage. In der Brusttasche habe ich noch mein Soldbuch mit den herausgeschabten SS-Runen, ein Tagebuch und eine Zeitung vom 1. Mai 1945, die Hitlers Tod meldete. Das ist meine gesamte Bestandsaufnahme. Wir müssen die Zeltbahnen aneinanderknüpfen, dann wird die so entstandene Fläche wie ein Dach schräg festgepflockt. Die eine Seite wird zum Teil mit Decken verhängt, die andere bleibt ganz offen. So entsteht ein sehr notdürftiger Wetterschutz von etwa 25 m Länge, in den man sich nur kriechend hineinzwängen kann. Die Zeltbahnen und Decken unserer Hundertschaft reichen nicht aus, um noch so ein Dach zusammenzustückeln. Die Plätze sind hundertschaftsweise genau eingeteilt. Darüber hinaus darf nichts gemacht werden. 100 Mann sollen sich nun nachts unter einem Zeltdach von 25 m Länge und 1,50 m Breite zusammendrängen. Für jeden bleiben theoretisch 25 cm. Praktisch sieht die Sache aber so aus: Die Maihitze macht das Klima unter der Plane so unerträglich, daß es wohl kaum möglich sein wird, sich am Tage darunter aufzuhalten, und nachts wird ein guter Teil wohl auch lieber im Freien kampieren wollen, als sich mit 25 cm Eigenplatz ölsardinenmäßig zu begnügen.

Am späten Nachmittag sieht das Lager wie eine Zeltstadt aus. Aus dem vorhandenen Material sind vielfach abenteuerliche Gebilde entstanden. Regnen darf es allerdings nicht, sonst gehen wir alle baden. Tag um Tag brennt die Sonne unbarmherzig auf die zertrampelte Moldauwiese. Viele tausend Füße haben dafür gesorgt, daß man kaum einen Grashalm entdecken kann. Der Boden ist knochenhart ausgetreten, und wenn wir zum abendlichen Zählappell auf den Platz schlürfen, ziehen dichte Staubschleier über das Lager.

Der „Natschalnik Schdaba" schießt auf ein Liebespaar

Am 4. 6. 45 haben wir ein ulkiges Erlebnis! Das gesamte Lager steht wie üblich zum Zählappell angetreten. Am jenseitigen Moldauufer hat ein Spitzfindiger ein Liebespaar entdeckt, das offenbar ganz in seinem Glück versunken ist. Das Pärchen liegt auf einer Wiese. Nach und nach wird das in der gesamten Runde bekannt, und auf einmal schaut alles auf die Anhöhe, wo die beiden Glücklichen sich ihres Zusammenseins auf verschiedene, uns sehr erheiternde Art erfreuen. Den Russen entgeht dieses nicht. Als der „Natschalnik Schdaba", ein russischer Sergeant, das Liebespaar grinsend betrachtet hat, fängt er auf einmal an, ellenlang zu fluchen, zieht seine Pistole und schießt das ganze Magazin in Richtung Liebespaar leer! Sicherlich hat er nicht schlecht gezielt, denn wie von der Tarantel gestochen springt der Casanova auf und entschwindet mit seiner hinter ihm herhüpfenden Geliebten ins naheliegende Gebüsch. Zurück bleibt ein weißer Fleck, wahrscheinlich der Unterrock oder der Schlüpfer des Mädchens. Mit einem kräftigen „jup twoija Matj", dem ordinärsten russischen Standardfluch, steckte der Genosse Natschalnik dann seine rauchende Pistole wieder in die Tasche und zählte lachend seine Schäfchen im Pferch zu Ende. Noch lange hielten wir an diesem Juniabend das weiße Etwas im Auge, doch es war noch dort, als es bereits dunkelte. Am Morgen war der Fleck allerdings weg. Casanova hat wahrscheinlich erst im sicheren Schutze der Dunkelheit seine Braut wieder eingekleidet.

Wir tragen „Platte"

So nach und nach werden wir alle kahlgeschoren. Ich trage meine Platte schon einige Tage, und es ist ein verdammt komisches Gefühl, wenn man mit dem kurzgeschorenen Kopf an die Zeltplane stößt. Es gibt aber noch genug, die ihre Haarpracht vor der Schurmaschine gerettet haben. Aber auch sie werden sie nicht lange halten können, denn die tschechischen Friseure gehen mit diabolischer Freude ans Werk. Wir sehen eigenartig aus, und eigentlich unterscheiden wir uns mit Kahlkopf und jetziger Aufmachung nur wenig von den „russischen Untermenschen", die uns in den Wochenschauen einstmals als solche präsentiert wurden. In einer Religionsstunde im Herbst 1941 hat unser Pfarrer Klausmann uns Schülern erklärt: „Im Ersten Weltkrieg haben wir bei den Stellungskämpfen genauso bärtig und abgerissen ausgesehen wie die Russen, die ihr jetzt in der Wochenschau sehen könnt. Ihr müßt unterscheiden, daß ein Soldat in Paradeuniform anders zu beurteilen ist als ein abgerissener Frontsoldat nach wochenlangen Entbehrungen und dem Erlebnis des Kampfes!" – Klausmann hatte recht!

Wieder unter alten Kameraden

Es ist mir gelungen, Häussler, Heinrich und noch ein paar andere, die zusammen in einer Gruppe geblieben sind, ausfindig zu machen. Dabei trifft es sich, daß einer aus Häusslers Gruppe zu einem Landsmann will, der in der Hundertschaft ist, zu der ich gehöre. Wir tauschen unsere Gruppenplätze, und ich freue mich, daß ich wieder unter ein paar alten Kameraden bin. „Was haste denn bei der Registrierung als Einheit angegeben?" will Häussler von mir wissen. „4. GD, 17. Rgt. Stabskompanie, Reiterzug", leiere ich automatisch herunter. Häussler lacht und meint: „Bei deiner neuen Einheit bist du aber mager wie ein Storch geworden, mein Lieber! Paß auf!! Wir waren alle im 95. Waffen-SS Kav.-Rgt. Diese Einheit kannst du mit ruhigem Gewissen angeben. Die Bezeichnung Waffen-SS kann man ja auch weglassen, 95. Kav.-Rgt. ist auch so richtig." – „Ich danke dir, alles klar!" Zu Häussler „Du" zu sagen, fällt mir zwar noch etwas schwer, denn es ist ja noch nicht allzu lange her, wo er einer unserer härtesten Ausbilder war.

Beim Essenempfang geht es immer toll her. Zweimal am Tag gibt es einen Kochgeschirrdeckel voll dicker Suppe, meistens Hülsenfrüchte, und 600 Gramm großporiges, schwammiges Schwarzbrot. Wir halten in unserer Gruppe eiserne Disziplin. Keiner drängt sich vor beim Essenfassen, keiner mißgönnt dem anderen das Kantenstück Brot, wenn er das Glück hatte, ein solches zu empfangen. Häussler, der ja der Älteste unter uns ist und schon vor 1933 bei der alten Garde gestritten hat, ist beeindruckt. Er ruft unsere Namen auf und teilt die Portionen aus: „Jungs, um euch ist es jammerschade, was hättet ihr für Waffen-SS-Führer abgegeben, – daß uns so etwas passieren muß – – Scheiße, verfluchte –!!" Häussler wendet sich ab und verschwindet plötzlich. Er ist sichtlich bewegt, und das will er uns nicht zeigen. Ein prima Kamerad! –

Fata Morgana der Hungrigen

Seit Tagen brennt uns die Sonne auf den Pelz. Wenn ich aufstehe, sehe ich Sterne vor den Augen, und fast wird dieses Aufstehen zum akrobatischen Vorgang. Von Heinrich hört man, daß er beim Aufstehen sogar Regenbogen sehen würde. Sterne und Regenbogen: Fata Morgana der Hungrigen unter sengender Sonne.

„Auf dem Sack liegen" und dösen ist unsere beste Beschäftigung. Doch auch diese läßt sich nur verwirklichen, wenn man wirklich irgendwo unterschlüpfen kann. Unter den Zelten ist es so siedend heiß, daß nur die ganz Unentwegten bei Tage versuchen, darunter zu pennen oder dem Akt des Flachliegens zu frönen. Dieser Tagesablauf wird durch stundenlangen Zählappell, Essenfassen und Innenarbeitsdienst unterbrochen. Ich möchte nur wissen, wo die anderen von uns geblieben sind. Wenn ich so die Kameraden, die noch in der Nähe sind, zusammenzähle, komme ich höchstens auf 20. Ein Gutteil wird in Brezova Hora verscharrt sein, der Rest ist in Prag gefallen oder wurde bei dem Ritt zu den amerikanischen Linien versprengt. Wir als Überlebende hocken hier im Sammellager Königssaal an der Moldau, schieben Kohldampf und hadern mit dem Schicksal.

Tschechische Posten spielen verrückt

Arbeitsdienst ist manchmal eine willkommene Abwechslung, überhaupt dann, wenn man dabei an irgend etwas Eßbares rankommt, das man organisieren kann. Bei einer Arbeitseinteilung habe ich gründlich Pech. Mit Wolfgang Kluge und anderen muß ich einen großen Haufen Steine abtragen und diese an einer Böschung reihenweise ablegen. Wir sind schließlich so viele geworden, daß wir eine Kette bilden und die Steine von Hand zu Hand zum Zielort befördern. Allerdings haben wir nicht mit den tschechischen Zivilisten gerechnet, die oben auf der Böschung stehen und eifrig auf ihre dort sitzenden Armeeposten, die sich bisher gar nicht böswillig benahmen, einreden. „Halt! – – Warum wollt ihr nicht arbeiten?"

Einer der Posten, ein dunkelhäutiger, schwarzhaariger Halbzivilist, schlägt plötzlich ohne ersichtlichen Grund auf den Schlußmann unserer steinebefördernden Kette ein. „Was wollt ihr? Wir arbeiten doch!!" entgegnet einer dem schwarzlockigen Wüterich. Wie auf ein Signal springen daraufhin die anderen beiden Posten, begleitet von anfeuernden Rufen ihrer gespannt zuschauenden Landsleute, auf uns zu. „Stoij!! Irr deitschen Schweine wollt woll sabbodieren? Jederr Mann nimmt einen Stein und trägt dieses Stein im Laaufschritt an die Böschung. Werr nicht laufen dut, wirrd errschossen!" Als ich das höre, muß ich wirklich schlucken. Der Magen hängt mir in den Kniekehlen, und ich kann mir eigentlich kaum vorstellen, wie man da noch mit einem Stein auf dem Rücken Laufschritt machen soll. Wir zögern mit der Ausführung dieses merkwürdigen Befehls. – „Wollt irr – oder wollt irr nicht?!" Mit dem Gewehr im Anschlag erzwingen die Tschechen, daß wir die Steine im Laufschritt abtragen. Es ist zunächst ein sehr mäßiger Zuckeltrab, in dem wir uns da bewegen. Jeder ist bemüht, daß er keinen allzu großen Stein erwischt. Das bewirkt allerdings, daß die kleinen Steine immer weniger und die dicken Brocken zahlreicher werden. Wir sind in Schweiß gebadet, und die tschechischen Zuschauer grinsen und lachen schadenfroh, wenn ein Posten mit drohender Gebärde seines Schießprügels ein paar Schritte hinter einem erschöpften Landser herspringt und ihm Beine macht, so daß dieser dadurch gezwungen wird, schneller zu laufen. „Hurenböcke – Nazibanditen, bistrej, bistrej!!! –" so brüllt es gehässig von der Böschung, und nur um wenige Zentimeter verfehlt mich ein Stein, der sicher wohlgezielt war, aber glücklicherweise niemand traf. Schwer pocht das Herz durch die Rippen, und ich fühle, daß ich mit meiner Kraft so ziemlich am Ende bin. Drei- oder viermal haben mir die Posten schon Dampf gemacht. Ich kann nicht mehr und gehe im Schritt und schäme mich meiner hilflosen Schwäche. „Lauf, du Sau!" Fünf Finger klatschen mir ins Gesicht, daß ich stolpernd zurücktorkle und der Stein aus meinen Händen fällt. Der Schwarzlockige scheint es besonders auf mich abgesehen zu haben. Ich habe seine gehässigen Augen gesehen – seinem Blick bin ich nicht ausgewichen, und ich weiß, daß es als Gefangener der Gewalt sinnlos ist, Mitleid oder Schonung von ihren Bütteln zu erwarten. Ein Trotz ohnegleichen überkommt mich. Obwohl ich noch einen Kolbenstoß und einen Tritt von ihm kassiere, beginne ich, wieder zu traben – und ich werde traben, bis ich verrecke, aber vorher werde ich dem Peiniger noch einen Steinbrocken an den Schädel schmettern. Ich muß mich über mich selbst wundern, und das Bewußtsein, daß es nur an mir liegt, daß der Bursche noch kein Loch im Schädel hat, gibt mir das Gefühl, daß ich doch nicht so ganz wehrlos bin. Wir sehen uns kaum an, wenn wir aneinander vorüberrennen. Dreimal habe ich die Strecke bis zur Böschung seit meinem Schwächeanfall wieder zurückgelegt, als es passiert: Ein älterer Kamerad bricht zusammen und wälzt sich mit Schaum vor dem Mund auf der „Rennstrecke". Die Posten laufen zu dem Zusammengebrochenen und schauen unschlüssig zu, wie sich der Deutsche auf dem Boden wälzt, aber plötzlich stilliegt. Wir stehen wie angegossen, keiner läuft mehr, wir haben unsere Steine abgeworfen. – „Laufen, los, weiterlaufen!" brüllen die Tschechen von der Böschung. Slawische Flüche wechseln ab mit Beschimpfungen in akzentfreiem Deutsch. Den Kerlen ist keine menschliche Regung anzumerken. Der umgefallene Landser wird von zwei Mann in Richtung Lazarettzelt abgeschleppt, das direkt am Moldauufer neben dem Verpflegungszelt liegt. „Alles antrotten, schnell, bistrej!!" kommandiert einer, den der Schwarzlockige „Frantisek" nennt. „Schnell, dawai bistrej." Frantisek treibt unablässig an. „Jederr wieder Stein aufnehmen – marsch marsch – marsch marsch, hab' ich gesagt, versteht ihrr nicht, irr Faschisten, eier eigen Kommando." Was bleibt uns übrig? Weigerung bedeutet todsicher Prügel oder gar eine Ladung Blei in den Balg. „Wieder antretten." – „Wer von eich verdammte Lumpe hat keinen Stein?" – „Was hast du für ein kleines Steinchen, Hitlerjunge?" Wolfgang Kluge, der gemeint ist, zeigt Frantisek das „Steinchen". Der Schwarzlockige haut Wolfgang mit der Faust in den Rücken und brüllt dabei, daß ihm die Halsschlagader anschwillt. Kluge stürzt nach vorne und hebt sich unter der schlagenden Assistenz des Genossen Frantisek einen schweren Stein auf die Schulter. „Alles herhörren!" brüllt der Dritte im Bunde dieser Ausgeburten. „Alle Mann laufen mit Stein und Zicke-zacke-hoi-hoi-Rufen auf die Böschung!" erklärt uns der Bursche hohnlächelnd. Frantisek übernimmt das Kommandieren. Im Angesicht der amüsierten Zuschauer kommt er sich eh' schon vor wie ein General. „Herr über Leben und Tod" – und dabei ist er nur ein erbärmlicher Typ. „Laufschritt marsch marrsch!" schreit Frantisek. Schwerfällig setzen wir uns in Bewegung. Es will uns kein Laufschritt gelingen. Höhnisch quittieren die Zuschauer unsere Bemühungen. Frantisek läßt anhalten. Wolfgang läßt seinen Stein fallen, und schon sind die Schläger bei ihm. „Schdo takoj?? A schdo takoj, jup twoija Matj?" Wie aus heiterem Himmel steht im selben Moment, als die „Helden" auf Wolfgang einschlagen wollen, ein russischer Offizier schimpfend und erregt gestikulierend hinter den tschechischen Peinigern. „Nasad blädskij Durak!! Kto eto skasall?" – Wer hat das befohlen, ihr Idioten? Die Tschechen werden kleinlaut und scheinen sich irgendwie rechtfertigen zu wollen. Der Russe wird immer lauter und fuchtelt zu guter Letzt noch mit seiner Pistole herum und schreit dabei etwas von „streljatj", was zu deutsch „erschießen" heißt. „Antreten!" bedeutet uns der Russe. „Dawei marsch na Lagere!!" Die Tschechen auf der Böschung rufen dem Russen etwas zu. Dieser aber geht auf die Zurufe und das Gejohle gar nicht ein, spuckt aber unmißverständlich eine Breitseite in Richtung der Hetzer. Er führt uns durch das Lagertor und läßt uns innerhalb des Lagerbereichs sofort wegtreten. Schwer wie Blei sind meine Beine, und ich habe ein Gefühl, als ob ich über schweren Lehmboden ginge und jedesmal die Füße darin steckenblieben. Bei unserem Lagerplatz angekommen, sehen wir, daß die anderen auch alle fort sind. Nur Schmitt, der Durchfall hat, liegt apathisch unter der heißen Plane. Ich muß jetzt auch nur liegen, egal, wie heiß es ist. Wir müssen einen sehr erschöpften Eindruck machen, denn als Kluge unter die Plane kriecht, richtet sich Schmitt halb auf und fragt erstaunt: „Was habe se denn mit euch angestellt?" „Uns haben sie fertig gemacht." –

„Wieso?" will Schmitt wissen. „Halt's Maul, Mensch", fährt ihn Kluge an. „Was habt ihr denn", wendet sich Schmitt zu mir. „Nichts", antworte ich ihm. –

Philosophische Gespräche unter der Zeltplane

Nach dem abendlichen Zählappell erfahren wir, daß der Zusammengebrochene einen Herzanfall erlitten hat und schon vor seiner Ankunft im Lazarettzelt tot gewesen ist. Keiner kennt seinen Namen und niemand weiß, ob er Papiere gehabt hat oder nicht. Ich kann in dieser Nacht kein Auge zumachen. In Höhe meines Kopfes befindet sich in der Zeltplane ein kleines Loch. Durch diese Öffnung funkelt ein Stern. Ich beobachte diesen Stern, bis er auf seiner Bahn weitergezogen ist und nicht mehr durch den kleinen Riß in der Zeltplane hindurchschimmert. Wo es vorhin leuchtete, ist nun Finsternis. Neben mir unterhalten sich zwei. Es scheint, als ob alle diesen beiden zuhören würden: „Es ist nun einmal leider so", höre ich die eine Stimme, „wenn beim Menschen die dürftigen Hüllen der Moral, die Vorstellungen von Religion und Zivilisation fallen, dann ist der Mensch schlimmer als die wildeste Bestie, die wir als Tier bezeichnen. Er handelt demnach schlimmer als ein Tier, und wehe den Menschen, die sich dann in dieser Menschenhand befinden! Wir haben das erlebt, haben es heute gesehen und werden es noch des öfteren durchmachen müssen. Gebe Gott, daß wir das durchhalten!" Eine kleine Pause tritt ein. Eine zweite Stimme fragt: „Hör mal, Edi – mal ehrlich –, glaubst du eigentlich an Gott?" – „Ja, was soll ich dir da sagen? – Ich bin überzeugt, daß es so etwas wie einen allgewaltigen Schöpfer und Lenker der Dinge gibt. Wir dürfen aber von ihm nicht erwarten, daß er nun ausgerechnet uns erlöst, weil wir unschuldig sind. Du mußt vielmehr die Dinge so betrachten: Das Leben ist ein Kampf, ein ewiges Kommen und Gehen. Selbst der Mensch besteht nur aus Kampf, dem Kampf der Zellen und Gewebe. Er ist laufend einem Wettstreit der Affekte und Gefühle ausgesetzt, und er ist davon abhängig, welcher Affekt die Oberherrschaft über den Intellekt erringt. Ich möchte sogar behaupten, daß nur ein paar begünstigende Umstände gefehlt haben, daß du oder ich keinen Mord auf dem Gewissen haben oder das nicht getan haben, was die Tschechen tun.

Einfacher ausgedrückt: In jedem Menschen steckt ein guter und ein böser Kern, und es kommt nur darauf an, welchen Kern er in sich keimen läßt. Ich komme jetzt auf das zu sprechen, was wir als Gott bezeichnen. Du sollst ja deinem Leben einen Sinn geben. Das kannst du meines Erachtens nur, wenn du ein höheres allumfassendes Wesen anerkennst. Meiner Meinung nach ist es egal, ob es sich nun in der Verkörperung von Jesus anbietet oder in Buddha oder Mohammed. Der Mensch soll an das Gute im Menschen glauben!" – „Daß ich nicht lache", mischt sich ein anderer ein. „Wenn du die mit Petroleum angezündeten Verwundeten und halb totgeschlagenen Landser, Frauen und Kinder auf dem Wenzelsplatz in Prag hättest brüllen hören, würdest du nicht so einen Quatsch – von wegen Gutes im Menschen – daherreden. Meine ganze Lebenserfahrung lautet nur HABT ANGST VOR DEM MENSCHEN." „Außerdem – ja, außerdem gestatte mal, daß ich weiterrede", läßt sich der erstere wieder vernehmen. „Ich gestatte, daß ihr das Maul haltet, ihr Zehnmalgescheiten!" brüllt einer, der außen vor dem Zelt liegt. „Alles ist Scheiße, die ganze Welt ist Scheiße – und über Scheiße diskutiert man praktisch doch gar nicht." – „Jawohl, du hast recht", mischt sich ein anderer ein, „alles Schwindel, Betrug, Unterdrückung. Wenn du die anderen nicht fertigmachst, machen sie dich fertig. Ich bedaure bloß, nicht noch mehr von den Kanaken umgelegt zu haben!" – „Ich an deiner Stelle wäre vorsichtiger mit diesen Äußerungen!" meint einer zu dem, der glaubt, daß jeder den anderen fertigmachen muß, um nicht selbst von eben diesen anderen fertiggemacht zu werden. Am Toreingang hört man Gebrüll und Getrampel. Anscheinend treiben sie ein Arbeitskommando zusammen, oder es tut sich wieder sonst etwas. Die Diskussion ist verstummt, doch die beiden neben mir unterhalten sich leise weiter. Schade, daß ich sie nicht mehr verstehen kann.

„Du mußt deinem Leben einen Sinn geben...

Auch wir könnten Mörder sein...

...die Schreie vom Wenzelsplatz...

– bedaure, nicht mehr umgelegt zu haben...

Alles Scheiße, alles Schwindel...

Habt Angst vor dem Menschen!"

Es ist ein toller „Mischmasch", der sich da in meinem Kopfe dreht, und ich wäre dankbar, wenn sich einer finden würde, der da wieder

Ordnung hineinbrächte. Allein kann ich das nicht verdauen – noch nicht. Das Fazit des Gehörten scheint nur die eine Feststellung zu sein: HABT ANGST VOR DEM MENSCHEN!

In meiner ganzen Hoffnungslosigkeit versuche ich zu beten: „Herr im Himmel! Ich weiß, daß es furchtbare, schreckliche und bösartige Menschen gibt. Alle sollen Kinder Gottes sein! Wenn das so ist, dann bitte ich für sie und für mich. Lieber Gott! Es gibt Menschen, die mich hassen und umbringen wollen, die mich schikanieren und die mich hungern lassen, vergib mir, ich kann sie nicht lieben!! Du hast gesagt, vergib ihnen, denn sie wissen nicht, was sie tun, so vergib auch bitte uns und erlöse uns aus diesem Übel. Hilf, o Herr, daß das Gute im Menschen siegt und daß wir alle frei von Haß werden und von den Taten des Hasses ablassen. Herr erbarme dich unser!"

„Baden" in der Moldau

Am 10. 6. 45 werden wir hundertschaftsweise zum Baden an die Moldau geführt. An dem anderen Moldauufer haben sich etwa zwanzig Bewacher mit schußbereitem Karabiner in etwa 10 m Abstand postiert. Mir kommt der Gedanke, durch Tauchen und Schwimmen moldauabwärts zu verduften. Wir dürfen uns nicht mehr als 5 m vom Ufer weg auf dem spitzsteinigen Flußrand bewegen, sonst knallt's, wird uns versichert. In dem Gewimmel versuche ich ein paar Schwimmstöße. Dabei muß ich dermaßen pusten und nach Luft schnappen, daß ich sofort erkenne, wie unmöglich es ist, bei solch miserabler körperlicher Verfassung an Flucht überhaupt zu denken. Wir sind bestimmt noch keine zehn Minuten im Wasser, als schon die nächste Hundertschaft oben steht und sich ihrer Klamotten entledigt. Ein Pfiff aus einer Trillerpfeife bedeutet für uns das Signal: „Fertigmachen – abrücken."

Man munkelt, das Lager würde aufgelöst, und wo anders könnte man das wohl gehört haben als auf der Latrine, einem primitiven Loch, von dessen Rand aus man sich Mühe gibt, die ausgeworfene Erde durch seinen eigenen spärlichen Dung allmählich wieder aufzufüllen.

Am Abend werde ich eingeteilt als Essenholer. Zum erstenmal seit langer Zeit begegnet mir in der Figur des Lebensmittellagerverwalters ein zufrieden ausschauender Landser. Wohlgesättigt, in Fliegeruniform, mit Frontflugspange, gibt er in bestem Befehlston seine Anweisungen. Ich beneide den Mann maßlos. Wie der das macht, wird mir wohl ein Rätsel bleiben. Mit Rangabzeichen eines Uffz. und Orden, kaum zu glauben, aber wahr.

Man munkelt unter den Kesselspülern, daß es tatsächlich losgehen soll. Das Lager soll aufgelöst werden, und wir alle kämen in eine feste Behausung mit besserer Unterkunft. Ich gebe mich keinen übertriebenen Hoffnungen hin. So wie es kommen soll, kommt es ja doch. Schon früh am Morgen des 11. 6. 45 werden wir aufgescheucht. In der Nacht hat es geregnet, doch auf dem ausgedörrten, zertrampelten Lagerboden hat dieses bißchen Naß kaum Spuren hinterlassen. Jeder bekommt 300 g Brot und eine Kelle voll Brühe, die nach Kaffee riecht. Hundertschaftsweise wird angetreten und ausgerückt. Auf einem großen Kleeacker warten wir, bis alles versammelt ist. Das dauert bis fast gegen Mittag. Unsere abenteuerlichen Zelte bleiben alle stehen. Nur unsere Decken, sofern man noch welche hat, dürfen wir mitnehmen. Hie und da hat aber auch einer eine Zeltplane mitgehen lassen. Man darf alles – sich nur nicht erwischen lassen. „Dawei Kamerad! Stroize – Dawai, dawai!" Berittene russische Posten schwärmen aus, und während wir uns hochrappeln, verlassen schon die ersten Haufen das Kleefeld, und ab geht es entlang der Straße – südöstliche Richtung.

Quer durch Böhmen

Seitdem ich im Wald von Pribrams die Fettdose organisierte, ist mein Magen nicht mehr zur Ordnung gekommen. Ich habe laufend Durchfall und muß jämmerlich aussehen. Manche schauen mich so an, daß ich fast errate, was sie denken: „Jungchen, du machst auch nicht mehr lange mit." Es ist merkwürdig, daß mich das Wissen um meinen Zustand nicht erregt oder unruhig macht. Ich blicke zu Boden und tappe stumpfsinnig am Straßenrand entlang. Iwans stehen an den Dorfstraßen oder am Wegesrand, wo sie lagern, und beäugen uns neugierig. Sie springen nicht mehr zwischen die Reihen, und auch das Beschimpfen, Schlagen und Verspotten ist seltener geworden. In einigen Augen dieser neugierigen Zuschauer glaube ich sogar Mitleid herauszulesen. Aber ich kann mich auch täuschen. Einige fragen die

Posten, wohin es geht und wann wir denn an Ort und Stelle seien. Die zucken nur mit den Schultern und sagen „skoro", das heißt „bald". Wir lernen zum erstenmal, daß „skoro" im Russischen ein sehr dehnbarer Begriff ist. Wir tippeln Kilometer um Kilometer herunter, und die Posten zeigen lachend ihre Zähne und trösten uns mit „skoro, Kamrad"! Spät am Abend trotten wir in Bistritz ein.

Lager Bistritz

Beim Einmarsch, der ohne Filzung über die Bühne geht, erkenne ich einige Baracken und die gleichen Zeltkonstruktionen wie in Königssaal. Es wird abgezählt und in Hundertschaften und Gruppen eingeteilt. Ich komme in eine Gruppe zu lauter Fremden, bis auf Uscha Heinrich, dem es anscheinend „vergönnt" ist, meinen weiteren Lebensweg zu begleiten. Heinrich spielt den Gruppenführer, und ich haue mich spät in der Nacht neben ihn auf den Boden. Es ist eine besonders unruhige Nacht für mich, denn ich muß laufend auf den Lokus, und es ist mir wirklich sehr elend zumute. Die Hauptverpflegung in Bistritz besteht aus Maissuppe, das sind ganze Maiskörner, die kaum weich gekocht und ohne jeglichen Geschmack einmal am Tage als „Suppe" präsentiert werden. Morgens und abends gibt es eine Brühe, die nur sehr entfernt an einen schlechten Tee erinnert. Brotempfang ist in der Regel erst spät in der Nacht. Die Bäckereien, die das Brot für uns backen, kommen bei der Masse Menschen, die zu versorgen ist, nicht nach. Wenn wir das 500-g-Stück Brot empfangen, ist es noch heiß und ziemlich schwer. Diese Verpflegung gibt mir den Rest. Nach drei Tagen behalte ich nichts mehr bei mir. Heinrich faßt mein Essen und sorgt dafür, daß man mich mit Arbeitsdienst und ähnlichem in Ruhe läßt. Ich werde immer apathischer. Entweder ich liege unter der heißen Zeltplane oder hocke auf dem Donnerbalken. „Mensch, du scheißt ja Blut", sagt einer, der hinter mir zwischen den Lokusbrettern in der Hocke sitzt. „Du mußt ins Lazarett, du hast die Ruhr!" Wie ein Holzhammer treffen mich die Worte dieses Kameraden. Ich bitte Heinrich, sofort mit mir zum Lazarett zu gehen. „Da gommen nur Halbdote hin", meint Heinrich. Er meldet mich beim Hundertschaftsführer. „Lazarettfälle nur am Morgen", erklärt dieser. Wenn man in der Nacht nicht verreckt, kann man sich also am Morgen nach dem Zählappell im Lazarett melden. Ich komme kaum mehr zum Lokus und verliere schon unterwegs blutigen Schleim. Wenn mich die Kerle nur nicht so anglotzen würden, denn das ist ein verdammt schlechtes Zeichen. Die Nacht vergeht. Heinrich geht mit mir nach dem Appell zur Lazarettbaracke, dem Treffpunkt des Elends. Hier werden die Landser nur herangetragen. Entsetzlich abgemagerte, mit Geschwüren bedeckte Männer mit verschmutzten Kopfverbänden und tief in den Höhlen liegenden Augen. Aber auch ich muß gut in diese Gesellschaft passen. Als ich etwa zwei Stunden vor der Baracke im Schatten gelegen habe, komme ich an die Reihe. Name, Alter, Dienstgrad, Hundertschaft wird gefragt. Nach diesen Angaben will ich dem deutschen Arzt, dem ein Tscheche vorsteht, erzählen, was ich habe, als der schon abwinkt und dem Tschechen vorschlägt, mich aufzunehmen. „Haemocolitis", sagt der Deutsche zu dem Tschechen. Der sagt etwas von „Baracke voll". Ich werde als „marschunfähig" registriert und wieder zu meiner Hundertschaft zurückgeschickt. Ein Sani gibt mir noch den Rat, Holzkohle zu organisieren und diese fein zerkaut einzunehmen. Vom Zählappell bin ich auch befreit. Das ist das eigentlich Positive. Auch die Tatsache, daß ich nicht aufgenommen wurde, also noch kein „ganz schwerer" Fall bin, bewerte ich für mich als Plus, doch daß ich dem Arzt lazarettreif erschienen bin, gibt mir genug zu denken. Es hat mich ganz ordentlich erwischt, aber die Ruhr soll es Gott sei Dank nicht sein. Heinrich bringt mir ein Stück angebranntes Holz. „Eigentlich bist du ein guter Kerl, Heinrich! – – Wenn ich so daran denke, was du für ein Schleifer gewesen bist: Hinlegen – nach links abrollen – in fünf Minuten wieder sauber dastehen. – – Na, du weißt ja selbst, alter Kommißkopp!" – „Dienst ist Dienst, und Schnaps ist Schnaps, Melcher, aber vergiß nicht, ich fresse zur Zeit och dein Brot, deshalb bin ich bloß so ä guter Mensch", meint Heinrich ironisch und lacht. „Du mißt mir eigentlich donkboa sein, daß ich eich Muttersöhnche zu harte Männer egol gemacht hobe. Sonst werste sicher eh schon eigange. Aber laß man Jungche, Unkraut vergeht allemoal nich, und deine bläde Scheißerei wird och eh moal en Ende finde."

In Bistritz kommen laufend neue Transporte an, und es gehen neue Transporte weg. Massenmusterungen werden vorgenommen, die mit einer Viehabschätzung und Fleischbeschauung auf den Schlachthöfen sehr viel Ähnlichkeit haben. Hundertschaft um Hundertschaft marschiert nackt an einer Ärztekommission vorbei, und eine breitbusige, weißkittelige Russin ist eifrig bemüht, nachdem sie am Bauch und am Hintern eines jeden gezupft hat, die Kategorie mit einem Kopierstift dem so Beschauten auf die Rippen zu malen. Es gibt drei Kategorien Arbeitsvieh in Bistritz: I ist gut, II noch verwendungsfähig, und III ist schlecht. Mich hat man erstaunlicherweise als zweite Kategorie abgezeichnet. Heinrich erklärt mir, daß die nur auf den Hintern schauen, weil der beim Menschen zuletzt abnimmt. „Wenn der die Backen noch nicht hängen läßt und keine Falten schlägt, bist du noch zu gebrauchen." Eine alte Redensart bei uns im Jungvolk lautete: „Und schlägt der Arsch auch Falten, wir bleiben doch die Alten!" Bis zu diesem Tage habe ich nicht gewußt, daß auch in diesem lässigen Ausspruch ein Sinn steckt.

In der folgenden Nacht werde ich wachgerüttelt. Einer leuchtet mir mit einer Taschenlampe ins Gesicht: „Melcherr, Herrmann – 17 Jahrre??" – „Jawohl", antworte ich schlaftrunken. „Mitkommen!" – – „Wohin?" will ich wissen. „Das zeig ich dirr schon", brummt der Mann mit der Taschenlampe. Mein Zeug will ich mitnehmen. „Alles dalassen, du kommst zurrick", bedeutet mir der Kerl, der, wie ich jetzt erst sehe, Zivil trägt. Mir ist doch etwas bang zumute, als ich mich aufrapple und dem Zivilisten in Richtung Kommandantura folge. Durch einen Vorraum werde ich in ein hell erleuchtetes Zimmer geführt. Die Lampen blenden mich stark. Der Zivilist unterhält sich auf tschechisch mit einem eleganten Uniformierten, der hinter einem Schreibtisch sitzt, und deutet auf ein Papier. „Du morrgen mitmarschieren, du gutt firr Marrsch", eröffnet mir der Genosse hinter dem Schreibtisch. Dann unterhält er sich mit dem Zivilisten, ohne sich um mich zu kümmern. Mir scheint, die beiden erzählen sich die neuesten Witze des Tages. Der mit der Uniform deutet dann wieder zu mir, fixiert mich und spricht Tschechisch. Der Zivilist übersetzt: „Wenn du auf dem Marrsch dumm wirst – verstehst du – dann kommen Panjes – verstehst du – Pferdepanjes und lesen dich auf. Kapiert?" Ich werde direkt mutig und sage: „Ich kann nicht marschieren, bin krank", und mache das entsprechende Gesicht dazu. „Dann du fahren – Idiot – kapiert?!!" brüllt urplötzlich der Schreibtischhengst. Mir bleibt nur noch übrig „Jawohl" zu sagen und wegzutreten.

Mit Blutdurchfall auf dem Weitermarsch

In aller Frühe binden wir unsere paar Habseligkeiten zusammen, werden gezählt und marschieren aus dem Lager. Heinrich ist leider nicht mit von der Partie. Die Straßen von Bistritz sind noch fast menschenleer, und nur hie und da zeigt sich ein Gesicht hinter Vorhängen. Als Schafe unter Schafen tippeln wir weiter in Richtung Osten. Nichts als eine marschfähig geschriebene namenlose Nummer in einer namenlosen grauen Kolonne. Die Hoffnung wird immer kleiner, die Verzweiflung immer größer. Mit der Wachmannschaft scheinen wir diesmal Glück zu haben. Die lassen ab und zu einen Landser im Straßengraben hocken, aber dann: „Dawai bistrej nasad" (= Schnell zurück). Ich habe meine alten schlampigen Schuhe über die Schulter gehängt. Der heiße Straßenbelag brennt an den Füßen. Wir erleben es oft, daß tschechische Frauen mit Tränen in den Augen Eimer um Eimer mit frischem Trinkwasser für uns heranschleppen. Wir drängen uns wie Verdurstende um die Gefäße herum. Die Posten lassen uns gewähren. Nur wenn das Gewimmel um das Wasser zu toll wird, gehen sie dazwischen. Trotz meines Durchfalls trinke ich, wo sich nur Gelegenheit bietet. Den Ortsschildern nach sind wir schon mehr als 20 km ohne Rast vorwärtsgetrieben worden. Mich erfaßt plötzlich ein Schwindelgefühl, daß ich mich auf meinen Nebenmann stützen muß. Der macht den Russen darauf aufmerksam. „Hej, idi suda Kamradd" (= Komm her, Kamerad). Mit dem Mann, der mich stützt, und einem Posten bleibe ich am Wegrand zurück. Am Ende der Kolonne humpeln Landser mit Stöcken, dann folgen Panjewagen, die schon voll belegt sind mit Kameraden, die erschöpft zurückgefallen waren. Dazwischen ein kleines Panjewägelchen mit Säcken. Auf dieses werde ich verfrachtet. Da liege ich nun zwischen Mehlsäcken und einer Balaleika. Als Kutscher fungiert ein alter stoppelbärtiger russischer Landser mit einem gutmütigen Bauerngesicht und einer reichlich speckigen Uniformbluse. Das zottige Pferdchen hat ordentlich zu ziehen. Der Alte schnalzt des öfteren mit der Zunge und summt eine wehmütig klingende Melodie vor sich hin. Um mich kümmert er sich so gut wie gar nicht. Hoffentlich muß ich mich nicht übergeben, denn was dann passieren wird, kann schlecht für mich werden. Ich vertraute auf meine Übung: Hosen runter – abgeprotzt – weitermarschieren, eine Tätigkeit, die höchstens ein bis zwei Minuten dauern darf, sonst werden die Posten ungeduldig oder gar bösartig. Es ist deshalb immer die Regel: Warte bis zum letzten Moment, dann wirst du am schnellsten fertig und hast weniger Unannehmlichkeiten. Meine Glieder sind schwer wie Blei, und ich finde galgenhumorig, daß kaum ein anderer besser auf die Säcke gepaßt hätte als ich. Ein gutes Stück bin ich schon mit dem Panje gefahren, als die ganze Kolonne stoppt. Von vorne prescht ein Reiter heran und hält bei den hinteren Wagen. Die aufgelesenen Landser müssen absteigen, wer nicht mehr gehen kann, wird auf einen Sonderwagen gelegt. Ich steige auch von meinen Mehlsäcken herunter. Wie ich so vom Wagen springe, fährt es mir von unten nach oben durch Mark und Bein, daß mir Hören und Sehen vergeht. Einen kleinen Moment halte ich mich am Wagen. Der Russe muß das beobachtet haben: „Schdo takoj Friitz? – Du molodoj, du gutt, dawai dawai!" – „Was ist los Fritz? Du bist jung und in Ordnung, los weiter." Ich schließe auf und bin nun im vorletzten Glied der Ramponierten, die von den „Knochensammlern" herunter mußten.

Fütterung am Wege

Es geht sehr langsam voran, aber es hat sich schon bis zum Kolonnenende herumgesprochen, daß wir rasten, und daß es etwas zum Beißen gibt. Drei Feldküchen dampfen, und es gibt pro Mann einen viertel Liter Bistritzer Maissuppe und für jeweils vier Mann einen Laib Brot, der etwa drei Pfund wiegen dürfte. Es ist die erste und letzte Fütterung an diesem Tage. Mein Magen rumpelt, aber er behält sein bißchen Inhalt. Wenn man in solch einer Situation noch ein wenig froh sein kann, dann bin ich es jetzt. Es ist ein gutes Gefühl, wenn ich daran denke, daß ich nicht mehr mit fallender Hose aus der Reihe tanzen muß. Kaltes Wasser und Hungermarsch als Heilmittel für Blutdurchfall – das würde mir kein Arzt glauben. Aber gut, daß es noch Dinge gibt, die nicht zu erklären sind.

Einzeln und in Gruppen hocken wir im Pferch. Man weiß, daß es die nächsten 24 Stunden nichts zu futtern gibt und döst eben vor sich hin. Eskortiert von einem russischen Wachposten erspähe ich einen deutschen Offizier mit Rot-Kreuz-Armbinde. „Doktor, ich kann kaum mehr laufen, hab' Blasen an den Füßen." Auf meinen Anruf hin kommt der Sani mit dem Russen zu mir. „Verbinden kann ich dich nicht, ich habe kein Verbandsmaterial. Zeig aber mal die Dinger her!" Das Aussehen meiner Füße bewirkt doch, daß er aus seiner Feldbluse ein Verbandspäckchen herauszaubert und mit verschwitzten Fingern um den böse aussehenden rechten Fuß einen Verband anlegt. „Du hast ganz schöne Blasen, mein Lieber, ich hab' aber nur noch ein paar Verbandspäckchen für die schlimmsten. Wenn der linke Fuß schlimmer wird, bind es halt über den linken!" – „Danke schön, Doktor!" Draußen vor dem Stacheldrahtpferch rennt ein kleiner Junge mit einem großen runden Brot auf und ab. „Wer hat Tornister? Kriegt Brott!!" Die Russen machen ihm Beine, daß er eine abfallende Wiese hinunterkollert. Dabei spucken sie voller Freude hohe Bogen und schieben die Feldmütze in den Nacken. Der Arzt kniet schon wieder bei einem anderen, und vor ihm stehen sie Schlange.

Vier Mann unter einer Decke

Mit vier Mann liegen wir abseits der Straße auf der blanken Erde, zugedeckt mit meinem großen grauen Woilach (= wollene Pferdedekke). Spät in der Nacht fängt es an zu donnern, und ein ordentlicher Platzregen ergießt sich über uns. Die triefende Nässe geht durch und durch. In kurzer Zeit haben wir keinen trockenen Faden mehr auf dem Leibe. Durch enges Zusammenrücken versuchen wir, uns gegenseitig zu wärmen. Die nasse Decke hängt schwer über dem zusammengerückten Elend. Sie bringt es aber dennoch fertig, uns ein ganz klein wenig das Gefühl der Geborgenheit zu geben. Gewehrschüsse und das übliche Gebrüll lassen uns am frühen grauen Morgen auffahren. Ich glaube, wir vier unter der nassen Decke an der Straße nach Deutsch-Brod scheuen uns, das schwarze Zugedeck vom Kopfe zu ziehen. Als es dann doch geschieht, schauen wir reichlich blöd „aus der Wäsche". Die eine Gesichtshälfte dreckverschmiert, die andere fast sauber. Ein Bild zum Schreien, wenn es nicht so traurig wäre.

Ohne Essenfassen Aufbruch. In der Frühkälte dampfen die nassen Klamotten am Leibe. Meine Füße schmerzen. Der Verband ist dreckig, die „Schuhe" habe ich unten aufgeschnitten und vorne verdrahtet. Es ist ein recht mühseliges Dahinschlürfen. Aber die Wagen fahren wieder hinter uns her, bereit, diejenigen aufzunehmen, die am Ende sind, fertig mit allem. Noch 20 km bis Deutsch-Brod. Ich könnte aus dem Ortsschild Kleinholz machen. An der Straße stehen uniformierte Russinnen und schäkern über unseren schlappen Haufen. Rumänische Einheiten, die auf russischer Seite kämpften, ziehen schnell an uns vorbei. Es ist bespannte Artillerie mit Feldhaubitzen vom Kaliber 10,5 cm. Hinter diesen Kanonen marschiert die Infanterie, die sich lediglich durch ihre umgehängten Gewehre von ihren gefangenen Landsleuten, die in unseren Reihen mitlaufen, unterscheiden. Einige dieser Hilfstruppen haben ihre Schuhe über der Schulter hängen und marschieren barfuß. Es ist ein toller Haufen, und in landsmannschaftlicher Verbundenheit versuchen sie, Landsleuten, die sie entdecken, Brot und Machorka zuzustecken. Ich mache mir das zunutze und biete einem, der sich mit seiner Flinte und einem kleinen runden Armeebrot unter uns gemischt hat, meinen Geldbeutel an, den mir Schwager Willy noch Weihnachten 1943 geschenkt hatte. Der Rumäne will nicht so richtig, wird aber quasi gezwungen, denn die russischen Konvois haben was spitz gekriegt, und mit Fußtritten und Kolbenhieben vertreiben die Russen ihre gleichfalls bewaffneten Verbündeten, von denen sie sichtbar nicht viel halten, aus unseren Reihen. Das Brot wird sofort aufgegessen und kann mir von niemandem mehr genommen werden. Das Tauschgeschäft konnte gerade noch im richtigen Moment getätigt werden.

Noch 10 km bis Deutsch-Brod. Die „Knochensammler" sind voll besetzt und die Kolonne weit auseinandergezogen, von Fünferreihen keine Spur mehr. Die Posten haben Gott sei Dank Einsehen und lassen vieles durchgehen. – Gegen Abend halten wir Einzug in Deutsch-Brod. Es geht entlang einer kopfsteingepflasterten Straße, die mitten durch die Stadt auf eine Anhöhe führt. Mein kümmerliches Schuhwerk hängt schon längst wieder über den schmalen Schultern. Den Verband trage ich in der Hosentasche. Die Füße brennen wie Feuer, aber dumpf und mechanisch trotten sie weiter – rechts – links – rechts, Schritt um Schritt, Kilometer um Kilometer, bis zum jeweiligen Tagesziel. Vor einem größeren Block wird die Kolonne zusammengezogen, zu Fünferreihen aufgerückt, und der Postenführer läßt im Beisein eines höheren, hinzugekommenen Offiziers durch einen Dolmetscher fragen: „Waren wir gute Begleitposten?" Bravo-Rufe bestätigen ihm seine Anfrage im positiven Sinn. „Habt ihr Beschwerden?" will der Offizier von uns wissen. „Kein Brot, viele Kranke, keine Schuhe!" – ein wahres Feuerwerk von Beschwerden prasselt auf den verdutzten Postenführer und den Offizier. Der Dolmetscher beginnt zu übersetzen, aber der Russe winkt ab, redet mit den Händen auf den Dolmetscher ein und deutet auf den Postenführer, einen braungebrannten, ordensgeschmückten jungen Russen, den man ohne weiteres genausogut in eine HJ-Uniform hätte stecken können. „Der Herr Major will wissen, ob ihr Beschwerden gegen die Wachmannschaft vorzubringen habt, Brot wird sein, Schuhe werden sein." Der Russe spricht wiederum auf den übersetzenden Landser ein. „Und die Kranken werden gesund gemacht", übersetzt dieser ergänzend. Einige Landser klatschen, etliche rufen „Bravo", doch die meisten lachen über den Russen, der schlicht behauptet „. . . und die Kranken werden gesund gemacht." „Karascho, otschin karascho, dawai po pjatj – bistrej dawai – dawai zu fünf" (Gut, sehr gut, schnell zu fünf antreten).

Durchgangslager Deutsch-Brod

Eine Gruppe von Russen steht am Tor, die Schildmütze im Genick und die Hände in den Hosentaschen. Auf beiden Torseiten stehen russische Landser. Ein Dolmetscher rennt eilfertig durch die Gegend: „Zu fünfen aufgehen, an den Händen fassen – dawai marrsch! – Abstand halten!" so schreit der Perewotschick. „Gebt euch die Hände, ihr stures Volk, damit der Offizier zählen kann!" Hinter dem Tor erwartet uns noch eine Überraschung. Eine einwandfrei gekleidete Gefangenenkapelle empfängt uns mit Geigen und Trompeten: „Wir sind die lustigen Holzhackerbuam, hallodridiohollahodirio . . ." Das ist der Einzug ins neue Lager, einem ehemaligen Lazarett oberhalb Deutsch-Brods. Eine Ankunft mit wackeligen Knien, ausgehungert und durstig, aber immerhin ein Empfang mit Musik.

Filzung, Einteilung und Entlausung ist die Reihenfolge der Aktionen, die wir am Morgen im Lager Deutsch-Brod zuerst über uns ergehen lassen müssen. Wir sitzen auf einem von grünen Hecken eingerahmten freien Platz zwischen den Blocks und harren der Dinge, die uns in dem Entlausungsbau erwarten. Eine Hundertschaft darf für das Waschen und die Entlausung eine halbe Stunde benötigen. Mit mehr „dawai-dawai" als Wasser wird das auch geschafft. Die Klamotten sind lauwarm, als wir sie aus der Entlausung wieder in Empfang nehmen. Wir sind gewaschen und entlaust, aber nur pro forma. –

„He, Hermann, du lebst ja auch noch!" Ein schmaler Landser mit zu großen Klamotten kommt aus dem Entlausungsbau auf mich zu, ohne daß ich ihn erkennen kann. Erst als er auf meine Schulter haut, geht ein Licht bei mir auf: „Mensch, Willi, man erkennt sich kaum wieder!" „Das liegt an den schlechten Lichtverhältnissen", spottet dieser und fährt sich dabei über die „Platte". Willi Haungs, mein Schwadronskamerad und Studienfreund aus Bad Rippoldsau, sieht in der Tat blaß und hohläugig aus. Der kahlgeschorene Kopf läßt Willis Gesicht kleiner erscheinen. Ich kann mir gut vorstellen, daß auch ich keinen besseren Eindruck mache als er. Einfach erbärmlich, wie wir in relativ kurzer Zeit abgehalftert haben. Wir waren beide bei dem gleichen Haufen, doch bei der Auslieferung hatten wir uns aus den Augen verloren. Willi ist auch gut durch Brezova Hora gekommen, und wir hoffen beide, daß trotz allem, was mit uns geschieht, wir auch weiterhin noch ein bißchen Glück im Unglück haben werden.

Bei der Kommissionierung werde ich als „Zweier" abgemalt, und man munkelt, daß diejenigen, welche eine „Drei" auf die Brust oder zwischen die Rippen gezeichnet bekamen, heimfahren dürften. Die russische Oberärztin habe das zu einem gesagt: „Tretowa Gruppa wsje pojedut domoi" (= Dritte Gruppe fahren alle nach Hause). Im stillen denke ich bei mir, wenn du „Zweier" bist mit deinem Knochengerippe, wie müssen dann erst die „Dreier" aussehen, denn in Wirklichkeit bist du doch ein schlechter „Dreier". Die „Einser" und „Zweier" müssen sich gleich marschfertig machen. Wir bekommen 200 g Brot und einen Schlag Bohnensuppe am Morgen. Etwa zwei Stunden nach dem Zusammentreffen mit Willi verlassen wir, eingeteilt in neue Hundertschaften, als erste und zweite Arbeitskategorie das Zwischenlager Deutsch-Brod.

Weitermarsch Richtung Südost

Die Landschaft, durch die wir getrieben werden, ist schön. Idyllisch liegen die kleinen Dörfchen zwischen den Wäldern eingebettet. Die Gänse und Enten, soweit sie noch nicht über russischen Lagerfeuern gebraten wurden, watscheln schnatternd in die Sicherheit der Dorfweiher. Kolbenstöße der unnachsichtigen Wachmannschaft sind der Lohn für einen hungrigen Landser, der bei einem vorbeigehenden alten Mann versucht hat, Äpfel aus dessen Korb zu stibitzen. Die hohen Bäume auf den Dorfplätzen werfen kühle Schatten und verbergen mit ihren aufgewölbten Laubdächern oft kleine, hübsche Kirchen, die hier in der Gegend mit quadrigen Steinmauern umschlossen sind und sich schutzbedürftig hinter den uralten, wetterfesten Bäumen verstecken. Wir kommen auch durch noch rein deutsche Dörfer des Kreises Iglau. Ältere Frauen schauen weinend hinter geschlossenen Fenstern hervor, und kleine Jungen und Mädchen versuchen, Brot und Trinkwasser zu verteilen. Es kommt zu wüsten Streitereien, und die Russen bereiten der Brotverteilung mit Schüssen in die Luft ein rasches Ende. Bleiener Stumpfsinn scheint über der ewig marschierenden Kolonne zu liegen, als wir zum erstenmal an diesem Tage, dem 13. 6. 45, rasten dürfen. Ich habe Glück. Genau an meinen Rastplatz grenzt ein Gelberübenacker. Wir reißen die Rüben heraus und futtern die kleinen Dinger mit dem jungen Kraut. Die Rast dauert vielleicht zehn Minuten. Diese Zeit hat gereicht, um den gesamten Acker abzuweiden. Ich bin wirklich froh, wenigstens etwas erwischt zu haben. Erst als es weitergeht, merke ich, wie sehr mich die Müdigkeit schon zersetzt hat. Meine wunden Beine sind empfindungslos geworden. Sie halten sich eben weiter in Gang, obwohl die Fersen wie rohes Fleisch aussehen.

Spät am Abend werden wir auf eine Wiese getrieben, der man es ansieht, daß schon Tausende darübergetrampelt sind. Eine dünne Suppe, aus alten Benzintonnen geschöpft, und etwa 300 g Brot ist die Tagesverpflegung, die wir am Abend auf einmal empfangen dürfen. Eine dumpfe Müdigkeit ist in jede Zelle meines Körpers eingedrungen, und ich haue mich in den Staub der zertrampelten Wiese, um im Schlaf für ein paar Stunden das große Elend vergessen zu können. – Unruhig ist die Nacht. Irgendwo in der Nähe hocken Russen zusammen und singen und johlen. Warm und lau ist die Luft, aber ich friere trotzdem bis ins Mark. Hier stöhnt einer, dort schnarchen ein paar um die Wette, wieder andere unterhalten sich leise, die große Masse aber liegt stumm auf dem Boden. Gegen Morgen muß ich endlich eingeschlafen sein. – „Du willst wohl nicht, oder kannst du nicht mehr? Auf geht's! Komm, komm, komm!" Ich liege noch flach, als diese Worte im Unterbewußtsein an mein Ohr dringen, und halb dösig frage ich den Kumpel, der mich aufgestöbert hat: „Was'n los??" – „Hast du's nicht knallen hören, Mensch?" Ich habe keine Schüsse gehört, ist ja auch egal: Schüsse am Morgen bringen Kummer und Sorgen. Es beginnt erst zu tagen, und es muß noch verdammt früh sein. Die Füße brennen und schmerzen höllisch. Ich watschle wie eine lahme Ente. Die Gehwerkzeuge müssen tatsächlich nach jedem Halt neu eingelaufen werden. Bei zunehmenden Marschkilometern weicht allerdings die Schmerzempfindung der ersten Stunde einer gefühllosen Taubheit. Wichtig ist, daß man mitkommt. Nur nicht zurückbleiben müssen, denn nicht jeder Posten hat Mitgefühl für marschunfähige Gefangene.

Ankunft in Brünn

Mein österreichischer Nebenmann hat ausgerechnet, daß wir schon 40 km marschiert sein müßten, wenn die Ortsschilder und die Angaben darauf stimmen. Es ist ein erbarmungsloses Treiben, und vormittags gegen 11.00 Uhr treffen wir auf die ersten Häuser von Brünn, das sich jetzt Brno nennt. „Mönsch, dös san 100 km in zwoa Toag'n", stellt der Österreicher fest. Vor einem kasernenartigen Gebäude in der Hauptstraße von Brünn machen wir halt. Es beginnt der übliche Hokuspokus: „Po piatj – dawai dawai – an den Händen fassen – schnell, schnell." Zählung am Tor – Zählung im Hof. Wir befinden uns in einer ehemaligen Artilleriekaserne. Überall an den Wänden hängen kommunistische Transparente, die uns in dieser Fülle noch nicht einmal auf den tschechischen Straßen und Häuserwänden begegnet sind. Überall waren und sind Plakate mit überlebensgroßen Köpfen von Marx, Engels, Stalin, Benesch und Masaryk sowie anderen Größen an die Wände genagelt und auf die Straßen gestellt, aber hier in der Artilleriekaserne ist jedes freie Plätzchen mit Losungen und Schlagwörtern förmlich tapeziert.

„Ruhm und Ehre der siegreichen Roten Armee", das liest man am meisten. „Es lebe der große Führer des Sozialismus J. W. Stalin", wiederholt sich auch des öfteren. „Der Sozialismus wird siegen". In kräftigen roten Lettern hebt sich diese Behauptung aus der Fülle der schwarzweiß gehaltenen Lobgesänge, Drohungen und Prophezeiungen. „Marx – Engels – Lenin – Stalin", diese Namen erinnern mich an die Kirche, in der sie Jesus, Maria, Josef und den Aposteln ihren Hosiannagesang darbringen. „Mit den faschistischen Mordbrennern wird abgerechnet", und man bedarf keiner allzugroßen Phantasie, um zu erkennen, wer mit diesem Spruch gemeint ist.

„Ruhm und Ehre den Befreiern vom faschistischen Joch"

„Ruhm und Ehre den Helden der Sowjetunion"

„Alle Patrioten an den Aufbau!"

„Nie wieder Krieg gegen die Sowjetunion!"

„Der große vaterländische Krieg endet mit dem Sieg des Sozialismus in der ganzen Welt!"

„Alle Kriegsverbrechen müssen gesühnt werden" – außer denen der Alliierten, versteht sich.

„20 Millionen Sowjetbürger wurden von den hitleristischen Mordbanditen in der UdSSR ermordet." Von den 60 Millionen Ermordeten der Revolutionsjahre zu sprechen, ist konterrevolutionär.

„Die UdSSR hegt keinen Haß gegen das deutsche Volk", – wenn es kommunistisch wird, bliebe hier zu ergänzen.

„Wir arbeiten für eine glückliche Zukunft", – in der die Funktionäre immer dicker werden und das Volk zu roboten und das Maul zu halten hat.

„Die Nazis an den Galgen", – und alles, was nicht kommunistischen Sinnes ist, dazu.

Verachtung, blanker Haß, verdrehte Tatsachen, maßlose Überheblichkeit und versteckte Schmeicheleien, eine ganze Skala menschlicher Gefühlsregungen, zu prägnanten Schlagwörtern formuliert und in dicken Blockbuchstaben auf Papier gemalt, schreien in greller Vielfarbigkeit von den Wänden, nicht zu übersehen, auf die meisten jedoch ohne Eindruck bleibend.

Wir werden in einen Seitenflügel der Kaserne eingewiesen. Dort ist schon alles überbelegt. Dicht an dicht bevölkern die Landser die Böden, Vorräume und Gänge. An der Stirnseite unseres Hundertschaftsraumes steht ein Bücherschrank mit zerbrochenen Glastüren. Ein spitzbärtiger Alter, die Brille mit Schnur an den Ohren befestigt, lehnt wie ein meditierender Professor an der Wand und blättert in einem dicken Wälzer. „Liest du och schon Karl Marx, Alter?" pflaumt einer den Spitzbart an. „Erstens bin ich nicht dein Alter, und zwotens würdest du dich prima in die Gattung der Hornviecher, die hier beschrieben sind, einordnen lassen. Wahrscheinlich sind die Rindviecher wegen ihrer vielseitigen Leistung die ältesten Nutztiere des Menschen!" – Der Alte, der kein Alter sein will, liest wörtlich aus dem Buch vor, bis das große Gemecker anhebt: „Hör bloß auf mit deinen Milchkühen, die stehen sowieso trocken." Der Inhalt des Bücherschranks scheint von einer Veterinäreinheit als Wissensquelle benutzt worden zu sein. Ich suche etwas von Pferden, finde aber auch nur ein paar ausgerissene Blätter von der Rinderzucht: „Die europäischen Rinderrassen werden in Niederungs- und Höhenvieh unterteilt...", das ist mir zwar egal, aber für hinterlistige Zwecke kann man immer Papier gebrauchen. Die Landwirte unter uns fabulieren von ihren Wunderkühen und diskutieren über die Vorzüge ostfriesischer Kühe im Vergleich zu den rotbunten, westfälischen Kühen. Andere haben währenddessen entdeckt, daß man die Bretter des Bücherschranks herausnehmen kann. Diese findigen Köpfe verwenden die Regalbretter als Sitz-, Schlaf- und Liegebrett. Dabei sind sie sichtlich bemüht, ihren Platz gegenüber den anderen, die sich auf den unebenen, dreckigen Böden drücken, abzugrenzen. Ohne Streitereien geht es dabei nicht ab. Der Spitzbart schüttelt den Kopf und schließt die übriggebliebenen, kaputten Glastüren des ausgeschlachteten Bücherschranks so sorgfältig ab, daß man glauben könnte, es wäre sein eigener zu Hause mit den wertvollsten Büchern. –

Nur eine Nacht war es den Schlafbrettbesitzern vergönnt, die müden Knochen auf geradem Holze ruhen zu lassen. Am Morgen heißt es wieder: „Dawai stroize", und ab geht es durch die Straßen Brünns. Viele Fenster sind zum Teil mit Brettern vernagelt, die Häuser zeigen verschiedentlich starke Kampfspuren. Die Deutschen soll man alle aus Brünn abtransportiert haben. Von den Tschechen werden wir nur angegafft, aber nicht belästigt.

Vielleicht sind sie schon in etwa durch die russischen Besatzer

ernüchtert worden. Es geht eine Straße bergauf, das „dawai po pjat"
der russischen Posten läuft die Kolonne entlang. Wir sind mal wieder
da.

Lager UFPPL 33 der ukrainischen Front, Kuhberg/Brünn

Am Tor die übliche Prominenz: Fluchend, Mütze schiebend, mit
Papyros und Karandasch (= Zigarette und Bleistift). Im Laufschritt
muß jede Fünferreihe durch die Gasse der vor lauter Anstrengung
schwitzenden Rotarmisten. Am Ende stimmt es doch nicht, und die
Prozedur beginnt von neuem im Hofe, einem großen Platz, im Geviert von Gebäuden umgeben, die alle zusammen einen Komplex
wie eine Festung ausmachen. Nach der zweiten Zählung beginnt das
große Palaver. Jeder der russischen Rechenkünstler versucht, den
anderen davon zu überzeugen, daß sein Ergebnis das richtige sei.
Nachdem die Brüder sich schließlich einig geworden sind, beginnt
die Zuweisung und Einteilung in neue Hundertschaften. Wir befinden uns auf dem Kuhberg in Brünn, dem Lager UFPPL 33 der
ukrainischen Front. Mit mehr als zehn Hundertschaften, ich bin bei
der neunten, und immer noch stiefeln viele hinter uns her, werden
wir in einen Reitstall eingewiesen. Hier herrscht ein Gedränge und
ein Gebrülle, kurzum – ein tolles Durcheinander.

Bei dem Kampf um die Plätze geht es heiß her. Diejenigen, welche
am Gang liegen dürfen, können wenigstens die Füße ausstrecken,
müssen aber in Kauf nehmen, daß andere über sie klettern und daß
ihnen von den im Mittelgang Durchgehenden auf die Knochen getreten
wird. Die weiter hinten Liegenden müssen sich beim Schlafen zusam-
menkrümmen und können nicht ohne Kletterkünste durch fluchende
Landser so ohne weiteres den Ausgang erreichen. Jede Hundertschaft
wacht eifersüchtig darüber, bei der Platzverteilung nicht benachteiligt
zu werden. Innerhalb der Hundertschaften pflanzen sich diese Zänke-
reien fort. Ein wüstes Zerrbild deutscher Einigkeit. Der Spitzbart von
der Artilleriekaserne steht bei mir und grinst sarkastisch. Ich glaube
wirklich, daß er sich über dieses Durcheinander amüsiert. Mir ist nicht
zum Grinsen zumute, aber als ich neben den Spitzbart zu liegen

komme, bin ich doch irgendwie froh. Der Boden der Halle ist mit Sägemehl aufgefüllt. Unser zugeteilter Platz pro Mann ist 1,20 m lang und 45 cm breit, höchstpersönlich ausgemessen mit einem Perfekta-Meter „Made in Germany", von dem Spitzbart Max Jockisch, Buchhändler aus Berlin.

Max weiß alles – Max macht alles – Max ist durch nichts zu erschüttern. Diese Zuversicht überträgt sich irgendwie auf mich. Von dem Tag an, an dem wir unsere zugeteilten Plätze in der Reithalle nebeneinander bekamen, sind Max und ich unzertrennlich. Dazu gesellt sich noch ein junger, sympathischer Österreicher aus dem Burgenland, Josef Steiner, genannt „Pepperl". Er trägt noch den Arm in der Schlinge und wurde aus einem Lazarett bei Prag von tschechischen Ärzten marschfähig geschrieben. „Pepperl" und ich müssen zum Arzt. Bei ihm stinkt der Eiter durch den Verband. Meine Füße sehen schwer demoliert aus und sind inzwischen krebsrot aufgeschwollen. Nach zwei Tagen untätigen Herumliegens im Reitstall werde ich einem russischen Arzt vorgeführt, der von zwei deutschen Ärzten assistiert wird. Kopfschüttelnd betrachtet der russische Äskulapjünger die unförmig gefüllten und zum Teil aufgeplatzten, entzündeten Blasen an meinen dreckigen Füßen. Ich werde geschnitten, gesalbt und mit dem Dreck und Speck wieder verbunden. Außerdem bekomme ich die Zusicherung, daß wir bald bessere Schuhe empfangen würden: „Wsjem budet lutsche potinki (= Bald werden bessere Schuhe für alle zur Verfügung stehen). Aber wann wird das „budet" sein? Der russische Arzt meint noch *„skoro domoi"* und bedeutet mir unter dem ironischen Grinsen seiner beiden Assistenten, daß die Behandlung beendet sei. Was soll ich nun mit solchen Füßen tun?

Ich komme mir vor wie ein Fakir, der auf glühenden Kohlen stolziert. Doch Max weiß Rat, Max kann alles. Mit einer echten deutschen Nähnadel und echtem deutschem Zwirn näht er mir aus Deckenresten ein paar „Schleicher", in die ich bequem mit meinen Verbänden hineinschlüpfen kann. Ich gehe buchstäblich auf leisen Sohlen. Nachts herrscht in dem Massenquartier Reitstall eine schier unerträgliche Hitze, die mit solch penetrantem Mief angereichert ist, daß es ein Großteil der Stallinsassen vorzieht, im Freien zu schlafen. Max hat für „Pepperl" und mich eine Schlafecke vor der Lagerbäckerei ausgesucht und meint dazu: „Wenn se e'n zum Arbeiten brauchen, finden sie wenigstens gleich de Richt'jen vor de Türe liegen." In Wirklichkeit ist es aber dort zum Verzweifeln. „Geh hörst, i halt dös nimmer aus den Brotgeruch in der Nas'n, dös macht mi wild und narrisch!" So jammert „Pepperl" und bläht dabei die Nasenlöcher auf wie ein ausgehungerter Wolf, wenn er Wildwitterung wahrnimmt. „Du hast och keen bißchen Phantasie ,Pepperl'! Stell dir vor, du hättest dich total überfressen und würdest dich in Schmerzen winden. Was globst du, wie froh du wärst, wenn du dann deinen Magen leer hättest!" – „Vielleicht ist der Geruch für dich schnuppe, Maxe, aber ich sehe nur Brot, rieche nur Brot, und da soll ein gesunder, aber ausgehungerter Mensch schlafen?" – „Willst damit vielleicht sagen, daß ich krank bin, ihr seid bloß alle beede noch zu jung, um dem Geruch nach frischem Brot und jungen Weibern widerstehen zu können", gibt Max ärgerlich von sich. „Weiber könn'n dutzendweis nackend vor mir auf und abbi hupfn, wenn i die Wahl hätt zwischen dene und Brot, dös kannst glaub'n, daß i dös Brot vorzieh'n dät, i hob an Hunger zum Verrücktwerd'n!" – „Das mit den Weibern, mein lieber, ,Pepperl', kannst du wahrscheinlich nicht wahrheitsgemäß aussagen, denn sag bloß, du hast schon 'ne nackige Frau geseh'n?!" Max versucht, dem Gespräch eine andere Wendung zu geben. „Pepperl" gibt keine Antwort. Mir geht's wie ihm, ich habe einen Hunger zum Verrücktwerden. „Los Max, wir hauen ab und suchen uns einen anderen Platz." Ich will aufstehen und mein Bündel unter den Arm klemmen, doch Max entscheidet: „Wir bleiben hier!" – „Ich erzähl euch, was wir machen, wenn wir heimkommen!" Max erzählt nun bis spät in die Nacht hinein von seiner Buchhandlung in Berlin. Er entwirft tolle Pläne, und wenn er sich dabei aufrichtet und der Mondschein seine kaputte Brille zum Glänzen bringt, dann kommt er mir mit seinem Spitzbart wie ein Gaukler vor, „,Pepperl' und du, Hermann, ihr werdet Volontäre bei mir in der Firma, ihr könnt sogar Teilhaber werden. Zuerst gibt es einen gemeinsamen Urlaub, dann werden wir det Ding schon schaukeln." Max bringt es tatsächlich fertig, unsere Geruchsnerven zu beruhigen und das Brot, das in unseren Köpfen spukt, durch eine andere Fata Morgana zu ersetzen, die der Berliner Großbuchhandlung, Verleihbücherei, Papierhandlung en gros, Fa. Jockisch & Melcher & Steiner. Darüber döse ich wirklich ein. Im Geist sehe ich mich schon in Berlin; geschniegelt, gebügelt und feinbeschlipst den Chef der Papierhandlung en gros spielend.

Dieser Traum ist rasch ausgeträumt, und der nagende Hunger in den Gedärmen läßt mir keine Ruhe. Ich mache mich auf von meiner Lagerstatt und umschleiche auf leisen Sohlen die stacheldrahtumzogene Lagerbäckerei, um zu sehen, ob es nicht irgend etwas für meinen leeren Magen zu organisieren gibt. Als ich versuche, in einen nahe am Zaun stehenden Behälter zu langen, fällt das Ding laut polternd um, und es plätschert etwas auf die Erde. Ein weißbemützter Dicker erscheint sofort in der aufgerissenen Tür der Bäckerei und schreit: „Was is'n da los!?" Meine Wenigkeit marschiert schon harmlos in Richtung Latrine, so als wäre nichts geschehen, die leeren Gedärme mit nichts anderem beruhigend als mit Maxens großartigen Ideen. Als ich zurückkomme, macht der Dicke von der Bäckerei noch immer Rabatz. Er hat alle aufgestöbert und will die hungrigen Penner vor seinem Allerheiligsten wegjagen. Er muß sich vieles anhören, was ihm die hochgescheuchten Pennbrüder voller Wut an den Kopf schleudern. Als ein Russe erscheint und „Schdo takoj" (= Was ist los?) in Richtung des prächtig am Himmel stehenden Vollmondes brüllt, verläuft sich die wütende Versammlung schnellstens in andere, weniger „heiße" Pennecken. Ich, der Stein des Anstoßes, ziehe es vor zu schweigen. Vor der Lagerbäckerei schlummern wir allerdings nicht mehr, obwohl Max den Gedanken der Berliner Großbuchhandlung, mit uns als Teilhabern, systematisch weiterspinnt.

Im Lager Kuhberg gibt es sogar ein Klubzimmer mit Leseraum. Max hat dies als erster „ausgekundschaftet", bevor diese Räume überhaupt freigegeben waren. „Was mit Büchern und so zu tun hat, wittere icke schon 10 km gegen den Wind!" Max will mich laufend ins Lesezimmer schleppen. Dazu habe ich keine Lust, und „Pepperl" meint: „Was brauche ma Bücher, wenn allzeit der Magen knurrt, und du bist eh schon gscheit gnuag." Eines Morgens ist Max verschwunden und kommt, ganz gegen seine sonstige Gewohnheit, erst beim Essenfassen in die Reithalle: „Mensch, die haben dort 'n Haufen Bücher, alles vom Verlag für fremdsprachliche Literatur in Moskau." Max hat eigenartige rote Backen. „Was'n los mit dir, Chef?" frage ich ihn. „Ich hab' 'n bißchen mit dem Bücherherausgeber gesprochen, will 'n alter Kommunist sein, der schon 1919 in München gegen die Reaktionäre gekämpft hat, so sagt er, bei dem heißt's aber ‚Holzauge sei wachsam', kein falsches Wort am falschen Platz." Ich kann mir gut vorstellen, daß man da seine Worte wägen muß. Ich weiß von der weltanschaulichen Schulung her, daß diese Brüder damals ganz schön gehaust haben, bis ihnen die Brigade Erhardt den Garaus gemacht hat. Das sage ich Max, und der meint erstaunt: „Schau dir det Küken an! Warst du vielleicht dabei, weil du das so genau weißt?" – „Ich weiß sogar noch'n bißchen mehr, Chef. Der Führer dieser aufständischen Roten hat Levi oder so ähnlich geheißen." – „Ja wo weißt'n das her, Jungchen?" Max rückt, mit seiner Intelligenzbrille auf der Nase, näher zu mir. „Ich habe das Buch von Hans Zöberlein ‚Befehl des Gewissens' gelesen, dreimal gelesen!" – „Du bist der richtje Mann für die Buchhandlung, hab' ich immer jesagt, hab' ich mal wieder direkt jewittert." – „Ick wittere wat janz anderes", versucht „Pepperl" den Chef nachzuäffen, „original Brünner Gullasch, Marke Bodenseh!" Nachdem wir unseren Schlag Dünnsuppe „inhaliert" haben, kommen wir wieder auf das Gespräch „Kommunismus und die Räterepublik Bayern im Jahre 1919". Max macht mich wirklich neugierig. – „. . . und er beschloß, Politiker zu werden", deklamiere ich, frei nach Adolf dem Gewesenen. „Auf, geh' ma", ermuntere ich Max, und wir beide pilgern zum antifaschistischen Lesezimmer.

Häufiger Besucher einer „sozialistischen Bildungsstätte"

Statt Hitler hängt Stalin an der Wand, und statt nationalsozialistischer Wochensprüche kann man nationalbolschewistische Losungen studieren. Umkehrung der Vorzeichen: was einst verdammt, ist heute richtig. Ich lese die russische Verfassung, alte deutsche Schriften der kommunistisch sozialen Verbände, der Hammerschaften des Reichsbanners, von dem Sportbund Fichte, den Kampfbünden gegen Faschismus und von der antifaschistischen Aktion 1932. Ich versuche, die Gesellschaftskritiken von Marx und Engels zu verstehen. Oft muß ich aufhören und die Augen schließen, denn es ist zuviel, was da auf einen einstürmt. Der Magen hat nichts zu verdauen und der Geist zuviel. Einen ungesünderen Gegensatz kann man sich nicht vorstellen. Dem 19er Genossen Vorsteher aus Bayern ist schon aufgefallen, daß ich, wahrscheinlich als einziger im Leseraum, ausgesprochen politische Bücher verlange. Deshalb erkundigt er sich interessiert: „Dein Vater war wohl auch Kommunist?" Mir fällt nichts Besseres ein, als ihn kurz und bündig anzulügen: „War? – – ist es immer gewesen." Er langt unter seinen Schreibtisch und kramt darin. Vielleicht gibt er mir was zum Fressen, denke ich im stillen. Solidarität unter Brüdern? Doch dieser verlockende Gedanke zerfliegt zu nichts, als der Genosse statt Brot ein paar Bände Bücher hervorholt und mir diese fast feierlich überreicht. „Wenn du die gelesen hast, woast es, um was es geht", belehrt mich mein kommunistischer Bücherverleiher. Ich schaue auf die Einbände: „Lenins gesammelte Werke." Es bleibt mir nichts anderes übrig, ein geheucheltes, freundliches „Dankeschön" zu murmeln. Statt Brot zu kauen, kann ich nun Lenin lesen und von der Erlösung des Proletariats träumen. Der Kopf brummt, die Augen schmerzen. Ich lese Lenin und fresse die Buchstaben Stück für Stück, Zeile um Zeile, Seite um Seite, Buch um Buch. Ich versuche, das Gelesene zu analysieren, aber es fällt mir schwer, das geistig zu verdauen, was der „Gott" der Kommunisten von sich gegeben hat, da der nagende Hunger stärker ist. Dennoch bleibt vieles „hängen" (und sollte ein Leben lang nicht mehr vergessen werden).

Ich merke mir besonders wichtige Passagen, und manchmal habe ich das Gefühl, als fielen mir Schuppen von den Augen. Zum Beispiel schreibt Lenin wörtlich: „Die Strategien und Taktiken der kommunistischen Parteien müssen so geschmeidig wie möglich sein, die Parteien müssen lernen, alle Kampfmethoden, vom bewaffneten Aufstand an bis zur Durchdringung der reaktionärsten Gewerkschaften und Parlamente, zu verwenden. Sie müssen imstande sein, legale und Untergrundaktivität zu verbinden, sie müssen kühn und furchtlos angreifen können, aber auch fähig sein, einen geordneten Rückzug anzutreten, praktische Kompromisse abzuschließen und wäre es mit dem Teufel und seiner Großmutter."

Als ich das gelesen habe wird mir klar, daß Hitler ähnlich taktiert hat wie Lenin. Die Hintergründe des Paktes mit Hitler werden mir dadurch auch klar. Hitler scheint sich demnach auch die These von Lenin, „praktische Kompromisse abzuschließen und wäre es mit dem Teufel und seiner Großmutter", selbst zu eigen gemacht zu haben.

Meine vor Überanstrengung flimmernden Augen und die resignierende Erkenntnis, daß nach dem Zusammenbruch des Deutschen Reiches, dem ewigen Bollwerk gegen den Osten, dieser Leninschen Taktik und seiner Methode des Denkens nichts Gleichwertiges mehr entgegengesetzt werden kann, bewirkt, daß ich fortan auf meine Besuche im Leseklub verzichte, nicht freiwillig verzichte, sondern gezwungen durch meine schlechte körperliche Verfassung, die es mir unmöglich macht, Gedankengängen, Thesen und Analysen konzentriert oder kritisch folgen zu können. Als ich abends nach dem Zählappell im Reitstall auf dem Boden liege und versuche, aus meinem Leninstudium ein Fazit zu ziehen, komme ich zu der Überzeugung, daß dieser schreckliche Krieg noch lange nicht der letzte war.

Hungerphantasien

Der Hunger wird von Tag zu Tag größer. Max stellt die humoristische Diagnose:

> „Studiert man Lenins Theorien,
> dann braucht man Kalorien.
> Hat man keine –
> laß es seine!"

Er spottet noch, aber er kann selbst kaum kriechen und ergeht sich in phantasievollen Schilderungen aus seiner Glanzzeit: „Menschenskinder, wenn ich so an meene jute Zeit denke – – – Brötchen und Bohnenkaffee am Morgen – Butter so ville du wolltest, drei Sorten Marmelade, Tannenhonig und der Kaffee – – der war so stark, daß dir's Herz bald stille stand. – – Weeßte Hermann, mein Eheweib hatte längere Zeit in Wien jelebt und aus dieser Zeit stammte ihre Kochkunst, sie hatte 'ne Menge Spezialgerichte auf Lager. Ihre Schnitzel waren immer goldgelb, mit Zitrone und Butterstückchen garniert – – einen Salat nannte sie nach einem russischen Fürsten – da waren Spargelspitzen, Nüsse, Äpfel und Ananasscheiben in Mayonnaise mit Geflügelstückchen gemischt. Sie kochte 'ne Soße, die war so würzig wie . . . na . . . so würzig wie – –" Max fährt sich mit der Zunge über die trockenen, spröden Lippen, und der passende Vergleich für seine Gewürzsoße fällt ihm nicht ein. Er schwelgt in Erinnerung an genüßliche Speisen und bessere Zeiten. „Dir läuft schon das Wasser aus dem

Mund", versucht Seppel Maxens Redefluß zu stoppen. In der Tat schimmert es naß um Maxens dünne Mundwinkel. Das unrasierte, blasse Gesicht mit den feuchten Mundecken starrt ins Leere, zurück in die Vergangenheit. Fast ärgerlich wischt er das Mundwasser am Ärmel ab: „Ihr wißt ja nicht, wie ick jelebt habe, Jungchen!!" Wir glauben es ihm ja gern, und ich muß direkt schlucken, wenn ich daran denke und mir vorzustellen versuche, daß Max das eigentlich ja gar nicht alles essen konnte. Er muß ein sehr satter Mensch gewesen sein. Satte Menschen? Gibt es das überhaupt noch? Kann ein Mensch satt sein? Kann ein Mensch überhaupt so satt sein, daß er etwas wegwirft? Sicher lauter alberne Überlegungen und dummes Sichfragen, geboren aus Hunger. Aber kann ein satter Mensch einen Hungrigen überhaupt verstehen? Nein!!! Ein Satter wird einen Hungrigen nie verstehen. Ein Satter wird sich nie solche Fragen stellen.

Es wäre zu schön, wieder einmal das Gefühl des Sattseins verspüren zu können. Max macht dazu einen originellen Vorschlag: Jeder von uns dreien gibt einmal am Tage seine Portion zugunsten eines Mannes ab. In der Praxis würde das so aussehen: Seppl empfängt seine und unsere beiden Portionen, insgesamt drei Schlag Suppe, und könnte sich damit einmal „die Wampe vollhauen", während die anderen beiden, Max und ich, in die Röhre schauen. Dann käme ich an die Reihe, anschließend Max. Zwei müßten eben immer zugunsten eines Dritten verzichten. Der Vorschlag kommt nicht zur Ausführung, denn Seppl meint, daß er „glatt 10 Schlagl Supp'n runterhau'n könnt, ohne satt zu werden". Schließlich probieren wir folgendes: Die Brotration eines Tages wird auf den nächsten Tag aufgehoben. Am anderen Tag könnten wir dann zwei Brotportionen auf einmal verdrücken. Am 15. Juli packe ich meine frisch empfangene Ration in den Brotbeutel und trinke nur den Viertelliter Tee, der uns morgens verabreicht wird. Die Brotportion wird für den nächsten Tag aufbewahrt, und wenn ich mir die Finger abbeißen muß! Ich habe den Beutel umhängen und denke an nichts anderes als an die Brotportion. Gegen 10.00 Uhr werde ich zum Backsteinputzen innerhalb des Lagers eingeteilt. Ich putze Backsteine und denke an nichts als nur an die Brotportion. Mittag: Essenempfang. Dünne Suppe ohne Sättigungswert. Den Beutel lege ich nicht ab, denn in ihm ist mein kostbarster Besitz, die aufbewahrte Brotportion. Am Nachmittag schnappe ich meine Decke und lege mich mit Max und

Seppel in die Sonne. Alle Gedanken kreisen einzig und allein um die Brotportion. Ich will Max und Seppel nicht fragen, ob sie auch so oft an ihr Brotstück denken, denn schließlich hat man ja auch seinen Stolz. Als wir so in der Sonne liegen und Max seine Zukunftsgedanken gewohnheitsgemäß wieder aufgreift, kann ich mich nicht mehr beherrschen. Ich setze mich auf und nehme vorsichtig den Beutel zur Hand, ergreife behutsam das Stück Brot und fahre bedächtig darüber hinweg. Ich wiege es hin und wiege es her, ein paar abgefallene Krümel vorsichtig mit dem angefeuchteten Finger auftupfend. Soll ich – soll ich nicht? – Iß die Brotportion – du bist verrückt – vielleicht kriegst du sie noch geklaut! – Oh, es sind sehr viele Stimmen in meinem Innern. Übermächtig werden diese, die da hämmern: Iß doch – iß doch die Brotportion. „Dunnerlittschen, du hast ja noch dein Chleb", wundert sich Max. „Ich habe meins heute morgen schon jegessen!" – „I hob meins au schon am Morg'n aufigessen", erklärt Seppel mit einem traurigen Seitenblick auf meinen Brotkanten. „Da guck mal einer hin! Ich bin der einzige, der noch Brot hat", sage ich einigermaßen verwundert. „Hab' dich nicht so", kontert Max, „du hast och bald keens mehr, denn du kämpfst doch sicher och schwer gegen an, oder nich, Hermann?" Er zwinkert listig mit den Augen und stichelt: „Iß doch – iß doch!" Ich tue niemand den Gefallen. Weder mir, noch Max und Seppel. Zuerst lege ich das Brot noch ein bißchen in die Sonne zum Rösten. Ab und zu lasse ich einen Krümel zwischen den Zähnen vergehen. Wie froh bin ich, daß das Brot ein bißchen krümelt. Vielleicht verkrümele ich das Brot ganz. Man kann länger daran essen und hat mehr davon. Das Brot bleibt so lange in der Sonne liegen, bis es Seppel zu blöde wird: „Stecks weg, dös dämliche Brot, ich konns nimmer anschaun." Es wird Abend, und es kommt der Kaffeebrüheempfang. Mein Brot bleibt eisern im Beutel, obwohl ich einen Hunger wie ein Wolf habe. Nach dem Zählappell gehe ich am Stacheldraht entlang, in fünf Meter Entfernung versteht sich, und versuche auf andere Gedanken zu kommen. Auf den Straßen laufen Frauen mit Körben voller schöner roter Kirschen. Sie lachen und scherzen, aber würdigen uns keines Blickes. Von den Tschechen hat doch eigentlich während des ganzen Krieges niemand gehungert, und jetzt sind sie auch wieder satt. – In der Nacht kann ich kaum Schlaf finden. Ich denke unaufhörlich an die Brotportion, ob ich will oder nicht. Maxens goldgelbe Wiener Schnitzel, Lenins historischer und dialektischer Materialismus und die aufbewahrte Brotportion, nach der ich bei jedem Erwachen und Aufhorchen greife, bilden ein seltsames Kunterbunt, um das meine Gedanken kreisen. Selten habe ich einem Tag so entgegengefiebert wie dem 16. Juli 1945. Der Brotempfang ist für uns eine heilige Handlung geworden. Auf selbstgebastelten Senkwaagen wird gewogen, geschnipselt, und bei Beginn der Verteilung werden die Kantenstücke ausgelost. Auf einem Kanten kann man besser herumkauen als auf einem schwammigen Mittelstück. Ich hatte gestern Glück. Heute erwische ich kein Eckstück. Kaum ist die Brotausgabe beendet, schreit ein Dolmetscher in die Halle: „Gleich alles auf dem Appellplatz antreten!" Wie hatte ich mir doch so schön vorgenommen, das Brot langsam in kleinen Stücken zu kauen. Ich schlinge die Brotportion von heute hinunter, verputze im Hinausgehen im Nu den aufbewahrten Kanten von gestern, der mir so viel Willenskraft abforderte. Was ich verspüre, ist allerdings enttäuschend. Kein sattes Gefühl, und die gestrige Portion war angeschimmelt und reichlich sauer. „Na Kleener, biste heute satt geworden?" – „Satt nicht, aber klüger", erkläre ich Max. „Ich geb dir nur einen Rat, behalte deine klugen Ideen in Zukunft für dich!"

Ein Transport geht nach Hause

Acht Tage ist es nun her, daß unser Dreigespann durch die Ausmusterung von Max Jockisch gesprengt wurde. Er kam mit einem Transport körperlich ziemlich Heruntergekommener weg und ist wahrscheinlich nach Hause gefahren. Der Abschied war schmerzlich, und Max gab uns mit Tränen in den Augen den Ratschlag: „Haltet zusammen, Jungs, macht die Augen auf, und laßt den Kopf nicht hängen. Wenn wir nach Hause kommen, müssen wir uns wiederfinden." Auf einem alten Stück Papier hat er uns seine Adresse hinterlassen: Max Jockisch, z. Zt. Queichhambach/bei Annweiler – Pfalz, Hauptstraße. Seppel dreht das Stückchen Papier nachdenklich in den Händen. Es ist die einzige Hinterlassenschaft unseres pläneschmiedenden Spitzbartes. „Ob das was wird mit der Bücherei?" Seppel bezweifelt dies und läßt skeptisch den Zettel in der Brusttasche verschwinden.

In den nächsten Tagen habe ich Grund zur Freude. Meine großen Marschblasen an den Füßen sind nahezu verheilt, außerdem eiterte noch ein Granatsteckssplitter aus. Daß die Füße geheilt sind, beruhigt mich besonders, denn diese werden wahrlich noch manche Prüfungen bestehen müssen. Gesundheit ist das beste Mittel, um in der gegenwärtigen Situation heil durchzukommen. Jeden Morgen müssen wir Frühsport machen. Ein ehemaliger Unteroffizier gibt sich redlich Mühe, etwas Schwung in unseren müden Haufen zu bringen. Unser lahmes Gewedel in Zeitlupentempo macht ihn schließlich doch so mürbe, daß er den Vorturnerposten einem nervenstärkeren Feldwebel übergibt. Für jenen hat diese Stellung nur so lange einen Reiz, wie er einen Doppelschlag Essen für seinen erhöhten Kalorienverbrauch erhält. Als dieser Nachschlag auf allerhöchste Weisung nicht mehr ausgegeben wird, findet sich auch kein „Vorturner" mehr, und die ganze Aktion schläft ein. Da wir aber „lebenstüchtig und arbeitsfähig" bleiben müssen, wird Spiel und Sport an den Nachmittagen angesetzt. Die Ausführung des Sportbefehls wird von den Russen und den führenden Antifaschisten im Lager überwacht. Unsere Gruppe spielt in der „Sportstunde" regelmäßig „Blindekuh". Bei den „Anforderungen", die diese „Sportart" an uns stellt, kann man bestimmt nicht von Überanstrengung sprechen. Ist ein Russe in Sicht, kommt das Kommando: „Verschnaufpause." Wir hocken uns alle im Kreis auf den Boden und mimen die Erschöpften. „Patschemu nix Sport", poltert der Russe. „Moment Pause – kaputt." Unser Gruppenführer deutet auf sein Herz und sagt: „Da kaputt." Der Russe grinst: „Chuij kaputt – dawai Sporrt!" Mit „Blindekuhspielen" und Verschnaufpausen kommen wir gut über die Runden.

Erste Nachrichten am Anschlagbrett

Im Lager hängt neuerdings ein großes Anschlagbrett mit den Nachrichten „Aus der Welt" und Bekanntmachungen der Lagerleitung des Lagers UFPPL 33 der ukrainischen Front:
Wer Teesatz raucht, wird mit Karzer bestraft!
So steht es neben anderem zu lesen. Es folgt ein Artikel des deutschen Lagerarztes über die gesundheitsschädigenden Folgen die-

ser bei den chronischen Rauchern grassierenden Unsitte. Seppls Landsmann Landhammer liegt schon mit einer Teerauchvergiftung im Lagerhospital. Andere sitzen schlohweiß auf ihren Pritschen und ziehen in süchtigen Zügen so lange das Gift in sich hinein, bis ihnen übel wird. Nach dem morgendlichen Tee-Empfang geht es immer wüst her. Schlägereien um die Verteilung des Satzes sind an der Tagesordnung. Das soll nun laut Anschlag anders werden. Wie man hört, ist der Karzer laufend überfüllt. Von unserer Gruppe sitzt einer drin, weil er behauptete, wir kämen alle nach Rußland. Anscheinend wird das nicht der Fall sein, sonst hätte man den Kumpel doch nicht eingesperrt. Nach Leninscher Sprachregelung hat dieser Kamerad wahrscheinlich mit der Feststellung, daß wir nach Rußland kommen, „Zersetzung" getrieben und muß deshalb bestraft werden. – Die Anschlagtafel wird oft neugierig umlagert, wenn Nachrichten über die Heimat oder das politische Geschehen veröffentlicht werden:

Berlin: Generaloberst Bersarin, der russische Stadtkommandant von Berlin, hat die verschiedenen Stadtteile in Zonen eingeteilt und einzelnen Kommandeuren unterstellt. Es wird gemeldet, daß die Kraft- und Wasserwerke in den nächsten Tagen wieder in Betrieb sein werden.

Berlin: Kurz vor dem Zusammenbruch heiratete Hitler seine Mätresse Eva Braun im Bunker der Reichskanzlei. Beide sollen von ihrer engsten Umgebung schon am 27. April 45 vergiftet worden sein.

Schleswig-Holstein: Der ehemalige Kommandant des Konzentrationslagers Neuengamme, Anton Thumann, wurde von britischen Truppen in Schleswig festgenommen. Thumann wird die Ermordung von 27000 russischen Kriegsgefangenen zur Last gelegt.

Bei der Gefangennahme Himmlers, der sich unter dem Namen Hitzinger verstecken wollte, nahm sich dieser mit Hilfe einer Giftkapsel, die er bei sich führte, das Leben.

Der frühere Reichsaußenminister, Joachim von Ribbentrop,

wurde am 12. Juni in einer Hamburger Pension, in der er sich unter dem Namen Reise seit dem 20. April versteckt hatte, verhaftet. Er wird als Kriegsverbrecher vor Gericht gestellt werden.

Tirana-Albanien: Wie die freie jugoslawische Telegraphen-agentur meldet, ist der ehemalige Ministerpräsident der albanischen Vasallenregierung hingerichtet worden.

Paris: Der Chef der Vichi-Gestapo, Lucien Rottee, ist wegen Zusammenarbeit mit den Deutschen von einem französischen Gerichtshof zum Tode verurteilt worden. Er war für die Verhaftung und Folterung von mehr als 4000 Franzosen verantwortlich.

Bulgarien: Dank der entscheidenden Mithilfe der heroischen Sowjetarmee wurde der Aufstand vom 9. September 1944 zum Siege geführt und der Weg zum Aufbau des Sozialismus in Bulgarien eröffnet.

Prag: Die tschechoslowakische Regierung hat ihre Beziehungen zu Argentinien und Brasilien wieder aufgenommen.

London: Die englische Labour-Party (Arbeiter-Partei) errang bei den englischen Juliwahlen einen großen Sieg und hat die Macht in Großbritannien ergriffen. Dieses Ergebnis hat nicht überrascht, denn die Sache des Sozialismus wird in der ganzen Welt siegen.

Entscheidende Musterungen

Nachdem ich ca. sechs Wochen im überfüllten Reitstall kampieren mußte, können wir endlich in die ehemaligen Pferdeställe umziehen. Seitlich in den Boxen sind zweistöckige Pritschen montiert. Die Enge ist immer noch groß, aber bei weitem nicht mehr so qualvoll wie in dem bisherigen Massenquartier. Es werden jetzt laufend sogenannte Entlassungsmusterungen durchgeführt. Alle Jugendlichen unter 18 Jahren müssen sich mit Ausweis auf der Registratur melden, die in einer Baracke in der Nähe des Lagertores untergebracht ist. Mit Wolfgang Kluge, meinem ehemaligen Schwadronskameraden, Gutsbesitzerssohn aus Dresden, „walze" ich zur Registratur. „Bewaffnet" mit meinem einzigen noch vorhandenen Ausweis, dem der LBA (Lehrer-Bildungs-Anstalt). Vor der Registratur müssen wir warten. Die Türe ist verschlossen. Erst nach einer Stunde Wartezeit geht es los. Der Registrator ist ein Zivilist, der eine rotweiße österreichische Kokarde an der grauen Zivilmütze trägt. Auch ein Gefangener, aber anscheinend ist bei ihm die Gefangennahme ein Irrtum gewesen. Er gibt sich betont antifaschistisch in seinen Fragen, aber nicht unfreundlich. Der Bursche ist ein feiner Pinkel und riecht sogar nach Parfüm. Komisch, was es da für Typen gibt.

Mitte August ist die große Entlassungsmusterung der jugendlichen Jahrgänge von 1927 ab und jünger. Ausweis ist mitzubringen. In langen Reihen warten wir nervös auf den entscheidenden Moment vor der Ärztekommission. Es sind doch noch enorm viele Jugendliche im Lager. Schritt für Schritt rücke ich der entscheidenden Kommissionierung näher. Eine russische Ärztin mittleren Alters mit einer grünen Baskenmütze auf strähnigem Haar entscheidet. „Na lewo!" oder „na prawo!" Rechts oder links. An der rechten Seite steht der größere und glücklichere Haufen, wie es scheint – die Entlassungskandidaten. Links die Rußlandfahrer, teils ergeben, teils den Tränen nahe, aber alle niedergeschlagen. Jeder wird sofort in die betreffende Liste aufgenommen. Viele Augen wachen darüber, daß nicht geschummelt wird. Mein Schicksal hängt ganz allein von der Entscheidung dieser russischen Ärztin ab. Endlich komme ich an die Reihe. Die Ärztin sieht mich an, ich weiche ihrem Blick nicht aus. Sie will meinen Propusk (Ausweis) sehen. Ich zeige ihr den LBA-Ausweis. Sie dreht mir, anscheinend nebensächlich, den linken Oberarm seitlich. Was sie da erblickt, ist nichts anderes als die Blutgruppentätowierung. Sie dreht mich zweimal um und sagt nachdenklich: „Molodoj – molodoj", was soviel wie „sehr jung" bedeutet. Ich stehe nackt vor ihr, spüre noch ihren Kniff an meinem Hintern und muß sie wohl trotzig anschauen. Dennoch klopft mein Herz voller Erregung. Sie überlegt immer noch. Dann kommt für mich die Entscheidung: – – „Na lewo!!" – nach links –.

Die Würfel sind gefallen

Ich melde mich am linken Tisch der Rußlandfahrer. Die meisten meiner glücklichen jungen Kameraden stehen rechts. Wolfgang Kluge steht auch rechts. Ich schaue zu ihm hinüber, er senkt den Blick. Wir haben uns nicht mehr gesprochen.

Ich hatte kein Glück, das ist wohl alles. Es ist mir schwindelig, als ich zurück zur Unterkunft gehe. Seppl, der ja mit seinen 19 Jahren nicht unter die Jugendlichen fällt, sitzt auf der Pritsche und hat an meinem Gesicht die Situation sofort erkannt. „Was ist, Hermann? Gell, fährst eh net heim?" „Alles Scheiße!" Diese Feststellung ist alles, was er aus mir herausbringt. „Ah geh, hörst, mach dir nix draus, Hermann, fahr'n mer eben z'sam na Rußland." Freundschaftlich klopft er mir auf die Schulter: „I hött die eh vermißt, wenn i hätt allein fahr'n müss'n." – „Bist ein Pfundskerl, Seppl", sage ich zu Josef Steiner und empfinde wohltuend, wie wichtig es ist, einen guten Kameraden zur Seite zu wissen. Seppl ist mir in diesem Moment Trost und Zuversicht zugleich. Als er mir das inzwischen empfangene Essen abliefert, sehe ich, daß mein Kochgeschirr randvoll ist. „Wie hast denn das gemacht?" Seppl lächelt verbindlich wie ein Wiener Oberkellner: „Gschummelt Hermann, einfach gschummelt." Dieser halbe Liter an zusätzlicher Brühe versöhnt mich fast mit meinem Kommissionierungsmißgeschick. Wir sind ja so bescheiden geworden und müssen es ohnehin nehmen wie es kommt.

Im Verladelager Brünn

Mit dem letzten Transport, der vom Kuhberg weggeht, werden wir in das Verladelager Brünn verlegt. Das Lager besteht aus ehemaligen RAD-Baracken und Wellblechhütten. Der Gleisanschluß liegt vor den Blechunterkünften, die im Vergleich zu den mit Vorgärten versehenen Baracken einen recht kümmerlichen Eindruck machen. Die Lagerhauptstraße ist eine richtige Allee mit beiderseits hohen Pappelbäumen. Wieviel Landser werden wohl schon durch dieses Lager geschleust worden sein? Wenn man nur wüßte, wo es hingeht. Ungewißheit – stete Unruhe – nirgends zu Hause – laufend andere Gesichter, andere Posten, andere Launen, andere Befehle – aber Willkür überall. Die Sieger schieben, und wir sind die Figuren, die geschoben werden, ohne Recht, ohne Freiheit. Sklaven des 20. Jahrhunderts. Der einzige Kamerad, mit dem ich zusammenbleibe, ist Seppl. Sonst kennen wir niemanden, höchstens den einen oder anderen vom Sehen auf dem Kuhberg. Lauter fremde Gesichter und wenig gute Stimmung. Von den Schwadronskameraden ist keiner mehr da. Die meisten kamen schon mit den ersten Transporten weg, ein „junger" Rest fährt vielleicht heim, und ich als „letzter der Mohikaner" sitze auf dem Bretterboden der 47. Stube in der 7. Baracke und öde die Gegenmänner an der Stubenseite an. Gesprächsthema: Herzschlag. Bei der ersten Hundert-schaft ist einer an Herzschlag gestorben. Während des Marsches zum Verladelager kippte er um. Von den Kameraden wurde er an den Straßenrand gelegt. Ein Russe blieb bei ihm zurück. Keiner kann sich an den Namen des Toten erinnern. Einer weiß nur, daß er Schneider von Beruf gewesen ist.

Am Mittag des zweiten Tages im Verladelager ist Politschulung. Wir müssen auf dem Appellplatz im Karree antreten, dann dürfen wir uns setzen. Gutgenährte Landser in geschniegelten Offiziersuniformen agieren für die Russen, daß man geradezu glauben könnte, alle Sowjetbürger seien Befreiungsengel für die arme, leidende Mensch-heit. Auf einer Bühne, die, wenn sie Seile hätte, einem Boxring gliche, hält ein solcher Kochgeschirragitator eine glühende Rede auf Ernst Thälmann. Die Masse der stummen Landser erfährt staunend, daß Thälmann einer der größten Deutschen ist. Einem Schauspieler alle Ehre machend, schreit zum Schluß der Antifaschist ein Gedicht auf Thälmann in die Menge:

> „Ernst Thälmann – –
> Kämpfer der Freiheit im vordersten Graben
> und für dieses Ziel tatst nie du verzagen,
> du kämpftest für Deutschland mit all deiner Kraft,
> für der Menschen Recht hast du nur geschafft!
> Gekämpft – geblutet und aufrecht gelitten
> im KZ des Landes, für das du gestritten –
> Folter und Qualen hast du ertragen
> und wurdest von Mördern meuchlings erschlagen.
> Rache! Rache!! Raaaaache!!!"

Die Halsadern des Thälmann-Rezitators sind angeschwollen, und mit puterrotem Kopf fährt er nach dem letzten besonders „eindrucksvoll" vorgetragenen Racheschrei fort:

„Ernst Thälmann – –
Wir werden vergelten, was du mußtest erleiden!
In deinem Sinne werden wir streiten,
bis alle Menschheit dieser Erde
in Freiheit lebt und in Gleichheit werde."

„Brüüder, hört die Signalee, auf zum letzten Gefecht, die Internationaale erkämpft das Menschenrecht..." Der erschöpfte Thälmann-Verehrer singt zunächst als einziger die ersten Takte der Internationale. Einige Alte stimmen zögernd mit ein, um aber bei der zweiten Strophe, wahrscheinlich wegen mangelnder Textkenntnis, zu verstummen. Der deutsche Towarisch auf der Bühne versucht, die zweite Strophe durch dirigistische Stabführung noch herauszureißen, aber es mißlingt. Was nach dieser Thälmann-Feier bleibt, ist lediglich ein bitterer Geschmack auf der Zunge.

Kochgeschirr-Antifaschisten am Werk

An den Wandbrettern dürfen wir lesen, was für Unmenschen und Verbrecher unsere Generäle waren. Alle Artikel sind von deutschen Landsern verfaßt und mit Namen und ehemaligem Dienstgrad abgezeichnet. Schörner muß besonders herhalten. Ein Unteroffizier Mayer schildert, wie Schörner Landser, die er wochenlang an der Eismeerküste in vorderster Linie kämpfen ließ, erschossen habe, weil sie sich Erfrierungen zugezogen hätten. „Wer sich eine Erfrierung zuzieht, wird als Defaitist erschossen", sei ein geflügeltes Wort von ihm gewesen. Was ich da glauben kann oder soll, weiß ich selbst nicht. Kameraden, die diskutierend vor dem Wandbrett stehen, sind nicht der Ansicht des Unteroffiziers Mayer, sondern interessieren sich vielmehr dafür, wieviel Nachschlag der Herr Unteroffizier für diesen Erguß gegen seinen Feldmarschall wohl erhalten haben mag.

Wir werden verladen

Hartnäckig hält sich die Parole, daß es auch für uns heimwärts geht. Ein Körnchen Wahrheit ist meist in einem solchen Latrinengerücht. Mitten in der Nacht werden wir aufgescheucht, empfangen noch eine halb gargekochte, harte Linsensuppe, und durch das Spalier einer aufgeregten russischen Postenkette müssen wir uns auf dem Appellplatz sammeln. Seppl und ich bleiben dicht beisammen. „Die Russen passen fei auf, daß koaner auf der Heimreis' verlorengeht", knurrt Seppl ironisch vor sich hin. Mit viel „dawai" und „po pjatj"-Geschrei ziehen wir erstaunlicherweise nicht auf den Gleisanschluß im Lager zu, sondern zum Tor hinaus. Die anliegenden Wohngebiete liegen in dieser Frühe noch in tiefem Schlaf, als wir vorbeihasten. Man kann keine Einzelheiten erkennen und läßt sich mit der dunklen Masse von Kriegsgefangenen ins Ungewisse treiben. Scharf hebt sich eine gut beleuchtete Bahnböschung, die stark überhängend mit Stacheldraht umzogen ist, vor uns ab. Eine lange Reihe Waggons mit vergitterten, zum Teil vernagelten oder verdrahteten Fenstern steht auf einem Gleis. „Jetzt gehts abbi – Mahlzeit Pepperl", läßt sich Seppl resignierend vernehmen. Die Posten treiben zur Eile an, und in Abständen müssen je 50 Mann die Böschung hochlaufen. Man hört sie in die Waggons poltern, aber sonst ist nichts zu erkennen. Die Eingänge liegen auf der anderen Seite. Es dauert nicht lange, als die Meute der Begleitposten an unsere Reihe kommt und mit dem Abzählen beginnt. Keuchend laufen wir die Treppen an der Böschung hoch. Seitwärts stehenden Russen scheint es besonderen Spaß zu bereiten, wenn sie wie die Metzger auf den Schlachthöfen beim Viehtrieb aus Leibeskräften brüllen können. Ab und zu stoßen sie mit den Gewehrkolben in die vorbeirennenden Landser oder schlagen wahllos dazwischen. Durch das unvermeidliche sowjetsterngekrönte Stacheldrahttor kommen wir zu den Waggons. Auch hier noch 'ne ganze Menge fluchender, zählender, mützeschiebender und in alle Richtungen spuckender Begleitmannschaften. „Dawai Kamrad – dawai bistrej." „Po pjatj – aufgähen zu finfen" ... sorok odin, dwa, tri, tschetere, sorrok pjatj Tschelowjek", zählt ein Unterleutnant. Wir haben Glück gehabt, denn ich bin der zweiundvierzigste und Seppel kommt gerade noch als letzter zu mir mit in den Waggon. 45 Mann in einem kleinen Waggon ohne Pritschen! Wir sind der Waggon

Bild oben und unten: Kriegsfreiwilligen-Urkunde der Hitler-Jugend.

UM UNS IST HEUTE EINE BEWEGTE
ZEIT, ABER WIR KLAGEN NICHT.
ZU KÄMPFEN SIND WIR GEWOHNT,
DENN AUS DEM KAMPF SIND WIR GE-
KOMMEN. WIR WOLLEN DIE FÜSSE FEST
IN UNSERE ERDE STEMMEN UND WIR
WERDEN KEINEM ANSTURM ERLIEGEN.

UND IHR WERDET NEBEN MIR STEHEN,
WENN DIESE STUNDE JEMALS KOMMEN
SOLLTE! IHR WERDET VOR MIR STEHEN,
ZUR SEITE UND HINTER MIR, UND
WERDET UNSERE FAHNE HOCHHALTEN!
DANN MAG UNSER ALTER WIDERSACHER
VERSUCHEN, GEGEN UNS ANZUTRETEN
UND SICH WIEDER ZU ERHEBEN. ER MAG
SEIN SOWJETZEICHEN VOR SICH HER-
TRAGEN - WIR ABER WERDEN IN UNSE-
REM ZEICHEN WIEDER SIEGEN!

ADOLF HITLER AN SEINE JUGEND

Melcher Hermann
21. Mai 1928
Bad-Rippoldsau L.B.A.

IST

KRIEGSFREIWILLIGER
DER HITLERJUGEND

DER FÜHRER
DES GEBIETES BADEN-ELSASS

OBERGEBIETSFÜHRER

Der Autor im März 1945 als 16jähriger Soldat der
37. Waffen-SS Freiwilligen Kav.Div. „Lützow"...

. . . und als Kriegsgefangener im Jahre 1947 im Lager
Krasnaja Poljana/Kaukasus (Zeichnungen: Riha/Tripp).

Reiter und Pferd –
Kameraden bis zum
bitteren Ende. Un-
tersturmführer Fritz
Köhler, Bild rechts
oben, gelang es, die
Reste der 5. Schwa-
dron in Tag- und
Nachtritten durch
die aufständischen
tschechischen Ge-
biete zu den ameri-
kanischen Linien zu
führen. Fritz Köhler
wurde nach der Aus-
lieferung durch die
Amerikaner von
tschechischen Parti-
sanen ermordet.
Fotos: Deutsches
Rotes Kreuz, Ar-
chiv Hans Otto
Wachter

Nr. 56. Beim Hochsteigen sah ich diese Zahl mit einem Kreidekreis umrahmt auf der Waggontür stehen. Knarrend wird die Tür hinter uns zugedrückt, und man hört, wie von draußen der Bügel herunterfällt.

Im Waggon

Da stehen wir nun im Stockdunkeln. 45 Mann in einem fahrbaren „Pferch". Keiner sieht den anderen, doch jeder steht mit irgendeinem notgedrungenen und platzbedingt in Tuchfühlung. Jetzt schon ist ein dicker Mief in dem Waggon, und durch die schmalen, doppelt mit Stacheldraht vernagelten Luftlöcher dringt der Lärm und das Gebrüll russischer Flüche herein. Ringsum ist Finsternis, das hindert aber die meisten nicht, sich um die Plätze zu streiten. Wenn ich gewußt hätte, was der richtige Platz bei solch einem Transport wert ist, hätte ich vielleicht an dem Gerangel teilgenommen, so aber war ich zu verwirrt und nahezu interesselos. Alles, was früher gegolten hat, gilt nun nicht mehr. Von Kameradschaft kann keine Rede sein. Deutschland, das Vaterland, für dessen Ehre und Schutz wir einst glaubten zu kämpfen, liegt zerstört am Boden. Es ist uns wirklich nichts geblieben.

An der Schiebetür ist ein Loch im Boden: Unser Abort. Zum Glück gelingt es mir, einen Platz einzunehmen, der noch vier Mann breit von diesem „Malheur" entfernt ist. Durch das Fehlen der Pritschen sind wir gezwungen, uns dicht aneinanderzukauern. Wenn man den warmen Atem des Nebenmannes im verschwitzten Nacken spürt, glaubt man, es fast nicht aushalten zu können. Heiter wird es aber erst dann, wenn sich auch noch dessen Knie platzsuchend zwischen die eigenen Beine bohren. Unser Waggonältester hat eine gute Idee. Aus vorhandenen Decken und Zeltplanen werden drei Hängematten quer von Fenstergitter zu Fenstergitter aufgehängt. Die drei kleinsten und leichtesten dürfen diese Matten besteigen. Seppl ist dabei, ich bin dafür leider zu groß. Von den Alten werden diese Seemannskojen „Babyschaukeln" genannt. Als der ganze Waggon in ein fahles düsteres Grau getaucht ist, ein Zeichen beginnenden Tages, ist die Platzverteilung mit Hilfe eines flackernden Kerzenstummels beendet. Obwohl drei Mann in den Matten hängen, müssen wir noch immer reihenweise auf der gleichen Körperseite liegen. Das Geschrei ist abgeklungen. In unserem Waggon herrscht fast absolute Stille. Ein langes, schrilles Heulen der Lokomotive kündet an, daß es wahrscheinlich bald losgehen wird. Ein Rütteln läßt uns alle aufhorchen. Schreien am Zug entlang, Rumpeln und Stampfen, der Transport fährt. In unserem Waggon ist wirklich alles bunt zusammengewürfelt. Ein Querschnitt durch die gefangene Wehrmacht: Da sind Volksdeutsche, die sich oftmals einer ungarischen, rumänischen oder jugoslawischen Großmutter erinnern und nur nicht so genau wissen, welche Staatsangehörigkeit die meisten Vorteile verspricht – die deutsche aber bestimmt nicht. Wir Reichsdeutschen haben keine Großmutter mit alliiertem Blut in den Adern. An der Schwelle eines dramatischen Zeitalters wurden wir geboren, und es sieht so aus, als ob wir unser Leben am Rande dieser Epoche verbringen müssen. In der Ecke unter der Luftklappe sitzen zwei waschechte Franzosen. Der eine berichtet in französisch gespicktem Spezialdeutsch: „Wir waren in der wallonischen Legion unter Degrelle." Der andere verziert jedes Satzende mit der schmückenden Bemerkung „alles Scheiße". – Ein pommerscher Landsmann ergeht sich in zerknirschten Selbstvorwürfen: „Wir wurden von Verbrechern verführt. Warum haben wir nicht gleich Schluß gemacht, auf alle Fälle würden wir dann nicht in diesem verdammten Käfig sitzen müssen." Bei dem in allen Fugen ächzenden und über die Schienen polternden Waggon ist im Nu ein Streit entbrannt, der sich nicht mehr lokalisieren läßt. Einige geraten sich hierbei derart in die Wolle, daß sie fast handgreiflich werden. Schließlich gelingt es den Besonnenen unter uns, der Streiterei ein Ende zu bereiten, und ein graumelierter Kamerad, der auch in seinen alten Uniformfetzen noch respektabel aussieht, versucht eine Lehre aus diesen unschönen und unnützen Auseinandersetzungen zu ziehen: „Ihr seid offenbar so dumm, daß ihr euch glatt prügeln würdet. Ihr müßt wissen, daß die Ohnmacht der gefangenen Menschen zur Entwicklung und Ausübung eines kleinen Restes menschlichen Machtgefühles immer die Stelle des geringsten Widerstandes sucht – und das ist der eigene Kamerad. Seid nicht so blöde und schont eure Kräfte, ihr werdet sie wahrlich noch besser gebrauchen können als hier bei euren Differenzen, die man auch auf andere und faire Weise diskutieren kann." Beschämt und bleich vor Erregung schweigen die aktiven Streithammel, mustern sich aber mit Blicken, die für die Zukunft nichts Gutes verheißen.

Wir fahren und fahren

Es gibt immer noch einige, die glauben, daß wir über Wien zurück nach Deutschland fahren würden. Mit Herumwälzen, begleitet von wirren Träumen und langen Flüchen, vergeht die erste Nacht. Am frühen Morgen hängen Seppl und sein Nachbar von der anderen Koje an der Öffnung, um die Richtung nach der aufgehenden Sonne zu bestimmen. „Mensch, is dös an Blödsinn, wir foahrn genau der Sonn' entgegen – nach Osten", ergänzt er nach einer kleinen Pause. Nun ist es auch den optimistischsten Phantasten klar, wohin der Wagen rollt, dem Sonnenaufgang entgegen, und der ist bekanntlich immer im Osten. Auf einem Verschiebebahnhof bleibt der Zug stehen.

Zuerst tut sich gar nichts. Weitab ist ein ungewisser Lärm zu hören. Rufe kommen einmal näher und entfernen sich wieder. Durch die Entlüftungsklappen kann man nichts sehen, und die Öffnungen sind von den Darunterliegenden laufend besetzt. Es ist nicht so recht deutbar, was der Aufenthalt soll. Von Waggon zu Waggon sich fortpflanzendes Stimmengewirr und das Quietschen aufgerissener Wagentüren läßt die Vermutung offen, daß es vielleicht etwas zu beißen gibt. „Otkrojt" (= Aufmachen), kommandiert ein Russe vor unserer Waggontür und rüttelt, als wollte er den ganzen Waggon aus den Geleisen wuchten. Die Schiebetür rollt polternd zurück, „dwa Tschelowjek dawai" – zwei Mann hüpfen aus dem Wagen. „Chleb polutschaijt-je" – Brotempfang –. Alle hängen an der offenen Tür, während sich zwei Mann mit einer Decke zum Verpflegungswagen begeben. Von einem Ortsschild ist nichts zu erkennen. Viele Geleise, ein paar Telegraphenmasten und ausgebrannte Güterwagen auf den Nachbargeleisen sind die einzige Staffage dieses trostlos wirkenden Haltepunkts. Es gibt pro Mann vierhundert Gramm Trockenbrot, ein steinhartes Zeug, das man erst ordentlich mit Speichel aufweichen muß, um es überhaupt hinunterzubringen. Kurz danach kracht die Schiebetür wieder zu, und man hört von außen den Verschluß fallen. Wir stehen noch Stunden auf diesem Abstellgleis. Militärzüge mit lautsingenden und lachenden russischen Landsern passieren uns. „Skoro domoi" – bald nach Hause – rufen uns die Russen kameradschaftlich zu. Andere brüllen „Geil Gittler" – „Gittler kaputt" – „Woina kaputt" – „Da sdrawsdwujet Krassnaja Armija" (= Es lebe die Rote Armee).

Am Mittag stehen wir immer noch an Ort und Stelle. Wieder werden die Waggontüren aufgerissen; ein Mann mit zwei Eimern empfängt Erbsensuppe für 45 Mann. Jeder bekommt einen Kochgeschirrdeckel voll. Die Sonne brennt unbarmherzig auf den Transport. Unsere schweißnassen, nackten Oberkörper können wir nicht an die heißen Waggonwände anlehnen. Das ganze Innere ist wie ein Brutofen. Dumpf und spannungsgeladen ist die Stimmung im Waggon. Wenn Wasser da wäre, würden wir uns vollaufen lassen wie Wüstenkamele. Das Trockenbrot und die scharfe heiße Erbsenbrühe nehmen in „brüderlicher Verbundenheit" mit der knallheißen Sonne den letzten Feuchtigkeitsgehalt aus dem Körper. Erst am späten Nachmittag setzt sich unser Zug schlingernd und fauchend in Bewegung. Durch die rissigen Wände weht ein warmer, ausdörrender Fahrtwind, und unsere Gedanken kreisen nur um Wasser, ganze Meere voller Wasser, in die man sich voller Verzweiflung stürzen möchte. –

Kienzle, der SA-Sturmführer

Mein Nachbar verfällt zusehends. Im Kontrast zu den eingefallenen, bärtigen Wangen steht die Nase unheimlich spitz im Gesicht. Nervös trippelt er des öfteren über Gepäck und Beine, von einem kurzen Ende des Waggons zum anderen. Unruhig flackern die Augen, und andauernd erzählt er von alten Zeiten: „Damals, 1933, war ich schon Sturmführer bei der SA, du glaubst ja nicht, was ich damals für ein Kerl war. Doch die Brüder hier haben mich fertiggemacht – die machen mich noch ganz fertig – ich bin kaputt." Dies suggeriert sich der gute Eugen Kienzle, früherer SA-Sturmführer aus Pforzheim, tagtäglich. Er glaubt es wahrscheinlich selbst und schmiedet Fluchtgedanken, was den anderen natürlich nicht verborgen bleibt. Seine schwächliche Konstitution steht aber im krassen Gegensatz zu seinem starken Drang nach draußen. Im Laufe der Tage komme ich mit Eugen in engeren Kontakt, und er erzählt mir von seinem Beruf: „Ich bin Graveur, und meine Eltern haben ein gutgehendes Uhrengeschäft in Pforzheim. In Schweden haben wir schon im Jahre 1940 Goldvorräte deponieren können. Was glaubst du, wenn ich nach Hause komme – für mich ist gesorgt."

Abends, wenn es im Waggon düster wird und das Rattern und Poltern der eiligen Fahrt bis ins Mark dringt, liegt Eugen zusammengekrümmt an seinem Platz und verrenkt sich seltsam. Ich versuche dahinterzukommen, was er hat, oder ob ihm etwas weh tut, erhalte aber keine Antwort.

„Mensch, bleib mal ruhig liegen, du haust mir andauernd mit deinem spitzen Ellenbogen ins Kreuz, was is'n bloß los mit dir?" Kienzle gibt dann wieder einige Zeit Ruhe. Auf einmal zieht er mich zu sich herum, mit glänzenden Augen flüstert er mir seinen Triumph ins Ohr: „Ich hab's geschafft, aber – Schnauze halten!" – „Wenn ich etwas verstehen soll, mußt du schon lauter reden." Er wiederholt, und ich verstehe voll und ganz, was er will. „Waaas hast duu?" frage ich erstaunt. „Da schau her!!" Eugen hebt ein Stück Diele an. Sie läßt sich tatsächlich entfernen. In mühseliger Arbeit hat er in den Fahrtnächten die Schrauben mit einem Taschenmesser aus dem Holz gelöst. Eine Schraube hält noch das Brettstück gleich über dem Boden. „Die können wir ohne Schwierigkeit mitsamt der Verkleidung herausziehen." Damit es nicht auffällt, hat der Pforzheimer die Löcher mit angefeuchteten Trockenbrotkrumen zugekleistert und seinen Rucksack davorgestellt. Er tut so harmlos wie möglich und zeigt mir einen Zettel mit Ortsbezeichnungen: Brünn, Breclava, Bratislava, Hegyeshalom, Raab, Komorn. Ich kann mit den Namen nichts anfangen, doch Kienzle belehrt mich, daß er auf dem Blatt Papier die ganzen Orte aufgeschrieben hat, durch die unser Transport bis jetzt gefahren ist. „Wir fahren über Budapest, das ist sicher, anders geht es nicht. Ich kenne die Strecke ganz genau", zischt mir Eugen ins Ohr. „Nach Komorn zwängen wir uns nachts aus dem Zug, lassen uns in den Graben abrollen, mit rundem Buckel versteht sich, Arme über den Kopf verschränkt, das muß klappen. Dann machen wir uns auf den Weg nach Budapest. Ich habe dort eine Bekannte, hier ist die Adresse." Auf einem alten, zerknitterten Soldbuchblatt steht in zierlichen Buchstaben: Maria Nagy – Ujpest 2,14. Mit schmerzverzerrtem Gesicht krümmt sich urplötzlich der Pforzheimer zusammen. Den Kopf in den Rucksack gepreßt, hält er sich krampfhaft den Bauch. Ein langgezogenes Stöhnen macht den halben Waggon mobil. Überrascht bin ich aber doch, als Kienzle, der immer noch gekrümmt daliegt, den Kopf hebt und in die ratternde, stampfende Finsternis hineinschimpft. Gut, daß nicht alle mitkriegen, was er da von sich gibt. Mir ist nur eines klar: der Mann ist mit den Nerven fertig, mit dem kann man keine Flucht wagen. Den knallen die Russen wie einen Hasen schon am Anfang ab. Auch aus Rücksicht auf die ganze Waggonbesatzung muß diese Flucht verhindert werden. Die Zurückgebliebenen werden bestimmt geprügelt und bekommen nichts zu essen. Ich bin froh, daß ich zu diesem Entschluß gekommen bin, denn so ganz wohl war es mir bei Kienzles Fluchtgedanken nie.

Als es wieder grau wird im Waggon und durch das monotone Rattern die ersten Stimmen zu hören sind, liegt Kienzle apathisch auf dem Rücken, die spröden Lippen zu einem schmalen Strich zusammengepreßt, und blickt mit weit offenen Augen zum Waggondach. Ich glaube, er hat seine Fluchtgedanken in dieser Nacht beerdigt. Als er doch noch einmal mit dem Hinweis auf die Deutschfreundlichkeit der Ungarn die geplante Flucht zur Sprache bringen will, lege ich ihm offen meinen Standpunkt dar: „Es ist völliger Quatsch, wenn du jetzt abhaust, wo du doch höchstwahrscheinlich vom nächsten Lager aus entlassen wirst. Du bist Invalide, und die kommen alle nach Haus, sagen die Russen."

Parolen bestimmen Gefühle

Die Trockenbrotholer haben die neueste Parole aus dem Verpflegungswaggon mitgebracht: Im nächsten Lager wird ein Teil der Landser entlassen. Ich tröste mit dieser Parole den wesentlich älteren Eugen Kienzle, der plötzlich sympathischere Aktivitäten entwickelt. Anscheinend habe ich mit meinem bescheidenen, aber unaufhörlichen Zuspruch seine künstlerischen Ambitionen geweckt. Er holt einen Bleistiftstummel aus der Brusttasche und skizziert meinen kahlköpfigen, jugendlichen Charakterkopf auf kleine Kalenderblätter. Meinen Kopf von vorne, von der Seite und ulkigerweise auch von hinten. Da im ganzen Waggon kein Stückchen Spiegelscherbe vorhanden ist, die russischen Kulturbringer haben ja alle Spiegel „zapzerappisiert", kann ich mir lebhaft anhand der Zeichnungen vorstellen, wie ich aussehe. Eugen ist förmlich von der Zeichenwut besessen. Er skizziert Rehe im Wald, einen Luchs auf einem Baumstamm, kleine Vögelchen und immer wieder Schwalben. „Gib mir auch einmal deinen Stift und 'n bißchen Papier." Ich möchte es Eugen gleichtun, male aber ganz andere Sachen als er. An nackten Laternenpfählen hängen schwarze Körper mit einem unförmigen dunklen Etwas nach unten. Das sind die blutigen Köpfe von erschlagenen, erhängten und angezündeten Deutschen in Prag. Ich habe es so gesehen. Mit wenigen Strichen versuche ich, tote Pferde in einem Straßengraben darzustellen. Tote Kadaver mit aufgedunsenen Leibern und großen Augen. So haben wir es oft erlebt. Der Bleistift zieht dunkle Flächen über das Kalenderpapier. Diese dunklen Flächen bedeuten Blutlachen, und dort liegt einer mit Zeitungspapier über dem vermatschten Schädel. Über die Blutlachen sind wir in Brezova Hora hinweggestolpert. Zu stark habe ich auf den Bleistift gedrückt. Das Ding ist abgebrochen. Eugen meckert nicht. „Du hast Talent", meint Eugen und deutet auf die gezeichneten Laternenpfähle mit den dunklen Klumpen, „und außerdem malst du sehr realistisch." Die Zeichnungen von Eugen und mir gehen durch den ganzen Waggon. Daß die meinigen eine große politische Diskussion in unserem fahrenden Verlies auslösen würden, konnte ich allerdings nicht vermuten.

„Die Drecksäcke brauchen das Maul gar nicht aufzureißen über deutsche Greueltaten – ich habe genug gesehen. In Bromberg, mein lieber Mann, wurden Tausende von Deutschen von den Polen ermordet." – „Ich war 1941 in Lemberg dabei. Wir haben 3000 Tote zur Identifizierung ausgelegt, alle umgelegt von den Russen." – „Was ist mit Hamburg, Dresden . . ." Erregt fuchtelt der Landser, der so spricht, mit meinen Zeichnungen in der Luft herum. „. . . Dresden, da blieb kein Stein auf dem anderen, und die Burschen haben nur zu genau gewußt, daß sich Abertausende von flüchtigen Frauen und Kindern in den Straßen und Alleen drängten, daß die Lazarette überfüllt waren – da hört man aber nichts, das ist human und gerecht und obendrein noch christlich-demokratisch gehandelt." Ein schmächtiger Brillenträger gibt Kontra: „Hör mal, du kannst kein Unrecht durch ein anderes Unrecht ungetan machen. Was haben die Deutschen mit den Juden gemacht?" – „Die Deutschen? Bist du vielleicht kein Deutscher?" – „Ich bin selbstverständlich auch Deutscher, hatte aber mit solchen Sachen nichts zu tun, daß du ganz klar siehst." – „Das kennen wir, mein Lieber. Ich habe nie geschossen und war schon immer dagegen und so. Wir werden Deutsche bleiben, und keiner wird uns diese Bürde abnehmen. Glaubst du vielleicht, daß du ein ‚chemisch reiner‘ Deutscher bist? Die anderen werden uns alle als Deutsche sehen, im Guten und im Bösen, und das setzt voraus, daß wir in nationaler Selbstachtung wieder zu uns kommen. Wegen Hitler können wir die Vergangenheit nicht wegwerfen wie einen Haufen Dreck, und mit gegenseitigen Beschuldigungen und Aufrechnungen kommen wir nicht weiter. Im Krieg wird nun mal gehobelt, und wo gehobelt wird, fallen Späne. Wir sind ja selbst Späne, das war so und wird immer so bleiben. Wer verliert, ist der Blöde und stellt die Kriegsverbrecher, wer die Macht hat, hat das Recht, und was Recht ist, bestimmen die Sieger. Die Blöden sind immer wir, verstehst du?“ – „Hätte niemand Hitler gewählt, wär’s anders, und wir wären nicht in dem Mistzug.“ – „Hast du 1940 auch schon so gedacht? Ein Volk – ein Reich – ein Führer. Führer befiehl, wir folgen. Die überwiegende Mehrheit war doch dafür, und bis dahin ist doch etwas geleistet worden.“ – „Der Hauptkriegsverbrecher ist Churchill. Der hat 1937 schon gesagt, wenn Deutschland zu stark wird, wird es wieder zerschlagen.“ Im Waggon bilden sich vier Parteien. Die einen klagen den feindlichen Terror an, die anderen sehen das Grundübel in der nationalsozialistischen Rassenpolitik, eine dritte Gruppe klagt alle an und bekennt sich zum Pazifismus, und die vierte Gruppe kümmert sich um gar nichts, das sind die Ausländer, die Freiwilligen, die doch oft bis zum bitteren Ende mit uns ausgehalten haben. Ich weiß nicht, was ich von all dem halten soll. Die Worte eines Kameraden beeindrucken mich besonders: „Nichts hätte leichter verhindert werden können als dieser unnütze Krieg; Deutschland ist vernichtet, vernichtet für vielleicht Hunderte von Jahren, aber wir befinden uns noch in größeren Gefahren, die vielleicht bald einen dritten Krieg auslösen, den Krieg der kommunistischen Weltrevolution. Eines hat Hitler fertiggebracht: Er hat Europa ruiniert, und die anderen werden leichtes Spiel haben, wenn sich dieses Europa nicht fest zusammenschließt.“

Die grüßenden Glocken von Esztergom

In mir ist eine Leere und Beziehungslosigkeit, die ich mir selbst kaum erklären kann. Die Alten tun auch nicht viel, was uns Jungen in irgendwelcher Hinsicht beweisen könnte, daß wir Deutsche nicht allein einen miesen Charakter haben. Sie haben damit zu tun, sich gegenseitig zu beschuldigen und die Reinheit ihrer politischen Vergangenheit und ihres Werdegangs zu propagieren. Wie viele meiner Kameraden war ich mit ganzem Herzen und voller Freude im Jungvolk. Wir erfüllten unseren Kriegsdienst, sammelten Heilkräuter, Altmaterial, Kleidungsstücke und glaubten, damit unserem Vaterland einen großen Dienst erweisen zu können. Wir glaubten, dies alles für unsere Soldaten an der Front zu tun – nun soll all das falsch gewesen sein?

Das Ächzen, Schlingern und Stöhnen des jagenden Transportes bringt letzten Endes auch diese erregten Gespräche zum Erliegen. Was bleibt, ist bohrender Durst und ewig nagender Hunger. – „Was für'n Tag is'n heute?" – „Sonntag ham ma", läßt sich Seppel aus seiner schwankenden Koje vernehmen und blättert gedankenvoll in seinem Soldbuch. „Schönen beschissenen Sonntag", knurrt Kienzle vor sich hin. Am Abend hält der Zug auf der Strecke. Wir heben uns gegenseitig zu den Luftlöchern hoch und horchen nach draußen. Es gelingt uns, den jetzigen Standort zu bestimmen: Esztergom in Ungarn. Einige kennen es noch von den Kämpfen um Budapest her. Auf einem Hügel erhebt sich die Basilika von Esztergom mit glitzernder Silhouette im Schein der untergehenden Abendsonne. Rotgolden leuchtet das Wasser der in einer Schleife um den Berg fließenden Donau, und das ganze friedliche Bild wird übertönt von feierlichem Glockengeläute, dessen entferntes, dunkles Schwingen durch das Stacheldrahtloch in unseren Waggon dringt. Dieses Geläute bleibt nicht ohne inneres Echo, und die Stimmung ist wehmütig. Jeder möchte einmal hinausblicken und sehen, wo die Glockentöne herkommen, diese letzten traurigen Grüße der weit ins Land blickenden Türme von Esztergom an die Gefangenen. Nach kurzer Zeit, als selbst die Stille gequält zu schreien scheint, setzt sich unser Elendszug wieder in Bewegung, zuerst stoßweise, dann wieder gleichmäßig rüttelnd und polternd. „Man könnte meinen, es hat so sein müssen, das mit den Glocken", sagt ein Landser vor sich hin. Doch der dröhnende Lärm des dahinratternden Transports verschüttet bald jeden Gedanken über die Bedeutung der grüßenden Glocken des Lichthügels im Herzen von Ungarn.

Zwei hauen ab

So sicher wie das „Amen" in der Kirche folgt auf die Nacht der Tag. „Der wievielte Fahrtag ist das eigentlich, Eugen?" Mit fahrigen, nervösen Bewegungen nestelt der Pforzheimer an seiner Gesäßtasche herum und zieht sein Notizbuch heraus. Doch da – was ist das? Quietschende Bremsen und ein plötzlicher Ruck wirft uns alle durcheinander. Gespannt lauschen wir nach draußen. Unser Spähposten am Luftloch kann nichts sehen. Schüsse und aufkommendes Geschrei lassen ahnen, daß irgend etwas los sein muß. „Da rennen ein paar Konvois nach vorne und laden durch", verkündet unser „Mann im Mast". Einen reichen Schwall zornig herausgestoßener russischer Schimpfworte hört man deutlich in der Nähe unseres Wagens, dann wieder etwas entfernter. Mit schweren Gegenständen, die an einen der nächsten Waggons geschlagen werden, verdichten sich die Geräusche und scheinen den ganzen Transport entlangzulaufen. Die Russen klopfen die Wände ab; da ist vielleicht einer abgehauen. Jämmerliches Gewinsel, Gebrüll und Rumpeln in einem Waggon in unserer Nähe läßt uns stumm und angstvoll hinaushorchen. Von oben trampeln schwere Schritte auf dem Dach. Da muß etwas passiert sein, umsonst sind die Brüder nicht so aufgeregt. „Otkrojt!" – Aufmachen – schreit ein Russe am Nachbarwaggon. Lärm und Gebrüll auch dort. Es hört sich an, als ob Körper gegen die Bretterwände gestoßen werden, begleitet von Flüchen und unflätigen Ausdrücken, bei denen „Jup twoija Matj" als Universalfluch noch der anständigste ist. Eine nervöse, hastige Geschäftigkeit macht sich bei uns breit. Sicher sind wir die Nächsten, die etwas erleben werden. Jeder versucht noch das, was ihm nützlich und wertvoll erscheint, zu verstecken. „Otkroit – otkroit", poltert es an unsere Waggontür. „Macht auf, ihr dreckigen Faschistenböcke, ihr Hurenschwänze einer Tripperhündin – otkrojt, otkrojt! Dawai, dawai!!" Drei Mann ziehen die schwerfällige Tür von innen zurück, und das Unheil in Gestalt von drei, nein vier Russen springt mit behenden, kräftigen Klettergriffen in unseren Käfig. Mit Fußtritten wird das

106

spärliche Gepäck, das den Konvois im Wege liegt, auf einen Haufen befördert. Wer in der Quere steht, kriegt einen Boxhieb ins Kreuz, und im Nu ist der ganze, scheu zurückweichende Gefangenenhaufen in eine Hälfte des Waggons getrieben. Mit grimmigen Gesichtern wird das Gepäck durchwühlt. Ein Russe findet einen als Messer breitgeklopften großen Zimmermannsnagel. „Komu etu??" – Wem gehört das? – Keiner meldet sich. Lautstark wiederholt er: „Komu etu??" Bei uns ist das große Schweigen ausgebrochen. „Gdje Starschij?" – Wo ist der Waggonälteste? – Der tritt vor, und ein Russe stellt ihm gleich seinen Haxen zwischen die Füße, daß er stolpernd hinstürzt. Mit schmerzverzogenem Gesicht rappelt er sich wieder hoch. Die Russen fuchteln mit dem entdeckten, zweckentfremdeten Nagel vor ihm herum und schlagen weiter auf ihn ein. „Sluschej Starschij" – hör zu Starsche, kommt es noch einmal vor, daß bei dir was gefunden wird, „budet streljatj" – dann wirst du erschossen! Der Wagenälteste wagt einen Einwand. „Der Nagel ist unser Brotmesser." Er bezahlt dieses Wagnis mit einer neuen Serie gekonnter Doubletteohrfeigen, rechts und links, daß der Kopf hin und her wackelt und wir die Fäuste hinter dem Rücken ballen. – Wehrlos ausgeliefert. Diese Erkenntnis schmerzt und tut sehr weh. „Chuij Chleb", schreit der Russe und wirft den Nagel zur Tür hinaus. „Streljatj budet, verstehen, errschießen, verstehn? Piff, Paff aus", grinst der Oberrusse zu uns hin und macht die Gebärde des Schießens, wie der Jäger aus dem grünen Wald. „Potschemu spiwajze" – warum lachen? – Ein kleiner bulliger Rotarmist hüpft zu einem hin, der sich trotz allem das Lachen nicht verkneifen kann und landet blitzschnell einen gezielten, wuchtigen Haken an die Kinnspitze. Dem Landser haut es den Kopf zurück, und er quittiert den Empfang des wilden Schwingers, indem er ruckartig auf die Knie fällt und mit dem Gesicht auf den Boden knallt. Zwei Mann zerren den so Gefällten an die Bretterwand. Das kreideweiße Gesicht liegt auf der Brust, die Arme hängen schlapp herunter. Selbstbewußt stolzieren die Russen zwischen uns herum, prügeln da, schlagen dort, filzen das ganze Gepäck und klopfen die Bretterwände ab. Wehe uns, wenn sie Kienzles Werk entdecken. Das Herz klopft mir bis zum Halse, und ich glaube, ich bin fast so weiß wie der k. o. Gegangene. Wenn das entdeckt wird, schlagen sie uns alle zusammen, und es gibt nichts mehr zu essen. „Skolko Tschelowjek?" Ein neu aufgetauchter Sergeant will das von seinen vier

Genossen wissen. „Sitschass" – sofort. Jetzt beschimpfen sich die Russen gegenseitig, weil das deutsche Arbeitsvieh noch nicht gezählt ist. Ruck, zuck werden wir auf die andere Hälfte gestoßen und welch Wunder: „Sorok pjatj", die Zahl stimmt beim ersten Mal. Bedächtig malt der Sergeant die Zahl auf einen großen weißen Karton, der seinen als Schreibunterlage dienenden Unterarm fast völlig bedeckt. Der Oberrusse stellt sich nochmals in Positur: „Wenn einer abhaut, wird der Starschij des betreffenden Waggons erschossen, und die ganze Belegschaft wird zu 25 Jahren verurteilt. Ponjatna –!?" Kapiert. Wir bleiben stumm, nur der Wagenälteste steht mit gesenktem Kopf vor dem Russen und nickt. Doch der Bursche ist immer noch nicht fertig. „Wenn Messer, Nägel, Scheren oder Ritzen im Waggon entdeckt werden, gibt es nichts zu essen – nitschewo nje kuschit! Ponjatna!?" „Ponjatna", geben wir zu verstehen. Die Tür fällt krächzend ins Schloß, und der Spuk ist zu Ende. Von außen stoßen sie nochmals prüfend mit Prügeln gegen die Bretter, und wir versuchen, unsere armseligen Bündel aus dem wirren, durchwühlten Haufen herauszuklauben. Man muß es diesen gelernten Menschentreibern lassen, sie verstehen ihr Geschäft und demonstrieren höchst eindrucksvoll, wie man Fluchtversuche durch Drohung und Einschüchterung wirksam vereitelt.

Die Verpflegungsholer bringen es am anderen Morgen mit: Den ganzen Reigen haben wir einem Uffz. und einem Feldwebel zu verdanken, die aus dem Nachbarwaggon durch das Lokusloch abgehauen sind. Es stellt sich heraus, daß es unsere beiden Vorturner aus dem Brünner Kuhberglager waren, die auf solche Weise stiften gingen. Die Russen sagen: „Alle beide streljatj." Kein Mensch aber hat die Toten gesehen, und das ist verdächtig, denn im Zurschaustellen von Toten zur Abschreckung sind die Russen bestimmt nicht zimperlich. Da keine da sind, können sie keine zeigen und sprechen daher einfach von Liquidierung beim Fluchtversuch. „Junge, Junge, die von nebenan sehen böse aus, ganz grün und blau geschlagen, und kriegen nichts zu essen, nicht die Spur von einem Krümel. Sie dürfen aber beim Verpflegungsfassen an der offenen Tür zuschauen, wie die anderen ihr Futter vorbeitragen." Diese Art von Bestrafung erinnert mich an den Burenkrieg, den wir im Geschichtsunterricht sorgfältig besprachen. Die Engländer, als die Erfinder der Konzentrationslager, machten sich damals 1899 den

Spaß, vor dem Stacheldraht ausgiebig zu frühstücken, während die halbverhungerten Buren hinter dem Stacheldraht zuschauen konnten, wie herrlich es den Briten schmeckte. Diese Methode ist also nicht neu, dafür aber erprobt. Man kann über die Flucht denken wie man will, eines ist für mich sicher: Das Verhalten der beiden ist unkameradschaftlich gewesen, zumal die Möglichkeit des Gelingens der Flucht allgemein mit 1:99 angenommen wird. Selbst wenn sie gelingen sollte, ist eine Rechtfertigung schlecht möglich, denn 43 Mann wurden wegen zwei Ausreißern dermaßen verprügelt und mit Essensentzug bestraft, daß vielleicht viele, die sich in diesem Unglückswaggon befinden, den kommenden Strapazen nicht mehr gewachsen sind und zugrunde gehen. Trotzdem sind die Meinungen bei uns im Waggon verschieden. Obwohl man ihm Prügel androht, verteidigt Kienzle die Abgehauenen aus verständlichen Gründen. Es kommt aber zu keiner Diskussion, denn plötzlich erhebt sich schon wieder ein Mordsgeschrei. Wir drücken uns in die Türöffnung, um zu sehen, was da wohl jetzt los ist. Fahl und eckig erscheinen unsere Gesichter bei dem grellen Licht, und wir werden Zeugen einer Tragikomödie, wie sie wahrscheinlich nur mit Russen als den Hauptakteuren erlebt werden kann.

Die Zahl der Gefangenen stimmt wieder

Zwei Ungarn, anscheinend Vater und Sohn, die zufällig mit einem Pferdefuhrwerk aufs Feld fahren, werden von ein paar Russen vom Wagen gezerrt und in Richtung unseres Nachbarwaggons geführt. Der Gaul kriegt ein paar übergezogen und haut mit dem fahrerlosen Wagen ab, daß es nur so staubt. Die Ungarn beteuern mit viel Gebärden ihre Unschuld und schreien andauernd. Bevor wir sehen können, wo die beiden ungarischen Bauern hinverfrachtet werden, müssen wir uns zurückziehen. Die Türe fällt ins Schloß, und draußen flucht ein Russe über die verdammten Deutschen. Das dumpfe Heulen der Lokomotive kündet von baldiger Weiterfahrt. Hauptsache, die Zahl stimmt wieder. Das Stampfen und Schlingern des anfahrenden Transports überdröhnt das Toben und Treten an die Bretterwände, mit dem die beiden ungarischen Lückenbüßer ihrer Verzweiflung Ausdruck geben. Der Transport rattert weiter und weiter.

Budapest

Der Zug steht unter einer Brücke. Oben laufen sommerlich gekleidete Menschen und wir hören sogar lachende Laute. Uns ist das Lachen vergangen, und jeder versucht, während des kurzen Stops durch das Drahtgitter zu spähen, um auch tatsächlich feststellen zu können, ob es auf dieser Welt wirklich noch frohe Menschen geben kann.

Kecskemet

Seppl hat einen stolzierenden Storch entdeckt, der auf einer Wiese der Futtersuche nachgeht. Bis die Reihe an mir ist, kann man von dem Vogel nichts mehr entdecken. Dafür sehe ich andere Vögel. Eine große Gänseherde wird von drei Mädchen über das Land getrieben. Ungarn soll ja einstmals der größte Weihnachtsganslieferant Europas gewesen sein. Auf einer anderen kleinen Station versuchen wir, durch das Lokusloch zu handeln. Die Menschen kommen dicht an die Waggons heran und versuchen verschiedentlich sogar, Lebensmittel, Brötchen, Äpfel und Maiskolben durch das Fenster zu schieben. „Da sind schon viele durchgekommen", sagt ein junger Ungar in gutem Deutsch, „aber alle nach dort – nach dort keiner!" Er meint alle nach Osten, nach Westen keiner. Der Handel wird von den Russen schnell unterbunden. Wenn die freundlichen Ungarn nicht gut zu Fuß sind, kann es sein, daß ihnen alles abgenommen wird und sie zusätzlich noch einen Fußtritt einstecken müssen. Meistens genügt schon ein Schuß in die Luft, um die Einheimischen von uns fernzuhalten. In gebührender Entfernung stehen sie da und winken. Oft kommt es auch vor, daß sie weinen. Im Nachbarwaggon, wo die beiden ungarischen „Lückenbüßer" sitzen, ist an Haltestellen das tollste Geschnatter. Überall wollen sie erklären, daß sie unschuldig gefangen sind, doch alle Beteuerungen nützen ihnen nichts. Von Tag zu Tag entfernen sie sich mehr von ihrer Heimat. Volksdeutsche werfen Zettel mit ihrer Adresse aus dem Loch, in der Hoffnung, daß die Ungarn ihre Angehörigen benachrichtigen. Umgekehrt versuchen ungarische Frauen, ihre Männer unter uns zu finden.

Kiskunfelegyhaza

Täglich Trockenbrot und zweimal Erbsensuppe. Die Brühe ist versalzen und verursacht höllischen Durst. Die sengende Hitze ist schier unerträglich. Ganz schlimm wird es, wenn der Transport stundenlang auf dem Abstellgleis steht. Die Hauptstrecken sind mit Militärzügen aller Art stark befahren. Gegenüber von uns kommt ein

Transport mit entlassenen ehemaligen jugoslawischen Kriegsgefangenen zum Stehen. Die Jugoslawen grinsen freundlich zu uns herein und sagen: „Gestern wirr gefangen – heite ihrr gefangen – gefangen aberr immerr Scheiße!! Wirr jetzt nach Hause, ihrr auch mal nach Hause." Sie freuen sich riesig über ihre Heimkehr und zeigen für unsere Situation erstaunlich viel menschliches Verständnis. „Kriegsgefangene aller Länder vereinigt euch, um Kriegsgefangenschaft zu verhüten." Unter diesem Motto müßte einmal, wenn wir eventuell nach Hause kommen, eine weltumfassende Bewegung aller Kriegsveteranen gegründet werden. So etwas hätte doch wirklich Sinn! –

Szegedin

Der Elsässer Eberhardt liegt röchelnd auf dem Bauch und preßt seinen offenen Mund an den Türspalt, um von dem Fahrtwind Kühlung zu erhaschen. Doch ist diese Hoffnung trügerisch; denn die warme Luft, die durch die Ritzen dringt, trocknet nur noch mehr aus. Mit nackten, schweißnassen Oberkörpern hocken wir dichtgedrängt auf dem Rüttelboden des in allen Fugen scheppernden Waggons. Es ist keine Luft mehr im Waggon, sondern nur dicke, muffige, nach Schweiß riechende schwüle Hitze. Die Waggonwände müssen schon seit Tagen die brennende Sonne der ungarischen Tiefebene schlucken, und jeder versucht, so gut es geht, eine Berührung der bloßen Rücken mit den heißen Brettern zu vermeiden. Wie ein Stein liegt mir die trockene, angeschwollene Zunge am Gaumen. Die aufgesprungenen, spröden Lippen bekomme ich nicht mehr feucht. Die eigene Speichelbildung versagt. Bei einigen wackelt der Kopf im Rhythmus der Schienenstöße hin und her als seien sie Marionetten. Mancher wohl einst stramme, stolze Soldat bietet einen Anblick, als sei seine Seele bereits verdunstet und sein Rückgrat schon aus dem Leib geschüttelt.

In der Nacht haben wir offensichtlich Ungarn verlassen. Die Ortsschilder sind anders, und volksdeutsche Landser unter uns sagen, hier sei Rumänien. Kienzle leidet unter starken Depressionen. Durch fortwährendes Zucken seiner Augenlider bietet er einen recht komischen Anblick. Das schlimmste ist, daß er sich seiner unfreiwilligen Komik voll bewußt ist. Schon wenn ihn ein Blick streift, wird er giftig, und es dauert dann gewöhnlich nicht mehr lange, bis er explodiert. Nicht wie ein scharfes Geschoß – nein!! – nur wie ein Platzpatrönchen, dessen bißchen Pulver wirkungslos verpufft. Von niemandem ernstge-

111

nommen, von einigen bemitleidet, doch keiner möchte in seiner nervösen Hülle stecken.

Der Elsässer Eberhardt dreht durch

Als der Gefährlichste im ganzen Waggon entpuppt sich der Elsässer Eberhardt. Unbeherrscht und völlig haltlos brüllt er tierisch bei jedem Zugstop nach Wasser und hämmert mit wunden Fäusten an die Waggontür. Oft müssen drei bis vier Mann diesen zum Zerrbild menschlicher Kreatur gewordenen Kameraden mit Gewalt einigermaßen zur Vernunft bringen. Nach solchen Prozeduren liegt er einige Zeit teilnahmslos mit offenem Mund und dick verquollenen Lippen da. Nur die unruhig flackernden Augen verraten, daß der irre Vulkan in seinem Innern keineswegs erloschen ist.

Wir leiden sehr unter dieser unbarmherzigen Hitze und dem andauernden Durstgefühl. Nicht jeder hat genügend Kraft und innere Festigkeit, um dies alles mit Beherrschung und Selbstdisziplin ertragen zu können.

Unsere Erziehung war hart

Ich war ganze neun Jahre alt, als wir unter der Jungvolkfahne mit dem Lied auf den Lippen „. . . wir marschieren für Hitler durch Nacht und durch Not" an Gauleiter Robert Wagner vorbeiparadierten. Im gleichen Alter habe ich schon nachgesprochen: „Pimpfe sind hart, schweigsam und treu! . . ." Mit zwölf Jahren sind wir im Kriegsjahr 1941 mit dem Tornister auf dem Rücken 30 km vom Zeltlager Waldwimmersbach nach Heidelberg-Pfaffengrund marschiert. Als ich zu Hause ankam, war ich fertig, hatte von dem spärlichen Essen Hungerflecken im Gesicht und weinte. Daß es ohne Zweifel zu viel für mich war, wollte ich damals nicht zugeben, denn „Pimpfe sind hart!" – 1943 auf der Lehrerbildungsanstalt sagte der liberale Parteigenosse Studienrat Sieb zu uns in der 1b: „Wahrlich, Jungs, ich sage euch, wenn die Russen an der Beresina sind, ist der Krieg für uns verloren." Trotz dieser pessimistischen Feststellung und der Tatsache, daß die Russen die

112

Beresina schon längst überschritten hatten und sich immer mehr der Altreichsgrenze näherten, glaubten wir noch im November 1944 im Arbeitsdienst in Freudenstadt, daß der Krieg von uns gewonnen werden wird.

Wir wurden gedrillt und übten Stoßtrupp, Stellungskampf und Sturmangriff. Dann wurde es blutiger Ernst. Als junge Waffen-SS-Männer stürmten wir knapp 16jährig in aussichtsloser Lage mit aufgepflanztem Bajonett feindliche Stellungen. – Das Dritte Reich brach zusammen. Alle Werte und bisherigen Vorstellungen wurden gestürzt oder als „verbrecherisch" erklärt. Nun hocken wir mit 17 Jahren als von den amerikanischen Freunden ausgelieferte Verbrecher in der hochsommerlichen Gluthitze des Gefangenenwaggons, der uns einer ungewissen Zukunft entgegenbringt; einer Zukunft, die uns in einer Zerreißprobe ohnegleichen die allerhärteste Bewährung erst noch abfordern oder uns daran scheitern lassen wird. Unsere Erziehung war hart und auf die „entbehrungsreiche Eroberung neuen Lebensraums" ausgerichtet. Gebe Gott, daß sich diese Erziehung wenigstens in der Gefangenschaft als lohnend erweisen möge.

Spuren des Krieges

Wir fahren durch Landstriche, über die das Inferno der Kesselschlachten von 1944 hinwegbrauste. Gesprengte Geschützrohre, umgestürzte Panzer mit abgerissenen Ketten, ausgebrannte LKWs und Schützengräben, vor denen sich zum Teil noch der Drahtverhau befindet, künden von dieser Zeit. Seppl, der aus seiner Matte die Gegend überblicken kann, hat aber noch nirgends Soldatengräber entdecken können, obwohl sich hier unten eigentlich viele befinden müßten. „Glaubt nicht an Gespenster, hier gibt es keine deutschen Gräber mehr. Die wurden von den Russen alle plattgewalzt." So sagt einer, der hier unten war und bei manchem Gegenstoß diese Feststellung machen konnte. – Dazwischen gibt es auch friedliche Bilder: Weidende Büffel an einer Flußniederung. Ein Teil der gehörnten Burschen steht im Wasser, daß nur noch Kopf und Rücken herausragen. „Büffel müßte man sein und im Wasser stehen dürfen. Was haben's die Viecher gut." Die Tiere geben neuen Gesprächsstoff: Wie

kommen Büffel nach Rumänien? Unser Professor, anerkannter Streit-
schlichter und positiver Alleswisser, erklärt, daß die Büffel im Gefolge
der Kriegshaufen während der Zeit der Völkerwanderung in dieses
Gebiet kamen. „Wie kommen Pforzheimer nach Rußland?" scherzt
einer und sieht Kienzle erwartungsvoll an. Der reagiert prompt:
„Stichel net uff Handkäs', – natürlich nur zur Veredelung der russischen Ureinwohner!" – „Dann paß nur auf, dat du deine Veredelungs-
fähigkeit nicht verlierst", lästert der Stichler weiter. Gereizt durch das
Grinsen seiner Mitbewohner beendet Eugen Kienzle den erbaulichen
Dialog mit der lapidaren Feststellung: „Depp!"

Das Ende des Elsässers Eberhardt

In einem kleinen Kaff mit ein paar armselig aussehenden Hütten ist
der Transport zum Stehen gekommen. Wir stehen lange, ohne daß
etwas passiert, es sei denn, daß sich eine gegenüber unserem Waggon
befindliche Wasserpumpe allerseits größter Aufmerksamkeit erfreut.
Rumänen, alt und jung, Männlein und Weiblein, leisten im rollenden
Einsatz lohnende Wasserträgerdienste. Tauschobjekte: Feuersteine
gegen Wasser – Schirmmützen für Wasser – Lederkoppel, alte Hemden, Uniformjacken und Gamaschen wechseln ihre Besitzer im Tausch
gegen Wasser. Die Sachen wandern durch daß Lokusloch. Jeder ist
dabei ängstlich bemüht, den Tauschgegenstand nicht eher loszulassen,
bis sich der Gegenwert aus der Hand des Partners in der eigenen Hand
befindet. Bei der geringen Größe des Loches kann die Regel nicht
immer eingehalten werden. Dann hagelt es, je nachdem, wer übervor-
teilt wurde, Flüche in deutsch, rumänisch oder ungarisch. Einer von
uns schneidet einfachen Aluminiumdraht, den er weiß Gott wo aufgetrieben hat, in kleine Stücke und verscheppert diese als „1a Feuersteine
made in Germany". Meistens lassen die Rumänen die nötige Sorgfalt
bei der Übergabe durch das Lokusloch vermissen und zwängen die
gefüllten Wassergefäße ungeschickt durch die mit Kot beschmutzte und
verkrustete Notöffnung, so daß der dreckige Schlamm in die Geschirre
hineinfällt. Ganz gewitzte Balkanesen tun nur so als ob, reißen
blitzschnell das Gebotene an sich und verschwinden auf Nimmerwiedersehen.

Eberhardt bleibt es vorbehalten, den höchsten Preis für Wasser zu bieten. Er hat nichts mehr, was er verscheppern könnte, außer seinem goldenen Ehering. „Bist du wahnsinnig, Mensch? Du wirst doch nicht den Ring für so'n bißchen Scheißbrühe hergeben wollen!" Der gutgemeinte Versuch von Eberhardts Nachbarn, diesen von dem Tausch abzuhalten, mißlingt. „Laß mich, Gott verdammt, laß mich", geifert Eberhardt, „ich kann immer no machen, was ich will. Il empoisonne mes paroles et mes actions – was ich sage und tue, legt er übel aus." Mit einem bösen Blick mißt Eberhardt seinen Nachbarn, der in Unkenntnis der französischen Brocken Eberhardts seinen Mund hält. Eberhardt scheint wirklich nicht mehr alle Tassen im Schrank zu haben. Er reicht sein Eßgeschirr, eine alte Gasmaskenbüchse, durch das Loch und zittert in Erwartung des Wassers. Mit fahrigen Bewegungen streift er den Ring vom Finger. Eine braune Hand fährt durch die Öffnung, Eberhardt übergibt wirklich und wahrhaftig den goldenen Ring, und in seiner Gier greift er ruckartig nach der hochgereichten Büchse, verfehlt den Halter – und läßt die Büchse fallen. Der Fußtritt eines russischen Konvois fegt die ausgelaufene Gasmaskenbüchse vom Bahnsteig, und die russischen Konvois, die bislang tatenlos dem Feilschen und Handeln zusahen, jagen das ganze Volk von den Waggons. Balkanesen sind hartnäckige Händler, und Rumänen lassen sich nicht so leicht vertreiben wie Ungarn. Aber der gute Eberhardt kann von dieser Tatsache nicht mehr profitieren. Sein goldener Ring ist verloren, seine Eßbüchse ist er auch los, und in einem Anfall von Hoffnungslosigkeit und Wahnvorstellungen springt er mit wutverzerrtem Gesicht in anscheinend selbstzerstörerischer Absicht in einem wahren Panthersatz gegen die Tür. Ein dumpfer Fall auf den Hinterkopf erspart uns weitere Eskapaden des bedauernswerten Elsässers. Als er so am Boden liegt und neben das Lokusloch gezerrt wird – wer will schon diesen Platz einnehmen als nur die Schwächsten –, da tut er wohl den meisten leid. Ein hilfloses Bündel Mensch, bei dem es in allen Fugen kracht. – Am späten Nachmittag ist Eberhardt immer noch ohne Besinnung. Sein Herzschlag geht unregelmäßig. Es gelingt uns, die Posten darauf aufmerksam zu machen. Der Waggon wird geöffnet, und Eberhardt wird von zwei Mann weggetragen. Er hat keinerlei Gepäck. Nur seine körperliche Hülle ist ihm noch zu eigen, und selbst über diese, sein ureigenstes Ich, hatte er schon längst jede Herrschaft verloren.

Abnorme Reaktionen beim Wasserempfang

„Waasser! – Waaaaasser! – Es gibt Wasser!!!!" Die Kunde vom Wasserempfang läuft von Waggon zu Waggon. Es dauert lange, bis wir an die Reihe kommen. Die Verpflegungsholer haben einen alten Wehrmachtskanister voll Wasser gefüllt bekommen. 20 Liter Wasser – das ist nicht viel. Zwanzig durch vierundvierzig, das ergibt ein recht mageres Ergebnis, aber immerhin ist Wasser da!! Mit einem Kochgeschirrdeckel wird sorgfältig ausgeteilt. Es ist lauwarm, das Wasser, und hat einen muffigen Geschmack. Die einen stürzen ihre Ration gleich hinunter, andere benetzen nur die Lippen, wieder und immer wieder – nur ein bißchen auf die Lippen. Sie machen es noch, als die Mehrzahl schon kein Wasser mehr hat. Ein gewisser Triumph liegt in den Blicken dieser „Tropfeninhalierer": „Seht, seht, wir haben noch Wasser, ihr habt nichts mehr, und wir können noch im Wasser schwelgen, können noch überlegen, was wir mit unserem Wasser anfangen wollen, und ihr, ihr könnt nichts mehr, weil ihr es gleich gesoffen habt." Einer legt wie ein Huhn den Kopf zurück, gurgelt und kaut das Wasser mit aufgeblasenen Backen, um es schließlich in das eigene Gefäß zurückzuspucken. Abnorme Reaktionen, die nur aus dem riesigen Durstgefühl heraus zu erklären sind und jenen, die sich so verhalten, ein trügerisches Gefühl von Besitz gegenüber den anderen, die kürzeren Prozeß mit ihren Rationen machen, vorgaukeln mag. Die Freude über den Wasserempfang ist nur von kurzer Dauer, denn die Gemeinheit folgt auf dem Fuße: Salzfische und Trockenbrot. Während die „Dampfgaleere" schon längst wieder über den Schienenweg donnert, lechzen die Sklaven nach Wasser wie selten zuvor und können vor Hitze und brennendem Durst keine Ruhe finden.

„Bad" im unbekannten Fluß

Gegen Abend großes Getöse und Geschrei: „Otkroit – po pjatj stroize dawai!" (= aufmachen, zu fünfen antreten schnell) Wir scheinen angekommen zu sein – wo, weiß kein Mensch. Als sich die Waggontür öffnet, sehen wir halbnackte Landser in Marschformation vorbeilaufen. „Gepäck dalassen, Kleider bis auf die Hose auch im

Waggon zurücklassen. Alle Gefangenen müssen im Fluß baden",
übersetzt ein Dolmetscher, der erstaunlich frisch und munter aussieht.
Eine willkommene Abwechslung und lang entbehrte Erfrischung. Seit
dem Massenlager Königssaal bei Prag wird dies das zweite Mal sein,
daß der ganze Körper mit Wasser in Berührung kommen wird.
Hoffentlich! Staub liegt über dem ganzen Halteplatz, und aus den
Staubwolken heraus, die von vielen hundert schlürfenden Füßen
aufgewirbelt werden, stehen wir vor einem braunschlammigen Fluß mit
ausgetretenem, lehmigem Ufer. Erst jetzt wird mir bewußt, wie viele
Russen unseren Transport begleiten. Eine lange Postenkette ist rings
um den Badeplatz aufgezogen, und wer weiter als fünf Meter ins
Wasser gehe, auf den solle geschossen werden, wird uns mitgeteilt. Ich
gehe langsam und vorsichtig wie Wild an der Tränke in das laue,
seichte, schlammig-trübe Flußwasser, kann ein paar müde Schwimmstöße probieren und meinen Kopf untertauchen, aber mehr nicht; denn
für unsere Partie ist die Badezeit beendet. Dem alten Staub werden
neue Wolken hinzugefügt, und als wir an unserem Waggon angelangt
sind, zeigt sich, daß viele schon so geschwächt sind, daß sie nur noch mit
Mühe den Einstieg in den Güterwagen schaffen. Trotz allem fühle ich
mich merklich erfrischt, und es ist mir sehr egal, ob der Fluß nun die
Theiß, die Alt oder der Sereth war.

Durch das Banat

In den folgenden Tagen gibt es viele und länger dauernde Aufenthal-
te. Arad – Deva – Hermannstadt. Endlos scheinende Erdölzüge rattern
an uns vorbei. Was sind wir schon wert im Vergleich zum Erdöl! –
Weite Felder wechseln mit buntgewürfelten Bildern auf kleinen Bahn-
höfen. Zwischen den Häuschen laufen Schweine frei herum, und ganze
Kinderschwärme balgen sich um Dinge, die wir nicht ausmachen
können. Einen halben Tag weiter und zahlreiche Siedlungen mit
sauberen Häusern erinnern sehr an unsere Heimat. Wir müssen uns
mitten im Banat befinden, dem Hort alten deutschen Brauchtums. Es
ist keine Einbildung, wenn man feststellt, daß sich dieses Gebiet trotz
des Krieges immer noch wohltuend von den übrigen rumänischen
Landschaftsstrichen abhebt. Bei einem Halt auf einem kleinen, zer-

schossenen Bahnhöfchen erfahren wir mehr über das Schicksal der Banater Schwaben. Es ist früh am Morgen, vielleicht so gegen 6.00 Uhr. Monoton spricht eine leise Frauenstimme vor unserem Waggon: „Sind deutsche Landsleut' drin? – Sin deutsche Landsleut' drin? – Sin deutsche Landsleut drin?" – Wir geben Antwort, genauso bedächtig und leise, um keinen Argwohn zu erregen: „Wie kommen Sie hierher? – Was tun Sie hier? – Was machen Sie da? Sind noch viele Deutsche da? Wie geht es Euch?" Es sind viele Fragen, die durch die Bretterwände nach draußen gerichtet werden. Ängstlich kommt die Frauenstimme zurück: „Wir haben hier gewohnt. Alle Frau'n und Jungen sein abtransportiert wor'n, – sogar d' Frauen mit de Säugling. Die Männer hams derschlag'n oder auch verschleppt. Noi, noi, noi – dös hätt'n wir all net glaubt, daß dös so schlimm hätt kumn könn'n. Jetz san bloß no d' gonz alte Leut' do, die nimmer känn'n. – Uns g'hört gar nix mehr. Wir hob'n selbst bloß a bisserl z' essen. – Ihr armi Landsleut! – Euch verschleppens a, die Teuf'l. – O Gott, wie schad, daß i euch nix geb'n kann." – So plötzlich die Stimme kam, so plötzlich verschwindet sie wieder. Seppl kann noch sehen, daß es eine kleine schwarzgekleidete Frau war, dann duckt er sich rasch in seine Koje, und von draußen klopft es prüfend an die Wand: „Schdo skasall." Sdest nikowo gawaril" (= Hier hat niemand gesprochen), sagt einer, und wir haben Glück, daß die Auskunft den Posten zufriedenstellt. Der Russe verschwindet, aber man hört ihn noch bei den Nachbarn poltern.

Wir haben zwei Mann im Waggon, die hier ansässig sind. Sie kleben förmlich am Drahtloch und verschlingen die Gegend mit ihren Augen: „Da bin i oft gfahrn mit meine Pferd – als freier Mensch. – Da bin i als mit mei'm Voater spazier'n g'laufn." – Die Rührung übermannt eben einen, und er läßt seinen Tränen freien Lauf. Sie fallen in den Stacheldraht.

An Plojesti vorbei

Breitrippige Bohrtürme recken ihr Stahlskelett zum Himmel und geben der ganzen Gegend ein hartes Gepräge. Vielgleisige Anlagen müssen den Sturm auf das Öl bewältigen, und großtonnige Kesselwagen stehen in langer Reihe auf den Geleisen. Auseinandergeklafft wie

118

eine lappige Bananenschale hängt das gesprengte Rohr einer deutschen Flak-Kanone graustaubig und müde über dem Richtsitz. Ausgebrannte Güter- und durchlöcherte Kesselwagen zieren die Abstellgleise noch eine ganze Strecke. Gespenstische Erinnerungen um Plojesti, dem Zentrum der rumänischen Erdölindustrie in der Walachei.

Während eines spärlichen Regens versuchen wir mit Hilfe eines gebogenen Blechs, ein bißchen Wasser in das Innere des Waggons zu leiten. Die Aktion mißlingt – mangels Regen. Salzfisch gibt es keinen mehr, dafür zweimal Erbsensuppe und 400 g Trockenbrot täglich.

Aussteigen in Ramnicul Sarat/Rumänien

Vier Tage nach unserem Flußbad heißt es aussteigen. Ohne „bistrej dawai" geht es natürlich nicht. Hals über Kopf werden die Waggons, in denen wir nahezu drei Wochen rösteten, von uns geräumt. In nervöser Eile wird Zählappell abgehalten, und „po pjatj" geht es dann mit bleichen, bärtigen Gesichtern und wackeligen Knien los. RAMNICUL SARAT steht auf einem Bahnhofsschild mit schwarzen Lettern. Die Straßen sind schlecht, staubig und mit Schlaglöchern übersät. Die aus den Häusern gelaufene Bevölkerung mustert uns stumm, und nicht einmal der aufwirbelnde Staub kann die neugierigen Gesichter verscheuchen. – Auf einem sandigen großen Platz vor einem Barackenlager machen wir das erste Mal halt. Es scheint hier nichts anderes zu geben als Hitze, Sand und Staub. Nach einer gründlichen Filzung durch prügelbewaffnete, in tadellose Luftwaffenuniformen gekleidete deutsche Lagerpolizei geht es durch das Sternentor ins Lager Sarat.

Ein Durchgangslager großen Stils

Nochmals „Bekleidungsaufnahme", zweite Filzung und Pritscheneinteilung in maßlos überfüllten Holzbaracken mit vierstöckigen Bretterregalen zum Schlafen. Nach den ersten Stunden in unserem neuen Domizil wird einem klar, daß es sich bei diesem Lager um ein Durchgangslager größten Stils handelt. Hier sehe ich die ersten Heimkehrer, die schon 1942/43 in Gefangenschaft gerieten und einen unbeschreiblich verwahrlosten und verkommenen Eindruck machen. Wir bestaunen die Kerls wie die ersten Menschen, und man wundert sich, daß aus solchen halbgestorbenen Elendsfiguren überhaupt noch menschliche Töne herauskommen. Wenn der eine oder andere nicht doch noch eine Spur von Intelligenz und Menschlichkeit in seinen Zügen erkennen ließe, könnte man meinen, daß man es mit lauter kindischen Halbidioten zu tun hätte. Diese Heimkehrer trotten meist in Rotten durch das Lager, klauen, was nicht niet- und nagelfest ist und betteln wie sizilianische Bettlerkönige. Ihre Eßbüchse ist laufend dabei, und wo es was zu beißen gibt, fallen diese armen Burschen wie die Wölfe, ohne die geringste Ordnung und Disziplin, über die Ausgabestellen her. Brutale Prügelszenen und barbarisches Geschrei bestimmen solche häßlichen Vorkommnisse. Ich muß mich wundern, daß diese Menschen einmal deutsche Soldaten gewesen sein sollen.

Wer hätte auch gedacht, daß wir wenige Monate später in fast die gleiche Verfassung kommen würden. „Von Gefangenschaft habt ihr noch nichts gemerkt", verkündet ein Skelett den Neuangekommenen, die staunend in Gruppen um die Heimkehrer herumstehen. „Wo warst du denn gewesen?" – „Mich haben sie Januar 43 südlich Rschew geschnappt; nach einem langen Marsch war die Hälfte der zweihundert Mann gestorben." – „Was habt ihr zu essen gekriegt?" – „Nix", antwortet das menschliche Wrack. „Mensch, mach uns keinen Kohl vor", meinen die „Neuen", „von nix würdest du auch nicht mehr hier stehen!" Ohne Antwort zu geben, schlurft der Heimkehrer aus dem Kreis der ihn Umgebenden. Von einem 43er, der aus dem Lager Saratow kommt, erfahre ich, daß es wochenlang nur Wassersuppe und faule Kartoffeln gegeben habe. Andere kommen aus Woronesch und Orel. Von den meisten erfährt man überhaupt nichts. Da hocken sie im Staub an den Barackenwänden, und die Fliegen krabbeln schon buchstäblich in die Nasenlöcher. Sie liegen allem Anschein nach schon in der Agonie des Todes, und viele dieser Zurückkehrenden werden wahrscheinlich noch auf dem Heimtransport sterben. Wir selbst sind auch schon ganz schön ausgehungert, aber immer noch „kraftstrotzend" im Vergleich zu diesen Figuren.

Katastrophaler Wassermangel

Die heißen Steppenwinde und Staubwirbel trocknen die Kehle bis zum letzten Tropfen aus. Der Durst ist größer als der Hunger, und Abordnungen der Hundertschaften haben schon gefordert, die Küche soll mit dem Kochen aufhören und statt dessen das Wasser verteilen. Bestimmt ein seltener Fall bei hungrigen Plennis. Aber wir sind weitaus durstiger, und die versalzene Erbsenbrühe steigert das Durstgefühl weiter bis ins Unerträgliche. Stundenlang stehen wir an eigens dafür bestimmten Sickerlöchern um Wasser an. Wenn einer fünf bis sechs Geschirre gefüllt hat, muß der Nächste warten, bis wieder genügend Wasser nachsickert. Schlägereien sind an der Tagesordnung, und die einzelnen Positionen der Wasserschlangen von Sarat werden von vielen hundert Augen, aus denen Durst und Hunger bleckt, bewacht und notfalls mit Gewalt verteidigt. Das Essen wird aus zehn Benzinfässern verteilt. An jeder Benzintonne stehen Lagerpolizisten Spalier, um gegen alle Vorkommnisse gewappnet zu sein. Es ist schon vorgekommen, daß eine Horde Rußlandheimkehrer den Ausgeber mit einem Holzscheit niederschlugen, ihre Eßbüchse in der Tonne füllten und verschwanden. Seit diesem Ereignis und den vorhergegangenen wilden Prügeleien steht eine eigens dafür gegründete Lagerpolizei an den Futtertrögen, bewaffnet mit 1,50 m langen Stöcken.

Die Skelette in den „Hasenkuhlen"

Im Lager Sarat ist alles Masse. In drei Schichten werden Riesenlatrinen in den Boden gegraben – 5 m tief, 10 m breit und 25 m lang. Seppl und ich werden zur dritten Schicht abkommandiert. Wir bekommen des Nachts eine Sonderration schwarzen Kaffee aus der Küche für Schwerarbeit. Ich stehe zuunterst und schaufle Seppel die Erde auf ein Brettergerüst in der 1. Etage, der gibt sie zur nächsten, und erst der dritte schippt sie oben hinaus. Die Erde wird mit Karren ein Stück weggefahren und unweit dieser Riesenlöcher aufgeschüttet. Kranke Landser buddeln sich Kuhlen in die aufgekarrte Erde, um ja gleich in der Nähe des Abtritts zu sein. Sie vegetieren Tag und Nacht in diesen „Hasenkuhlen". Wenn sie den Stuhlgang nicht mehr halten können und ihre kleinen Erdlöcher bekleckert sind, wird ein anderes in das lockere Erdreich gescharrt. Wahrlich ein jämmerlicher Anblick. Es ist grausig anzusehen, wie diese sich von der Masse absondernden Menschen stelzenden Ganges auf dürren Beinen, an denen meist die Kotbrühe herabläuft, über die Balken stellen. Gespenstisch und geisterhaft ist es hier in der Nacht. Ein paar Mann werden schon vermißt, und einmal wurde beobachtet, wie solch ein bedauernswerter Wojenno Plenni zwischen den Balken hindurchrutschte und in der Jauche ertrank. Ein paar aufsteigende Blasen und eine alte Konservenbüchse mit gesammelten Abfällen waren das einzige, was man noch gesehen und gefunden hat.

Dammbruch zwischen den Kotgruben

Am Tage nach unserer Nachtschicht geht man daran, die Wand der neu gegrabenen Kotgrube zu durchstoßen, die unmittelbar neben der alten, vollgelaufenen liegt. Die stehengebliebene Erdzwischenwand erweist sich als zu dünn und bricht unerwartet durch. Drei Mann, die noch unten im Loch stehen, fallen, von den ausströmenden Ammoniakgasen betäubt, sofort um und werden gleich, ähnlich einem Deichbruch, von der einbrechenden Brühe überspült. Mit dem Kopf nach unten schwimmen sie in der langsam ansteigenden, erbärmlich stinkenden Soße. An einem schnell zusammengebundenen Strick läßt sich ein vierter in die Grube hinabgleiten, um den Verunglückten zu helfen. Auf halber Höhe läßt er mit einem Aufschrei das Seil fahren und plumpst in die Jauche. Er ist sofort still. Später gelingt es dann, mit langen Stöcken zwei Mann herauszuziehen. Wiederbelebungsversuche bleiben erfolglos. Von den anderen beiden kann man nichts mehr sehen. Seppl und ich sehen uns an: „Mensch, haben wir Dusel gehabt! Bei anderer Schichteinteilung hätte uns das auch passieren können!" – „Glück ham ma ghabt, Hermann – komm geh' ma!" Wasser und Kotgruben, das sind die besonders neuralgischen Punkte im Lager Sarat. Ersteres ist ausgesprochene Mangelware und die zweiten vermiefen die Lagerluft mit einem penetranten Duftgemisch aus Chlorkalk- und Schwefelkohlenstoffgerüchen. Lagerpolizei bewacht und reguliert den Zutritt zu und auf die Riesenlatrine. Mehr als zwanzig

Mann dürfen nicht gleichzeitig auf den übergelegten Bohlen stehen, da sonst die ganze Konstruktion einzustürzen droht. Aber auch die Lagerpolizei kann nicht verhindern, daß die Umgebung der Kotgruben fast genauso beschmutzt aussieht wie die glitschigen Balken, auf die immer nur zwanzig Mann dürfen. Die anderen, die meist auch schnell „müssen", protzen oft schon vorher ab und müssen noch damit rechnen, von der Lagerpolizei geschlagen zu werden. Es spielen sich unbeschreibliche Szenen ab, denn es gibt viele, die die meiste Zeit über den Balken verbringen und sich fast die ganzen Innereien herausdrücken. Ruhrartiges Herauslaufen des Kotes ist im Lager Sarat noch lange kein Grund, um in die sowieso schon überfüllte Lazarettbaracke eingeliefert zu werden. Der Todeswagen ist jeden Tag im Lager. – Die dreißig Baracken sind bis unter die Decke mit Landsern vollgepackt. Ein Großteil liegt noch in Zelten, aus Brettern und Gerümpel zurechtgemachten Hütten oder ganz im Freien. In den Baracken kann man wegen der unerträglichen Hitze und des strengen Miefs keinen Schlaf finden. Größere, neu ankommende Transporte bleiben oft gleich vor dem Lager liegen. So kommt es, daß die Belegstärke im Lager Sarat zeitweilig zwischen 15000 und 24000 Mann schwankt.

Ein ganz Raffinierter bringt es tatsächlich fertig, mir in der Nacht mein am Brotbeutel angebundenes Kochgeschirr unter dem Kopf herauszuklauen, ohne daß ich es bemerkte. Mit viel Mühe und unter dem schwerfallenden Verzicht auf eine Brotration erhandle ich mir wieder ein neues Kochgeschirr. Vielleicht war es gut so, daß ich weiterschlief, denn ertappte Diebe wehren sich meist mit dicken Prügeln. Man kann ruhig sagen, daß alle schlechten Eigenschaften, die es im Menschen geben kann, im Lager Sarat wahre Triumphe feiern.

Erste Begegnung mit dem Komitee „Freies Deutschland"

Als das Lager I aufgelöst wird und das bis jetzt dort tätig gewesene Komitee „Freies Deutschland" mit zu uns ins Lager IV überwechselt, werden diese Typen sofort aktiv und es beginnen Untersuchungen größten Stils. Viele machen dumme Gesichter, aber diejenigen, welche es angeht, wissen Bescheid. Auf Kommando müssen alle den linken Arm hochheben, anschließend promenieren russische Offiziere und

Zivilisten und selbstverständlich auch die Komiteeler in trautem Verein durch die Reihen, beugen sich bei jedem einzelnen diensteifrig nach vorne und glotzen in die Achselhöhlen. Sie suchen Waffen-SS-Männer. Was sich bei Verwundung als nützlich erweisen sollte, erweist sich jetzt als das bestürzende Gegenteil: Die Männer der Waffen-SS sind mit ihrer Blutgruppe abgestempelt. Wir tragen das Kainsmal unter dem linken Oberarm. Wenn die Kommission einen entdeckt, hagelt es Schläge und andere Demütigungen, bei denen sich besonders die deutschen Komiteeler hervortun. „Na, ham wer dich ändlich, dräckiger Faschist!" Faustschläge unterstreichen die Schmähungen, und in lautstarkem Haßgesang geht es weiter. „Mistviecher, Zuchtböcke, Hurensäue, Tripperhengste, Hitler-Bluthunde, schrei Heil Hitler, du Hund – schrei, schrei, schrei!!" Dem Geschlagenen vergeht das Schreien und er wird dann, je nach Grad der Umerziehung, abgeführt oder weggezerrt. Mehr als einmal kann ich solche „Bestrafungen" beobachten. Bei diesen Prozeduren tut sich besonders der rotblonde Antifaschist Otto Büchner aus Halle hervor. Mit sadistischem Grinsen bleckt er sein Pferdegebiß, wenn er einmal wieder einen Geschundenen am Wickel hat, um ihn in die Vernehmungszelle nach Baracke 3 zu bringen. Mir gelingt es, eine Untersuchung nach der anderen zu umgehen. Aber das Blutgruppenzeichen unter dem Arm läßt mir Tag und Nacht keine Ruhe mehr.

Ich brenne und schneide meine Blutgruppentätowierung heraus

Einige der Kameraden versuchen mit glühenden Schürhaken, die ihnen ein Waffen-SS-Angehöriger aus der Küche zugespielt hat, die Tätowierung auszubrennen. Ich schleiche um die Küche herum, um die Gelegenheit wahrzunehmen, vielleicht das gleiche tun zu können. Aus dem Lazarett erfahre ich, daß ein Arzt empfohlen habe, mit einem rauhen Stein die Hautschichten systematisch abzuschmirgeln. Ein Obersturmbannführer habe seine Blutgruppe mit Milch herausgestochen und sei schon heimgefahren, erzählt Eugen Kienzle, der immer noch mit von der Partie ist. Woher Milch nehmen? Wie herausstechen?? Nach tagelangem, verzweifeltem Suchen nach der richtigen Methode der Entfernung der Blutgruppentätowierung komme ich zu der Überzeugung, daß Rausbrennen vielleicht doch das beste ist. Den Waffen-SS-Koch in der Küche kenne ich nicht, aber trotzdem versuche ich, von dort ein brennendes Holzscheit zu organisieren, um die Operation vornehmen zu können. Ein Lagerpolizist vertreibt mich von dort, sicherlich in der Meinung, ich wollte die Küche bestehlen oder mich an den Abfällen „mästen". Am selben Abend gehen Eugen und ich hinter die Kisten und Bretterbauten der im Freien Schlafenden. Hinter dem Verschlag eines mir bekannten bessarabiendeutschen Waffen-SS-Mannes entblöße ich meinen Oberarm. Wir werden das Kainsmal mit einer glühenden Zigarette herausbrennen! „Wo ist es?" Kienzle macht einen starken Zug aus seinem stinkenden Glimmstengel. Weiß der Teufel, was der da für ein Gehäcksel zusammenraucht. Im matten Schein der durch die Ritzen dringenden Barackenlampe ist das Zeichen „0" an meinem Oberarm erkennbar. Mitten im zweiten Zug preßt der Pforzheimer unverhofft seine glühende Zigarette auf meine Tätowierung. Ich könnte um mich hauen vor Schmerz, aber ich beiße auf die Zähne, während sich Kienzle abwendet. Willy, der Bessarabiendeutsche, beobachtet die Umgebung, ob die Luft rein ist, denn Denunziation und Verrat blühen im Lager Sarat. – Dieser Prozedur unterziehe ich mich noch zweimal, doch auf dem aufgequollenen, verbrannten Fleisch ist das verdammte Zeichen selbst bei unserer matten Lichtquelle immer noch zu sehen. „Da hilft nur eins – rausschneiden!" meine ich. Jetzt ist mir alles egal. Dieses verfluchte kleine Ding soll mir keine 25 Jahre Zwangsarbeit einbringen. Man erzählt ja überall, daß die Waffen-SS bis zuletzt bleibt und erst dann nach Hause kommen soll, wenn das deutsche Volk von der faschistischen Krankheit geheilt sei; mit anderen Worten erst dann, wenn Deutschland kommunistisch wird. „Ich danke schön! Lieber 10 Minuten Schmerzen ausstehen als 25 Jahre lang sterben." – „Ohne mich", sagt Kienzle zu meinem Vorschlag. „I kann dir's net rausschneiden – i bring des oifach net fertig", erklärt er erregt und murmelt etwas von „unverantwortlich" und „Komplikationen mit Blutvergiftung". „Gut!! Du brauchst nicht zu schneiden!" „Feigling", knurrt Willy und sagt zu mir: „Komm!" Er kramt eine Rasierklinge aus einem Beutel. „Komm her!" Der Bessarabier rüttelt an den Kisten, damit ein größerer Lichtspalt frei werden soll. „Na, laß man", sage ich zu Willy, „ich schneide selbst. Ziehe du bloß die Haut nach oben, damit ich besser abheben kann." Willy faßt vorsichtig an, kann aber nicht verhindern, daß er die Brandblase aufreißt, statt die Haut hochzuziehen. Ich könnte wirklich und wahrhaftig schreien, so weh tut das. Beim zweiten Versuch passiert es: Willy preßt die Haut des Oberarms so zusammen, daß die gebrannte Stelle hervortritt. Kurz entschlossen führe ich die Rasierklinge quer hindurch und verursache durch den überhasteten Schnitt eine über 5-Mark-Stück große, stark blutende Wunde. Ich versuche, die Blutung durch Aussaugen mit dem Mund zu stillen, was mir auch nach etwa einer halben Stunde gelingt. Willy sucht den Fleischfetzen auf dem Boden und hält ihn mir unter die Nase. Kienzle ist auch erleichtert. Ich reiße noch ein Stück aus meinem alten Wehrmachtshemd, pinkle auf den Fetzen und wickle mir den Lappen um die Wunde. Am nächsten Tag stelle ich fest, daß die Sache eitert. Ins Lazarett zu gehen ist unmöglich, denn da hätten sie mich ja gleich am Wickel und alles wäre vergeblich gewesen. Ich mache eine eigene Wundbehandlung, pinkle in die hohle Hand und schwemme die eiternde Wunde mit dem eigenen Urin sauber. Diese Art von Behandlung wiederhole ich drei Tage lang. Wie durch ein Wunder hört die Wunde auf zu eitern, und es bildet sich sogar eine gesunde Borke auf der Schnittfläche. – Leider, leider läßt es sich aber doch nicht vermeiden, den laufenden Jagden nach Waffen-SS-Leuten zu entgehen. Kienzle wird von mir getrennt und fährt als Dystrophiker nach Hause. Ich gebe ihm meine Adresse mit, damit er meine Eltern benachrichtigen kann.

Der Abschied ist kurz und schmerzlos. „Ich danke dir für deinen Beistand im Waggon", erklärt er mir. Es klingt aber schon fast geheuchelt, als er sagt: „Ich werd' dir's zu Hause mal gutmachen!" – „Mach's gut, Eugen!" – „Mach's gut, Hermann!" –

Die jungen Österreicher fahren auch nach Hause, vorausgesetzt, daß sie nicht tätowiert sind. Seppl schaut mich so an, als ob er sagen wollte: „Am liebsten würd i di fei mitnehm'n, aber in deiner Haut steck'n möcht i eh net." Auch wir beide werden voneinander getrennt. Seppl verspricht mir, meine Eltern zu benachrichtigen. Diese Trennung fällt mir ungleich schwerer als die von Eugen, und wir versprechen uns beide, jeder werde den anderen einmal besuchen, wenn wir wieder zu Hause angekommen sind.

„Linker Arm hoch!"

Nach einer Nacht im Freien, die ich durchwacht und durchbetet habe, damit mir das Schicksal gnädig sei, beginnt ein neuer Tag mit neuem Leid und neuen Gruppen, neuen Hundertschaften und lauter fremden Gesichtern. Mittags heißt es wieder antreten: „Linker Arm hoch!!" Diesmal werde ich mich freiwillig melden. Bevor sie mich entdecken und zusammenschlagen, ist es besser, wenn man sich gleich zu erkennen gibt. Ich mache meinen Oberkörper nicht frei und gehe zu dem einen Komiteeler, der, rein äußerlich betrachtet, am harmlosesten aussieht: „Ich war bei der Waffen-SS", sage ich zu ihm und habe ein recht merkwürdiges Gefühl im Hals. Er glotzt mich an und grinst sarkastisch: „Büchner, komm her! Hier hat sich ein Jüngling wieder freiwillig gemeldet." Das „wieder" klingt spöttisch und soll wohl bedeuten, daß er annimmt, daß ich mich freiwillig zur Waffen-SS gemeldet hätte. Büchner tritt neben mich: „Komm mit!" Wortlos führt er mich zur Vernehmung nach Baracke 3.

Vom Komitee verhört und gefilzt

Im Vorzimmer der Vernehmungszelle in Baracke 3 begrabe ich meine letzten Hoffnungen auf baldige Heimfahrt. Von einem schwarzhaarigen deutschen Kommunisten aus dem Ruhrgebiet werde ich gründlichst gefilzt. Der Bursche trägt russische Uniform mit dem Sowjetstern an der Mütze, erstklassige Stiefel und deutsche Offiziershosen mit Reitlederbesatz. Er ist schon fast fertig, als er noch einmal die Schäfte meiner Reithose abtastet. Ich glaube, daß der Kerl mein Herz klopfen hört – in den Schäften steckt nämlich allerhand drin. Es dauert auch nicht lange, und ich bekomme das Entdeckte um die Ohren gehauen. Er hält es in der Hand: die letzte Zeitung, die wir in der Schwadron erhielten, mit der Nachricht von Hitlers Tod, eine Belobigung des Gaubeauftragten für den Kriegseinsatz der HJ und mein Tagebuch mit der letzten Eintragung: „Wenn mich diese Schurken vom Komitee erwischen, ist alles verloren!" Nun scheint wirklich alles verloren, und ich weiß nicht, worüber ich mich mehr ärgern soll, über die Entdeckung der Dokumente oder über die eigene Dummheit. Es ist klar, daß in einer solchen Situation, in der wir uns nun einmal befinden, es äußerst unklug ist, solche Sachen mit sich zu führen. Aber passiert ist passiert, und ich harre der Dinge, die nun einmal kommen werden, so sicher wie das Amen in der Kirche. Interessiert betrachten die Komiteeler die Zeitung, die über Hitlers Tod berichtet. Einer wirft sie in die Ecke und knurrt „Mist". Das stört einen anderen nicht, das Blättchen wieder aufzuheben. Der Lesehunger nach dem Naziblättchen scheint doch die Oberhand zu gewinnen. Ein kleiner dicker Komiteeler eröffnet das Verhör: „Wo warst du und wieviel Tschechen hast du ermordet?" Die Frage ist reichlich primitiv, und ich wage den Einwand: „Wir haben keine Tschechen ermordet, aber die Tschechen haben unsere Leute umgebracht." – „Hört, hört", meckert der Dicke und erhebt sich: „Halt deine freche Schnauze, das habe ich nicht gefragt. Du kommst sowieso nach Sibirien. Solche SS-Rotzjungen wie du werden von uns erst einmal richtig erzogen. – Dein Vater war wohl och so 'n alter brauner Spinner, wa?" – „Nein – der ist Arbeiter und hat immer ‚Zentrum' gewählt." – „Hört, hört", kichert der Dicke wieder, „den Hitler hat keener gewählt, ganz klar, nicht ein einz'ger." Hernach geht es sehr schnell. Mit einem Tritt werde ich hinausgejagt und muß mich beim Barackenältesten melden. „Morgen kommst du noch mal dran", erzählt mir dieser. „Wie kannst du auch so 'n Blödsinn mit dir herumschleppen!" Er hat völlig recht, und ich stehe da wie ein begossener Pudel. Ich werde eingeteilt zur zwölften Gruppe und komme zu dem ehemaligen Marine-Maat und späteren SS-Unterscharführer Fritz Haas aus Backnang. Fritz war bei den Minenräumern, und als es nichts mehr zu räumen gab, wurde die ganze Bootsbesatzung zur Waffen-SS versetzt. Fritz Haas trägt noch immer als Zeichen seiner seemännischen Abstammung das Minensuchabzeichen. Das dürfte ihm allerdings auch nicht viel nützen, denn erstens wurden alle gleich beim Übertritt in die Waffen-SS tätowiert, und zweitens sitzen sie nun mit uns „regulärer Waffen-SS" im gleichen unsicheren Boot, von dem niemand weiß, wo es hinfährt. Ich kann nichts essen, kann nicht schlafen und bin furchtbar nervös. Fritz, unser Gruppenführer, profitiert durch doppelte Portionen von meiner seelischen Verfassung und fühlt sich daher sehr mit mir verbunden. Meine ganzen Überlegungen und Gedanken kreisen um dieses verfluchte Tagebuch. Als Fazit kann man wohl sagen, daß man aus vielen Notizen Stricke drehen könnte.

Eine Tagebuchnotiz hilft mir

So gegen 10.00 Uhr vormittags brüllt eine schneidende Stimme „Melcher" in die Baracke. Im Moment versagt mir die Stimme, aber ich erhebe mich sofort. „Melcher, Hermann!?" brüllt es noch einmal. „Hier" – „Mensch, schläfst du Kerl?? – Los zur Vernehmung!!" Bangen Herzens stehe ich schließlich vor der Türe der Vernehmungsstube und klopfe an. Keine Antwort. – Ich trete ein. An einem Tisch sitzt einer, der mir unbekannt vorkommt. „Melcher?" – „Jawohl." – „Gehört dir das Zeug?" – „Jawohl." Gelangweilt blättert er in meinem Notizbuch, um es mit verächtlichem Grinsen beiseitezulegen. „Du hast Glück, daß du nicht gleich abgeführt wirst." Er genießt die Wirkung seiner Worte und erklärt weiter: „Dein Glück besteht darin, daß du objektiv festgestellt hast, daß die ruhmreiche Krasny Army" – er spricht „Rote Armee" russisch aus – „nie Greueltaten begeht, wie das eure faschistischen Mordbuben getan haben." Er schiebt mir meine gefilzten Habseligkeiten zu und macht dabei die Bemerkung: „Du hast jetzt lange genug Zeit, darüber nachzudenken. Hau ab!" Obwohl mir diese letzte Bemerkung viel zu denken gibt, bin ich erstaunt über die direkt human zu nennende Behandlung. Dieses Glück haben im Lager Sarat bestimmt die wenigsten gehabt, die diesen Raum betreten mußten. Neugierig durchblättere ich mein Tagebuch. Alle Seiten sind vollzählig. Die gefährliche Notiz: „Wenn mich diese Schurken vom Komitee erwischen, ist alles verloren" ist zum Glück sehr schlecht lesbar. Der Bleistift war ziemlich stumpf, und so wurden die Schriftzüge nur sehr blaß und verwischt auf dem Papier fixiert. Die betreffende Stelle, die mich so entlastet hat, heißt: „Der mordgierige Prager Mob meuchelte alle Deutschen, derer er habhaft werden konnte. Erst beim Erscheinen der Russen wurde dem grausigen Treiben Einhalt geboten." Diese Stelle war deutlich geschrieben und gut zu lesen. Ich kann nicht umhin festzustellen, daß ich einen guten Schutzengel gehabt haben muß. Aus diesem Erlebnis ziehe ich sofort die Konsequenz: Aufzeichnungen aufzubewahren und mit sich zu führen, kann Verderben bringen. Darum, hinweg mit ihnen!! Ich lese alles noch einmal genau durch, um mir Daten und Ereignisse einzuprägen, dann zerreiße ich alles, die Zeitung, das Tagebuch und die Belobigung, in lauter kleine Stücke und werfe diese in die Jauchegrube. Es dauert Tage, während derer ich immer noch annehme, daß ich nochmals zum Verhör muß. Die Sache ist mir wirklich ein bißchen zu glatt abgegangen. Nachdem Tag um Tag verstrichen ist, ohne daß etwas in meiner Sache geschieht, nehme ich an, daß „mein Fall" wohl erledigt ist. – Eines Nachts werden zwei Mann aus unserer Baracke geholt und verschwinden spurlos. Einer hieß Saarburg und soll beim Wachkommando des KZ Dachau gewesen sein, der andere war ein etwa 45jähriger Polizeimeister, der schon tagelang damit beschäftigt war, seinen Lebenslauf in die vom Komitee gewünschte Form zu bringen.

1000 Mann „Politische"

Wir sind etwa 1000 Mann mißliebige sogenannte „Politische", untergebracht in zwei Baracken, Nr. 3 und 4, in denen sich keine Pritschen befinden und auf die jeweils 500 Mann kommen. Des Nachts spielen sich in den stockdunklen Unterkünften unbeschreibliche Szenen ab. Man kann nicht austreten gehen, weil buchstäblich jedes Fleckchen belegt ist. Ein Großteil der Männer liegt deshalb zwischen den Baracken im Freien, was aber an der drangvollen Enge im Inneren der beiden Baracken kaum etwas ändert. Viele haben eigens alte Feldflaschen als Uringefäße in Gebrauch, weil man drinnen so und so nicht durchkommt. Landser mit schwacher Blase oder Durchfall bleiben deshalb meist draußen liegen, erkälten sich in den im Vergleich zur Tageshitze relativ kühlen Nächten noch mehr und holen sich oft ein Leiden, das sie später als chronische „Pritschenpisser" abstempelt. Sie können nichts mehr halten und zählen mit zu den ärmsten, weil verachtetsten Geschöpfen in Gefangenschaft.

Schikanen nehmen zu

Schon früh morgens geht es los: „Früher habt ihr die Herren gespielt, und jetzt liegt ihr wie die Säue im Dreck! Macht euren Puff sauber, hier stinkt's ja wie bei der Müllabfuhr! Ihr seid mir ja auch die richtigen Schweinehunde! Raustreten!! Los, los, raustreten!!! Aber 'n bißchen dalli – mit Gepäck versteht sich – mit Gepäck! 'n bißchen dalli, ihr

lahmen Heinis! Ihr wollt Elite gewesen sein? – Daß mich nicht das
große Lachen überkommt! Ein Sauhaufen seid ihr – los, rau-
uuuuuussss!!!!" Der Bursche, der so wettert, ist ein übles Subjekt und
wird „Paul" genannt. Er hat selbst erzählt, daß er Offizier gewesen sei,
aber den Schwindel schon beizeiten gemerkt und mit dem Mut des
Antifaschisten daraus die Konsequenz gezogen habe, zu den fortschrittlichen Kräften des Kommunismus zu desertieren. Er brüstet sich
auch damit, aktiv am Kampf gegen Hitler-Deutschland teilgenommen
zu haben, geht stets geschniegelt und gebügelt, in besserem Zivil als die
Russen, und scheint der Boß der Komiteefritzen zu sein. Begleitet wird
er stets von einem intellektuell aussehenden Brillenträger in russisch
Khaki, dessen Wortschatz aber über „Arschloch" und „Mistsau" nicht
hinausgeht. Eines Morgens kommt „Paul" mit dem Gruß „Guten
Morgen" zu uns in die Baracke. Wir sind baff, denn wir hofften, die
übliche Begrüßung zu hören. Man hat sich schon so schön daran
gewöhnt und kann es bald auswendig. Wir antworten gar nichts. Das
übliche Gezeter läßt dann auch nicht lange auf sich warten.

Stellungsbau unter verschärften Bedingungen

Es ist ein ziemlich heißer Septembertag. Die ganze SS muß antreten
und sich vor dem Ausgangstor formieren. Vor dem Lager wartet eine
außergewöhnlich starke Wachmannschaft auf uns. Es sind fast ausschließlich Jungkommunisten mit dem Abzeichen des Komsomol an
der Uniformbrust. Anscheinend sind sie informiert, „was wir für
welche sind", denn sie benehmen sich verdammt bösartig. Nachdem
man uns kleine Infanteriespaten in die Hand gedrückt hat, werden wir
im Eiltempo etwa 2 km weit getrieben. In einem ausgetrockneten
Flußbett werden wir in Gruppen zu je 50 Mann zum Stellungsbau
eingeteilt. Auf eine solche Gruppe kommen fünf Wachposten, deren
verbissene Gesichter wenig Gutes ahnen lassen. In Reihe, pro Mann
2 m Abstand, müssen wir 50 cm breite Gräben in die trockene Erde des
Flußbettes eingraben. Wer sich aufrichtet oder nur einmal aufhört, mit
dem Spaten zu kratzen, wird auf der Stelle verprügelt. Ganz in der
Nähe meines Standortes tritt so ein junger Schnösel einem Landser, der
sein Vater sein könnte, so heftig gegen das Schienbein, daß der Mann

aufstöhnt und sich vor Schmerzen auf den Boden fallen läßt. Doch noch nicht genug des Spiels, der Russe tritt ungerührt auf den Liegenden ein, bis der Alte sich mühsam erhebt und schwankend hochkommt. Diese ausgekochten Drangsalierungen sind zum Verrücktwerden. Wir haben uns verhältnismäßig schnell in die Erde gebuddelt, was ja bei diesem Arbeitstempo kein Wunder ist. Die Kontrolle für die Posten wird aber unübersichtlicher und die Arbeit gleichermaßen für uns leichter. Es kommt nur darauf an, den Spaten nicht ruhen zu lassen. Ich führe, auf dem Grabenboden sitzend, allerlei Wandbegradigungen durch, die mich körperlich wesentlich weniger anstrengen als das harte Graben in die Tiefe. Mittags gibt es nichts zu essen, dafür als Ersatz 10 Minuten Pause. Die Antreiberei ist nicht mehr ganz so schlimm. Von unserem Kommando ist keiner mehr zu sehen, und nur hinausfliegender Sand verrät, daß überhaupt noch gebuddelt wird. Mein Durst ist riesengroß und es scheint, daß die Luft in Sarat mehr Staub als Sauerstoff enthält. Gegen Abend wird mit auffallend viel Gebrüll und Gefluche unser ganzer Haufen aus allen Ecken wie eine Schafherde zusammengetrieben und gezählt. Es wird auch noch ein zweites und ein drittes Mal gezählt, dann endlich stimmen die „Faschisten".

Wir laufen einen anderen Weg als am Morgen und passieren prächtig behangene Weinberge, bei deren Anblick einem das Wasser im Munde zusammenläuft. Unsere Wachposten bedienen sich ausgiebig. Nach dem Einrücken ins Lager geht eine Abordnung, bestehend aus unseren Kompanieführern, zur russischen Lagerleitung, um gegen die Vorfälle, die sich beim Stellungsbau zutrugen, zu protestieren. Als Beweis werden ein paar Landser mit geschwollenen Schienbeinen mitgenommen. Wider jegliches Erwarten haben die Kameraden Erfolg, und wir dürfen von diesem Zeitpunkt an das Lager nicht mehr verlassen.

„Der Deutsche ist des Deutschen schlimmster Feind"

Den Nachteil dieser Maßnahme erfahren wir gleich am nächsten Tag. Das Komitee kann sich nun noch gründlicher mit uns befassen. Statt zur Arbeit zu gehen, müssen wir Frühsport machen, und anschließend gibt's Formaldienst: Singen, marschieren, exerzieren unter der Führung der Antimilitaristen vom Komitee „Freies Deutschland". Es ist interessant, wie stolz und erhaben die preußischen Exerzierkommandos über den Platz dröhnen: „Stillllgestanden!! Aauugen rechts!! Diiiiie Augenn links!! Augeeen geradeeauss!! Augen rechts – die Augen links!! Dreht die Melonen schneller, Wasserköppe! Putz deine Rotznase, alter Stinker! Komm raus! Los, los – dich mein ich, alter SA-Mann! Übernimm das Kommando, aber 'n bißchen plötzlich!" Der Landser ist ziemlich verlegen und stottert: „Alles – alles hört auf mein Kommando! Ja, was soll ich denn eigentlich machen?" will er von dem Komiteeler wissen. „Kommandier, du Arschloch", sagt der nur und kneift die Augen zusammen. Doch siehe da, da reicht es dem als „SA-Mann" Titulierten, und er brüllt den Komiteeler an: „Ich bin kein Arschloch, und ich kommandiere meine Kameraden nicht, merk dir das, Freundchen!!!" Er verschwindet ins Glied, und der „Freideutsche" kriegt fast die Maulsperre vor Überraschung. Der hat vielleicht geglaubt, er hätte einen alten, weichen Trottel vor sich. Beifälliges „Rhabarbergemurmel" bringt die „germanischen Russen" in Rage, und ein Wortschwall, den ich nicht wiederzugeben vermag, prasselt auf uns nieder. Der Befehlsverweigerer bekommt eine Sonderbehandlung verpaßt, und es wird mit erschreckender Deutlichkeit demonstriert, wer im Lager die Macht hat. Wir haben es wahrlich weit gebracht, und schon beim Morgengrauen bekommen wir von betrunkenen Antifaschisten zu hören, daß wir wie stinkende Säue im Dreck liegen, während wir doch der Herrenrasse angehörten. Ohne Zweifel haben die Rassentheorie des Dritten Reiches und sein Interpret, Alfred Rosenberg, großes Unheil angerichtet, aber wir bekommen hier eine Rechnung präsentiert von Leuten, die tatsächlich Meister der Charakterlosigkeit und der Lumperei sind – nämlich von unseren eigenen antifaschistischen Landsleuten. Irgend jemand hat einmal den Satz geprägt: DER DEUTSCHE IST DES DEUTSCHEN SCHLIMMSTER FEIND! Ein besserer Wahrheitsbeweis für diesen Ausspruch ließe sich wahrscheinlich nirgends besser finden als im Kriegsgefangenenlager Ramnicul Sarat.

„Paulchen" entgeht mit Mühe dem Lynchen

Wenn „Paulchen", oberster freideutscher Umerzieher, auf der Szene erscheint, genießt er die exerzierenden Herrenmenschen mit einem triumphierenden Ausdruck, so, als habe er Deutschland ganz alleine besiegt. – „Abteilung – stilllgestanden! Im Gleichschriitt – marrrsch!!" Auf das Kommando „Aaaaachtung" wird Exerziermarsch aufgenommen, und mit „Augen rechts" wird im Paradeschritt und mit Blickwendung an „Paulchen", unserem obersten Befehlshaber, vorbeidefiliert. Es ist ganz klar, daß unter diesen Umständen nur ein mühseliges Holzschuhgeklapper herauskommt. Während wir uns abmühen, „Paulchen" zu gefallen, meckert der wie ein Superspieß an unserer „laschen Haltung" herum: „Fußspitzen abwärts! Standbein besser durchdrükken! Macht's Maul zu, Mensch!!! Kinn an die Binde! Nicht einknicken, ihr ausgetrockneten Hurenböcke!" Der gleiche Vorgang wiederholt sich des öfteren: Paradeschritt – Erweisen der Ehrenbezeigung – Singen und Laufschritt, ganz wie es den Antifaschisten paßt und beliebt. Das geht alles gut, aber eines schönen Tages ist der Bart ab. Wir haben erkannt, daß wir ohne Zweifel nach Rußland geschickt werden. Wenn wir ein kleines bißchen Hoffnung hatten, eventuell doch noch nach Hause zu kommen, so ist auch diese Illusion zerstört. Was man im Glauben an baldige Heimkehr an Schikanen und Demütigungen ertragen hatte, ist nun gegenstandslos geworden. Das merken am ehesten die Komiteeler. Befehlsverweigerungen gegenüber dem Komitee häufen sich. „Paulchen" entgeht mit Mühe dem Lynchen, die anderen werden allesamt windelweich geprügelt. Der Exerzierdienst wird eingestellt, und die „Freideutschen" wagen sich nur noch in Begleitung eines Russen zu uns in die Baracken. Da mit uns innerhalb des Lagers wenig anzufangen ist, müssen wir wieder hinaus zur Arbeit. Eines Mittags kommt der schwarzhaarige „Russe" aus dem Ruhrgebiet allein zu uns in die Baracke. „Kameraden" – jawohl „Kameraden" hat er gesagt – „Kameraden, tretet bitte mal raus mit Gepäck." Umständlich und unwillig folgen wir allmählich dieser „Bitte". Das Komitee hat seine Autorität völlig eingebüßt und sein Gesicht völlig verloren. Es hat sich durch seine Methoden selbst demaskiert als ein Haufen opportunistischer, lumpiger Gesellen! Zwischen Baracke 3 und 4 wird angetreten. Im Gegensatz zu früher meldet niemand – ein Teil sitzt noch in den

Baracken und denkt gar nicht daran, anzutreten. Der „Freideutsche" erwartet dies auch anscheinend nicht und beginnt mit seiner Ansprache: „Kameraden, wir müssen als Deutsche zusammenhalten und immer Haltung bewahren." Schon bei diesem Satz grinst der ganze Verein. Erhobenen Tones fährt er pathetisch fort: „Haltung bewahren, jawolll, zeigen, was in uns steckt, jawolll, zusammenhalten, jawolll zusammenhalten." Der sich in dieser originellen Art Offenbarende kippt bei diesen Worten leicht nach vorne über und läßt auch den letzten erkennen, daß er total besoffen ist. Offensichtlich hat er den „Moralischen". Ohne weiter abzuwarten, gehen wir zurück in die Baracke. „Stehenbleiben! Ich – – hick – ich befehle stehen . . . stehenbleiben – hick. Kame . . . hick Kame . . . hick, Kameraden, sofort stehenbleiben!" Inmitten unseres lachenden Haufens steht der deutsch-russische Kamerad und versucht, in besoffenem Zustand zu diskutieren. Man hat später erzählt, als er von seinen Genossen „befreit" worden sei, habe er geweint. Das hindert ihn einige Tage später aber nicht daran, aus einem für die Heimfahrt bestimmten Transport einen Landser vor den billigenden Augen der russischen Kommission zusammenzuschlagen. Warum? Der Landser hatte die Blutgruppe unter dem Arm, deshalb wurde er, sozusagen als Wiedergutmachung für den durch den „Moralischen" angerichteten Schaden, niedergeprügelt.

Auf russische Breitspur verladen

Alle Vorbereitungen, die die Russen in Rumänien treffen, lassen darauf schließen, daß sie sich für einen längeren Aufenthalt einrichten. In der Gegend, wo wir die Gräben ausgehoben haben, soll ein großer Truppenübungsplatz für die Rote Armee entstehen.

Eine alte rumänische Kavalleriekaserne wird von unseren Arbeitskommandos hergerichtet, zum Teil umgebaut und in allen Ecken gesäubert. Ich bin bei einem Malerkommando. Unsere Aufgabe besteht darin, die Deckenbeleuchtungen mit schönen Sowjetsternen zu ummalen, die Fenster zu verkitten und Blumenbeete anzulegen. Doch urplötzlich muß für diese Einheit der Abmarschbefehl gekommen sein. Am 20. September in der Frühe müssen wir auf Befehl eines Starschina alles in der Kaserne wieder so machen wie es war. Fenster werden entkittet, Blumenbeete zerstört, Zwischenwände eingerissen. Eine rumänische Offizierskommission besichtigt die Kaserne, und wir können gut beobachten, wie spöttisch die Russen ihren rumänischen Verbündeten begegnen. Eine Zeitlang geht im Lager die Parole um, wir würden von den Rumänen übernommen, da die Russen abzögen. Aber immer noch gehen laufend größere Transporte „für ein- bis zweijährige, gut bezahlte Wiederaufbauarbeit" nach Rußland ab, so sagt man. Schlosserbrigaden werden gebildet und abtransportiert. Handwerkerhundertschaften aller Berufsgruppen sollen im Donbas wieder aufbauen. Das Lager scheint vor der Auflösung zu stehen. Ende September ist es soweit. Zu später Abendstunde werden wir aufgescheucht: „Alle Klamotten verpacken und antreten!" Nach einer mittelmäßigen Filzung geht es mit dem üblichen „bistrej dawai" aus dem Tor. Gegen Mitternacht werden wir auf russische Breitspur verladen. Als wieder einmal die Türe hinter uns zugeschlagen wird, habe ich in dem teertonnendunklen Wagen einen Fensterplatz ergattert. Das erste Grau des kommenden Morgens dringt schon in den Wagen, als ein Ruck die bevorstehende Abfahrt anzeigt. Bei dem Verladen kam es zu keinerlei Übergriffen der Wachmannschaft, was mich als gutes Omen dünkt, und ich sollte mich auch nicht getäuscht haben. Tagsüber dürfen wir sogar ab und zu die Türe offen lassen, was von uns allen als große Erleichterung empfunden wird. Die Wachmannschaft ist wirklich in Ordnung. Einige unter uns meinen, daß dies bloß Taktik sei, um uns guten Mutes zu halten; denn daß wir in Rußland schwer roboten müssen, ist wohl jedem klargeworden. – Auf allen Waggons steht mit Kreide „CC" geschrieben, was auf deutsch „SS" bedeutet, aber wie gesagt, die Posten sind nicht eine Spur bösartig. Obwohl der Kohldampf unser ständiger Begleiter ist, ist die Kameradschaft und das Zusammengehörigkeitsgefühl eine wahre Wohltat im Vergleich zu der Fahrt von Brünn nach Sarat. Keine Vorwürfe, keine politischen Streitereien und auch keine Schlägerei. Wo Kameradschaft herrscht, läßt sich manches erdulden, was man sonst als unerträglich empfinden würde.

Gemeinsames Schicksal schweißt zusammen

Meine Blutgruppenwunde ist inzwischen ganz verheilt. Ich hebe vorsichtig die lockeren Krusten ab. Was bleibt, ist eine rote Narbe in der Größe eines Fünf-Mark-Stückes. Das Allerärgerlichste ist aber, daß ein Teil des Blutgruppenzeichens noch gut sichtbar bläulich durchschimmert. Die ganze Prozedur war also vergeblich und eher Ausdruck eines von der Angst diktierten unüberlegten Handelns als ein Akt kluger Überlegung. In der Aufregung habe ich etwa einen Zentimeter zu tief abgeschnitten. Wenn nichts mehr zu sehen wäre, könnte man vielleicht in irgendeiner Form die Zugehörigkeit zur Waffen-SS verleugnen, so aber scheint die Sache fast noch schlimmer zu sein, als wenn das Ding noch drin wäre. „Was sage ich bei der nächsten Untersuchung, wenn ich gefragt werde: ‚Warum hast du das herausgeschnitten? Hast du etwas verbrochen oder ein schlechtes Gewissen?‘" Ich werde die Wahrheit sagen. Ich hatte Angst, 25 Jahre aufgebrummt zu kriegen und von den „Freideutschen" zusammengeschlagen zu werden. Vielleicht ist das in meinem Falle das Beste, was man tun kann. – Ich grüble viel auf dieser Fahrt. Über endlos scheinende Ebenen, abgeerntete und zum Teil noch stehende Getreidefelder fahren wir weiter nach Osten. Wir müssen schon in Rußland sein, denn kleinere Stationen weisen sich mit kyrillischen Buchstaben aus. Auf einem solchen verlorenen Haltepunkt haben wir ein interessantes Erlebnis. Unsere Waggontüre ist halb geöffnet und ein vielfach mit vaterländischen Orden dekorierter Sergeant in Uniform tritt aus einem Bahnwärterhaus auf unseren Waggon zu. „Kamerad, ist Uhrr – Ring ist? Budet karascho Chleba i Wodka – Schnaps Kam'rad!!" Kaum hatte der Dekorierte den Kopf in den Waggon gestreckt, als auch schon einer unserer Wachtposten zur Stelle ist und sich sofort ein Dialog zwischen den beiden entspinnt, dessen Wortschwall mir einigermaßen verständlich ist. „Schdo ty chotschisch?" – Was willst du – fragt der junge Wachtposten den alten Krieger. „Sto", antwortet der verächtlich, was soviel bedeuten soll wie: „Was geht dich das an?" „Dawai nasad" (= Schnell zurück) bedeutet der junge einfache Soldat dem Sergeanten. Dieser aber macht keine Anstalten zu gehen und preßt statt dessen den russischen Universalfluch durch die Zähne. Da nimmt unser Wachtposten die Flinte vom Buckel und legt auf den Sergeanten an: „Nasad, Ukrajinski – sitschass!!" – sofort zurück Ukrainer –. Der guckt böse, schaut noch einmal zu uns herüber, schiebt die Mütze ins Genick, spuckt an unseren Waggon und verschwindet. Wir bekommen auch unser Fett. Wegen versuchten Handelns wird die Türe geschlossen; sie sollte auch bis zum Transportziel nicht mehr geöffnet werden.

Dieses Ereignis sagt gar nichts oder zumindest nicht viel. Es wird sich aber in der Gefangenschaft noch erweisen, daß die russischen Völkerschaften sich untereinander oft kritischer einschätzen als zum Beispiel die Preußen und die Bayern es bei uns in Deutschland tun.

Ankunft in Taganrog, Lager 4

Nach zwölftägiger Fahrt treffen wir Anfang Oktober, morgens 4 Uhr, in Taganrog am Asowschen Meer ein. Um 6.00 Uhr werden wir ausgeladen, und ich betrete zum ersten Mal sowjetrussischen Boden. Unsere Fahrtroute führte über Sarat – Plaginesti – Focsani – Jassy – Kischinew – Nikolajew – Saporosche – Taganrog. Ich bin gespannt auf das Kommende. In Brünn hatte ich ja schon viel über den ersten sozialistischen Staat der Erde gelesen, und im Jahre 1943 hatte ich in Freudenstadt im Schwarzwald Gelegenheit, die Wanderausstellung über das russische Arbeiterparadies zu besichtigen. Jetzt gilt es, das Fazit zu ziehen. Was ist falsch, was ist richtig? Die Gelegenheit ist da, alles selbst in Augenschein zu nehmen. Ich werde daraus die Konsequenzen ziehen und mir eine eigene Anschauung von den Dingen machen, frei von politischen Phrasen, wahrheitsgetreu und echt. Das sind so meine Gedanken an jenem Oktobermorgen, einem Sonntag, in den ersten Stunden auf russischem Boden. „Aber was faselst du da?" denke ich. „Das Hauptproblem hier in Rußland wird nicht darin bestehen, den richtigen und einzig wahren Sozialismus zu erkennen oder zu verabscheuen, sondern alles wird sich schlicht darum drehen, etwas zum Essen zu organisieren, die Knochen heilzuhalten und die Figur vor der Unbill der rauhen Witterung zu schützen. Alles andere sind überflüssige Gedanken, die vor diesen lebenswichtigen Problemen völlig in den Hintergrund treten."

Uns gegenüber wird Kohl ausgeladen. Wir sind anscheinend auf dem Güterbahnhof angekommen. Nachdem wir uns genügend die kalten

Füße in den Leib gestanden haben und ich dermaßen friere, daß ich mit dem Schnattern kaum noch nachkomme, geht es endlich los. Viele Frauen, dick vermummt, mit großfransigen Kopftüchern geziert, eilen zum Bazar. Unser Anblick ist für sie nichts Neues, und wir werden auch kaum beachtet, obwohl unser Transport nicht gerade klein ist. Der Marsch dauert nicht lange. Unser neues Lager ist direkt in der Stadtmitte, und sogar eine Straßenbahn fährt vorbei. Die Schienen ruhen auf Holzschwellen, welche einfach auf dem Boden liegen. Sieht ein bißchen primitiv aus, aber die Hauptsache ist wohl, daß das Ding fährt. Das Lager besteht aus länglichen, geduckten und weißgetünchten Steinhütten, die sich im Geviert um den großen Appellplatz gruppieren. Was neu ist, sind Steinmauern, die das Lager umschließen. Auf den Mauern noch zusätzlich Drahtverhau und Glasscherben. Selbstverständlich fehlen die Wachtürme nicht. Vor Beginn unserer „Eingemeindung" gibt es einen sogenannten „Kleiderappell", dann Filzung und Pritscheneinteilung. Wir erfahren, daß im Lager alle Wehrmachtsteile gemischt sind. Es handelt sich also nicht um ein ausgesprochenes Waffen-SS-Lager. Das beruhigt uns einigermaßen.

Die Lagerprominenz wird von Ungarn gestellt

Überhaupt soll die Hälfte aller Lagerinsassen aus Ungarn bestehen. Wir sehen noch nicht viele, denn die meisten sind schon zur Arbeit. Ich komme in eine Eckbaracke des Gevierts zu liegen. Zweistöckige, durchgehende Pritschen mit einem schmalen Gang in der Mitte sind das einzig Bemerkenswerte ihrer Inneneinrichtung. Muffiger Geruch und schimmeliger Holzboden verstärken den unangenehmen Eindruck, den man von diesen Baracken gewinnt. Warum der Boden schimmelig ist, wird uns am folgenden Morgen klar. Um 5.00 Uhr ist Wecken. Die ungarischen WK-Männer (= Wspomogatelnij Kommanda, Hilfskommando) hört man allerdings schon vorher herumbrüllen. Wie eine Meute wilder Hunde drängen die Brüder zur Türe herein. Dabei schwingen sie ihre Lagerpolizistenknüppel und fluchen ihre Madjarflüche: „Gyorsan tokos, a fene egye meg, wigyen el az órdóg!" – Der Teufel soll euch holen. – Nach diesen mehr oder weniger verständlichen, aber nicht mißzuverstehenden Aufforderungen bringen die Brüder es wirklich fertig, daß man fast noch mit der Hose in der Hand vor der Baracke auf dem Appellplatz steht. Der Stubendienst rennt mit Wassereimern vom Lokus zur Baracke und von der Baracke zum Lokus. Vor der „Toilette" ist nämlich so eine Art Waschraum mit einem Wasserrohr, aus dem in dünnem Strahl etwa zwanzig Wassersträhnen herausrieseln. Der Stubendienst muß in kürzester Zeit die Bude zum Schwimmen bringen. Dann soll es vom Stubendienst aus ohne Essen gleich zur Arbeit gehen. Die Betreffenden haben dann so lange Stubendienst, bis der Deschournej die überflutete Bude „engedéjewe" (genehmigt) findet. Tagsüber darf keiner mehr die Baracke betreten. Von morgens fünf Uhr bis abends muß draußen geblieben werden.

Jeden Tag der gleiche Zirkus und dasselbe Drama

Johlend stürmen die Ordnungshüter im Morgengrauen in die überfüllten Baracken, und nur allzu oft wird dabei geprügelt. Es ist das traurigste Kapitel in diesem Lager, das die Nummer vier trägt, schon seit 1943 bestehen soll und trotz der bisherigen Sterbeziffer von 350 Mann als bestes Lager im Bezirk von Taganrog gilt. Die Ergänzung zu dem üblichen sanften Wecken bilden die zweimal am Tage stattfindenden Zählappelle, die jeweils morgens und abends bei jeder Witterung durchgeführt werden. Das Essen kann nur stehend verschlungen werden, bataillonsweise und in Fünferreihen gruppiert. So gut wie nie kommt es vor, daß der Zählappell vor einer Stunde Dauer beendet ist. Oft dauern die Zählappelle bis zu drei Stunden. Wir erleben oft, daß dann endlich die Rechnung stimmt und plötzlich ein Kommando, das auf der Wache nicht registriert war, von der Arbeit ins Lager zurückkommt. Geflüche, Palaver, Debatten. Schließlich hat es gestimmt, daß es nicht gestimmt haben konnte und hat nicht gestimmt, daß es gestimmt hat. Da kenne sich einer in den Russen aus!

Straßenkehrer in Taganrog

Das hätte ich mir auch nicht träumen lassen, daß ich einmal in Rußland Straßenkehrer werden würde. Tag für Tag fege ich die Hauptstraße von Taganrog, und ich bin dankbar für diese Arbeit, denn ein hungriger Plenni kann auf dieser Uliza (= Straße) fast immer etwas Eßbares ergattern. Die größten Chancen bei unserer Straßenreinigungsbrigade habe ohne Zweifel ich. Anstelle meines Strumpfes, den ich statt meiner gestohlenen Schildmütze über die Platte zog, habe ich im Lager ein Schiffchen empfangen. Das sitzt mir so ulkig auf dem kahlen Schädel, daß die Leute anscheinend mit mir jungem Spund besonderes Mitleid empfinden. Wenn ich Gelegenheit habe, mich in einer der seltenen Schaufensterscheiben zu betrachten, muß ich mir ja wirklich eingestehen, daß ich noch aussehe wie so ein richtiger Pimpf, etwas lang, dafür um so dünner und mit einem recht kindlichen Gesicht. „Skolko Let?" – Wie alt bist du, – diese Frage höre ich jeden Tag. „Sjemnazet!" – siebzehn – antworte ich dann. „Molodoj! Molodoj!" – Jung, jung bist du! – Viele Russen schütteln den Kopf über mein Alter. Wenn ich so abends mein Fazit ziehe, kann ich meistens sehr zufrieden sein. Heute erhielt ich einen gekochten Maiskolben mit Salz, in sauberes Papier eingewickelt, das man vielleicht als Zigarettenpomaschka im Lager verkümmeln kann, ein Stück Brot von etwa 300 g mit drei dicken Tomaten, eine Scheibe Brot mit Fett bestrichen, eine Zwiebel und nochmals ein paar Tomaten. Bei dieser Verpflegung läßt es sich leben, und mit dem Lagerfutter zusätzlich kommt man dann schon hin.

Begegnung mit Mütterchen Rußland

Die Bevölkerung von Taganrog ist überaus freundlich, und sie bekundet uns ihre Sympathie, wo es ohne Gefahr geht. Der Oberkommandierende und Natschalnik unserer Straßenreinigungsbrigade ist Liesel, die Postenfrau. Jeden Morgen holt sie uns ab, mittags bringt sie uns für eine halbe Stunde zum Essen ins Lager zurück, um uns dann bis zum Abend unter ihrem Kommando zu haben. Liesel ist ein breithüftiger, derber Bauerntyp mit einem sehr gutmütigen Gesicht und sie hat viel Verständnis für uns Plennis. Jeden Tag schürzt sie ihren Rock hoch und zeigt uns ihre Verwundung, eine breite Narbe oberhalb des rechten Knies, die sich den ganzen Oberschenkel hinaufzieht. „Smotri!" – Seht ihr Deutschen, das habt ihr gemacht! Liesel hat durch einen Bombenangriff ein Kind verloren und wurde selbst dabei verwundet. Ihr Mann ist seit 1942 vermißt. Das einzige, was sie uns zeigt – sie vergißt dies keinen Tag – ist ihre große Narbe, für die sie uns verantwortlich macht: „Smotri Njemeze eto Faschistitscheski Ljudi djelatj!" (= Seht Deutsche, das haben faschistische Leute getan!) Nach dieser täglichen Demonstration ist Liesel die Güte und Nachsicht in Person. Ja, ich möchte sagen, Liesel ist das personifizierte Mütterchen Rußland. Leidensfähig bis an die Grenze des Möglichen, unendlich gütig und geduldig ihrem Schicksal ergeben. Wir geben uns alle Mühe und machen ihr keinen Kummer. Liesel, unser bewaffneter Konvoi, ist ein Mensch!

Beim Kommando „Tranwajnij-Park"

Mitte Oktober werden wir mit Liesel zur Taganrogschen Straßenbahn versetzt. Unser Kommando nennt sich jetzt „Tranwajnij-Park" und besteht aus zehn Mann. Morgens müssen wir zirka eine halbe Stunde bis zum Depot laufen. Jeden Morgen um die gleiche Zeit begegnen uns einige Kompanien Marine-Kadetten, die im Sportdreß durch die Straßen laufen und ihren Frühsport absolvieren. Sind wir im Depot, dann stehen wir unter dem Befehl unseres Meisters Wassiljewitsch. Liesel hat hier nur noch Pro-forma-Aufgaben und zieht sich diskret ins Portierhäuschen zurück, um sich dort die Zeit mit dem Kauen gerösteter Sjemetschki (= Sonnenblumenkörner) zu vertreiben. Bei unserem Kommando ist Heiner. Es stellt sich heraus, daß wir in der Heimat gar nicht weit auseinander wohnen. Er wohnt in Plankstadt bei Schwetzingen, ich in Heidelberg-Pfaffengrund. Doch welch Wunder, Heiner kennt auch meinen Vater. Nachdem ich ihm erzählt hatte, daß er im Reichsbahnausbesserungswerk Schwetzingen beschäftigt ist. „Hör mol, gell dein Vatter is doch so en kleener mit enere Glatz?" – „Jawohl, ä Glatz' hot er!" bestätige ich erfreut. Und so ergibt es sich rein zufällig, daß die Person meines Vaters durch das besondere

Kennzeichen seiner Glatze zwei Plennis im Straßenbahndepot von Taganrog freundschaftlich zusammenführt. „Hajo!" sagt Heiner. „Bei dei'm Vatter hab ich mich als gewärmt, wenn's kalt war! Dunnerwetter, is' des en Zufall!"

Wir bewundern den alten Wassiljewitsch

Mit einem Sonderwagen fahren wir zur Motorenfabrik. Dort soll ein Wagen der Straßenbahn entgleist sein. Sie warten schon auf unsere Ankunft. Mit Brechstangen und Balken, die wir als Hebelarme benützen, machen wir das Ding wieder flott. Anschließend nageln wir noch die Schienen fest, ziehen zwei neue Schwellen ein, und der Sondereinsatz ist damit zu Ende. Wassiljewitsch, unser Meister, ist 60 Jahre alt, sieht aber schon aus wie ein Greis. Die Schienen nageln wir ihm selten gut genug, und er verlangt dann immer: „Dawai Lom!" – Gebt mir die Brechstange. – Er zieht dann mit der Nagelstange wirklich gut von uns eingeschlagene Nägel wieder heraus, nur um damit zu demonstrieren, daß seine Arbeit, die russische Wertarbeit, besser ist als unsere deutsche. Mit gewagtem Rundschlag haut er dann die Nägel wieder selbst ein, und dabei strengt er sich so an, daß seine Lippen zittern und der Speichel zu den Mundwinkeln heraussabbert. Sein Lungenvolumen scheint nicht mehr das größte zu sein, denn bei jedem Hammerschlag gibt er noch zusätzlich einen Pfeifton von sich, der an das Piepsen einer Maus erinnert. Es ist selbstverständlich, daß wir die Arbeitsleistung Wassiljewitschs gebührend bewundern. Er merkt dies und hat es gerne. Wir dagegen lieben es innig, nichts zu tun und ihn, den alten Wassiljewitsch, gebührend bewundern zu dürfen. Wassili ist mit diesem Zustand zufrieden, und er schreibt uns jeden Abend, vorausgesetzt, daß wir ihn genügend bewundert haben, eine Bescheinigung mit der Anmerkung: „Norm mit 150 % erfüllt." Was wollen wir denn mehr? Wir sind 150%ige Arbeiter, und das will ja schließlich etwas heißen! –

Überraschung im Lager

Eines Abends, nach der Rückkehr ins Lager, erwartet uns eine Überraschung. Zum ersten Mal wird eine Kriegsgefangenenzeitung verteilt. „Freies Deutschland", herausgegeben vom antifaschistischen Komitee deutscher Kriegsgefangener. Das schwarz-weiß-rot eingerahmte Blättchen geht von Hand zu Hand, und es ist wahrlich erstaunlich, was darin alles zu lesen steht. Erste Seite: Aufruf an alle Kriegsgefangenen mit dem Dank an die Sowjet-Armee für die Zerschlagung und Befreiung vom Faschismus in Deutschland, Erklärungen zum Wiederaufbau und zur Wiedergutmachung, beides ist jedes Deutschen Pflicht. Aktive antifaschistische Kämpfer Seite an Seite mit der großen ruhmreichen Sowjet-Armee. Das Komitee „Freies Deutschland" und sein Beitrag zur Zerschlagung Hitler-Deutschlands. Auf jeder Seite grinst irgendein Russe mit Alliierten von Fotos: Stalin mit Churchill, Eisenhower mit Shukow usw. Die großmütige Rote Armee rettet Deutschland vor dem Hungertod. Die ruhmreiche Sowjet-Armee befreite uns endlich von Sklaverei und Tyrannei.

Viele von uns sind empört, als sie die Namen der Verfasser dieser Artikel lesen: Alles einst hochehrenwerte Offiziere der „faschistischen Hitler-Wehrmacht", wie sie selbst das deutsche Heer betiteln. Da ist der Vorsitzende, der Stalingrad-General Walter von Seydlitz. Seine Vorfahren haben zwar kein Stalingrad erlebt, aber sie würden sich wahrscheinlich doch im Grabe umdrehen, wenn sie dieses untertänig-schleimige Gefasel ihres verräterischen Nachkommen zu Gesicht bekämen. Da ist ein Stalingrader Oberst Steidle, der anscheinend schon immer Antifaschist war. Da sind die adligen Majore von Frankenberg und Proschitz, ein Edler von Daniels, ein Oberst von Hooven, ein General Lattmann und zur Verzierung noch ein paar Leutnants und antifaschistische Landser. Wir debattieren, ob das überhaupt wirklich wahr ist, daß diese hochgestellten Offiziere in freier Entscheidung so etwas zu Papier gebracht haben. Die Meinungen sind geteilt: „Alles Propaganda, die sind dazu gezwungen worden." – „Quatsch, Mensch! Hatten wir vielleicht nicht schon immer genügend Schweinehunde unter uns?" – „Was heißt hier ‚Schweinehunde'? Was war, ist vorbei, und jeder sieht eben, wie er wieder an eine Futterkrippe kommt! Ein ‚Edler von und zu' ist ja auch bloß 'n Mensch und hat den Magen an derselben Stelle wie wir." – „Sind vielleicht halt auch bloß Kochgeschirrantifaschisten!?" – „Ich würde eher sagen, dreckige Opportunisten." – „Was sind Opportunisten?" will einer wissen. „Du bist so blöd, daß du eigentlich gar keiner werden kannst, das werden nur gescheite und gebildete Leute, die sogenannten Intellektuellen – aber das weißt du ja auch wieder nicht, was das für welche sind." – „Pfeif auf alles! Solche hohen Viecher sollten doch wohl ein bißchen mehr Ehre im Leibe haben als unsereins." – „Da liegst du falsch; schon im Gedicht heißt es: ‚Deutschland, denke daran, daß dein ärmster Sohn auch dein getreuester war' oder so ähnlich. Der kleine Mann hat zehnmal mehr Ehre im Leibe als diese Großkotzigen." – „Schweinerei bleibt Schweinerei und is' ne Arschkriecherei dazu!!" – „Brech dir bloß keen ab, Männeken. Laßt doch die Dösköppe kritzeln, dafür kriejen se ordentlich zu fressen, erhalten ihren wertvollen Korpus der deutschen Nation und können im Nachkriegsdeutschland die erste Geige spielen. Von hoher Politik habt ihr doch jar keene Ahnung. Klar, daß se heute immer dagejen waren, se werden immer dagejen sein, solang's nützt, versteht sich!" – „Des isch alles ganz oifach", meint ein kluger Schwabe, „die Offiziere habet selbst Dreck am Stecke, und des wollet 'se vertusche oder auf uns oifache Landser abwälze, des ischt nämlich der Kern der Sache, und wenn de so willscht", sagt er zu dem Berliner hingewandt, „wenn de so willscht, dann ghört dös a zur sogenannte hohe Politik!" – – Der Widerhall auf Aufrufe und den Gesamtinhalt der Zeitschrift „Freies Deutschland" ist gering und wird von der überwiegenden Mehrheit als das empfunden, was es ja in Wirklichkeit auch ist: Verrat am Kameraden und üble Anbiederei.

Der planierte deutsche Soldatenfriedhof Taganrog

Manchmal kommt es vor, daß uns Liesel nicht abholt. Wir werden dann dem Parkkommando zugeteilt. Das ist ein sehr gutes Kommando, weil der Großteil der Leute auf einer Kolchose außerhalb Taganrogs arbeitet und dort zusätzlich schmackhaft bereitetes Essen zu Mittag und vor dem Abrücken am Abend bekommt. Außerdem gibt es als Geschenk der Kolchose Rohprodukte wie Zwiebeln, Tomaten, gelbe Rüben und Zuckermelonen mit ins Lager. Auf dem Weg zu dieser

Kolchose müssen wir immer an einem Park vorbeimarschieren, der mit Zypressen und Buschwerk eingerahmt ist. Die Grenze zur Straße hin bildet eine Mauer aus Steinquadern. Eine Treppe führt in den Park, in dessen Mitte sich das Fragment eines Sockels befindet. Beiderseits eines Kieswegs wächst Gras zwischen den Bäumen. Der ganze Park macht einen ungepflegten, provisorischen Eindruck. Alex, lettischer Waffen-SS-Mann und mein Pritschennachbar, hat mir erzählt, daß sich in diesem Park ein deutscher Heldenfriedhof befunden habe: „Wo der Sockel ist, hat mal ein Denkmal gestanden. Da liegen auch viele von der LAH (= *Leibstandarte Adolf Hitler*) unter 'm Boden." Heute kann man nicht mehr erkennen, daß vor zwei, drei Jahren hier einmal ein Friedhof gewesen sein soll. Davon ist nichts mehr zu sehen. Kein Kreuz, keine Gedenksteine, keine Grabhügel. Die ganze Anlage wurde von den Bolschewisten vernichtet und planiert. Der spärliche Parkrasen ist noch nicht über die Pflugfurchen gewachsen, so daß man, wenn man weiß, was sich vorher auf dem Platz befand, das Zerstörungswerk rekonstruieren kann. Jedesmal, wenn wir an diesem „Park" vorbeimarschieren, muß ich an die armen Kerle denken, deren zerschossene Knochen noch der Traktor mit der Pflugschar zermalmt hat. „Nichts ist unschuldig an ihnen, weder an den Lebenden noch an den Toten", so Ilja Ehrenburg, der alttestamentarische Hetzer von Stalins Gnaden über die Deutschen. Diesen Ausspruch des Deutschenhassers Ehrenburg sehe ich in Gedanken auf dem Bruchstück des Ehrenmals stehen. Eine Gänsehaut läuft mir über den Rücken, wenn ich daran denke, daß mir selbst noch das Mißgeschick passieren kann, in diesem Land verscharrt und umgepflügt zu werden. Gott sei mir gnädig, daß das nicht passiert.

Arbeitskommando Kolchose

Wir müssen nahezu zwei Stunden laufen, bis wir unsere Arbeitsstätte, die Kolchose, erreichen. Ein paar armselige windschiefe Gebäude gruppieren sich um ein besser aussehendes, weiß gekalktes Verwaltungsgebäude. Die russischen Kolchosbauern erwarten uns schon, und wir werden mit den Russen in verschiedene Arbeitsbrigaden aufgeteilt. Ich als Nesthäkchen habe es mal wieder prächtig erwischt: Fünf vollbusige Russinnen sind meine Arbeitskollegen: Tamara, Olga, Katja, Nina und nochmals eine Tamara. Der Einfachheit halber nenne ich jede Tamara, und wenn ich mich bei der Namensnennung irre, kreischt das ganze Weibervolk auf und freut sich: „Germann, karascho Tschelowjek!" Eigentlich sehen sich alle fünf ähnlich. Unter den Kopftüchern dickbackige Gesichter, mittendrin ein keckes Stupsnäschen und wasserhelle blaue Augen. Sie kauen Sjemetschkis in wahrer Vollendung. Das Sonnenblumenkörnchen fliegt mit Schwung genau in den Mund, wird mit einem Biß geteilt und schon werden die zwei Hälften herausgespuckt oder bleiben für kurze Zeit am Kinn hängen. Das geht fast maschinell vor sich. Ich probiere diese Art von Sjemetschkikauen auch. Wenn ich mir aber die Kerne nicht genau in den Mund stecke, fliegen sie meist daneben. So elegante Flugbahnen wie meine Tamaras kann ich einfach nicht hinkriegen, geschweige denn die Kerne mit einem Biß in zwei Hälften teilen; das muß wahrscheinlich angeboren sein. Eine der russischen Arbeiterinnen spannt zwei struppige, abgemagerte Gäule vor einen ebenso baufällig aussehenden Kastenwagen, die Gesellschaft nimmt Platz und im Zuckeltrab geht es hinaus auf die Felder. Unterwegs schwingt sich noch ein alter Muschik auf unsere Kutsche, und die Tamaras machen spöttische Bemerkungen und sagen, er sei ein Schwächling. Er schluckt das alles und murmelt nur „da, da, da" in seinen verfilzten Bart. Der Alte riecht wie ein Pissoir, und die Tamaras singen in schrillen Tönen. Am Ende jeder Strophe steigern sie sich zu einem Schlußakkord, der in seiner lautstarken Ausführung seinesgleichen sucht. Wenn der Wagen über ein besonders schönes Exemplar von Schlagloch hüpft, werden wir so durcheinandergerüttelt, daß den singenden Tamaras die Töne im Halse steckenzubleiben scheinen und diese dann die dürren Pferdchen mit den unflätigsten Ausdrücken verfluchen. Lachend und singend, fluchend und kreischend erreichen wir schließlich unseren Wirkungskreis: Ausgedehnte Sonnenblumenkulturen. Unsere Aufgabe besteht darin, die großen verblühten Kornräder abzuschneiden und auf den Wagen zu laden. Aus den ölreichen Samen wird das begehrte Sonnenblumenöl gewonnen, und der Rest wird zu Ölkuchen gepreßt und als nahrhaftes Viehfutter verwendet. Die Ölkuchen werden auch „Stalinschokolade" genannt, und wo Plennis diese erwischen können, sind sie glücklich, denn man kann auf diesen Dingern ziemlich lange herumkauen, und der Magen hat etwas zu verdauen.

Den ganzen Vormittag verbringen wir in dem Gewirr der halbwelken Blätter und des übermannshohen Gestänges und köpfen die Pflanzen. Es ist ein sonniger Oktobertag. In dem Sonnenblumenfeld merkt man nichts von dem darüberstreichenden Wind des nahen Asowschen Meeres. Ganze Vogelschwärme schwirren über das Feld, fallen ein und picken eifrig vom reichgedeckten Tisch der Natur. Die Russinnen singen und lachen unentwegt. Eine singt vor, die anderen Stimmen fallen ein. Der Gesang wird nur unterbrochen, wenn das Wägelchen beladen werden muß. Dann wird erzählt, und ihre Geschichten drehen sich fast ausschließlich um „Rublis, Chleba, Natschalnik-Prikass, Norma" und „Robota" (= Rubel, Brot, Anweisungen des Aufsehers, Norm und Arbeit). Die Arbeit ist nicht gerade schwer, aber ziemlich umständlich. Oft sind die Stauden drei bis vier Meter hoch, und bei den höchsten Stengeln sind die Kornräder am geringsten. Hier heißt es, die Stange kappen, damit das Köpfchen abgehauen werden kann. Die alten verrosteten Haumesser sind sehr schlecht, die Russinnen versuchen zwar, mich zu belehren, wie man am besten zuhaut, aber von dieser Belehrung wird die Klinge auch nicht schärfer. Der alte Muschik, der das Gespann fährt, zeigt mir einen durchschossenen alten deutschen Stahlhelm. „Viele Soldaten kaputt hier", erzählt er mit ernstem Gesicht. „Rußki, Njemze – wjse kaputt, viel kaputt, mnogo kaputt." Ein breiter, allerdings zum Teil schon wieder zugeschütteter Panzergraben am Rande des Feldes erinnert an das noch nicht allzu lang zurückliegende Kriegsgeschehen. Unter den goldgelben Strahlenblüten russischer Sonnenblumenfelder wird so mancher Soldat ums Leben gekommen sein. Auf unserem langen Anmarschweg hat mir Alex einmal erzählt, daß er beim Anblick von Sonnenblumenfeldern jedesmal das Alpdrücken bekomme, denn man könne sich keinen Begriff machen, welche Überraschungen während des Krieges darin gesteckt hätten: „Ganze russische Bataillone steckten da drinnen, wir vorbei, verstehst du, dann die uns in den Rücken. – Verdammte Schweinerei war das! Die Russen hockten innerhalb der Felder in Löchern, verstehst du, und hatten einfach die Stengel über ihre Maxim-Gewehre geknickt, sah verdammt gut aus, verstehst du, das heißt, du hast die Brüder überhaupt nicht gesehen. Bis die entdeckt waren, hat's ganz schön in uns reingefunkt, mein Lieber. Bevor wir ein Feld angingen, haben wir später erst Horchposten angesetzt. Du kannst mir glauben, ganze Bataillone steckten da drinnen, und du hast es erst gemerkt, wenn's gebumst hat. Kannst dir vielleicht vorstellen, für mich sind Sonnenblumen nix als verdammte Scheiße." Diese Worte von Alex, meinem lettischen Pritschennachbarn und zeitweiligen Arbeitskollegen, gehen mir noch durch den Kopf, als das Schlagen auf die Eisenschiene, die im Kolchosenhof hängt, die Mittagspause ankündigt. Wir laufen zurück und brauchen mit dem Essenempfang nicht zu warten. Es gibt russischen Borschtsch mit in Öl herausgebackenen Maiskuchen. Die Russen hocken in der Küchenkate, um dort ihr Essen einzunehmen, wir sitzen und essen im Freien, im Windschatten der Küchenkate. Das Essen haben wir aus dem gleichen Kübel wie die Russen empfangen. Es schmeckt würzig, ist sauber zubereitet, und auf der Suppe schwimmen beachtliche Fettaugen. Andächtig kaue ich meinen Maisfladen. Nach dem Essen dösen wir noch zirka ein halbes Stündchen in der Sonne, dann wird die Mittagsarbeit neu eingeteilt. Zusammen mit einer Brigade Russen werden wir diesmal zum Kohlschneiden kommandiert. Im Gegensatz zu meinen Sonnenblumentamaras kommt hier kein Kontakt zwischen uns und den Russen auf. Unser gemischtes Kohlschneidekollektiv verrichtet seine Arbeit ohne Gesang und Scherzen. Es lohnt sich für uns Plennis, den Boden zwischen den Kohlköpfen sorgsam zu beobachten. Hier liegen Tomaten auf dem Boden, dort hängt noch eine Zuckermelone an halbverfaultem Stengel, und wenn man Glück hat, kann man sogar hier und da vitaminreiche Zwiebeln entdecken, in die wir wie in einen Apfel hineinbeißen.

Im Laufe des Nachmittags haue ich mir an diesen „Zwischenkulturen" die Wampe voll! Der Wind auf den freien Feldern ist empfindlich kühl, und der kalte Mageninhalt tut ein übriges hinzu, um keine Wärme aufkommen zu lassen. Erst bei Anbruch der Dämmerung befiehlt der Natschalnik Feierabend. Wir empfangen nochmals Borschtschsuppe vom Mittag und Rohprodukte wie Zwiebeln, Melonen und gelbe Rüben. Schade, daß alles ziemlich dawei, dawei geht. Wir haben kaum die Suppe hinuntergeschlungen, als es auch schon „dawai stroize" heißt. Die Langsamen unter uns putzen den Rest Suppe noch während des Marschierens weg, und unser schmatzender, in den Kochgeschirren kratzender Verein kommt mir vor wie eine Herde Säue, die in den Stall getrieben wird. Das Grunzen fehlt auch nicht, denn die Zwiebeln in den Bäuchen sorgen für ein recht ähnliches Geräusch, nur mit dem Unterschied, daß letzteres unseren Marsch geräuschvoll untermalt und duftstark begleitet. „Stopft euch die Düsen zu, ihr Stinktiere!" meckern die, welche am Schwanz der Kolonne marschieren. Das hilft aber nur wenig. Es wird weiter gestunken, und in kurzen Abständen ziehen Miefwolken quer durch die Kolonne. Ich war selbst noch nie so gebläht wie jetzt und nehme mir vor, niemals mehr halbmatschige Zuckermelonen mit eiskalten Tomaten und Zwiebeln in meinem Magen zu vereinen.

Drückende Winde donnern

Beim abendlichen Zählappell ist es mir seltsam zumute, und überall da, wo einer von uns Zwiebelessern steht, wird geflucht, weil „diese Mistsäue" die Winde nicht halten können und die ganze Umgebung vergasen. Darüber gibt es fast noch eine Schlägerei. Einer der Stinker wehrt sich: „Ihr seid bloß neidisch, weil ihr eure Bäuche nicht so schön voll habt wie wir. Aus solch traurigen Ärschen wie den euren kann natürlich kein fröhlicher Furz kommen." Diese Art von Feststellung entfacht ein Gemecker und Geschimpfe, das fast in Handgreiflichkeiten auszuarten droht, wenn, ja wenn der Urheber dieser traurig-fröhlichen Antwort nicht so ein starker, hünenhafter Kerl wäre. „Bei dem seiner Länge braucht man sich über die Stärke des Vergasers nicht zu wundern." – „Da, da habe ich noch einen für euch Brüder auf der Schippe", verkündet der Mann mit dem Gardemaß und quetscht noch einen prächtig ausgelagerten durch die Hose. Der ganze Haufen rümpft die Nase, lacht aber schließlich doch, und das Gespräch erschöpft sich darüber, ob es in unserem Falle ratsam sei, drückende Winde einzuhalten oder gesundheitlich vorteilhaft donnern zu lassen.

Ungewohnte Kost rächt sich

Nach der Zählung versuche ich, auf dem Lokus meinen gefährlichen Mageninhalt loszuwerden, doch trotz intensivem Druck auf den Leib bleibt alle Mühe vergeblich. Auf der Pritsche angelangt, kann ich weder liegen noch sitzen. Auf welche Seite ich mich auch drehe, überall wird es mir unbehaglich. Schließlich liege ich mit angezogenen Beinen auf dem Rücken. Das tut am wohlsten.

Ich weiß nicht, wie spät es ist, als ich wach werde und das Gefühl habe, jemand würde meinen Magen im Leibe herumboxen. Sofort erkenne ich die Gefahr und werde hellwach. Nur ein Gedanke beherrscht mich: „Du mußt so schnell wie möglich den rettenden Lokus erreichen." Die Kolchosenplennis sind als „Durchfallkameraden" bekannt, und es kommt fast täglich vor, daß sich erwachsene Männer wie kleine Kinder die Hosen besudeln. Die ungewohnte Kost rächt sich. Ich muß über den ganzen Hof laufen, wenn das nur gutgeht! – Schnell will ich von der Pritsche rutschen. Durch die plötzliche Verlagerung von der Waagerechten in die Vertikale will das verflixt explosive Kolchosenfutter schon just durch den Mastdarm entweichen. Mit aller Energie presse ich die Gesäßbacken zusammen, um dieser verhängnisvollen Peristaltik entgegenzuwirken. Der ganze Körper ist dermaßen angespannt, daß mir der kalte Schweiß auf der Stirne steht. Das Herz klopft spürbar bis zum Halse, und ich kriege direkt Atembeschwerden. Doch fürs erste gelingt es mir, dem Drang nach außen Einhalt zu gebieten. Nun darf ich keine Zeit mehr verlieren und haste barfuß aus der Baracke, da ich beim Bücken, wenn ich die Pantoffeln hätte überstreifen wollen, schlimme Folgen befürchten mußte. Am Ausgang überfällt mich wieder dieses eklige Gefühl, daß alles nach unten will, aber wiederum gelingt es mir, die Lage zu meistern. Mit eckigen Schritten versuche ich über den Hof zu laufen, um doch noch den Lokus zu erreichen. Ich habe vielleicht nur noch 15 m bis zum Ziel, da spüre ich, daß es nicht mehr weitergeht. Anscheinend unter dem Eindruck des nahen Erlösungsziels hat sich der Druck so verstärkt, daß ich mit Hilfe steif gekreuzter Beine den Hintern zupresse.

Als ich merke, daß das nicht hilft, lasse ich mich mit dem außer Kontrolle geratenen Allerwertesten auf den Boden fallen. Was nun passiert, ist für mich eine fürchterlich erniedrigende und peinliche

Erleichterung. Ich spüre, wie es warm die Hose durchquillt, mehr und mehr, mir scheint, als ob die gesamten Innereien nach außen drängten. Es hat mich richtig umgehauen, und wie paralysiert hocke ich auf dem Boden und bin im ersten Moment unfähig, mich zu erheben. „Jetzt hat es mich also erwischt – du hast dich vollgeschissen!" Da hilft nur eines: so schnell wie möglich aus der Misere aussteigen! Schwerfällig komme ich hoch, streife auf dem Hof vorsichtig die Hose ab und versuche, mit einem Laubblatt das Gröbste aus der Kleidung zu schaben. Barfuß, nackt, mit zusammengeknüllten Hosen und Hemd schleiche ich wie ein armer Sünder zum Waschraum, um die beschmutzten Sachen notdürftig zu waschen. Mein ganzer Körper wird bei dieser Aktion klammgefroren und eiskalt. Doch die Notlage, in der ich mich befinde, läßt mich die Kälte viel weniger spüren. Zwischendurch muß ich doch noch auf den Lokus springen. Ich habe wäßrigen Durchfall und merke, daß der Posten auf dem Wachturm interessierter Beobachter meiner Aufmachung im Adamskostüm ist. „Kamrad, – Scheiße da??" ruft er mir aus seiner Loggia, die sich wenig oberhalb der Kotgrube befindet, zu. Mir bleibt nur ein resignierendes Kopfnicken in Richtung des Rufes. Trotz der öfteren Unterbrechungen, in denen ich abprotze, gelingt es mir, mit dem bißchen Rieselwasser Hosen und Hemd auszuwaschen. Das nasse Hemd muß mir noch hierbei als Waschlappen zur Körperreinigung dienen. Mit meiner Feldjacke, die sauber durch die Ereignisse gekommen ist, weil ich sie auf der Pritsche liegen ließ, frottiere ich den ganzen Körper, der einen säuerlichen Geruch zu verbreiten scheint. Das gewaschene Zeug wird so gut es eben geht ausgewrungen und wieder angezogen. Wo soll es denn schneller trocknen als auf dem eigenen Körper? Nur die vom Wasser noch vollgesogene und schwer gewordene Hose kann ich nicht anziehen. Sicher muß ich morgen früh in der Unterhose antreten. Leider oder Gott sei Dank pilgern noch mehr nächtliche Wanderer in Richtung Lokus, vollgeschissen von oben bis unten oder noch in genauso verkrampften, ulkig aussehenden Stellungen verharrend, wie ich es selbst verspüren mußte.

Der kalte Wind schneidet den Stacheldraht und pfeift seine höhnische Melodie mit Wirbeln von Laub und Dreck über den nächtlichen Appellplatz. Mit dunklen, jagenden Wolken ziehen die Scharen der Wildgänse vom Donez und Asowschen Meer nach Süden. Man kann gut ihre Schreie vernehmen. Wie oft sangen wir im Jungvolk das Lied:

„Wildgänse rauschen durch die Nacht". Nie vorher wurde mir der tiefe Sinn dieses Liedes so bewußt wie gerade jetzt in der stürmischen Herbstnacht, mit nassen Kleidern auf dem Leibe, zwischen Waschraum und Latrine im Lager Taganrog:

> „Wir sind wie ihr ein graues Heer
> und fahr'n in Kaisers Namen;
> und fahr'n wir ohne Wiederkehr,
> singt uns im Herbst ein Amen."

Ich bin heilfroh, als ich endlich wieder den dicken Mief der Baracke schnuppern und die Pritsche besteigen kann. Hier und da hockt einer nackt oder halbnackt auf der Pritsche, einige Plätze sind leer – Leidensgenossen! Die nasse Hose benutze ich als Kissen. Durch abwechselndes Kopfauflegen versuche ich deren Wassergehalt zu verringern. Die Eigenwärme ist aber so minimal, daß dieser Trocknungsversuch ein hoffnungsloses Unterfangen bleiben muß.

In Unterhose beim Morgenappell

Am Morgen ist die Hose noch naß, die Unterwäsche immer noch feucht. Alex stellt fest, daß ich aussehe wie eine richtige Wasserleiche und mit den Zähnen klappere. Ich bin mir dessen gar nicht mehr so richtig bewußt, aber wenn man schon stundenlang friert, wird man wohl routinemäßig mit den Zähnen weiterklappern. Mir graut es davor, am morgendlichen Zählappell teilnehmen zu müssen. Aber schließlich stehe ich doch, nur mit Jacke, Hemd und feuchter Unterhose bekleidet, im Glied. Die nasse Hose habe ich über der Schulter hängen. Das ist nichts Neues und nichts Besonderes, aber peinlich bleibt es immer, wenn es auch zum alltäglichen Morgenbild gehört, daß ausgehoste Latrinenopfer gesenkten Hauptes mit der Hose über der Schulter bescheiden im Glied stehen. Ich melde mich bei unserem Kompanieführer: „Bin krank! Kann nicht raus!" – „Was hast du?" – „Scheißerei!" – „Das ist kein Grund! Komm mit zum Kommandanten!" Ich warte noch ein bißchen, bis er auch noch andere mit der gleichen Begründung „Das ist kein Grund" vorinspiziert hat, dann geht es mit sieben Mann zum Kommandanten. Als wir in dessen Blickwinkel geraten, fängt der Pußtasohn sofort an zu schreien: „Tschägödö, rägödö" oder so ähnlich klingende Laute dringen an unsere Ohren. Klar, daß wir nur „Bahnhof" verstehen. Unser Begleiter, der Kompaniechef, tritt geflissentlich an die Seite des Ungarn, so daß wir wie Angeklagte vor dem Gewaltigen aufgebaut stehen. Nachdem er mit reichem Wortschwall seinem Ärger über uns „beschissene Mißgestalten" Ausdruck gegeben hat, kommt er schließlich doch noch zur Sache: „Geht nicht aus Lagere – iditje na Uborno", – was auf gut Deutsch „Latrinenputzen" bedeutet. Während die anderen so nach und nach ausrücken, bewaffnen wir uns mit Eimern und Reisigbesen, um die Holzrampe des Lagerlokus in „klar Schiff" zu versetzen. Meine Hose habe ich in den Wind gehängt. Ein Auge bewacht ihren Flatterflug. „So 'n verdammtes Pech, daß mir das passieren muß!" Man hätte eben rechtzeitig die Hose runterreißen müssen. „Hätte man, wenn man . . ." – alles nutzlose Überlegungen. Die Situation war scheußlich genug, und passiert ist nun eben mal passiert.

Wer gehen kann, ist nicht krank

Ich werde mit meiner „Krankheit" nicht recht froh. Nach dem Exkrementeräumen muß ich mit den anderen „Ambulantkranken" Baracken scheuern, Appellplatz fegen, Waschraum säubern. Die „Kranken" stellt fast ausschließlich das Kolchosekommando. Ein Witzbold diagnostiziert die Krankheit als „Fluidum explosivum drasticum a Kolchosa". Beim Essen am Mittag zeige ich keinen besonderen Hunger. Durch die gestrige Magenfüllung und die darauffolgende tragikomische Entleerung scheinen meine Verdauungsorgane doch schwer angegriffen zu sein. Gleich nach dem Mittagessenempfang schwärmen die im Lager befindlichen WK's und sonstige Lagerprominenz durch alle Winkel des Lagers, um alle „Ambulantkranken" für einen dringlichen Arbeitseinsatz mobil zu machen. So nach und nach kommen sie angeschlurft und angehumpelt, die „Ambulantkranken" des Lagers. Einige wurden sogar aus der Ambulanz herausrequiriert. Darunter ist einer mit einem ausgemergelten Gesicht und Fieberflekken auf den Backenknochen. Als „Csárdás", der ungarische Kommandant, unser Aufgebot mustert, stutzt er bei dem Fiebrigen und tritt zu ihm hin. Wie auf Kommando japst der Kranke mit starren Augen und verkrampften Gesichtszügen nach Luft und ein Schwall dunklen Blutes bricht aus seinem Mund. „Csárdás" hüpft gerade noch rechtzeitig zur Seite und rasselt das russische Fluch-Abc herunter. Zwei ungarische WK's packen den armen Kerl unter den Armen und schleppen ihn zum „Wratsch" (= Arzt) in die Ambulanz. In dünnen Fäden läuft Blut an der Kleidung des Kranken herab, und „Csárdás" schimpft ungerührt wie ein Rohrspatz hinterher, weil seine Komplizen Halbtote zur Arbeit heranziehen. „Eto prawelno" – „Bei dem stimmt's, der ist krank, aber ihr seid Simulanten, Drückeberger, Hosenscheißer und Faulenzer." „Csárdás" tobt! Er ist ein negatives Universalgenie und kann in Russisch, Ungarisch, Rumänisch und Deutsch fluchen, je nach Bedarf. Seiner Meinung nach ist nur der Zusammengebrochene würdig, krank zu sein. Einige protestieren mutig und zeigen „Csárdás" ihre eiternden Beine, geschwollenen und geröteten Arme und furunkelübersäten, knochigen Gesäße. Der Puštasohn läßt sich nicht beeindrucken, aber der russische Wachoffizier sortiert die schlimmsten Fälle aus. Wir restlichen Invaliden werden gezählt, und vorbei am Spalier der kraftstrotzenden Lagerprominenz verlassen wir unser Domizil in Richtung Hafen. Zwei Zivilisten begleiten uns. Wir erfahren, daß wir Bretter und Balken für den Gerüstbau verladen müssen. Der Anblick meines Nebenmannes macht mir deutlich, daß Kranksein im Lager Taganrog so lange nichts bedeutet, bevor man nicht hohes Fieber, Blutsturz oder Ohnmachtsanfälle bekommt. Trotz eines angeschwollenen Gesichts und einer Kopfwunde muß dieser Mann mit hinaus. Er war vom Baugerüst gestürzt und gilt nun wahrscheinlich als Simulant. „Ich möchte bloß mal wissen, wieviel Rubel die Lagerrussen für unsere Arbeitskraft zugeschoben kriegen. Wir können halt nichts machen, wir werden verschachert, ob du kannst oder nicht, das ist den Brüdern egal." Ich kann den Kameraden gut verstehen. Der Schädel brummt ihm, das Gesicht ist geschwollen, und die dicken „Kaschköppe" drücken sich im Lager herum. Wir haben alle durchweg miserable Stimmung – ein Tag, an dem alle hellen Farben verblassen.

Krankeneinsatz im Hafen Taganrog

Am Hafen angekommen, müssen die beiden Begleitrussen erst mit dem Hafenportier über unseren Einlaß verhandeln. Anscheinend können sie keinen „Propusk" vorweisen. Es wäre ein Segen für uns, wenn wir wieder zurückgeschickt werden würden. Eine gute halbe Stunde mögen wir hinter dem Pförtnergebäude in Windstille gestanden haben, bis uns leider doch der Weg freigegeben wird. Der böige Wind dringt durch unsere dünnen Sommeruniformfähnchen. Am fernen Horizont kann man das gegenüberliegende Ufer des Golfs von Taganrog erkennen, dort soll Jeisk liegen. Wir trotten die Uferstraße entlang. Am Kai sehen wir ein paar mittelgroße Pötte, die mit Saugrohren mit Getreide vollgepumpt werden. Am Pier legt ein Passagierdampfer an, der einem rheinischen Fahrgastschiff ähnelt. „Möcht bloß wissen, wo sie den geklaut haben", denkt einer laut. Als die äußere Schiffstreppe ausgefahren wird, ergießt sich kurz darauf eine schnatternde, fröhliche Schar ländlicher Menschen mit Kind und Kegel, oft mit Schweinen am Strick und Federvieh in Körben, über die Hafenstraße. Die Leute sind ganz schön in Watte gepackt. Bei solch einer Steppjackenpolsterung wird man den Nordostwind nicht bis ins Mark spüren. Das bäuerliche Volk mit seinen Viechern gibt dem Hafen einen hinterwäldlerischen Anstrich. Zum Austeeren auf Kiel gelegte Fischerboote und an Netzen knüpfende Männer verstärken diesen Eindruck.

Unsere Arbeitsstätte scheint an einem Lagerplatz zu liegen, vor dem uns ein Iwan mit einem verlebten Säufergesicht wenig verheißungsvoll ungeduldig empfängt. Mit dem Finger auf seine Armbanduhr klopfend, brüllt er mit unseren Begleitrussen herum. Diese geben die Schuld an der Verspätung dem Hafenportier, den sie als „bljadski Durak" (= blöden Hund) bezeichnen, und selbstverständlich uns, den „Fritzen", weil wir so langsam marschiert seien. Zu uns gewandt, weiß das „Saufgesicht" nichts anderes zu sagen, als daß wir unsere Hoden zwischen die Storchenbeine klemmen und endlich mit der Arbeit beginnen sollen. Der Wind pfeift ganz ordentlich und nimmt einigen anderen uns noch zugedachten Kraftausdrücken die Richtung, so daß nur Wortfetzen an unser Ohr dringen.

Zunächst müssen wir Bretterstapel abtragen und über einen ungesicherten Bohlensteg in einen verkommenen kleinen Frachter laden, der

156

unter dem sturmartigen Wind gar nicht so ruhig an der Pier liegt. Zwischendurch schleppen wir Balken, Rahmenschenkel und Fensterrahmen auf das Schiff, meist kaputtes, altes Material, oft angekohlt und mit langen verrosteten Nägeln bestückt. Als wir zu viert eine schwere verbeulte Mörtelwanne in den Kahn bugsieren wollen, paßt das dem Natschalnik gar nicht. „Dwa Tschelowjek chwadid", – zwei Mann sind genug – befiehlt er lärmend. Wir stellen uns taub und tragen die Wanne, unbeeindruckt durch das Palaver, zu viert an ihren vorgesehenen Ort auf dem Schiff. Der Russe mustert uns bösartig und brüllt uns mit den unflätigsten Ausdrücken an. Hier ist am besten, wenn man schweigt, und auch dem „Saufgesicht" wird es noch dämmern, daß er mit Gemeinheiten unser Arbeitstempo nicht wesentlich zu steigern vermag. Heute nicht!!

Das Roboten will kein Ende nehmen. Es gibt nichts zu essen, und es gibt keine Pause. Wenn man einigermaßen warm bleiben will, ist man gezwungen, sich zu bewegen. Ich arbeite mit dem Kopfverletzten zusammen. Um ihm zu helfen, versuche ich von Zeit zu Zeit, das schwerere Ende eines Balkens oder das unbequemere Material zu tragen. Doch er scheint ein guter Kamerad zu sein, der keinen Vorteil und keine Rücksicht für sich will. Er heißt Willy und stammt aus der Pfalz bei Germersheim. Sooft ich versuche, ihm das dicke Ende vom Kopf fernzuhalten, wehrt er ab und lacht sogar. Wir kommen ins Gespräch, und zwischen den Gängen mit den Balken erinnern wir uns vergangener Zeiten. Willy ist Winzersohn und erzählt von dem „Palzwoi", von den „leichte fruchtige" bis zum „volle, schwere Tropfe" seiner Heimat. Wir erzählen alles mögliche und merken gar nicht, daß uns eigentlich viel wohler ums Herz ist als beim Hinmarsch. Man hat sich sozusagen an seinen eigenen Erzählungen berauscht. Diese Gespräche sind es auch, die uns gut über die trostlose Eintönigkeit unserer Arbeit hinwegbringen. Die Zeit muß schon weit fortgeschritten sein. Am blankgefegten Himmel zeigen sich schüchtern die ersten Sterne, und im Wasser spiegelt sich das gelbbleiche Licht des Mondes. Draußen treiben Fischerboote in dem frostigen Wind, und von den „Pötten" dringen rauhe Wortfetzen zu uns herüber. Bis gegen 1.00 Uhr morgens ist unser Soll erfüllt und das Lagergut auf dem Schleppkahn schlecht und recht verstaut.

„Saufgesicht" überwindet sich und schreibt uns sogar 100 %. Hundemüde und durchgeblasen hasten wir durch dunkle, menschenleere Straßen dem Lager zu. Um 1.30 Uhr marschieren wir durch das Tor. Aus der Küche empfangen wir einen Schlag lauwarmer Krautsuppe und ein 400-g-Stück Brot. Ich fühle mich wie gerädert und reichlich kraftlos. In voller Montur steige ich auf meine Pritsche. Einige Minuten lausche ich noch dem heulenden Wind, dann überfällt mich eine tiefe, schwere Müdigkeit.

200 % Normerfüllung

Der Kopf brummt, die Schulter schmerzt, der Magen knurrt, Blei in den Füßen. Wahrlich keine prächtige Verfassung. Es ist nicht weiter erstaunlich, daß ich mich trotzdem freue, denn Liesel, unsere Postenfrau, holt uns ab zum Tranwajnij-Park. Ich bin heilfroh, daß ich wieder beim alten Kommando bin und nehme mir vor, daß sich ein solcher Reinfall nicht noch einmal wiederholen soll. Das Aufstehen fiel mir zwar furchtbar schwer, zwei „durchkämpfte" Nächte und darauffolgende Arbeitstage sind für einen Plenni kein Pappenstiel, aber das Gefühl, aus dem gefährlichen Tagesbereich des Lagers verschwinden zu können, überwog bei weitem das gräßliche Weckgeschrei am frühen Morgen. Auf dem Marsch zum Straßenbahndepot wieder die altvertrauten Bilder: die zum Frühsport laufenden Marine-Kadetten, die auf den Bazar eilenden Bauern und die überfüllten Straßenbahnen. Im Depot angekommen, fährt unser Reparaturwagen sogar mit Anhänger aus der Halle. Wassiljewitsch kommt uns eilfertig entgegen: „Dawai Tschelowjek, dawai, dawai, sewodni bolsche Roboti budet." (= Schnell, Männer, heute wartet große Arbeit auf uns.) – Nun, das sieht ja ganz nach einem großen Arbeitstag aus. Der Anhänger wird von uns sofort mit Schwellen und Schienen beladen. Im Motorwagen wird das Werkzeug verstaut, und um 8.00 Uhr verlassen wir das Depot. Wir fahren nicht lange. Die Endstation für uns liegt außerhalb der Stadt bei einer Ziegelei. Der Arbeitsauftrag lautet: „Neue Strecke von der Ziegelei zum Hauptgleis legen und anschließen!" Diese neue Strecke soll den Abtransport der Ziegeleiprodukte per Straßenbahn ermöglichen. Eine russische Schweißbrigade ist schon fest am Wirken. Wir machen die Hilfsarbeiten: Schleppen die Schwellen und Schienen und nageln die Strecke, Stück für Stück. Bei der russischen Arbeitskolonne arbeitet eine sehr hübsche junge Frau. Ich habe ein paarmal Gelegenheit, die Schöne bewundern zu können. „Die hot zwee dolle Puffer, do kriegsch jo Träne allä vom Hingucke", stellt Heiner sachkundig fest. Obwohl die Russin eine für eine Frau reichlich tiefe Stimme besitzt, klingt ihr häufiges Lachen doch irgendwie entzückend. Sie merkt, wie wir sie anglotzen und scheint das auch zu genießen.

Am späten Abend ist unser Soll erfüllt. Wassiljewitsch schreibt uns für diesen Tag 200 % Normerfüllung, und jeder von uns bekommt aus der Ziegeleiküche einen halben Liter Maiskascha (= Maisbrei) als Sonderzulage. Der neue Gleisanschluß ist nahezu fertig geworden. Die Abendverpflegung im Lager können wir kaum mehr schaffen. Der Mais hat doch ein ordentliches Loch zugemacht. Die Tagesverpflegung im Lager Taganrog besteht täglich aus:

5 g Tabak

17 g brauner Zucker

3 × 750 g Suppe

300 g Kascha zu Mittag

2–3 Ölheringe

250 g süßer Normkascha

200 g Normbrot

600 g Verpflegungsbrot

3 g Extra-Zusatzzucker

Das ist von allen Lagern der bisher beste Verpflegungssatz. Alex hat nun auch ein festes Kommando. Er arbeitet in der Lederfabrik, und Willy, der Pfälzer Winzer, mit seinem Landsmann Hans in der Konservenfabrik. Ich bekomme von allen dreien zu essen. Der eine schafft sein Brot nicht, Willy will keinen Kapusta (= Kraut). Ich vertilge alles, und mein Magen hat in Taganrog genügend zu verdauen.

Kommando Rollbahn

Es geht immer näher dem Winter zu, und ein paar 44er Plennis erzählen wahre Schauergeschichten von den Auswirkungen der Kälte und den erschwerten Arbeitsbedingungen. Ich bin gespannt, wie ich diese Zeit hinter mich bringe, und will eigentlich gar nicht so recht glauben, was die alten Kameraden da erzählen. Als Liesel einmal wieder vergißt, des Morgens am Tor zu erscheinen, werden wir einem Straßenbaukommando zugeteilt. Die Rollbahn nach Charkow soll verbessert und dazu müßten umfangreiche Erdarbeiten ausgeführt werden. Das Land ist platteben, soweit man blicken kann.

Es ist eine offene Steppe mit fruchtbarem Schwarzerdeboden. Das ausgehobene Straßenbett wirkt gegenüber dem vergrasten Umland wie ein schwarzes Brett. Bis dieses Projekt fertig ist, werden wir alt. Es wird nicht besonders angetrieben, und wir schieben das, was man im allgemeinen „eine ruhige Kugel" nennt. Trotz unserer wirklich mäßigen Anstrengungen gibt es vor dem Heimmarsch Sonderverpflegung für alle Straßenbauarbeiter: Maiskascha mit Sonnenblumenöl. Bei allem, was mit Öl zusammenhängt, bin ich vorsichtig, deshalb schütte ich meine ölige Beigabe einem darob hocherfreuten Kameraden in sein Futternäpfchen. Wie recht ich mit dieser Vorsichtsmaßnahme behalten sollte, bestätigt ein Latrinenbesuch am Abend. Da sitzen doch gut ein halbes Dutzend derer, die das Öl anderer getrunken haben. Mit verkniffenen Gesichtern geben sie dünnflüssig von sich, was sie ölig zu sich genommen hatten.

Eine Ärztin belebt das Lagerbild

Am 20. Oktober gehen wir zum Mittagessen ins Lager. Wir stehen zusammen und löffeln unsere Mahlzeit. Auf hochhackigen Schuhen und im gutsitzenden weißen Kittel wippt die wohlproportionierte, rotbemützte russische Ärztin über den Hof. Bei uns angekommen, entblößt die Grellgeschminkte zwei Reihen blitzender Zähne und flötet geziert zu uns hin: „Kuschit karascho Soldatt?" (= Ist das Essen gut, Soldat?) – „Karascho, otschin karascho" (= gut, sehr gut), bestätigen die ihr am nächsten Stehenden. Wir betrachten interessiert ihre Erscheinung, und in der Tat scheint ihr nur der Wind nicht gut gesonnen, denn eine Böe weht ihr das Käppchen vom Haupt und bläst das Ding über den bepfützten Hof. Ich betätige mich als Kavalier, wenn auch in Lumpen, und bringe ihr die Mütze zurück. Sie bedankt sich mit „bolschoi spassiba Pan" – besten Dank, Herr. Wenn ich eine Krawatte anhätte, sähe ich mich direkt genötigt, ihren Sitz zu überprüfen. Als

160

Madame mit vorsichtig ausweichenden Schritten über den dreckigen Hof in Richtung Ambulanz entfleucht, steht ein Hauch von Parfüm im Wind. „Mensch, die ist Klasse und hat Benimm", äußert respektvoll ein Kumpel. „Riecht wie 'ne Pariserin", konstatiert einer, von dem bekannt ist, daß er in seiner Glanzzeit ein beliebter Beau bei französischen Damen war. Prüfend schnuppert er dem Duft nach: „... toll die Frau, muß mich unbedingt mal in die Ambulanz legen, die Frau wird von mir begeistert sein." – „Schlag dir das aus dem Kopf", meint ein anderer und lächelt dabei. „Hier bist du nicht in Paris und bestenfalls ein halber Blindgänger." Derjenige, der gemeint ist, scheint das zu überhören. Er murmelt vor sich hin: „Da soll bloß noch einer kommen und behaupten, daß es in Rußland keine graziösen Frauen gibt."

Ereignisreicher Nachmittag

Die zweite Hälfte des Arbeitstages verläuft ohne besondere Vorkommnisse. Wir werden wieder einmal zur Motorenfabrik beordert. Es ist der neuralgische Punkt des Taganroger Straßenbahnnetzes. Eine scharfe Kurve läßt hier die Wagen des öfteren herausspringen. Mit Hebebalken, Brecheisen und vereinten Kräften gelingt es uns auch ohne Kran und andere moderne Hilfsmittel, die Waggons wieder auf die Strecke zu bringen. Wir haben schon gewisse Routine entwickelt, mit sparsamem Einsatz den größtmöglichen Erfolg zu erzielen. Unseren Spezialhebelbewegungen kann kein Waggon widerstehen, und der alte Wassiljewitsch ist inmitten der Zuschauermenge sichtlich mit uns – und sich natürlich – zufrieden. Die 150 % sind uns bei solch einer Arbeit am Abend so gut wie sicher. Wir nageln noch ein paar Schwellen nach, und dann wäre der Arbeitstag für uns zunächst einmal beendet.

Nach Feierabend fahren wir noch ein Stück mit der regulären Straßenbahn. Wir stehen wie immer auf der Plattform. Bei der Marine-Akademie steigen ein paar Kadetten zu, an der nächsten Station etliche andere Russen. Einer von diesen zuletzt Eingestiegenen fängt auf einmal an, als er uns als Deutsche erkennt, zu fluchen und zu schimpfen, läßt ein Klappmesser aus der Klinge springen und will es offensichtlich einem dieser verfluchten Njemze zwischen die Rippen stoßen. Der ihm am nächsten Stehende erkennt zum Glück blitzschnell das Gefährliche dieser Situation und geht geistesgegenwärtig hinter dem Rücken eines Marine-Kadetten in volle Deckung.

In lobenswerter Weise parieren die russischen Soldaten den Angreifer, einen total besoffenen Muschik, und winden ihm das Messer aus der Hand. Die anderen Fahrgäste verhalten sich ruhig, ohne für oder gegen den Angreifer zu sein. Die Soldaten nehmen energisch für uns Stellung, der wilde Iwan will sich aber nicht beruhigen. Unser graues Uniformtuch muß auf ihn wie ein rotes Tuch für den Stier wirken. An der nächsten Haltestelle läßt uns Wassiljewitsch vorzeitig aussteigen. Jeder von uns grüßt die russischen Kadetten: „Spassibo Kamerad!" Wassiljewitsch schimpft auf den Besoffenen und meint, daß dieser ein „bljadski Durak" sei und „mnogo Wodka" in sich hineingegossen habe. Es gibt eben in jedem Land solche und solche, und Wodka entschuldigt manches.

Manchmal kommen wir auf dem Heimweg zum Lager an einer Ruine vorbei, an deren noch stabil wirkendem Kellereingang erstaunlicherweise ein noch nicht übertünchtes Hakenkreuz zusammen mit der Aufschrift prangt: „17.Kp.IV.Bataill. – Schneider", Erinnerung an die deutsche Besatzung. Das war sicher einmal ein Kompaniegefechtsstand gewesen.

Es wird wieder gemustert

Am Abend herrscht sehr reger Betrieb im Lager. Eine Musterungskommission ist eingetroffen und überprüft den Markt- und Fleischwert aller Plennis. Die Luft schwirrt voller Gerüchte. Man spricht von Abtransport ins Donbas, auf Kolchosen, und ergeht sich in Mutmaßungen oft recht ausgefallener Art. Es ist ein nahezu einmaliger Fall in Taganrog, daß der Zählappell ausfällt. Die russische Ärzteschaft mustert wie üblich. Der „untersuchende" Wratsch befühlt und betastet eingehend den linken Oberarm der jeweils vor ihn Hintretenden. Eigenartigerweise versucht er dies so unauffällig wie möglich zu tun, doch die es angeht, wissen, warum es sich da dreht und wie der Hase läuft: Sie suchen wieder die Gestempelten. Als die Reihe an mich kommt, muß er allerdings schon offener hantieren, denn meine Narbe scheint ihn zu irritieren. Schade, daß die verdammte Null leider noch hindurchschimmert. Ich werde notiert wie andere vor mir. Das Ergebnis der Untersuchung wird wahrscheinlich das sein, daß wir von der Waffen-SS mal wieder in ein anderes Lager wandern müssen.

Abtransport aus Taganrog

Zwei Tage später stehen wir, die wir gehofft hatten, in diesem Lager „alt" zu werden, mit 300 Mann am Lagertor. Alex ist nicht entdeckt worden. Er hat seine Blutgruppe fast in der Achsel sitzen. Er hat es mir einmal selbst gezeigt, sonst hätte ich die Sache wohl angezweifelt. Der Wratsch muß dies übersehen haben, denn in der Regel sitzt die Tätowierung innerhalb des linken Oberarms. Alex hat Glück, und ich wünsche ihm, daß er es behalten möge und vielleicht sogar bei einer Entlassungsmusterung durchrutscht. Heimkehr ist jedem zu gönnen. „Mach's gut", sagt Alex beim Raustreten. „Mach's gut", rufe ich ihm nach. Obwohl kaum anzunehmen ist, daß man sich nochmals begegnen wird, ist der Abschied auch von guten Kameraden kurz und unpathetisch. Wir sind ohne Illusionen und wissen, daß wir den Lauf der Dinge nicht ändern können.

Wir dösen dem Fahrtziel entgegen

Unter den siegesstolzen Alabasterblicken sowjetischer Gipsfiguren marschieren wir an der Akademie der Flieger vorbei zum Bahnhof. An der Stancia stehen und trippeln wir bis gegen Abend herum, um dann gegen 18.00 Uhr in dreckige, nicht heizbare Waggons ohne Pritschen verladen zu werden. Es ist das übliche Zeremoniell, wie immer, wenn Plennis verladen werden. Stundenlange Wartezeiten und dann enorme Eile, als gelte es, den ganzen Planeten in Rekordzeit zu umfahren. Die Hosen etwas heruntergezogen, damit die Füße warm darin stecken können, zwei Mann mit einem Mantel oder sogar einer Decke zugedeckt, so kauern wir uns dicht an dicht auf dem Boden zusammen. Durch Spalten und Fugen pfeift ein kalter Wind, und am folgenden Tag ist die Gegend von dichten Dunstmassen überzogen, so daß man Dinge nur durch den Nebel verzerrt erkennen kann. Es gibt nur Kaltverpflegung: Trockenbrot und einen Hering pro Nase. Wir werden nicht warm und dösen am Boden gekauert dem Fahrtziel entgegen. Einige erzählen von Taganrog und ihren Arbeitsstellen, die Mehrzahl aber schweigt. Nebel draußen – Nebel in den Gehirnen. Man spricht davon, daß es zum Donbas ginge, aber erst wenn die Türen aufgerissen werden und das Kommando „dawai stroize" ertönt, wird sich der Nebel der Mutmaßungen verziehen und allen Spekulationen ein reales Ende bereiten.

Im Lager Tichorezkaja

Wir schreiben den 4. November 1945. Ich rechne zurück: Am 1. November wurden wir verladen, am frühen Morgen des 2. November hat sich der Transport in Bewegung gesetzt und mit längeren Wartezeiten bis heute mehr oder minder schnell fortbewegt. Erst als erneut die Nacht vor den verdrahteten Fenstern steht, lassen entstehende Unruhe, Waggonabkuppeln und das Quietschen aufgestoßener Türen erkennen, daß sich irgend etwas tun muß. Ich glaube, daß alle heilfroh wären, wenigstens den Rest der Nacht in dem warmen Mief einer Baracke verbringen zu können. Dann geht alles sehr schnell. Wieder einmal stehen wir in Fünferreihen vor den Waggons und müssen die erste Zählung des Transportoffiziers über uns ergehen lassen. Durch das ruinenbestandene, zerstörte Bahnhofsgelände marschieren wir vorbei an dunklen Häuserfronten mit leeren Fensterhöhlen und spitz gegen den Nachthimmel stehenden Gebäuderesten. Hier gibt es nichts als Ruinen. Es dauert nicht lange, und wir werden durch die wiederaufgebaute Einfahrt eines größeren, abgebrannten Gebäudekomplexes in einen Hof geführt. Es ist der Appellplatz des Lagers Tichorezkaja. Die eigentlichen Unterkünfte der Plennis befinden sich im Ruinenkeller. Bevor wir da hinunter dürfen, werden wir nochmals gezählt. Es zeigt sich, daß nur ein Teil unseres eigentlichen Transports hier abgekuppelt wurde; die anderen müssen weitergefahren sein. Wer weiß, wofür das gut ist. In Tichorezkaja soll es keine Bergwerke geben, so munkelt man. Es soll sich hier um ein reines Agrargebiet handeln. Von Maiskolben kann man immer noch etwas herunterbeißen, aber von Kohlebrocken nicht. Wir haben das Beste erwischt, so glaubt man allgemein. Die Stimmung ist gehoben, zumal noch Restverpflegung verteilt wird und fast jeder der Meinung ist, vom Schicksal begünstigt worden zu sein.

Gegen Morgen dürfen wir in den Keller und als wir frierenden Figuren durch den Eingang quellen, offenbart sich bei dem trüben Licht zweier an niedriger Decke hängender Ölfunzeln ein kleiner, beiderseitig mit zweistöckigen Pritschen bebauter Raum. Auf der einen Seite liegen die „Alten", die andere muß wohl für uns reserviert sein. Der Mief ist beachtlich, und bei näherem Hinsehen entdecke ich noch ein kleines Öfchen in der Ecke, das mit viel Blech verkleidet seinen Rauch durch ein mehrere Meter langes Rohr nach außen führt. Die Eingesessenen rappeln sich von ihrer Liegestatt hoch, und es entwickelt sich der dabei übliche Dialog: „Wo kommt ihr her?" – „Wie ist der Verpflegungssatz hier?" – „Was hört man an Parolen über die Heimfahrt?" – „Was und wo wird hier gearbeitet?" – „Sind der Kommandant und die Posten in Ordnung?" – Man erfährt, daß die Tagesverpflegung aus

> 3 × 600 g Kapustasuppe
> 200 g Kascha
> 600 g Brot
> 10 g Zucker
> 5 g Tabak

besteht. Man kann sich also gerade so über Wasser halten, und es besteht noch nebenbei die Möglichkeit, hier und da von der Zivilbevölkerung etwas einzuhandeln. Um 6.00 Uhr ist Wecken. Das war unnötig, denn wir haben gar nicht geschlafen. Beim Morgenappell zittere und schnattere ich vor Kälte, und erst die heiße Kapustasuppe entwickelt etwas Wärme, die direkt wohltuend durch die kalten Knochen strömt. Ein Paar Wehrmachtshandschuhe leisten mir gute Dienste dabei, die „Kapustawärme" in den Fingern ein bißchen zu konservieren. Die wenigsten haben Handschuhe, und so ist es auch sicher nicht weiter verwunderlich, wenn dieses Kleidungsstück die besondere Aufmerksamkeit eines Kameraden erweckt, der als Maurer, wie er angibt, auf einer Baustelle arbeitet: „He, verkloppst du mir deine Handschuhe?" – „Kommt nicht in Frage, meinste vielleicht, ich will mir die Pfoten erfrieren?" „Komm mal her, ich will dir was sagen." Der Maurer geht ein bißchen mit mir zur Seite und redet eindringlich auf mich ein: „Schau, ich muß jeden Tag hinaus und habe keine Handschuhe . . ." „Glaubst du vielleicht . . ." Er läßt mich gar nicht erst entgegnen. „Es kann sich nur um ein paar Tage handeln, dann fassen wir sowieso Winterklamotten. Die, die keine haben, kriegen dann welche. Mein Freund, is'n Brigadier hier, der hat gesagt, daß ihr erst in Quarantäne bleibt. Bis ihr dann raus müßt, kriegt ihr schon Klamotten. – – Schau her, das gebe ich dir!" Er zieht den Deckel von seinem Kochgeschirr hoch und zeigt mir ein schönes Stück Speck. Ich versinke in die Betrachtung dieser Köstlichkeit und spüre, wie mir der Speichel im Munde zusammenläuft. „Hör mal", sage ich zu dem Kumpel, „die Handschuhe schleppe ich schon seit Sarat in Rumänien mit mir herum, und jetzt, wo ich die Dinger brauchen kann und sie mir nützlich sind, soll ich sie für so ein bißchen Speck herschenken? Da müßte einer schon mehr bieten!" Der Bursche scheint zu merken, daß ich schon halbweich bin und schießt eine Tagesration Brot zu seinem Angebot hinzu. Mit dem ganzen Hunger von einem, der nur das Existenzminimum zu knabbern kriegt, willige ich schließlich ein. Ein Stück Speck und 600 g Brot wechseln für ein Paar Handschuhe den Besitzer. Ich verziehe mich freudig auf meine Pritsche und verdrücke zwei Portionen Brot zu je 600 g, putze den ganzen Speck mit weg und wässere diese Füllung mit einem halben Kochgeschirr eiskalten Wassers. Mein Bauch ist voll, und in diesem gesättigten Zustand mache ich mir keine Gedanken über das Tauschgeschäft. Zunächst vermisse ich die Handschuhe nicht, denn bei der Arbeitseinteilung bleiben wir wirklich unberücksichtigt. Ich setze die Parole von der Quarantäne aus, und eigentlich glaubt sie jeder. Was für den Plenni gut ist, glaubt er nur allzu rasch und allzu gerne. Negatives wird ungern geglaubt, trifft aber meistens leider zu. Wir „Neuen" sitzen um das Blechöfchen herum. Einige haben sich freiwillig zum Kartoffelschälen gemeldet, müssen aber statt dessen den Hof und die Bude fegen und für die Küche Holz hacken. Die Küche ist im Nebenraum untergebracht und durch ein Schiebefester mit der Hauptunterkunft, dem „Wohnzimmer", verbunden. Der Koch ist im Gegensatz zu den meisten Plenniköchen, die ich bis jetzt erlebt habe, ziemlich dünn und hustet locker in den Kessel. Ist egal, wird ja alles gekocht. Da sind alle Bazillen abgetötet. Man läßt uns erstaunlicherweise in Ruhe, und zum Mittag gibt es Maiskascha mit Kapustasuppe.

Abmarsch aus Tichorezkaja

Nach der Fütterung müssen wir heraustreten. „Ihr werdet gemustert", teilt uns ein Oberplenni mit. „Na, das kann ja gut werden!" Nachdem die Kommission ihren Tisch in der Unterkunft aufgeschlagen hat, geht es wieder hinein in die Bude, herunter mit den Klamotten, ein bißchen am Arm gedreht, ein bißchen am Hintern gezupft, und schon ist die Kommissionierung beendet. Dieses harmlose Getue hat allerdings seine Folgen. Alle Gemusterten, es ist nahezu der gesamte Neuzugang aus Taganrog, müssen sich bereithalten. Zwei Mann, die dicke geschwollene Beine haben, sind davon ausgenommen. Es soll für alle anderen heute noch weitergehen. So 'n verdammtes Pech. Vom 7. bis 9. November werden die Revolutionsfeiertage „festlich" begangen, das bedeutet meist Arbeitsruhe und ein bißchen dickeres Essen. Wir werden allem Anschein nach unterwegs sein. Das ist wirklich Pech!! Die Nacht vergeht – ein halber Tag vergeht, und wir schöpfen wieder Hoffnung. Vielleicht waren es nur Latrinenparolen mit dem Abtransport? Daß es keine waren, wird uns wenig später klar, als ein Russe in die Unterkunft stürmt und uns schnellstens auf die Beine und in den Hof bringt. Eine halbe Stunde nach diesem Ereignis marschieren wir schon aus dem Tor, durch das wir erst vor zwei Tagen gekommen sind. „Ihrr arbeiten auf Kolchos", haben die Russen gesagt. Nun, ich lasse mich gerne angenehm überraschen. Zwei kleine stämmige Rotarmisten mustern uns mit flinken Augen. Ihre Blicke scheinen mehr auf den Gepäckstücken zu liegen als auf uns Plennis. Ein Russe mit stupidem Alltagsgesicht und sommersprossiger Stupsnase zieht einen Handschuh aus und streicht prüfend über die Wolldecke eines ehemaligen Stabsveterinärs, die dieser akkurat, sauber und vorschriftsmäßig um seinen Rucksack geschnallt hat, sozusagen als Anreiz für beutelüsterne Begleitrussen. Wir ziehen an der Stanzia (= Bahnhof) vorbei und verlassen Tichorezkaja. Das weite, offene Land liegt direkt „vor der Tür", und unser Zug mag sich wohl von oben wie eine magere, graubraune Raupe ausnehmen, die müde über den Boden kriecht. Trotz des Sonnenwetters ist es empfindlich kalt, und ich merke, daß es falsch war, meine Handschuhe zu „verkümmeln", denn jetzt könnte ich sie wahrhaftig gebrauchen. Die Dinger sind aber unwiderruflich weg – und der Kohldampf? Der ist natürlich genau derselbe wie vor diesem verhängnisvollen Tauschhandel. Jede zusätzliche Nahrung verschwindet eben fast unbemerkt in dem großen Loch, das der Hunger in uns gerissen hat. Nitschewo! Bis jetzt bin ich noch immer durchgekommen.

In einem langen Militärmantel und einer am Schulterriemen baumelnden Pistole stapft ein russischer Leutnant mit unserem Haufen. Er spuckt in eleganten Bögen durchs Gelände und scheint direkt Zielspukken auf am Wege liegende Steine und ähnliche auffallende Punkte durchzuführen. Dieser Genosse verschwindet aber nach einiger Zeit eigenartigerweise quer im Gelände und schlägt sich seitwärts ins Feld. Von einer Behausung ist weit und breit nichts zu sehen, oben der Himmel, vorne und hinten Horizont und unter uns graustaubiger Weg, der nadeldünn in der Ferne verschwindet und geradewegs in den Himmel zu führen scheint.

Ein Kamerad wird erschossen

Seit der Offizier verschwunden ist, unterhalten sich die beiden Konvois, stecken dicht die Köpfe zusammen und tuscheln. Die Überraschung läßt nicht lange auf sich warten: „Stoi!! – Perewotschik idi suda!" – – Ein Kamerad geht zu den Russen. Was der nun stockend übersetzt, läßt uns Böses ahnen: „Mantel und Hemd ausziehen", verdolmetscht der Kumpel. Wir murmeln „Rhabarber" in den Bart und rühren uns nicht. „Die Brüder spinnen doch. Bei der Kälte zieh'n wir uns nicht aus – junge Lausbuben, Rotznasen ..." Es ist der Stabsveterinär mit der schönen Wolldecke, der in recht gereiztem Ton solchermaßen auch unsere Ansicht kundgibt. „Idi suda" (= komm her), zischt das Alltagsgesicht durch die Zähne und zeigt auf den Stabsveterinär. Der denkt nicht daran und lacht dem Posten höhnisch ins Gesicht. Das hätte er nicht tun sollen. Die beiden Russen stürzen auf ihn zu und zerren ihn brutal aus dem Glied. Einer reißt ihm die Brille herunter und wirft sie hinter sich, der andere ohrfeigt ihn links und rechts, zerrt ihm den Rucksack vom Rücken und tritt ihm in die Hoden. Der Veterinär, außer sich vor Wut und Schmerz, geht mit geschwungenen Fäusten in die Russen und haut beidhändig wie mit Mühlrädern in die Visagen der Konvois, daß diese taumelnd und völlig überrascht zurückweichen. Da passiert es – ein Schuß peitscht durch die Stille, noch einer und noch einer. Der Stabsveterinär fällt lautlos um, zuckt kurz zusammen und bleibt regungslos auf der Seite liegen. Die geweiteten Augen voller Verzweiflung auf uns gerichtet, die verkrampfte Hand in den Boden gekrallt. Armer Kamerad! – Du bist wie ein ganzer Kerl gestorben, und keiner wird später wissen, wo du geblieben bist. Die Russen schicken ihre Flüche über den Leichnam, und der Perewotschik übersetzt erschrocken: „So geht es jedem von uns, hat der Towarisch Konvoi gesagt, wenn wir meutern und flüchten wollen." Plötzlich erscheint auch der Spucker wieder. Er taucht aus der gleichen Richtung kommend auf, in der er verschwunden war. Die Sache riecht stark nach abgekartetem Spiel. „Schdo takoj-schdo djelatj" – was ist los, was habt ihr gemacht? – fragt der Leutnant und hebt den Kopf des toten Stabsveterinärs lässig mit den Stiefelspitzen an, während ihm die Posten ohne Erregung den Vorfall schildern. An ihren Gebärden kann man erkennen, daß sie bei ihrer Schilderung maßlos übertreiben. Aber das eine Auge des sommersprossigen Russen ist geschlossen und stark gerötet, daran ist nichts zu ändern. Der Offizier tut nun auch so, als ob wir alle fluchtverdächtige Schwerverbrecher seien.

Ausgekochte Strauchritter in der Uniform der Roten Armee

Der Leutnant beschimpft uns und gestikuliert durch die Gegend. In lobenswerter Weise wagt der Dolmetscher einen Einwand und sagt, daß die Posten befohlen hätten, wir sollten Mantel und Hemd ausziehen. Die beiden Gauner sagen, das sei nicht wahr, und der Leutnant schreit den Dolmetscher an und erklärt ihm, daß ein Rotarmist nie lügt und wir alle dreckige, stinkende Faschistenschwänze seien und das lügnerische Maul zu halten hätten. Sie demonstrieren uns, was passieren wird, wenn noch einer aufmucken sollte. Eine ganze Gefühlsskala menschlicher Regungen zeigt sich in unseren Gesichtern: ohnmächtiger Zorn, Sturheit, Trotz und Angst vor dem Kommenden. Die Nase darf den Russen aber nicht zu frech erscheinen, sonst könnte geschehen, daß die Brüder dem „Mißnasigen" die Schnauze polieren, wie es scheint aus purer Freude am Schlagen und unbewußt vielleicht auch in dem Gefühl der Macht, Herr über Leben und Tod zu sein.

Wir werden gefilzt bis auf die Haut. Alles, was den Russen irgendwie nützlich erscheint, wird uns weggenommen. Kochgeschirre, Lederkoppel, Brieftaschen und sogar Eheringe werden gefunden. Gut erhaltene Rucksäcke werden genauso requiriert wie einigermaßen vernünftig aussehende Schuhe von den Füßen gezogen werden. Wie die schuhlosen Landser sich weiter fortbewegen sollen, ist den Burschen egal. Es bleibt nichts anderes übrig, als barfuß zu gehen. Hier heißt es nur Maul halten, marschieren oder krepieren. Bei mir finden sie praktisch gar nichts. Ein Glück, daß ich die Handschuhe „verscheuert" habe. Die wären bei dieser Filzung todsicher weg gewesen. Von einem Kameraden wollen sie unbedingt eine Uhr haben. Ich weiß genau, daß er keine mehr hat. Als sie ihm die Gewehrmündung auf die Brust setzen, wird dieser blaß, aber eine Uhr kann er deshalb auch nicht aus den Fingern ziehen. Die Russen hauen ihm in das blasse Gesicht und probieren es beim Nächsten, der sich splitternackt ausziehen muß. Erst nachdem wir total ausgefilzt sind, müssen wir uns wieder formieren. Der Spucker steht mit den beiden anderen Rowdys debattierend bei der Leiche des toten Kameraden. Zwei Meter daneben liegt der Haufen des gestohlenen Gutes. Schließlich einigt sich das Gaunertrio darauf, daß uns nur noch ein Mann begleitet, der zwischen uns und seiner Figur ziemlich viel Zwischenraum läßt. Er hat sein Gewehr im Anschlag und folgt uns mehr argwöhnisch als mutig. 74 Mann gegen einen, lächerlicher Gedanke! Klar, wir könnten ihn glatt überrennen. Spätestens beim dritten Schuß wäre der Bursche wahrscheinlich fertig, aber was soll's. Das Positive wäre wohl dies, daß wir uns wahrscheinlich nicht mehr lange unseres Lebens ärgern müßten, denn daß die Tichorezkajer Garnison uns eins, zwei zusammenballern würde, ist wohl sicher. Untergründige Gedankenspiele, geboren aus verzweifeltem Zorn über soviel schreiendes Unrecht. Was mit unserem toten Kameraden geschieht und wohin die geklauten Klamotten gebracht werden, kann man nur ahnen. Die beiden Zurückgebliebenen werden schon „reinen Tisch" machen. Banditen sind um Lösungen selten verlegen.

Ankunft im neuen Lager: ein schilfbedeckter Stall in der Steppe

Die Sonne im Westen neigt sich schon, und unsere Schatten werden länger. Der ganze weite Horizont ist mit kräftigem Rot überzogen. Kerzengerade steigen in der Ferne dünne Rauchsäulen in das tiefe Abendrot, als wollten sie Himmel und Erde zusammenhalten. Dann tauchen, klein wie Spielzeugschachteln aussehend, ein paar Hütten auf, die sich in ihrer Niedrigkeit nur schwach am Horizont abzeichnen. Der Konvoi läßt anhalten und kommandiert „Pause". Wie eine Schafherde hocken wir eng zusammengedrängt auf dem Steppengras. Jeder sucht den Schutz des Haufens. Auffallen kann schlimme Folgen haben. Eine Stunde wird wohl vergangen sein, als der zweite russische Konvoi mit dem Offizier wieder zu uns stößt. Deshalb mußten wir so lange Pause machen. Der Genosse Offizier hält es für notwendig, eine einschüchternde Ansprache zu halten, die wir uns frierend anhören: „Das Schwein, das flüchten wollte, ist unschädlich gemacht. Jeder, der abhauen will, wird unschädlich gemacht." Er unterstreicht seine Worte mit der Gebärde des Halsabschneidens. „Beim Aufbau in der sozialistischen Sowjetunion ist für solche Subjekte kein Platz. – Hat sich jemand zu beschweren?" – Schweigen – der Dolmetscher muß noch einmal fragen: „Wer sich beschweren will, soll es jetzt sagen." – Schweigen. – „Der soll es jetzt hier sagen!" – – – Als es auch nach dieser Aufforderung still bleibt, kommt das Kommando „dawei Marsch". Es dämmert schon leicht, als wir die Hütten erreichen und über die Dorfstraße hinaus wieder freies Gelände vor uns haben. Spät abends stehen wir vor einem großen schilfbedeckten Stall, der ohne Stacheldrahtzaun mit ein paar Nebengebäuden verloren mitten in der Steppe steht. Eine Tür öffnet sich knarrend, und heraus treten drei Russen, die unsere Begleiter erfreut begrüßen. Wie sich später herausstellt, ist es nur ein Russe und zwei „Hiwis" (Abkürzung für Hilfswillige), die auf russisch zurechtgemacht sind. Die Rotarmisten ziehen sich sodann in den Schilfstall zurück, während die zwei Pseudorussen aufpassen, daß die Schäfchen aus Tichorezkaja hübsch zusammenbleiben. Die Konferenz dauert nicht lange. Die diebischen Begleitelstern haben uns bestimmt ganz schön angeschwärzt und plausibel gemacht, warum sie einen Njemjez um die Ecke bringen mußten.

Die Empfangsworte des Kommandanten

Der deutsche Dolmetscher, der schon hier war, als wir angekommen sind, übersetzt mit einem solchen Brustton der Überzeugung, daß man direkt glauben könnte, er sei selbst ein Russe: „Im faschistischen Heer habt ihr die friedliche Sowjetunion überfallen, ausgeraubt und Millionen ihrer Bürger ermordet. Nicht alle Deutschen sind schlecht, aber die meisten Deutschen sind schlecht. Ihr seid hier zur Wiedergutmachung am sowjetischen Volk – nje robotti, nje kuschit!" Nach jedem Satz schiebt der Kommandant die Mütze ins Genick oder wieder nach vorne in die Stirn. Die übersetzten Worte quittiert er mit beifälligem Kopfnikken: „Prawelna tak."
„Wer nicht arbeiten will, kriegt kein Essen!"
„Prawelna tak." – Mütze ins Genick.
„Karoscho robotti, karascho kuschit!"
„Wer gut arbeitet, kriegt gutes Essen!"
„Prawelna tak." – Mütze in die Stirn.
„Wer meutert, zum Aufruhr hetzt, gegen die Disziplin verstößt oder faulenzt, kommt 25 Jahre in ein Arbeitslager!"
„. . . podom budet karascho robotti!"
„. . . dann wird er gut arbeiten können!"
„Prawelna tak." – Mütze noch tiefer in die Stirn.
„ – – ob welche Fragen sind?" – –
„Hier!!" – „tam!" sagt der Dolmetscher und zeigt mit spitzem Finger auf einen Mann, der barfuß angekommen ist. „Sto?" – was ist? – sagt der Russe überrascht. „Mir hoam die zwoa Post'n die Schuh' klaut, die Polinki zappzerapp, ponjemajesch? I brauch a Poar neie Schua, sunscht is aus mit karascho robotti ponjemajesch?" Der Bayer hat Mut! Wenn man aber im November in Rußland kilometerweit barfuß marschiert ist, dann sieht man schon zu, daß man wieder Leder an die Füße kriegt. „Ein Russe klaut nicht, du Idiot", belehrt der deutsche Dolmetscher den „Protestanten". „Du hast deine Schuhe verloren und wirst schon wieder welche kriegen. Was glaubst du, wenn ich dem Russen erzähle,

daß die Soldaten deine Schuhe geklaut hätten??" – „Hab dich nicht so!"
meckert's aus dem Haufen. „... Du bist vielleicht ein schöner Knall-
kopp!" – „Ihr wißt noch nicht, was die Zeit geschlagen hat", verteidigt
sich der Perewotschik. „Du weißt es aber, das sieht man dir an", gibt
einer erbost zurück. „Schdo, schdo, schdo", fragt der Russe stutzig.
„Schdo zappzerapp – sto klauen??" Er hat doch alles mitgekriegt und
tut aber reichlich scheinheilig. „Nitschewo", beschwichtigt der Dolmetscher, „der hat nur gesagt, daß seine Schuhe kaputtgegangen sind." – –
„Budet saftra utrom", antwortet der Kommandant, noch immer etwas
mißtrauisch.

„Morgen früh wirst du Schuhe bekommen!"

„Prawelna tak." – Mütze aus der Stirn.

Die Posten aus Tichorezkaja stehen ungerührt dabei und zucken mit
keiner Wimper. Wer von den bösen Deutschen würde auch wagen, zu
behaupten, daß ein Soldat der großen Roten Armee „zappzerappen"
würde? Nun, der Bayer hat es behauptet, aber der Dolmetscher hat es
nicht gewagt, richtig zu übersetzen. Die Deutschen haben das Maul zu
halten, zu arbeiten oder zu verrecken. Was und ob sie überhaupt etwas
zu fressen kriegen, wird der Towarisch Kommandant entscheiden. Der
läßt sich erfreulicherweise zu der Bemerkung hinreißen: „Dawei
spatj!" – schnell, geht schlafen! Es klingt aber so mißmutig, daß man
glauben könnte, es würde ihm direkt leid tun, die Deutschen schlafen
zu schicken. Daß es noch nicht soweit kommt, dafür sorgen die eigenen
„Kameraden". Diese Brüder wollen tatsächlich noch ihr Soll im Filzen
erfüllen, und sie tun es auch und mausen noch ein armseliges Häufchen
Kleinigkeiten aus uns 74 Mann heraus. Wer jetzt denkt, sich endlich
hinhauen zu können, hat sich wiederum getäuscht. Alle 74 Mann
müssen in die Steppe abrücken, um für sich Gras zu rupfen, das als
Schlafunterlage dienen soll. Man merkt sehr schnell, daß es sich mehr
um Kraut als um Gras handelt, was wir da im Dunkeln büschelweise
herausreißen. Mit einem kleinen Bündel „Matratze" unter dem Arm
geht es zurück ins Lager. Es herrscht die Meinung vor, daß wir hier so
richtig in die „Scheiße" hineingeraten sind.

Wir werden in den Stall eingewiesen

Erst als man sich an den trüben Dunst, den eine alte Funzel verbreitet, gewöhnt hat, erkennt man, daß der ganze Stall nur aus Schilfdach, ein paar Stützbalken, mit Lehm verschmierten Faschinenwänden und blankem, hartem Erdboden besteht. Mellein und Ludwig, zwei Kameraden aus der Pfalz, und ich, wir werfen unser bißchen Steppengras auf den Boden, kauern uns eng zusammen und legen Ludwigs Mantel quer über uns. Ich ziehe meine Feldbluse aus und lege diese unter. Der Boden ist elend kalt. Frierend dösen wir in den Morgen des ersten Tages im Kuhstall-Lager 422 Nowo Djetschokowka, 20 km nordwestlich von Tichorezkaja. Der Dolmetscher, „der weiß, was die Zeit geschlagen hat", macht auch den Wecker vom Dienst. Er gehört zu jenem Typus von Volksdeutschen, die sich wahrscheinlich freiwillig zur deutschen Wehrmacht gemeldet hatten und begeistert von gewonnenen Schlachten und Erfolgen glaubten, besonders gute Deutsche zu sein. Bei dem Zusammenbruch ging es ihnen nicht schnell genug, ihr ehemals deutsch schlagendes Herz zu verleugnen und ihr Pseudo-Deutschtum ablegen zu können. So sitzen diese Brüder in vielen Lagern an maßgeblichen Stellen, mästen sich an der kargen Verpflegung, spielen Dolmetscher, Brigadier oder Kommandant und führen nicht selten in diesen Funktionen ein brutales Regiment. Doch zum Glück gibt es auch andere, die gute Kameraden sind.

Der erste Tag im Kuhstall-Lager 422

„Aufsteh'n! – Los, aufsteh'n!" schreit der Dolmetscher in scharfem Ton in den Stall. Wie herbeigezaubert steht plötzlich ein Russe in der Unterkunft. Er postiert sich breitbeinig in die Mitte der Unterkunft und kommandiert andauernd: „Dawai bistrej!" – „Dawai bistrej . . .!" Ich rapple mich hoch und wische das Gras aus den Klamotten. Der Russe fängt an zu schimpfen. Hier ist es wohl das beste, schnellstens zu verduften. Die meisten traben auch gleich nach draußen. Wir müssen uns in Dreierreihen formieren. Geraume Zeit vergeht, bis alles steht, zumal einige Durchfall haben und gleich hinter der Schilfbaracke die Steppe düngen. Interessant wird die Sache, als plötzlich das Kommando „Im Laufschritt – marrsch, marrsch!" ertönt. Einige bleiben stehen, setzen sich aber doch in Bewegung, als der Russe wieder im Türrahmen erscheint. Wir sind keine 30 m gezuckelt, als Anton, so heißt der Dolmetscher, anhalten läßt und als Vorturner mit den Armen in der Luft herumfummelt. Was dabei herauskommt, ist nicht viel. Einige scheuern sich die Platte, andere ziehen sich das Heu aus der Nase, und seitlich sitzen schon wieder ein paar Landser im Gelände und drücken an ihrem Bauch herum. Anton läßt auch bald wegtreten zum Essenfassen, und müde vom vielen Sport geht es zurück zum Stall. Der Russe ist außer Sichtweite, und ich nehme die Gelegenheit wahr, von Iwan, einem Bessarabiendeutschen, der schon 4 Wochen als Vorkommando hier ist, Näheres über unser Domizil zu erfahren. Der gemauerte Turm hinter unserem Stall dient als Rübensilo. Der Raum, in dem wir schlafen, hat noch ein „Sonderzimmer", in dem der deutsche Kommandant, Anton, Iwan und noch einer schlafen. Die erste Geige in diesem Triumvirat führt der deutsche Kommandant Hans Kopp, der einmal Volksschullehrer in Minsk gewesen sein soll. Einer, der sich alles erlauben kann, ist Anton der Stabsdolmetscher, von dem noch nicht einmal Iwan genau weiß, wo er herstammt. Iwan spielt so eine Art Magaziner, stammt, wie schon gesagt, aus Bessarabien, aber bei der Waffen-SS will er nicht gewesen sein. Und da wäre noch der Vierte zu erwähnen, Hans, der den Sanitäter markiert. Er hat mit dem Kommandanten nur den Vornamen gemein und steht relativ im Hintergrund. Seine Macht sollte sich erst noch zeigen. Dieses Führungsquartett nennt die dicksten „Kaschköppe" sein Eigen, und in ihrer Kleidung nehmen sie sich gegen uns Lumpengestalten wie wahre Kraftprotzen aus. Die kleine Hütte, die etwa 100 m vom Stall wegliegt, ist die Küche. Dazwischen ist die einzige Wasserstation, ein Ziehbrunnen, der schlecht schmeckendes, bräunliches Wasser liefert. Hinter dem Siloturm stehen zwei weißgekalkte Häuschen, die russische Kommandantura und gegenüber das Verpflegungsmagazin. Ein halb hochgemauertes Viereck in Richtung des Dorfes ist die noch nicht fertig gewordene Pforte des Lagers. Dort steht Tag und Nacht ein Posten. Das rechteckige Nebengebäude des Stalles ist etwa 15 m lang, ebenfalls schilfbedeckt und soll als „Lazarett" dienen. Iwan sagt, daß wir heute noch eine Latrine graben müßten, da noch mehr Landser hierherkommen würden. Weiteren Fragen entzieht er sich, indem er Anton, der die Küche anpeilt, auf russisch etwas zuschreit und dabei lacht, als gäbe es nichts Lustigeres auf dieser Welt als in diesem gottverdammten Stall leben zu dürfen.

Die Oktoberrevolution fällt für uns aus

Von den Feiern zum 28. Jahrestag der Oktoberrevolution haben wir gar nichts. Die Suppe ist wässerig und schal. Das bißchen Brühe ist undefinierbar und nur halb gekocht. Der ganze Fraß ist überhaupt nur lauwarm. Die Ursache soll im chronischen Holzmangel liegen. Weit und breit kein Baum und nichts anhaltend Brennbares zu entdecken. Ein Kommando muß weit hinaus, um trockene Sonnenblumenstengel zu finden, die dann in Bündeln mit hereingenommen werden müssen. Die Küche heizt ausschließlich mit diesem Brennmaterial. Das Kommando muß täglich gehen, sonst gibt es nichts Warmes in den hungrigen Bauch. Das kann ja im Winter heiter werden!

Ein im Lager verbliebenes Kommando hat die Latrine ausgehoben und einen Donnerbalken aufgebaut, der eigens für diesen Zweck per Fuhrwerk aus Tichorezkaja gekommen sein soll. Diese Grube ist etwa 150 Schritte vom Lager entfernt und liegt völlig ungeschützt im freien Gelände. Eine Russin, sie soll die Ärztin sein, hat die „Anlage" für gut und die geruchliche Entfernung vom Schlafstall als ausreichend befunden. Ein Landser, der mit einem Tirolerhut herumläuft und an einem Maiskolben nagt, meint: „Da können die Winde wehen, bis der Arsch einfriert." Er kaut auf seinem Mais, und bei dieser Bemerkung muß ihm wohl ein Körnchen herausgefallen sein, das er mit spitzen Fingern vom Boden aufnimmt und wieder dort hineinschiebt, wo es entsprungen ist.

Mit frisch ausgerupftem Gras versuchen wir, unser Lager auszupolstern. Diese Steppenpflanzen sind so scharfkantig, daß sich Schnittwunden an den klammen Fingern nicht vermeiden lassen. Das Essen, das diesen Namen nicht verdient, ist so erbärmlich minderwertig, daß man sowieso keine Lust verspürt, die noch spärlich vorhandenen Kräfte beim Herausreißen der zähen Pflanzen zu vergeuden. In Djetschokowka muß man sogar sein gerupftes Gras bewachen, denn ich mußte feststellen, daß bei zwei Gängen mein Nest nicht voller wurde. Erst als Mellein zurückbleibt und „Graswächter" spielt, gelingt mir eine Vermehrung meiner Unterlage, in die ich mich am Abend wie ein Feldhase hineinkuschle, um zu versuchen, darin warm zu werden. So liegen wir auf dem Boden, man hört nur raschelndes Gras und nervöses Kratzen in einer Blechbüchse. Anscheinend versucht hier einer, am Blech anhaftende Futterreste zu lockern. Einige Zeit später tritt Ruhe ein, und ich horche nach draußen, wo der Wind an der Hütte rüttelt und raschelnd über das Schilfdach fegt. Ein krabbelndes Etwas will in meinem Ohr Wärme suchen, und ich bin überrascht, wie das Tierchen knackt, als es mir zwischen die Finger kommt. In den weit verstreuten Dörfern und Kolchosen feiern die Russen anscheinend ihre Oktoberrevolution. Die hohen Tonlagen kreischender Frauen und grölender Männer fallen im Auf und Ab der Gesänge zusammen zum wilden Chorus, der, begleitet vom Pfeifen des Herbstwindes, weithin über die Steppe zu hören ist. Russische Rhythmen im November 1945, dem 28. Jahrestag der bolschewistischen Machtergreifung.

Vom Traum in die rauhe Wirklichkeit

Groß ist die Begrüßungsfreude zu Hause. – Vater singt russisch zur Gitarre, und Mutter läßt ihr Organ im hellsten Sopran ertönen. Sie stupsen mich in die Seite, umarmen mich und können es kaum fassen, daß ich wirklich zu Hause bin. – Grausam ist das Erwachen. Es sind nicht die Eltern, die mich da umarmten – Willy Mellein hat mich wachgerüttelt. Meine Eltern singen nicht, dafür tobt ein besoffener Russe in unserem Schlafstall herum. Es ist Towarisch Kommandant persönlich, der seinem Ärger ungehemmt Luft macht. Ich hocke im Moment wie betäubt in meiner Kuhle. Der Übergang vom freudigen Traum in die harte Wirklichkeit war zu kraß. Als ich aber sehe, daß der Bursche mit der gezogenen Pistole in der Hand herumfuchtelt, bin ich sofort hellwach und mache, daß ich nach draußen komme. Höchst erfreut über soviel Respekt bricht der Russe in schallendes Gelächter aus, bleibt aber im Kuhstall zurück. Er wird den Hundesöhnen zeigen, wer die Macht hat. Wir hören draußen Kochgeschirre poltern und Gefluche und warten, bis es unserem Herrn und Gebieter geziemt, seine „Faschisten" zu zählen. Der kalte Wind bläst durchs Gerippe, und ich habe Glück, daß ich gedeckt in der Mitte des Haufens stehe und nicht als Windfang im ersten Glied. Kopp, der deutsche Kommandant, und Anton, der Stabsdolmetscher, haben inzwischen auch schon gemerkt, daß sich etwas tut und sind aus ihrer Separatbude auf dem Plan erschienen. Kopp baut sich militärisch vor uns auf, und Schorsch, unser neuernannter Brigadier, meldet ihm den Verein. Anton geht in die Höhle des Löwen, um den Kommandanten herauszuholen. Im Seemannsgang kommt er endlich herausgetorkelt. Die Pistole hat er immer noch in der Faust. Da geschieht etwas Unerklärliches. Towarisch Kommandant reißt urplötzlich die Pistole hoch und knallt in die Luft, – herunter fällt ein flatterndes Federbündel, das aber schnell still liegt. Wir stehen und sind sprachlos vor Staunen. Ist das nun verblüffende Treffsicherheit oder bloß Zufall? Ohne groß erstaunt zu sein, betrachtet sich Genosse Kommandant sein erlegtes Stück, eine große Eule. Voller Stolz schwenkt er den Tierkadaver. – „Smotri Njemze“, sagt er, „so schießen russische Soldaten.“ In der Tat ist beachtlich, daß er diese in lautlosem Flug dahingleitende Eule in besoffenem Zustand heruntergeholt hat. – „Ras, dwa, tri, tschetere…“, jedem, an dem er vorbeigeht, bohrt er die Pistolenmündung in die Rippen und stiert in die Augen, als ob er prüfen wollte, wieviel Angst der einzelne bei dieser Aktion wohl entwickeln wird. Ohne daß nun noch etwas Besonderes geschieht, endet der Spuk so überraschend, wie er begann. Er wirft die Eule in unsere Reihen: „Da habt ihr was zu fressen – sewotnije Praßdnik – heut ist Feiertag!“ Dem Lagerführer Kopp tätschelt er kameradschaftlich auf die Schulter: „Gans (Hans), du prima Tschelowjek, drugije Njemze wsje scheiße!“ (= Hans, du bist ein prima Kerl, aber die anderen Deutschen sind Scheiße.) Der Russe mit dem schwankenden Gang und der sicheren Hand verläßt, friedlich bei Kopp eingehakt, den Schauplatz seines nächtlichen Auftritts.

Schlimmer können Horden wilder Affen an einem ganzen Tag nicht gehaust haben als ein besoffener Russe in zehn Minuten. Das Gras ist im ganzen Stall verstreut, Eßgeschirre zum Teil zusammengetreten oder verbeult, alles ist durcheinandergesetzt, und wohl dem, der seine Eßbüchse mit hinausgenommen hatte. Ohne häßliche Streitereien geht das Wiederherrichten des Lagers nicht ab. Wir haben fast gar nichts mehr, und wie es scheint, doch noch zu viel. Nur zwei Mann hocken befriedigt in einer Ecke und rupfen den erstaunlich fleischigen Leib der abgeschossenen Eule.

Überall Dreck und Schmutz

Die Tage ziehen ins Land. Sie sind düster, verregnet und dunkel. Es wird morgens spät hell, und schon am frühen Nachmittag weicht der kurze Tag der langen Nacht. Unsere dünnen Klamotten, die wir gezwungen sind, bei der Arbeit, im Lager und auch zum Schlafen zu tragen, werden überhaupt nicht mehr richtig trocken. Überall ist Dreck und Schmutz vorherrschend, an den Arbeitsstätten, den Anmarschwegen, im Lager und selbst in der Brühe, die man uns als Suppe vorsetzt. Das Brot ist naß, schlecht gesalzen und mit Spelzen und Maisschalen als Füllsel gespickt. Wir sind 123 Mann im Lager. Mitte November kommt ein Schub deutscher und ungarischer Offiziere dazu. Die „voll einsatzfähige" Lagerstärke beträgt 80 Mann. Die anderen kriechen mit Wasserbeinen, Schwellköpfen und schlecht heilenden Geschwüren auf einer Kolchose herum, um ihr Arbeitspensum unter sogenannten ermäßigten Bedingungen zu erfüllen. Die Anordnungen und Befehle unseres russischen Lagerkommandanten werden immer fataler. Kopp, sein deutsches Gegenstück, hat zum Glück auch gute Momente und kann manche „Prikass" umgehen oder zum Guten wenden. Anton, der Stabsdolmetscher, ist ein menschliches Chamäleon, das in seiner vielseitigen Wechselfärbung nur mit äußerster Vorsicht zu genießen ist. Iwan, der Volksdeutsche aus Bessarabien, hat zwar ein gutmütiges Bauerngesicht, quatscht aber mit Anton oft russisch, was ihn verdächtig macht. Vorsicht ist auch hier am Platze. Gehaßt werden sie aber alle. Es ist der Haß der ohnmächtig Hungrigen gegen die brutalen Satten, die ohne Hemmungen ihre in dumpfer Verzweiflung dahinvegetierenden Kameraden zu ihren eigenen Gunsten verleugnen, verraten und verkaufen.

Auf „Holzsuche" bei eisigem Wind

„. . . fünf, sechs, sieben, acht und du links raus." Kopp teilt die Arbeit ein. 25 Mann müssen zum Holzholen. Mit anderen Worten heißt das, auf den weiten Feldern, mit etwa 10 km Hin- und Rückmarsch, ohne etwas zum Essen bis zum Abend, alte verdorrte Sonnenblumenstengel abdrehen und als „Holz" mit ins Lager schleppen. Begleitet von einem Konvoi, machen wir uns auf den Weg. Ein eisiger Wind liegt uns im Rücken, und ringsum glitzern im kalten Sonnenschein die brillantweiß mit Rauhreif überzogenen krautigen Steppenpflanzen. Mit dem müden Schritt resignierender Arbeitssklaven schlurfen wir hinaus in die Steppe. Das „Dawai-dawai" des Postens beschleunigt unsere Marschgeschwindigkeit kaum. Richtungspunkt ist zunächst ein noch weit entfernter Strauch am Wege, der sich in der sonst baum- und strauchlosen Steppe wie ein kopfloser Schneemann ausnimmt. Wenn wir diesen Punkt passiert haben, sind es noch etwa zwei Kilometer bis zu den Feldern.

Die triefenden Nasen gefrieren zu spitzen Zapfen

Der Anmarschweg war so anstrengend, daß die meisten schon erschöpft sind. Gearbeitet wird bis zur Dämmerung, so lautet der Befehl. Wenn wir Glück mit dem Posten haben, werden wir uns wohl ein kleines Feuer anzünden dürfen, wo man sich ab und zu ein bißchen aufwärmen kann. Voraussetzung ist natürlich, daß der Kerl genauso friert wie wir, dann dürfte es schon klappen mit dem Feuer! Ich kann immer nur jeweils vier bis fünf Stengel ausreißen oder abknicken, dann muß ich schleunigst die Hände anhauchen und die Blutzirkulation durch Aneinanderreiben und Klopfen der Hände in Gang halten. Es ist erbärmlich kalt, und die triefenden Nasen gefrieren im Eishauch des Ostwindes zu spitzen Zapfen. Fünfundzwanzig vermummte, krumme Gestalten im storrigen, windübertosten Feld. Jedesmal, wenn ich mich bücke, rutscht mein viel zu kurzes Russenhemd aus der Hose, so daß sich die Kälte stechend auf dem entblößten Körperteil auswirkt. Deshalb gehe ich mit geradem Rücken in die Hocke, und dies alles nur deshalb, um zu vermeiden, daß der kalte Wind andauernd unter die

Klamotten zieht. In allem Unglück lacht mir doch das Glück des Gefangenen. Zwischen den verdorrten Stengeln entdecke ich ein paar abgeknickte Maispflanzen. Sie sehen unscheinbar und vertrocknet aus, aber bei vorsichtigem Entfernen der rauhreifig überzogenen Deckblätter zeigt sich doch noch ein verwertbarer, allerdings reichlich verkümmerter Maiskolben. Hungrig wie ich bin, esse ich die minderwertigen Maiskörner. Ein paar andere kauen auch. Mit unstet suchenden Blicken tasten sie die Blätter ab und peilen gierig durch das Gewirr der kreuz und quer stehenden Stengel.

Ein Flämmchen wird zur Flamme

Unser Posten scheint Gott sei Dank auch zu frieren. Es stellt sich aber heraus, daß der Soldat keine „Spitschkis" – Streichhölzer – bei sich hat. Da ist guter Rat teuer. Zum Glück hat einer von uns ein „Feuergerät" bei sich, und er versucht, durch Schlagen mit einem Stückchen Stahl auf einem natürlichen braunfarbigen Feuerstein Funken zu erzeugen, die in ein daruntergehaltenes Döschen mit Watte fallen und diese zum Glühen bringen sollen. Das gelingt dem geübten „Feuermann" auch relativ schnell; aber das Problem liegt nun darin, aus diesem minimalen Glühen ein Feuer zu entfachen, an dem sich 25 Mann und ein Posten wärmen können. Es zeigt sich, daß nur ein kleines Stückchen verknülltes Papier zur Verfügung steht. Durch Blasen wird mühsam versucht, die Glut in dem Döschen zu vermehren und mit Hilfe des hineingesteckten Papierchens ein Flämmchen zu erzeugen, mit dessen Unterstützung dann ein Feuer entfacht werden könnte. Als das bißchen Papier schon fast weggeglüht ist und unsere ganze Hoffnung auf ein wärmespendendes Feuerchen an ganzen 2 cm Papier und an ein paar Strohhalmen hängt – jawohl, wir klammern uns wirklich an Strohhalme –, da gelingt es! Zuerst ist es nur ein kleines unscheinbar zuckendes Flämmchen, geschützt von gut einem halben Dutzend auf dem Boden liegenden und gegen den Wind abschirmenden Landsern. Endlich wird das Flämmchen zur Flamme, und wir freuen uns über das Feuer, wie sich wohl die ersten Menschen nicht besser gefreut haben können. Mir selbst war noch nie so klar wie in diesem Moment, daß Feuer wirklich etwas elementar Heiliges ist. Der Russe freut sich mit uns und haut unserem „Medizinmann", der das Feuer gemacht hat, freudig auf die Schulter: „Wot karascho, otschin karascho Soldatt!" (= Du bist ein sehr guter Soldat.) Das Eis ist gebrochen. Wir tragen Stengel für Stengel zum Feuer, und der Posten erlaubt sogar, daß wir noch ein zweites Feuer legen. Es ist eine unbeschreibliche Wohltat, Wärme zu verspüren. Die Rauchwolken unserer Feuer liegen schräg im Wind. Ein alter russischer Viehhirte taucht aus dem Stengelgewirr auf und stellt sich zu uns an das Feuer. Seine Herde besteht aus ein paar mageren Kühen und ein paar struppigen Pferdchen, die mal hier, mal dort am Kraut zupfen oder sich – wahrscheinlich laut Plan – den stehengebliebenen Mais einverleiben müssen, soweit ihn die Plennis noch nicht gegessen haben. Die bisher gebrochenen Sonnenblumenstengel schleppen wir neben das Feuer. Der Posten hockt sich windgeschützt hinter den entstehenden Haufen und hält seine Hände über die Glut. Wir ziehen das Herantragen in die Länge und können so immer ein bißchen Wärme erhaschen, obwohl der flach über den Boden fegende Wind unerbittlich zeigt, daß er das dominierende Element ist. Der Posten sieht, daß ein paar Mann von uns ihre Füße nur mit Lumpen umwickelt haben. Sicher hat er dies auch schon vorher bemerkt, aber im allgemeinen nehmen die robust-primitiven Posten davon absolut keine Notiz. Um so mehr ist verwunderlich, daß unser Posten, der genausowenig einen zartbesaiteten Eindruck macht wie seine Kameraden, veranlaßt, daß diese „Lumpenfüßler" sich an das Feuer stellen dürfen. Wir staunen ob dieser Menschlichkeit. Da kenne sich einer in der unergründlichen russischen Seele aus! Der Rotarmist scheint am Feuer förmlich aufgetaut zu sein und macht keinen üblen Eindruck. Nach einer länger dauernden „Feuerpause" schickt er auch die „Lumpenfüßler" wieder an die Arbeit, aber immerhin, sie haben doppelt so lange wie wir anderen von der köstlich wohltuenden Wärme naschen dürfen.

Durch den Verzehr der frostkalten Maiskörner und Sonnenblumenkörner rumort es in meinem Bauch. Ein dichtes Gewirr von Stengeln scheint mir die richtige Stelle zu sein, den frostigen Darminhalt ins Freie zu setzen. Das Abgeprotzte unterscheidet sich kaum von danebenliegendem Pferdemist. Ein armseliges bißchen Magenfüllung, ob vom Menschen oder vom Tier, das ist nicht auf den ersten Anblick festzustellen. Auf diesem Feld suchen beide das gleiche, und wir

Kriegsgefangene haben mit dem weidenden Kolchosenvieh noch so manches mehr gemeinsam: Beide sind wir gleich hungrig, gleich knochig abgemagert, und beide haben wir einen Aufpasser, damit wir nicht abhauen.

Gespenster unterwegs

Meine Knochen schmerzen, und ich bin sehr müde. Wenn wir nur erst wieder „zu Hause" wären. Man müßte vergessen können, daß wir kein „Zuhause" haben. Dort im Kuhstall ist die verdammteste Ecke auf Erden, die, bevölkert von bleichen Männern mit dürren Körpern, eingefallenen Wangen und tief in den Höhlen liegenden Augen, den Begriff der Hölle spüren läßt.

Es dämmert schon, als der Posten durch einen Schuß in die Luft kundgibt, daß sich seine Gefangenen zu sammeln haben. Jeder hat sich mit dünnen, biegsamen Stengeln ein Bündel zusammengedreht. Der Rest bleibt auf Haufen liegen und soll von der Kolchose mit dem Ochsenwagen geholt werden. Tief nach vorne gegen den Wind gebeugt, kaum bewußt, daß man sich bewegt, stapfen wir mit unserem Bündel in Richtung Kuhstall. Der Konvoi muß öfter anhalten lassen, um die auseinandergezogene Brigade wieder so einigermaßen auf Vordermann zu bringen. Ein Ungar im zerschlissenen, braunen Uniformmantel wankt schwankend als letzter gegen den Wind, der nicht nur von Osten kommt, sondern aus allen Ecken bläst und von allen Seiten wie mit Zentnerlasten gegen uns zu drücken scheint. Zäh und verbissen stemmen wir uns gegen die Gewalt der eisigen Windwirbel. Mund und Nase habe ich mir mit einem alten Fußlappen zugebunden und das Sommerkrätzchen tief in die Stirn gezogen. Mein Bündel wechselt von dem einen zum anderen Arm, weil es wohl kaum länger als fünf Minuten ohne Handschuhe geschleppt werden kann. Die eine Hand muß immer in der Tasche vor der Kälte geschützt werden, während die andere das Bündel unter dem Arm festhält, bis diese wieder eiskalt ist, dann bekommt die andere wieder das Bündel – ein elender Rhythmus, aber notwendig, wenn man sich die Hände nicht erfrieren will. Wie graue storrige Gespenster rudern wir im fahlgelben Licht des Vollmondes mit unserem Bündel in Richtung Unterkunft.

Als ich die Stengel vor der Küchenhütte endlich abwerfen kann, fühle ich mich sehr erleichtert und freue mich fast auf den Gestank in dem Stall. Noch eine ganze Weile warten wir, bis auch der letzte Holzholer im Ziel eingetaumelt ist. Der Ungar ist der letzte. Er ist fix und fertig. Seine Nase steht ihm auch schon sehr spitz im Lehmgesicht, in dem müde ein von der Atemluft vereister Schnurrbart hängt. Armer Madjar, dich möchte ich nicht sein, denn bei deinem Aussehen kann man dir keine große Chance zum Überleben mehr geben.

Nowo Djetschokowka kennt keinen Tag und keine Nacht

Im Kuhstall angekommen, stellen wir erstaunt fest, daß die anderen Kommandos noch gar nicht da sind. Wir sind die ersten und dachten, die letzten zu sein. Kaum sind wir in der Bude, da taucht auch schon Anton auf und sucht Leute zum Arbeitsdienst. So unauffällig wie möglich drücke ich mich in meine Kuhle und mache mich dünn – dünner – am dünnsten. Mein Bemühen ist von Erfolg begleitet. Sechs Mann hat es erwischt, die mit hängenden Köpfen und nach einigem Widerstreben den Stall verlassen, um erneut irgendwo arbeiten zu müssen. Nowo Djetschokowka kennt keinen Tag und keine Nacht. Wir sind es auch gewohnt, zu jeder Tages- und Nachtzeit gezählt zu werden, ganz wie es den Russen beliebt. Als ich nach einem dieser mitternächtlichen Zählappelle in der erst dann verteilten, mäßig warmen Brühe die Erbsen zähle, komme ich auf ganze neun Stück, und trotz intensiver Suche läßt sich die zehnte nicht finden.

Krasse Temperaturwechsel beim Kommando Ziegelei

Das Wetter wird immer schlechter, tagelanger Wind, der eisige Kälte mit sich bringt, wird von Schneestürmen abgelöst, und die Temperatur fällt von minus 15 bis minus 25 Grad. Das flache ebene Land breitet sich weiß verweht vor uns aus, und die Sonne hängt wie eine mattweiße Kugel im Schneetreiben. Diese weiße Endlosigkeit kann man nur aus schmal zusammengekniffenen Augen erfassen. An verschiedenen Stellen ist der Steppenboden blankgefegt, und körnig gefrorener Schnee treibt in der Luft und sticht nadelscharf ins Gesicht. Auf dem Weg zur Arbeitsstelle „Ziegelei" müssen wir mit dem Rücken zum Wind oder seitlich gedreht gegen das Stürmen angehen. Wenn der Wind frontal auf das Gesicht prallt, stockt der Atem, und es wird nahezu unmöglich, Luft zu schnappen. Der Anmarsch wird zur Tortur, und in unseren dünnen alten Wehrmachtsklamotten werden wir bis auf das Mark ausgeblasen. Nachdem wir es endlich geschafft haben, drängen wir uns sofort in unseren schneeverkrusteten Uniformen zähneklappernd in die Kammern der Brennöfen. Der russische Meister läßt uns nicht viel Atem schöpfen und beginnt unverzüglich mit der Arbeitseinteilung. Mit anderen werde ich zum Ascheausfahren aus den Brennkammern eingeteilt. Noch weiß ich nicht, daß dies eine Arbeit ist, die den Keim des Todes in sich trägt. In Tunnelöfen werden bei einer Brenntemperatur von über 1000 Grad Celsius die Formlinge acht – zehn Tage lang gebrannt. Wenn dann die Kammern geöffnet werden, muß die Asche raus. Für jeweils vier Mann bedeutet das alle drei Minuten eine Schubkarrenfahrt mit glühender, pulverig feiner Substanz aus höllischer Hitze in eisige Kälte. Bei diesem krassen Temperaturwechsel platzen mir schon während der ersten Arbeitsstunden die Hände auf. Wenn ich mit schweißnassem Hemd erhitzt die Kammern verlasse, stößt sich der Wind an der Ausfahrt und erfaßt mit kaltem Hauch den glühenden Karreninhalt. Die ohnehin zerlumpte Kleidung stinkt versengt von herangewirbelten Glutstückchen, und es wird zum stechenden Schmerz, wenn der Wind die Glutasche auf die Haut bläst. Alle fünf Schubkarren wechseln wir uns ab. Zwei fahren und zwei laden die Karren: „Keiner soll schwitzen, ohne zu frieren." Es ist der Atem des Teufels, der uns hier anfaucht. Ein giftiges Gemisch aus Feuerglut und eisiger Starre.

Der Tod des Kameraden Weiß

Drei Tage arbeite ich schon in diesem Krematorium. Mein Arbeitskamerad Weiß, Caféhausbesitzer aus Wien und schon um die fünfzig herum, arbeitet schon seit vier Wochen hier. „I komm eh nimmer z'haus", ist seine ständige Redensart. „Warum soll'n die andern au noch verderb'n, wenn i eh schon fühl, daß es mit mir bald aus ist." Er

185

fährt manchmal freiwillig zehn Karren mehr und läßt mich „Kind", wie er zu mir zu sagen pflegt, „am Feuer – in der Wärm'": „Daß dü net au no verkühlst wie i! Bist grad so jung wie mei Tochter – –." Trotz seines verwilderten Bartes und seiner fiebrig glänzenden Augen hat Weiß ein gütiges Gesicht. In der bestimmt schlimmsten Situation seines Lebens hat sich Weiß nicht fallen lassen, er ist Mensch geblieben, und ich spüre bei ihm etwas von väterlicher Güte. Weiß hat es vorausgeahnt. Wenige Tage später bleibt er arbeitsunfähig im Lager. Er hustet sich fast die Lunge aus dem Hals, und als ich mich abends zu ihm setze, drückt er mir nur die Hand, ohne zu sprechen. Am folgenden Morgen ist Kamerad Weiß tot. Zwei Mann schleppen den noch nicht starren Körper in die Seitenbaracke. Im stillen schwöre ich mir, wenn ich jemals nach Hause kommen sollte, mein Möglichstes zu tun, seine Frau und Tochter zu ermitteln, damit ich ihnen berichten kann, wie dieser Mann gestorben ist. Merkwürdig ist, daß er, der schon immer davon sprach, bald zu sterben, keine Adressen seiner Angehörigen hinterließ oder jemanden übergeben hatte. Alles, was man bei ihm fand, waren ein kleines Muttergottesmedaillon und ein Bleistiftstummel. Zu mir hatte er nur einmal beiläufig gesagt, daß er in Wien ein Caféhaus besessen habe.

Meine aufgesprungenen Hände sind ein schlimmes Übel, aber dieses Übel ist mir behilflich, aus dem Krematorium zu kommen. Meine neue Einsatzstelle ist die Aufbereitungsanlage der Ziegelei. Diese ist in einem alten, barackenähnlichen Raum untergebracht. Dort ist es nicht gerade warm, aber immerhin ist man keinen extremen Temperatur-schwankungen ausgesetzt, die leicht mit einer Lungenentzündung beginnen und mit dem Tode enden. Der Österreicher Pavlek fällt in einer der Kammern direkt in die Glut. Man schleppt ihn zurück ins Lager, aber er kommt nur noch tot an. Ein Ungar, der die Glutkarre draußen umkippen will, strauchelt und bleibt liegen. Als die anderen nach ihm sehen, liegt er bewußtlos über der Karre. Weiß bekam zum Schluß in drei Tagen den Rest. Man fragt sich unwillkürlich: „Wie lange werden wir noch brauchen?"

Vaselinsalbe und Maschinenöl sind die einzigen „Medikamente"

Nachts liegen wir, aneinandergedrängt wie Polarhunde, im großen Schlafstall. Trotzdem will kein wärmender Mief aufkommen. Mein Körper ist übersät mit kleinen eitrigen Pickeln, die vielfach so angeschwollen sind, daß man sie schon als Furunkel bezeichnen muß. Der eitrige Ausfluß dieser schwärenden Geschwüre macht die Unterwäsche hart und steif, so daß diese erst recht keine wärmende Funktion mehr ausüben kann. Im Nebenbau ist ein Lazarett eingerichtet worden. Nur abgeteilt durch eine mit Lehm beworfene Schilfwand, soll der Raum die Kränksten der Kranken aufnehmen. Wer dort landet, ist fertig. Die unsichtbare Losung über der Eingangspforte könnte sehr wohl lauten: „Laßt jede Hoffnung draußen." Schon längst ist bekannt, daß Vaselinsalbe und Maschinenöl (!!!) die einzigen „Medikamente" sind, die dort verordnet werden können. Mit dem Bescheid zur Einlieferung ist das Schicksal schwerkranker Kameraden bei den zur Verfügung stehenden Mitteln schon nahezu entschieden.

Katastrophale Zustände

Oft entstehen abends im großen Schlafstall Streitereien über die Stehplatzverteilung am Ofen. Dieses noch nie heiß gewordene gemauerte Unikum ist immer dicht umstellt, und wer wenigstens etwas Wärme verspüren will, muß sich für die Nacht schon seinen Platz in Ofennähe erkämpfen. Mellein, Ludwig und ich bilden ein Dreierkollektiv mit gemeinsamer Schlafkuhle. Ludwig scharrt fast die ganze Nacht an sich herum. Er hat von uns dreien die Krätze am schlimmsten. Zwischen den Fingern haben sich schon eklig rötlich gefärbte Krusten gebildet, und in den Gelenken ist schwärende Nässe. Lazarus kann nicht schlimmer ausgesehen haben. Wenn man ein bißchen warm wird, beginnt das große Jucken. Bei mir wird das noch vermischt mit Schmerzen, und am wohlsten ist mir, wenn ich auf dem Bauch liege. Am Gesäß und linken Oberschenkel sind die Furunkel am stärksten ausgebreitet. Mellein ist noch der munterste von uns dreien, bis auf die

Augen, die laufend gerötet sind und ein gelbwässeriges Sekret absondern. Wir sind aber wahrlich alle drei nicht besonders hübsch anzuschauen, denn langsam und systematisch baut der Körper ab.

Von den Ungarn wurde einer ins Lazarett eingeliefert, dem beim Schilfkommando Nase und Ohren abgefroren waren. Eine „Maurerbrigade", ausnahmslos aus Ambulanzkranken mit Erfrierungen II. Grades bestehend, richtet im Nebenbau, anschließend an das Lazarett, eine neue Unterkunft her. Diese hat nur ein Drittel der Größe des bisherigen Schlafstalls, und dort soll wohl die fehlende Wärme durch die Dichte des Zusammengepferchtseins und den sich dadurch ergebenden Dunst ersetzt werden. Heizung nach russischem Patent.

Badespuk in der Banja

Wenn wir „Baden" und „frische" Unterwäsche empfangen, spielt sich das folgendermaßen ab: In Einheiten zu je 20 Mann wird abgerückt, um in der drei Kilometer vom Kuhstall-Lager entfernten Badehütte seinen Dreck loszuwerden. Vor der Hütte müssen wir noch warten, weil die Vorgruppe noch nicht fertig ist. Man steht vor der Tür, trippelt auf der Stelle und schlottert vor Kälte, bis endlich die Zeit gekommen ist und zwanzig Mann frierend hinaus und andere zwanzig frierend hineindrängen. Der Baderaum ist etwa 10 qm groß. Man stelle sich zwanzig Mann auf zehn Quadratmetern vor. Die Klamotten müssen zur Entlausung abgegeben werden, die Unterwäsche wird ausgezogen und auf einen Haufen geworfen. Wir stehen nackt auf blankem Steinboden, der in der Nähe der Eingangstüre, verursacht durch einen breiten Spalt, glattgefroren ist wie eine Eislaufbahn. Die Decke der Badekate ist dort auch mit bizarren Eismustern überzogen, und der Wind drückt durch die breite Bodenspalte in den Raum hinein. In der Bude, in der wir nackt zusammengedrängt auf unsere Wasserkübel warten, ist es so kalt, daß man seinen eigenen Atem sieht, so stark, daß man glauben könnte, man würde Zigarettenqualm durch die Gegend blasen. Wer noch keine Krätze oder Furunkulose hat, wird sie hier durch Hautkontakt unweigerlich bekommen! Für fünf Landser gibt es je einen Holztrog, der mit 10 Liter heißem Wasser gefüllt ist. Der halbdunkle, von nur zwei Petroleumlampen notdürftig erhellte

Raum ist vom Dunst des heißen Wassers und dem penetranten Gestank unserer dicht an dicht gedrängten, im Lager völlig verdreckten Körper angefüllt. Wenn man sich so gegenseitig betrachtet, erschrickt man voreinander, und was bleibt, ist Ekel vor sich selbst.

Die „saubere" Wäsche wird mit neuen hungrigen Läusen geliefert, und der Banjaoberplenni versichert, daß diese anhänglichen Tierchen selbst durch Kochen der Wäsche und tagelanges Hängenlassen in der eisigen Kälte nicht aus der Wäsche zu kriegen seien.

Der kalte Badespuk dauert im allgemeinen nicht länger als eine Viertelstunde. Doch bis jeder auf den 10 qm seine Klamotten aus dem angeblich entlausten Lumpenhaufen, der aus einer Kammer zwischen uns geworfen wird, herausgerafft hat, vergeht eine Menge Zeit. Die nächste Gruppe steht schon wieder eine Weile vor der Tür und poltert um Einlaß. Es fallen böse Worte, als diese Plennis erst jetzt erfahren, daß kein warmes Wasser mehr da ist und sie erst morgen wieder drankommen können. So marschieren Alt- und Neudreckige gemeinsam zurück ins Lager. Wenn man in den Neubau einziehen will, muß man erst durch die Banja gegangen sein, und so kommt es, daß die neue Unterkunft erst nach drei Tagen voll belegt ist, nachdem alle Landser sich in dem getauten Schneewasser der Banja ihren Dreck etwas angefeuchtet und sich ihre gemeinsame Infektion mit den verschiedenartigsten Hautkrankheiten geholt haben.

Den Schlaf des Gefangenen schläft in Djetschokowka niemand allein

Der Erdboden in der neuen Unterkunft ist zwar beiderseitig mit frisch aneinandergebundenen Schilfmatten belegt, aber unter diesem Belag hocken zu Tausenden ausgehungerte Flöhe und warten begierig auf „gebadete" Blutspender. Da ich einer der ersten Gebadeten war, komme ich in die Offizierssecke zu liegen. Der Zufall will es, daß ich neben dem ältesten Kriegsgefangenen unseres Postens zu liegen komme, dem 64jährigen Major de Bra. Des Nachts liegen wir dicht wie die Ölsardinen in der Büchse zusammen, und wir sind zwangsläufig gezwungen, zur gleichen Zeit mit den andern die Schlafseite zu wechseln. Wenn einer hinaus muß, schließt sich geradezu automatisch

189

die entstandene Lücke, und wenn er wieder hereinkommt, wird er sich meist in den Gang zwischen den beiden Schilfschlafseiten hinhauen müssen, denn er wird sich schwerlich wieder an seinen alten Platz zwängen können. Diejenigen, die wissen, daß sie in der Nacht oft hinaus müssen, bleiben deshalb oft schon im Gang liegen. Viele müssen 15- und 20mal urinieren oder haben ruhrartigen Durchfall, und man kann es ihnen fast am Gesicht ablesen, wie lange sie das noch aushalten werden. Bei der relativ weiten Entfernung des Donnerbalkens von der Unterkunft läuft in der Nacht und bei der Kälte keiner bis dorthin. Deshalb wird gleich hinter der Baracke die Notdurft verrichtet, und wenn es nicht darauf geschneit hat, sieht diese windgeschützte Stelle am Morgen ekelerregend aus. Die Tür ist immer mit Eis beschlagen, sowohl von außen als auch von innen. Der andauernde Wirbel der Kalt- und Warmluftmassen läßt den Reif an den Eingangswänden wachsen. Diese Plätze an der Tür will niemand einnehmen, zumal sich der Reif an der Wand oft in Klumpen löst und auf die Darunterliegenden fällt.

Mit Panjepferden unterwegs

Der russische Kommandant, einige Zivilisten, die Plennis zum Roboten haben wollen, und die deutschen „Hiwis" stehen vor dem Glied der zum Zählappell angetretenen Gefangenen, um die Arbeit des Tages „gleichmäßig" zu verteilen. „Wer versteht etwas von Gäulen?" will Iwan, der Perewotschik, von uns wissen. Einige melden sich, ich hebe so ziemlich zuletzt den Arm. „Komm raus", sagt Iwan zu mir, und so kommt es, daß ich Pferdekutscher werde. Iwan mit seinem Propusk (= Freigängerschein) und ich stapfen wenig später allein durch den Schnee in Richtung Dorf. In der Mitte des Dorfes befindet sich nämlich die „Konskizentrale" – Pferdestation – der Dorfkolchose Djetschokowka. Iwan zeigt dort ein Schriftstück, einen Prikass vor, und dann gehen wir in den Stall und ziehen zwei ruppige kleine Racker aus dem Verschlag, die wir vor einen Panjeschlitten spannen. Damit fahren wir im Zuckeltrab zur Ziegelei. Unser Auftrag lautet, Ziegelsteine von dort ins Lager und zum Dorfmagazin zu transportieren. Von Iwan erfahre ich, daß vor der Tür unserer Unterkunft Windfangmauern erstellt werden sollen. Auf meine Frage nach Ausgabe der Winterkleidung antwortet er nur, daß er auch noch nichts darüber bei den Russen gehört habe. Ihm wird es auch egal sein, denn er ist ja relativ gut auswattiert. Bis Mittag fahren wir sechs Touren zum Lager, dann anschließend noch vier ins Magazin. Unterwegs begegnet uns ein altes Mütterchen mit einem Bündel Holz. Wir halten an und laden die alte Frau auf. Sie freut sich sehr darüber, und wir kommen mit ihr auch gleich ins Gespräch. Als ihr gewiß wird, daß wir Plennis sind, nimmt sie sehr Anteil an unserem Geschick und schüttelt andauernd den Kopf, wenn sie mich ansieht. „Mama pisal – Papa pisal?" – „Ob deine Alten schon geschrieben haben", übersetzt Iwan die Frage der Madka. „Njet", antworte ich, worauf sie wieder den Kopf schüttelt und ihr altes zerfurchtes Gesicht in nachdenkliche Falten legt. Ihre mitfühlende, ungekünstelte Anteilnahme inmitten dieser gnadenlosen Umgebung berührt mich sehr. Iwan unterhält sich noch mit ihr, dabei kommt heraus, daß sie auf ihren Sohn wartet, der 1943 das letzte Mal geschrieben und von dem sie bis heute nichts mehr gehört habe. Das Mütterchen schlägt ein doppeltes Kreuzzeichen, als sie den Namen ihres Sohnes erwähnt, und ihr Blick verliert sich irgendwo in der unendlich scheinenden Weite der weiß verschneiten Asowschen Steppe. Wir fahren noch ein kleines Stückchen, als sie zu verstehen gibt, daß sie nun absteigen müsse. Sie bedankt sich mit „bolschoij spassiba" (= Großen Dank), drückt uns beiden die Hand und verschwindet mit ihrem Holzbündel in der aufkommenden Dämmerung.

Ich halte die Zügel und schnalze mit der Zunge, während Iwan den mageren Gäulen eins übers Fell haut. Die Steppen-Ponys wetzen, daß der Schnee stiebt, und ich komme mir vor wie ein alter Kosak. Wir fahren noch zwei Touren ins Magazin, dann wird es ziemlich rasch dunkel, und wir bringen unser Gespann zurück in den Stall. „Stall" ist eigentlich geschmeichelt, denn die Pferde stehen nur in einem überdachten Bretterverschlag, der völlig offen ist und als Abstellraum für 18 mehr oder minder geschundene Tiere dient, die in struppiger Magerkeit, mit einem Strick angebunden, die Balken vor Hunger schon dünn geknabbert haben. Eine mollige Wärme, wie ich sie seit Monaten nicht mehr kenne, empfängt uns, als ich mit Iwan das Kontor des Roßnatschalniks betrete, um uns zurückzumelden. Der Mann ist, ganz im Gegensatz zu seinen Pferden, überfüttert und von beträchtlicher

Rundlichkeit. Aus zwei listigen, tief im Fett schwimmenden Äuglein wirft er giftige Blicke auf uns. Iwan macht seine Meldung und redet auf den Dicken in so perfektem Russisch ein, daß man glauben könnte, er sei selbst ein Ureinwohner. Uninteressiert glotzt der Dicke an ihm vorbei und fixiert mich spöttisch und geringschätzig von oben bis unten. Mit einer zu seiner Körperfülle gar nicht passenden Fistelstimme redet der Schwammbuckel in befehlendem Tone. Ich verstehe nur Bruch-stücke seines Redeschwalls, und mit einem zischenden Pfeifton, genau-so, wie man etwa einen Hund wegjagen will, zeigt er mit seinen ausgestreckten Wurstfingern nach der Tür, und Iwan assistiert ihm geflissentlich, indem er mir verharmlost zu verstehen gibt, was der Dicke überhaupt will: „Du sollst draußen warten!" Das ist es also. Ich bin dem Roßnatschalnik zu dreckig, habe keine Kultura und deshalb muß ich raus. Ich drücke mich zu den klapprigen Gäulen und vertrete mir die naßkalten Füße. Mir wird einmal wieder so richtig klar, wie heruntergekommen wir sind, und in mir regt sich nichts, was dieser Erkenntnis widersprechen könnte.

Die „Musik" der Blechbüchsen

Rum-tum-tum, rum-tum-tum, rum-tum-tum, tönt das Gestampfe aus vielen Blechbüchsen, in denen die Landser vom Kolchosenkom-mando Maiskörner mit allen möglichen und unmöglichen Gegenstän-den zerkleinern. Wie Zulukaffern im Kral hocken sie auf dem Boden und zermantschen den „Kukuruz", den sie auf ihrer Arbeitsstelle aus den Futterkrippen der Ochsen geklaut haben. Jeder der Stampfer ist bemüht, seine Körner so schnell wie möglich kleinzukriegen, um den anderen bei dem Aufstellen auf dem kleinen Stückchen Ofenplatte zuvorzukommen. So ist es auch weiter nicht verwunderlich, daß die ganze Nacht der Ofen belagert ist und die Köche mit argwöhnischen Augen scharf die Platte beobachten, auf denen ihre Büchsen stehen. Man kann zu jeder Nachtzeit einen dieser Selbstversorger mit damp-fender Büchse im Gang sitzen sehen, wo sie gierig den halbgaren Mais hinunterschlingen. Anderen begegnet man draußen im Schnee, wo sie mit dünnem Gefurze und leidenden Zügen den Brei fast unverändert wieder von sich geben. Das Gestampfe in den Blechbüchsen wird zur

Bild links: Tschechische Aufständische im Mai 1945.

Bild unten: Eine tschechische Partisanen-Gruppe in Halbuniform oder typischem Räuberzivil. (Foto: Archiv)

Bild rechts: Ein asiatischer Rotarmist wird hier durch die Prager
Straßen getragen.

Bild unten: Ankunft der Sowjet-
armee in Prag im Mai 1945.
(Fotos: Archiv)

Bild links: Tschechische Svoboda-Gardisten im Mai 1945. Ihr verbrecherisches Wüten brachte unzähligen Deutschen Not, Elend und Tod. (Foto: Archiv)

Bild unten: Mit dem „Deutschen Gruß" werden zusammengetriebene Deutsche in Prag durch die Straßen gejagt. Am Ende steht meist der Tod. (Foto: Archiv)

Bild oben: Zusammengepfercht auf US-Studebaker-Armeelastkraftwagen werden im Mai 1945 Zehntausende deutscher Kriegsgefangener von den Amerikanern an die Rote Armee ausgeliefert, und es beginnt der lange Marsch der Armee Schörner (Bild unten), quer durch Böhmen, in die sowjetische Kriegsgefangenschaft. (Foto + Zeichnung: Archiv)

Begleitmusik in Djetschokowka. Das ändert sich allerdings, nachdem zwei unvorhergesehene, aber vorauszuahnende Ereignisse eintreten.

Ein Zugochse bricht zusammen

Zwei Russen und vier Plennis fahren mit einem Doppelgespann Ochsen mühsam über das verschneite winterliche Land. Mit fast aus den Höhlen quellenden Glotzaugen quälen sich die Tiere keuchend durch die stellenweise hohen Schneeverwehungen. Die Ochsen ähneln wandelnden Gerippen, und an ihren weit hervortretenden Beckenknochen könnte man unbesorgt seine Klamotten aufhängen. In einer stark verwehten Mulde sind die dürren Ochsen mit ihrer Kraft am Ende. Das Vorgespann bricht nach mehrmaligen Versuchen durchzuziehen zusammen und ist auch durch Schläge und Tritte nicht mehr auf die Beine zu bringen. Das eine Tier streckt lang den Kopf in den Schnee, und so wie der rasselnde Atem stoßweise die Lungen verläßt, sickert Blut in dünnen Linien aus dem Maul. Das kann allerdings nicht verhindern, daß ein Russe mit rohen Tritten an den Hals des zusammengebrochenen, entkräfteten Tieres versucht, es doch noch hochzubringen. Das brutale Bemühen bleibt natürlich ohne Erfolg, die Ochsen liegen im Schnee, und der Hals des einen wird immer länger. Rhythmisches Schlagen mit den Beinen verstärkt den Blutstrom aus dem Maul, und man erkennt, daß es mit diesem Ochsen aus ist. Mit einem Klappmesser sticht ein Russe in die Halsschlagader, und dampfend rinnt das letzte bißchen Leben aus dem Gerippe und färbt den Schnee unter dem Kopf dunkelrot. Die im Lager arbeitende Maurerbrigade wird zur Verstärkung herangeholt und wuchtet das Fuhrwerk aus dem Schneeloch. Mit Hilfe brennender Schilfbündel, die sie dem zusammengebrochenen, noch lebenden Ochsen unter den Schwanz halten, bringen sie diesen wieder ruckartig auf die Beine. Der solchermaßen angefeuerte und angesengt riechende Ochse schafft den Rückweg nur schwankend mit Schubhilfe der Plennis, während das Zweitgespann den zwei Minuten vor seinem natürlichen Ende abgestochenen Gefährten zur Kolchose zurückzieht. Die ordinärsten Flüche des Kolchosniki prasseln auf den Gespannführer ob solcher nichtsnutziger Ungeschicklichkeit wie Platschregen hernieder. Die Russen bleiben dem Natschalnik nichts schuldig und bemerken, daß von dem albernen Geschwätz den Ochsen auch kein Fett zwischen den Rippen wachsen würde. So tappen sie erregt und gestikulierend um die Tiere herum, doch sollte an diesem Tage noch keiner ergründen, warum die Kolchosenochsen von Djetschokowka so entkräftet sind.

Mais – die Währung der Plennis

„Rum-tum-tum, rum-tum-tum . . .“ Das Blechbüchsengestampfe in der Unterkunft verstärkt sich in den folgenden zwei Nächten, denn die Ochsen scheinen Sonderrationen bezogen zu haben. Mais ist die Währung der Plennis in Djetschokowka und manche letzte Habseligkeit wechselt gegen eine Handvoll gelbe Körner ihren Besitzer.

Die Fütterung der Kolchosenochsen ist gegen acht Uhr morgens. Iwan Iwanowitsch hat einen Sack Maiskolben auf dem Buckel und schüttelt jedem Stück Vieh einen fast gleichmäßig großen Haufen in die Futterrampen. Er beeilt sich, denn er muß auch noch die Säue füttern, und dort ist es wesentlich interessanter. Zwei dralle Mädchen, Tassia und Nina, sind nämlich für das Wohl der Schweine mitverantwortlich und schäkern so nebenbei zu gerne mit eben diesem Iwan Iwanowitsch, der hauptamtlich für die Ochsen, das Großvieh der Kolchose, zuständig ist. Die Anziehungskraft dieser beiden „Schweine-Weibchen“ hat den „Ochsen-Iwan“ daran gehindert, festzustellen, warum die Ochsen trotz regelmäßiger Fütterung immer weniger werden. Kaum daß Iwan in seiner Eile, in den Schweinestall zu kommen, den Stall der Ochsen verlassen hat, drängt eine auf diesen Moment wartende Meute halbverhungerter Kolchosenplennis in wildem Gerenne in den Stall. Mit Fäusten und Fußtritten wird den Ochsen auf das Maul gehauen und mit Prügeln zwischen die Beine geschlagen – und den genauso hungrigen Tieren bleibt nichts anderes übrig, als wild brüllend auszuweichen und zuzusehen, wie diese heruntergekommene Gattung des „Homo sapiens“ ihre ganze Tagesration Futter in Jacken, Hemden, Hosen und Taschen verschwinden läßt.

Das Mißgeschick mit dem Kolchosenochsen „Anastas"

Einem Ochsen, der durch diese Art von Nahrungsentzug noch nicht in die Apathie seiner Artgenossen gefallen zu sein scheint, wird diese Frechheit zuviel, und daß es gefährlich ist, wenn Rindviecher zu denken beginnen, merkt als erster und letzter der Kriegsgefangene Hans Winter aus Dortmund, als er sich, zusammen mit anderen, mitten im Zweikampf um das „tägliche Brot" mit dem Ochsen „Anastas" befindet und ihm verzweifelte Aufwärtshaken auf das Maul knallt, damit er ihm, Hans Winter, sein Fressen lasse. „Anastas" kontert ihn und stößt ihm, Hans Winter, blitzschnell ein Horn in den Oberarm. Durch den Aufschrei Hänschen Winters erschreckt, kratzen die anderen Zweikämpfer die Kurve, ohne sich um den Verletzten zu kümmern. Dieses bleibt dem hinzukommenden Iwan Iwanowitsch überlassen, den man auf den stöhnenden Winter einreden hört: „Schdo takoj? Schdo ty djelesch?" (= Was ist los? Was hast du getan?) Sein besorgter Tonfall schlägt aber sofort um, als er die Maiskolben erblickt, die aus Hänschens Taschen hervorschauen. Iwan Iwanowitsch geht ein Licht auf, und er lenkt seine Schritte sofort zum Natschalnik, damit dieser sich selbst überzeuge, wer an dem Tod des einen und an der Schwindsucht der anderen Ochsen die Schuld trägt. Nachdem der Genosse Natschalnik auf der Bildfläche erscheint, bricht das große Donnerwetter über das Kolchosenkommando herein. Der käseweise Winter preßt seinen blutdurchtränkten Jackenärmel auf die Wunde und wird, nachdem er gebeichtet hat, daß er Hunger habe und nur deshalb einen Maiskolben holen wollte, der heruntergefallen sei und im Mist gelegen hätte, in Begleitung eines Kameraden zurück ins nahe Lager gebracht. Alle anderen werden von dem Kolchosnik gefilzt. Iwan Iwanowitsch, Tassia und Nina filzen auch tüchtig mit, und es zeigt sich, daß nicht nur das ganze Futter, das Iwan Iwanowitsch des Morgens an die Ochsen zu verteilen pflegte, aus den Taschen und Tiefen der Plenniklamotten zutage tritt, sondern daß die Njemze auch sonst noch Sachen besitzen, die ein einfaches russisches Herz höher schlagen lassen können. Der Kolchosnik schimpft unflätig, spricht in einem fort von Sabotage und droht allen mit dem Tribunal, wo für jeden „twazet pjatj Let" (= 25 Jahre) herauskommen werden.

Die Suppe wird aber nicht so heiß gegessen wie sie gekocht wird. Im

Lager gibt es für das Kolchosenkommando nichts zu essen, einen ganzen langen Tag nichts zu beißen! Eine harte Strafe! Mit dem Tribunal und den „twazet pjatj Let" wird es glücklicherweise nichts. Daß sich die überlebenden Ochsen wieder erholt haben werden, kann man wohl annehmen, aber feststellen konnte ich das nicht mehr, denn der Kolchosnik verzichtet zukünftig darauf, halbwilde verhungerte Njemze für sein wertvolles Staatsgut anzufordern. Das Maisstampfen hat auf einmal aufgehört, und mehr als üblich glotzen die Plennis, hungriger denn je, an die brüchige Schilfdecke.

Kommando „Elewator"

Eines der begehrtesten Kommandos ist der Arbeitsplatz „Elewator". Nicht wegen der leichteren Arbeit – o nein, denn beim „Elewator-Kommando" wird fast immer robotet bis spät in die Nacht, aber es gibt dort etwas zu essen: richtigen dicken Kascha aus Hirse, 300 g Brot und Krautsuppe mit Fettaugen darauf. Außerdem besteht die Möglichkeit, Getreide, Mais, Sonnenblumen und Sjemetschkis zu organisieren.

28 Grad Kälte zeigt das Thermometer an der Wachbude der Kommandantur, und wir haben noch immer keine Winterklamotten. Es ist kaum möglich, selbst kurze Zeit stillzustehen, denn die Kälte geht durch und durch. Mit den Füßen trippeln wir auf der Stelle und vollführen mit den Armen Gymnastikbewegungen, um die Blutzirkulation anzuregen.

Es gelingt mir, zum „Elewator" eingeteilt zu werden. Fast im Laufschritt eilen wir durch die klirrende Kälte zu unserer Arbeitsstätte – ein paar Getreideschuppen mit Gleisanschluß abseits des Dorfes, inmitten der frostweißen, glitzernden Steppe.

Getreideberge spenden uns Wärme

Stepan, der russische Meister des „Elewators", teilt uns zu den Arbeiten ein. Ich gehe mit Mellein und anderen in einen Getreideschuppen. Dort müssen wir die Körnerhaufen mit hölzernen Schaufeln umschippen. Wenn saubere Luft herrscht, das heißt kein Russe in der

Nähe ist, steckt das ganze Kommando die frostklammen Hände und Füße in die warmen Getreideberge, und Mellein sagt zu mir: „Schaufel mich doch mal mit dem Zeugs zu!" Ich lasse mir das nicht zweimal sagen und bedecke ihn bis zum Kopf mit warmem Getreide. „Is' des schön", ist das letzte, was ich gerade noch höre, denn der ganze, etwa fünf Meter hohe Berg kommt ins Rutschen, und Mellein verschwindet in Sekundenschnelle. Glücklicherweise stoße ich meine Holzschaufel so geschickt in Richtung des Verschütteten, daß dieser zufällig das Schaufelblatt zu fassen kriegt und zuerst Melleins Arm sichtbar wird. Einige herbeigerufene Kameraden schippen im Eiltempo das Getreide von oben weg, und wenige Sekunden später ziehen wir Mellein, der die Augen geschlossen hält und kaum mehr atmet, heraus. Wir pumpen ihm tüchtig Luft, und er kommt auch rasch wieder zu sich. „Mein lieber Mann...", so erzählt er tief Luft holend, „mein lieber Mann..." Mellein kommt nicht weiter, spuckt Getreidekörner und Spelzen aus und macht die trockene Bemerkung: „Das hätte mein Heldentod werden können." Eingraben läßt sich keiner mehr. Wir „entdecken" eine ganz andere Masche, uns zu wärmen, und es ist ein eigenartiges Bild, wenn wir zehn Mann im Getreideschuppen stumm wie die Tempelgötzen auf den Getreidebergen liegen und alle vier Glieder genüßlich in das Innere der warmen Getreidehaufen stecken.

„Alarm!!" Wie von der Tarantel gestochen spritzen wir aus unserer Ruhestellung hoch und arbeiten, daß das Getreide nur so fliegt und entsprechend staubt. Für den Russen muß es eine wahre Wohltat sein, unserer Arbeit zuzuschauen. Aber kaum ist Stepan wieder außer Sichtweite, Staub mag er nicht, verharren wir und nehmen unsere gewohnte Ruhestellung wieder ein. Das große Schweigen liegt über dem Schuppen, und von den guten deutschen Arbeitern sieht man nur noch die Rümpfe auf dem Getreide liegen. Dieses Katz-und-Maus-Spiel wiederholt sich noch des öfteren. Die Stunden bringen wir verhältnismäßig gut herum.

Den darauffolgenden Tag habe ich wiederum Glück, und es gelingt mir, zur gleichen Arbeit eingeteilt zu werden. Die Kälte scheint von Tag zu Tag schärfer zu werden. Manchmal empfindet man einen Tag kälter als wirklich kälter gewesene Vortage. Das liegt auch daran, daß wir von Tag zu Tag in Djetschokowka ausgehungerter und zerrissener werden und jeden Kältegrad doppelt verspüren.

Es ist das gleiche Hasten zur Arbeitsstelle wie jeden Tag. Wenn man sich nicht die Knochen erfrieren will, muß man immer in Bewegung bleiben. Sich nicht zu bewegen, kann bei dieser Kälte schlimme Folgen haben. Im Lazarett liegen einige mit frostschwarzen Gliedern.

Zwölf Waggons mit Getreide beladen

In den Hallen werden zwei Förderbänder aufgestellt. Das Getreide wird darauf geschaufelt und läuft in Säcke, die von jeweils sechs Mann über eine Bohle in die Waggons geschleppt und dort ausgeschüttet werden. Die Masche des gemütlichen Getreideumschaufelns ist vorbei. Uns wird durch Stepan klargemacht, daß keiner zurück ins Lager kommt, bevor die Waggons, zwölf an der Zahl, nicht voll beladen sind. Die Förderbänder rattern an diesem Tage ununterbrochen. Als ich einmal abprotzen muß, bekomme ich auf dem Lokus-Bretterverschlag, durch den der Wind pfeift, die Hose zwar herunter, aber danach nicht mehr zu. Nach mehreren Versuchen, die wenigen noch vorhandenen Knöpfe zuzumachen und den Hosenriemen zu schließen, muß ich das Vergebliche meines Bemühens einsehen. Mit den Ellbogen halte ich die Hose am Leibe, und erst am Förderband zieht mich einer an, der noch mehr Gefühl in den Fingern hat. Mir ist so kalt, daß mir vor lauter Hilflosigkeit bange werden könnte. Erst beim Mittagessen im warmen Maschinenraum wird es besser, und die klammen Hände werden am warmen Blech des Futternapfes angenehm durchgewärmt. „Hier geht der Arsch wirklich auf Grundeis", wie es in der Ausbildung immer so schön heißt. Das ist mir noch nie vorgekommen, daß ich meine eigene Hose nicht zubekommen habe.

Abends gegen 22 Uhr sind wir erst am achten Waggon. Im sturen Rhythmus schleppen wir mit krummen Rücken fast mechanisch die Säcke über die Bohlen in die Waggons. Wir alle sind fertig, nicht nur an den Beinen, sondern am ganzen Körper. Mehr und mehr müssen die Posten und Stepan die erschöpften Landser aus den Waggons herausholen, in denen sie sich ausruhen. Gegen Mitternacht rückt der Rest des Lagers zur Verstärkung an. Wir sind am 9. Waggon. –

Gegen Morgen stampfen wir durch das windübertoste Schneefeld, mit Gesichtern wie aus Lehm geschnitten, zurück zum Lager. Der zwölfte Waggon war der schwerste!

Ein Hahn entwischt

Unverändert geht die Brigade, die die Waggons beladen hatte, erneut zum „Elewator". Die Waggons sind schon abgeholt, und es stehen keine neuen auf den Gleisen. Dafür ist alles verschneit und stellenweise sogar hoch verweht. Mit dem ehemaligen Stabszahlmeister Kaiser als Brigadier müssen wir die Gleiswege vom Schnee räumen und bekommen zu diesem Zwecke eine Lore als Schneeräumfahrzeug zugewiesen. Wir räumen den Schnee, und es sieht so aus, als sei heute keine andere Arbeit für uns vorgesehen. Zum Glück ist es bei weitem nicht so kalt wie an den Vortagen. Zehn Grad unter Null erscheinen uns fast warm im Vergleich zu den Temperaturen, die um die minus 30 Grad gelegen haben.

Wenn wir uns unbeaufsichtigt glauben, schleichen wir abwechselnd in die Getreideschuppen, wo wir uns an der Innenwärme der kleiner gewordenen Getreidehaufen erfreuen. Dabei bietet sich auch gute Gelegenheit, Getreide zu klauen. Am sichersten ist es, wenn man sich die Körner in die Schuhe kippt und in alle Taschen ein bißchen einlaufen läßt; so geht es am besten, ohne daß es beim abendlichen Filzen auffällt. Zwischendurch hauen wir uns auch den Bauch voll mit gut zerkauten Getreidekörnern. Die Mannschaft schippt Schnee und kaut wie Wiederkäuer. Gegen Feierabend haben wir den Schnee so weit entfernt, daß wir nahe der Ausfahrt in die freie Steppe kommen. Auf den Schienen, die dort ein wenig freigeweht sind, sitzt doch tatsächlich ein Hahn aus dem Volk der Haushühner. „Menschenskind, der wird ins Jenseits befördert. Der Bursche ist bestimmt auf den Schienen angefroren und kommt nicht mehr los." Wir verstecken uns hinter der Lore und beobachten den Hahn, der wirklich keine Anstalten macht, auszurücken. Zahlmeister Kaiser, der wegen seiner gedrungenen Gestalt und seinem Spitzbart den Beinamen „Lenin" führt, entwickelt den taktischen Angriffsplan auf den Hahn: „Hört mal her, wir fahren mit der Lore in vollem Tempo uff den Gickel druff. Nachher könne mir sage, wenn des Tierle tot isch, daß des en Verkehrsunfall gewese isch! Der Gickel wird gerupft und zwische uns uffgetoilt!" Gesagt, getan. Geduckt versammeln wir uns hinter der Schienenlore zum Angriff. Kaiser zählt „eins – zwoi – drei", und im Laufschritt drücken wir das Fahrzeug vorwärts im Frontalangriff auf den russischen Gockel. Es mögen vielleicht noch fünf Meter bis zum Hahn gewesen sein, als dieser mit majestätischen Spreizschritten und schlagenden Flügeln das Weite sucht. Als wir das sehen und der in greifbare Nähe gerückte Braten die Flucht ergreift, stürzt die ganze Meute hinter der Lore hervor, der Hahn legt an Tempo zu, und der treffendste Kommentar ist der von Angriffsplaner „Lenin": „So 'ne Scheiße!!"

Das große Läuseknacken

Beim armseligen Flackern unserer Petroleumfunzel beginnt am Abend das große Läuseknacken. Es ist schwer, wenn man gezwungen ist, mitten im größten Dreck zu liegen, diesem nicht völlig anheimfallen zu wollen. Die einen kauern voller Lethargie am Boden und lassen Läuse Läuse sein. Die Kragen ihrer Feldblusen sind weiß getupft von Parasiten, die sich auf und ab bewegen. Es sind die Anfälligsten und Schwächsten, die sich so verhalten, und eine spitze Nase ist oft schon ein untrügliches Zeichen dafür, womit diese Apathie bezahlt werden muß. Die Mehrzahl aber knackt Läuse und ist laufend bemüht, den Dreck nicht bis zum Halse stehen zu lassen. Wer das Glück hat, nächtens die Funzel zu erwischen, kann mit dem brennenden Docht die Nähte seiner Kleiderfetzen entlangfahren, daß die Läuse knisternd in der Flamme platzen. Einer hat das so gründlich machen wollen, daß er sein Hemd verbrannte, und wenn nicht einige beherzte „Wasserträger" die an den Schilfmatten züngelnden Flammen ausgetreten und ausgepißt hätten, würde schnell unsere Ungezieferkate in Flammen gestanden haben. Es wäre die einzige Möglichkeit gewesen, der Läuse und des anderen hier eingenisteten Ungeziefers Herr zu werden.

Meine Arm- und Kniegelenke sind aufgekratzt und eklig entzündet. Der geschwürige Hintern brennt, und dazwischen weiden die Läuse. Als die Nummer 96 dieser Tierchen zwischen meinen Fingernägeln mit einem leisen Knacks ihr Parasitendasein beendet, reißt jemand die

Türe auf: „Raustreten zur Powjerka!" (= Zählappell) „Los alles raus!"
Solchermaßen gehindert, einen neuen persönlichen Rekord im ununterbrochenen Läuseknacken aufzustellen, machen wir uns hin zum
Zählen. Doch welch Wunder, kaum stehen wir draußen, dürfen wir
schon wieder hinein in den warmen Mief. Unser Kommandant scheint
humanitäre Gefühle zu entwickeln: „Solange *cholodna* (= kalt) ist,
braucht das Gebäude zum Zählappell nicht verlassen zu werden!" –
„Die Gefangenen haben sich zum Zählen im Raum zu formieren, in
dem auch der Appell abgehalten wird." Dies verkündet der Kommandant und Anton übersetzt, was sein Gebieter gütigst geruht, uns
verlausten und verkrätzten Gesellen mitzuteilen. Nebenan im Lazarett
heulen die Kälteopfer im Delirium auf, und die mit Haut überzogenen
Skelette husten sich die Lunge aus dem Leibe, bis sie keine Schmerzen
und keinen Hunger mehr verspüren.

Es gibt „Abfallkohle"

Eine der größten Sorgen im Lager Djetschokowka gilt dem Heizmaterial für die Küche und für die Unterkunft. Woher nehmen, wenn
nichts da ist?? Sicher ist es auch den Russen schon zu Ohren gekommen, daß der tägliche Fraß nur lauwarm ist, und daß in der Unterkunft
die Stützbalken abgespänt und verfeuert und die Verstrebungen zum
Teil schon ganz durch den Schlot gejagt wurden.

Eines Morgens fahren zwei Studebaker mit Kohlen beladen vor der
Kate vor, und ich werde zum Abladekommando eingeteilt. Was die
Burschen da anfahren, kann man nur unter dem Gesichtspunkt betrachten, daß die in Djetschokowka maßgeblichen Russen glauben, für
die deutschen Faschisten sei das Schlechteste immer noch zu gut. Das
ist keine reine Kohle, was da angefahren wird, sondern ein grauschmieriges Zeug, das hie und da ein bißchen schwarzfettig schimmert. In den
folgenden Tagen besteht unsere Hauptaufgabe darin, die Stücke mit
dem Kohlenglanz herauszusortieren und auf Nasilkas in die Küche zu
schleppen. Die Haufen sind in der ersten Nacht bereits zugeschneit,
und es ist eine recht mühsame Arbeit, die glänzenden Kohlenstücke aus
dem Schneedreck herauszuklauben. Das Zeug zieht nicht in den Öfen,
qualmt dafür aber um so erbärmlicher. Der Towarisch Kommandant

poltert unwillig in der Küche: „Potschemu kuschet cholodna? Kohle jest – potschemu cholodna?" (= Warum ist das Essen kalt? Kohle ist da, warum ist es kalt?) Der Koch fliegt noch am gleichen Tag aus der Küche, und sein Nachfolger bringt den Fraß selbstverständlich auch nicht wärmer, geschweige denn gar. Von diesem Tag an gibt es im Lager Djetschokowka zwei Köche. Der alte wird wieder eingestellt und der neue beibehalten. Der Russe denkt vielleicht, daß zwei Köche eher wissen, wie man mit nichts Wasser heiß bringt.

Freß-GmbHs der Geschirrbesitzer und der Geschirrlosen

Unter uns Wenigen gibt es viele, die kein Kochgeschirr oder irgendein ähnliches Gefäß ihr eigen nennen können. Diese „Geschirrlosen" müssen in der Regel warten, bis die „Geschirrbesitzer" abgefüttert sind. Es gibt aber auch sogenannte Freß-GmbHs, in denen zwei Mann ihre Portionen gemeinsam in einem Behältnis empfangen, um sich dann heftig rührend über den Pott gebeugt dessen Inhalt einzuverleiben. Diese Kompagnon-Notgemeinschaften halten sich in der Regel nicht lange, denn meistens gibt es Krach, und der eine beschuldigt den anderen, das „Dicke" im Pott alleine gegessen zu haben. Jeder sieht deshalb zu, daß er auf irgendeine Art und Weise wieder zu einem Gefäß kommt, das man in etwa als Futtertrog verwenden kann. Man sieht die abenteuerlichsten Eßnäpfe, unter denen alte Gasmaskenbüchsen noch die vornehmsten sind. Aus Cornedbeefbüchsen von Chikago, abgeschnittenen Stahlhelmen, roh zugehämmerten Kartuschen und aufgeschnittenen Feldflaschen wird in Djetschokowka die Brühe „Marke Bodenseh" gelöffelt, geschlürft oder einfach in den Schlund gekippt. Ein Kamerad aus Tirol wird seinen Eßnapf, ein ausgehöhltes, mit Schnitzereien verziertes Stück Holz, gegen ein ansehnliches Stück „Chleba" und eine Portion Machorka los. Er wird als „Geschirrloser" eine GmbH bilden, so lange, bis er wieder irgendeinen Napf ergattert oder geschaffen hat.

Der Kuh-Huf im Kochgeschirr

Ludwigs Krätze hat sich inzwischen so verschlimmert, daß er ins Lazarett eingeliefert wird. Sein ganzer Körper ist mit Krätze und offenen, abscheulich stinkenden Wunden bedeckt, in deren Eiterstellen sich die Läuse dutzendweise eingefressen haben. Es ist reiner Zufall, daß von Ludwigs Pech für mich ein Quentchen Glück herausspringt, und das kommt so: Wenn die Küche das Signal gibt, daß die Brühe fertig ist, das kann genausogut früh am Abend wie auch spät in der Nacht sein, wird in der Unterkunft angetreten und gruppenweise mit je zwanzig Mann zur Küchenhütte abgerückt, je nach Witterung und Kältegraden im Geschwindschritt oder Lauf. Als ich nun mein großvolumiges Kochgeschirr in das Loch hineinreiche, fragt der neue Koch: „Auch für Ludwig?" Ob er es nur gut mit mir meint oder ob er nicht davon informiert ist, daß Ludwig im Lazarett Essen empfängt, entzieht sich meiner Kenntnis. Die Chance, etwas ergattern zu können, wird Gott sei Dank schnell von mir erfaßt, und ich antworte ruhig: „Jawohl, auch für Ludwig!" Mein Kochgeschirr ist mehr als üblich gefüllt, und ich habe schon beim Einschütten gemerkt, daß da etwas ganz Ansehnliches mit hineingerutscht ist. Wenn man zum Futterempfang 50 m in eisiger Kälte hin und zurück laufen muß, ist es wahrhaftig kein Wunder, wenn die Brühe in der Unterkunft weniger als lau gelöffelt werden muß. Erfahrung macht klug, und obwohl jedes Nahrungsinhalieren zur heiligen Handlung wird und mit Bedacht genossen sein will, sind diejenigen die Klügsten, die gleich an der Küche die Suppe trinken und so wenigstens etwas Warmes in den Bauch kriegen. So fällt es auch nicht besonders auf, daß ich gleich meinen Napf an die Lippen setze und in kräftigen Zügen die warme Brühe hinunterspüle. In der Unterkunft ist das Mahl bereits beendet und zu dem nassen Maisbrot, wovon es alle zwei Tage ein Stückchen gibt, fische ich das besagte, dumpf in das Kochgeschirr gefallene Etwas aus dem Napf, den Originalhuf einer Kuh mit Sehnen! Ich sitze noch lange auf dem Schilf, verzichte selbst auf das abendliche Läuseknacken, kaue auf den Sehnen herum und lutsche den Huf aus, bis mir bald das große Kotzen kommt. Der Appetit auf Kuh-Huf dürfte mir wohl für alle Zeiten vergangen sein. An drei Abenden gelingt mir noch das Doppeltfassen, beim vierten Male platzt die Sache, weil ein anderer, der wahrscheinlich etwas gemerkt hat, von Ludwigs Krätze in Form eines Doppelschlags profitieren wollte und prompt dabei erwischt wird. Der Arme geht zur Strafe völlig leer aus, und mit gesenktem Kopf und wehmütigem Druck im Magen empfange ich bescheiden meine Einzelportion „ohne Ludwig".

Ein Millionär in Djetschokowka

Oft führe ich meinen Nachbarn, den Ältesten des Lagers, zur Küche. Major de Bra ist mit seinen 64 Jahren und seinen mit Schnur an den Ohren festgebundenen Brillengläsern völlig unfähig, sich nachts allein zu bewegen. Er ist nachtblind, sieht aus wie 80 Jahre und macht auch sonst einen sehr wackligen, hilflosen Eindruck.

Die goldgerandeten Augengläser sind das einzige Andenken an bessere Zeiten, und wenn man da genau hinschaut, sieht man, daß der Metallglimmer auch schon recht matt geworden ist. Major de Bra gibt fast jede Nahrung von sich, und es ist wahrhaftig nicht schön, wenn man mit ansehen muß, wie der alte Mann das kaum geleerte Kochgeschirr in qualvollen Verrenkungen wieder durch Erbrochenes füllt. Die Tatsache, daß de Bra verhungert, wenn nichts unternommen wird, führt dazu, daß unser Ältester in das „Hoffnungslosenasyl" – Lazarett – gebracht wird. Er hat mir oft so nebenbei erzählt, daß er von zu Hause sehr vermögend sei, und wenn man so alles zusammenzähle an Besitz und Werken, können schon ein paar Millionen Mark Vermögen zusammenkommen. Ich hege keinen Zweifel an diesen Erzählungen, wenn es auch sehr merkwürdige Umstände sind, in denen ich zum ersten Male in meinem Leben mit einem reichen, armen Millionär auf Tuchfühlung liege und, bedingt durch die Umstände, Bekanntschaft geschlossen habe. Im Kriege war de Bra nach seinen eigenen Angaben, die er mir gegenüber machte, Bahnhofskommandant in Armavir: „Ich habe nichts verbrochen und habe nichts zu verschweigen, und weil ich ehrlich war und dieses angegeben habe, sitze ich heute hier." Es ist eine sehr schmerzliche Erkenntnis für den alten Mann, zu wissen, daß er nach Rußland gebracht wurde, weil er ehrlich war, und zu wissen, daß er über seine Millionen wahrscheinlich nicht mehr wird verfügen können.

Das elende „Warum?"

Warum wurde ausgerechnet ich hierhergebracht? Warum die anderen? Das elende „Warum" spukt in allen Köpfen. Man versucht, sich Antwort zu geben auf Wirkliches und Mögliches, man versucht, hinter die Dinge zu kommen, und fragt sich nach den Zusammenhängen und dem Sinn des Ganzen. Bewußt oder unbewußt beschäftigt sich wohl jeder in Djetschokowka, seinem Wesen und seiner Bildung entsprechend, mit dem verflixten „Warum?". Sowohl der hilflose, verlauste und wurmige Millionär als auch der genauso heruntergekommene ehemalige Landarbeiter aus Pommern. Sie sind hier alle gleich – arme, hungrige Geschöpfe, die wie vertrocknete Fliegen im Dreck liegen. Wir alle sind schon längst zum Tier geworden. Es war de Bra, der mir eines Abends erzählte: „Der Mensch kann sich nur zwischen zwei Polen entwickeln. Er kann den tierischen Trieben erliegen, deren leidenschaftliche Aspekte ihn vernichten können, oder er kann Ideen unterliegen, welche sein seelisches Leben formen und bilden. Zwischen diesen beiden wirkenden Kräften steht der Mensch, er kann beide harmonisch in sich vereinen, aber mit solchen Menschen haben wir es hier nicht zu tun!" Ich muß de Bra wohl ziemlich ehrfürchtig angestarrt haben ob solch gescheiter Rede, denn er erklärte mir gleich darauf: „... diese Erkenntnis ist nicht von mir, sondern entspricht mir lediglich, es ist das Menschenbild von Schiller." Unwillkürlich muß ich an Ludescher denken, meinen Schwadronskameraden, der sich schon in amerikanischer Gefangenschaft im Mai 1945 an Goethes Faust erbaute und allerhand Parallelen daraus zog.

Ein heruntergekommener Haufen

Wenn es nicht bald Winterklamotten gibt, können sie uns eines Tages steifgefroren aufstapeln. Das Schuhwerk ist ebenfalls unter aller Sau. Die Fetzen hängen überall an uns herum, und eigentlich kann es nur noch eine Frage von wenigen Tagen sein, bis sich diese Misere katastrophal auswirken wird. Es ist ein zerlumpter, verdreckter Haufen, der sich des Morgens vor der Unterkunft zur Arbeitseinteilung formiert. Mich erwischt es heute zur „Kapusta-Sawod", der Krautfabrik. In meine vorne auseinanderklaffenden Schuhe, die ich äußerst notdürftig mit Draht zusammengeflickt habe, ist schon gleich beim Raustreten Schnee und Nässe eingedrungen. Nachts legt man sich auf die stinkenden Fußlappen, damit die Dinger einigermaßen trocknen sollen, und kaum hat man die Illusion, trockenen Fußes in den Gurken zu stehen, als diese auch schon durch den eindringenden Matsch jählings zerstört wird. Das Stück Telefondraht, das die alten Schlappen zusammenhält, wird zum wertvollen Besitz, und unter Umständen kann es von diesem lächerlichen Stückchen Draht abhängen, ob die Füße erfrieren oder nicht.

Menschen ohne Maske

In der „Kapusta-Sawod", einer alten, grauen, mit Kraut-, Gurken- und Tomatenfässern überladenen Halle, ist man lediglich vor dem unangenehmen Wind geschützt, der unablässig über die Steppe pfeift, nicht aber vor der Kälte, die nicht nur von außen hereinkommen kann, sondern auch aus dem Steinboden dringt und den ganzen Raum in einen Eisschrank verwandelt. Ich habe lediglich insofern Glück, als ich mit einem Kumpel zum Krautstampfen eingeteilt werde und dadurch in Bewegung bleiben kann. Diese Arbeit hat natürlich auch ihre Schatten- seiten, denn sie spielt sich am großen Halleneingang ab, und dort pflegt es besonders kalt zu sein. Deshalb sind auch dort die großen Silos eingebaut, die mit Sauerkraut, das mit Gelberübenstückchen vermengt ist, gefüllt sind. Große Steine beschweren die Masse, und das Ganze macht einen verdammt appetitlichen Eindruck, so daß einem allein schon vom Hinschauen das Hungerwasser im Munde zusammenläuft. Der eine Silo ist von unserem Krautbottich mit zwei, drei Sätzen und einem Tiefsprung auf den nächstliegenden Stein bestens zu erreichen, außerdem ist die Sicht auf plötzlich auftauchende Natschalniks und ähnliche Gestalten am Eingang besonders gut. Mit langen Holzstielen, an denen unten ein halbrundes Messer befestigt ist, zerschneiden wir Krautköpfe, indem wir andauernd im Rhythmus der dumpf auf den Faßboden aufstoßenden Metallschneide um den Bottich herumtrip- peln. Mein Arbeitskollege hat eine unansehnliche Rotznase, die er phlegmatisch in periodischen Zeitabständen mit dem Jackenärmel abwischt. Es ist der ehemalige Kriegsgerichtsrat Dr. jur. Friedrich-Wilhelm Dietrich, der es sich jetzt von mir gefallen lassen muß, daß ich ihn schlicht und einfach „Fritz" nenne. Man sieht ihm seine Titel nicht mehr an, denn er ist auch nur noch eine armselige Kreatur. Aller Klamauk fällt in dieser Gefangenschaft ab, und was bleibt, ist das hüllenlos-nackte, armselige Menschlein – ohne Maske, Macht und Titel.

Ich spinne meine Gedanken nicht mehr lange weiter, denn unaufhörlich sticht mir der herbe Duft des appetitlich im Silo gepreßten Sauerkrauts in die Nase. „Fritz" geht es nicht anders, denn er stichelt eindeutig darauf hin, daß ich hinunterspringen und eingelegtes Kraut klauen soll, während er aufpassen will. „Spring doch runter", sagt „Fritz" zu mir, „du bist jung. Ich komm nicht mehr so richtig hoch, hab doch das verdammte Rheuma in den Knochen – verdammte Scheiße das!!" – – – Jovial zieht „Fritz" nach einer kleinen Pause das Fazit: „Los, geh' schon runter! – – Aber wir teilen uns das Dreckzeugs, klar??" Klar ist mir nur das Einmalige dieser ulkigen Situation. Streng juristisch betrachtet, versucht doch hier ein preußischer Kriegsgerichtsrat, einen Minderjährigen zum Diebstahl zu verleiten. Real betrachtet ist diese Argumentation natürlich großer Quatsch, denn besagter Rat und der Minderjährige sind beide halb verhungert, und von Diebstahl kann keine Rede sein, allenfalls von Entwendung geringwertiger Ware aus ernster persönlicher Not, die auf ehrliche Weise nicht zu beheben ist. Wenn man erwischt würde, ginge in einem demokratischen Rechtsstaat die Sache wahrscheinlich wie das Hornberger Schießen aus, aber hier in Rußland gelten andere Gesetze und wird mit anderen Maßstäben gemessen. „Wenn ich geschnappt werde", sage ich zu „Fritz", „gibt's 25 Jahre wegen Diebstahl sozialistischen Eigentums." „Fritz" antwortet mir nicht.

Trschom – trschom – trschom – trschom stoßen die Messer ins Kraut, während wir schweigsam um den Bottich trampeln, ohne aber Gedanken und Augen vom Kapusta zu lassen, den wir doch zuallerliebst in rauhen Mengen essen würden, wenn wir ihn nur erst hätten. Die Kälte ist der beste Antreiber. Die Arbeit geht voran, und in großen Trögen häuft sich das von uns zerschnittene Kraut. Hunger kennt kein Gebot, und Hunger reißt alle Schranken nieder, die von Menschen zwischen Menschen errichtet werden. Es bleibt wiederum

„Fritz" überlassen, ein neues Gespräch über das eingelegte Gemüse und die beste Art seiner Eroberung zu beginnen. „Wenn jeweils einer von uns aufpaßt, ob die Luft rein ist, kann jeder geschwind mal runterspringen und sein Geschirr vollmachen. Wir dürfen nur keine Löcher buddeln, sondern müssen von oben wegnehmen, das fällt bestimmt dem klügsten Kanaken nicht auf!" Bei gleichmäßig verteiltem Risiko scheint mir die Sache akzeptabel zu sein. Es ist besser, als nur allein klauen zu müssen, obwohl ich nicht die geringsten Hemmungen davor habe, denn wer sich hier erhalten will, ist gezwungen zu stehlen, und es ist ein ungeschriebenes Gesetz in Djetschokowka: „Klau', wo du kannst; – klau', was du kannst; – lasse dich nicht erwischen und bestiehl den eigenen, genauso hungrigen Kameraden nicht!" Ich will als erster hinunter, weil ich mir zunächst einmal meinen Brotbeutel, den ich immer bei mir trage, mit Kraut füllen will. „Fritz" sondiert die Lage, indem er harmlos vor dem Tor seine Schneide abkratzt, übernimmt dann noch mein Messer und arbeitet mit beiden Krautschneidern so virtuos, als ob wirklich noch zwei Mann hier wären, die da den Kapusta zerkleinern. Schließlich könnte es ja auffallen, wenn wir plötzlich das Gestampfe einstellen würden. Ja, die alten Kriegsgerichtsräte denken an alles! Mit einem Sprung bin ich unten, raffe in fliegender Eile zwei, drei große Hände voller Sauerkraut in meinen Beutel, um mich dann ohne Verzögerung sofort wieder hochzustemmen. Links gepeilt, rechts orientiert – die Sache hätte zum ersten geklappt! Ohne etwas zu sagen, gibt mir Dietrich sein Kochgeschirr. Ich hüpfe nochmals auf den Silostein und fülle auch dessen Gefäß. Das ganze „Unternehmen Sauerkraut" hat wohl kaum eine Minute gedauert. Wie gesagt, Glück muß man haben, und man darf sich nicht erwischen lassen. „Fritz" befestigt mit nervösen, fahrigen Fingern sein Kochgeschirr unter seinem verblichenen Offiziersmantel und macht dabei ein Gesicht, das irgendwie abstoßend wirkt. Zu seiner anscheinend erkältungschronisch laufenden Nase hat sich ein weißer Speichelausfluß gesellt, der die feuchten Mundwinkel seltsam hervortreten läßt und im Kontrast zu den großen, tief in den Höhlen liegenden Augen das Bild eines Irren heraufbeschwört. Dieses Zerrbild wird erst dann wieder zum Gesicht, als sich sein Besitzer so nach und nach das halbe Kochgeschirr mit dem eiskalten Kraut einverleibt hat. Ich binde mir meinen Beutel auch unter, hole ihn aber baldigst wieder hervor, weil die Brühe durchgeht und alles einnäßt. Bis zum Abend bleibt der Beutel unter dem Kraut verborgen, und dann kann ich meinen Raub beruhigt umschnallen, denn er ist vom Frost ganz schön zusammengebacken. Beim nächtlichen Essenfassen im Lager werfe ich das Sauerkraut in die Brühe, und mit gierigen Blicken verfolgen unsere Schicksalsgefährten das Sauerkrautfestessen vom Kriegsgerichtsrat mit dem gestörten Rechtsempfinden und dem Soldaten, die beide an einer guten Stelle ein bißchen Glück gehabt hatten.

Mäuse in Massen

Man sollte annehmen, daß im Lager Djetschokowka die Kriegsgefangenen die hungrigsten Geschöpfe seien, doch dem ist nicht so. Es sind die Mäuse, diese kleinen, unscheinbaren grauen Nager, für die sich unser einsam gelegenes Asyl als Zufluchtsort vor Kälte und Schnee im weiten Steppenrund geradezu anbietet. Die Masse der Feldmäuse, die den Marsch ins Winterquartier überstanden hat und dort in Scharen eingetroffen ist, kann nicht wittern, daß in einem Pferch Halbverhungerter auch nicht ein Krümel Eßbares auf dem Boden liegt. So kommt es, daß die kuriosesten Mäusebravourstückchen im Direktangriff auf den Menschen gestartet werden. Wie so etwas vor sich geht, erfahre ich am eigenen Leibe, bzw. eigenen Fingern. Nach dem Einrücken ins Lager lasse ich mich eines Abends müde auf das Schilf plumpsen und stütze mich mit den Händen auf dem Boden ab. Man muß den Platz „genießen", solange noch nicht alle vom Arbeitskommando zurück sind, denn wenn das Gedränge einsetzt, ist es aus, dann reicht der Platz nur noch für eine seitliche Körperhälfte, und nur in Übereinstimmung mit den anderen Bodenpennern ist es möglich, die Seiten zu wechseln. Ich „genieße" nicht lange, denn ein „Stich" in die Hand läßt mich auffahren – und welch Erstaunen meinerseits –, in der Spanne zwischen Daumen und Zeigefinger hängt eine Maus, die sich mit einem ulkigen Mausgesicht und geschlossenen Äuglein energisch festgebissen hat, und nun, ihres natürlichen Haltes beraubt, mit den Füßchen rudert und versucht, sich irgendwo festzukrallen, um wahrscheinlich noch besser beißen zu können. Es war ihr letzter Biß! Das tollste Stück aber leisteten sich Mäuse, die schlafenden Plennis Rock und Hose durchknabberten, nur um an ein paar Maiskörner heranzukommen, die in deren Hosentaschen ein vergessenes, zweckentfremdetes Dasein führten. Wir treten sie tot, schlagen sie tot, werfen sie an die Wand, und sie werden doch nicht weniger! Das krabbelnde Gepiepse und Gepfeife spielt sich auf uns ab, zwängt sich unter uns hindurch und führt unter den eng aneinandergedrängten Menschen quietschende Positions-kämpfe um die Zugänge zu Hosen und Rocktaschen aus. In Verbindung mit Läusen, Wanzen und Flöhen ist für schlaflose Nächte bestens gesorgt. Das eklige Gekrieche wird immer schlimmer, und man kann schon mit Berechtigung von einer Feldmäuseinvasion auf unseren Stall sprechen. Als Genosse Kommandant selbst mit den Stiefelspitzen einige dieser Nager lachend zu Tode gekickt hat, bekommen wir von ihm menschlicherweise einen dürren Pfeffer-und-Salz-Schnauzer zur Verfügung gestellt, der auch wirklich endlich Abhilfe bringt. Sein Bauch wird zusehends voller, und auch die hervorstehenden Rippen verschwinden so nach und nach. Das bringt allerdings mit sich, daß nicht wenige Landser Lust verspüren, den am Mäusefleisch gemästeten Hund ins Jenseits zu befördern. Wir nennen ihn „Iwan den Schreckli-chen", und wenn in Djetschokowka wirklich einmal herzlich gelacht wird, dann kann diese so fremd gewordene und für dieses Lager so erstaunliche Gemütsbewegung nur von „Iwan" verursacht worden sein. Er ist unsere einzige Abwechslung. Nach einiger Zeit hat er die Nase voll mit Mäusefressen. Er begnügt sich damit, die Nager totzubei-ßen und säuberlich auf einen Haufen zu schleppen. Hernach wird er abgestumpft und träge und läßt Mäuse Mäuse sein. Diese Nachlässig-keit wird ihm zum Verhängnis, denn eines Tages ist und bleibt er verschwunden. Die Mäuse aber, die bei den lebenden Plennis nichts finden können und nur riskieren, totgeschlagen zu werden, rächen sich überreichlich an den toten Gefangenen, von denen jetzt fast täglich einer oder zwei völlig nackt auf dem blanken Boden im Nebenraum liegen, so lange, bis sie zu nächtlicher Stunde ein paar Zentimeter tief unter den hart gefrorenen Boden verscharrt werden.

69 Mann zur Arbeit – 50 krank

„Towarisch Kommandant! Lager Wojenno Plenni 422 stroize! 69 Tschelowjek na Robotta, 50 Tschelowjek bolnoij." So lautet die morgendliche Meldung des deutschen Kommandanten an den russischen Lagernatschalnik kurz vor Weihnachten 1945: 69 Mann zur Arbeit, 50 Mann krank. Stirnrunzelnd, mit finsterer Miene hört sich der die Meldung an und hebt zögernd die Hand in Nähe der Schirmmütze. Die Meldung ist vielsagend, sagt aber noch nicht alles, denn die Gesamtbelegschaft betrug 127 Mann. Acht Mann sind bereits gestorben, und wenigstens doppelt so viele liegen apathisch oder phantasierend in hoffnungslosem Zustand im Lazarett. Der Rest ist durch Erfrierungen, Furunkulose, Krätze und Wasser so geschwächt, daß er sich kaum bewegen, geschweige denn irgendeine Arbeit verrichten kann. Ich zum Beispiel zähle noch zu den Gesunden, obwohl mein Hintern mit bösartigen Geschwüren übersät ist und sich in den Gelenken erste Anzeichen von schwärender Krätze zeigen. Gesund im medizinischen Sinne ist keiner mehr. Nach russischer Ansicht aber ist man gesund, wenn man kein Fieber hat und sich noch laufend fortbewegen kann. Diese Ansicht ist die einzig gültige in Djetschokowka, und so läßt es sich auch erklären, daß Kopp, der deutsche Kommandant, 69 Mann zur Arbeit melden muß, die eigentlich für Wochen zur „Aufpäppelung" in ein Sanatorium gehörten. Der Russe spricht kurz mit Kopp. Wahrscheinlich will er wieder eine seiner russischen Reichseinheitsreden vom Stapel lassen, die dieser übersetzen soll. Das einzige, was uns aufhorchen läßt, ist das Ende seiner Moralpredigt: „. . . Heute gibt es Winterkleidung. Der Winter hat jetzt (!!) begonnen. Wer sich jetzt noch Erfrierungen zuzieht, wird wegen Sabotage und Selbstverstümmelung vor das ,Woijennij Tribunal' gestellt!" – –

„Winterkleidung – Sabotage – Tribunal", eine Troika an Worten, die mit dem Vorangegangenen auf mich einen unerhört niederschmetternden Eindruck macht, und insgeheim denke ich, meine Eltern hätten mich wohl besser nicht in die Welt gesetzt. Was soll denn dieses elende, verdammte Leben?

Auf Schilf-Kommando

Das „Schilf-Kommando" ist meine letzte Arbeitsbrigade vor dem Winterbekleidungsempfang. Bei diesem Kommando darf man sich also in morscher, dünner Sommeruniform noch Erfrierungen zuziehen, ohne daß es als Sabotage und Selbstverstümmelung gilt und vor dem Kriegsgericht mit Zwangsarbeit geahndet wird. Einige unter uns meinen zwar, der Russe mache nur Wind, um uns vollends einzuschüchtern, aber zwischen Wind und tatsächlichem Ernst kann man bei diesen Aufseher-Typen meistens kaum unterscheiden. Sie reden und reagieren impulsiv, ohne daß es so gemeint ist, wie es angenommen werden könnte.

Anton – der Kameradenschinder

Der deutsch-russische Hiwi Anton ist der berüchtigte Brigadier des „Schilf-Kommandos", der dafür zu sorgen hat, daß
1. die Russen mit Schilf heizen und
2. die Russen ihre Katendächer ausbessern können,
3. die Russen von der Kolchose Schilf-Stroh für das Vieh haben und
4. die Plennis ihre Einstreu kriegen.

Wegen der vielen Einbrüche ins Eis bei zwischenzeitlich eingetretenem Witterungswechsel wird die Abkommandierung zum Schilfschneiden sinnigerweise als „U-Boot-Kommando" bezeichnet. Nicht von ungefähr gab es bei diesem Arbeitseinsatz bis jetzt die meisten Erfrierungen. 10 km einfachen Anmarschwegs über ungeschützte, windoffene Steppe, dann vier Stunden Schilfschneiden auf dem Eis eines zugefrorenen Flusses – es soll der Jeja sein –, dazu eine übermäßig hohe Norm sorgen dafür, daß jeder, der dazu eingeteilt wird, sein Gesicht ahnungsvoll in die Länge zieht. An Ort und Stelle müssen sich immer zwei Mann zusammentun. Der eine rutscht mit einem ovalen Schneidmesser, das an zwei Holzstielen befestigt ist, dicht an der Eisoberfläche entlang, um das übermannshohe Schilf nach Vorschrift ganz unten abzuschneiden. Anton gibt sich unerbittlich, wenn die Schilfstiele nicht annähernd glatt am Eis abgeschnitten sind. Er tut so, als sei die Existenz des Flusses durch dieses Schilfschneiden in Frage gestellt. Wenn es ganz dick kommt, spricht er sogar von mangelhafter Arbeitsleistung und Meldung machen. Die Norm beträgt acht Bund pro Mann. Das bedeutet 16 Bund für ein Gespann von je zwei Plennis. Einer schneidet und ein anderer bündelt. Die Dicke des Bündels ist natürlich auch festgesetzt, denn man muß es gerade noch mit zwei Armen umfassen können. Das ist eine ganze Menge, wenn man berücksichtigt, daß die Bestände durch den andauernden Schnitt bereits erheblich gelichtet sind. Die Eiskälte von unten und die Windkälte von oben sorgen für ein beachtliches Arbeitstempo. Wenn man außerdem den Zwang der Norm im Nacken hat, bleibt sowieso nichts anderes übrig, als sich zu tummeln.

Erschöpfender Rückweg

Es wird erst Feierabend gemacht, wenn auch das letzte der sechs Paare seine Norm im Schilfschnitt erfüllt hat. Wer sein Pensum bereits früher erreicht, muß den im Rückstand befindlichen helfen, bis sie ebenfalls in der Norm liegen. Dann kommt das erhebende Finale: Jeder Mann muß auf dem Rückweg – wiederum 10 km – ein Schilfbündel auf seinem Rücken mit ins Lager schleppen. Es bedeutet allein schon eine Anstrengung, mit den verfransten Schuhen den besten Weg durch das oftmals getaute und wieder gefrorene, ruppige Schneefeld zu finden. Das Bündel wird zu Blei, und alle paar hundert Meter müssen wir stehen bleiben, um Atem zu schöpfen. Der Heimweg erscheint uns unendlich lang. Anton, selbstverständlich warm gekleidet und ohne Bündel, gibt den Schritt an. Es wird spät abends, als wir unser Schilfbündel vor die Küche feuern und naßgeschwitzt in die Unterkunft schleichen.

Es gibt Winterklamotten

„Sdraßtwuitje russki Tschelowjeka-wsje smotri kak russki Ljudi – sitschass Njemze nitschewo njema!" Erstaunt grüßend meint der russische Kommandant, daß wir wie seine Landsleute aussähen und nun eigentlich keine Deutschen mehr seien. Lachend mustert Towarisch Major seine räudigen Schäfchen, die in russischen Stoffpickelhauben mit dem Sowjetstern, alten sowjetischen Militärmänteln, Wattejacken und abenteuerlichen Ziegenfellmützen zur morgendlichen Arbeitseinteilung angetreten sind. Es hat die ganze Nacht gedauert, bis wir wenigen Lagerinsassen mit den Winterklamotten versorgt waren. Ich habe eine halblange Lederpelzjacke erwischt, einen Stoffpickelhelm, eine alte Wattehose und eine noch ältere Wattejacke, die ausschaut, als hätten sie schon Generationen von Zwangsarbeitern getragen. Aber immerhin geben die Dinger warm, und das ist das Wesentliche, wenn auch die Freude geteilt ist, geteilt nämlich zwischen uns, den Plennis, und unseren Mitbewohnern, den Parasiten mit allen ihren Verwandten, die sich ja bekanntlich in der molligen Wärme des Wattefutters prächtig entwickeln sollen. Die Klamotten scheinen zum Teil Toten ausgezogen worden zu sein, denn mühelos kann man an blutumrandeten, ausgefransten Löchern in Jacken und Mänteln das Schicksal ihrer ehemaligen Träger rekonstruieren. Ein Kumpel mußte sogar Knochensplitter und Blutkrusten aus dem Mantelrücken schaben, bevor er die an sich schon leichenrüchigen Klamotten widerstrebend überziehen konnte. Aber was stört das schon? Vor Tagen, beim heulenden Schneesturm, wären wir noch dankbar gewesen für jeden Stoffetzen, den man sich umwickeln oder in die abgescheuerte dünne Feldbluse hätte stopfen können. Ich hatte allerhand Lappen mit Schnurstückchen in das Rückenfutter meiner Jacke geknotet. Die Fetzen waren zwar ein Läusedorado, das durch Knacken laufend vermindert und in einigermaßen erträglichen Grenzen gehalten werden mußte, aber für das geringste bißchen Wärme auf den Lungen mußte eben dieses verdammte Übel in Kauf genommen werden. Nun kann meine alte Feldbluse auf dem Haufen der abgegebenen Uniformstücke einem neuen Gefangenensommer entgegendämmern, meine Reithose mit dem abgetrennten Lederbesatz und meine Feldbluse, getreue Umhängsel von Prag bis Djetschokowka.

Kommt das Ende?

Meine Furunkulose wird immer schlimmer, und die Schmerzen im Rücken und Gesäß werden nahezu unerträglich. Mein rechtes Bein kann ich nur unter Schmerzen bewegen. Es ist mir, als sei meine ganze rechte Körperhälfte paralysiert. In diesem Zustand schlurfe ich abends zur deutschen Kommandantura, mit der Absicht, den Herren mitzuteilen, daß es mir unmöglich sei, weiter Arbeitseinsatz zu machen. In diesem Moment tritt unser deutscher Kommandant Kopp aus der Bude. Er sucht Freiwillige zum Organisieren eines Weihnachtsbaumes. – Es ist der 24.12.45 – Heiliger Abend im Kuhstallager von Nowo Djetschokowka. Keiner von denen, die hier gefangengehalten werden, weiß, ob er je noch einmal das Fest zu Hause wird feiern können. Allein der Gedanke daran scheint Hohn zu sein, und wie ein armseliger, aussätziger Lazarus stehe ich vor der Tür derer, denen es besser geht, und es kommt mir das Wort in den Sinn: „Siehe, ich klopfte an, und es ward mir aufgetan!" Djetschokowka ist kein Ort, an dem man über erbauliche Bibelzitate nachdenken kann. Als ich dem in der Bude befindlichen „Sanitäter" Hans erklären will, was mich drückt, hört mich dieser gar nicht erst an, sondern erklärt mir gleich im zerhacktesten Deutsch: „Was willst du? Du bist doch gesunder wie andere Leit, mer selber kenne nix tun, des musch du sicher wisse. – Los, hau ab!" Ich stand sehr schnell wieder draußen. Bei Kopp will ich mich noch freiwillig melden, um einen Baum zu suchen – trotz allem! „Bleib du da. Wer weiß, wie lang wir fahr'n müssen, um so 'n Ding zu finden." Für mich ist diese Absage deprimierend. Zuerst die Abfuhr von dem Pseudo-Sani und jetzt dieses. Ich fühle mich krank und aussätzig wie nie zuvor. Innerlich völlig ausgehöhlt, ohne Ideale, illusionslos und keinen Sinn am Leben mehr findend, torkle ich in die Unterkunft zurück. Zwei Mann fahren mit dem Pferdeschlitten an mir vorbei, um in der baumlosen Steppe eine Weihnachtstanne für die Gefangenen von Djetschokowka zu suchen. Alle meine Überlegungen treffen sich an einem Punkt: Es ist an der Zeit, dieses miserable Leben zu beenden! Ich bin bereit, Schluß zu machen. Aufhängen oder erfrieren lassen, um diese beiden Todesarten kreisen meine Gedanken.

„K & K", das Beerdigungskommando

„Koslowski und Kürten", brüllt eine harte unsympathische Stimme in die Unterkunft. Ich erschrecke, und meine Gedanken werden schnell in andere Bahnen gelenkt. Koslowski und Kürten, auch „K & K" genannt, sind die beiden Landser, die das „Totenverstecken" übernommen haben. Anders kann man die Leichenbestatter in Djetschokowka nicht nennen. Es sind keine Totengräber, denn die steinhart gefrorene Erde läßt sich nicht graben. „K & K" kratzen lediglich so etwas Ähnliches wie eine kleine Mulde in den Boden, den Rest der Bestattung machen sie mit viel Schnee, an dem in dieser Gegend absolut kein Mangel besteht. Beide bekommen Sonderverpflegung. Koslowski ist Masure, und Kürten ist Sachse. Den Transport der Leichen besorgen beide mit einer Zeltbahn, die Kürten gehört und ihm noch nebenbei als Schlafunterlage dient. Vorige Woche fanden beide bei der Entkleidung eines verstorbenen Kameraden ein EK II, das dieser in dem Futter seiner Wattejacke versteckt hatte. Er bekam es mit ins Grab. Bilder von Angehörigen werden auch mit in die Mulde gelegt. Ansonsten gibt es nichts, auch kein Holzkreuz, denn jedes Stückchen Holz brauchen die Lebenden, vorausgesetzt, daß sich irgendwo überhaupt etwas Holziges finden läßt. Bald wird niemand mehr wissen, wo die Grabstätten liegen. Diese oftmals nur mit dem Vornamen bekannten Toten ohne irgendwelche Papiere werden das Gros der Vermißten stellen.

Die brutal brüllende Stimme nach Koslowski und Kürten fegte wie ein Wirbelwind die ganze Verzagtheit von mir weg. Du darfst nicht sterben, du willst hier nicht verrecken. „Du mußt durchkommen, du mußt es schaffen, und du wirst es schaffen!" sagen innere Stimmen, die vor wenigen Minuten noch einen ganz anderen Gemütszustand verursachten. Nach diesem Lager kommt vielleicht ein anderes, ein besseres, denn ein schlimmeres kann es wohl nicht mehr geben.

Während Koslowski und Kürten mit einem leichten Häuflein Mensch in der Plane in die Nacht hinausstampfen, denke ich an zu Hause, erfüllt von dem unbändigen Willen, alles zu tun, um diese Gefangenschaft lebend zu überstehen und eines Tages Weihnachten wieder zu Hause feiern zu können.

Heiligabend 1945 in Djetschokowka

Am Heiligen Abend werden Läuse geknackt und um den Platz am Ofen streiten sich diejenigen, welche etwas Eßbares garkochen wollen. Spät kommen die Baumsucher zurück. Sie haben nur einen alten, dürren Ast mitgebracht, der an der Bahnböschung gelegen hatte. Sie sind froh, daß sie wenigstens so etwas gefunden haben. Meines Wissens steht an einer bestimmten Wegstelle, etwa 5 km östlich des Lagers in Richtung der Sonnenblumenfelder, ein markanter Strauch. Da hätte man vielleicht noch etwas Besseres herausschneiden können, aber Kopp sagte ja: „Bleib du da!" Obwohl keiner große innerliche Anteilnahme am Erfolg oder Mißerfolg dieser Christbaumexpedition gezeigt hat, wirkt dieser knorrige Ast erstaunlicherweise belebend auf die Lethargie der Stallbewohner. Die spöttischen Bemerkungen über den verhungerten Weihnachtsbaum unterbleiben so nach und nach, und es herrscht die Meinung vor, daß aus diesem Ast unbedingt etwas gemacht werden muß. Einer fängt an und zieht aus seiner Steppjacke Watte, die er locker aufgezupft an den Ast hängt. Das Beispiel macht Schule, und es dauert keine halbe Stunde, bis aus dem dürren, frostüberzogenen Ast ein watteflockiges Bäumchen geworden ist. Ein ungarischer Offizier sucht nach Schnur, er kann aber nur ein Stückchen Draht auftreiben. Er macht daraus kleine Halter und befestigt daran alte, noch ein bißchen mattgolden glänzende ungarische Uniformknöpfe, auf denen die Stephanskrone aufgeprägt ist, das Wahrzeichen des ungarischen Nationalheiligen. Einer spendiert ein Zeitungsblatt der „Krasnaja Swesda", eine Kostbarkeit für einen Raucher, und macht daraus Streifenlametta. Den krönenden Abschluß, die Christbaumspitze, bildet ein Bündel Schilfblätter, das, auf die Astspitze gebunden, den Eindruck von Palmwedeln macht. Behutsam wird das mit sparsamsten Mitteln herausgeputzte Weihnachtssymbol zur Stirnseite der Unterkunft getragen, wo der ehemalige Kammersänger vom Münchner Staatstheater, Fritz Richards, mit einer schweren Furunkulose liegt. Das Absingen von Weihnachtsliedern ist uns strengstens verboten worden, denn Weihnachten ist in der Sprachregelung unseres sowjetischen Kommandanten ein verlogenes, mit falschem Glanz umgebenes Überbleibsel der kapitalistischen Gesellschaftsordnung. Wir aber legen die Kranken, die nicht im Lazarett sind, nach vorn, damit sie das kleine Bäumchen sehen und den Sänger besser hören können. Gestützt von zwei Kameraden richtet sich Fritz Richards auf, und mit einer Stimme, die in seltsamem Kontrast zu dem ausgemergelten Gesicht des Interpreten steht, singt er kraftvoll ein Lied, daß alle still werden und schweigend das Bäumchen anstarren, dessen Knopfschmuck mit der Stephanskrone von einem kleinen flackernden Lichtlein erhellt wird:

> „Vor meinem Vaterhaus steht eine Linde,
> vor meinem Vaterhaus steht eine Bank,
> und wenn ich sie einst wiederfinde,
> dann bleib ich dort mein Leben lang.
> Dann wird die Linde wieder rauschen
> ihr liebes holdes Heimatlied;
> mein ganzes Herz wird dir dann lauschen;
> wer weiß – wer weiß, wann das geschieht.
>
> In diesem großen fremden Land,
> in dieser Steppe nur aus Erd und Stein,
> da grüßt dich kaum ein grünes Blatt
> mit süß vertrautem Schein. –
> Vor meinem Vaterhaus, da steht ein Brunnen,
> sein Wasser rinnt und rauscht so silberhell;
> die Mädchen geh'n zu diesem Brunnen,
> erzählen sich vom Liebsten schnell.
> Nur eine schweigt zu all den Sachen,
> die einst ihr Herz an mich verriet;
> und kehr ich heim,
> dann wird sie lachen;
> wer weiß, wer weiß, wann das geschieht
>
> – – – –
>
> ja, ja, wer weiß, wer weiß, wann das geschieht. –"

69 Männer, die um jedes Maiskörnchen kämpfen und sich um den Schlafplatz streiten, die schon längst zum Tier geworden sind, ohne es selbst zu fühlen, vergessen in diesem Moment jeden Zank und Hader und sind Menschen – Menschen, die sich nicht schämen, daß ihnen die Tränen die Backen herunterkullern wie kleinen Kindern. Schwerkranke, für das Lazarett noch nicht krank genug befunden, schauen

mit glückhaftem Lächeln wehmütig in das flackernde Licht, bis es kleiner und kleiner wird und uns alle in ungewisser Finsternis allein läßt.

Spät kommt der Zählappell am Heiligen Abend. Die Gestalt des russischen Deschournej-Offiziers erscheint in der Tür: „Dawei na Prowjerka!" (= schnell raus zum Appell) brüllt er und läßt unartikuliert ein paar Flüche folgen. Als ich mich so klein wie möglich an ihm vorbeiwinde, streift mich sein alkoholischer Atem. In diesem Fall ist es besser, wenn man schnellstens die Tür gewinnt, bevor man die besondere Aufmerksamkeit dieses gefährlichen Burschen auf sich zieht. Eine uns endlos erscheinende Zeit hört man ihn noch in der Bude herumkrakeelen, um dann endlich zu erscheinen und vor der Front der angetretenen Kriegsgefangenen eine Rede zu halten. Die Quintessenz dieses Gequassels ist, daß wir ihm nicht schnell genug sind und es an der notwendigen Ordnung und Sauberkeit in der „Kaserne" fehlen lassen. „Wenn das nicht besser wird, Soldaten, dann wird exerziert!" Die Worte des Deschournej-Offiziers werden von uns nicht ernst genommen, denn der Alkohol hat anscheinend seine militaristische Ader geöffnet, so daß der Strahl sich notgedrungen auf uns ergießen muß. Als wir durchgefroren in die Unterkunft wegtreten dürfen, ist eine geschlagene Stunde vergangen. Das Weihnachtsbäumchen steht noch geschmückt in der Ecke. Der Deschournej hat es nicht angerührt. Aber von dem Lichtblick und dem Zauber, der bei dem improvisierten weihnachtlichen Gedenken von diesem Symbol ausging, von der Wirkung des Gesangs, der jeden, egal ob Deutscher, Ungar oder Rumäne, besinnlich werden ließ, ist nichts mehr zu spüren. Das Gemeinsame und Verbindende einer Schicksalsnotgemeinschaft, das nur wenige Minuten vom flackernden Lichtlein erhellt wurde, ist wieder unsichtbar untergetaucht in dieses Meer von Hunger, Elend, Dreck und Kälte im Steppenlager 422 Djetschokowka.

Spatzen als Weihnachtsmenü

Am 25. Dezember, zu Hause ist der erste Weihnachtsfeiertag, werde ich wieder zum „Elewator-Kommando" eingeteilt. Es ist ein Tag wie jeder andere in Djetschokowka. Hier gibt es keinen Unterschied zwischen Werktag oder Sonntag, und die einzig gültigen Feiertage für die Russen sind die drei Tage der Oktoberrevolution. Im „Elewator" selbst müssen wir Getreideberge umschippen, damit sich die Innenwärme nicht zu gärender Hitze entwickeln kann, sehr zum Ärger der Spatzen, die in Schwärmen nervös schilpend herumflattern und sich nicht mehr trauen, auf den Getreidebergen „Siesta" zu halten. Die Nervosität der Spatzen hat auch ihren guten Grund in Stepan, dem russischen Natschalnik und Spatzenkiller. Wir haben Gelegenheit, seine primitive, aber äußerst wirkungsvolle Fangmethode kennenzulernen. Stepan kennt die Spatzen, und die Spatzen fürchten Stepan. Deshalb sieht er sich gezwungen, immer aus der Deckung heraus operieren zu müssen. Er wartet meist ab, bis sich die aufgescheuchten Spatzenschwärme wieder auf den Getreidebergen niedergelassen haben, um dann mit einem Zischlaut die Vögel erneut hochzujagen. Mitten hinein in diese aufgestöberten Federgeschwader fliegt dann der Clou der ganzen Sache, die Spatzensense, ein armlanger, mit voller Kraft geworfener dicker Prügel. Mal bleiben drei Stück auf der Strecke, einmal sogar fünf, seltener gar keiner. Die abgeschossenen Getreidepicker, die sich verbotenerweise am sozialistischen Eigentum labten, zappeln meist noch, aber Stepan macht mit ihnen kurzen Prozeß: er packt die Tierchen an den Füßen und liquidiert sie mit einem Schlag auf die Schuhspitze. Er ist der perfekte Spatzenkiller, und seine Fangergebnisse sind beträchtlich. Erstaunt bin ich, als Stepan die Dinger gleich an Ort und Stelle rupft. Auf meine Frage, was er mit den Spatzen mache, kommt die lapidare Antwort: „Kuschit, kuschit, otschin karascho!!" (= Essen, sie schmecken sehr gut). Auf meine Bitte hin leiht mir Stepan seinen Prügel, denn eine solche Bereicherung des spärlichen Speisezettels könnte meinem Magen über alle Maßen guttun. Er ermahnt mich, ihm das Ding ja wieder zurückzugeben, denn er wolle sich aus dem Prügel einen Hammerstiel machen. Ich verspreche ihm das, und meine Spatzenjagd nach Stepanscher Methode kann beginnen. Wir sind zu dritt in einem Getreideschuppen und bis der Posten auf seinem stetigen Rundgang auftaucht, haben schon sieben Spatzen ihren letzten Piepser getan. Als die Luft wieder sauber ist, erledigen wir noch fünf Stück. Die „Spatzenstrecke" wird gerupft, und jeder von uns dreien muß vier Stück verstauen, damit wir uns am Abend im Lager ein entsprechendes Weihnachtsmenü zubereiten können. Ich stecke mir die Spatzen zwischen Hemd und Hose, und selbst wenn der Posten abtasten sollte, dürften ihm diese Sperlingskörperchen, die im gerupften Zustand wie eben dem Ei entschlüpft aussehen, nicht auffallen. Der Zweite preßt die Jagdbeute unter seine alten Gamaschen, während der Dritte seine „Braten" in dem Bund seiner gewaltigen Pelzmütze verschwinden läßt. Wir bekommen unser „Wild" gut ins Lager. Ein jeder von uns dreien schüttelt noch gründlich seine Kleidung aus. In Taschen und allen sonstigen möglichen und unmöglichen Winkeln hatten wir noch etwa 2 kg Weizen mit ins Lager gebracht. Selbst wenn der Posten gefilzt hätte, wären Weizen und Spatzen wohl kaum bemerkt worden, denn die Getreideorganisationsmethoden bestehen z. B. darin, daß man sich überall nur wenig Körner hineingibt. Es hat also den Anschein, als ob diese Getreidekörner rein zufällig während der Arbeit hineingerutscht wären. Diese Ausrede nehmen die Posten in der Regel ab. Wenn man die ganzen „bißchens" zusammenschüttet, kann pro Mann 500 – 1000 g Getreide zusammenkommen. Im Lager versuchen wir, das Getreide zu kochen und legen obenauf die Spatzen. Nach etwa einer Stunde macht das „Weihnachtsfestessen" einen garen Eindruck, und siehe, es geschehen noch Wunder; obenauf schwimmen in der Tat ein paar Fettaugen. Obwohl mit geschmolzenem Schneewasser fett-, salz- und gewürzlos gekocht, vermögen die zierlichen Spätzchen mit ein bißchen verbliebener Phantasie im entferntesten an Huhn zu erinnern. Es sind nur vier Bissen pro Mann, und die zarten Knöchelchen spürt man kaum, wenn man die Sperlingsvögel kaut und das Hinunterschlucken nach Möglichkeit noch etwas hinauszieht – man möchte ja viel davon haben. Die fade Brühe schlürfe ich genüßlich, und das darin gekochte, doof schmeckende Getreide, gemischt mit ziemlich viel Sandkörnchen und anderem undefinierbarem Dreck, füllt so nach und nach den Magen. So haben wenigstens wir drei an Weihnachten etwas Besonderes, und so manch anderer mag sich wohl geschworen haben, es uns beim nächsten Arbeitseinsatz gleichzutun.

Mein erbärmliches Konterfei im Fensterglas

Mein Rücken und mein Gesäß sind so eitrig hart geschwollen, daß mir jede Bewegung schwerfällt und sich Schweißtropfen auf der Stirne zeigen. Trotzdem zähle ich immer noch zu den Gesunden und werde nach wie vor zur Arbeit eingeteilt. Im ganzen Lager gibt es keinen Spiegel oder Spiegelscherben, dafür hatte ich Gelegenheit, mein mageres Konterfei im Fensterglas des Elewator-Maschinenraums zu studieren. Ich bin zutiefst erschrocken. Daß ich erbärmlich aussehen muß, brauchte mir niemand zu sagen, alle sehen miserabel aus – aber so –, – nein, das hätte ich nicht gedacht. Das letzte Selbstbewußtsein ist in dem Fensterglas hängengeblieben, mein Aussehen ist alles andere als erbaulich, es ist zum Fürchten. Der Kopf sieht einem Totenschädel nicht unähnlich, und das läßt mich sehr nachdenklich werden.

Wir schreiben den 26.12.45, zweiter Weihnachtstag, und ich fühle, daß es mein letzter Arbeitstag sein wird, denn ich kann einfach nicht mehr.

Wir drei an Spatzenkraftbrühe Gestärkten werden eingeteilt zum Holzhacken beim Magazin. Ein Zivilist holt uns ab und gemächlich trotten wir ins Dorf. An einem alten Holzhaus, das aussieht wie eine Wildwestblockhütte, halten wir an. Wir sind an Ort und Stelle. Das Schild „Magazin" über der Tür dieses Blockhauses läßt vermuten, daß es sich um das dörfliche Magazin handelt. Es mögen zehn Minuten vergangen sein, in denen wir auf den Treppen sitzen und warten, was da wohl an uns herankommt: „Ej Kamerad! Idi suda!!" Unser Zivilposten winkt uns hinein. In einem rauchgeschwängerten Raum, der durch eine hölzerne Barriere in zwei Hälften geteilt ist, hocken vier Russen auf kleinen, roh zusammengenagelten Stühlen und mustern uns neugierig. Der scharfe Machorkaqualm kratzt im Hals und macht mich husten. Die Russen amüsieren sich darüber und lachen lauthals. Ein lockiger Wuschelkopf fragt mich nach meinem Alter und nach meiner letzten Einheit. Als ich ihm erzähle, daß ich bei den „Konskis" (Pferden) und der Kavallerie gewesen bin, lacht er und beginnt zu erzählen, daß von ihm und seiner Partisaneneinheit während des Großen Vaterländischen Krieges eine Schwadron Njemez-Kavallerie vernichtet worden ist. Er will nochmals meine Einheit wissen. „95.Kav.-Rgt." – ??? – Nein, das hatte er doch noch nicht gehört; wir können es also nicht gewesen

222

sein. Die drei anderen Russen empfangen von dem Wuschelkopf, der der Natschalnik zu sein scheint, Instruktionen und verlassen wenig später den Raum.

Mit „dawai na robotti" folgt die Arbeit auf dem Fuße. Wir werden hinter das Haus geführt. Dort liegt ein großer Stapel alter Bretter, und unsere Aufgabe besteht darin, diese zu Brennholz zu zerkleinern.

Eine grimmige Tortur

„Wsje sakontschi nada, podom budet Robotti kaputt!" – Erst wenn alles fertig ist, gibt es Feierabend. Da heißt es ranklotzen, denn die Menge ist beachtlich. Ich kann kaum Holz hacken, denn jeder Schlag fährt mir wie mit Messern ins Kreuz. Ich fühle, wie meine Hose klebrig wird, und es besteht kein Zweifel, daß durch das Bücken einige hart geschwollene Furunkel aufgeplatzt sind. Verdammter Mist! Ich versuche, mich dennoch irgendwie nützlich zu machen, denn das Holz muß kleingemacht werden, und die Russen kümmern meine diversen Krankheiten nicht. So helfe ich, das Holz heranzuschleppen und halte beim Zersägen, aber das ist auch noch eine grimmige Tortur. Gegen Mittag fängt es an zu regnen. Es ist graupeliger Eisregen, der scharf ins Gesicht peitscht. Wir versuchen, uns im Magazin unterzustellen, aber das ist leider geschlossen. So suchen wir unter dem Dach der Nachbarkate ein bißchen Schutz. Eine Frau öffnet ein kleines trübes Fenster und heißt uns hereinzukommen. Auf einem Bett mit Strohsackmatratze tummeln sich drei magere Kinder in eintönigen blauen Hemdchen. In einem Nebenraum gackern Hühner, und der Duft nach Schwein läßt vermuten, daß auch ein solch nützliches Tierchen darin kampieren muß. Hier sind sie am besten geschützt vor Frost und klirrender Kälte und anderer Unbill des harten Steppenwinters. Auf dem gemauerten Ofen in der Ecke liegt eine zerknautschte Pelzjacke. Es ist anzunehmen, daß es sich hierbei um die eheliche Schlafstätte handelt. Die Frau bäckt in einer schmierigen Pfanne, die sie mit einer alten Speckschwarte einfettet, einfache Maisfladen. Hunger kennt wirklich kein Gebot und wie es scheint auch keinen Anstand, und einer von uns dreien bringt es wirklich fertig und bettelt die Frau an, obwohl die Kinder mit großen, hungrigen Augen um die Pfanne herumstehen und auf die gebackenen Maisfladen warten. Schließlich holt die Mutter die wahrscheinlich erst halbfertig gebackenen Maisfladen aus der Pfanne und gibt sie den Kindern in die Hände. Diese verzehren die heißen Fladen mit wahrer Andacht und sichtbarem Heißhunger. Mit sorgenvollem Gesicht erklärt die Frau, daß sie selbst für sich nur ein bißchen Mehl bekommen habe und uns gerne etwas geben würde, wenn sie mehr hätte. Dabei stellte sich heraus, daß ihr Mann bei Stalingrad gefallen ist und sie allein für den Unterhalt der Familie sorgen muß. Von den Kindern ängstlich beobachtet, bleiben wir noch ein bißchen in der Kate. Bei Nachlassen des kalten Eisregens gehen wir wieder an die Arbeit. Gegen Abend haben wir wirklich unser Soll – auch ohne Mittagessen – geschafft. Der Wuschelkopf kommt, inspiziert und ist scheinbar zufrieden. „Wot, wot", spricht er anerkennend zu uns, und sicher ist er ein bedeutender Mann in Djetschokowka, denn er entläßt uns ohne Bewachung zurück ins Lager.

Die freundliche Unbekannte

Auf diesem Heimweg wird mir unerwartetes Glück zuteil, als eine dick mit Tüchern vermummte Frau schnell unseren Weg kreuzt und wie absichtlich einen Gegenstand in den Schnee fallen läßt. Ich merke mir die Stelle und erreiche das Ding als erster. Es ist wahrhaftig ein Stück Brot, zwar etwas feucht, aber immer noch nicht so klebrig wie der Teig, den sie uns im Lager als Brot „servieren". Durch die Freundlichkeit dieser Unbekannten ermuntert, beschwatzt uns der Bettelbruder aus der Kate, daß er einmal versuchen wolle, die Lage zu sondieren und Brot zu organisieren. Wir stehen Schmiere, während der Bettler vom Dienst in der Dämmerung in Richtung auf ein paar Hütten, die abseits des Weges stehen, verschwindet. Es dauert nicht lange, schlagartig erhebt sich ein Gekläff, und der verhinderte Organisator kommt eiligen Schrittes, verfolgt von einem Hund, angeschnauft. Wir formen Eis-schneebälle und bombardieren den ungemütlichen Kläffer so lange, bis er schließlich doch den Mut verliert und immer noch wild bellend, aber mit eingezogenem Schwanz von dannen trabt. In einigem Abstand bleibt der Köter dann stehen und hetzt unseren Wurfgeschossen wütend nach. Wir machen uns dünne, denn es könnte ja immerhin sein, daß wir noch gestellt werden. Der Kumpel hat gleich beim ersten Haus Pech gehabt: Ein Uniformierter öffnete auf sein Klopfen hin einen Fensterladen. Als er sah, daß ein Njemjetz vor der Tür stand, hetzte er gleich den Hund auf den ungebetenen Besucher. Bis zum Lager passiert Gott sei Dank nichts mehr, aber das erregte Gekläff vieler aus ihrer Ruhe gescheuchten Dorfköter dringt bis zur Unterkunft an unser Ohr.

Schwester „Vaseline" verfügt meine Einweisung in das Lazarett

Mein erster Weg nach diesem Arbeitstag führt zur Küche, um unsere Mittagsbrühe abzuholen, der zweite zum Lazarett. Vielleicht ist die russische Schwester da. Sie muß mich anschauen, denn so geht es beim besten Willen nicht mehr. Beim Betreten des Lazaretts habe ich ein ungutes Gefühl. Die russische Schwester, praktizierende „Ärztin" mit filtriertem Maschinenöl und gereinigter Vaseline, steht direkt unter der Tür. „Straßtwuitje", grüße ich. „Schdo takoi" (Was willst du?) fragt sie gleich, ohne meinen Gruß zu erwidern. Schon vorher entschlossen zu drastischer Demonstration, sage ich kurz entschlossen „Moment", nestle meinen Hosenriemen los und strecke ihr mit einem höflichen „smotri poschalustra" (Sehen Sie bitte) meinen furunkelübersäten Hintern vor die Nase. Das muß ihr nicht gut bekommen sein, denn sie flucht und beschimpft mich wie ein russischer Schuster. Ich verstehe kaum etwas, aber es fällt mir auf, daß mehrmals das Wort „Kultura" und „Swinja" in ihrem Gezeter vorkommt. Sie ist eine kleine, rundliche Person mit flachsblondem Haar und rötlicher Gesichtsfarbe. Man sieht sie stets in einem schwarzen Fohlenmantel und braunem Kopftuch. Ihr Mundwerk ist gefürchtet, steht aber in keinem Verhältnis zu ihrem Können. Immerhin habe ich Erfolg, und Schwester „Vaseline", wie sie nach ihrem vorrätigen Lieblingsmedikament genannt wird, gibt mir Prikas (= Befehl), meine Sachen zu packen, und verfügt meine Einweisung ins Lazarett. Wenn „Vaseline" so schnell Lazarettorder gibt, muß es ja schlecht um mich bestellt sein, denke ich bei mir. Was ich besitze, trage ich auf der Haut, und zehn Minuten später melde ich mich im Lazarett. Doch wer beschreibt mein Erstaunen: Als ich erneut im Blickfeld Schwester „Vaselines" erscheine, weist mir diese energisch die Tür und zetert: „Ja saftra utrom skasall" – ich habe morgen früh gesagt. Ich möchte aber wetten, daß sie „sitschas" – sofort – gesagt hat. Also gehe ich wieder zurück in die Offiziersecke, wo mein bisheriger Schlafplatz schon brüderlich in Beschlag genommen worden ist. Ich zwänge mich wieder hinein und warte auf „saftra utrom".

Internationale Offizierskeilerei

In der Nacht werde ich wach. Streitende Stimmen wetteifern in Lautstärke und Schimpfwörtern. Alle Beschwerden nützen nichts, die Streiterei verstärkt sich zum Geschrei – in Deutsch und Ungarisch. Zahlmeister Kaiser, „Lenin" genannt, hat den ungarischen Fähnrich Mikosch am Wickel. Warum, weiß kein Mensch. Erst als andere Ungarn dem Mikosch zu Hilfe kommen, entwickelt sich die Sache zu einer zünftigen internationalen Offizierskeilerei mit Mannschaftsunterstützung. Kaiser ist Schwabe und „fürcht sich nit". Er ist auch keineswegs körperlich so herunter wie die meisten von uns. Deshalb geht er auch Schlägereien seltener aus dem Wege, und wer bei diesem Mitternachtsgefecht genau hinschaut, sieht zu Kaisers Rechten und seiner Linken Madjaren auf den Boden sinken. Er rudert im Urwaldstil mit seinen Armen, und wer das Pech hat und einen solch weither geholten Schwinger einstecken muß, der legt sich hin. Einige andere deutsche Offiziere unterstützen Kaiser und keilen die gesamte ungarische Minderheit über noch Schlafende hinweg zur Türe hinaus. Die geschlagenen Pußtasöhne holen Kopp aus seiner Bude heraus, und erst dann stellt sich heraus, was überhaupt los war. In unserer Ecke stinkt es immer abscheulich nach Urin. Es blieb Kaiser vorbehalten, die Ursache dieses Übels zu entdecken und den Täter am Tatort sofort zu verprügeln. Der „Zahlmops" hatte beobachtet, wie Mikosch die Schilfmatte hochgelupft hatte und im Liegen darunter urinierte. Mit blutender Nase muß Mikosch auf Befehl von Kopp das mistige Schilf hinausschleppen. Er tut es ohne Murren und wischt sich andauernd das Blut von der Nase. Seine Landsleute und Ehrverteidiger stehen noch immer unter der Tür und debattieren darüber, ob Mikosch nun wirklich zu faul war hinauszugehen oder ob eventuell doch ein anderer Übeltäter für diese Schweinerei in Frage kommt. Die Ungarn sind in ihrer Minderheit wirklich ein sehr interessantes Völkchen. Es war für sie eine Selbstverständlichkeit, für ihren Landsmann Mikosch Partei zu ergreifen. Sobald ein Madjar von einem Nicht-Madjar angegriffen, brüskiert, bedroht oder beleidigt wird, entwickeln diese Männer ein für unsere deutschen Begriffe erstaunliches Zusammenhaltsgefühl. Wenn ein solcher Fall eintritt, so hilft zunächst einmal jeder dem Kameraden, egal ob dieser wie Mikosch im Unrecht ist oder nicht. Untereinander streiten sie auch ganz schön, aber wehe, ein anderer mischt sich ein, der hat die anscheinend ganze zerstrittene Clique sofort geeint gegen sich. – Spät erst tritt wieder Ruhe ein. Nur der ertappte Mikosch spielt noch den Beleidigten und in seiner Offiziersehre Gekränkten. Man hört ihn noch von „Faschisten und Hitleristen" murmeln, den beliebten Verleumdungen, wenn Argumente nicht mehr zur Hand sind.

„Sanitäter Hans" weist mir meinen Platz im Lazarett zu

Nach Empfang der Morgensuppenbrühe melde ich mich erneut im Lazarett. Schwester „Vaseline" ist nicht anwesend, dafür empfängt mich der „Sanitäter Hans", von dem man weiß, daß er das Gemüt eines Kolchosenochsen hat und von Anatomie und Krankenpflege gerade soviel versteht wie ein Installateur von Chirurgie. Eine spanische Wand aus Schilfrohr trennt den Aufnahme- und Untersuchungsraum von der Lagerstatt der röchelnden und stöhnenden Hilflosigkeit, den im Delirium phantasierenden und den im eigenen Kot liegenden Todeskandidaten. Neben dem Eingang zum Untersuchungsraum gibt es noch eine zweite Tür. Den „Gesunden" ist streng verwehrt, durch diese Öffnung das Lazarett zu betreten, denn hinter dieser Tür liegen gleich die Ruhrkranken. Hans weist mir nach den spärlichen Aufnahmeformalitäten meinen Platz zu. Es ist der erste Blick, den ich in den Lazarettraum tue, und es wird mir fast beängstigend zumute, als er mich in die Ecke der „Aussätzigen" führt. „Dort leg dich zwischen", sagt mir der Sani und verschwindet wieder in seinem Reservat hinter der Schilfmatte. Man kann zwar von der Hauptunterkunft aus das Schreien der im Fieber Glühenden und das Röcheln der Lungenkranken hören, man weiß auch, was sich dahinter verbirgt, aber nun liegt es offen vor meinen Augen, und wenn man in Djetschokowka nicht schon längst das Gruseln verlernt hätte, hier würde man es bekommen. Einer mit einem durch und durch entstellten Gesicht erhebt sich und streckt mir mit einem verzerrten Grinsen die Hand hin. Es ist Ludwig, mein Mannheimer Schlafkumpan. „Hier ist es schlecht, aber mir geht es schon besser", meint er. Dabei hat sich seine Sache offensichtlich sehr verschlechtert. Er ist gut die Hälfte weniger geworden und von Krätze und Geschwüren im Gesicht völlig aufgekratzt und verunstaltet. Zugedeckt mit ihren Mänteln, liegt eine Reihe Ruhrkranker in der Nähe der Tür. Wenn sich einer bewegt, geht ein Stöhnen durch die ganze Reihe, und einige von ihnen jammern ununterbrochen herzzerreißend nach Wasser. Steifbeinig und todesmatt steht ein bleiches Skelett über einen Blecheimer gebeugt und gibt blutigen Schleim von sich. In großen, flackernden Augen ist das nahe Ende abgezeichnet. Meine Nachbarn haben dick geschwollene Füße mit Hungerödemen. Ihre Medizin besteht aus heißen Lappen, die sie ab und zu zum Auflegen bekommen. Die meisten sind so schlapp, daß sie sich kaum rühren können. Sie dösen vor sich hin, hocken zusammengesunken an der Lehmwand oder liegen apathisch auf dem Rücken und starren die Decke an. Major de Bra liegt vier Mann weiter. Er sieht genauso mies aus wie immer, macht aber einen relativ munteren Eindruck. Bei diesem Alter ist dies wirklich erstaunlich, denn die ganz Jungen und die Alten werden von den Strapazen der Gefangenschaft am meisten mitgenommen. Hans, der Sani, erscheint am frühen Vormittag mit einem Helfer. Beide tragen eine Nasilka, über der eine Mistgabel liegt. „Was wollen denn die mit dem Zeug?" erkundige ich mich bei meinem Nebenmann, dem Bayern Seppl aus München. Er ist Eisenbahner im Zivilberuf und war zuletzt als Maschinist im Maschinenraum des „Elewators" beschäftigt. „Abwort'n", sagt Seppl, „dös wirst fei glei selbst söhn, woas die mit dem Zeug moch'n." Und wirklich sehe ich selbst: Die Ruhrkranken werden ausgemistet, wie man Schweine ausmistet. Die armen Kerle liegen ohne Hose auf einem bißchen stinkenden, beschissenen Stroh, nur notdürftig zugedeckt mit ihrem Mantel.

Der Helfer des Sanis hebt gefühllos die knochigen, spindeldürren Beine der Kranken hoch, und Hans kratzt mit der Gabel das kotige Stroh hervor, um dann mit dreckig aussehender Putzwolle den herauslaufenden blutigen Schleim vom eingefallenen Hintern zu wischen.

228

Während dieser Prozedur flehen die Kerls nach Wasser und beschwören die Ausmister: „Laßt – mich – laßt – mich geh'n! – Hört auf! – Wasser, Wasser!!" Muttergottes und Teufel werden angerufen, es wird gefleht und geschimpft, geflucht und gedroht, aber alles bleibt auf die Ausmister ohne Wirkung. „Dös ischs Schlimmste vom gonzen Toag", meint Seppl und hat einen Hustenanfall, daß ihm die Adern blaurot aus dem mageren Hals treten. Ich erfahre auch, daß die Medizin und Nahrung der Ruhrkranken allein aus stark geröstetem Schwarzbrot und Holzkohle besteht. Wenn es gut geht, kriegen sie von „Vaseline" noch etwas schwarzen Tee, das ist alles.

Asyl des Elends

Seppl, den Münchner neben mir, scheint es auch schwer erwischt zu haben. Er röchelt und hustet, daß man es kaum mit anhören kann. Am zweiten Tag meines Lazarettaufenthaltes fängt er an zu phantasieren und will umherlaufen. Nur mit Mühe läßt er sich auf dem Boden halten und zieht mit zitternden Nasenflügeln pfeifend die Luft ein. Als der russische Kommandant inspiziert, springt Seppl urplötzlich mit ausgebreiteten Armen auf diesen zu: „So werd' i fei mei Fraule empfong'n – am Münchner Hauptbahnhof – mei liabs Fraule!« Mit gespitztem Mund versucht er den Russen zu küssen, der, überrascht von dem „spontanen Empfang", Seppl zurückstoßen will. Im selben Moment muß es bei dem phantasierenden Münchner wieder ein bißchen klar geworden sein, und er muß erkannt haben, wen er vor sich hat: „A geh', du bisch's, du damischer Lackl, Sakra verfluachta, du Saaruß, du malefizischer; – i will aussteig'n in München, vastehst? – Laßt mi außi oder net?" Seppl wird fuchsteufelswild, und während ihm vom Sani die Arme auf den Rücken gedreht werden, schreit er wie am Spieß: „I steig itzt außi! – Ihr müaßt mi außi loss'n! – Laßt mii außii! – Laßt mi außiiii! Laßt –!" Ein gräßlicher Husten wirft ihn um, so daß ihn Hans ohne Mühe zu Boden bringt. „Da da da – Müngen (München), ja, ja", stottert der Genosse Kommandant etwas verwirrt und schickt mißbilligende Blicke zu Hans. Die schon länger im Lazarett Liegenden sagen, daß Towarisch Kommandant noch nie so schnell verschwunden sei, wie nach diesem überraschenden Zwischenfall mit dem schwerkranken

Seppl aus München. Da liegt er nun neben mir, und in dem heißen Kopf glänzen zwei fiebrige Augen, die in die Weite zu sehen scheinen. „... und kehr ich heim, dann wird sie lachen, und aller Schmerz und Kummer flieht ..." So hat es Fritz Richards am Heiligen Abend gesungen, aber für Seppl und seine Frau wird es wohl kein Wiedersehen mehr geben. In der auf den Zwischenfall folgenden Nacht schläft der Bayer erstaunlich ruhig. Am Morgen will ich ihm die stramm über den Kopf gezogene Decke wegziehen, damit er sein Brot empfangen kann. Als mir dies nicht gelingen will, nehme ich die Decke von unten hoch. Seppl rührt sich nicht mehr. Aus verkrampften Händen löse ich die Deckenzipfel und schaue in ein fremdes bärtiges Gesicht, über das in der Nacht unbemerkt die große Stille gekommen ist. Er, der gestern noch „außi" gelassen werden und sich im Unterbewußtsein voller Wut auf den „malefizischen" Russen stürzen wollte, ist tot. Ich rufe den Sani. Ohne viel Aufhebens beschaut er sich den Fall, und mit seinem Helfer schleppt er den Toten hinter die Schilfwand. Man hört von dort, wie sie den Toten anscheinend ausziehen. Nach zehn Minuten sind die beiden wieder im Raum und verteilen, so als ob gar nichts passiert wäre, das restliche Essen. Der einzige Vorteil in diesem Todeshaus ist der Nachschlag, den man regelmäßig aus dem Suppenkübel bekommt. Die Ruhrkranken erhalten keine Suppe, die Fiebrigen und Apathischen verspüren schon keinen Hunger mehr, und so kommt es, daß diejenigen, denen der Kohldampf bis jetzt noch nicht vergangen ist, von dem Unglück ihrer Kameraden profitieren.

Mein neuer Nachbar ist ein junger rumänischer Zigeuner. Den Rauchern, die noch irgend etwas zu qualmen haben, liegt er andauernd in den Ohren: „Sasloschur, gib mir a Zigaretta!?" Er ist bis zum Bauch voller Wasser, und in seine Beine kann er Dellen drücken wie in weichen Lehm. Das einzige, was man ihm verordnet hat, ist ein Sandsack, damit er seine elefantigen Wasserbeine hochlegen kann. – Einer aus der Nähe von Stuttgart hat einen Mordsfurunkel am Bakken. Sein Kopf ist knallrot und schwillt von Tag zu Tag mehr an. Er bittet um ein Gefäß mit Wasser, um sich zu waschen. Bei seinen bedächtigen Vorbereitungen haut es ihn um. Etwa fünf Minuten wälzt er sich auf dem Boden, strampelt mit den Beinen und stößt, schwer nach Luft ringend, nicht zu verstehende, unartikulierte

Laute aus. Nach einem tierischen Schrei knirscht er mit den Zähnen und ist urplötzlich, nach einem langgezogenen Stöhnen, still.

Es kommt eine Kommission

An Silvester gibt es die angekündigte Sonderration: pro Mann eine Maisflade von der Größe eines alten deutschen Fünfmarkstückes. Vom Dorf her hört man Schüsse knallen, und während einer ironisch „Prosit Neujahr" sagt, dringt Geschrei durch die Lehmmauer, die uns von der Unterkunft trennt, und zeigt, daß die Kameraden nebenan auch in der Neujahrsnacht vom russischen Budenzauber nicht verschont bleiben. Noch achtmal erlebe ich das tägliche Ausmisten der Ruhrkranken, noch viermal höre ich durch die dünne Schilfwand des Aufnahmeraums, wie tote Kameraden entkleidet werden, dann bahnt sich das große Wunder an. Man spürt es schon an der Nervosität und der plötzlichen Leutseligkeit des russischen Kommandanten, daß etwas in der Luft liegt. Zuerst wird es nur geflüstert: „Es kommt eine Kommission." Schließlich wird das Geflüster zur Gewißheit: „In der Kommandantura ist eine russische Ärztekommission eingetroffen." Vielleicht bringt diese Kommission die Erlösung aus diesem Lager? Mann für Mann des Lagers Djetschokowka wird von dem Ausschuß, zwei Ärzten und einer Frau, gemustert. Die meisten von uns sind so dreckkrusten- und geschwürebedeckt, daß keiner der Doktoren auch nur mit dem kleinen Finger wagt, an solche heruntergekommenen Leiber zu tippen. Bei der Inspektion im Lazarett machen die drei Ärzte einen nahezu fassungslosen Eindruck, und jede Frage beginnt mit „patschemu" – warum: – Warum keine Medikamente? – Warum keine Hygiene? – Warum schlechtes Essen? – Warum, warum . . .???? Ich bin mir nicht im klaren, ob diese drei nun wirklich ehrlich so überrascht sind über unsere katastrophalen Zustände, oder ob sie nur die Entrüsteten spielen. Mit mürrischem, verschlossenem Gesicht steht unser Genosse Kommandant dabei und spuckt von Zeit zu Zeit auf den Boden, bis ihm die Ärztin, eine Frau mit strengen, fast männlich wirkenden Zügen und straff nach hinten gekämmtem Haar, eine hygienische Lektion erteilt, ohne dabei auf unsere Anwesenheit und Schadenfreude Rücksicht zu nehmen. Towarisch Kommandant versucht einen Einwand, aber die

Ärztin wischt diesen mit einer energischen Handbewegung hinweg: „Eta njelsja!" – Das ist nicht statthaft! – „Ponjemajesch?" – Verstanden? Unserem selbstherrlichen Kommandanten bleibt nichts weiter übrig, als verärgert seine Mütze ins Genick zu schieben und sodann wieder abwechselnd von hinten nach vorn und dann wieder von vorn nach hinten. Der Bursche ist sichtlich nervös und hat alles andere, nur kein gutes Gewissen. „Tak, tak", ist das einzige, was er zu sagen weiß. Der Einfluß der Ärztin scheint recht groß zu sein. Andauernd ist sie am Kopfschütteln, Kritisieren, Fragen und Schimpfen, ohne daß einer ihrer Begleiter wagen würde, dagegenzureden. Uns kann es nur recht sein, wenn diese makabren Zustände endlich einmal aufgedeckt werden. Als die Reihe an mir ist, bespricht sie sich mit dem einen Arzt, einem nach Parfüm duftenden, reichlich geschniegelten Beau mit Schnurrbärtchen: „Smotri!" – Schau her! – „Otschin molodoj eschtscho..." – Noch so jung und schon..." – es folgt eine Reihe medizinischer Fachausdrücke wie Scabies (Krätze), Dystonie, Pyotemie, Ulcus (Geschwüre), Pernionen (Frostbeulen), Phlegmone (Zellgewebsentzündung), Oedem (Wasseransammlung im Gewebe), aufgrund derer ich ja ziemlich angefault sein muß. Keiner wird richtig untersucht, sondern nur in Augenschein genommen. Es wird auch niemand namentlich erfaßt. Am Abend des 8. Januar 1946 steht aber fest:

1. Das Lager Djetschokowka muß unverzüglich aufgelöst werden.

2. Alle Insassen sind ab sofort als arbeitsunfähig zu betrachten.

3. Kein Gefangener darf mehr zu Außenarbeiten, die zum eigenen Unterhalt nicht notwendig sind, eingesetzt werden.

4. Es ist unverzüglich zu veranlassen, daß jeder Gefangene sofort gebadet, entlaust und mit frischer, sauberer Wäsche eingekleidet werden muß.

5. Die Küche muß die bisherige Unterkunft räumen und in der Baracke eingerichtet werden, damit der Anmarschweg wegfällt und das Essen warm empfangen werden kann.

Die Direktiven der Kommission werden nicht befolgt

Wir sind vielleicht alle schon zu apathisch und zu mißtrauisch, um von diesem Ergebnis besondere Notiz zu nehmen. Wenn die Kommission weg ist, wird es schon wieder im alten Trott weitergehen, und der Alte macht uns aus Rache vollends fertig. Auf alle Fälle wird jeder froh sein können, wenn es ihm vergönnt sein wird, diesem verfluchten Kaff Djetschokowka noch lebend den Rücken kehren zu können. In einem anderen Lager kann es wohl schwerlich dicker kommen als in Djetschokowka.

Am 10. Januar werde ich aus dem Lazarett entlassen. Nicht, weil ich etwa schon genesen wäre, nein, es gibt zu viele Kranke in Djetschokowka, und die Schwere der einzelnen Fälle entscheidet über Aufnahme und Entlassung. Getreu dem alten Wahlspruch „Rußland ist groß, und Moskau ist weit", werden in der Tat die Direktiven der Kommission nicht ernst genommen, und es wird lustig weiter zur Arbeit eingeteilt. Die Hauptarbeitsstellen Ziegelei – Elewator-, Schilf- und Sonnenblumenkommando werden zwar nicht mehr beschickt, dafür werden wir aber an Zivilisten und Militärs verschachert, die allerlei private Dreckarbeiten für uns aufgehoben haben. Bei einem solchen Arbeitseinsatz entdecken ein paar Plennis in einer Kate ein Stalinbildnis, hübsch eingerahmt mit einer anscheinend deutschen Abortbrille, wahrlich die richtige Umrandung für den georgischen Schnauzbart. Man erzählt sich auch im Lager, daß dies sicherlich nichts besonders Bemerkenswertes sei, denn bei der Besetzung Deutschlands hätten die Rotarmisten mit der Toilettenspülung nichts anzufangen gewußt und hätten daraus Wasser getrunken, ihre Hände gewaschen und ihre Socken darin gewässert. Die „Germanskis" haben eben „nix Kultura", sonst wüßten sie, was man in einer Toilettenschüssel alles machen kann. Ein unpraktisches Volk, diese Njemze!

Im Magazin „reißen" wir ein halbes Brot

Das einzig Gute an den zivilen Arbeitsstellen ist die etwas zusätzliche Verpflegung, die man hie und da von gutgesinnten Russen zugesteckt bekommt.

Kopp sucht am Abend zwei Freiwillige. Nur der Gedanke an Zusatzverpflegung verleitet mich dazu, mich freiwillig zu melden. Mit noch einem Mann werde ich eingeteilt zum Produktefassen im Magazin. Wir schnappen uns aus der Küche, die sich schon im alten Schlafstall „eingelehmt" hat, eine Kastentrage und gehen damit los. Im Magazin angekommen, präsentieren sich uns, spärlich beleuchtet auf Holzregalen und darüberhängend, Würste, Schinkenseiten und Brote. Beim Anblick dieser Kostbarkeiten muß ich den Speichel hinunterschlucken, damit er mir nicht wie bei einem hungrigen Hund herausläuft. Lauernd marschieren wir an den Regalen vorbei bis zur Mitte des Magazins, wo direkt unter der einzigen Glühlampe der russische Magaziner steht und uns befiehlt: „Dawai eto Kartoschki na Kuchnja!" (Diese Kartoffeln kommen zur Küche). Er deutet auf ein spärliches Häufchen Kartoffeln, das wir Plennis zugeteilt bekamen. Die kleinen, unscheinbaren Dinger sind so gefroren, daß sie hart wie Steine in die Trage fallen. Wir beide lassen keinen Blick von den halbdunklen Regalen und den Bewegungen des Magaziners. Für mich ist völlig klar, daß ich irgend etwas Freßbares klauen und sofort hineinbeißen werde, koste es, was es wolle. Was ich gegessen habe, kann mir auch kein Magaziner mehr herausschlagen. Mein Kumpel scheint ebenso zu denken, und andauernd huschen seine Augen über Würste und Brote. Die erste Trage haben wir schon vollgeschaufelt. Diesmal müssen wir sie ohne „Beigabe" zur Küche hinüberschleppen. Eine verdammt harte Sache mit meinem furunkeligen Hintern. Das nächste Mal muß es passieren! Es hat den Anschein, als ob uns der Dickbauch ständig mit einem Auge beobachtet. Der Geruch des Brotes macht mich bald verrückt, und mein Magen rumpelt gefährlich.

Er erinnert mich, daß er etwas braucht! Mein Kumpel ist auch ganz nervös, und auf dem Weg machen wir untereinander aus: „Bei der nächsten Tour geht 'ne Wurst, ein Schinken oder ein Brot mit. Scheißegal, was passiert", sagt der Kamerad – „Scheißegal wie", wiederhole ich bestätigend. Der Beschluß ist gefaßt, das Herz hämmert gegen die Rippen, der Magen knurrt voller Erwartung, und der Mund ist feucht. Unser Plan ist ganz einfach: Einer schippt die Kartoffeln in die Trage, und der andere muß sich im Schutze der Geräuschkulisse der in die Trage fallenden Eiskartoffeln an die Regale heranarbeiten. Das Beutegut wird in die Trage geworfen, sofort mit

234

Kartoffeln überschaufelt und draußen brüderlich geteilt. Wir kippen unsere erste Trage in die Küche. Die Kartoffelschäler, meist Wasserkranke, denen die Flüssigkeit immer höher steigt, hocken herum und bekratzen die Dinger. In der Brühe finden sich hernach doch mehr Schalen als Kartoffeln. Das mag zum Teil auch daher kommen, weil die zum Küchendienst Eingeteilten die Erdäpfel gleich roh hinunterschlingen und dadurch ihren Mitgefangenen entziehen. – Wir traben zurück zum Magazin, mit dem festen Willen, unsere „guten Vorsätze" durchzusetzen. Bei unserem Eintritt steht der Alte immer noch am gleichen Fleck und schreibt. Wenn nur das Herz nicht so verdammt hämmern würde! Ab und zu bücke ich mich, um entsprungene Kartoschkis wieder beizuholen. Als der Magaziner von meinen Extratouren keine Notiz nimmt, gelange ich in einen außerhalb seines Sehbereichs liegenden Winkel. Durch erregte Grimassen gibt mir mein Kumpel zu verstehen, daß ich jetzt klauen kann. Mit einem schnellen Griff packe ich eine zunächst hängende Hartwurst und will diese abnehmen. Die Wurst will aber nicht so, wie ich will, und so kommt es, daß das eintritt, was ich eigentlich vermeiden wollte: Durch mein unüberlegtes wütendes Zerren wird die ganze Stange mit Speck und Würsten in Schwingungen versetzt. „Schdo takoj?!" (Was ist los?) höre ich den Dickbauch schreien, und schon ist der Kerl da. Ich stammle etwas von Kartoschkis auflesen und „nix zappzerapp", und während der Alte mir eine unmißverständliche Drohpredigt hält und mich filzt, klaut doch tatsächlich mein Kumpel hinter dem Rücken des Magaziners ein ganzes Brot und wirft es in die Trage. Wenig später beruhigt sich der Russe wieder. Er hatte nun einmal nichts Schlüssiges gesehen, bei mir auch nichts gefunden und war sich dadurch wohl nicht im klaren, wodurch die Schwingungen der Speckstange verursacht worden waren. Meine Ausrede muß auch glaubwürdig geklungen haben, nicht umsonst hatte ich sie mir schon vor dem mißglückten Attentat auf die Wurst zurechtgelegt. Man konnte wirklich daran stoßen! Scharf beäugt von Dickbauch machen wir uns zum letzten Mal auf den Weg zur Küche. Mehr als zwei Tragen Kartoffeln gibt es nicht. Am Anfang gab es sogar nur eine halbe Trage und etwas Kapusta. Ich glaube, daß wohl selten so behend und geschwind eine Trage aus dem Magazin geschafft wurde wie dieses Mal. So ganz wohl ist es uns nicht, denn Dickbauch könnte immerhin noch auf die Idee kommen, die Kartoffeln nach anderen Produkten zu durchwühlen. Es geht aber alles gut. Bevor wir die Trage absetzen, gehen wir noch ein paar Schritte. Wir befinden uns in dem dunklen Stück Weg zwischen Küche und Magazin. Mit schnellen Bewegungen wühlen wir die Kartoffeln zur Seite, mein Kumpel hat es als erster. Leider ist es nur ein halbes Brot. Er reißt das Stück auseinander und gibt mir meinen Teil, und während wir so tun, als ob etwas an der Trage wäre, schlingen wir in großen Bissen das Brot samt dem anhängenden Kartoffeldreck hinunter, und daß wir dabei nicht knurren, ist wohl das Einzige, was uns in diesem Moment vom hungrigen Tier, das eine Beute gerissen hat, unterscheidet.

Der letzte Appell in Djetschokowka

In der Nacht bekomme ich starke Leibschmerzen und fühle mich ganz aufgebläht. Das hastige Hinunterschlingen des kalten, angefrorenen Brotes ist mir nicht gut bekommen. Es sollte auch den letzten Arbeitseinsatz für mich bedeuten, denn am 28. Januar 1946 wird das ganze Lager entlaust und gebadet. Es ist die übliche Methode: wenig Wasser im eiskalten Waschraum für die Menschen, und angenehme, lauwarme Temperatur in der „Hitzekammer" für die Läuse. Am 30. Januar 1946, nachmittags gegen 15 Uhr, findet der letzte Appell im Lager Djetschokowka statt. Die Bilanz ist erschütternd: 70 meist schwerkranke Männer stehen angetreten, 40 Schwerstkranke liegen im Lazarett, 17 Mann sind gestorben.

Die Überlebenden verlassen Djetschokowka

Eine Stunde später wandern wir durch den Schnee in Richtung Bahnhof. Die Ruhrkranken liegen bäuchlings auf kleinen Schlitten. Ihre kotverkrusteten Hosen stinken erbärmlich, und die ganze Abteilung der in Wattejacken, Militärmäntel und Lumpen vermummten, ausgemergelten Gestalten verläßt in einem Elendszug Djetschokowka. Ich schaue nicht mehr zurück. Es ist dort nichts, von dem man schweren Herzens Abschied nehmen müßte, und man ist selbst so fertig, daß man auch an dem Schicksal der zurückgelassenen toten Kameraden wenig

Anteil nimmt. Für unsere 17 Toten, deren Skelette bei eintretender Schneeschmelze mit ziemlicher Sicherheit von der Sonne gebleicht und unter dem Steppenwind verwittern werden, ist alles vorbei. Sie haben ausgelitten. Wir bis jetzt noch Überlebenden wissen nicht, was die Zukunft bringt und ob wir jemals unsere Heimat wiedersehen werden.

Als wir in langsamem Marsch endlich auf der Stanzia eintreffen, ist es schon dämmrig. Im Bahnhofsgebäude drängeln sich Frauen und Männer mit Körben und Säcken und warten ebenso wie wir auf den Zug. Als sie uns Jammergestalten sehen, rücken sie scheu zur Seite und stecken flüsternd die Köpfe zusammen. Als Pferdeschlitten, beladen mit unseren Schwerstkranken, ankommen, räumen unsere Konvois die Bahnhofshalle von der russischen Zivilbevölkerung. Sie müssen hinaus ins Freie, und die schon halb gestorbene Fracht wird auf den blanken Boden gebettet. Nach längerer Wartezeit rollt aus der schneeigen Ferne das Sausen und Brausen heran, das einen kommenden Zug ankündigt. Die Lokomotive qualmt und faucht, als sie mit ein paar Waggons in die Station einfährt. Es ist ein Personenzug, von dem drei Waggons für uns reserviert sind. Mit dem üblichen „dawai, dawai" geht es ans Einsteigen. Alles verläuft viel langsamer als beispielsweise bei den ersten Transporten, mit denen wir nach Rußland geschafft wurden. Von uns Marschfähigen werden zehn Mann herausgesucht, die die Schwerstkranken verladen müssen. Die Russen schauen interessiert aus den Fenstern, wie die Landser ihre Kameraden vorbeischleppen. Aus lehmgelben Gesichtern starren große Augen teilnahmslos in die Ferne. Die Arme hängen schlaff herunter, und der Kopf wippt außer Kontrolle nach links und rechts. Wie halb Bewußtlose hängen sie in den Armen ihrer Träger, und alles, was um sie und mit ihnen geschieht, scheint sie nicht mehr zu beeindrucken.

Bei diesen Kameraden ist jeder Antrieb erloschen. Djetschokowka hat uns alle stumpf und farblos gemacht. Nach den Schwerstkranken wird noch Brot eingeladen, davon erhält jeder 500 g als Marschverpflegung. Dann ertönt ein langer Pfiff, und der Zug setzt sich in Bewegung. Zu je sechs Mann haben wir ein Abteil belegt. Das bißchen Brot ist im Nu aufgegessen. Vielleicht war es die Ration für zwei Tage oder noch mehr. Egal, was weg ist, ist weg, und jede Fahrminute bringt mehr Kilometer zwischen uns und dem dreimal verfluchten Djetschokowka. – Man duselt so langsam ein, und ich weiß noch nicht einmal, ob und wie lange ich geschlafen habe, als wir unsanft mit einem Ruck durcheinandergerüttelt und wach werden. Der Zug steht, und durch die angelaufenen Scheiben sieht man schimmerndes Lampenlicht. Es dauert noch ein wenig, und es scheint gar nichts zu geschehen – wahrscheinlich bloß ein Zwischenaufenthalt. Doch plötzlich werden die Abteiltüren aufgerissen, und man hört die Konvois, wie sie den Befehl zum Aussteigen geben. Wir sind also da!

Schlimme Szenen auf dem Bahnhof Armavir

Der Unterschied zwischen dem warmen Mief und der eisigen Außenluft ist kraß. Auf einem grauen Schild über der Stanzia steht mit kyrillischen Buchstaben „Armavir". Frierend stehen wir vor den Wagen. Weiße Dampfwolken entweichen zischend den Kesselventilen der Lokomotive, und vor und hinter uns steigen immer noch Russen aus und ein. Unsere Abteile, die zum Teil noch von den Schwerstkranken belegt sind, wollen jetzt russische Zivilisten besetzen, und einige von ihnen werden bei unserem Transportführer vorstellig, damit der Waggon schneller geräumt wird. Kopp läßt sich vernehmen: „Freiwillige zum Brotausladen herkommen." Wie zerlumpte Zigeuner stürmt ausnahmslos der ganze Haufen an den betreffenden Waggon. Jeder will Brot ausladen, im Herzen die geheime Hoffnung, ein Stück davon abzubrechen und hinunterschlingen zu können. Zwei, drei Schüsse in die Luft lassen unseren flatternden Elendshaufen auseinanderfahren und beenden den Ansturm der Hungrigen. Das Bild, das wir abgeben, macht deutlich, daß wir uns auf der Stufe völliger Auflösung aller menschlichen Bindungen und jedweden menschlichen Anstandes zu befinden scheinen.

Wie Vieh werden wir von den Posten zusammengetrieben. Die russischen Zivilisten haben sich angesichts unserer wilden Schar alle verkrümelt und drücken die Nasen an den Fenstern platt. Unsere Waggons stehen leer, bis auf den Schwerstkrankenwaggon.

Dreißig Mann werden eingeteilt zum Brottragen, das Schwester „Vaseline", die den Transport begleitet, aus dem Abteil reicht. „Das Brot ist unsere Ration für morgen", gibt Kopp bekannt, und die

russischen Posten stehen mit in Anschlag gebrachten Maschinenpistolen neben der Brotausgabe, entschlossen, jeden Tumult im Keime zu
ersticken. Kopp bekräftigt noch einmal, daß das Brot unsere morgige
Ration darstellt: „Ein Schuft, wer's frißt! Wer's nicht abliefert, kommt
im neuen Lager in den Karzer – ohne Verpflegung versteht sich!" Es
dauert schon noch einige Zeit, bis der Zug weiterfahren kann und von
seiner unheimlichen Fracht befreit wird, die über drei Waggons verteilt
war. Man hat hier in Armavir anscheinend doch schon Erfahrung mit
der Ankunft solcher Elendstransporte, wie es der unsrige darstellt,
denn die Schwerkranken werden in einen Schuppen gelegt, in dem
Pritschen für etwa 50 Mann eingebaut sind. Von dort sollen sie später
abgeholt werden.

Durch hohen Schnee zum neuen Lager

Es dürfte so gegen Mitternacht sein, als wir uns in Bewegung setzen
und durch hohen Schnee in die Dunkelheit hinausstapfen. Auch ich
gehöre zu jenen dreißig Mann, die dazu bestimmt wurden, ein Brot ins
neue Lager zu tragen. Dieses Brot unter meinem Arm stürzt mich in
schwere Gewissenskonflikte. „Friß es auf!" hämmert es im Gehirn.
„Wer's frißt, ist ein Schuft!" brüllt die innere Stimme dagegen. „Friß,
friß . . . friß doch . . .! – Friß doch nur ein kleines Stückchen, du kannst
doch sagen, es ist dir rausgebröckelt, und du mußt es wohl verloren
haben", so spricht der Teufel der Versuchung und zwickt und reißt in
den leeren Gedärmen. Wer will sich zum Richter aufschwingen? Wer
ist schon halb verhungert, mit Geschwüren und in Lumpen, mit einem
frischen Brot unter dem Arm mühsam durch hohen Schnee gestapft?
Wer – wer – wer?

Halluzinationen des Hungers

Ich muß mir kalten Schweiß von der Stirne wischen, denn wie einen
Ruf habe ich es vernommen, dessen Echo von allen Himmelsrichtun-
gen auf mich eindringt, Halluzinationen des Hungers? Und doch puhle
ich mir ein kleines Stückchen Brot heraus, ich kann ja sagen, daß es

herausgefallen sei. Der Bissen zergeht mir zwischen den Zähnen wie flüssiger Zuckersirup.

Mehr und mehr zieht sich unser Haufen in die Länge, und die Verbindung mit dem Vordermann reißt ab. Es ist mühsam, bis man wieder aufgeschlossen hat, denn jeder Schritt ist bei dieser körperlichen Verfassung eine Anstrengung. Hier sind es zwei, die die Köpfe senken und sich aufeinanderstützen, dort sind es ein paar, die keuchend wieder Anschluß an die Vorderen suchen, und weiter hinten glitschen und taumeln die Schwächsten durch den Schnee. Dort hinten sind auch die Posten, die dafür sorgen, daß sich keiner in den Schnee legt und liegen bleibt. Entgegen der sonstigen Gepflogenheit russischer Konvois bringen sie die Kolonne aber nicht mehr zusammen, wahrscheinlich auch darum, weil jeder Fluchtversuch ausgeschlossen ist. Erst am Morgen nach der Ankunft im neuen Lager soll sich offenbaren, welche Tragödien sich am Ende der Kolonne abspielten.

Endlich schimmern nach langer Zeit eine Reihe Lichter aus der Ferne über die Schneewälle. Es könnte das Lager sein. Auf alle Fälle geben diese Lichtpunkte uns Wanderern in der Schneewüste neuen Auftrieb; denn bis dahin dürften wir es noch schaffen.

Um 2.00 Uhr morgens: 52 Mann vor dem Lager Armavir

Ungefähr im zweiten Drittel unserer auseinandergerissenen Kolonne treffe ich am 31. Januar 1946 gegen 2 Uhr morgens vor dem Tor des Lagers Armavir ein. Wir müssen dort noch eine halbe Stunde stehen, und man sagt uns, daß wir erst hineinkommen, wenn die ganze Mannschaft vollzählig sei. Aber nach mir kommt erstaunlicherweise keiner mehr an.

Wer Brot zu tragen hatte, dem wird es abgenommen. Es sind meist nur noch krümelige Bruchstücke. Das andere ist unterwegs „verlorengegangen" und „aus der Hand gefallen".

– „. . . Sorok dewjat, pjedisat, pjedisat odin, pjedisat dwa!" Zweiundfünfzig Mann aus Djetschokowka werden in das Lager Armavir hineingelassen, obwohl die Kolonne nicht vollzählig ist. Als bis 4 Uhr die anderen immer noch nicht eingetroffen sind, wird von den Russen ein Schlitten klargemacht. Gegen 5 Uhr in der Früh kommt dieses

Fahrzeug zurück. Es hat 15 Mann aufgelesen, die unterwegs zusammengebrochen waren und teilweise kein Gefühl mehr in den Gliedern hatten. Drei Mann gaben überhaupt keine Lebenszeichen mehr von sich, und ein russischer Sani, der ihnen einen Taschenspiegel vor den Mund hielt, schüttelte den Kopf. Auf dem Spiegelglas war nicht der leiseste Hauch zu sehen. Doch der letzte Trupp aus Djetschokowka, eine Gruppe bleicher Männer, die einen Schlitten, beladen mit Ruhrkranken, im Gespann mit sich führen, wankt noch viel später vor das Lager, und erst am hellen Tage schließt sich das Tor hinter den letzten Elendsgestalten aus der Steppe, den Schwerstkranken, die in Lkws herangeholt wurden.

Sammellager des Elends

Armavir – Stadt am Kuban – Sammelbecken für krankes Blut, das Tag und Nacht in vergifteter Substanz aus den umliegenden Hungerlagern hereingepumpt wird, um entweder in Kläranlagen weiterzupulsieren oder in Abfallgruben endgültig zu erkalten.

Der Kriegsgefangenenfriedhof in Armavir ist ein einziges Massengräberfeld, dessen Bodenkruste wie von unterirdischen Mächten höckrig aufgerissen erscheint. Stacheldraht, das Symbol der Gewalt, hält selbst die Toten noch gefangen und umfaßt mit seinen dornigen Krallen den gesamten Acker mit Einzel- und Massengräbern. Verschiedentlich haben Ausschachtungskommandos den Versuch gemacht, den Draht einzureißen und aufzurollen. Wo dies geschah, verflochten sich unentwirrbare Knäuel zu dichtem Verhau, so daß es den Russen auffiel und weitere Aktionen in dieser Richtung unmöglich wurden. Primitiv zusammengehauene Holzkreuze, die vereinzelt auf Erdaufwürfen stehen, wurden aus herausgerissenen Palisadenpfählen zurechtgehauen, aber die meisten Hügel sind kahl, und nur die blanke Erde wölbt sich über toten Gebeinen. Obwohl weitab der Stadt und abseits des Lagers gelegen, hebt sich dieses Golgatha der Jetztzeit auffällig aus dem flachen tscherkessischen Land zwischen Kuban und Manytsch. Man spricht von mehreren Tausend Toten, die seit Bestehen des hiesigen Lagers hier begraben worden sein sollen, aber genau wird es wohl niemand wissen, und es bleibt nur bei Vermutungen.

In 72 mit Wellblech und aufgeschüttetem Boden bedeckten, 2 m in die Tiefe gehenden Erdbunkern und sechs weißgetünchten Lehmbauten mit der klangvollen Bezeichnung „Pavillon" leben rund 4000 Männer, darunter etwa 60 Prozent Dystrophiker. Unter ihnen befinden sich viele, die erst dann in das Lager Armavir eingeliefert wurden, als sie schon in der Agonie des Todes lagen. Sie sind nicht mehr zu retten und füllen den Totenacker vor der Stadt. Ausgelaugt bis aufs Mark, entmenschlicht, entwürdigt, geschmäht und zerschlagen, so kommen sie aus den Bergwerken vom Donezbecken, aus den Kolchosen der Kalmückensteppe, aus Straflagern mit unbeschreiblichen Zuständen und aus den Todeslagern im Raum von Tichorezkaja. Sie haben den Haß verspürt, so wie er von Ilja Ehrenburg während des Krieges geschürt wurde:

„Wir sagen nicht mehr Guten Morgen oder Gute Nacht! Wir sagen morgens: ‚Töte den Deutschen' und abends: ‚Töte den Deutschen'!"

„Es geht nicht um Bücher, Liebe, Sterne, es geht jetzt nur um den einzigen Gedanken: Die Deutschen zu töten. Sie alle zu töten. Sie zu vergraben..."

„Der Krieg hat uns nicht nur zum Haß gegen die Deutschen, sondern auch zur Verachtung der Deutschen erzogen... Für uns sind sie zweibeinige Tiere, die die Kriegstechnik vollkommen beherrschen... Sie würden am liebsten auf vier Pfoten gehen, sich ein dichtes Fell wachsen lassen und etwas verdienen, was ihnen noch wertvoller ist als ein Ritterkreuz mit Eichenlaub, nämlich ein fünftes Glied, einen ausgewachsenen, beweglichen Klammerschwanz... Es gibt nichts Schöneres für uns als deutsche Leichen. Töte den Deutschen! Deutsche sind keine Menschen, Deutsche sind zweibeinige Tiere, widerliche Wesen, Bestien. Sie haben keine Seele. Sie sind einzellige Lebewesen, seelenlose Mikroben, die mit Maschinenwaffen und Minenwerfern ausgerüstet sind....

Tötet, tötet! Es gibt nichts, was an den Deutschen unschuldig ist, die Lebenden nicht und die Ungeborenen nicht! Folgt der Weisung des Genossen Stalin und zerstampft für immer das faschistische Tier in seiner Höhle. Brecht mit Gewalt den Rassenhochmut der germanischen Frauen. Nehmt sie als rechtmäßige Beute. Tötet, ihr tapfer vorwärtsstürmenden Rotarmisten!...

Diesen Stamm werden wir vernichten! Aber den letzten Fritzen kann man dann in den Tierpark setzen mit der Aufschrift ‚Fritz Vulgaris‘, der durch die Bemühungen des Dr. Gepke aus dem Menschen entstand!"

Hunderttausende verspüren diese Mordhetze in der Gefangenschaft, wo man sie fertigmacht und verkommen läßt, und der Willkür des russischen Lagerpersonals hilflos aussetzt.

Man könnte fast meinen, wir seien wirklich zum Tier geworden. Mit läppischen Gebärden und dem Verhungern nahe, hocken die Lebendigsten in Armavir wie die Affen auf den Pritschen und haben den ganzen Tag nichts anderes zu tun, als auf das Essen zu lauern, Wanzen zu zerdrücken und Kommissionierungen über sich ergehen zu lassen. Die Schwächsten liegen mit angezogenen Knien auf den Brettern und starren ins Leere, als ob von dort die Rettung kommen müßte. Alle, die hier eingeliefert werden, sind am Nullpunkt ihrer Existenz angelangt, und die Zukunft ist ohne Hoffnung.

Eingewiesen in Erdbunker

Nach der Ankunft im Lager werden wir nicht gefilzt. Entlang einer vom Schnee freigeschaufelten Lagerstraße ducken sich tief verschneite Erdbunker. Aus seitlich herausgestoßenen Röhren kringeln sich spärliche Rauchwölkchen, und vereinzelt glotzt eine blinde Glasscheibe aus den Schneewällen neben den Brettertüren. Wir trotten neben einem rumänischen Lagerprominenzler her und werden in die Bunker 67 und 68 eingewiesen. Es sind abstoßend dunkle, feuchte Unterkünfte mit muffigem Strohbelag auf gestampftem Lehmfußboden. Eine Ölfunzel verbreitet diffuses Licht, und neben einem klapperigen Klamottenöfchen liegen ein paar Scheite Holz zum Anheizen. Den Flüchen des rumänischen Einweisers kann man entnehmen, daß der Großteil des Holzes, trotz Verriegelung des Bunkers, bereits geklaut wurde. Ein beißender, in der Erdbude herumziehender Rauch ist das Ergebnis der ersten Anheizversuche. Von den lauen Qualmschwaden ermuntert, wacht das ganze Ungeziefer auf, und außer Wanzen und unseren eigenen Läusen gibt es hier Flöhe in Massen, die rotfleckige Stiche als Visitenkarten in dem welken Dystrophikerfleisch hinterlassen. Bis gegen Mittag unseres Ankunftstages stehen wir schläfrig um die Öfen herum und husten den Qualm aus den Lungen.

In abgehackten Tönen vernehmen wir ein Trompetensignal. Es ist das altbekannte „Kartoffelsuppensignal", und dieses läßt uns Gutes ahnen. Allenthalben hasten Essensträger aus den Bunkern in Richtung Küche. Bei uns in der Unterkunft beginnt ein nervöses Geklapper klargemachter Eßbüchsen, ein hastiges Nach-draußen-Drängen, um zu sehen, ob es auch wirklich wahr ist, daß es etwas zu essen gibt. Ich stehe Kopp, der jetzt Kompaniechef spielt, am nächsten und werde als Essenholer eingeteilt: „Melcher und Bürgers, schnappt euch den Holztrog hier in der Ecke. Für Bunker 68 müßt ihr verlangen! 30 Portionen – seht zu, daß ihr noch 'ne Kelle mitbringt." – „Ich kann keinen Kübel schleppen, mein ganzes Kreuz ist voller Geschwüre", wende ich ein. „Hab' dich nicht so, das bißchen Futter wirst du wohl noch herbringen, die anderen sind noch viel schlimmer dran", meint Kopp. So hängen Bürgers und ich den Eßkübel in das Tragholz. Es macht mir schon Schwierigkeiten, den leeren Trog auf die Schultern zu heben. Als ich die erste der vier Holztreppchen, die von dem Bunkerinnern ins Freie führen, hochgehen will, knicke ich kraftlos in den Knien ein und stürze nach rückwärts. Bürgers, der hinter mir geht, torkelt dadurch auch zurück. Der leere Holzkübel prallt dumpf auf den Boden, und vor meinen Augen tanzen gleich dutzendweise helle Kringel, und auch die Geschwüre scheinen wie glühende Nadeln ins Bewußtsein zu dringen. „Mit däm volln Gübel hätte där das nisch passiern därfn", meckert mich noch zu allem Mißgeschick ein Sachse aus Oschatz an, der wegen seinem ständigen Furzen allgemein nur das „Stinktier" genannt wird. Ich rapple mich hoch, und Kopp teilt Gott sei Dank einen anderen ein. Ich bin so entkräftet, daß ich mir nach diesem Sturz schweratmend eingestehen muß: Mit dem leeren Kübel hättest du die vier Treppchen nicht geschafft, und die ganze Meute wäre über dich hergefallen, wenn's erst mit dem vollen Kübel passiert wäre. Daß es den anderen nicht viel besser geht als mir, sehe ich daran, daß sich auch Bürgers und mein Ersatzmann an der Seitenwand abstützen müssen, um hochzukommen. Kopp sieht das und schickt kopfschüttelnd noch einen dritten Mann zur Unterstützung mit, den Sachsen aus Oschatz. „Ich gäh nisch", gibt der zur Antwort und geht vom Ofen weg. „Du gähst", befiehlt Kopp, den Oschatzer mit einem breit gequetschten „ä" imitierend. Andere mischen sich ein, und im Nu ist die schönste Streiterei im Gange. Erstaunlich, daß die Energien zum Streiten nach wie vor unerschöpflich zu sein scheinen. Mit dem Verfall der Körperkräfte steigert sich die Mißstimmung, und daraus entwickelt sich das andauernde Gezänk. Meist geht es nur um Lappalien und um normalerweise als kindisch zu betrachtende Ursachen. Dieser Streit um das Essenholen endet damit, daß der Sachse doch „gähen" muß, weil Kopp immer noch der Stärkste unter den hungrigen Wolfsgesichtern aus Djetschokowka ist. „Wenn de mit däm Gübel umfällst, gannste was erläb'n", äfft ein Landsmann von mir die eigenen Worte des Oschatzers nach und hat sogar ein paar spärliche Lacher auf seiner Seite.

Plennikommandant Michalaki setzt sich in Szene

In dem Brodeln schnell wechselnder Empfindungen vergeht geraume Zeit, bis die drei mit dem Kübelfutter angeschnauft kommen. Donnerwetter: Was sich uns da als Essen anbietet, kann man im Vergleich zu Djetschokowka schon eher als Essen bezeichnen. Dicke Kapustasuppe, gut gesalzen, mit Fettaugen und sogar kleinen Fleischstückchen darin. Nach dem seelischen Wellenreiten vor dem Essensempfang legt sich die gespannte Atmosphäre im Bunker, die teilweise auch dadurch ausgelöst wurde, daß unsere alte vollgefressene Lagerprominenz eine grenzenlose Verachtung gegenüber uns Ausgehungerten an den Tag legt. Satte und Hungrige werden sich nie vertragen, und wenn man beide in einen Käfig sperrt, explodieren die Gegensätze.

Als meine Nase über den heißen Suppendampf kommt, fängt sie an zu laufen, als ob ein Hahn aufgedreht sei, und mein Magen gibt Brummtöne von sich wie eine schnurrende Katze. Der Kapusta scheint alle innerkörperlichen Funktionen zu stören, denn einige hasten nach dem gierigen Hinunterschlingen der Suppe mit steifen Bewegungen hinaus und urinieren, wie von Djetschokowka her gewohnt, direkt vor den Bunker. Während von draußen ein unverständliches Geschrei ertönt, kommen die Pinkelbrüder mit offenen Hosenlätzen die Treppen heruntergeschlittert. Hinterher folgen zwei schimpfende und schlagende, pelzbemützte Kerle der rumänischen Lagerpolizei, von denen sich, o Schreck, einer als der Plennikommandant Michalaki entpuppt.

Er läßt keinen Zweifel daran, daß auch in Armavir die Masse der Niedergetretenen den Anordnungen der herrschenden Lagerprominenz Folge leisten muß. Er verlangt gebieterisch, den Starschej des Bunkers zu sprechen. Kopp meldet ihm katzbuckelnd die Besatzung in perfektem Russisch. Michalaki stutzt einen Moment, fährt aber Kopp trotzdem unwirsch an. Rede und Gegenrede gehen in Russisch über die Bühne, und Kopp bleibt nichts anderes übrig, als Michalakis Strafpredigt seinen „Tschelowjeks" zu übersetzen: „Wer vor den Bunker schifft, kommt in Zukunft in den Karzer. Der Lokus ist dafür da, daß man ihn benutzt. Der Kommandant sagt, daß absolute Ordnung herrschen muß. Wo kämen wir da hin, wenn unter Tausenden von Männern keine Disziplin herrschen würde? Wer sich dieser Disziplin widersetzt, wird bestraft. In einer Stunde werden wir entlaust und gebadet, dann dem Kapitänarzt vorgestellt. – Verstanden?" Ein zaghaftes „Jawohl" antwortet Kopp. „Antwortet doch etwas lauter, wenn der Kommandant dasteht, ihr Dösköppe!" Daraufhin klappt es etwas besser, und Michalaki gibt sich damit zufrieden und verschwindet aus unserem Bunker.

Entlausung und Totalfilzung durch ungarische Lagerganoven

Aus einer Stunde werden mindestens drei, bis wir mit unseren paar Habseligkeiten und einem Schlag Kapustasuppe im leeren Bauch zur Entlausung geführt werden. Die Aufnahme erfolgt in einem Raum mit zementiertem Boden, der mit feuchten, zerfaserten Holzrosten belegt ist. Dicke ungarische „Kaschköppe" geben uns zu verstehen, daß wir uns nackt auszuziehen haben und die Klamotten vor uns ausbreiten müssen. Die Bude ist ungeheizt, und wir klappern vor Kälte mit den Zähnen. Dann werden wir gefilzt. Es braucht uns nicht mehr zu wundern, warum wir bei Eintritt ins Lager nicht durchsucht wurden, hier wird es auf das gründlichste nachgeholt. Es wird alles weggenommen: Selbstgemachte Messer, Bleistiftstummel, Zeitungspapier, Bilder von zu Hause, alte Feldpostbriefe, Schnurstückchen, Hosenknöpfe, Spiegelscherben und andere möglichen und unmöglichen Gegenstände. So manches noch lebende Skelett muß sich von den kuriosesten, läppischsten Sammelgegenständen, die in Taschen und Brotbeuteln aufbewahrt wurden, trennen. Oft werden natürlich auch für den einzelnen wertvolle Erinnerungsstücke an Eltern, Frau und Kinder, Bräute usw. weggenommen und fliegen mit dem anderen Krimskrams auf einen Haufen. Bei einem finden sie tatsächlich noch eine Uhr, die dieser seit seiner Gefangennahme durch alle Fährnisse gut hindurchgebracht hatte. Dieser Fund ist die Ursache dafür, daß die Ungarn auch zur nackten Körperfilzung übergehen. Ein Ungar mit einer Verbrecherphysiognomie untersucht dreckig grinsend und von zotigen Witzen seiner Kameraden begleitet bei jedem den Hodensack nach versteckten Uhren. „Das sind mir die richtigen Leichenfledderer", zischt mir mein Nebenmann ins Ohr. Später erst stellte sich heraus, daß er gar nicht so unrecht hatte. Das Bestattungskommando besteht ausschließlich aus „Banja-Ungarn". Widerspruchslos wird alles von uns hingenommen. Was hier nackt in der Kälte steht oder in der Hocke auf dem Holzrost sitzt, sind nackte Menschen mit schlaffer, kalter Haut, oft übersät mit stumpf geröteten Ödemen, Menschen mit wassergefüllten, unförmigen, prallen Beinen, geisterhaft abgemagerten Oberkörpern und weit hervorstehenden Knochenpartien, – Menschen, bei denen die Lebenssubstanz in einem solchen Maße aufgezehrt ist, daß eine gesundheitliche Wiederherstellung in Frage gestellt ist.

Ich ekle mich vor mir selbst

Nach der Totalfilzung durch die Ungarn kommen die Klamotten in den Entlausungsofen, und jeder von uns bekommt eine Blechschüssel mit heißem Wasser für die Gesamtkörperreinigung. „Doppelt Wasser gibt's nix", erklären die ungarischen Ganoven vorsorglich. Seit Monaten ist dies das erste wirklich heiße Wasser, das an die Haut kommt. Zuerst fahre ich über das Gesicht, die vereiterten Augen und verkrusteten Erfrierungen an den Ohren. Dann erst wasche ich die krätzeeitrigen Ellbogen und Kniekehlen. Ein ungutes Gefühl schnürt mir fast die Kehle zu. Ich ekle mich vor mir selbst, vor diesen grauen und schmierig belegten Wundflächen, diesen tief sitzenden Abszessen und bösen Geschwülsten. Mit dem furunkelbedeckten Hintern setze ich mich am

Schluß meiner Waschung einfach in die Schüssel, und dann wird die Dreckbrühe weggekippt. An harten, aber einigermaßen sauberen Leinentüchern trocknen wir uns ab, besser gesagt, tupfen wir uns ab, denn kein Körper ist ohne Wunden. Alle sind wir wie junge Greise, mit schlaffer, welker, runzeliger Haut, zerfallen in der Gemeinschaft und ohne Persönlichkeitswert.

Mit stumpfen Messern blankgescheuert

Das heiße Wasser hat die ganze Bude dampfig gemacht. Gleich nach dem Baden werden wir in den Rasierraum beordert, wo fünf Mann mit seifenschaumgefüllten Schüsseln auf uns warten. Wir werden völlig blank geschoren. Achselhaare, Schamhaare, die streichholzlang nachgewachsenen Kopfhaare fallen den stumpfen Rasierschabern zum Opfer und werden von den „Friseuren" einfach auf den Boden geklatscht. Die Allerschwächsten werden über eine Bank gebogen, und zwei Helfer spreizen die Beine auseinander, damit die dazwischenstehenden Haare weggekratzt werden können. Es ist ein trauriges Bild, wie die Kerle auf der Bank umgedreht werden und von den „Helfern" mit höhnischen Grimassen die verwelkten Gesäßbacken auseinandergedrückt bekommen, damit der Schurmeister auch dort die Haare entfernen kann. Ein hilfloses Stöhnen aus dem nach unten hängenden Kopf und die Bitte: „Kratzt doch nicht so – au – au – ihr Säue!!" bewirkt das Gegenteil und ermuntert die gut herausgefütterten Raseure zu extra scharfer Rasur. „Das nächste Schaf bitte", ruft ein freigewordener „Friseur" mit vorgewölbter Unterlippe aus. Wenn man die gespreizt dastehenden und über die Bank gebeugten Männer so sieht, braucht man nur noch wenig Phantasie, um sich in einem Schlachthaus für abgetakelten menschlichen Ausschuß zu wähnen. In einer Ecke werden all diejenigen mit ein und demselben Messer rasiert, deren Gesichter durch Bartflechten entstellt sind. Darunter ist einer mit einer Eiterkruste, die sich zentimeterdick hutförmig über den ganzen Kopf ausgebreitet hat. Ein anderer ist durch eine Brustdrüsenschwellung einer nackten Frau nicht unähnlich. Zu allem Elend wird er von den Kaschköppen mit obszönen Gebärden gehänselt. Nach dieser peinlichen Prozedur des Badens und Schabens werden wir in einen Raum gescheucht, der höchstens 5 Grad „Wärme" haben dürfte. Die Haut ist von der Rasur noch feucht, und wir frieren erbärmlich. Wir versuchen, uns eng um ein frisch angeheiztes, lauwarmes Kanonenöfchen zu drängen. Diejenigen, die nicht ganz so geschwürig sind, vermeiden, mit den Aussätzigen in Körperberührung zu kommen. So kommt es, daß viele isoliert dastehen und noch mehr von der Kälte geschüttelt werden als alle anderen. Ich versuche, mit über der Brust gekreuzten Armen etwas Wärme zu finden. Als ich den Versuch unternehme und mich warmhüpfen will, stechen die Geschwüre so heftig, daß es mir schwindlig wird und ich an der kalten Wand Halt suchen muß. Eigenartigerweise klingelt es mir dabei andauernd in den Ohren. Nackter als Gott die Menschen erschuf, stehen wir so in dem Raum und warten. Eine unendlich lang erscheinende Zeit vergeht, bis wir frische Unterwäsche empfangen und die Klamotten aus der Entlausung herausgereicht bekommen. Es erscheint mir wie ein Geschenk des Himmels, als wir uns endlich wieder mit unseren Fetzen behängen dürfen. Nach genauer Zählung schleichen wir aus der Banja in die Musterungsbaracke. Auf die Schur des abgemagerten Arbeitsviehs folgt die Kommissionierung, bei der man sich wie in alten Zeiten auf dem Sklavenmarkt vom Interessenten in den Arsch kneifen lassen muß, damit der Kerl den Marktwert feststellen kann. In allen bisherigen Lagern ging die Musterung nach dem gleichen Schema vor sich. Armavir wird darin keine Ausnahme machen.

Kapitänarzt Iljitsch kümmert sich um uns

In einem hell gekalkten, warmen Raum ziehen wir uns aus. Im Gänsemarsch geht es der Reihe nach in ein Nebenzimmer, das in kyrillischen Buchstaben mit „Ambulanz" überschrieben ist. Dort drinnen thront auf einem Stuhl, umgeben von drei weißbekittelten Kommissionären, der Kapitänarzt Iljitsch, ein Mann mit kühn geschwungener Nase und brünetter Hautfarbe. In einem intelligenten Gesicht blitzen zwei schwarze Augen, und auf der Oberlippe sitzt ein pfleglich gestutztes Bärtchen, das dem ganzen Menschen einen etwas nonchalanten Anstrich gibt. Was mich sehr beeindruckt, sind die geschniegelte Uniform des Kapitäns und seine ausgezeichneten, akzentfreien deutschen Sprachkenntnisse, die es ihm sogar erlauben, uns deutschen Plennis Sprachlektionen zu erteilen, wenn man auf seine Fragen grammatikalisch falsche Antworten gibt. Er spricht wirklich ein völlig einwandfreies Deutsch, und besonderen Spaß macht es ihm, im Kasernenhofton mit schnarrendem „rrrr" seine Anweisungen zu geben oder auch Fragen zu stellen. Im Gegensatz zu anderen Kategoriebestimmern begnügt sich Iljitsch nicht nur mit Bauch- und Hinternkneifen, sondern erkundigt sich auch bei jedem nach Alter, Familie, Herkunft, Heimatort und den Zuständen im letzten Gefangenenlager. Nur langsam rückt die Schlange der Wartenden vor. Als noch drei Mann vor mir sind, beugt Iljitsch seinen Kopf seitwärts und blickt mich neugierig an: „Komm du vor, dort hinten!" Der Kapitänarzt sagt dies sehr energisch und deutet mit dem Zeigefinger auf mich, als wollte er damit Florett fechten. Ich baue mich vor ihm auf, und die Fragerei beginnt: „Du bist doch verdammt jung!?" – „17 Jahre, Herr Kapitän" – „Wo bist du her?" – „Aus Heidelberg, Herr Kapitän" – „Auus Hei–del–berg???" fragt Iljitsch erstaunt, jede Silbe langsam betonend. Ich weiß nicht, was das bedeuten soll und nicke nur bestätigend mit dem Kopf. „Alt Heidelberg, du feine, du Stadt an Ehren reich . . . Kennst du das?" „Jawohl", antworte ich über alle Maßen erstaunt, was Iljitsch sichtlich zu genießen scheint. „Wie heißt du?" will er weiter von mir wissen. „Melcher" – „Was, Melcher, in Heidelberg ist es doch bestimmt besser als hier!? – Oder nicht?" ergänzt er nach einer kurzen Pause. Das ist wieder so eine komische Frage, deshalb nicke ich vorsichtshalber undeutlich und bewußt nicht genau definierbar mit dem Kopf. „Du bist in Rußland schon zum Esel geworden, was, Melcher?" Mein Kopfnikken scheint ihm mißfallen zu haben, und ich beeile mich mit „Nein, Herr Kapitän" zu antworten. „Aha", bemerkt er anscheinend befriedigt und dreht dabei vorsichtig meinen linken Oberarm zur Seite, so daß ich nun nicht genau weiß, ob sich das „aha" auf die entdeckte Blutgruppennarbe oder darauf bezieht, daß ich verneinte, in Rußland zum Esel geworden zu sein. Er sagt auch weiter gar nichts mehr, fixiert mich nach dieser Entdeckung mit forschendem Blick und betrachtet mit gerunzelter Stirn meinen geschwürigen Rücken, die verkrätzten Gelenke und entzündeten Augen. „Dystrophie dwa, Trichophytien", bemerkt er und zeigt dabei auf mein Gesäß, das besonders zerfressen aussieht. Einer der Weißkittel schreibt meinen Namen in eine Liste und notiert dann noch einige mir unbekannte medizinische Fachausdrücke, die ihm Iljitsch diktiert.

In fast gütlich nennendem Ton wendet sich Iljitsch dann wieder an mich: „Weißt du, Melcher, ich bin auch Heidelberger!" Nach diesem erstaunlichen Satz macht Iljitsch eine kleine Pause – er macht überhaupt gerne Pausen – und dreht mich nochmals, vorsichtig mit zwei Fingern eine saubere Stelle meines Armes anfassend, mit dem Rücken zu sich. „Ja, weißt du, ich habe in Heidelberg studiert, vor dem Ersten Weltkrieg." Er scheint fast ein bißchen nachdenklich. „Aber auch in der Sowjetunion ist es schön, Männer", deklamiert er überraschend lautstark und erhebt sich dabei impulsiv von seinem Stuhl. Ein unterdrücktes Räuspern in den hinteren Gliedern der Schlange bringt den Kapitänarzt unerwartet in Rage: „Glaubt ihr, daß unsere gefangenen Sowjetsoldaten euer Deutschland schön gefunden haben?" – Mit hartem Gesicht und schneidender Stimme hat Iljitsch diese Worte an uns gerichtet. Im Raum wird es mucksmäuschenstill. Die Gesichter der Weißkittel sind undurchdringlich. Die halbverhungerten Plennis glotzen mit großen Augen, die tief in den Höhlen liegen, verständnislos zu Iljitsch. Einer der Gefangenen bekommt einen Hustenanfall. Aus einem krampfhaft aufgerissenen Mund schlittert schubweise eine gehörige Menge schleimigen Auswurfs, der an dem waschbrettartig abgemagerten Oberkörper des Mannes hängenbleibt. Der Huster zieht sofort die Aufmerksamkeit der Ärzte auf sich und entspannt die knisternde Atmosphäre. Iljitsch plaziert sich wieder auf seinen Stuhl, während ein Sani mit dem besudelten Plenni hinter einem Vorhang verschwindet. Aber zwei steile Falten über der Nasenwurzel des Kapitäns zeigen, daß er verärgert ist.

Ein feiner Pinkel holt uns ab

Das Mustern, Fragen und Sortieren dauert bis zum Abend. Spät erst gehen wir zurück in die alten Bunker, die während unserer Abwesenheit mit Karbollösung desinfiziert worden sind. Der scharfe Karbolgeruch sticht in die Nase, und die Flöhe scheinen dadurch auch völlig aus dem Häuschen geraten zu sein. Am Abend gibt es dicke Graupensuppe. Brot dürfen wir leider erst am nächsten Tag empfangen. In der

Nacht ist an Schlaf nicht zu denken. Die Flöhe gebärden sich wie wild, und die Kälte schleicht durch Mark und Bein.

Am trüben Morgen des 1. Februar werden fast alle aus unserem Bunker von einem gutgekleideten Plenni mit einem gesunden roten Gesicht aufgerufen und müssen sich sofort fertigmachen. Ich bin auch darunter. Kopp, unser ehemaliger Kommandant, Hans, der Sani, Iwan und Anton, die Perewotschiki, bleiben zurück. Außerdem sind auch unsere beiden Köche nicht unter den Aufgerufenen. Die Gutgenährten bleiben also unter sich.

„Was ist mit der Suppe und dem Brot?" wollen ein paar von dem feinen Pinkel wissen. „Das kriegt ihr alles nachher und besser als hier", antwortet der in ungewohnt höflichem Ton. Er dürfte seine einschlägige Erfahrung im Umgang mit Elendskreaturen haben. „Was ist los? Kommen wir hier weg? – Gibt's Nachschlag? – Wieviel Brot und Tabak kriegt man?" Der Pinkel ist sehr auskunftsfreudig und teilt uns auch mit: „Ihr kommt in die Krankenpavillons, vorher wird aber noch gebadet. Dort müßt ihr bleiben, bis ihr wieder gesund seid. Arbeiten braucht ihr nicht, das Essen ist Krankenkost und gut und sauber zubereitet." Erklärlich, daß solche Auskünfte Stimmung machen, und die Begeisterung im Bunker wird kindisch läppisch. Ein paar von uns Hungerleidern fangen an, um den lieben Informanten herumzutanzen und kichern wie Verrückte: „Seht mal her, wie gut er aussieht und wie er gut gefüttert ist!" Als sie beginnen, an seinem Mantel zu zupfen und das gute Uniformtuch zu bewundern, wird der Pinkel ärgerlich, und mit seiner Selbstbehrrrschung scheint er am Ende zu sein: „Seid ihr blöd, Mensch? Ihr gebt euch ja wie kleine Kinder, aber nicht wie erwachsene Männer! – Los, Antreten." Man bestürmt ihn noch mit Fragen, die sich fast ausschließlich ums Essen drehen. Doch der Pinkel scheint erkannt zu haben, daß die Kerle aus Djetschokowka einen Knacks haben müssen und nicht mehr alle Sinne beisammen haben. Er gibt sich zugeknöpft und antwortet nicht mehr. Rasch schlägt die Stimmung im Bunker um, und jene, die vor wenigen Minuten noch wie Verrückte um ihn herumhüpften, nehmen eine drohende Haltung ein: „Paß auf, Bursche, werd' nicht frech!" so und ähnlich meckern sie jetzt von allen Seiten, doch da geraten sie bei dem an den Richtigen. Er packt einen der lautstärksten Schreier und schüttelt ihn kräftig durch, und als der sich nach dieser Prozedur still verhält, geben die anderen auch klein bei und verhalten sich ruhig. „Los, los, antreten!" Nachdem wir uns endlich formiert haben, geht es erneut ab in Richtung Banja. Unser Begleiter streift mit zweifelnden Blicken die sich müde dahinschleppenden Männer, und an seinem verächtlichen Gesichtsausdruck kann man unschwer erraten, was er über seine heruntergekommenen Kameraden und deren geistigen Dämmerzustand denkt. Im rumänischen Lager Sarat wunderten wir uns maßlos über die entmenschlichten Gestalten der dort aus Innerrußland zur Heimkehr eintrudelnden Landser. Heute unterscheiden wir uns kaum von den Damaligen.

Einweisung in den Krankenpavillon

Wie am Vortag wiederholt sich in der Banja die gleiche Prozedur in kaum geheizten Räumen. Entlausen der Klamotten, Abspülen des Knochengerüstes, Überprüfen und Nachschaben der Körperhaare und dann warten, bis der ausgemergelte Körper von selbst trocken wird, denn Leintücher gibt es nicht an diesem Tage, dem 1. Februar 1946, an dem das Thermometer draußen 20 Grad unter Null zeigt. Nach etwa zwei Stunden sind wir fertig. Jeder rafft seine Habseligkeiten zusammen, und unsicher torkeln wir nach draußen. Jede Verzögerung in der Nahrungszuteilung zeigt bei unseren ausgemergelten Körpern ihre Auswirkungen, von der gereizten Stimmung ganz zu schweigen. An der Tür stehen zwei Mann und zählen. Draußen sind Schneelandschaft und Winterhimmel verschmolzen zu milchigem Grau. Die kalte Luft macht mich husten. Die Klamotten, welche uns noch gelassen wurden, bieten nur wenig Schutz gegen die herrschende Kälte. Das Zähneklappern will nicht nachlassen, und jeder Schritt bedeutet für mich eine Anstrengung. Ich bewege meine Zehen in den kaputten Schuhen, aber die Füße bleiben klamm und gefühllos. Steifbeinig stelzen wir auf die Tür eines größeren Lehmbaues zu. Wir stehen vor dem Krankenpavillon 1 a und 1 b. An der Türe steht ein Sani und verliest unsere Namen. So wie wir aufgerufen werden, treten wir ein. Im Innern empfängt uns wohltuende Wärme. In der Mitte des etwa 20 m langen Raumes befinden sich zweistöckige, mit weißen Strohsäcken belegte Pritschen. An beiden Wandseiten stehen ebensolche Schlafregale. Der Untersuchungsraum befindet sich an der Stirnseite des Pavillons. Im wuchtigen Stützgebälk

prangen die unvermeidlichen Parolen und Schlagwörter, zum Teil viersprachig, in deutsch, rumänisch, ungarisch und russisch: „Es lebe der große Führer des russischen Volkes, J. W. Stalin",
„Cinste Tovaras Stalin",
„Eljen Stalin",
„Slawe welikoju Towarisch Stalin".

Ein deutscher Arzt teilt uns ein und hält jene zurück, die sich gleich im „Sturmangriff" die besten und günstigsten Plätze erobern wollen. „Alles, was jung ist und noch einigermaßen krabbeln kann, geht nach oben auf die Pritschen. Die anderen, denen die Steigerei schwerfällt, können sich unten einrichten. Pantoffeln bleiben unter der Pritsche stehen, Hose und Jacke haben zusammengefaltet unter dem Kopfteil des Strohsackes zu liegen. Über die Hausordnung werden Sie später informiert." Der deutsche Arzt, der uns dieses mitteilt, ist der erste seit geraumer Zeit, der uns mit „Sie" anredet. Er ist ein Mann so Anfang 40, mit gelichtetem Blondhaar und einem sympathischen Gesicht. Außer dem blütenweißen Arztkittel hat er noch ein richtiges Stethoskop um den Hals baumeln. Das läßt zumindest ahnen, daß wir hier auf ärztliche Betreuung hoffen dürfen. „Sie gehen auf die obere Pritsche." Begleitet von einem freundlichen Klaps des Doktors auf einen Furunkel bewege ich mich mit verzogenem Gesicht auf die linke Pritsche zu, die mir freundlicher erscheint, aber der Doktor weist mich auf die entgegengesetzte ein.

Kamerad Fritz Richards ist mein Pritschennachbar

Fritz Richards, der am Heiligen Abend in Djetschokowka das Heimatlied gesungen hatte, wird neben mir liegen. Er gehört zu der Minderzahl jener, die sich trotz widrigster Umstände noch ein gewisses Maß an menschlicher Würde bewahrt haben. Ich bin froh darüber, daß er mein Pritschennachbar sein wird. „Hier oben können uns wenigstens keine Wanzen auf die Rübe fallen", meint einer, der schon in Wartestellung auf der Pritsche sitzt. Während unter uns noch gestritten und gezetert wird, fühle ich mich auf meinem Strohsack gerade wie im Himmel angekommen. Fritz, der ein handtellergroßes, fingerbreit tiefes Geschwür im Rücken hat, kann ebenso wie ich nur auf dem Bauch liegen. Zur Not geht es bei mir auch noch auf der rechten Seite. Neben Fritz liegt einer aus Tichorezkaja-Hauptlager. Er wurde auf einer Baustelle von einem russischen Vorarbeiter hinterrücks in eine Grube mit ungelöschtem Kalk gestoßen. Schwere Verätzungen im Gesicht, an Hals und Händen sind die Folgen dieser heimtückischen, gehässigen Tat. Von den anderen schon dagewesenen Pritschenbewohnern sieht man nicht viel. Sie liegen bewegungslos auf der Pritsche und haben vielfach die Decke über den Kopf gezogen.

Klare Worte des deutschen Pavillonarztes

Es vergeht geraume Zeit, bis alle Neueingewiesenen ihre Plätze eingenommen haben. Jeder darf nur mit Unterwäsche bekleidet und einer Decke auf dem Strohsack liegen. Kameradendiebstahl wird ohne Rücksicht auf den Gesundheitszustand des Betreffenden mit Verweis aus dem Pavillon bestraft. Das kann gleichbedeutend sein mit einem Todesurteil. „Wer seinem Kameraden, der selbst nur eben das Nötigste zum Leben hat, das bißchen zu eigenem Vorteil noch wegnimmt, der ist nichts weiter als ein Schuft und wird sofort von hier rausgeschmissen", erklärt der Pavillonarzt, in der Mitte des Raumes stehend, uns Neuangekommenen. „Viele von euch haben Frau und Kinder, und damit sollten sie auch eine besondere Verantwortung gegenüber ihrer Familie verspüren. Schließlich wollen wir alle unsere Lieben in der Heimat wiedersehen. Jeder muß also wissen, was er tut, und welche Folgen ein Kameradendiebstahl für ihn haben kann. Wir verstehen uns doch, Männer!?" – „Klar, Herr Doktor!" Kurz nach dieser Einführungsrede beginnt unsere große Stunde: Es gibt etwas zu essen!!

Weinkrampf nach dem Essenempfang

Es kommt Leben in die Bude, und selbst diejenigen, welche sich unter ihrer Decke verkrochen haben, beginnen sich zu regen. Zwei Helfer schleppen einen dampfenden Kübel herein, und vier Mann schleppen zwei Planen voller Brot hinterher. Aufgerichtet auf den Strohsäcken stoßen einige mit weit vorgereckten Hälsen wollüstige

Rülpser aus. Viele Augen verschlingen den Kübel und die Brotplanen. Andere hüsteln und wittern wie Hunde, um den Geruch des Brotes in die Nase zu bekommen. Sie lecken in der Vorfreude des Genusses mit der trockenen, schwer am Gaumen liegenden Zunge über die aufgesprungenen, blutleeren Lippen und wackeln wie alte Sabbelgreise mit den Köpfen.

Die Eßgefäße werden von den Helfern gefüllt und zu den Pritschen gebracht. Diejenigen, die zuletzt drankommen, erleiden wahre Höllenqualen. Der Duft von Brot und Suppe sticht in die Nase, und der Aufstand des Magens scheint die Hülle der Bauchdecke sprengen zu wollen.

Unsere erste Mahlzeit besteht aus 400 g Graupenbrei mit Öl und Fleisch. Anschließend bekommen wir noch 500 g Weißbrot. Bei jedem Bissen zähle ich bis dreißig. Soviel Male bewege ich den zerkauten Nahrungsbrei von einer Mundseite zur anderen, und wenn man noch das Schlucken stoppen könnte, würde ich diesen köstlichen Brei in Raten den Schlund hinabgleiten lassen. Trotzdem ist das Mahl viel zu schnell zu Ende. Was war es mehr als ein Tropfen auf einen heißen Stein. Leere Hände, leeres Geschirr und rauhe Wirklichkeit. Mit angefeuchtetem Finger tupfe ich sorgsam ein paar abgefallene Brotkrümel auf, und ebenso bedächtig leckt die Zungenspitze über die Fingerkuppe. Schade, daß Brosamen zu klein sind, um sie dreißigmal kauen zu können. Mein Hunger ist noch riesengroß, und wehmütig schaue ich meiner Eßbüchse nach, die wir zum Spülen den Helfern abgeben müssen. Die Portion Weißbrot hat meinen Kohldampf erst so richtig angefacht. Die ungeheure innere Spannung, das überwältigende Hungergefühl vor dem Essenempfang und die Tatsache, daß es nach dem Essenempfang noch schlimmer im Magen wühlt als vorher, sind einfach zuviel für mich. Mit dem vorangegangenen Erlebnis der entwürdigenden Blankrasur und dem stundenlangen Anstehen in eiskalten Räumen, wo man durchfror bis ins Mark – mit all dem bin ich gerade noch so fertig geworden – doch jetzt? – nein, es geht nicht mehr! – Zusammengerollt wie ein Igel, den Kopf fest in den Strohsack gepreßt und die Decke stramm über den Kopf gezogen, entlädt sich alle Traurigkeit, Hoffnungslosigkeit und Verzweiflung in einem Weinkrampf. Mir ist es, als hätten sich alle Poren meines Körpers geöffnet und alle Knochen würden unter einem gewaltigen Sturm hin und

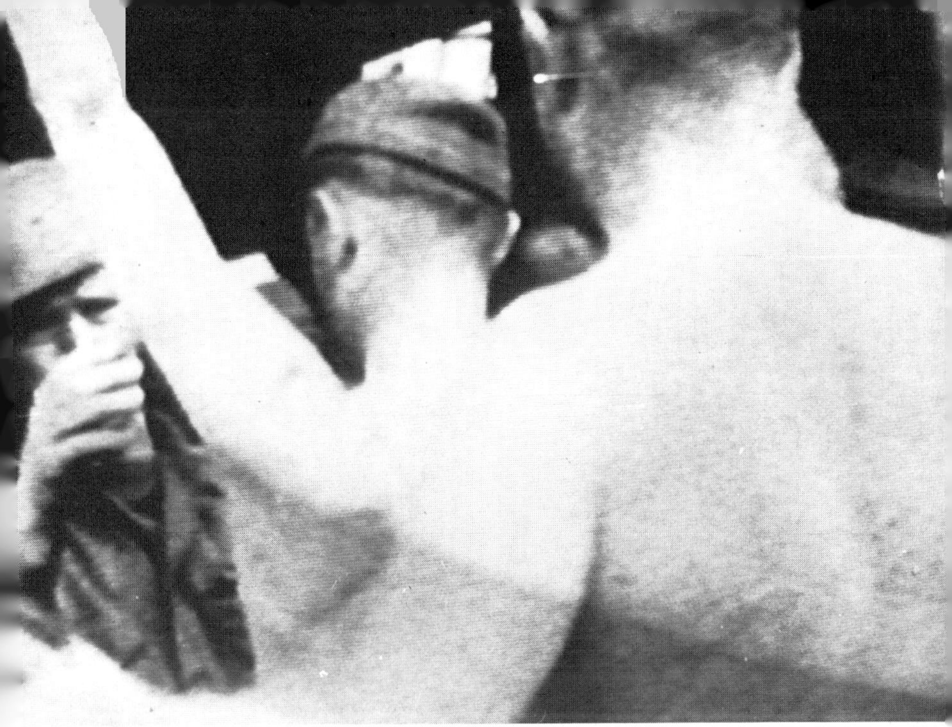

Bild oben und unten: Das Ritual der alliierten Jagd nach den Trägern der Blutgruppe der Soldaten der Waffen-SS.

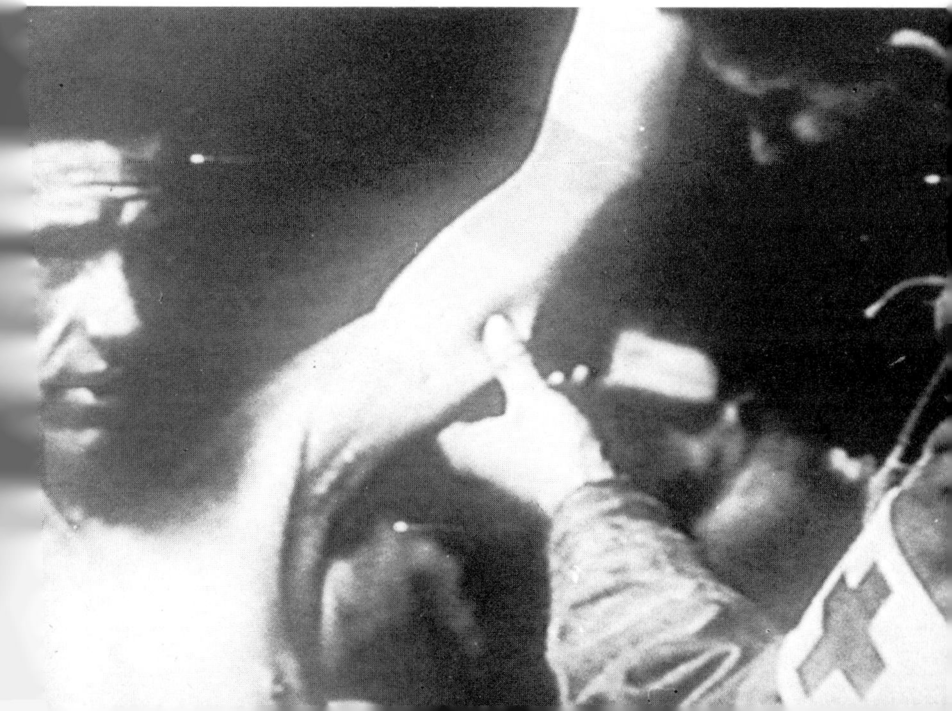

Bild oben: Die grüßenden Glocken von Esztergom/Ungarn blieben in unserem Gefangenen-Waggon nicht ohne inneres Echo. (Federzeichnung: Hans-Peter Winkler)

Bild unten: Gruß von Joseph Cardinal Mindszenty an den Autor, der Gelegenheit hatte, dem standhaften und unbeugsamen ungarischen Kirchenfürsten das Erlebnis im Gefangenen-Waggon bei der Vorbeifahrt an Esztergom zu schildern.

> *Josephus Card. Mindszenty*
> *Archiepiscopus Strigoniensis*
> *Primas Hungariae,* Wien, 23.VII.72
>
> Mein Sohn!
> Ich freue mich, daß Sie
> Esztergom lieben. Esztergom,
> die christliche, ungarische
> Stadt ist jetzt im Millenium
> Mit Segen
> Card. Mindszenty

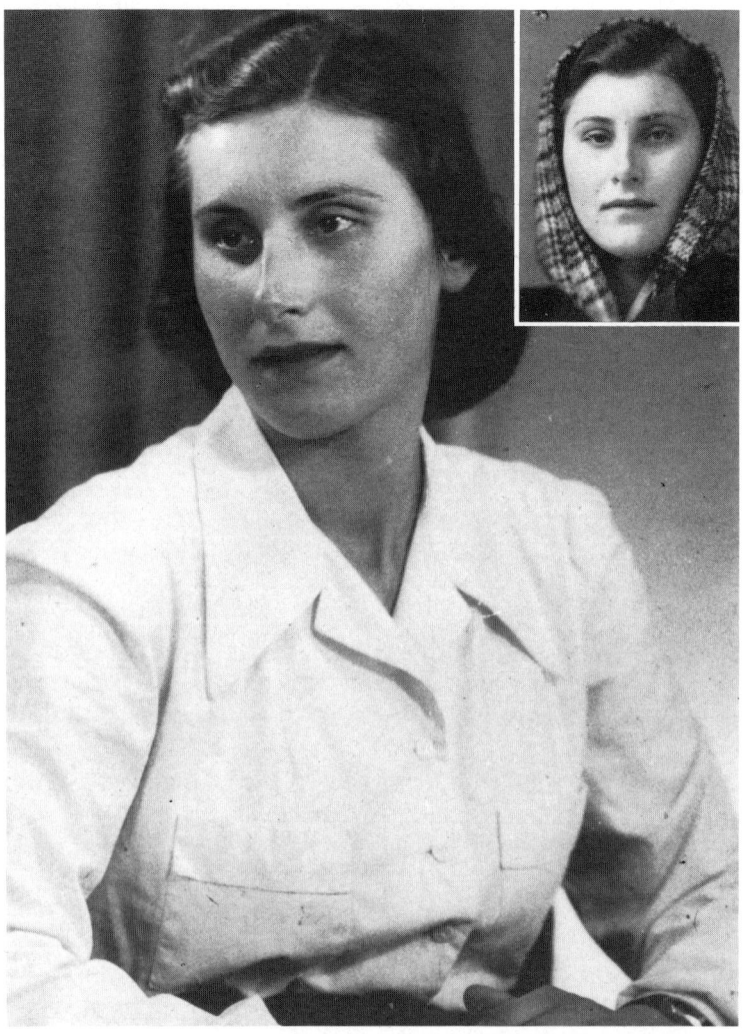

Eine vorbildliche Haltung hinter Stacheldraht zeigte Gertrud Weinmann aus Sachsen, die als 17jährige Rot-Kreuz-Schwester in sowjetische Kriegsgefangenschaft geraten war. Das kleine Foto oben rechts zeigt Schwester Gertrud im Krankenlager Armavir im Jahre 1947, wo sie die schwerkranken Kameraden pflegte. Das große Foto ist nach ihrer Heimkehr aufgenommen. (Fotos: Gertrud Sasse)

her geschüttelt. Mein Gesicht ist naß, und ich kann diese unaufhaltsam nach außen drängenden Sturzbäche seelischen Kummers nicht zurückhalten. Statt laut aufzuschreien, presse ich den Kopf noch fester in den Strohsack. Ich weine, wie ich noch niemals in meinem Leben geweint habe.

Ein Ausspruch zum Einprägen

Kapitänarzt Iljitsch inspiziert am Morgen des zweiten Tages unseres Aufenthaltes im Krankenpavillon die Patienten. Dabei sagt er etwas sehr Bemerkenswertes: „Die Leute müssen erst mal wieder zur Menschlichkeit erzogen werden. Sie haben ja alles Menschliche in diesen Lagern verloren!" Diesen Ausspruch werde ich mir merken und einprägen. Er kennzeichnet die Situation zutreffend. Mit gerunzelter Stirn läuft Iljitsch die Pritschen entlang, und keine der ausgemergelten Gestalten, die sich auf den Regalen niedergelassen haben, entgeht seinen Blicken. Er inspiziert sie alle, die tief bewußtlosen Dystrophiker am Ende des Pavillons, die selten mehr zu sich kommen und meist in einen anderen Pavillon, den der Todeskandidaten, verlegt werden, diejenigen, welche ihre noch unverbundenen, erfrorenen Zehen unter der Decke hervorstrecken und solche, die mit schwersten, unbeeinflußbaren Furunkulosen bei vollem Bewußtsein verfaulen. Ein älterer Gefangener mit aufgequollenen Lippen gibt vor dem Kapitänarzt eine drastische Vorstellung seines Zustandes. Wie Rosinen aus einem Kuchen pickt er sich zwei Zähne aus dem schwammig entzündeten Zahnfleisch und läßt sie vor sich hinfallen. Als er mit blutverschmierten Fingern wieder in den Mund fassen will, reißt ihm der Kapitänarzt den Arm herunter und brüllt ihn an: „Bist du verrückt? – Willst du deine Heimat nicht wiedersehen, Alter? Deine Krankheit kann geheilt werden, und du sabotierst das?" Iljitsch packt den Alten mit festem Griff am Arm und befiehlt dem deutschen Pavillonarzt: „Doktor, Sie sorgen mir dafür, daß auf diesen Kerl, der zu dumm ist, auf sich selber aufzupassen, die Kameraden Obacht geben!" Der deutsche Arzt flüstert Iljitsch etwas ins Ohr. Nachdenklich bleibt dieser noch einen Moment vor dem Alten stehen und geht dann schweigend weiter. „Hast du in Rußland schon Weißbrot gegessen?" fragt Iljitsch einen anderen Plenni. „Jawohl", antwortet dieser, „in Plojesti!" – „So ein Dummkopf", bemerkt Iljitsch ärgerlich. „Plojesti liegt in Rumänien, mein Lieber. Hier bei uns bekommst du bestes Weißbrot." Der Ton, in dem Iljitsch das sagt, ist ironisch und spöttisch. „Ist das Essen gut hier?" Auf diese an die Allgemeinheit gerichtete Frage des Kapitäns ertönt hier und da ein zaghaftes „Jawoll", aber der Zuruf „Zu wenig" oder „Viel zu wenig" dominiert. Das veranlaßt Iljitsch, zu polemisieren: „Hättet ihr den Krieg nicht nach Rußland getragen und weite Landstriche verwüstet, würdet ihr mehr bekommen." Dazu haut er mit der Faust auf die ihm zunächst stehende Pritsche und schaut herausfordernd den deutschen Doktor an. Der macht ein Gesicht wie die Sphinx und schweigt. Beide Ärzte verschwinden dann in den Untersuchungsraum. Wenige Minuten später verabschiedet sich Iljitsch mit Handschlag von unserem deutschen Arzt. So geschehen am Morgen des 3. Februar 1946 im Pavillon 1b des Krankenlagers Armavir/Kaukasus.

Einfachste Behandlungsmethoden

Fast zwei Seiten auf DIN A 4 geschnittenes Zementsackpapier füllen sich mit meiner Krankengeschichte. Ich habe dem Doktor alles berichtet. „Du bist au net weit weg von mir z'Haus", meint er und erzählt mir, daß er aus Karlsruhe sei. „Iljitsch hat in Heidelberg studiert", wollte ich dem Karlsruher Chefarzt als Neuigkeit offerieren. Doch er weiß das auch schon und sagt: „Das erzählt er jedem, der es hören will." Als der Doktor bei mir ein besonders stark aufgeschwollenes, heftig klopfendes Geschwür am Gesäß mit der Pinzette aufpickt, spritzt der Eiter mit solchem Druck heraus, daß sogar der Kittel des Arztes bekleckert wird. Wie durch ein Ventil fließt der Eiter ab, und ich verspüre sofort wesentliche Erleichterung. „Man könnte fast meinen, ihr Kerle hättet nur noch Eiter in euch", bemerkt der Karlsruher Mediziner. „Hier kommen bestimmt viele Kameraden rein, die in erbärmlicher Verfassung sind, aber solche heruntergekommenen Figuren wie aus eurem Lager sieht man auch net alle Tag'!" Ich werde noch jodiert und mit der ärztlichen Anweisung auf die Pritsche geschickt: „Ja net kratze! Wenn de kratscht, sondert sich Flüssigkeit ab, 's wird rot und schon hascht 'ne neue Entzündung." In der Tat ist meine Haut besonders anfällig für Eiterungen, und die Neigung zu neuer Furunkelbildung ist groß, da praktisch das ganze Gesäß schmierig belegt und eitrig benäßt ist. Im weiteren Behandlungsverlauf legt man mir mit Eigenurin getränkte Tücher auf die Wunden. Das riecht nicht gerade angenehm. Andere Kranken haben zum Teil auch solche Wickel aufliegen, so daß der eine über den anderen nicht die Nase zu rümpfen braucht. Fritz Richards unwahrscheinlich dicke Kruste über seinem Rückengeschwür versucht man, durch Aufstreuen von Salizyl abzulösen. Doch alle diese Behandlungen scheinen bei uns wirkungslos zu bleiben, und die Heilungstendenz bleibt weiterhin schlecht.

Gezeichnet und geplagt

Man gewöhnt sich an alles. Auch an die Gestalten, die mit unsicheren, langsamen Schritten im Pavillon zur Untersuchung stelzen, die sich stüzen müssen und oft anhalten und mit leeren trüben Blicken luftschnappend zur Oberpritsche schielen. Man gewöhnt sich an das Husten der Asthmakranken, an die im Fieber Phantasierenden, die von Abszessen, Phlegmonen und Erfrierungen Gezeichneten, an die von Brandwunden Entstellten und von Wachhunden übel Zugerichteten, an die geröteten Gesichter und ängstlich geweiteten Augen der Herzkranken und an die Kopfverbände derer, die sich bei Arbeitsunfällen den Schädel verletzten. Ich habe hier im Pavillon 1 b Männer gesehen, die nur aus einem einzigen riesigen, schwappenden Phlegmon zu bestehen scheinen, Männer, die bereits verfault, aber ihrer Sinne noch mächtig waren. Es gibt Kranke unter uns, deren ganze Haut der eines Fisches ähnelt, Schuppe an Schuppe. Unter uns sind auch solche, die nur dann etwas verstehen, wenn man ihnen ins Ohr schreit. Sie sind schwerhörig geworden und voller Mißtrauen gegenüber ihrer Umwelt. Dem Plenni Georg Küppers hat man in einem Elendslager bei Woroschilowsk mit der Kneifzange erfrorene Zehen amputiert. Die Wunden sind in Armavir nahezu ohne Komplikationen verheilt, und Küppers ist einer der Glücklichsten im Pavillon, denn ihm wurden von Iljitsch Hoffnungen auf die Heimfahrt gemacht. Mir gegenüber liegt einer, über den sich jeder, soweit er dazu in der Lage ist, amüsiert. Er leidet an Afterjucken. Zur Erheiterung der anderen sitzt er viele Stunden am Tage wie ein Pavian vor seinem zurückgerollten Strohsack und reibt mit Verzückung seinen Hintern auf dem harten Pritschenholz.

Medizinische Raritäten

Die sogenannten hoffnungslosen Fälle wurden so nach und nach aus unserem Pavillon verlegt. Darunter war auch der Alte, der sich vor Kapitänarzt Iljitsch die Zähne aus dem Munde brach. Er soll verrückt geworden sein. Man hört nicht, wohin sie verlegt wurden, man erfährt auch nicht, ob sie gestorben sind. Ein Ungar hat sich durch Wanzenbisse eine derartige Infektion geholt, daß der gesamte Körper rot aufgedunsen ist. Laut jammernd wird er auf einer Bahre hinausgetragen. Nicht viel besser geht es einem Landsmann des Abtransportierten, der wegen seiner unheimlich schweren Hautschädigungen zur medizinischen Rarität geworden ist. Es vergeht kaum ein Tag, an dem vor seinem abgesonderten Krankenlager nicht irgendwelche deutschen oder russischen Ärzte herumstehen und untersuchen oder palavern. Wo beim normalen Menschen die Achselhöhlen sind, gähnen bei dem Ungarn tiefe Löcher, aus denen nahezu unaufhörlich stinkende, phlegmonöse Masse herausquillt. Diese schreckliche Sache hat auf den Rumpf übergegriffen, die Haut siebartig durchlöchert und die Wundränder zerfressen. Man gibt sich von allen Seiten wirklich die größte Mühe mit diesem Unglücklichen und versucht, im Rahmen des Möglichen – einschließlich der Verabreichung von Wunschkost in beliebiger Menge – zu helfen, wo es nur geht, aber ob es nützen wird, entscheidet ein anderer.

Die große Masse der Kranken macht körperlich nur leichte Fortschritte, aber immerhin Fortschritte. „Schuld" daran ist auch die gut zubereitete, auf uns Kranke abgestimmte Kost. Es ist Dystrophikerverpflegung! Fünfmal am Tage 400 g breiähnliche Suppe mit Öl oder Fleischeinlage, 400 g Bierhefe, 30 g Sahne, ersatzweise ein Stückchen Wurst oder Bratfisch von etwa 20–30 g, 500 g Weißbrot und alle 15 Tage 75 g Tabak. Das Essen ist sauber und gut zubereitet, aber viel zuwenig. Um satt zu werden, müßte ich genau das Doppelte essen.

Tabak verhilft zu besonderem Glücksempfinden

Ein besonderer Festtag für mich ist jedesmal der Tabakempfang. Nur die Dystrophiker bekommen im Lager Tabak, und dementsprechend sind am Tabaktag auch die Türen der Krankenpavillons von tabakgierigen und tauschwilligen Plennis belagert. Der Tabak ist in Armavir unsere harte Währung. Für 10 g gibt es 250 g Brot. Für eingefleischte Raucher erhebt sich nun die Kardinalfrage, was mehr weh tut, der Hunger oder der Verzicht auf das Rauchen. Da es wohl keine schlüssige Antwort auf diese Frage gibt, versuchen die Tabakhändler und Brottauscher mit allerlei Tricks, sowohl zu dem einen zu kommen, als auch auf das andere nicht gänzlich verzichten zu müssen. Da gibt es die verschiedensten Sorten von Döschen. Die einen behaupten, in ihre Döschen gingen gepreßt genau 10 g hinein. Wollte man sich mit solchen Döschenbesitzern einlassen, würde man seine 75 g Tabak für 30 g loswerden und erhielte so etwa nur 600 g Brot. Die Tauschstücke Chleba sollen in der Regel 250 g wiegen, tatsächlich wiegen sie aber meist nur knapp 200 g, da fast immer ein Stück von dem Tauschwilligen abgesäbelt wird, bevor er sich zum „Markt" vor den Pavillons begibt.Es gibt Nichtraucher-Dystrophiker, die ihren Tabak erst dann unter die Raucher bringen, wenn ihre Kameraden das begehrte Kraut bereits verqualmt haben. Die Döschen dieser Spekulanten fassen meist nur etwa 5 g, die dann, mangels sonstigen Angebots, das gleiche Brot kosten. Mit dieser Methode schinden diese Burschen das meiste heraus. Solche „Ökonomen" verdienen so mit ihrer normalen Tabakration bis zu 2 ½ kg Brot, und man sieht es an ihrem Gehabe, daß sie mächtig stolz sind, die rauchenden Kameraden so hereingelegt zu haben. Nicht selten kommt es auch zum Streit wegen der überforderten Preise, und mehr als ein „Ökonom" ist seinen Tabak auf Schlagwirkung losgeworden, ohne eine Gegenleistung dafür erhalten zu haben. Ich habe immer meinen festen Tauschpartner. Es ist Fritz Richards. Er gibt mir zwei Tagesrationen Brot, und dafür bekommt er meinen ganzen Tabak. Da wird nicht lange gefeilscht und betrogen, und für uns beide ist es der schönste Tag, wenn Fritz als starker und leidenschaftlicher Raucher zwei Portionen Tabak vor sich zum Verqualmen liegen hat und ich mit zwei Portionen Weißbrot – und das zwei Tage lang – „schlemmen" darf.

Ich wollte Karl Marx begreifen

Mit der langsam fortschreitenden Besserung meines Befindens regt sich in mir auch wieder die Lust, einmal irgend etwas zum Lesen zu ergattern. Das Schwanken und der innere Zwiespalt, welche Weltanschauung nun wirklich die richtige sein mag, läßt mich immer wieder zu kommunistischer Literatur greifen, wo ich diese bekommen kann. Die Möglichkeit besteht hier, und ich bekomme von dem Plenni Bücherverleiher einen knallroten Leinenband, „DAS KAPITAL" von Karl Marx, ausgeliehen. Doch von Stunde zu Stunde muß ich mich quälender und schwerfälliger durch den reichhaltig mit Zahlen belegten Text hindurcharbeiten. Die immer noch starke körperliche Ermüdung verhindert, daß ich das Buch überhaupt verstehen kann. Mit einem Seufzer stecke ich den Schinken unter den Kopfkeil und versuche etwas zu schlafen. Fritz Richards, der mein Unterfangen, Karl Marxens Theorien zu studieren, schon von vornherein mit einem verständnislosen Lächeln quittiert hatte, schäkert ironisch: „Na, hast die Nase schon voll von dem Spinner?" – „Was heißt die Nase voll, es fehlt mir nur die notwendige Kraft, um mich zu konzentrieren. In normaler Verfassung wäre mir der Zinnober sicher sehr rasch begreiflich geworden, aber sooo" – „Hör mal, Jung!" meint daraufhin Fritz Richards kameradschaftlich, „du brauchst keine neue Wahrheit zu suchen, denn es gibt keine! Schau, wozu denkst du eigentlich nach? Du suchst doch bloß einen Ausweg aus dem Dilemma. Die Gegensätze im Innern schreien nach einer Lösung, aber es gibt keine. Du kannst in der Geschichte der Menschheit zurückschauen, soweit du willst, nie gab es Patentlösungen, an deren menschheitsbeglückenden Strahlen sich alle Menschen hätten friedlich sonnen können." Die Stimme von Fritz Richards klingt fest und wirkt überzeugend. Seine Argumente sind verblüffend einfach, und er versteht es, seine Gedanken trefflich zu formulieren. „Schau Jung, es ist doch so: Du siehst das am besten bei uns hier. Jeder Mensch hat sich seine eigene Wahrheit zurechtgezimmert, und aus welchem Unsinn bestehen oft diese Wahrheiten! Die Wahrheit von Marx ist eben auch nur seine Wahrheit, ohne für sich den Anspruch erheben zu können, für die Gesamtheit der Menschen zu gelten. Diesen Anspruch machen höchstens die Kommunisten und die Sozialisten geltend, aber die irren sich genauso, wie andere Menschen geirrt haben und sich immer irren werden.

Wir streiten uns hier um ein Stück Brot oder um Tabak, wir haben angeblich gekämpft, um unseren Lebensraum zu sichern, die anderen kämpften – angeblich ebenso – für den gleichen Zweck. Die Waffen wurden vielfach von den Geistlichen der großen Weltkonfessionen auf beiden Seiten gesegnet, und auf beiden Seiten wurde in gleichem Wortlaut dafür gebetet, den bösen Feind zu vernichten. Wir mußten uns um unser Leben wehren und hatten so nebenbei auf einmal fast ganz Europa erobert. Schau zurück in die Geschichte! Die Menschen kämpfen immer für die gleichen Ziele: Für einen Streifen Gelände, für ein bißchen Fressen und für das Geld. Im Endeffekt bleibt dem Menschen aber nichts anderes übrig, als sich um das bißchen nackte Leben und das Recht zu diesem Leben zu schlagen bis zum Sieg – oder bis zum bitteren Ende, das wir hier so genüßlich erleben." Fritz hat diese letzte Feststellung mit saurer Miene getroffen und fährt weiter fort: „Glaub mir, Jung! Es wird auf dieser verrückten Erdkugel immer so bleiben, und wenn mal einer gesagt hat, der Krieg ist der Vater aller Dinge, dann hat er nur eine einfache Wahrheit von sich gegeben. Du brauchst doch nur in die Natur zu schauen, da frißt der Stärkere den Schwächeren, und solange über unserem Planeten die Sonne scheint und darauf Menschen herumkriechen, werden sie es nicht anders machen als bisher. Alles andere sind humanitäre Hirngespinste und utopisches Gefasel." Obwohl dieses natürlich nur die von Fritz zurechtgezimmerte Wahrheit ist, beschließe ich im stillen, die Wahrheitssuche in Karl Marxens „Kapital" aufzugeben. Fritz ist aber noch nicht fertig mit seinen philosophischen Belehrungen: „Interessiert dich das überhaupt, Jung?" – „Klar Fritz", entgegne ich, „deine Gedankengänge sind nicht übel." – „Na, mach mal halblang", schmunzelt Fritz zufrieden, verzieht aber dabei sein Gesicht und stöhnt kurz auf: „Das vermaledeite Ding im Rücken benimmt sich auch alles andere als human." Das Wörtchen „human" in seiner Zwischenbemerkung inspiriert Fritz zu weiteren Überlegungen: „Apropos Humanität: Wer benimmt sich uns gegenüber human? Niemand! – Sind die Landser hier untereinander vielleicht human? – Keine Spur! – Was heißt schon Menschenfreundlichkeit? Das ist vielleicht etwas, wenn es den Menschen gutgeht, aber ansonsten?? Piss, alles Nonsens! Du siehst ja hier, was los ist: Wenn der Mensch so fertiggemacht worden ist, wie wir es sind, dann verspüre ich einen verdammt bitteren Geschmack auf der Zunge, wenn ich das Wort ‚human‘ überhaupt in den Mund nehme. Der Russe, der staubige Bruder, weiß, wie man es macht. Er hatte darin einschlägige Erfahrung und wird uns hier und zu Hause zur Masse entgliedern. Diesen mehr oder weniger widerstandslosen Menschenteig kann er dann kneten wie er will – in seinem Sinne, versteht sich. Dann kriegst du die russische Wahrheit eingeknetet und eingebläut, und du brauchst keine andere mehr zu suchen. Genauso wird es . . .“ – „Richards zum Doktor!“ ruft ein Sani aus dem Untersuchungsraum. „Bis später“, sagt mir Fritz und läßt sich behutsam von der Pritsche gleiten.

Schwester Gertrud weckt Erinnerungen

„Na, wie geht’s euch, Männer?“ Eine angenehm klingende deutsche Frauenstimme hier im Pavillon? Wir sind sprachlos. „Geht’s euch besser, ja?“ – – – ??? – – – „Ja aber – ja, aber wie kommen denn Sie daher?“ stottert ein Plenni überrascht. „Mit der Bahn, genau wie ihr“, gibt die Frauenstimme lachend zurück. Viele richten sich auf, um das Wunder in Augenschein zu nehmen. Die Männer zupfen an sich herum, und ein paar fahren sich verlegen über die Glatze, als ob es dort noch etwas zu ordnen gäbe.

In der Tat, eine Frau! Eine richtige deutsche Frau in der Tracht der Rot-Kreuz-Schwestern. „Mensch, die hat ’ne dolle Figur“, bemerkt Fritz lakonisch. Die Bluse spannt sich stramm über der vollen Brust, und dünne Strümpfe betonen elegant die wohlgeformten Beine. „Wie aus dem Bilderbuch“, denkt Fritz Richards laut vor sich hin. „Bei der Figur hat sie’s hier bestimmt auch nicht leicht“, meint ein anderer. Unser Karlsruher Doktor kommt noch hinzu, und beide, der Arzt und die Schwester, begrüßen sich wie alte Bekannte. Die meisten Pritschenbewohner haben sich aufgerichtet, glotzen die Schwester an und machen sich so ihre Gedanken. Als Schwester Gertrud zur Tür geht und sich mit einem lustigen „Auf Wiedersehen“ verabschiedet, schallt es im Chor von den Pritschen: „Auf Wiedersehen, Schwester!“, und über so manches abgemagerte, spitze Ledergesicht huscht ein wehmütiges Lächeln.

Man spricht über Schwester Gertrud*

Das unerwartete Auftauchen der Schwester beschäftigt uns Pavilloninsassen noch einige Zeit. Wer weiß, was so eine Frau schon alles erlebt hat und wie sie unter diesen Umständen die Männer sieht. Wir sind arme Hunde, aber die Gefangenen aus Küchen und Kommandanturen, deren Hosen vor Wohlgenährtheit fast aus den Nähten platzen, sind von großer Lebensgier erfüllt, von den russischen Offizieren ganz zu schweigen. Auf sie muß diese gut gebaute Frau wie das rote Tuch auf den Stier wirken.

Winston Churchill wird uns als Feind des russischen Volkes präsentiert

Anfang März 1946 beginnt eine überraschende antifaschistische „Aufklärungskampagne" im Lager und in den Pavillons. Erstaunt

---

* Die 17jährige Schwester Gertrud Weinmann aus Sachsen kam mit einem großen Transport aus Rumänien nach Armavir. Der russische Arzt Dr. Iljitsch hat Schwester Gertrud damals sofort in den Schwerkrankenpavillon 4b zur Krankenpflege eingewiesen. Dort war sie in einem Zimmer mit Majorarzt Dr. Böttcher, früher Tropeninstitut Hamburg, noch zwei Ärzten und dem deutschen Politruk Mohr untergebracht. Diese Unterkunft war für Schwester Gertrud der beste Schutz vor Nachstellungen. Neben ihrer schweren Aufgabe bei der Krankenpflege wirkte sie als einzige Frau unter Tausenden von Männern bei der Lagerbühne mit. Der Komiker und Operettenbuffo Karl Lackner baute sie als Regisseur überall ein. Ihre Partner waren Hans Welker, Fred Wenger, Willi Bleicher, ganz besonders aber Jockel Rees, der Lagertenor. Gertrud Weinmann und Jockel Rees waren ein ungleiches Paar, denn Gertrud war 1,78 m groß und Jockel nur 1,65 m. Wenn er ihr vorsang „O wie so trügerisch" oder „Dein ist mein ganzes Herz..." mußte sie sich setzen oder auf der selbstgebauten Bühne sich zwei Stufen tiefer stellen. Auch wenn sie keine gute Schauspielerin war, hat Gertrud Weinmann unter Überwindung ihrer Hemmungen mitgespielt. Sie hat das für die Plennis gerne getan. Ihre Freizeit hat sie meist im Artistenbunker verbracht, weil sie sich auch hier sicher fühlte. Von Armavir kam Gertrud Weinmann dann in das Donezbecken, wo sie, zusammen mit anderen gefangenen deutschen Mädchen, drei Jahre im Schacht Kohle fördern mußte. Dabei wurde sie verschüttet. Mit einer Wirbelsäulenverletzung wurde sie 1949 in die Heimat entlassen. Sie lebt heute in der „DDR". Gertrud Weinmann hat in sehr jungen Jahren die schwere Zeit in sowjetischer Gefangenschaft in bewundernswerter Haltung durchgestanden.

stellen wir fest, daß die im besten Goebbelsjargon vorgetragenen Schimpfkanonaden einem alten Bekannten gelten: Winston Churchill, dem Großbriten. Was wir da hören, haut uns fast vom Strohsack. Antifaschist Leutnant Pilz spricht, überzeugt wie ein Gauredner, mit voll tönendem Organ über den abgrundtiefen Charakter des einstigen Bundesgenossen und Freund des großen russischen Volkes, den uneigennützigen Helfer und Alliierten im großen vaterländischen Krieg, den nunmehrigen kapitalistischen Heuchler, den blutrünstigen Amokläufer und die plutokratische Spielernatur, das politische Chamäleon und den säbelrasselnden Glücksritter, die Gangsterfigur der politischen Unterwelt: Winston Churchill. „Merkt euch eins, Männer", fährt Pilz mit seiner ölkaschgeschmierten Stimme in erhobener Tonlage fort, „das Wort Churchill bedeutet Krieg." Das ist ohne Zweifel starker Tobak, den wir da vorgesetzt bekommen, und man könnte meinen, wir hätten gerade eine NS-Versammlung erlebt. „Siehst du, Jung? Alles war schon mal dagewesen und wiederholt sich", lacht Fritz Richards und haut dabei mit der flachen Hand auf den Strohsack, daß ein paar Wanzen Luftsprünge vollführen als hüpften sie vom Schleuderbrett. Wenn man sich überlegt, daß ein deutscher Antifaschist kein Wort sagt, das nicht vorher vom russischen Politoffizier gutgeheißen wurde, dann müssen die ehemaligen west-östlichen Verbündeten, dem Pilzschen Wiedergekäu nach zu urteilen, schon ganz schön entzweit und zerstritten sein. „Da kann ja der ewige Friede gar nicht ausbrechen", meint einer und nickt mit dem Kopf zu Pilz hin. Der überhört den Satz und verteilt freundlich lächelnd noch ein paar handgeschriebene Exemplare einer Art Lagerzeitung und verschwindet, von unserem hinzukommenden Doktor kaum beachtet, ziemlich lautlos aus dem Pavillon. Die Lagerzeitung enthält in handschriftlich gemalten Druckbuchstaben dasselbe Schimpfwortvokabular für Churchill, wie es schon in der Pilzschen Ansprache zum Ausdruck kam, Churchill-Karikaturen vervollständigen das Bild und zeigen Sir Winston als Kriegskeule und weltbrandfackelschwingendes Gorillaungeheuer, dem aber von entschlossenen Menschen des sozialistischen Blocks energisch Einhalt geboten wird. „Alles war schon mal da", meinte Fritz Richards, – er hat nur zu recht. Selbst die zweite Seite der Lagerzeitung ist noch der „Gangsterfigur der politischen Unterwelt" gewidmet. Es ist ein Spottgedicht über

Churchill, der zur Zeit wohl der bestgehaßte Mann der russischen Führung sein muß:

> Churchill, dieses Riesenroß,
> Kapitalisten- und Börsenboß,
> schießt mal wieder kreuz und quer
> von England aus nach Osten her.
> Er warnt und droht und schimpft verhüllt,
> weil Genosse Stalin nicht gewillt,
> Wallstreets Interessen zu vertreten
> und den Hyänen als Geschenk zu geben,
> was hart erkämpft, vom Joch befreit,
> friedlich lebt in neuer Zeit.
> In Freiheit und in Frieden leben,
> gilt der Menschheit großes Streben!
> Wir werden kämpfen drum und ringen,
> und der Sozialismus wirds vollbringen!
> Merk dir aber – Churchill Winston,
> jag nicht nach den Truggespinsten,
> hör auf zu hetzen und zu hassen,
> dann werden wir's gemeinsam schaffen.[*]

Erst auf der letzten der drei Seiten der Lagerzeitung kann man etwas über den Aufbau in den kriegszerstörten sowjetischen Gebieten lesen, und daß es im Westen nur faule Bananen und stinkendes Roßfleisch zu essen gibt. Dann folgen noch ein paar Notizen über Bestarbeiter in den Arbeitsbrigaden von Armavir:

> Die Müllfahrer Ferenc Schmitt und Istvan Schantor verbesserten ihr Soll von 4 Wagen auf täglich 6 Wagen und tragen vorbildlich dazu bei, die Ordnung und Sauberkeit im Lager zu erhöhen.

Die Müllfahrer heißen auf Plennideutsch „Scheißefahrer", und das trifft den Kern der Sache sehr genau.

---

[*] Anlaß zu dieser Churchillkampagne scheint die Rede von Churchill gewesen zu sein, die dieser am 5. März 1946 im Westminster College in Fulton im Staate Missouri hielt. Er führte damals unter anderem aus: „Von Stettin an der Ostsee bis Triest am Adriatischen Meer hat sich ein eiserner Vorhang quer durch Europa herabgesenkt . . . Fast überall haben Polizeiregierungen die Oberhand gewonnen . . . Kommunistische Parteien oder fünfte Kolonnen bilden für die christliche Kultur eine ständige Bedrohung und Gefahr."
Zitiert im Buche von George N. Crocker „Schrittmacher der Sowjets" Seite 112

Es darf gelacht werden

Parallel zu der sogenannten „politischen Aufklärung" läuft eine wesentlich erfreulichere, künstlerisch unterhaltende Aktion in den Pavillons an. Ein Theaterensemble, das sich vorgenommen hat, die Pavilloninsassen aufzumuntern, besteht praktisch nur aus zwei Männern und einer Frau, Schwester Gertrud. Drei andere Kameraden sind lediglich Statisten um die Späße und Witze der Hauptakteure herum: Jim Schimanski, ein schnoddriger Berliner mit einem pfiffigen Komikergesicht, Hans Welker, der den eleganten schwarzhaarigen Conférencier spielt, und Schwester Gertrud, die mit Herz, Charme und Schnauze tüchtig mitmischt. Diese letzten drei bestreiten den ersten Sketch. Die beiden Männer sind als Schuljungen verkleidet und Schwester Gertrud als Verkäuferin. In treffenden, lustigen Dialogen wollen die beiden Jungens von Schwester Gertrud nacheinander Kamillentee, Pfefferminztee usw. Gertrud antwortet: „Kamille könnt ihr haben, den Tee müßt ihr euch selbst machen"... „Dann hätten wir noch gerne Brust-Tee", quäkt Schimanski. Gertrud sagt nicht: „Die Brust könnt ihr haben." Allgemeines Gelächter auf den Pritschenrängen. Es folgt wirklich der erste Frontalangriff auf die Lachmuskeln in Gefangenschaft, und es wird während der folgenden Possenreißereien und Tragikomödien noch viel und herzlich gelacht. Die Schauspieler dieses Ensembles werden für ihre in genialer Primitivität vorgetragenen Darbietungen mit viel Beifall bedacht. Es war die erste positiv wirksame Seelenmassage in russischer Gefangenschaft, die auch dadurch zum Ausdruck kam, daß die Pritschenbewohner den Akteuren dankbar zuriefen: „Bravo – kommt bald wieder!" Man ist allgemein der Meinung: Die müßten jeden Tag unpolitisches Theater spielen.

Ein HJ-Führer und ein Pater sind unsere führenden Antifaschisten

Nun – wer beileibe jeden Tag Theater spielt, ist wahrhaftig nicht das beliebte Theaterensemble, sondern der sich im höchstpolitischen Auftrag fühlende und demnach redende Kochgeschirr-Antifaschist Leutnant Pilz, der mit seiner geschmierten Stimme, seinem dickbackigen Kaschkopp und dummdreisten kommunistischen Gesabbel sehr schnell zum „besonderen Liebling" der Pavillonlandser avanciert. Man erzählt sich sogar, daß Pilz früher Jungbannführer gewesen sein soll. Im Pavillon 2a soll einer liegen, der mit Pilz „für Hitler durch Nacht und Not" marschiert ist. Dieser Landser habe immer genügend zu essen und würde von Pilz auch manches Kochgeschirr voll Suppe oder Kascha erben. Auf dieser Grundlage wird schon nichts herauskommen, und Pilz kann sich weiterhin der zweifelhaften Sympathien der russischen und deutschen Antifaschisten erfreuen. Mit seinem auffällig übereifrigen Lobgehudel auf die „große Sowjetunion mit ihrem genialen Führer Josef Stalin" hat er sich schon so lächerlich gemacht, daß er sicher einer guten Unterstützung und Rückendeckung bedarf. Als „Hitlerjunge Quex" verspottet, wird er eigentlich von niemandem ernst genommen, und sein Antifaschismus ist nichts weiter als purer Kochgeschirregoismus. Gefährlicher und absolut ernst zu nehmen ist dagegen der deutsche Chefideologe und Oberantifaschist Peter Mohr. Dieser Mohr ist ein ehemaliger katholischer Geistlicher mit einem unzufriedenen Gesicht und einem ewig verkniffenen Mund, der gut zu den hinter einer Hornbrille versteckten Augen paßt. Mohr ist Antifalehrer der Uprawlenje (= Verwaltung) der Lagergruppe Krasnodar-Armavir und schreibt auch gelegentlich in der Kriegsgefangenenzeitung „Nachrichten", die in Moskau herausgegeben wird, über Marxismus-Leninismus-Stalinismus. Mohr ist Fanatiker, und an Stelle von Jesus ist bei ihm schon längst die Dreieinigkeit des kommunistischen Geistes getreten: Marx-Lenin-Stalin. Er versucht mit allen ihm zur Verfügung stehenden Mitteln, seine „Kameraden" von der kommunistischen Heilslehre zu überzeugen. Dabei entfaltet er nahezu missionarischen Eifer. In der Regel werden solche Leute bevorzugt nach Hause entlassen, um in Schlüsselstellungen in der Heimat die antifaschistische Front zu stärken und im marxistischen Sinne zu wirken. Mohr aber praktiziert vorerst noch in Armavir und Umgebung und pflegt hierbei die Methode, die Plennis in unverbesserliche Faschisten und ehrbare Nationaldemokraten einzuteilen. Hoffentlich gehen diesem Infiltrator bei seinem Einsatz in der Heimat nicht allzuviele auf den stalinistischen Leim.

Heilungstendenzen erkennbar

Bis Ende März 1946 haben sich die Pavillons so nach und nach geleert. Landser, die als Skelett eingeliefert wurden und nach Iljitsch „alles Menschliche verloren hatten", marschierten als Arbeitskategorie I und II aus der Tür und wurden, zusammengefaßt in größere Arbeitsbrigaden, in neue Lager abtransportiert. Neuer Nachschub an Kranken ist bislang nicht mehr eingetroffen, zumindest nicht mehr in dem Umfang wie im Januar 1946. Fritz und ich halten mit noch ein paar schweren Fällen die Stellung, wobei sich bei uns beiden die Bezeichnung „schwerer Fall" mehr auf die schlechte Heilungstendenz als auf die Krankheit als solche bezieht. Wir sind in die Nähe eines Pavillonfensters umgezogen und können so ab und zu einen Blick nach draußen werfen. Eine Kammerjägerbrigade entwanzt mit Lötlampen die Pritschenbretter von den lästigen Blutsaugern. Sie reißen die Kopfkeilbretter ab, und darunter nisten so unbeschreibliche Mengen von Wanzen, daß die in Massen verbrannten Parasiten einen abscheulich penetranten Gestank im ganzen Bau verbreiten. Diese Aktion hätte schon viel früher beginnen müssen, denn in der darauffolgenden Nacht bleiben wir von diesen Viechern nahezu unbelästigt. Bei Fritz beginnen die tiefe Rückenwunde und deren Ableger so langsam auszuheilen. Des öfteren rüttelt er mich in der Nacht wach: „Jung', tritt mal wieder in Aktion!" Mit einem Lappen fahre ich dann kreuz und quer um die verkrusteten Wunden, Fritz ein „Ah" und ein „Oh" nach dem anderen entlockend. Besonders gern hat er es, wenn ich mit der Fingerkuppe rings um die Wundränder herum auf die Haut drücke. Die Dinger müssen noch stärker jucken als die meinigen. Erst wenn der ganze „Reibweg" auf Fritzens Rücken rotgerieben ist, hat er ein bißchen Ruhe und kann die Augen schließen. Mein Gesäß ist nach wie vor das Sorgenkind der Ärzte. Vierundzwanzig Geschwüre hat Fritz bei mir gezählt, von denen noch einige ganz schön entzündet sind und einen bösartigen Eindruck machen. Die Krätze ist bei mir so ziemlich abgeheilt, und wo vor wenigen Wochen noch eitrige Schmiere war, kann ich mich heute schuppen. Die Erfrierungskrusten an den Ohren sind abgefallen, und dort, wo die Krusten draufsaßen, sehen die Ohren so aus, als seien sie knallrot angestrichen. Bei der Wochenhauptvisite erklärt mir der Karlsruher Pavillonchefarzt: „Wir machen bei dir jetzt noch einen Umschlag mit übermangansaurem Kali und Gallusgerbsäure hinten druff. Wenn des net hilft, kannscht deinen Arsch ruhig wegschmeißen." Er sagt es zwar freundlich, aber ein bißchen schockiert bin ich doch. Mittags bekomme ich den Umschlag vom Doktor persönlich gemacht. Am Abend messe ich 39.8 Fieber. Die Tücher bleiben über Nacht drauf, und am Morgen habe ich erstaunlicherweise keine Temperatur mehr. Als der Arzt am Mittag den Wickel auch selbst wieder abnimmt, ist das erste, was er sagt: „Aha!" Das Richtige scheint nun endgültig gefunden zu sein, und gleich anschließend gibt es den nächsten Wickel, auf den ich nicht mehr fiebrig reagiere. Die verschiedenen Rötungen sollen sehr schön zurückgegangen sein. Nach dreimaliger Wickelanwendung ist eine erste größere Heilungstendenz erkennbar, und ich bin wirklich heilfroh darüber, zumal die Bemerkung des Doktors meinem Optimismus auch nicht gerade förderlich gewesen ist.

Abschied von Fritz Richards

Am 4. April 1946 ist Großmusterung aller noch in den Pavillons befindlicher Kranker durch Kapitänarzt Iljitsch. Unter den für arbeitstauglich Befundenen ist auch mein Nachbar Fritz Richards. Sie haben ihn sogar zum „Einser" erhoben. Die Stunde des Abschieds schlägt sehr schnell für uns beide, da die „Gesundgemachten" den Pavillon sofort räumen müssen. Länger als acht Wochen lagen wir nebeneinander auf der Pritsche, und Fritz war mir in dieser Zeit mehr als nur Nebenmann. Ich, der sein Sohn hätte sein können, sehe in ihm das Vorbild eines aufrechten Mannes, der auch unter schlechtesten Bedingungen, so gut es unter den gegebenen Umständen ging, immer Kamerad blieb. Während Fritz schweigsam seine Klamotten zusammenpackt, hocke ich betreten auf der Pritsche und schaue ihm dabei zu. Seine Geschwüre sind zwar noch nicht völlig abgeheilt, aber „gutartig verkrustet", hat Iljitsch gesagt. Meine Zeit wird wohl auch bald schlagen, denn bei mir sieht es ähnlich aus. Fritz ist bald marschbereit: „Wiederseh'n, mein Jung! Auf baldige Heimkehr!" – „Fritz?! – Ich dank Dir, auf Wiederseh'n! – Mach's gut!!" – „Schon gut, mein Jung! Schon gut – Wiederseh'n, Wiederseh'n!" Die Wege zweier Freunde trennen sich. Mit zwanzig Mann sind wir im Pavillon übriggeblieben.

Seit Fritz fort ist, paßt es mir nicht mehr in der Bude. Die Türen des Pavillons stehen fast den ganzen Tag offen. Ein frühlingslauer Wind bringt den schweren Geruch aufgebrochener Erde, den Lärm von Traktorenmotoren und die Zurufe der Kolchosenbauern, die das an das Lager grenzende Feld bestellen, zu uns herein. Vom Schnee ist weit und breit nichts mehr zu sehen. Von der großen Schmelze haben wir im Pavillon nicht viel gemerkt. Die anderen versoffen bald im Schlamm, während wir hinter geschlossenen Türen die Tage verdösten, aufs Essen und auf Heilung warteten.

Die Antifapropagandisten haben inzwischen ihre „Aufklärungsarbeit" auch ins Freie verlegt. Alle sind des langen Winters überdrüssig und streben nach draußen vor die Türen. Die dumpfen Bunker stehen tagsüber leer, und der Pavillon, der mir nach Djetschokowka wie das Paradies auf Erden erschien, macht nun auf mich einen reichlich stickigen und muffigen Eindruck. Das tägliche Ansehenmüssen von Blut und Eiter hat sich fest in die Erinnerung eingeprägt, und auch der mit frischen Düften gesättigte, über das Land streichende Frühlingswind kann diese trüben Erlebnisse nicht auslöschen. Die Zeit der bitteren Fröste und tagelangen Eisstürme, das Erlebnis des nagenden, verzweifelten Hungers in dreckigen, windschiefen Unterkünften, die Wochen, in denen wir von Tag zu Tag mehr dahinsiechten, diese Zeit der düsteren, grauen Farben liegt hinter uns. Bis zur untersten Stufe hat man uns erniedrigt, und der Tod schlug mit Hammer und Sichel wahllos heute diesen, morgen jenen Kameraden. Wir haben überlebt und können sagen: „Noch mal davongekommen." Was aber wird die Zukunft bringen? Das Frühjahr steht vor der Tür, und wie die Säfte in der Natur, steigt ein übermächtig Wort in die Gehirne der Gefangenen, nimmt völlig Besitz von ihnen, gibt ihnen neuen Halt und neue Hoffnung, es ist der Traum aller Plennis vom Nordkap bis zum Kaukasus, von der Ukraine bis Sibirien: HEIMKEHR! Wir haben diesen gräßlichen Winter 45/46 überlebt, und man hat uns, die wir schon mit einem Bein auf der Totengräberschippe standen, wieder aufgepäppelt und notdürftig kuriert. Möge Gott walten, daß man uns endlich heimkehren läßt. Ich glaube, ein zweites Djetschokowka könnte ich nicht überleben.

Aus dem Krankenpavillon entlassen

Ereignislos verlaufen die nächsten zwei Tage im Pavillon. Am 20. April werde ich „entlassungsreif" befunden und verlasse am selben Tage mein Krankenhaus. Ich komme mir fast komisch vor, als ich nach einem Vierteljahr das erste Mal wieder meinen Fuß über die Schwelle nach draußen setze. In tiefen Zügen ziehe ich die frische Luft in die Lungen, und ich bin wirklich froh, endlich dem Krankenstall entronnen zu sein. Mit anderen Entlassenen werde ich in den Bunker 47 eingewiesen. Meine Freude bekommt zwar einen Dämpfer, als ich dieses dunkle Verlies mit den blanken Holzpritschen ohne Strohsäcke mit dem direkt komfortabel wirkenden Pavillon vergleiche, aber schließlich ist man ja wieder „gesund" und kann sich gar nicht beizeiten genug an die nun wieder rauher werdenden Lebensbedingungen gewöhnen. Durch das lange Auf-dem-Strohsack-Liegen ist man doch verweichlicht, und ich komme mir auch irgendwie unbeholfen vor. Doch diese Unbeholfenheit soll sich bald legen, denn es beginnt gerade eine große Aktion zur Ermittlung des schönsten Bunkers bzw. Pavillons. Unser Bunkerchef ist ein mit allen Wassern gewaschener Stalingradgefangener aus Aachen namens Hugo Hinzen. Auch ein Kunstmaler ist unter uns, der gegen 200 g Brot mit einem Bleistiftstummel jeden porträtiert, der Papier hat und ein Konterfei von sich haben möchte. Dieser Kunstmaler wird von Hugo beauftragt, das Bunkergärtchen zu Ehren des ersten Mai wettbewerbsfähig herzurichten. Ich werde ihm als Hilfsarbeiter zugeteilt, und die Sache macht mir ehrlich Spaß. Im Auftrag meines Kunstmalers mache ich mich auf die Socken und picke alle weißen Steinchen, derer ich habhaft werden kann, aus der Lagerstraße. Nachdem ich viermal die Hosentasche voll Steinchen gesammelt habe, gibt sich unser Künstler zufrieden; anschließend organisiere ich noch drei Ziegelsteine und zertrümmere diese zu kleinen Stückchen. Aus den weißen Kieseln und den Ziegelstückchen konstruiert dann mein Meister eine Sonnenuhr, die sich wirklich sehen lassen kann und darüber hinaus noch den Vorzug hat, daß man sich auch nach ihr in etwa richten kann, vorausgesetzt natürlich, daß die liebe Sonne scheint und entsprechende Schatten wirft. Hugo läßt noch weitere Ziegelsteine klauen, und aus ihren Fragmenten werden links und rechts des Bunkereingangs rote Sterne ausgelegt und mit weißen Kieseln eingefaßt. Erstaunlicherweise bringt es Hugo fertig, vom Antifaaktiv Ölfarbe zu besorgen, und in schöner Kursivschrift krönt unser Maler sein Verschönerungswerk mit Sprüchen zu Ehren des 1. Mai, die er beidseitig an die Holzverkleidung der Bunkerstirnseite hinmalt: „Es lebe der 1. Mai – Hoch die internationale Solidarität – Der Feiertag der Werktätigen der ganzen Welt". Unserem Chef Hugo gefällt dies wohl alles sehr. „Aber", so meint er versonnen, „'s wär noch schöner, wenn die Fenster so 'n paar Läden hätten mit Herzchen drin und so." Kurz danach ist er verschwunden, und während wir zufrieden unser Werk begutachten und insgeheim auf eine Prämie in Form eines Zusatzessens spekulieren, überzeugt Hugo die Antifas von der Notwendigkeit, grüne Farbe für Bunker 47 zu spendieren. Wir staunen nicht schlecht, als er mit der Farbe ankommt und sich unser Maler unverzüglich ans Pinseln begibt, um nach Hugos Wünschen die blankgeputzten, aber „naturtrüb" gebliebenen Lichtluken mit bayerischen Fensterläden, die rote Herzchen auf grünem Grunde in der Mitte haben, zu verzieren. Innen stecken wir an das Pritschengebälk in gleichen Abständen grüne Pappelzweige. Die Pritschen sind mit Wasser geschrubbt worden, und was auf den Pritschen liegt, ist so gut wie eben möglich ausgerichtet. Nun kann es losgehen, und voller Spannung erwarten wir die Inspektion und das Ergebnis des Lagerwettbewerbs zu Ehren des 1. Mai 1946.

Festmeeting auf dem Appellplatz

Die Suppe ist prächtig dick am Morgen dieses ersten Maientages, und das Brotstück erscheint uns auch größer als sonst. Die Sonne scheint, und unsere Sonnenuhr ist auch „in Betrieb". Um 8 Uhr versammelt sich das ganze Lager zum Festmeeting auf dem Appellplatz. So nach und nach füllt sich der Platz mit den anmarschierenden Plennis. Etwa in der Mitte des Platzes steht ein mit knallroten Tüchern ausgeschlagenes Rednerpodium. Wir harren der Dinge, die kommen sollen, die aber noch einige Zeit auf sich warten lassen. Das macht uns nicht allzuviel aus, denn die Sonne bescheint ja diese ganze Szenerie mit ungemein wohltuenden Strahlen. Die Feier beginnt, als der russische Kommandant mit seinem gesamten Führungsstab und seinen deutschen, rumänischen und ungarischen Helfern erscheint und auf dem Präsidiumspodium Platz nimmt. Es folgt nun Rede auf Rede, die sich alle in Form und Inhalt gleichen wie ein Ei dem anderen. Phrasen, Sprüche, Feststellungen und Redewendungen rieseln in den verschiedensten Lautstärken auf uns herab. Einzelne Redner überschlagen sich fast vor Begeisterung für die Werktätigen, und sie geben sich den Anschein, als trieften sie vor Haß gegen die kapitalistischen Ausbeuter. All dieses Gerede kann nicht verhindern, daß sich so nach und nach immer mehr von uns auf den Boden setzen oder gar legen, mit Steinchen spielen und sich unterhalten. Es interessiert niemanden, was da auf dem Podiumstisch palavert wird, viel wichtiger ist, daß es unaufhaltsam dem Mittagessen entgegengeht und wir das „Festessen" bald vor uns haben. Erst „Hitlerjunge Quex" bleibt es vorbehalten, die trägen „Zuschauermassen" zu begeistern, und er heimst ohne Zweifel den meisten Beifall ein, nicht wegen dem, was er sagt, sondern weil er so lautstark spricht. „Kp-Pfarrer" Mohr macht ein unglückliches Gesicht, als Pilz selbstbewußt die Tribüne verläßt, um sich wieder in den Schwarm derer einzuordnen, die zu Ehren des 1. Mai schon etwas gesagt haben oder noch sagen wollen, sei es auf deutsch, rumänisch oder ungarisch. Nachdem sich endlich der Abschluß des Meetings abzeichnet, tritt der antifaschistische Leutnant Blaß auf das Podium, um mit folgenden Worten an seine Mitgefangenen zu appellieren: „Männer, euch allen ist sicherlich bekannt, daß wir hier im Lager einen Offiziers-Männerchor haben. Wir vom antifaschistischen Lageraktiv haben diesen Chor nun gebeten, zum Abschluß unserer würdigen Veranstaltung die russische Nationalhymne zu singen. Doch diese anscheinend noch von reaktionärem Gedankengut durchdrungenen Offiziere haben es als Deutsche, wie sie uns sagten, abgelehnt, die russische Hymne zu singen. Männer, ich frage euch als die Besseren: Wollt ihr als ehrliche, aufrechte Antifaschisten die russische Hymne singen?" Leutnant Blaß hätte das nicht sagen sollen. Er beginnt seinem Namen Ehre zu machen, wird blaß und nervös, denn die Besseren, das heißt die versammelten Kriegsgefangenen, antworten Leutnant Blaß mit eisigem Schweigen. Unschlüssig und ratlos, was er nun machen soll, tut er das einzig Richtige und tritt, ohne ein weiteres, unnützes Wort verlierend, vom Podium ab. „Pfarrer" Mohr, die verzwickte Situation erkennend, stimmt nun selbst die russische Hymne an:

„Von Rußland dem Großen auf ewig verbündet,

steht machtvoll der Volksrepubliken Bastion.
Es lebe vom Willen der Völker gegründet
die einig und mächtige Sowjetunion!
Ruhm sei und Lobgesang Dir freies Vaterland
Freundschaft der Völker hast fest Du gefügt
Fahne der Sowjet-Macht, Fahne in Volkes Hand,
du sollst uns führen von Siege zu Sieg."
Der Kreis der Sänger bleibt auf das Antifa-Aktiv beschränkt. Die Masse der Gefangenen verharrt notgedrungen in Hab-acht-Stellung. Anschließend folgt noch die Internationale, die, wohl in besserer Kenntnis des Textes, von einigen älteren Plennis mitgesungen wird. Das war das Festtagsmeeting im Lager Armavir, aber es passiert noch mehr an diesem 1. Mai 1946 im Lager.

Der erste Postempfang

Wohl das bedeutendste Ereignis ist der erste Postempfang, der sich gleich an das Meeting anschließt. Mohr entnimmt aus einer Aktentasche ein paar Postkarten: „Kriegsgefangener Kurt Schwan" – „Hierrr!" brüllt freudig überrascht der Aufgerufene aus der Masse der um Mohr herumstehenden Männer. So geht es noch ungefähr zehnmal, und Hunderte möchten die Post dieser wenigen Glücklichen am liebsten mitlesen. Der Trompeter hat schon zum Essenfassen geblasen, aber die Gruppen um die Postempfänger zieren in dichten Trauben diskutierend und erzählend noch eine ganze Weile den Appellplatz, auf dem schließlich, wie das Männlein im Walde, die rote Rednertribüne einsam zurückbleibt.

Violinkonzert und Fußballmatch

Am frühen Nachmittag des ersten Mai ist ein Violinkonzert im Kulturpavillon. Besonderer Beifall gilt einem Virtuosen, der in wahrlich meisterlicher Manier auf einer alten Geige die Kanarienvogelsuite von Mozart zum besten gibt.
Im Gegensatz zu den verbittert wirkenden Antifaschisten haben uns

die Artisten- und Musikgruppe von Armavir mit ihren Darbietungen neuen Lebensmut gegeben, den wir so dringend gebraucht haben. Auf der Lagerbühne spielen viele Stars. So steht die Blasmusik unter der Leitung von Ernst Schneider, mit Solotrompeter Erich Kruse vom Stettiner Theater. Musikmeister Knöfel war 1. Solobratscher der Dresdner Staatsoper. Der Ungar Belà Vaschadi war Kapellmeister der Budapester Staatsoper. Da sind noch die Kameraden Karl Lackner, Sänger und Schauspieler, der Schauspieler Hans Welker, der Grafiker und Schauspieler Fred Wenger, der Reklamemaler Fritz Reinhard, der Komponist Willi Bleichert, die Akkordeonsolisten Fips Hillenbrand und Franz Lill und der Tenor Jakob Rees, genannt Jockel. Was diese Kameraden unter widrigsten Umständen geleistet haben, kann kaum richtig gewürdigt werden. Sie haben fast aus dem Nichts eine Bühne geschaffen und auf diesen Brettern neue Hoffnung in die Herzen ihrer Kameraden gepflanzt. Neben den vielbeklatschten Darbietungen dieser Künstler ist ein anderer Höhepunkt des 1. Mai 1946 ein sportliches Ereignis: Fußball-Länderkampf Deutschland gegen Ungarn. Die Mannschaften rekrutieren sich aus „Küchenbullen", „Magazinhengsten", „Antifabüffeln" und „Kulturgruppensprüchemachern". Lange vor Beginn des Spiels ist das Appellplatzstadion ausverkauft. Die Tore sind mit Latten genagelt. Die Schußkreise sind vorschriftsmäßig mit Kalk ausgezeichnet, und die Linienrichter sind auf den Plätzen. Um 15 Uhr laufen die Mannschaften ein, von den ungarisch-rumänischen Block auf der einen und dem großen deutschen Block auf der anderen Seite beklatscht. Es liegt wirklich so etwas wie Länderkampfstimmung über dem Platz, und wir alle warten auf den Beginn des Spiels. Die ungarische Mannschaft spielt in Weiß, die deutsche in Rot-Schwarz, alle Mann prächtig herausgefüttert und von Mannschaften in der Heimat kaum zu unterscheiden. Man hat kaum so richtig hingeschaut, da steht es schon 1:0 für die Ungarn, erzielt von dem ungarischen Küchenchef, der in seiner Mannschaft als Mittelstürmer fungiert und dessen prächtige Muskelpakete allgemein bestaunt werden. Er ist ohne Zweifel der Star des Feldes, und man weiß nicht, was man mehr bewundern soll, seine enorme Schnelligkeit, seine große Schußkraft oder seinen für die Verhältnisse erstaunlichen Bizeps. Trotz „heftiger Gegenwehr" gehen unsere Kicker mit einem Ergebnis von 4:1 für die Ungarn unter. Das war zwar nicht ganz nach unserem Geschmack, aber das Spiel brachte eine willkommene Abwechslung in unser Dasein. So manchem alten Fußballer, der völlig ohne Kondition am Spielfeldrand saß, wird es in den Beinen anständig gekribbelt haben.

Parademarsch als Disziplinübung

Am Abend des ersten Mai ist wie immer Zählappell. Das Lager steht im Karree angetreten. Hundertschaftsweise wird dem Lagerführer gemeldet, dann erst erscheint Plenni-Kommandant Michalaki in rumänischer Offiziersuniform mit Epauletten. Er geht in betont kurzen zackigen Schritten auf den Lagerführer zu, nimmt dessen Meldung militärisch grüßend entgegen und übernimmt dann das Kommando: „Lagere rauul – dobre nain!" – Lager stillgestanden, Augen links! – Kapitänarzt Iljitsch hört, ebenfalls strammstehend und mit der Hand am Mützenschirm, das Ergebnis des Zählappells, und Michalaki kommandiert: „Apellu grebaus!" – „Rührt euch! Wir rühren, und Iljitsch schreitet wie ein deutscher Spieß, ein dickes Notizbuch zwischen den Knöpfen der Uniformjacke und beiden Händen auf dem Rücken, die Front der angetretenen Plennihundertschaften ab. Er überprüft die Fingernägel, schaut in die Ohren und macht Stichproben, ob der Hals gewaschen ist. Wehe dem, der ihm nicht sauber genug erscheint, den notiert er und macht ihn mitleidslos vor versammelter Mannschaft „zur Schnecke". Sauberkeit muß sein, und Iljitsch kann man in dieser Angelegenheit bestimmt keine Ungerechtigkeit vorwerfen. Was aber nach dem Appell folgt, ist reichlich spleenig, wird aber von der Masse der Landser mit Humor hingenommen. Nach jedem Abendappell nimmt Iljitsch den Vorbeimarsch der angetretenen Gefangenen ab. Hundertschaftsweise wird abgerückt. An der Spitze marschiert der Hundertschaftsführer. Iljitsch steht mit Michalaki am Ende des Appellplatzes, um die Parade abzunehmen. Zehn Schritte vor Iljitsch kommandiert der Hundertschaftsführer seinen Männern „Aaachtung", worauf diese beginnen, den Achtungsschritt zu kloppen, dann kommt das Kommando „die Augen links", und mit Blickwendung wird stramm an Iljitsch und Michalaki vorbeidefiliert. Den Gruß des Hundertschaftsführers erwidert Iljitsch. Die Parade scheint ihm Spaß zu bereiten, und bis die letzte Hundertschaft vorbeiparadiert ist, steht

Iljitsch wie angegossen auf seinem Platz, und Michalaki wagt auch nicht, sich zu rühren. Es ist überhaupt schwer zu sagen, wer von beiden der zackigere ist. Auf alle Fälle passen die beiden gut zusammen, wenn man auch Michalaki und seiner rumänischen Lagerpolizei nicht gerade besondere Menschenfreundlichkeit nachsagen kann. Iljitsch läßt sich in seinen Maßnahmen gegenüber der Masse der ihm Unterstellten, den oft sehr heruntergekommenen und verwahrlosten Menschen, nur von zwingenden Notwendigkeiten leiten, während es bei Michalaki auf ein bißchen mehr oder weniger Brutalität nicht ankommt.

Unser Bunker 47 wird prämiert

Mit der Parade ist der erste Mai noch nicht vorbei. Leutnant Blaß teilt uns mit, daß unser Bunker 47 als schönster Bunker des Lagers prämiert worden ist und die gesamte Belegschaft für diesen Erfolg einen Doppelschlag Suppe bekommt. Die Freude ist bei uns groß, und unsere Bunkergemeinschaft feiert mit 1,5 Liter dicker, mit Fleisch gekochter „1. Mai-Fest-Suppe" pro Nase die Prämierung ihrer Unterkunft. Es fallen nur freundliche Worte an diesem Abend, und man sieht, daß, wenn der Mensch nicht in äußerstem Maße nur in Sorge zur Sicherstellung der Mindestmenge an Eigennahrung lebt, das Interesse und das Verstehen mit seinen Mitmenschen in gleichem Maße wächst, wie ersteres abnimmt.

Hugo Hinze erzählt im miesen Licht eines Kerzenstummels Witze, und unsere vollen Bäuche wirken wohltuend auf das Gesamtbefinden und sichern Hugo einen Lacherfolg nach dem anderen. Später wird es allerdings ernst, als Hinze auf die Frage eines Kameraden, wie es denn eigentlich wirklich in Stalingrad gewesen ist, anfängt zu erzählen: „Mich ha se in Gumrak geschnappt. Dort gabs allerdings nicht mehr viel zu schnappen. Ob ihrs glaubt oder nicht, da han welche ihre eigenen Kameraden angefressen, den Schädel gespalten, das Gehirn rausgeholt und – wenn möglich – gebacken oder so gefressen." Vieles ist kaum zu glauben, was Hugo da zu berichten weiß, aber wenn ich an Djetschokowka denke, erscheint es mir wahr und nicht übertrieben. Wenn dort auch keine Toten von den eigenen Kameraden angegangen wurden, so waren wir doch schon bei Spatzen, Mäusen und ähnlichem unmöglichen Getier angelangt. In dem Bewußtsein, daß es uns in Armavir zur Zeit relativ erträglich geht und Stalingrad und Djetschokowka glücklicherweise nicht mehr gegenwärtig sind, schlafe ich ein.

Die deutsche Lagerprominenz von Djetschokowka im Strafzug des Lagers Armavir

Armavir ist nicht nur Krankenlager, sondern auch Sitz der NKWD (= Abkürzung für Narodny Komissariat Wnutrenich Djel, Name des russischen Volkskommissariats des Inneren) für den nordkaukasischen Raum. Mein Erstaunen ist groß, als ich bei einem Lagerspaziergang Kopp, Iwan und Anton begegne, die unter Sonderbewachung rumänischer Hiwis und eines russischen Unterleutnants eine neue Anmarschstraße zum Appellplatz bauen. Die Kerls sind im Vergleich zu früher käseweiß im Gesicht und sehen ziemlich eingefallen aus. Sie sind Angehörige des Strafzugs. Innerhalb des Hauptlagers ist die Strafzone separat mit zusätzlichem Stacheldraht eingezäunt, und innerhalb der Strafzone gibt es noch einen Sonderbunker, den man, ähnlich der Laufgitter für Raubkatzen im Zirkus, nur durch einen Stacheldrahtkorridor betreten kann. Dieser Bunker ist der Kern des Strafzugbezirks, und in ihm sitzt neben anderen fast unsere gesamte russisch sprechende Lagerprominenz aus Djetschokowka als politische Gefangene. Um dieses Lager im Lager patrouillieren Tag und Nacht rumänische Hiwis. Von Hans, unserem Sani a. D., der außerhalb des Strafbezirks geblieben ist und als Holzhacker bei „Artgenossen" in der Banja Unterschlupf gefunden hat, bringt man in Erfahrung, daß man Kopp und Freunde wegen ihrer einstigen Siedlungszugehörigkeit zum sowjetischen Raum als Russen betrachtet und ihnen Kollaboration mit dem deutschen Feind vorwirft. Dieser Vorwurf und die Tatsache, daß man sie als verräterische Russen doppelt und dreifach eingebuchtet hat, scheint seine Wirkung auf die Insassen nicht zu verfehlen. Man holt diese Sonderhäftlinge oft zum Verhör, und man erzählt im Lager, daß alle Türen und Wände in den Verhörräumen schalldichte Polsterung aufweisen würden. Von den dort Verhörten ist noch keiner zu seinen Kameraden im Normallager zurückgekommen. Entweder sitzen sie noch alle bei den Politischen in der Strafzone oder sie wurden bei Nacht und Nebel nach sonstwo abgeschoben.

In einem Pavillon gibt es eine spezielle, abgetrennte Krankenabteilung, die nur für Strafinhaftierte eingerichtet ist. Dort sollen alle diejenigen eingeliefert worden sein, die auf eigenen Füßen den NKWD-Vernehmungsbau nicht mehr verlassen konnten.

Ein Wiedersehen mit Kamerad Pferd

Lager Armavir – Krankensammelstelle, nordkaukasisches NKWD-Hauptquartier und auch Pferdestation. Etwa 500 m außerhalb des Stacheldrahts befindet sich in einem Talkessel eine Kolchose, die vom Lager verwaltet und bewirtschaftet wird. Beim Arbeitseinsatz „Steine-suchen für die Lagerstraße", Lieblingsbeschäftigung Iljitschs für seine Pavillon-Rekonvaleszenten, kann ich zum ersten Mal Einblick in die Stallungen nehmen und seit langem wieder Pferde bewundern. Zwanzig schwere Kaltblutpferde stehen gut genährt mit glänzendem Fell in sauberen Boxen. Diese zwanzig Prachtstücke sind nicht nur der Stolz des russischen Lagerkommandanten, sondern auch der Augapfel Michalakis, der ja ehemals rumänischer Kavalleriesergeant gewesen ist. Abkommandierte Landser mit Pferdeverstand betreuen die Gäule, und Mensch und Tier fehlt es an nichts, außer der Freiheit. „Die Viecher ham fei a ganz a schlau's Leben", meint einer aus unserem Kommando und bläst aus einer holzgeschnitzten Ersatzpfeife eine Machorkawolke nach der anderen vor die breiten Gaulsärsche. „Die hättest aber nit anschau'n dirfen, wie's kummen sein – klapperdirr und schwoch sein's gwes'n", erklärt ein Pferdepfleger in unverkennbarem Ungarndeutsch, der im Schweiße seines Angesichts eine Halbblutstute striegelt. Diese Worte erinnern mich an die Elendstransporte von Pferden, die uns in der Asowschen Steppe begegnet sind, die wir auch schon in Rumänien oder nach Kriegsende in der Tschechei beobachten konnten. Deutsche Pferde, vielfach mit dem eingebrannten Gestütszeichen am Schenkel oder Hals, kriegsgefangenes Beutegut wie wir, erbärmlich mager, mit hängenden Köpfen, oft lahmend und ohne Eisen auf den wunden Hufen und mit dreckigem, stumpfem Fell, das, wie wir sehen konnten, nicht selten mit Striemen gezeichnet war, wurden herdenweise nach Osten getrieben. In Sarat sah ich einen größeren Fußtransport von schätzungsweise 200 Pferden, die in dem aufgewirbelten Staub fast verschwanden und die trotz der anfeuernden Peitschenhiebe und zornigen Zurufe berittener Kalmückenhirten nur langsam vorantrotteten. Alle Tiere sahen so jämmerlich aus, daß es mir trotz des eigenen Elends weh ums Herz wurde, ähnlich wie bei dem Totschlagen der Pferde mit Holzbalken in Blatna. Die Pferde in Armavir haben es wenigstens jetzt gut erwischt, aber wie sich im Verlauf des weiteren Gesprächs mit den Pferdepflegern ergibt, sind schon viele Tiere von dem obersten russischen Natschalnik gegen „mnogo Rubel und Wodka" privat an Kolchosen- und Sowchosenvorsteher verschachert worden – Privatgeschäfte, die den Betreffenden ins Auge gehen können, wenn sie nicht von höherer Stelle aus sanktioniert werden. „Abhauen, los, raus hier, Michalaki kommt!"

Wir flitzen aus dem Stall oder den sonstigen Winkeln heraus und formieren uns unter Stalingrad-Hugo, der auch gleich abrücken läßt. Mit zwei weit ausholenden, schäumenden Pferden vor einem schweren gummibereiften Transportwagen donnert Michalaki wie ein T 34 in das Hofgeviert. Hinter unserem Rücken brüllt der Rumäne mit den Pferdepflegern. Wir beeilen uns, daß wir aus dem „Schußfeld" kommen.

Gemütliches Steinetragen

Das Steinetragen der wiederhergestellten Dystrophiker geschieht in der Regel ohne Posten. Ein als zuverlässig geltender Kriegsgefangener hat die Verantwortung, daß alle Schäfchen wieder vollzählig in ihren Pferch zurückkehren. In unserem Fall spielt Stalingrad-Hugo den Hirt. Zwei- bis dreimal am Vormittag machen wir den Weg vom Lager in den Talkessel der Pferdestation. Der Stein, den jeder von den karstigen Hängen des Kessels mit ins Lager nimmt, ist meist nur ein Steinchen. „Schone dich, wenn du kannst", ist eine uralte Gefangenenregel, die wir in diesem Falle tunlichst ohne Risiko befolgen können. Die ganze Arbeit geht gemütlich vonstatten, und der Verschnaufpausen sind viele.

Sauhatz auf russisch

Am Vormittag des 6. Mai 1946 machen wir nur einen Gang mit unseren Steinchen, wie gesagt, sind es ja ansonsten immer zwei oder sogar drei solcher Gänge. Das erklärt sich nun so: Wir suchen an diesem wunderschönen Maientag am südwestlichen Ausgang des Talkessels nach passenden Steinen. Die Erde ist hier gelb und hart. Die Sonne knallt voll auf die Südseite des Hanges, und es herrscht wirklich eine Hitze wie im Hochsommer. Kleine, leuchtend gelbe Adonisröschen liegen mit ihren Blütensternen fast auf dem Boden, und ein hartes Steppengras bildet zwischen niederen, verkümmerten Bäumen vereinzelte, dürftig gepolsterte Inseln. Flinke, grüne Eidechsen sitzen sonnenanbetend auf Steinen und flüchten pfeilschnell vor uns in schattige Schlupfwinkel. Am unteren Auslauf des Hanges lehnt sich rückseitig eine Art Stallgebäude an, und in einem festen Pferch rennen wie wahnsinnig ein paar Säue herum, verfolgt von einer Horde prügelschwingender Russen. Anscheinend ist dort unten Schlachttag, und wir sind, von den Russen unbemerkt, gerade zurechtgekommen, Zuschauer eines recht ungewöhnlichen Schlachtgeschehens zu werden. Die Schweine werden erbarmungslos gehetzt und geprügelt, daß sie in Todesangst blindlings gegen den Zaun anrennen oder verzweifelte Luftsprünge vollführen, wie man es allenfalls von jungen Ziegenböcken gewohnt ist. Wie beim Fußballelfmeterschießen werden die Säue vor den Kopf, in die Seiten und in den Schinken getreten. Diese grausame Sauhatz dauert so lange, bis sich das letzte Vieh erschöpft ausstreckt oder im Staub wälzt. Die wilden Schmerzensschreie der gequälten Tiere verebben allmählich. Das ist der Moment für die langen Messer. Ein Schwein, das seine vom Schlagen und Treten gelähmten Hinterbeine mühsam auf dem Boden schleift, versucht infernalisch kreischend, mit auf und ab wippendem Kopf im Kreise herumtorkelnd, nach seinem Hinterteil zu schnappen. Die roh lachenden Metzgergesellen murksen es als erstes ab. Dann folgen die anderen – sechs an der Zahl. Von unserer „Tribüne" aus scheint es so, als würden sie wahllos mit ihren Dolchen in die Säue hineinstechen, die keinen Mucks mehr von sich geben und auch keinerlei Tötungsreflexe mehr zeigen. Sie waren schon vorher so ziemlich am Ende. Erst nach getaner Arbeit entdecken uns die Russen und lachend deuten sie mit ihren Messern zu uns hoch: „Jup twoija Matj Friitze – dawai na robotta!"

Letzter Arbeitseinsatz in Armavir

Wenn man davon absieht, daß man an klaren Tagen den schneebedeckten Gipfel des Elbrus sehen kann, ist die Gegend um Armavir für unsere Begriffe wenig reizvoll. Der Blick auf die undeutlich aus der Dunkelheit hervortretenden Konturen von ein paar Häusern ist das einzige, was ich bei unserer damaligen nächtlichen Ankunft von Armavir gesehen habe. Dabei ist es auch bis heute geblieben. Um die Stadt liegt ausgedehntes, bebautes Ackerland, dahinter ist mit dornigen Halbbüschen durchsetztes und mit Disteln jeder Größe bewachsenes Ödland, soweit das Auge blicken kann. Man hat versucht, von Plennis, die mit Macheten bewaffnet waren, ein Stück dieses brachliegenden Landes roden zu lassen, um es der Landwirtschaft nutzbar machen zu können. Dieser Versuch blieb aus unerklärlichen Gründen in den Anfängen stecken. Unsere Kameraden, die an diesem Vorhaben arbeiteten, sitzen vielleicht jetzt schon in den Bergwerken des Donezgebietes, und unsere Aufgabe besteht lediglich noch darin, das von ihnen gerodete und gebündelte Gehölz ins Lager zu schaffen. Es ist nicht ganz einfach, mit dem brenndürren Dornengestrüpp auf den Schultern einige Kilometer weit zu marschieren. Bei der Ankunft im Lager ist man meist naßgeschwitzt, und der ganze Rücken juckt, weil Holzstückchen und behaarte Blättchen, die bei der Aktion unter das Hemd rutschten, nun an der schweißnassen Haut festkleben. Diese sich noch ein paarmal wiederholenden Brennholzmärsche sind meine einzigen, wirklichen und letzten Arbeitstage im Lager Armavir.

Zum Abmarsch bereit

Am 10. Mai wird plötzlich zum Appell geblasen. Es muß sofort angetreten werden, und jeder hat sich abmarschbereit auf dem Appellplatz einzufinden. Die paar Klamotten trägt man meistens auf dem Leibe, dann noch die Eßbüchse geschnappt, und schon ist man abmarschbereit. Es dauert nicht lange, und Michalaki kann Iljitsch die „feldmarschmäßig" angetretenen Kompanien melden, die alle auf einer Seite des Appellplatzes Raum gefunden haben. Vor knapp drei Wochen standen auf demselben Platz noch einige hundert Mann mehr angetreten und füllten im Karree den gesamten Platz. Laufend gingen seit dieser Zeit Transporte ab und haben die Reihen zusehends mehr und mehr gelichtet.

Blitzmusterung

Nun stehen wir also auf dem Appellplatz, bereit zum Abmarsch wie vor uns schon viele Kameraden. Wir erhalten den Befehl, uns auszuziehen und die Klamotten vor uns hinlegen. In langer Reihe pilgern wir dann nackt zu dem schnell musternden Iljitsch. Die Mehrzahl der Gemusterten wird registriert, das heißt, daß jeder, der notiert wird, mit seinem Abtransport rechnen kann. Ein Kniff des Kapitänarztes in meinen Bauch genügt ihm, um meinen Gesundheitszustand zu erkennen und mich als arbeitstauglich einzustufen. Dem noch nicht abgeheilten Gesäß widmet er wie zufällig einen kurzen Blick und findet es „otschin karascho". Die Blutgruppe interessiert ihn bei dieser Musterung nicht. Es dürfte keine Dreiviertelstunde gedauert haben, bis die Kriegsgefangenen „untersucht" waren. Alle Registrierten werden zu einer Hundertschaft zusammengezogen und beziehen die Abstellbunker Nr. 26/27/28. Ich liege in Nr. 27, der früher als Totenbunker diente. Wie man von alten Lagerinsassen hörte, sollen darin während der Zeit der größten Sterblichkeit oft bis zu 40 Tote täglich gelegen haben. Später, im 44er Jahr, seien es manchmal immer noch 20–30 Tote gewesen. Das Rätselraten um den Abtransport und um das Wohin ist aber stärker als die Erinnerung an die vielen Kameraden, die in diesem Bunker das letzte Mal warten mußten – warten darauf, in der russischen Erde bei Nacht verscharrt zu werden.

Wir verlassen Armavir

Am frühen Morgen des 12. Mai 1946 ist es soweit. Nach Empfang der Morgensuppe treten wir an. Jeder wird aufgerufen und die Gruppe der Gefangenen verschiedene Male gezählt. Dann verlassen wir in Marschkolonne das Lager, in das wir in der Nacht vom 30./31. 1. 46 als Halbtote hineintorkelten. Die Sonne scheint, und kein Wölkchen zeigt sich am Himmel. Eine Steinbrücke, anscheinend schon uralten Datums, führt über den Kuban, der in Armavir nicht allzu breit ist. Schlaglöcher aller Dimensionen zieren die Straße, die diese Bezeichnung eigentlich gar nicht verdient.

In der Winternacht unserer Ankunft hatte der Schnee alle Unebenheiten ausgebügelt, aber jetzt ist der Weg zur Stadt ein einziges höckeriges Waschbrett, mit Schlaglöchern gespickt. Wir marschieren durch eine Straße, die beiderseits von kleinen, weißgetünchten Lehmhäusern flankiert ist. Die Dächer dieser Katen sind mit rostbraunem Blech gedeckt, und an den Wänden prangen noch Losungen, die zu Ehren des schon seit 12 Tagen vergangenen „Perwego Maja" (= 1. Mai) hingepinselt wurden. Ausgangs dieser Straße erstrecken sich die Bahnanlagen der Stanzia, deren Gebäudeschuppen einen recht primitiven Eindruck machen. Auf dem Stationsbahnhof hängt das Schild mit der Ortsbezeichnung Armavir, an das ich mich noch recht deutlich erinnern kann. Die Baracke aber, in die unsere Schwerstkranken hineingelegt wurden, kann ich nicht mehr ausfindig machen. In langer Reihe verdecken bereitstehende Güterwaggons, die teilweise mit Stückgut beladen sind, die weitere Sicht. Auf verschiedenen Waggons steht mit Kreide geschrieben: Krasnodar. An anderen Wagen steht überhaupt keine Ortsbestimmung. Schnell läuft das Gerücht um, daß auch wir nach Krasnodar kommen würden. Keiner weiß, ob wir überhaupt an diesen Güterzug angehängt werden, aber jeder glaubt gerne daran, nach Krasnodar zu kommen; denn es dürfte besser sein, in ein Stadtlager eingewiesen zu werden als wieder in so ein verdammtes Steppennest, wo nur selten Kontrollen hinkommen oder erst dann, wenn ein Teil der Belegschaft schon längst „in das Gras gebissen" hat.

Ich finde es erstaunlich, daß unsere Begleitung, vier Posten und ein Offizier, weder drängt, noch sonst irgendwelche Nervosität an den Tag legt, wie das beim Verladen so üblich ist. Man hört kein „bistrej dawai", und man hört auch keine Flüche. Dieser Abtransport geht wirklich wohltuend gemütlich vor sich. An den Güterzug sind vier Waggons für uns angehängt, ein fünfter gehört dem Begleitkommando und der Verpflegung. Ein Ofenrohr, sonst untrügliches Zeichen für eine bestehende Kücheneinrichtung, ist nicht zu erkennen. Zu je 25 Mann belegen wir einen Waggon. Stacheldrahtverzierung ist nirgends angebracht. Die Luftluken sind offen und unvernagelt. Die Türen werden, o Wunder, nicht geschlossen und dürfen sogar halb geöffnet bleiben. Aber außer einem Loch im Boden, das als Latrine gedacht ist, enthalten diese fahrbaren Unterkünfte keinerlei Einrichtung. Zum Glück können wir um das Latrinenloch genügend Platz lassen, so daß auch die Positionskämpfe um die besten und günstigsten Waggonplätze im Rahmen bleiben. Die Stimmung ist nicht gerade schlecht, und sie hebt sich weiter, als wir sofort Verpflegung fassen dürfen. Wir sind alle sehr erstaunt, als die Verpflegungsholer mit einem großen Stück Speck angewetzt kommen. Es ist das erste Mal, daß ich regulär in russischer Gefangenschaft außerhalb des Krankenpavillons Speck empfange. Pro Nase gibt's etwa ein viertel Pfund, dazu 600 g Brot, das auch weißer als üblich ist. Wir halten so eine genüßliche Mahlzeit vor der Abfahrt. Erst am späten Nachmittag setzt sich der Transport in Bewegung, und wir fahren wahrhaftig in Richtung Westen, genau der untergehenden Sonne entgegen. Erst vor der Abfahrt wurden die Türen geschlossen und verriegelt. Der Versuch, von den Posten noch vorher herauszubekommen, wo es hingeht, war gescheitert: „Ja sam nje snaju". – Ich weiß es selbst nicht – sagte der gefragte Konvoi.

Wo geht es hin?

Mit unter dem Kopf verschränkten Armen, dem Rattern der Räder lauschend, döse ich spät in der Nacht ein und wache erst wieder auf, als völlige Stille im Waggon herrscht. Mein Nachbar wälzt sich unruhig herum, und an der Luke hängt einer, der peilen will, was eigentlich los ist. „Man sieht gar nichts", brummt der und kauert sich wieder auf seinen Platz. In einer Ecke schnarcht einer wie ein Holzfäller, verstummt aber plötzlich und fängt an zu knurren, weil ihm sein Nachbar den „Schnarchhahn" abgedreht hat. Die Dunkelheit geht allmählich in ein fahles Grau über, und im kalten Licht des neuanbrechenden Tages kann man auch erkennen, daß wir mitten auf freier Strecke stehen. Deutlich zeichnet sich unsere Umgebung ab, und so weit man schauen kann, sieht man nichts als ebenes Land. Am Morgen öffnen die Posten die Türen und erklären, daß sie diese nicht schließen würden, wenn sich alle Gefangenen strikt ihren Anordnungen fügen: Die offenen Türen nicht belagern, beim Anhalten ohne Genehmigung nicht herausspringen und nicht mit Zivilisten unterhalten. Wir versprechen das, und der Rotarmist zieht mit einem befriedigten „tak tak, karascho" zum nächsten Waggon. Solche Engel hatten wir noch nie als Begleitpersonal. Bei Tage fahren wir oft nur wenige Kilometer. Unbedeutende Stationen mit wenigen Katen sind eigentlich die einzigen Unterbrechungen der recht eintönigen Gegend. Die Hitze im Waggon ist beachtlich und wäre ziemlich unangenehm, wenn wir die Türen nicht offenhalten dürften. Die trockene Luft macht enorm durstig, aber leider gibt es während der bisher doch schon immerhin zwei Tage dauernden Fahrt kein Trinkwasser, keinen Kaffee oder Tee. Die Kaltverpflegung besteht aus 600 g Brot, 125 g Speck, 1 Löffel Zucker und 5 g Tabak. Auf der Station Bjelorjetschenskaja dürfen wir unsere Kochgeschirre an einer Lokomotivwasserpumpe vollaufen lassen. Wir saufen wie die Kamele, obwohl das Wasser nach Petroleum schmeckt. Ein schriller Heulton unserer Lok scheucht uns schnellstens in die Wagen zurück, und es dauert nicht lange, bis die Räder wieder hart über die Schienenstränge poltern und die Rauchfetzen der Dampflok an den offenen Luken und Türen der Waggons vorbeihuschen. Am späten Abend treffen wir noch in Krimsk ein, und uns wird klar, daß wir eigentlich nicht mehr nach Krasnodar kommen können, durch das wir anscheinend in der Nacht gefahren sein müssen. Das Gelände wird auf unserer Weiterfahrt zusehends wellenförmiger. Am Morgen des 17. Mai 1946, einem heißen Frühlingstag, fahren wir durch einen Tunnel, der durch einen steil aufsteigenden Berg führt. Nach der Durchfahrt durch dieses Massiv offenbart sich uns ein prächtiges Panorama: Fast eins mit dem azurblauen Himmel schimmert das Meer aus der Ferne. Um eine tief ins Land geschnittene Bucht liegt, terrassenförmig übereinandergeschachtelt, Haus an Haus. Das Ganze ist halbkreisförmig umfaßt von steilen gelbschimmernden Bergen, deren Hänge von tiefen Rinnen durchfurcht sind. Wir sind in Noworossijsk eingetroffen, der sowjetischen Hafenstadt am Schwarzen Meer. Für die etwa 350 bis 400 km lange Strecke von Armavir bis hierher brauchten wir fünf Tage. „Mehr Kilometer können's nicht sein", glaubt einer, der während des Krieges mehrmals diese Strecke zurücklegte. An einer mehrgleisigen Strecke, ein Bahnhof ist nicht erkennbar, hält unsere Lokomotive mit einem Ruck, daß wir, die wir alle an der Türe die Aussicht genießen, übereinanderpurzeln und noch Glück dabei haben, nicht hinauszufallen. Es wird ausgestiegen, gezählt und diesmal auch wieder geflucht, weil es dem Begleitoffizier nicht schnell genug geht. Wir müssen eine ganze Weile marschieren, bis wir in die Stadt hinunterkommen.

Erste Eindrücke von Noworossijsk

Noworossijsk macht einen Eindruck, als sei erst gestern die Kriegsfurie über das Land hinweggerast. Leere Fensterhöhlen glotzen uns an, und Trümmer liegen zum Teil noch auf den Straßen, die durch ausgetretene Pfade umgangen werden. An einer Kreuzung steht ein zerschossener Panzer, und von einer danebenstehenden Ruine recken sich schwarzverkohlte Balken aus branddunklen, baufälligen Mauern. Trümmerberge flankieren ganze Straßenzüge, und nur da und dort sieht man ein paar Zivilisten, die in notdürftig zusammengenagelten Ruinenwohnungen ihr Dasein fristen. Was von weitem im Dunst des Gegenlichts so reizvoll aussah, ist aus der Nähe besehen traurige, trostlose Trümmereinöde. Auch der strahlende Schein der Sonne vermag darüber nicht hinwegzutäuschen, und selbst der linde Wind, der vom Meer herüberstreicht, ist gesättigt mit feinem Staub der zerstörten Stadt und beißt in den Augen. Als wir durch das völlig zerstörte Hafengebiet marschieren, begegnen wir kriegsgefangenen Kameraden, die braungebrannt und mit entblößtem Oberkörper riesige Metallstücke eines zerborstenen Raffineriekessels auseinanderschweißen. „Wo kommt ihr her?" rufen sie zu uns herüber. „Aus Armavir", geben wir zurück. „Ha, wir auch", bestätigen die Schweißer. „Wie ist's hier?" wollen wir wissen. „Es geht", meinen die Kameraden, „'s dürft schlechtere Lager geben als hier!" Nun wissen wir es „ganz genau", und unsere Posten, die es sehr eilig haben, verbieten weitere Fragen und Antworten. Nach dieser Begegnung laufen wir etwa noch

10 Minuten, bis wir inmitten des Hafenwirrwarrs ein stacheldrahtumzäuntes, wachturmbewehrtes Viereck erblicken.

Ankunft im Lager 148/7 Noworossijsk

Nach einer mäßigen Filzung bleiben wir zunächst in der Sonnenglut vor den Baracken liegen. Wir bemühen uns, Verpflegung zu bekommen, erhalten aber den Bescheid, daß wir schon verpflegt seien und erst am anderen Morgen mit Kaffee und Brot rechnen könnten Wir „besichtigen" dann ein bißchen das Lager. Die Einrichtungen deuten darauf hin, daß es hier, rein organisatorisch betrachtet, nicht schlecht sein muß. Die Küche, die natürlich am meisten interessiert, ist gekachelt und macht einen sauberen Eindruck. Davon kann man natürlich nichts abbeißen, aber man kann daraus doch so ungefähre Rückschlüsse auf die Sauberkeit des Essens ziehen. Die Latrinengrube ist aus Beton und dick mit Chlor überstreut. Die einzelnen Abtritte sind aus neuen Brettern gebaut, und man hat Gelegenheit, die Hände an einer Waschanlage neben der Latrine zu säubern. Es soll im Lager ein Orchester und eine Theatergruppe geben. Auf der „Ehrentafel der Arbeit" prangen die porträtierten Köpfe der Bestarbeiter. Diesmal zieren ein paar Betonarbeiter der Hafenmole I unter Voranstellung ihres Brigadiers Hannes Schneider das Brett. Sie haben ihr Soll mit 150 % übererfüllt und stehen damit im durchgehend laufenden sozialistischen Arbeitswettbewerb des Lagers 148/7 mit an vorderster Stelle. Es bleibt uns keine Zeit mehr, weitere Betrachtungen anzustellen, denn wir „Neuen" werden urplötzlich zusammengetrommelt. In einem tadellosen Anzug befiehlt uns ein Mitglied des Antifakomitees: „Sofort mit eurem Gepäck antreten!" Man sucht von unserem Transport 50 Mann aus. Diese werden auf die einzelnen Baracken und Kompanien verteilt, während wir als Rest zu den Abzuschiebenden gehören. Es scheint überhaupt, daß nur Spezialisten wie Schlosser, Zimmerleute und Maurer hierbleiben dürfen. Zum Glück bleibt keine lange Zeit, um trübsinnig darüber nachzugrübeln, warum dies so ist, denn vor dem Tor fahren drei Studebaker-LKWs vor, und unser Abtransport beginnt unverzüglich. Nachdem wir Fünfzig auf zwei LKWs verstaut sind, fährt der dritte Chauffeur wütend Gas gebend mit seinem Karren leer von

dannen. In einer Schimpfkanonade, die er vorher auf einen Unterleutnant der Roten Armee losließ – anscheinend der Verantwortliche für
den Transport – war viel von „Robotti und Urri" die Rede.

Mit „Karacho" durch Noworossijsk

Wir werden von zwei Posten begleitet und fahren mit Karacho durch
die Stadt. Der Fahrtwind wäre wohltuend, wenn der verdammte Staub
nicht wäre. Ungeschickterweise fährt der zweite LKW so dicht hinter
dem ersten, daß wir uns mit dem Rücken zur Fahrtrichtung stellen, um
den aufgewirbelten Dreck nicht schlucken zu müssen. Wir müssen
höllisch aufpassen, daß wir bei diesem Autorennen nicht hinausge-
schleudert werden. Für Beobachtungen bleibt daher keine Zeit und
auch keine Sicht. Stellenweise ist die Straße noch gepflastert. Bald hört
dies ganz auf, und ein holpriger Weg beginnt, der auf unsere Fahrer
aber nicht im geringsten bremsend wirkt. Als seien sie von Dämonen
verfolgt, jagen sie mit aufheulenden Motoren in die Kurven des sich in
Serpentinen hinaufschlängelnden Weges. Am Rande der Stadt passieren wir ein auf einem Hügel gelegenes Kriegsgefangenenlager, dessen
angetretene Insassen uns zuwinken. Wir brausen wie Windhunde daran
vorbei. Beiderseits der Straße sind keine Häuser mehr, sondern alte
Schützengräben und von tiefen Trichtern übersätes, spärlich mit Gras
bewachsenes Hügelland.

Noch schlimmer als aufwärts fahren die LKWs abwärts, und ein Ruf
„das Meer" bewirkt, daß sich alle in Fahrtrichtung drehen. Durch die
Staubschleier hindurch sehen wir das ruhig daliegende Wasser, das
durch die Feuerkugel der schon halb untergetauchten Sonne wie in
roter Samtglätte schimmert. Wir fahren auf eine Landzunge hinaus,
und die bergige Küste bleibt, orangefarbig beschienen, im Osten
zurück. Beiderseits des Weges beginnen nun Weinberge, die keinen
ungepflegten Eindruck machen. Endlich verlangsamt sich unsere
Fahrt, und ein Knirschen der Bremsen beendet unseren Schaukelritt
durch Kurven und Staub, über Steine und Schlaglöcher. Zwei Steingebäude und eine mit einfachem Stacheldraht umzogene Baracke sind die
einzigen sichtbaren Gebäude. Einige Landser, die recht gut genährt
aussehen, kommen an den Zaun.

Stop auf der Halbinsel Malaja Semlja – Kleines Land – bei Noworossijsk, dem besten Weinanbaugebiet dieser Gegend

Wir sind willkommene Verstärkung für die dreißig Mann, die bisher hier stationiert waren. Der Stacheldrahtzaun geht direkt bis an das Wasser, und der Geruch des Meeres ist nach dieser Staubfahrt über alle Maßen wohltuend. Wie ein schmales, gelbes Band zieht sich der Weg, über den wir heruntergebraust kamen, über die Höhe, an deren Hängen Weinstock neben Weinstock steht. Bei der Aufnahme ins Lager werden wir nicht gefilzt. Ein russischer Natschalnik spricht mit einem kleinen drahtigen Offizierstyp, dem deutschen Kommandanten des Stützpunktlagers, Oberstrichter Dr. Artur Neumann. Dessen Assistent, der „Natschalnik Staba", Oberfähnrich Clemens, gebürtiger Hamburger, weist uns ein. Diese Einweisung geht etwas reserviert vor sich, und mir fällt auf, daß Clemens vom Kommandanten Neumann mit „Herr Clemens" angeredet wird. Unter den paar Männekens amtieren noch zwei Stabsärzte mit Namen Haas und Hunt. All die genannten Herren Offiziere und Anwärter wohnen in einer gesonderten Behausung, deren Dach mit Schilf gedeckt ist. Wir schlafen in der Mannschaftsbaracke, einer einfachen Bretterbude mit Schlafregalen für etwa 150 Mann. Die Lagerstatt ist sauber, und die älteren Insassen bestätigen, daß es darin keine Wanzen oder Läuse geben soll. Brot gibt es in Malaja Semlja zweimal am Tage. Morgens gibt es 600 g dicken Maiskasch. Mittags 300 g Brot mit Suppe und Graupenkasch, abends 300 g Restbrot mit Kaffee und Zucker. Daß es in diesem Lager sehr militärisch zugeht, wird uns am anderen Morgen klar. Der Zugführer, ein ehemaliger Oberfeldwebel, der innerhalb der Baracke einen abgeteilten Sonderplatz „beschläft", läßt morgens um 5 Uhr wecken und Essen fassen. Anschließend wird angetreten und Oberfähnrich Clemens Mitteilung gemacht, daß die Kompanie steht. Der Herr Oberfähnrich erscheint und überzeugt sich von der Richtigkeit der Mitteilung des Herrn Oberfeldwebels. Nach militärischem Reglement wird dann von Clemens dem Herrn Oberstrichter die Kompanie gemeldet. Dieser deutsche Offizier der alten Schule begrüßt uns mit „Guten Morgen, Männer!", worauf wir, der Zackigkeit wegen, mit „Morj'n,

Herr Oberst!" antworten. Unser Kommandant schreitet dann die Front der angetretenen Männer ab; es fehlt eigentlich nur noch der preußische Defiliermarsch. Dr. Neumann unterscheidet streng zwischen Offizier, Unteroffizier und Mannschaft. Bei der nun folgenden Arbeitseinteilung befiehlt er: „Unteroffiziere und Feldwebel rechts raus, der Rest zusammenrücken und zu vieren abzählen!" – „Eins, zwo, drei, vier – eins, zwo, drei, vier..." –

„Die Einser zu Feldwebel Stellmacher, die Zweier zu Unterfeldwebel Bürgi, die Dreier zu Unteroffizier Schwebler und die Vierer zu Unteroffizier Bauer. Die restlichen Unteroffiziere bleiben im Lager zur Verfügung der Lagerverwaltung. Noch irgendwelche Fragen?" Da sich niemand meldet, läßt Clemens abrücken zur Arbeit. Aus einem Schuppen in Nähe des Eingangstores empfangen wir unser Arbeitsgerät: lange Hacken mit ungehobelten, kantigen Stielen. Ein Zivilist erwartet uns am Tor und begleitet uns in die zu bearbeitenden Weinberge. Arbeitszeit ist von 7 – 12 Uhr, dazwischen eine Stunde Mittag, und dann geht es von 13 – 19 Uhr am Nachmittag weiter. Das sind 11 Stunden in glühender Sonne, und es besteht praktisch keine Möglichkeit, ein schattiges Plätzchen zu finden. Dafür sorgt auch schon die Norm von fünf Reihen, die säuberlichst von jeglichem Unkraut befreit werden müssen. Die bergauf sich hinziehenden Reihen haben etwa eine durchschnittliche Länge von 200 m. Das wäre alles nicht allzu schlimm, wenn die Trauben schon reif wären, aber so... Wenn einer seine Reihe früher fertig hat, muß er den anderen Kameraden helfen, deren Reihen mehr Unkraut aufweisen oder die sich eines langsameren Arbeitstempos bedienen. Letzteres bringt aber in der Regel nichts ein, denn es darf nicht eher zum Lager abgerückt werden, bis der russische Verwalter die Reihen inspiziert und unsere Arbeit als „karascho" betrachtet. Es soll aber so gut wie nicht vorkommen, daß er die Arbeit der Gefangenen beanstandet, denn 11 Stunden Robotti am Tage sind wirklich kein Pappenstiel. Am Nachmittag meines ersten Arbeitstages muß unser ganzes Kommando unter der Führung von Unteroffizier Bauer in volle Deckung gehen. Über uns kreist ein russisches Flugzeug, das einen großen Luftsack hinter sich herzieht. Sowjetische Flak ballert, wie es scheint, aus vielen Rohren auf diesen Beutel, und die sich am Himmel zeigenden Explosionswölkchen deuten an, daß eher das Flugzeug abgeschossen wird als der Luftsack. Während wir dieses

Schauspiel beobachten, zischen plötzlich Splitter zwischen uns. Instinktiv hauen wir uns auf den Boden. Einer hat sich die Einschlagstelle eines Splitters gemerkt und buddelt aus dem Erdreich ein scharfkantiges Ding von doppelter Fingerbreite heraus. Auf unsere abendliche Vorstellung beim russischen Natschalnik antwortet der lachend, daß hier zwar Übungsgebiet, aber noch nie etwas passiert sei, denn die Splitter hätten ja anderswo genügend Platz hinzuschwirren als ausgerechnet in unsere Köpfe.

Dieser erste Tag hat mir einen Sonnenbrand beschert, der mich die ganze Nacht nicht schlafen läßt. Glühend heiß wälze ich mich auf der Pritsche herum. Schließlich gehe ich hinaus und setze mich zu einem, den ich gar nicht kenne, der aber auch nicht schlafen kann. Es ist ein älterer Kamerad, der schweigend zum Meer schaut. Die Nacht ist wunderschön hier draußen, und die ruhige Dünung des Meeres klatscht in fast gleichmäßigem Abstand an das Ufer. Nachdem ich eine Weile so gesessen bin, sage ich „Gut' Nacht" zu dem Kumpel und verschwinde wieder in der Baracke.

Oberst Dr. Neumann – ein Mann mit Herz

Mit bleischweren Gliedern schrecke ich bei dem Weckpfiff des Unteroffiziers vom Dienst hoch. Alle Knochen schmerzen mich, und die Norm der fünf Reihen scheint schon am zweiten Tag unerfüllbar zu werden. Beim morgendlichen Appell schreitet wie üblich Dr. Neumann die Front ab. Bei mir bleibt er stehen und fragt: „Wie alt sind Sie?" – „Werde morgen 18 Jahre, Herr Oberst." – „Melden Sie sich in der Küche – morgen." – „Jawohl, Herr Oberst", sage ich lauter als üblich und sehe schon in Gedanken einen halben Eimer Kascha auf mich zukommen. Ich habe auch schon von den Alten gehört, die diesen Stützpunkt ja auch erst seit vier Wochen bevölkern, daß Dr. Neumann trotz seiner etwas militärischen Allüren kein schlechter Kerl ist und eingeführt hat, daß es für Geburtstagskinder Sondernachschlag von der Küche gibt. Das klingt wie Musik in meinen Ohren und hatte mir in Gefangenschaft noch niemand gesagt – befohlen, für die Küche zu arbeiten, ja, aber nicht um Nachschlag zu holen.

Zurück nach Noworossijsk, Lager 148/2

Doch nur noch einmal versinkt für uns die Sonne in Malaja Semlja ins Meer. Am Morgen des 20. Mai brauchen wir überraschend nicht zur Arbeit. Mir ist dies recht, denn auf meinem Rücken haben sich große Brandblasen gebildet, auf die Stabsarzt Haas einfach Specksteinpuder streut. Wir werden zum Baden in einen richtigen Duschraum vor dem Lager geführt. Es ist das eine der beiden Steingebäude. In dem anderen sind die Küche und die Bäckerei eingerichtet worden. Als wir den Duschraum verlassen, stehen schon vier LKWs bereit. Dr. Neumann läuft mit ernstem Gesicht herum, und auch Clemens scheint nicht besonders gut gelaunt zu sein. Wir treten an, man teilt uns mit, daß wir zurück nach Noworossijsk kommen und uns Ungarn ablösen.

Zehn Wachtposten auf 85 Mann sind zu unserer Bewachung eingetroffen. Ohne Filzung besteigen wir die LKWs. Oberstrichter Dr. Neumann steigt auf den vordersten LKW, zurück bleibt eine leere Baracke mit einem Stacheldrahtzaun, der bis zum Meer reicht. Zurück bleibt auch meine Hoffnung auf Doppelessen am Geburtstag und der Wunsch, daß es beim nächsten Lagerwechsel in die Heimat geht.

Die Posten befehlen uns, uns hinzusetzen und verbieten jedes Sprechen. Es sind ausnahmslos junge, robuste Burschen. Wiederum sind es Studebaker-LKWs, in denen wir herumgeschaukelt werden. Es jährt sich fast auf den Tag, daß ich von den Amerikanern auf denselben Lastwagen an den Iwan ausgeliefert wurde. Mein Geburtstag scheint wirklich kein besonderer Glückstag zu sein.

Die Rote Armee bewegt sich überwiegend auf amerikanischen Fahrzeugen fort und auch uns kleinen Leuten wird allmählich klar, daß diese USA-Lieferungen wesentlich dazu beigetragen haben, den Sowjets während des „Großen Vaterländischen Krieges" den Rücken zu stärken. Durch die hochgeklappten Bordwände ist es uns nicht möglich, die Gegend, durch die wir fahren, zu erfassen. Als ich den Hals strecke, um einmal einen Blick zu riskieren, brüllt der an das Führerhaus mit Blickrichtung zu uns angelehnte Konvoi: „Tschort wossmi – schdo takoj?" – Der Teufel soll dich holen, was ist los? – Erschrocken ziehe ich meinen Kopf schnellstens wieder ein. Der Staub knirscht zwischen den Zähnen, und wenn sich der Laster in die Kurven drückt, werden wir so durcheinandergeworfen, daß sich der Posten grinsend veranlaßt sieht, mit einer Gebärde zu den Hoden darauf hinzuweisen, daß es für diese gut sei, wenn sie so durchgerüttelt würden. Nachdem das Fahrzeug den Berg erklommen hat, den wir erst vor drei Tagen hinuntergebraust sind, dauert diese Rüttelfahrt keine fünf Minuten mehr. Vor dem Lager, dessen Belegschaft bei der Hinfahrt angetreten stand, wird gestoppt, und fast automatisch mit dem Anhalten beginnen die Posten zu brüllen: „Dawai stroize, dawai, dawai – dawai stroize po pjat" (= „Schnell antreten! Schnell, schnell antreten zu fünf"). Durch das unvermeidliche Spalier zählenwollender, spuckender, mützenschiebender und fluchender Lagerprominenz geht es auf leicht ansteigendem Weg durch das Lagertor, und vor einem massiven Steinbau mit „Herrentreppe" wird angehalten. Gegenüber dieser Unterkunft ist ein großes Mannschaftszelt aufgeschlagen, in dem es von Landsern nur so wimmelt, die halbnackt darin herumdrängen und die Weisung haben, so lange in dieser Sauna zu bleiben, bis wir eingewiesen sind.

Nach einer flüchtigen Filzung werden wir auf das Zimmer 4 eingeteilt, auf dessen zweistöckigen, blanken Holzpritschen fünfzig Männer Platz finden müssen. Die Gänge des Massivbaues sind geplättet, und man munkelt, daß der Bau in seinem ursprünglichen Zweck als Kinderklinik gedient hat. Das Dach ist zum Teil noch zerstört, aber es klettern schon ein paar Dachdeckerplennis darauf herum, um es auszubessern. Die meisten Lagerinsassen sind auch erst seit wenigen Tagen hier, und man sagt, daß das Lager erst im Aufbau ist und daß man noch mehr Kumpels erwartet. Die Belegschaft rekrutiert sich bereits aus den Lagern 4/7/14/22 und aus uns von der Weinkolchose Malaja Semlja. In Noworossijsk befinden sich nun mit unserem neuen Lager 148/2 fünf weitere Kriegsgefangenenlager, deren Insassen ausschließlich am Wiederaufbau der fast vollständig zerstörten Stadt arbeiten müssen.

Organisiertes Durcheinander in den ersten Tagen

Am Morgen des 21. Mai 1946, meinem 18. Geburtstag und ersten Arbeitstag, herrscht ein heilloses Durcheinander. Von Organisation ist überhaupt nichts zu spüren. Ein paar Männer versuchen, Ordnung in die Haufen zu bringen, können es aber nicht vermeiden, daß skrupellose Plennis die undurchsichtige Situation benützen, um im Trüben zu fischen. Man erwischt welche, die dreimal Suppe gefaßt haben und doppelte Portionen Brot kassierten, während ein großer Teil derer, die sich diszipliniert anstellten, leer ausging. An Geburtstagsnachschlag ist nicht zu denken, und ich bin heilfroh, daß ich wenigstens noch einen halben Schlag Krautsuppe erhasche und meine Portion Brot bekomme, die mir erstaunlicherweise ein Kamerad abgibt, der ohne sein Dazutun zwei Portionen empfangen hat. Er ist nicht viel älter als ich, und als ich ihm erzähle, daß er mir mit der Abgabe des Brotes eine Geburtstags-überraschung bereitet habe, freut er sich ehrlich, mir das „Chleba" (= Brot) abgegeben zu haben. Er ist der erste, einzige und letzte Gratulant zu meinem 18. Geburtstag.

Mit einem dreißig Mann starken Kommando verlasse ich morgens um 7 Uhr das Lager. Aus einem unweit des Lagers liegenden großen Trümmergebäude, der „tretowa Schkoly" (= Schule drei) tragen wir Schutt heraus, den andere von uns durchsieben müssen. Auf einer wackeligen Nasilka (= Trage) trage ich mit meinem Brotspender Trümmersteine ins Freie. Er heißt Karl Strattner und ist aus Fürth. Karl ist eine lustige Nudel, und wir sind relativ schnell miteinander bekannt geworden. Bei ihm ist der Kohldampf genauso gewaltig wie bei mir, und wir kommen auf die Fremdenlegion zu sprechen. Karl meint: „Die Russ'n müßt'n fei a so a Fremdenlegion besitz'n wie die Franzos'n. Do kennt ma sich neimeld'n und ma wer aus dere Kalamität heraus und könnt sich obendrein noch sattfressen oder stiften gehen." Das Thema Fremdenlegion beschäftigt uns bis Mittag. Um 12 Uhr marschieren wir zurück ins Lager, empfangen einen Schlag Graupensuppe und Grau-penkasch, und um 13 Uhr sind wir schon wieder an unserer Arbeitsstel-le, der „tretowa Schkola", Schule 3, um Schutt wegzuräumen. Um 17 Uhr ist auf der Baustelle Arbeitsende, und wir trotten zurück ins Lager.

Unsere Unterkunft liegt am südöstlichen Hang über Noworossijsk. Man blickt, vorbei an Ruinen, zum Hafen, kann die Bucht ein gutes Stück einsehen und besonders den Teil der Vorstadt, der sich mit ihren Häusern nahe an die steilen gegenüberliegenden Berge anschmiegt, die baumlos, mit dürftigem Gras bewachsen, eher riesigen Hügeln gleichen als „echtem Gebirge". Dort rauchen auch ununterbrochen die Schorn-steine der größten Zementfabrik Rußlands, und am Hafen liegen wie rundliche Rostflecken die in die Luft geflogenen und zerborstenen

Ölkessel der Noworossisjker Raffinerien. Die Getreidemühle funktioniert schon wieder, während von den vielen geräumigen Lagerspeichern nur wenige wieder benützt werden können. Zum Lager selbst ist bis jetzt wenig zu sagen. Wir leben darinnen dicht gedrängt wie Heringe in der Konserve, wir drücken uns auf dem Appellplatz, auf den Holzpritschen im Steinbau und in der Gluthitze des Mannschaftszeltes. Die Küche, ein langgestreckter Bau mit einem Flachdach von etwa 10 m Länge, liegt in einer Mulde. Obwohl eine Treppe hinunterführt, schlittern die meisten den steilen Abhang hinunter, der, abgerutscht wie ein Affenhügel im Zoo, von der Sonne knochenhart ausgedörrt wird. An der äußersten Ecke des Stacheldrahtgevierts ist ein Leitungsrohr montiert, durch dessen dünn durchbohrte Löcher ab 17 Uhr täglich Wasser rieselt. Morgens läuft es nur eine Stunde, und zwar von 6 Uhr bis gegen 7 Uhr. Dieses Rohr von etwa knapp 5 m Länge dient als Waschanlage für die gesamte Belegschaft von 750 Mann. Gut ist nur, daß man sich auf den diversen Baustellen am Wasser laben kann, und es bürgert sich schon in den ersten Tagen ein, sein Kochgeschirr mit Wasser gefüllt von der Baustelle in das flüssigkeitsarme Lager mitzunehmen. Die Latrine, nichts als ein überdachter Abtritt, der zur Meerseite hin mit einer geteerten Bretterschutzwand abgeschirmt ist, befindet sich hinter der Waschanlage. Wie meistens in den Lagern, kann der Abtritt vom Posten des sich dicht dahinter erhebenden Wachturms eingesehen werden. Der Konvoi, der darauf seine Wachzeit abbrummen muß, ist nicht gerade zu beneiden. Das Lüftchen, das bei dieser Hitze zu ihm hochsteigt, ist von beißender Penetranz.

Die gefährlichste Figur – der sowjetische Kommandant Mitow

Aus dem Durcheinander der ersten Tage hat sich nun doch eine Ordnung herauskristallisiert. Deutscher Lagerkommandant ist ein Hauptmann Lischka, dessen Kennzeichen eine Offiziersschildmütze ist. Sein Stellvertreter „Natschalnik Staba" ist Oberleutnant Dahlmann. „Spieß" ist Herbert Zosinka, ein gebürtiger Oberschlesier mit guten russischen Sprachkenntnissen. Kompanieführer der I. Kompanie ist ein Leutnant Wilkin, passionierter Sportsmann, der sogar nach dem Wecken Freiübungen macht, Kompanieführer der II. Kompanie ist der Postrat Wagner, ein ehemaliger Feldpostler, den man selten lachen sieht. Kompanieführer der III. Kompanie ist Oberleutnant Lidicki, der wenig spricht, noch weniger angibt und mit dem man nach Meinung derer, die ihn schon länger kennen, Pferde stehlen und essen kann, ohne daß der Russe etwas merkt. Kompanieführer der IV. Kompanie ist Stabsveterinär Mehrens, ein lustiger Hannoveraner mit einer ssspitzen Zunge. Er marschiert meist in kurzen Hosen herum und scheint bis jetzt noch ganz gut über die Runden gekommen zu sein. Zugführer sind Leutnant Gutsche, ein lustiger Berliner und ein halbes Original, 21 Jahre alt, und Oberfeldwebel Schubert, auch ein Oberschlesier, ist Postrat Wagners Stellvertreter, Unteroffizier Männel ist der Vertreter des eisernen Lidickis, und die „tollste Nudel" von allen ist Speck, ein waschechter Sachse mit einem Humor wie im Frieden und für einen zünftigen Witz immer gut. Er ist Wilkins Kronprinz. Ein antifaschistisches Aktiv hat sich noch nicht gebildet. Man muß sagen, daß all die Genannten sich redlich bemühen, das Unangenehme zu mildern und so etwas wie Kameradschaft in den Haufen zu bringen. Unser Oberstrichter Dr. Neumann ist Brigadier einer Offiziersbrigade, die Holzhäuser aus Finnland aus Kisten auspackt und die einzelnen Bauteile sortieren muß.

Der rote Punkt und die absolut gefährlichste Figur für uns ist der russische Kommandant, Gardeleutnant Mitow, wegen seiner knallroten Kosakenmütze mit dem schwarzen Pelzbesatz nur das „Rotkäppchen" genannt. Er wirkt wie ein Bär, und wenn er durch das Lager trollt und seine Baßstimme irgendwo laut heraustönt, dann ist Gefahr im Verzuge, und wer kann, tut gut daran, sich dünne zu machen. Seine breite Ordensspange auf dem weißen Leinenkittel läßt ahnen, daß er den „deutschen Okkupanten" ganz schön eingeheizt haben muß. Das hat heute noch seine Auswirkungen, denn alles, was deutsch ist, scheint ihm irgendwie verhaßt zu sein. Die paar Ungarn und Rumänen im Lager kommen weit besser bei ihm weg als wir. Sein Lieblingskind ist der Kommandant-Zone, ein Rumäne, angeblich Luftwaffenfähnrich, der bei Beginn des Rußlandfeldzuges mit seiner Maschine „übergelaufen" sein soll. Er ist ein langer, dunkelhäutiger Typ und eine zwielichtige Figur.

Kommandant Mitows Auffassung ist, daß die Deutschen „nix Kultura" haben und ein faschistisches Barbarenvolk sind. Vielleicht hat zu dieser Meinung nicht zuletzt Ilja Ehrenburg beigetragen, der uns ja als „zweibeinige Tiere, widerliche Wesen, Bestien" bezeichnet hat. Mitow soll jeden Tag zum deutschen Kommandanten Lischka sagen: „Ich werde ihnen Kultura und Disziplina beibringen." Wenn es dem Herrn Gardeleutnant Kommandant Mitow paßt, läßt er die deutschen „Kommandierenden" zur Nachtzeit von der Pritsche holen, um sie zu belehren. Es kommt nicht selten vor, daß so etwas zwei Stunden und länger dauert. Am Morgen sind unsere Kompaniechefs sauer, und ihre Mienen mit den herabgezogenen Mundwinkeln und den Zornesfalten zwischen den Augen ähneln der Mitows, der ihnen, wie Gutsche sagt, „die Kosakenfürze stundenlang in verschiedenen Tonstärken vorgeblasen hat". Bei einer dieser Belehrungen hat Mitow beanstandet, daß es beim deutschen Militär doch üblich gewesen ist, mit geputzten Stiefeln auszurücken: „Im Lager aber wird diese Überlieferung sabotiert; denn keinem der Kriegsgefangenen ist es bisher eingefallen, seine Schuhe zu putzen. Das muß anders werden." Er fragt, ob die Deutschen annehmen, daß sie in Rußland nicht sauber herumlaufen müssen. Dem vorsichtigen Einwand von Hauptmann Lischka, daß man wohl schwerlich zerrissene Holzpantoffeln, die mit Segeltuch überzogen sind, mit nirgendwo zu erhaltender Schuhcreme auf Hochglanz polieren kann, soll Mitow allerdings nichts mehr entgegengesetzt haben.

Lischka ist oft der Blitzableiter für Mitow, dessen breitknochiges, warzenübersätes Gesicht mit den zusammengekniffenen Augen und den tiefen Mundwinkeln als Inkarnation des Bösen Reklame schieben könnte.

Dieser mit Deutschenkomplexen und Ressentiments erfüllte Kommandant findet eine Parallele in seinem „Arzt", der für unsere Gesundheit, Hygiene und das Essen verantwortlich ist, dem Feldscher Strelikow. Dieser absolute Nichtskönner, der im „Delirium tremens" zu praktizieren scheint und Diätetik nicht von Diagnostik zu unterscheiden weiß, versucht fehlende Intelligenz und mangelndes Wissen durch brutale Behandlung und unverantwortliches Kleinhalten der Krankmeldungen wettzumachen. Er ist an seinem Watschelgang schon von weitem zu erkennen, und ich glaube, daß über seine Wulstlippen noch keine richtige Diagnose gekommen ist. Die Stellung als „Lagerarzt"

dürfte er wohl „Rotkäppchen" zu verdanken haben, denn er trägt von
Zeit zu Zeit einen ähnlichen Kosakenhut wie Mitow. Man kann auch
die beiden oft beobachten, wie sie bei gemeinschaftlichen Inspektions-
gängen durch das Lager brüderlich die Köpfe zusammenstecken und
sich im Flüsterton unterhalten.

Bildung eines antifaschistischen Aktivs

Oberleutnant Schmalkow ist der Politoffizier des Lagers. Dieser ist
gegenüber den anderen beiden Genossen Mitow und Strelikow direkt
fein zu nennen, aber von einer etwas kränklichen Statur mit einem
blassen Intellektuellengesicht. Schmalkow ist nicht unbeliebt und
wahrscheinlich der einzige im Lager, mit dem sich reden läßt. Er
versorgt uns laufend mit Schlagwörtern, die von einem eigens für ihn
arbeitenden Maler an die Wände der Unterkünfte gepinselt werden.
Als Politruk bemüht sich Schmalkow, so schnell wie möglich ein
antifaschistisches Aktiv auf die Beine zu stellen. Es ist kein Wunder,
daß ihm dieses Vorhaben bald gelingt, denn als Vorsitzender und
Mitglied eines solchen Aktivs hat man Vergünstigungen, in deren
Genuß man als Normalplenni nie kommen kann. Den Vorsitz übernimmt ein Rheinländer, Theo Gehl, der mit dem Hamburger Fred
Schmitt und dem Schmalkowschen Vorzugsplenni Werner Gierlach ein
antifaschistisches Triumvirat bildet.

Arbeitsinspektor Panfilow verbreitet Angst

Ein kleiner, dicker Zivilist mit einem rotbackigen Bauerngesicht, der
selbst bei größter Hitze die unvermeidliche Schiebermütze auf dem
Schädel trägt, ist der „Arbeitsminister" Panfilow. Dieser Arbeitsinspektor, wie er sich amtlicherseits nennt, ist verantwortlich für den
Arbeitseinsatz der Gefangenen und dafür zuständig, daß die dringlich-
sten Stellen in Noworossijsk mit einer ausreichenden Anzahl von
Arbeitsgefangenen versorgt werden. Durch diese Funktion ist er eine
begehrte und umworbene Persönlichkeit für die russischen Natschalniks. Die Gunst, die er zu verschenken hat, scheint sich, wenn man die

rundliche Fülle seiner gedrungenen Gestalt berücksichtigt, gut auszuzahlen. Er dramatisiert des öfteren und versucht nur allzu gerne, den Plennis bei Unternormerfüllung Arbeitssabotage in die Schuhe zu schieben. Die Angst vor Strafen, die er zu verbreiten weiß, sichert ihm Erfolg an allen Punkten, wo er, der Arbeitsinspektor Panfilow, seine Arbeitssklaven zum Roboten ansetzt. Wenn wir an einer Arbeitsstelle weniger als 100 Prozent geschrieben bekommen, kann so etwas leicht ins Auge gehen, d. h. mit anderen Worten, man kommt in das Lager erst gar nicht hinein und wird gleich von den amtierenden Wachoffizieren Tirtitschnik oder Chlebnikow an eine private Adresse weitergereicht, wo man dann meist Holz sägen und spalten muß, Arbeiten, die bis zum späten Abend dauern.

Tirtitschnik ist ein klapperdürrer Mensch, um dessen Knochen die Uniform reichlich verloren herumschaukelt. Bei ihm kann man meinen, daß er wochenlang in der Sonne gelegen ist, die sein Gesicht wie Leder gegerbt hat. Erstaunlicherweise ist die Resonanz seiner Fistelstimme bis zum letzten Winkel des Lagers zu hören. Wenn er brüllt, nimmt er seine ewig glimmende Papirossa nicht einmal aus dem Mund, sondern läßt sie einfach gekonnt an der Unterlippe kleben.

Chlebnikow dagegen ist ein ganz anderer Typ: jung, forsch, eigentlich nicht unsympathisch, aber unberechenbar in seinen Stimmungen und Launen. Er geht immer gebügelt und geschniegelt und scheint mit Politruk Schmalkow, mit dem er des öfteren Schach spielt, gut Freund zu sein. Im Lager ist allgemein bekannt, daß gegenüber dem Ausgangstor ein bildhübsches Mädchen wohnt, dem, wie man hört, der schwarzhaarige Beau Chlebnikow erfolgreich den Hof macht. Wenn wir mittags ins Lager einrücken, schwebt dieses Zuckerpüppchen, uns keines Blickes würdigend, mit einer Schulmappe unter dem Arm nach Hause. Es trifft sich meist, daß wir Kriegsgefangene und diese junge Russin um die gleiche Zeit denselben Weg machen. Sie muß wohl Studentin sein, und wir haben schon öfters erleben können, wie der diensthabende Chlebnikow am Mittag strahlend die Hand zum Mützenschirm führte und sich mit diesem Gruß dafür bedankte, daß „Sie" ihm graziös zugewinkt hatte. In solchen Momenten ist er recht umgänglich und für den Rest des Tages meist gut gestimmt. Das hat für uns nützliche Folgen, denn minderprozentete Kommandos müssen am Abend nicht bangen, wieder in die „Wildnis" geschickt zu werden, weil Chlebnikow an solchen Glückstagen überall nur 100 % sieht.

Große Überraschung am 8. Juni 1946

An alle Plennis werden Postkarten ausgegeben, die nach Hause geschrieben werden dürfen. Es sind Doppelkarten, die russisch und französisch beschriftet sind: „Sojus Obschtschest Krasnogo Kresta i Krasnogo Polumesjaza SSSR. Potschtowaja Kartotschka Wojennoplenogo." Die obere Karte ist für Mitteilungen an den Empfänger, die untere gilt als Rückantwortkarte für die Angehörigen. Der für uns bestimmte Teil darf mit nicht mehr als 25 Worten an den Empfänger beschrieben werden. Die meisten sind überglücklich, endlich die offizielle Möglichkeit zu haben, ein Lebenszeichen geben zu dürfen. Viele sind auch deprimiert, denn sie wissen nicht, wohin sie die Karten adressieren sollen. Es sind hauptsächlich die Kameraden aus den Ostgebieten, die sich den Kopf zerbrechen, ob ihre Angehörigen geflüchtet sind oder . . . . Dieses „oder" wird nur selten ausgesprochen, aber es dürfte in vielen Fällen wohl zutreffen, und dabei denke ich nur an das, was mit den Deutschen in der Tschechei geschah. – Ich stelle mich gleich in eine Reihe mit anderen Kameraden, und wir alle warten mit Geduld, bis wir an den Federhalter kommen, denn im Lager stehen nur ganze vier Stück zur Verfügung. Als der Federhalter über das Papier kratzt und die 25 Worte auf die Karte bringt, bin ich wirklich glücklich:

„Lebe, bin gesund. Hoffentlich auch Ihr!
Schreibt bald auf Antwortkarte. Freue
mich riesig auf frohes Wiedersehen!
Denke oft an Euch! Tausend Grüße, Küsse,
Euer Hermann"
Einer, der kyrillische Buchstaben schreiben kann, malt mir die russische Form meines Absenders auf die Vorderseite:

Nom du prisonnier de guerre:
Hermann, Josef Melcher
Adresse du prisonnier de guerre:

303

UdSSR, Moskau, Rotes Kreuz
Postschließfach 148/2

Fast andächtig halte ich die Karte in Händen und kann mich noch nicht
entschließen, diese abzugeben. Ich halte stumme Zwiesprache mit
diesem Stückchen Papier, dem es vergönnt ist, den Weg in die Heimat
einzuschlagen: „Grüß mir die Heimat! Du wirst zu Hause bei uns auf
dem Tisch liegen, Vater, Mutter und Schwestern werden dich in
Händen halten und sich über dich freuen. Wenn Gott will, werde ich sie
alle wiedersehen, auch dich, mein kleines Postkärtchen. Komm gut
an!" – „Is' gut", sagt Theo Gehl, unser Antifaschist vom Dienst, als ich
ihm die Kartotschka in die Hand drücke. Er muß die Karten sammeln
und sie dann dem Politoffizier Schmalkow übergeben. „Ja, is' in
Ordnung", wiederholt Gehl, weil ich immer noch unter der Tür seines
„Dienstzimmers" stehe und meine Karte in seiner Hand anstarre. Er
legt sie zu einem Stoß bereits abgegebener Karten, und ich murmle ein
flüchtiges „Danke". Voller Hoffnung und jetzt schon gespannt auf die
Antwort, habe ich eine solche Freude in mir, daß mir der Stacheldraht
an diesem Tag wahrlich nur wie eine mißratene Rosenhecke vorkommt.

Oberstrichter Dr. Neumann wird abgeführt

In den ersten Wochen gibt es keine festen Kommandos im Lager II.
Oberstrichter Dr. Neumann war einmal unser Brigadier in der Früh-
schicht auf Kommando Schule 3. Als er sich aber weigert, eine
Arbeitsverpflichtung zu unterschreiben, bleibt er im Lager und wird zu
keiner Arbeit eingeteilt. Das paßt natürlich unserem „Rotkäppchen"
nicht, und Dr. Neumann muß wieder hinaus, diesmal als Baustellenrevi-
visor und verantwortlich für den Unfallschutz. Auch dieses neue Amt
„bekleidet" er nicht lange, und da ich zur Mittelschicht eingeteilt
worden bin, werde ich zufällig Augenzeuge, wie er mit Gepäck – und
mit Sonnenbrille – in Begleitung zweier Zivilisten abgeführt wird. Es
spricht sich schnell herum, daß Dr. Neumann von der NKWD geschnappt wurde. „Dem werden sie einen Strick drehen wegen Todesur-
teilen und so", meinen die einen, während andere glauben: „Dem
passiert gar nichts. Die kommen in ein Lager für hohe Tiere, klopfen

den ganzen Tag Skat, werden hernach antifaschistisch umgekrempelt und als kommunistische Paradepferde wieder auf die ahnungslose Menschheit losgelassen." Nun, wie man's nimmt: Dr. Neumann ist nie Opportunist gewesen und war ein beispielgebender Offizier mit beachtlicher Courage, stets bestrebt, für seine Kameraden beim Russen das Möglichste herauszuholen. Ich möchte nicht in seiner Haut stecken und Oberfeldwebel Schubert meint: „Den legen sie bestimmt um!"

Kommando Kollektorreinigung

Panfilow teilt morgens die Arbeit ein, und man wird so ziemlich auf allen Arbeitsstellen des Lagerbereichs herumgestoßen. Nacheinander arbeite ich auf Schule 7, Schule 6, Schule 8 und zwischendurch einmal wieder auf Schule 3. Die Verpflegung im Lager kann man für russische Verhältnisse gerade noch als ausreichend bezeichnen. Es gibt 600 g Brot, 3 × 750 g Suppe, mittags 250 g dicken Kascha, alle 14 Tage 20 g Tabak, alle 2 Tage zwei Eßlöffel Zucker und zwischendurch gibt es dann noch in verschiedenen Abständen eine 500-g-Kelle Malzkaffee. Anfang Juli werden feste Stamm-Kommandos gebildet, und ich arbeite zusammen mit Karl Strattner, unter Willi Schubert als Kommandoführer, auf dem IV. Bezirk. Mit zehn Mann bilden wir eine Sondergruppe, der wohl die größte Dreckarbeit obliegt, die es in Noworossijsk zu verrichten gibt, die Kollektorreinigung.

Der Kollektor, den es zu säubern gilt, ist eine verdreckte, verschlammte Betonröhre von etwa 1 m Durchmesser, durch welche die Abwässer der Stadt ins Meer geleitet werden. Unsere Aufgabe besteht nun darin, in Streckenabständen von 20 m in diese Röhre „hinabzutauchen" und uns darin zu verteilen, damit wir den Unratschlamm von Mann zu Mann mit kleinen Infanteriespaten weiterschaufeln und zum Einstiegloch hinausbefördern können. Der Dreck wird dort eimerweise hochgereicht und einfach auf die Straße gekippt. Barfuß, mit hochgekrempelten Hosen, sitzen wir stundenlang gekrümmt auf einem Stein, der sich einige Zentimeter aus dem Schlammbrei erhebt und nur in etwa garantiert, daß wenigstens der Hosenboden einigermaßen trocken bleibt. Unser Brigadier ist Karl-Heinz Chun aus Essen, seines Zeichens Oberrottenführer a. D. der Leibstandarte AH. Gott sei Dank

305

ist unter unserem Kommando keine „trübe Tasse" – das hätte bei dieser Drecksarbeit gerade noch gefehlt. Es herrscht wirklich eine tolle Kameradschaft, und ich wage zu behaupten, daß aus den unterirdischen Kanalröhren von Noworossijsk in den nächsten Jahren kein vergleichbar lautes Lachen hervordringen wird wie im Juli 1946. Chun ist ein Witze- und Possenreißer ersten Ranges, der geborene Kommödiant und bei dieser Arbeit eine wahre Wohltat für das Gemüt. Sein Repertoire an Späßen scheint unerschöpflich, und seine Mimik ist so wandlungsfähig, daß einem gar nichts anderes übrigbleibt, als zu lachen. Lachen in Gefangenschaft ist Balsam für die Seele, und Karl-Heinz ist wahrhaftig, vielleicht sogar völlig unbewußt, ein prächtiger Gemütsmasseur. Man kennt uns bald im Lager, und allgemein nennt man uns nur die „Gullytaucher". Wir sind alles junge Burschen und unverheiratet. Es scheint, daß wir für dieses Kommando eigens ausgesucht worden sind. Aber leider fallen bei uns einige Kameraden aus: einer durch Infektion, ein zweiter durch Malaria, ein dritter durch Malaria und ein vierter durch allergischen Ausschlag. Die Erkrankten werden durch andere ersetzt, und unser Kommando ist nicht mehr das, was es am Anfang war. Die Temperaturschwankungen von der Kühle in der Röhre und der Hitze oben sind zu kraß, und der kotige Dreck tut ein übriges, unseren anfänglichen Optimismus zu erschüttern. Als Karl-Heinz Chun Phlegmone an die Beine kriegt und auch ausfällt, ist es völlig aus mit Späßen und dergleichen. Bis Anfang August hocken wir tagtäglich mit krummem Rücken in den Röhren, die nackten Füße in der stinkenden Abwasserbrühe und mit den Spaten den übelriechenden Schlamm zur Öffnung schiebend. Fast jeden Tag passieren uns Kolonnen russischer Zivilgefangener, die mit auf dem Rücken verschränkten Armen und gesenkten Köpfen stumm vorbeilaufen. Sie sind wesentlich stärker bewacht als wir und offensichtlich auch in schlechterer körperlicher Verfassung.

Um die Mittagszeit necken uns oft die von der Schule nach Hause gehenden Kinder und halten sich kichernd die Nase zu, wenn sie an dem schwarzen, über das Trottoir schlitternden Gullydreck vorbeihüpfen und unserem Obermann Spottnamen zurufen. Am 8. August erreichen wir die unmittelbar am Meer gelegene Ausflußröhre, und damit hatten wir das gesamte Kollektorsystem im IV. Bezirk gereinigt. Bis Mitte August haben wir noch zu tun, um die aufgehauenen

Einsteiglöcher wieder zuzubetonieren. Hernach wird das Kommando „Gullytaucher" aufgelöst und dem Kommando von Leutnant Gutsche zugeteilt, der die Schule 3 befehligt. Ein Teil des Kommandos Gutsche arbeitet auf der Baustelle „Kino Moskau" im Zentrum der Stadt. Bevor hier an den eigentlichen Wiederaufbau gedacht werden kann, müssen zunächst die umfangreichen Trümmer beseitigt werden. Diese Aufgabe ist uns zugedacht, und ich muß sagen, daß man das Schwinden der Schuttberge von Tag zu Tag verfolgen kann. Wir arbeiten hart, denn hier ist bekannt, daß der Natschalnik, der seines asiatischen Aussehens wegen nur der „Chinese" genannt wird, nicht gerne 100 % schreibt. Wenn es dagegen auf der Baustelle ordentlich staubt, ist er erfahrungs- gemäß eher geneigt, das Soll am Abend als erfüllt zu bescheinigen. Wir richten es so ein, daß beim Auftauchen des Chinesen dichte Staubwol- ken den Arbeitsplatz verschleiern und so von unserer Arbeitswut Zeugnis geben. Der ätzende Kalkstaub veranlaßt ihn meist, uns nicht allzu lange zu beobachten, denn der Staub beißt in den Augen und verursacht einen Mordsbrand, den wir kübelweise mit lauwarmem Wasser zu löschen versuchen. Dabei schwitzt man, was das Zeug hält, und der salzige Schweiß bildet auf dem Körper mit dem grauweißen Kalkstaub richtige Mörtelkrusten.

Der unvergeßliche Nikolai

Unser Posten auf Kino Moskau ist ein sommersprossiger, bulliger Ukrainer mit Vornamen Nikolai. Er ist ein gutmütiger Bursche und auf allen Kommandos wegen seiner Verträglichkeit und seinen derben Späßen beliebt. Nikolai, ein sangesfreudiger Bursche, führt ein, daß sein Kommando auf dem Nachhauseweg ins Lager ihn jedesmal mit Gesang begleiten muß. Außerdem behält er sich vor, selbst das Kommando zum Singen zu geben. Versteht sich, daß er das „auf deutsch" tut. Und so kommt es, daß der rechte Vordermann, der den Liedtext angibt, eines Tages vom Teufel geritten wird. Des ewigen „Blauen-Dragoner-Singens" müde, verkündet er lautstark: „Das Lied der Legion Condor: ‚Die Roten, sie wurden geschlagen'!" Wir schauen uns an und grinsen, und Nikolai gibt nach dieser sensationellen Ankündigung auf einen Wink des rechten Vordermannes das Kommando: „Singgen – drei, vierrr!" Und auf der breiten Hauptstraße von Noworossijsk, die von Kino Moskau aus ein Stück zum Lager hin begangen werden muß, klappern im Marschschritt 50 Paar Holzschuhe über das Pflaster, und fünfzig Männer singen weithin hörbar mit einem Eulenspiegellächeln auf den Gesichtern das „reaktionärste und faschistischste" Lied der deutschen Wehrmacht:

> „Die Roten, sie wurden geschlagen
> im Angriff bei Tag und bei Nacht.
> Die Fahne zum Siege getragen,
> dem Volke den Frieden gebracht.
> Wir sind deutsche Legionäre,
> die Bombenflieger der Legion –
> im Kampf für Freiheit und für Ehre,
> Soldaten der Nation!
> Vorwärts, Legionäre!
> Vorwärts im Kampf – wir sind nicht allein;
> nur die Freiheit soll Ziel unseres Kampfes sein!
> Vorwärts Legionäre!"

So laut haben wir noch selten gebrüllt. Zivilisten bleiben stehen und lachen oder machen mißbilligende Gesichter. Einer droht sogar mit einem Krückstock zu uns herüber. Vielleicht versteht er, was wir singen. Nikolai aber stören diese Reaktionen alle nicht, und im gleichen Schritt mit uns marschiert er stolz wie einst der Hauptmann von Köpenick an der Seite seiner Gardegrenadiere. Er genießt sichtlich unseren Gesang und befiehlt, weiterzusingen. Mangels Kenntnis einer zweiten Strophe singen wir dasselbe noch einmal: „Singgen – drei, vierr!" gibt der Ukrainer das Kommando, und wieder schallt es die Straße entlang:

> „Die Roten, sie wurden geschlagen
> im Angriff bei Tag und bei Nacht..."

Am Abend lacht das ganze Lager über unseren Schelmenstreich, dessen Initiator der rechte Vordermann war, unser Brigadier Helmut Kolbach aus Wuppertal, Altgefangener seit 1943 und gut russisch sprechend.

Irgend etwas muß allerdings schiefgegangen sein, denn am anderen Morgen fehlt Nikolai beim Wachkommando. Ein anderer Posten heizt uns ganz schön ein und treibt auch unaufhörlich an, im Vergleich zu

308

Nikolai ein widerliches Subjekt. Er verbietet sogar das Wasserholen und genehmigt keine Pause. Singen ist ab sofort verboten, ob dafür, weil es zu zackig oder zu reaktionär war, wird nicht bekannt. Am anderen Morgen ist zu unser aller Freude auch Nikolai wieder da. Kolbach fragt ihn, warum nicht mehr gesungen wird, worauf Nikolai nur kurz antwortet: „Prikass, patschemu? – Ja sam nje snaju!" – Befehl, warum? Ich weiß es selbst nicht! Uns ist das recht, denn abgesehen von dem einen Mal, waren wir wenig davon begeistert, mit hungrigem Magen und durstigen Kehlen nach des Tages Dreckarbeit andauernd „Die blauen Dragoner" schmettern zu müssen.

Eichenrinde gegen „Dünnpfiff"

Mit zunehmendem Voranschreiten der Trümmerbeseitigung gibt es auf Schule III auch Betonarbeiten zu verrichten. Abwechselnd arbeite ich als Zimmermann, Eisenflechter, Betonarbeiter, Verlader, Maurer und in den verschiedensten Handlanger- und Hilfsarbeiterstellungen. Bei den Zimmerleuten behaue ich mit dem Beil die Stämme, die als Decken- oder Gerüstbalken Verwendung finden sollen. Mit in Weißkalk getauchter Schnur, die von zwei Mann am Holz entlang gespannt wird und angezupft einen weißen Strich auf das Holz klatscht, zeichnen wir die Linien, nach denen die Balken behauen werden müssen.

Meist sind es Eichenstämme, die angeliefert werden. Ein findiger Drogist unter uns fing damit an, aus der stark gerbstoffhaltigen Rinde mit Genehmigung des Postens und der russischen Bauleitung eine rötliche, bittere Brühe zu kochen, die enorm den Durst stillt und darüber hinaus noch wirksam wird gegen Durchfall. Bei dem vielen Wassertrinken aus oft trüben Trinkquellen sind „Durchmärsche" an der Tagesordnung. Seitdem auf Schule III fast jeder diese ausgekochte Eichenlohe hinunterschlürft, ist dem „Dünnpfiff" energisch Einhalt geboten worden.

Kommandant Mitow hält eine Drohrede

Aufgrund einer Anordnung von „Rotkäppchen" müssen alle Baustellen mit einem Stacheldrahtzaun umgeben sein. Wo dies noch nicht
der Fall ist, soll schnellstens eine Drahtumzäunung errichtet werden.
Andernfalls, so wird gedroht, bekommt die Baustelle keine Gefangenen mehr zugewiesen. Äußerer Anlaß hierzu ist die mißglückte Flucht
dreier Plennis aus dem Lager 4, die uns wie folgt zu Ohren kommt:
Beim abendlichen Zählappell ist Hauptmann Lischka sehr darauf
bedacht, „Rotkäppchen", der meist persönlich erscheint, so wenig wie
möglich Anlaß zum Meckern zu geben. „Macht mir ja eure Knöpfe zu;
wem einer fehlt, der geht ins Mittelglied!" Die Kompanieführer rennen
wie aufgescheuchte Hühner herum, überprüfen die „Uniformen" ihrer
Männer und stellen die besten nach vorne ins potemkinsche Parade-
glied. „Lagerr – stillgestanden!" Lautstark hallt das Kommando von
Lischka über den Platz. Mit dem bekannt zackigen „Rotkäppchen-
ruck" reißen wir unsere Knochen zusammen, während Lischka mit
kurzen schnellen Kasernenhofschritten auf „Rotkäppchen" zugeht und
ihm Meldung macht. Das gewohnte Kommando „Rührt euch" kommt
nicht. Statt dessen baut sich Mitow in der Mitte unseres Karrees auf und
beginnt mit grimmigen Worten eine Ansprache, mit beinahe wütend zu
nennenden Handbewegungen das Gesagte unterstreichend. Perewotschik und Spieß Herbert Zosinka übersetzt und gibt sich dabei Mühe,
seine Worte dem gegebenen Ernst anzupassen: „Herhören! Aus dem
Lager 4 Noworossijsk wollten sich drei deutsche Kriegsgefangene
durch Flucht der sozialistischen Aufbauarbeit entziehen. Sie demon-
strierten dadurch ihre faschistisch-reaktionäre Gesinnung. Die drei
Mann kamen natürlich nicht weit und wurden schon in der Waggonsa-
wod wieder gefaßt. Sie erhielten an Ort und Stelle ihren verdienten
Lohn für diese Untat. Sie werden außerdem dem Kriegsgericht Krasnodar übergeben, wo sie zu 25 Jahren Arbeitserziehungslager verurteilt
werden." An dieser Stelle unterbricht „Rotkäppchen" Zosinka und
bedeutet ihm, daß sie zu mindestens 25 Jahren verurteilt werden, denn
das zu verurteilende Delikt sei in der Union der sozialistischen Sowjetrepubliken ein sehr schweres. Zosinka übersetzt: „Genosse Kommandant, Gardeleutnant Mitow sagt, daß 50 Jahre Arbeitslager auf dieses
Verbrechen stehen." „Rotkäppchen" fährt weiter fort in seiner An-

sprache. Mittendrin unterbricht er plötzlich und Zosinka will weiter übersetzen. – „Nje", zischt Mitow durch die Zähne und packt den Dolmetscher am Arm: „Patschemu nje stajid?" – Warum stehen sie nicht still? – und deutet auf die Kompanie des Stabsveterinärs Mehrens. Wir stehen fast alle „gerührt", daraufhin nehmen wir wieder Haltung an. Bevor Mitow in seiner Drohpredigt weiterfährt, meckert er immer noch auf Zosinka ein, und immer wieder kann man in dem Gemurmel das Wort „Disziplina" heraushören. Die Begleitung „Rotkäppchens" mustert uns mit keineswegs freundlichen Blicken. Es sind die Wachoffiziere, der Sergeant der Konvois und ein uns unbekannter Zivilist. Wir geben uns Mühe, nicht „gerührt" dazustehen, und Zosinka verkündet weiter in Deutsch die Worte unseres russischen Herrn: „In der Union der sozialistischen Sowjetrepubliken ist Drückebergerei unmöglich geworden, und jeder Deutsche kann sich aus dem Kopf schlagen, daß er ohne ausreichenden amtlichen Entlassungspropusk die Sowjetunion jemals wird verlassen können. Nach dem Wiederaufbau der von euch zerstörten russischen Kultur bekommt jeder Gefangene, der sich hier bewährt hat, die Ausreisegenehmigung. Ohne diese Bescheinigung gibt es keine Ausreise. Die Posten haben Anweisung, auf Gefangene, die sich unerlaubterweise von ihrer Arbeitsstelle entfernen, sofort zu schießen. Wer den Anordnungen des Genossen Kommandanten nicht bedingungslos Folge leisten wird, muß die Konsequenzen tragen und wird seine Heimat nicht wiedersehen." „Rotkäppchen" scheint dies zu genügen. Es wird auch langsam Zeit, denn mir wird es schon schwindelig vom „Steifstehenmüssen". Der Deschournij beginnt endlich mit der regulären Zählung, während Mitow samt Begleitung, sich ihrer Macht und Bedeutung voll bewußt, in gerader Haltung von dannen walzt. Sage und schreibe eine Stunde dürfte vergangen sein, bis der Spuk zu Ende ist.

Verschärfte Bewachung

In der Nacht rufen sich die Posten zum ersten Mal von Wachturm zu Wachturm an, und in der Frühe, beim Marsch zur Arbeit, merkt man sofort, daß auch die Konvois ganz schön angespitzt worden sein müssen. Selbst der ansonsten so lustige Nikolai stapft mit grimmigen

Gesichtszügen daher und ist von der gewohnten Bestlaune weit entfernt. Unser Posten hat, entgegen seiner sonstigen Gewohnheit, die MPi nicht umgehängt, sondern quer über der Brust hängen. Er ist andauernd bemüht, den Abstand von Glied zu Glied so gering wie möglich zu halten. Gleich am selben Morgen fährt ein mit Stacheldrahtrollen beladener Studebaker-LKW auf der Arbeitsstelle Schule III vor. Mit Karl Strattner werde ich dazu abkommandiert, die Rollen abzuladen. Die Drahthaufen sind aber so ineinander verflochten, daß ein einfaches Herunterrollen nicht in Frage kommt. Strattner steht auf dem Lkw und drückt, und ich versuche gleichzeitig, von unten die ersten Rollen herabzuziehen. Unerwartet kommt der ganze Draht auf der glatten Stahlblechladefläche in Bewegung und rutscht herunter. Im selben Moment verliere ich das Gleichgewicht und stürze nach hinten. Dabei habe ich das verdammte Pech, daß eine Drahtrolle auf mich fällt und die linke Schulter mit den spitzen Zacken aufkratzt. Die Wut über dieses Mißgeschick ist im ersten Moment größer als der Schmerz, der aber wenig später stechend ins Bewußtsein dringt. Ich melde mich sofort bei Gutsche. Das Blut sickert unaufhörlich aus den Wunden, und Gutsche will veranlassen, daß ich zurück ins Lager geschickt werde, damit mich der Wratsch dort verarzten kann. Der Posten aber, ungerührt von meiner blutigen Schulter, sagt kalt: „Njelsja!" – Nicht genehmigt! – und schlendert weiter. Gutsche schickt ihm einen „freundlichen" Blick nach und gibt mir einen „WK-Mann" mit, der mich zu einem Wasserhahn außerhalb der Baustelle führt, an dem wir gemeinsam die Wunden so lange auswaschen, bis das Blut endlich gestillt zu sein scheint. Als wir wieder weggehen wollen, mache ich eine etwas ungeschickte Bewegung, um die Sache in Augenschein zu nehmen, da geht es wieder von vorne los mit der Bluterei. Die Blutung läßt sich erst dann stillen, als Gutsche mit einem 2-Ltr.-Kochgeschirr voll Eichenrindenbrühe kommt und diese langsam über die Wunden laufen läßt. Anschließend teilt er mir eine leichte Arbeit zu.

Pausen im „Geheim-Salon"

Mit der Gießkanne muß ich die am Vortage betonierten Decken laufend mit Wasser besprengen. Bei dieser Arbeit entdecke ich einen kleinen Raum, in dem man sich ungestört und unbeobachtet verdrükken kann. Man hat selbst einen guten Überblick über das Arbeitsgeschehen auf dem Hof und kann sich sofort wieder rechtzeitig sichtbar machen, wenn dicke Luft in Form einer Inspektion naht oder wenn Gutsche die Abwesenheit auffallen sollte. Dieser Raum, den man nur gebückt unter einem gebrochenen Balken und einem darüberliegenden Mauerbrocken erreichen kann, mag ursprünglich als Abstellraum für ausgestopfte Vögel gedient haben, denn auf dem über und über mit Staub und feinem Flugsand bedeckten Dielenboden entdecke ich neben ein paar verkohlten Federbälgen das Fragment einer Lehrtafel mit der Abbildung eines Vogelskeletts. Auf der schräg eingestürzten Rückmauer zum Hauptflügel der Schule III läßt es sich wunderbar im Schatten liegen, während die noch stehenden Vorder- und Seitenmauern genügend Schutz vor Einsicht und vorzeitiger Entdeckung bieten. Durch verschiedene Löcher, die augenscheinlich durch Granatbeschuß entstanden sind, kann man viel sehen, ohne gesehen zu werden. Fast den ganzen Vormittag liege ich da oben, ohne auch nur einen Finger zu rühren.

Zum Mittagessen marschieren wir ins Lager. Ich melde mich sofort beim deutschen Arzt, der jodiert lediglich die Wunden. Krank darf er mich nicht schreiben, sonst bekommt er es nach seinen eigenen Worten mit Strelikow zu tun. Er legt mir lediglich ein Stück Gaze auf die Schulter, das er kreuzweise mit Heftpflaster befestigt. Anschließend darf ich wieder mit zur Arbeit marschieren, die aber für mich so aussieht, daß ich ein-, zweimal eine Gießkanne Wasser nach oben schleppe und danach jedesmal eine Pause von etwa einer Stunde einlege, die ich ungestört in meinem „Geheim-Salon" verbringe, weg von der harten Arbeit auf der Baustelle. Ein Nebenkommando war den ganzen Tag damit beschäftigt, den Draht zu entwirren und einen Zaun um das ganze Objekt Schule III zu ziehen. Der Vorschrift und dem Befehl „Rotkäppchens" ist damit Genüge getan. Noch zwei Tage lang darf ich Beton gießen. Dann ist es aus mit dieser Masche. Der Natschalnik beanstandet, daß der Beton immer trocken ist, und

Gutsche beauftragt „Wenzel mit dem Glasauge" mit dieser Arbeit. Der schleppt unaufhörlich Eimer um Eimer nach oben und am Abend ist er blaß und kalkig im Gesicht, und er tut mir richtig leid. Hier begehe ich den Fehler, daß ich Wenzel von meinem „Geheim-Salon" berichte und er nun wieder seinerseits den Fehler begeht, überhaupt kein Wasser mehr zu schleppen und auch den anderen zu sagen, welch ungeahnte Möglichkeit des Ausruhens sich einem hier oben bietet. Die Kammer ist bald überlaufen, und es ist nur allzu verständlich, daß „Kuchen-zahn", unser Natschalnik mit dem lückenhaften Gebiß, davon Wind bekommt und zwölf süß schlummernde Plennis aus ihren Träumen weckt. Von da an ist es aus mit dem „Geheim-Salon". Hätte ich geschwiegen, wäre mir vielleicht noch manches Nickerchen im kühlen Schatten zerborstener Mauern über den Dächern von Noworossijsk vergönnt gewesen.

Zu meinem großen Erstaunen bildet sich auf den Stacheldrahtwunden bald ein gesunder Schorf, das steht den bisherigen Erfahrungen völlig entgegen, denn bislang waren solche Sachen immer recht langwierig. Anscheinend hat Armavir und die dortige Bierhefe doch irgendwie blutreinigend gewirkt. Die Konsequenz aus dieser überraschenden Heilungstendenz zieht Gutsche, bei dem ich des trockenen Betons wegen in Ungnade gefallen bin. Er teilt mich mit einem Kameraden zu einer Arbeit ein, die bei allen gleichermaßen unbeliebt ist: Armatureisen zu schlagen. Wir schlagen Armaturen in Mengen, dicke und dünne, wie sie kommen. Einmal habe ich großes Glück, als ein Eisensplitter hart surrend am rechten Auge vorbeizischt. Es war ein Stückchen Metall, das vom Keilkopf absprang. Gutsche läßt uns erst ablösen, als wir wegen angeschwollener Hände nicht mehr weiterschlagen können.

Da auf Schule III noch keine Betonmischmaschine eingetroffen ist, wird vorerst noch fleißig mit der Hand gemischt. Eine Mischbrigade besteht aus fünf Mann: zwei Materialträgern, zwei Mischleuten und einem Wasserschlepper. Das Mengenverhältnis ist eine Trage Sand, zwei Tragen Kies zu einer Trage Zement. Wir wechseln uns gegenseitig ab, denn die schwerste Arbeit ist ohne Zweifel das ununterbrochene Von-Hand-Mischen. Zehn laufende Nasilkas (= Tragen) mit je zwei Mann als Träger befördern den Beton über zwei Stockwerke nach oben. Trotzdem geht Natschalnik „Kuchenzahn" die Arbeit zu langsam vonstatten. Deshalb werden künftig drei Mischbrigaden und zwanzig Nasilkas eingesetzt, und „Kuchenzahn" kontrolliert, ob auch auf jeder Trage der Beton in genügender Menge aufgeladen ist. Es ist eine ganz schöne Schinderei, die jetzt schon einige Tage anhält und eher schlimmer als besser wird. Die Sonne knallt vom Himmel, und ein bißchen Regen würde wohl von allen als wahrer Segen empfunden werden. Man munkelt von einer großen Dürre in weiten Teilen Rußlands und Pessimisten unter uns befürchten, daß sie wohl in Bälde unsere Verpflegungssätze kürzen werden, wenn dem so ist. Es ist wohl nicht anzunehmen, daß in den riesigen Weiten der russischen Agrargebiete überall gleich ungünstige Wetterverhältnisse herrschen, so meinen die Optimisten, und wenn das mächtige Rußland gezwungen wäre, unsere spärlichen Rationen wegen einer regionalen Trockenperiode weiter zu beschneiden, dann sei das doch ein armseliges Zeichen für die große Sowjetunion. Die Zukunft wird es ohne Zweifel zeigen, wer recht hat.

Pech bei Fluchtversuch im Lager 4

Inzwischen ist auch durchgesickert, was sich im Lager vier abgespielt hatte. Landser, die als Verlader arbeiten, brachten die Nachrichten mit. Demnach sind bei einer im Gleisbau tätig gewesenen Brigade drei Mann abgehauen. Die Fliehenden sprangen in einem günstigen Moment auf einen langsam aus Noworossijsk herausfahrenden Güterzug und versteckten sich in einem Bremserhäuschen. Mit dem gelungenen Sprung auf den Zug hatten die drei Pechvögel allerdings gleich zu Anfang den entscheidenden Kardinalfehler begangen; denn statt „hinaus in die Ferne" fuhren die Wagen in die Waggonfabrik von Noworossijsk, am Rande der Stadt gelegen, um dort überholt zu werden. Hier sind die drei auch prompt entdeckt worden. Die Konvois der dort arbeitenden Plennis vom Lager 7 hätten die Jungs mit dem Gewehrkolben traktiert und mit Fäusten bearbeitet. Hernach seien sie einfach an eine Fabrikmauer gelegt worden, wo sie etwa eine Stunde später mit einem Jeep abgeholt wurden. Drei Tage später seien die drei Männer dem angetretenen Lager vorgeführt worden. Sie hätten dick verschwollene, blau geschlagene Gesichter gehabt, so daß man sie nicht wiedererkannt hätte. Ihre Fluchtstrecke bis zur Entdeckung habe noch keine

500 m betragen. Die Brigade, der die drei Flüchtigen angehört hätten, sei Tag und Nacht Sonderverhören unterzogen und auf halbe Verpflegung gesetzt worden. Die Plennis vom Lager vier, so erzählten die Verlader, hätten eine Stinkwut auf alles und würden nur im Zeitlupentempo arbeiten.

Jeden Abend Rabatz

Der Rabatz in unserem Lager nimmt nach dem Einrücken am Abend immer tollere Formen an. Zwei kleinere Anbauten und ein größeres, etwa 20 m langes Bauobjekt müssen in kürzester Zeit errichtet werden, damit die Zeltbewohner vor Einbruch des Winters in diese festen Unterkünfte einziehen können. Wie man hört, sollen auch alle Holzpritschen herausgerissen und durch Feldbetten ersetzt werden. Alles wird nicht etwa durch ein im Lager arbeitendes Sonderkommando errichtet, sondern muß im Zusatzdienst nach der täglichen Arbeit auf den Baustellen bewerkstelligt werden. Im Lager ist buchstäblich kein Plätzchen, wo man sich in Ruhe verdrücken könnte. Bis Einbruch der Dunkelheit muß robotet werden. Abwechselnd schleppe ich Steine, rühre Mörtel an oder hacke unter russischer Aufsicht das Unkraut aus der „Sapretnaja Zona", der verbotenen Zone. Dieser drei Meter breite, aufgehackte Streifen vor dem Stacheldrahtzaun ist mit Warnschildern bestückt und mit einem niederen Draht eingefaßt. Erst wenn Dunkelheit über dem Lager liegt, findet der tägliche Zählappell statt, der mehr und mehr mit Arbeitskritik gekoppelt ist, die meist im Beisein von „Arbeitsminister" Panfilow vorgenommen wird. Dessen Redewendungen sind bald jedem Plenni geläufig, denn sein sozialistischer Wortschatz scheint nur wenige Worte zu umfassen. Die Panfilowsche Arbeitskritik ist ein mieses Vokabularium und setzt hinter den trüben Alltag in Noworossijsk den kommunistischen Schlußpunkt.

Das, was unserer aller Meinung nach am längsten dauern dürfte, ist leider immer am ehesten beendet: das Essenfassen. Ruck, zuck hat man seine Abendportion Suppe hinuntergeschlürft, und schneller als einem lieb ist, kratzt der Löffel im leeren Kochgeschirr. Oft kann die abendliche Brotportion nicht ausgeteilt werden, weil das Chleba noch nicht im Lager eingetroffen ist. Der knurrende Magen läßt nicht an

Einschlafen denken, und wie hungrige Wölfe streunen wir in unserem Käfig herum und halten ein Stück der beleuchteten Straße unter Beobachtung, damit ja nicht versäumt wird, rechtzeitig die Frohbotschaft vom Erscheinen der Brotholer verkünden zu können. Die sich dann ausbreitende nervöse Unruhe kann man nur mit der von Tieren vor der Atzung beschreiben. Wenn endlich das heiße Brot in Portionen geschnitten, verteilt und hinuntergeschlungen ist, verspürt man ein enormes Durstgefühl, das man dann mit Wasser zu stillen versucht. Am Abend fließt dieses reichlicher aus dem Blechrohr als am Tage. Die Folgen dieses Menüs – heißes Brot und Wasser – müssen immer und immer wieder mit schmerzhaftem Aufgeblähtsein bezahlt werden. Man nimmt sich vor, „niemals tust du das wieder, daß du auf heißes Brot kaltes Wasser trinkst", und doch wird es immer wieder getan, denn das Völlegefühl und die Lustlosigkeit, neue Speisen aufzunehmen, vermitteln ein trügerisches Gefühl von Gesättigtsein. Selbst wenn es mit Schmerzen verbunden ist, möchte man dieses selten gewordene Gefühl hin und wieder einmal verspüren.

Die Versorgung der russischen Bevölkerung ist ebenfalls schlecht. Lange Käuferschlangen stehen vor den Staatsmagazinen und vor deren Ausgabestellen. Vor der Brotfabrik soll es sogar schon zu Schlägereien gekommen sein. Die reine Stadtbevölkerung ist am ärmsten dran, während die Bewohner des Stadtrandgebietes vor ihren kleinen Häuschen meist noch ein Stückchen Land ihr eigen nennen können.

Spuren im Kies

Am wohlsten fühle ich mich, wenn ich beim Verladerkommando, IV. Bezirk, arbeiten kann. Der Zivilposten, der uns sechs Mann des Morgens abholt, heißt Alexander Wetscherenka. Alex, wie wir ihn nennen, kam bei den Kämpfen um Noworissijsk in deutsche Kriegsgefangenschaft. Er war in Frankreich im Lager und bekleidete dort den Posten des Lagerschusters. Nach seinen Angaben ist es ihm in Gefangenschaft meist gut gegangen. Alex ist genauso hungrig wie wir, und er gibt auch seiner Enttäuschung über die mißlichen Zustände nach dem gewonnenen Krieg lebhaft Ausdruck. „Wenn nur ein Aeroplan (Flugzeug) käme und mich wieder über Frankreich abwürfe", ist eine sich immer wiederholende Redensart von Alex. Er hat Frau und zwei Kinder und bekommt monatlich 300 Rubel Entlohnung. Das langt nicht hin und nicht her, und wir müssen tüchtig für ihn klauen. Gleich früh am Morgen organisieren wir Holz für Alex, das dieser dann zum Bazar schleppt, um es dort zu verscheuern. Von dem Erlös kauft er sich meist Ölkuchen, der ansonsten allgemein als Kraftfutter für das Vieh gilt. Dieses Stückchen Abfallprodukt ist das Einzige, was Alex den Tag über bei uns zu sich nimmt. Wenn wir hinausfahren auf die Noworossijsker Halbinsel, um Kies zu laden, hat Alex schon mehr als einmal in den am Strand herumliegenden Fischdärmen, die von den Fischern weggeworfen wurden, herumgestochert, und einige, an denen etwas Fett hing, mit nach Hause genommen. Das machen nicht einmal wir hungrigen Plennis.

Unser Brigadier ist Helmut Kolbach, der Initiator des Legion-Condor-Lied-Gesangs auf der Noworossijsker Hauptstraße. Helmut ist wirklich das, was man im allgemeinen einen „tollen Hecht" nennt. Das zeigt sich wieder, als wir eines Tages draußen am Meer Kies laden und dabei menschliche Skelette freilegen, die nur wenige Zentimeter unter dem Kies verscharrt waren. Alex hat dafür eine plausibel klingende Erklärung zur Hand: „Beim Sturm auf Noworossijsk im Jahre 1943 griffen die Russen an fünf Stellen auf einmal an. Die Hauptgruppe landete bei dieser Invasion an der Stelle, an der ihr jetzt Kies schaufelt. Damals gab es Wichtigeres zu tun, als sich um Tote zu kümmern, die sowieso nichts mehr nützen können. Man hat sie deshalb später einfach da, wo sie gefallen waren, mit Kies überschaufelt." Wenn man den Boden genau untersucht, kann man dort gar vieles finden, meistens menschliche Knochen, aber auch viel, viel Munition, Granatwerferge-schosse, Gewehrpatronen und ganze MG-Gurte, mehr oder weniger zusammengerostet und vom Zahn der Zeit benagt. Wer weiß, seit wann das Zeug da liegt und seit wann der Schwarzmeerwind und die salzige Gischt ihr Verwitterungswerk an Munition und Gebeinen betreiben, wobei sich letztere gespenstisch weiß vom dunkel aufgekratzten, nassen Kies abheben.

In Noworossijsk war schon während der Oktoberrevolution so allerhand los. Damals verlud hier der geschlagene General Denikin seine Don-Armee. Zehntausende von Flüchtlingen und zurückgeblie-benen weißen Don- und Kuban-Kosaken wurden von den Roten geschnappt, und über das anschließend hier stattgefundene Gemetzel kann man aus keinem alten Noworossijsker etwas herausbringen. „Nje snaju" (= Ich weiß nichts), lautete meist die stereotype Antwort der Wenigen, die Helmut Kolbach darüber ausquetschen wollte.

Helmut Kolbach hat eine makabre Idee

Wir sind mit drei Mann auf der Halbinsel. Unsere Aufgabe besteht darin, die anrollenden LKWs mit Kies zu beladen. Diese Arbeit kann anstrengend und unangenehm werden, überhaupt, wenn mehrere LKWs fahren. Heute haben wir es wieder prächtig erwischt. Misuri, unser Stammchauffeur, fährt bis jetzt als einziger, und jedesmal dauert es mindestens eine halbe Stunde, bis man ihn mit Kurs auf uns am Horizont wieder auftauchen sieht. Während wir aufschaufeln, hängt Misuri meist unter der Motorhaube und hämmert an den Zündkerzen oder irgendwelchen anderen Teilen herum. Sein Fahrzeug ist ein merkwürdiges Zwitterding: kein SIS, kein Opel, kein Studebaker, sondern eine Kombination dieser Typen, hat oft Defekte, und peinlich wird es für uns erst dann, wenn eine solche Panne weit draußen und kurz vor Feierabend passiert. Ansonsten kommt uns ja solch ein Defekt sehr gelegen, vorausgesetzt, daß wir dieses Biest von Auto nicht irgendwo kräftezehrend herausdrücken müssen. Nachdem wir den Wagen beladen haben und das Ding schwerfällig schaukelnd die Rollbahn gewinnt, hauen wir uns derweil in ein Granatloch und verdösen die Zeit bis zur nächsten Fuhre. Mit einer Muschel kratzt Helmut Kolbach von ein paar Fundpatronen den angesetzten Rost und sonstigen Dreck und beschwatzt Alex unaufhörlich: „Dawai Alexander Wetscherenka, gib mir deine Wintofka (= Gewehr), ich will ein bißchen schießen." „Alex" zieht ein Gesicht wie ein leibhaftiges Fragezeichen. „Nu Smatri" (= Schau her), veranschaulicht Helmut und setzt einen Totenkopf mit fehlender Schädeldecke auf die Spitze eines Kieshaufens. „Suda, darauf will ich knallen, Alexander Wetscherenka!" – „Wo, wo latna", brummt der Russe schon halb zustimmend und schaut prüfend in die Gegend, ob die Luft rein ist. Helmut will ihm einfach seine Flinte nehmen, doch Alex wehrt demonstrativ ab, hält die beiden Hände gespreizt vor das Gesicht, was in Rußland als allgemein bekanntes Zeichen für Einkerkerung gilt. „Mnje budet twazetpjat Let!" – 25 Jahre werde ich bekommen, wenn das herauskommt – jammert Alex und hält den Gewehrriemen fest in der Faust. Aber Helmut Kolbach gelingt es schließlich doch, den gutmütigen Russen davon zu überzeugen, wie ungefährlich es für ihn ist, wenn er uns in den Pausen unserer Verladertätigkeit mit gefundenen Patronen ein paarmal auf Knochen knallen läßt. Die herankommenden LKWs sind auf der weiten Ebene der Halbinsel schon auf Hunderte von Metern zu entdecken, und weit und breit ist kein Russe zu sehen. Das ist schließlich auch ausschlaggebend dafür, daß Alex nachgibt, seine fünf Schuß, über die er Rechenschaft zu geben verpflichtet ist, aus der Gewehrkammer herausnimmt und seinen Karabiner 98 k an Helmut Kolbach übergibt. Der geht auch gleich in Stellung und lädt durch, Ziellinie Totenschädel, den er etwa auf 10 Schritt Entfernung aufgebaut hat. Alex ist es doch nicht so ganz wohl in seiner Haut, denn er hüpft sehr aufgeregt herum. Er sichert nach allen Richtungen, während Helmut Kolbach anlegt und das alte militärische Gebet herunterleiert: „Der Kolbenhals wird mit der rechten Hand so weit vorn umfaßt, daß der ausgestreckte Zeigefinger auf der inneren unteren Seite des Abzugsbügels liegt und später beim Abkrümmen mit der Wurzel des ersten oder mit dem zweiten..." Biiiijui – päng – – der erste Schuß peitscht in den Kies. Vorzeitig losgegangen, läßt er den Schädel nach vorne kippen, daß nun die gähnende Öffnung in Richtung Schußlinie zeigt. Der Knall hat Alex noch unruhiger gemacht, und er will das Gewehr wieder an sich nehmen. Helmut beschwichtigt ihn und geht erneut ins Ziel – – biiijui päng – diesmal sitzt er, und wie man morsches Holz knackt, klafft der Schädel auseinander und fliegt durch die Gegend. „Wo wo", sagt Alex anerkennend, nimmt das Gewehr an sich und läßt einen herumliegenden Beckenknochen als Ziel aufstecken. Alex trifft beim ersten Mal. Sein Schuß hat das bleiche Gebein splitterig aufgeknackt vom Kieshaufen gefegt. Anerkennend spucken wir in den Sand und klopfen ihm auf die Schulter. Das imponiert ihm, und ohne Umstände drückt er mir den Karabiner in die Hand und fordert mich auf, „dawei po Probe" zu schießen. Meine Patrone ist ohne Beulen und vollständig blank gekratzt. Sie läßt sich vorschriftsmäßig in das Patronenlager einführen und verläßt ebenso reibungslos den Lauf, um an einem Stein, den ich unter Feuer nahm, abzuprallen und als surrender

Bild oben: Bilder aus Krasnaja Poljana, die ein Kamerad im Jahre 1973 bei einem Besuch in der Sowjetunion gemacht hat. Der freie Platz (aus dem Hubschrauber aufgenommen) zeigt den Standort des ehemaligen Kriegsgefangenenlagers 148/14 Krasnaja Poljana.

Bild unten: Dieses Bild gibt einen Blick auf den in der Zwischenzeit verwachsenen Steinbruch in Krasnaja Poljana wieder, in dem in den Jahren 1948–49 drei Schichten von deutschen Kriegsgefangenen Steine gesprengt, geschlagen und gemahlen haben.

Bild oben: Das von deutschen Kriegsgefangenen erbaute E-Werk in Krasnaja Poljana, das am 27. Juli 1949 den ersten Strom nach Sotschi lieferte. (Zeichnung: Hermann Melcher)

Bild unten: Die Gebirgsstraße nach Krasnaja Poljana mit dem Fluß Msymta (= die Wasserreiche).

Bild oben: Im Sommer 1948 auf der Baustelle I. Utschastok in Krasnaja Poljana/Kaukasus. Von links: Am Theodolit-Winkelmeßinstrument Schura, eine russische Technikerin, dann die Kameraden Werner Henke und Hubert Metten, daneben Cola, eine russische Meßgehilfin, und ein russischer Meßgehilfe.

Bild unten: Die Musikkapelle der Kriegsgefangenen im Lager Krasnaja Poljana mit den Kameraden Hermann Pfeifer, Fritz Stölzel, Friedrich „Fips" Hillenbrand, Herbert Seifert, Franz Lill, Conny Sedlack, Erich Kruse, Ernst Handke.

Bild oben: Die Theatergruppe im Lager Krasnaja Poljana nach der Aufführung „Meine Tante, deine Tante . . ." im Jahre 1949 in der Antifa-Baracke. Von links: Fritz Müller, Karl Böker, Eberhard Schimanski, Hans Welker, Heinz Wurmstädt, Jockel Rees. (Foto: Archiv)

Bild unten: 24 Wehrmachts-pfarrer und zur Wehrmacht eingezogene Geistliche beider Konfessionen nahmen teil an der 10. Vollsitzung des Nationalkomitees „Freies Deutschland", die vom 14. bis 16. Juni 1944 bei Moskau stattfand. Pater Mohr (x) war später führender kommunistischer Agitator im Kriegsgefangenenlager Armavir. (Foto: Archiv)

Querschläger durch die Landschaft zu sausen. „Anfänger", schimpft Kolbach verärgert, weil er als einziger bei dem Abpraller instinktiv das Genick eingezogen hatte und Alex sich deswegen lustig macht. „Meint ihr vielleicht, ich will hier im Kies verscharrt werden und meinen Schädel als Zielscheibe zur Verfügung stellen? – Nee, mein Lieber, ich nich'!" bekräftigt Kolbach nochmals. Er meckert auch weiter, als unser dritter Mann, ein Rheinländer mit dem Vornamen Gottfried, unbemerkt den Lauf in Richtung meines beschossenen Sandsteins hält und abdrückt. Mein Augenblinzeln war überflüssig, denn der Schuß geht nicht los. Gottfried will entladen, doch Alex möchte dieses selbst tun, aber alle Mühe bleibt vergeblich. Die, wie Gottfried zugibt, etwas unregelmäßige Patrone steckt verklemmt im Lager und ist durch nichts zu bewegen. Kammer, Schlagbolzen, Schlagbolzenfeder und Schlößchen verschwinden nacheinander in Kolbachs Hosentasche, während Alex versucht, durch Aufschlagen des Gewehrkolbens auf den Boden die festgefahrene Patrone zu lockern. Schon bei den ersten Bemühungen steht Alex der Angstschweiß auf der Stirn. Kolbach versucht es auch einmal und stößt das Gewehr mit solcher Wucht auf den Kiesboden, daß Alex lautstark zu schimpfen beginnt. Wir sind das von Alex nicht gewohnt, aber seine Verzweiflung ist verständlich, denn es hat so ausgesehen, als wollte Kolbach die Flinte in Stücke schlagen. Wenn die Patrone nicht entfernt werden kann, wird er zur Verantwortung gezogen und muß Rechenschaft darüber ablegen, wie es dazu kommen konnte. Gottfried macht Alex plausibel, daß man die Patrone in der Rille für die Auszieherkralle zu fassen kriegen muß, damit man sie mit einer Beißzange herausziehen kann. Mit einem Taschenmesser murkst derweil Alex am Patronenboden herum, aber das Ding rührt sich nicht von der Stelle. Der Wind trägt plötzlich Motorengeräusche zu uns herüber. Misuri taucht mit seinem Fahrzeug schon ziemlich nahe hinter einer Düne auf. Im Eifer des „Gefechts" ist er nahezu unbemerkt herangekommen. Alex kauert sich in das Granatloch, und Kolbach setzt die Kammer ein. Misuri kann nichts gesehen haben, und wenn er es vielleicht wüßte, würde er wahrscheinlich schmunzeln, aber es traut nun einmal kein Russe dem anderen. Nur wenn man den einen oder anderen allein erwischt, kann man ab und zu ihre wahre Meinung hören. Ein typisches Beispiel hierzu sollen wir noch auf der Rückfahrt ins Lager erleben. Misuri, inzwischen herangekommen und mit dem üblichen Gefluche in die richtige Ladeposition eingekurvt, erklärt uns: „Natschalnik skasall, eto kontschit sewodni". – Für heute ist Schluß – und zu Alex sagt er: „Wetscherenka, i podom Wojenno Plenni prineschi na Lagere" – Wetscherenka, du bringst dann die Kriegsgefangenen zurück ins Lager. „Karascho" murmelt Alex verlegen, und ich bin davon überzeugt, daß ihm alles andere als „karascho" zumute ist. Auffallend oft rückt er irgendwie komisch den Gewehrriemen zurecht und stellt sich so, daß Misuri die „Wintofka" nicht zu sehen bekommt. Dem Schießeisen sieht man zwar äußerlich gar nichts an, aber das schlechte Gewissen Wetscherenkas wird durch sein nervöses Getue recht augenscheinlich. Misuri steckt inzwischen wieder mit dem ganzen Oberkörper unter der Motorhaube; das scheint sein Lieblingsaufenthalt zu sein. Der Wagen ist schneller beladen als üblich, und wir sitzen schon längst auf dem Kies, als Misuri, der dieses Arbeitstempo an uns nicht gewohnt ist, noch immer mit dem Abklopfen seiner Motorteile beschäftigt ist. Alex setzt sich auch zu uns, und auf die Frage von Misuri, warum er sich nicht zu ihm ins Führerhaus setze, antwortet er, daß er Kopfweh habe und daß ihm die frische Luft gut tue. Nach einigen Anlaßversuchen kommt der Motor tuckernd in Gang. Wir sind noch nicht auf der festen Rollbahn angelangt, da hat uns Alex schon informiert, daß wir zuerst bei ihm zu Hause die Patrone aus dem Lauf nehmen müssen und daß er uns dann erst ins Lager zurückbringt. Mit dem Finger auf dem Mund deutet er an, daß wir schweigen sollen. Kolbach kramt in seiner Hosentasche und gibt dem überraschten Alex noch ein Verschlußteil, dessen Fehlen er noch gar nicht bemerkt hatte. Alex schmunzelt gequält und meint: „Da könnt ihr sehen, was ich für ein Soldat bin!"

Eine Wolgadeutsche

Das graue Band der Straße zieht sich verlassen durch das hügelige Gelände, das der Noworossijsker Garnison meist als Übungsplatz dient. Während der ganzen Sommerzeit kampierten die Soldaten in Zeltlagern auf der Landzunge, und von unserem LKW aus konnte man immer gut beobachten, wie die Rotarmisten an Granatwerfern und schweren Maschinengewehren ausgebildet wurden. Man konnte dabei absolut den Eindruck gewinnen, daß die Sowjetarmee ihre Soldaten noch mehr im Gelände herumscheucht, als dies bei uns der Fall war. Größer angelegte Gefechtsübungen finden im Bereich dieses Geländes fast das ganze Jahr über statt. Dem Fahrzeugpark nach zu urteilen, bestehend aus Panzern, LKWs, Zugmaschinen, Geschützen und Jeeps, müssen auch auswärtige Garnisonen an diesen Felddienstübungen teilnehmen. Auf einem der größten Hügel dieses Geländes, genau da, wo die Straße den einzigen scharfen Knick macht, steht eine Betonpyramide, auf deren Spitze ein Sowjetstern prangt. Alex hat uns erklärt, daß hier ein Held der Sowjetunion gefallen sei, und ihm sei dieses Betonmal gewidmet. Nicht unweit dieses Heldenhügels beginnen die ersten Häuschen von Noworossijsk. Misuri hält öfter an, um winkende Leute mitzunehmen, die aus Dankbarkeit für diese Gefälligkeit meist mit Eiern oder sonstigen Produkten bezahlen. So ist es auch heute wieder.

Misuri hält an, und eine kleine pummelige Bauersfrau, deren gesundes Gesicht sich unter einem weißen Kopftuch besonders krebsrot abzeichnet, klettert lachend und prustend zu uns auf die Kiesladung. Nach einem freundlichen „Straßdwuitje" und einigen abschätzenden Blicken zu Alex hin beginnt die Frau zu unserer Überraschung deutsch zu sprechen. Es ist eine merkwürdige Sprachmischung aus Russisch, Siebenbürgerdeutsch und Pfälzer Dialekt: „Ja, bin aus Köppenthal in der Wolgadeitsche Respublika", erklärt uns die Frau. „Kamrade, da ham's wsje Deitsche umbracht, deportiert na Sibirie, alles is weg – oh des war schlimm gewese –, otschin schlecht Kamrade! Mer ham Schlimmes mitmacht im Wojna!" Um keinen Argwohn zu erregen, erzählt sie das im gleichen Tonfall und ohne Erregung in der Stimme, als sei dies alles die selbstverständlichste Sache der Welt. Keine Wimper zuckt in ihrem Gesicht, und keine Gemütsbewegung ist dieser einfachen Frau anzumerken. Wir wollen von ihr wissen, wie sie überhaupt nach Rußland gekommen ist: „Oh, des weiß i nix mehr, – – mea sin schon hunnerte von Johre do gewese!" Das Gespräch verstummt, denn Misuri hält wieder an. Diesmal sind es zwei Personen. Eine Frau setzt sich zu Misuri ins Führerhaus, und ein Mann in Soldatenuniform, aber ohne Schulterklappen, steigt zu uns herauf. In diesem Moment ist eine mir schwer erklärbare Verwandlung in der wolgadeutschen Frau vorgegangen. Mit einer gehörigen Portion Pathos in der Stimme spricht sie von der ruhmreichen „Krassnaja Armije" und dem großen Sieg der „Sowjetski Sojus" von Stalingrad. Ihre Redewendungen in russischer Sprache kommen mir sehr bekannt vor, und es scheint reinstes Parteirussisch zu sein, was diese Frau da von sich gibt. Der Halbuniformierte ist nicht sonderlich berührt von diesem Lobgesang, uns Gefangene würdigt er keines Blickes. Kurz vor der Einfahrt in die Stadt gibt die Wolgadeutsche Misuri Klopfzeichen, steigt ab und verabschiedet sich mit „Doswidanja", ohne zu versäumen, uns schelmisch mit einem zugekniffenen Auge zuzunicken. Der Halbuniformierte kann das nicht sehen, denn er steht mit Blickrichtung nach vorne.

In einer russischen Mietskaserne

Es ist schon nach 16 Uhr, als wir unseren Kies abgeladen haben. Misuri will Alex bestechen, daß wir noch für eine Schwarzfahrt als Verlader fungieren sollen. Doch Alex bleibt angesichts seiner im Lauf steckenden Patrone hart, und Misuri brummt prächtige Ausdrücke vor sich hin, die jeden Liebhaber russischer Flüche in Entzückung versetzen können. Misuri schüttelt angesichts des ihm unverständlichen Benehmens unseres Postens erstaunt den Kopf, und Alex gibt beleidigt mit „dawai" den Befehl zum Aufbruch. – Er wohnt in einer Mietskaserne im dritten Stock. Als wir das Haus betreten, empfängt uns modriger Mief. Auf knarrenden Holztreppen geht's nach oben. Der Putz blättert in großen Stücken von den Wand, und rote, unverputzte Backsteinstellen zeigen, daß dieses Haus schon vielfach ausgebessert worden sein muß. Vor den meisten Türen stehen Eimer, die mit Müll gefüllt sind und einen penetranten Gestank im ganzen Haus verbreiten. Unsere Augen weiten sich, als uns Alex in seine Behausung führt. Er hat für seine Familie nur einen Raum, der als Küche, Wohn- und Schlafzimmer dient. Die Wände sind über und über mit Zeitungsbildern und ähnlichen Dingen beklebt. Das Inventar dieses Raumes besteht aus einem klapprigen Tisch, einem Bett, das so schmal ist, daß es kaum Platz für einen bietet, und einer Kiste, in der inmitten von Kissen und Decken ein blasses Kleinkind steht. Ein größeres Mädchen, dem der Hunger aus den Augen schaut, sitzt am Tisch und schreibt Schulaufgaben. Wo die alle schlafen, ist mir ein Rätsel, und mich wundert nicht mehr, warum sich Alex immer wünscht, daß doch ein Flugzeug käme und ihn über Frankreich abwürfe. Alex' Behausung ist eigentlich ein Durchgangszimmer. Er erzählt uns, daß nebenan noch eine Familie mit „Malinki" (Kinder) wohne. Es gelingt uns schnell, mit Hilfe eines geradegebogenen Ofenschürhakens die Patrone herauszustoßen. Wir freuen uns mit Alex und machen, daß wir so schnell wie möglich ins Lager kommen, damit er dort keine Unannehmlichkeiten erlebt. Am Tor werden wir allerdings recht unhöflich empfangen. Der Wachoffizier scheint der Meinung zu sein, daß uns Alex für Schwarzarbeit angespannt hat, ohne etwas davon abzubekommen. Alex wehrt sich und erklärt dem Deschournij: „Ich bin Sozialist, und bei mir gibt's das nicht, merk dir das, Genosse Offizier! Ich handle immer nach Prikass (= Befehl), und es ist nur spät geworden, weil der Chauffeur eine kaputte Karre hatte!" – „Sei still, es reicht!" unterbricht der Wachoffizier Alexens Redestrom, und er zählt brummig uns drei Plennis mit „ras – dwa – tri" zum Tor hinein.

Turbulenzen im Lagerbereich

Der Rabatz im Lager steigert sich von Tag zu Tag. Rotkäppchen spielt den Entfesselten und empfängt uns meist schon am Lagertor mit grimmiger Miene. Die fälligen Anbauten werden mit großem Tempo vorangetrieben. Es scheint, als sei für ihre Fertigstellung von höherer Warte aus ein besonderer Termin gesetzt. Zu gleicher Zeit sind im Lager die Aktionen „Neubau", „Holzpritsche" und „Strohsack" angelaufen. Jeder Plenni soll in fester Unterkunft im „eigenen" Feldbett auf „eigenem" Strohsack schlafen. Zur Zeit ist es allerdings so, daß die Holzpritschen alle abgerissen worden sind und als Brennholz in die Offizierswohnungen wanderten. Wir schlafen auf dem kalten, nackten Steinboden. Strohsäcke sind vorerst nicht zu erwarten, und so ist alles viel schlimmer, als es vorher war. Die Turbulenz innerhalb des Lagerbereichs kann wohl nicht mehr übertroffen werden. Chaotisches Durcheinander bietet für „dunkle Elemente" genügend Gelegenheit, im Trüben zu fischen. Wir kriegen zu wenig und zu schlechtes Essen und sollen dafür wie Berserker arbeiten. Kolbach, Gottfried und ich beschließen in eigener Sache, unser Übersoll zu erfüllen. Als wir eines Mittags zum Essen ins Lager gebracht werden, holt uns der Magaziner Kapitän Klinkow von der Suppe weg. Ein LKW mit Klamotten ist eingetroffen. Wir als die gerade Erreichbaren müssen die Kasten abladen. Die Ladung besteht aus Tüchern, gebrauchten Schuhen und alten Bekleidungsstücken. Alles macht einen reichlich notdürftig zusammengeflickten Eindruck. Die Tücher entpuppen sich als die angekündigten Strohsackhüllen. Das angelieferte Zeug wird einfach auf dem Appellplatz gestapelt.

Ein Reinfall mit versöhnlichem Ausklang

Kolbach sagt mir, daß er am Mittag mit Alex auf den Bazar gehe: „Nehmt von dem Zeug was mit, Jungs; die Luft ist rein – mittags machen wir halbe, halbe!" Die Aussicht auf Zusatzverpflegung macht mich kribbelig. Wie ein alt geübter Ganove lasse ich zunächst ein paar Schuhe in den Hosenbeinen verschwinden. Ruck, zuck ist die Leibkordel wieder festgezurrt, und harmlos schaue ich mich um, ob eventuell jemand als Tatzeuge in Frage kommen könnte. Meine Beine sind ja sowieso nicht so stramm, daß meine absonderliche Hosenbeinfüllung nach außen hin ins Auge fallen kann. Gottfried aber ist um die Brust herum merklich fülliger geworden. Er hat sich Tücher unter den Nagel gerissen. Es ist mir etwas komisch zumute, als Misuri plötzlich mit seinem LKW vor dem Lager steht und durch kräftigen Dauerton seiner Hupe zu erkennen gibt, daß er es eilig hat. Das Herz rutscht mir fast zu den entwendeten Schuhen in die Hosenbeine, als überraschend Oberleutnant Schmalkow aus der Wachbude tritt und Kolbach heranruft. Gottfried ist auch kreidebleich um die Nase. Wahrscheinlich hat man uns beobachtet und wird uns gründlich ausfilzen. Gott sei uns armen Sündern gnädig! Mit einem merkwürdigen Druck im Magen trete ich mit den anderen beiden in die Wachbude. Doch welch unfaßbares Glück! Die wollen gar nichts von uns! Schmalkow zieht seinen Uniformmantel an und fährt mit uns. Mir ist schon halbwegs besser. Vorsichtig steige ich auf den LKW. Ich spüre förmlich Schmalkows Blicke auf meinen Hosenbeinen. Gottfried druckst auch so komisch herum, während Kolbach den Unbekümmerten spielt. Kunststück, er kann das ja auch, denn er hat ja nichts mitgenommen und folglich auch nichts unter dem Wams, was ihn bei einer Filzung verraten könnte. Zu fünft sind wir auf die Plattform des LKW gestiegen. Alex mustert unauffällig Gottfrieds wohlproportionierten Brustkasten und senkt verstohlen den Blick. Er scheint informiert. Wie Steine fällt's mir von der Seele, als Misuri den Motor anläßt und uns zunächst einmal aus dem unmittelbaren Gefahrenbereich des Lagers entfernt. Schmalkow ist ahnungslos, spricht mit Alex und hält sich am Verdeck fest. Etwa in Höhe der Baustelle Schule III klopft er auf das Dach des Führerhauses und springt, während Misuri die Fahrt verlangsamt, ab. In mir macht sich so etwas Ähnliches wie Triumphgefühl breit: Wir haben es gewagt und haben gewonnen. Darüber hinaus besteht noch gute Aussicht, etwas „Zusatzfutter" in den Magen zu kriegen. Vor einem alten, zusammengeschossenen Gebäude, wir nennen es nur die Popenburg, weil es vor der Revolution von einem orthodoxen Geistlichen bewohnt gewesen sein soll, hält Misuri an. Er hält mit Vorliebe hier, denn hinter den moosgrünen zerfallenen Mauern, die in der Nähe des Bazars liegen, lassen sich Schwarzmarktgeschäfte gut und ungestört besprechen. Die Popenburg ist Misuris Sprungbrett zum Bazar. „Dawai, Kamerad, komm mit! Los, Aussteigen!" Gespannt folgen wir Misuri auf das Ruinengrundstück. Kolbach informiert uns: „Wenn jemand kommt, dann tut ihr einfach so, als ob ihr Steine losbrechen würdet". Das ist ja ein denkbar einfaches Erfolgsrezept, um ungestört bleiben zu können. „Dawai Potinki" (= schnell, die Schuhe), kommandiert Misuri zu meiner Überraschung. Woher weiß denn der Gauner so genau Bescheid? Ich krame die Schuhe aus meiner Hose, und Gottfried wurstelt drei Laken aus seiner Jacke. „Plocho, plocho!" – schlecht, schlecht, meint Misuri, offensichtlich bemüht, den Preis der Ware durch diffamierende Bemerkungen zu drücken. Die Laken sind näm- lich neu, und die Schuhe machen auch einen halbwegs ordentlichen Eindruck. Der Bursche ist eben ein ausgekochter Händler, und die Eigenschaften, zu feilschen, scheinen bei ihm in nahezu orientalischer Art entwickelt. Mit geringschätzig verzogenem Mund meint er in heuchlerischer Scheinheiligkeit: „Dafür gibt es bestimmt nicht viel – nu ladna – –, wir werden sehen, – dawai Kolbach na Basar!" Alex will auch mit, aber Misuri macht ihn kurz fertig: „Seit wann ist es denn üblich, daß ein Wachtposten seine Stellung verläßt? Alexander Stepanowitsch, du bist ein schlechter Soldat – jobane!!" Solchermaßen abgeblitzt, wartet der nervöse Alex mit uns nahezu eine geschlagene Stunde, bis die beiden wieder zurückkommen. Misuri macht ein sehr mickriges Gesicht, und Kolbach mimt auch den Enttäuschten. Es haut dem Faß den Boden aus, als Misuri zu klagen anfängt, sie hätten für alles nur 10 Rubel bekommen. Schmalkow sei urplötzlich zwischen den Bazarständen aufgetaucht, und sie hätten sich beeilen müssen, um das Zeug überhaupt loszuwerden. Wir hatten mit wenigstens 100 Rubeln gerechnet. Alex fängt an zu meckern und will das auch nicht glauben. Misuri sagt zu ihm: „Hör, Wetscherenka! Ich will ja gar nichts haben, du altes Großmaul! Da hast du die Hälfte der 10 Rubel – sei zufrieden", und – was folgt ist ein saftiger Fluch. Er gibt ihm großzügig die fünf Rubel, und an dieser ungewohnten Geste und an seinem zynischen Lächeln glaube ich zu erkennen, daß er ein Vielfaches dieses Betrages noch in der Tasche haben muß. Kolbach scheint von Misuri umgedreht worden zu sein und mit ihm unter einer Decke zu stecken. Großzügig gibt er Gottfried und mir zwei lächerliche Rubel, und angeblich behält er nur einen selbstlos für sich. Das von uns getragene Risiko steht in keinem Verhältnis zu diesem Ertrag, und nun sind wir die Geprellten und Angeschmierten. Nun, ganz so schlecht, wie wir zunächst angenommen hatten, ist Kolbach doch nicht. Zu Gottfrieds und meiner großen Freude nimmt er uns nach dem abendlichen Zählappell zur Seite und druckst verlegen herum: „Ihr müßt entschuldigen – – wir haben 50 Rubel dafür bekommen. – Ehrlich, nur 50 Rubel! Misuri hat 30 Rubel eingesteckt und mich quasi gezwungen, dichtzuhalten. Ich wollte euch so oder so euren Teil abgeben, aber da unten in der Popenburg konnt' ich's nicht, das müßt ihr verstehen, Jungs." Wenn wir es auch nicht so ganz glauben, so freuen wir uns doch darüber, als er jedem von uns nochmals fünf Rubel in die Hand drückt. Insgesamt sieben Rubel; das hat zwar den großen Einsatz nicht gelohnt, aber die Aussicht, mit diesem bißchen Geld zusätzlich etwas zum Essen besorgen zu können, stimmt uns in etwa zufrieden und hat vor allen Dingen gereicht, die gestörte Kameradschaft zwischen uns drei Mann wieder herzustellen.

Die erste Post von zu Hause

Am 31. 10. 1946, anschließend an den Zählappell, findet die erste Postausgabe im Lager 148/2 statt. Erwartungsvoll lauscht man, ob man seinen Namen unter den Aufgerufenen hört. Ich spüre, wie mir das Herz bis zum Hals klopft, denn der Stoß Post, der verteilt wird, ist ziemlich dick, und eigentlich könnte doch auch etwas für mich dabei sein. Warum denn nicht? Der Haufen wird aber immer kleiner, und Lischka ist schon fast am Ende. Ich glaube schon gar nicht mehr daran, daß ich Post haben könnte, als plötzlich wie Harfenklang „Melcher" an mein Ohr tönt. Es gibt nur einen „Melcher" im Lager, und das müßte demnach ich sein. Genauso freudig wie die anderen Postempfänger brülle ich laut vernehmlich „hierr" und laufe nach vorne, um meine Karte in Empfang zu nehmen. Der erste Blick zeigt mir, daß es Papas Schriftzüge sind. Überall haben sich Gruppen und Grüppchen um uns glückliche Postempfänger gebildet, und hier und da erfährt man Neuigkeiten aus der Heimat, die für alle irgendwie interessant sind. Für mich ist die Umwelt entrückt. Die Kibitze, die über die Schulter peilen, um mitzulesen, stören mich nicht. In frohe Gedanken versunken, prägt sich bei mir jedes geschriebene Wort ein. Mehrmals hintereinander lese ich die Karte, noch auf dem Appellplatz. Später sitze ich fassungslos vor Freude auf dem Boden der Unterkunft und lese immer wieder Zeile um Zeile mit besonderer Genugtuung. „Na, was haste denn in deiner Post stehen?" fragt neugierig mein Nebenmann. „Da, lies selbst", sage ich, und der Plenni liest laut vor, was mein Vater geschrieben hat. Wenn der Anschein nicht trügt, freut sich dieser Kamerad darüber, daß mein Vater schrieb . . . „wir haben zu essen . . .", denn er ist auch in der Westzone zu Hause, und als Optimist kann man wohl aus der Karte schließen, daß es dort bei allen zu essen gibt. Als Nachricht aus der Heimat haben die Kartengrüße in der Tat eine gewisse Gültigkeit für alle, und aus der Fülle der Einzelnachrichten kann man sich in etwa – ähnlich wie bei einem Mosaik – Steinchen auf Steinchen zu einem Gesamtbild der tatsächlichen Lage zusammenfügen. Andere Kameraden lesen auch ihre Post vor, ich aber lese immer wieder mein Kärtchen, freue mich an den altvertrauten Schriftzügen und berausche mich an dem Satz: „Mama freut sich mit uns allen heut schon darauf, Dich wieder herausfüttern zu dürfen." Dieser Satz vermag meine

Phantasie stark anzuregen. Berge von köstlich zubereiteten Speisen türmen sich vor meinem geistigen Auge auf und unaufhörlich sehe ich, wie Mama um mein leibliches Wohl besorgt ist. Knurrend quittiert mein Magen diesen Ausflug in das Reich der Träume, doch das Glücksgefühl, das mich beseelt, kann auch von der harten Wirklichkeit nicht verdrängt werden. Meine Lieben leben alle und sind gesund, und Mama wird mich schon wieder herausfüttern, das ist zunächst die Hauptsache. Selbst als ich zum abendlichen Arbeitsdienst eingeteilt und zum Grashacken in die „ssapretnaja Zona" – der verbotenen Zone – eingeteilt werde, bin ich im Gegensatz zu sonst nicht ärgerlich. Mit der freudigen Gewißheit, nicht vergessen zu sein, schwinge ich meine Unkrauthacke, so daß sich mein Nebenmann genötigt sieht, meinen ihm unverständlichen Arbeitseifer und Schwung zu bremsen: „Nur pomalo (= langsam), mein Lieber, so schnell schießen die Preußen nicht!" Über den Grund meiner Arbeitsfreude aufgeklärt, kommen wir ins Erzählen und lassen Gras Gras sein, und nur wenn ein russisches Auge auf uns fällt, spielen wir die eifrigen Unkrautjäter.

Sorgfältig gefaltet trage ich fortan diesen ersten Kartengruß aus der Heimat immer bei mir in der linken Brusttasche – dort wo das Herz ist, würde vielleicht ein Romantiker sagen –, aber bei mir geschieht dies aus reinen Zweckmäßigkeitsgründen, weil alle anderen Taschen kaputt sind. Dieser Kartengruß ist mehr als nur eine Nachricht; er ist Balsam für die Seele und für mich eine starke moralische Stütze, wie gewiß auch für manch anderen, der Post erhielt.

Trübe Aspekte für die Zukunft

So nach und nach deuten alle Anzeichen darauf hin, daß es im Lager verpflegungsmäßig abwärts geht. Systematisch wird uns der ohnehin schon hoch genug hängende Brotkorb noch höher gehängt. Gleichzeitig fordert man von uns Normen, die wahrscheinlich nur von Superathleten nach intensivem Training auf glattem Parkett erfüllt werden können. Bei mir machen sich wieder Ödeme breit. Das Gesäß bleibt Gott sei Dank verschont, aber an den Beinen beginnt es wieder zu „blühen". Durch die lange Arbeitszeit, die von Beginn des Weckens bis gegen 22 Uhr abends dauert, sind wir doch alle ziemlich angeschlagen.

Jeder Plenni versucht sein möglichstes, um sich zu drücken, wo es nur geht. Die Russen dagegen sinnen raffinierte Methoden aus, um uns zur Arbeit zu zwingen. Vorläufig zeigt unser Bemühen noch Erfolg, während die russische Methode noch nicht so weit entwickelt zu sein scheint, daß sie voll wirksam würde. Wie man aber munkeln hört, soll die Versorgung schwerwiegend eingeschränkt und die einzelnen Verpflegungssätze sollen nach den mitgebrachten Prozenten der Normerfüllung ausgerichtet werden. Wie ein Schreckgespenst hängt dieses Gerücht über dem Lager und bewirkt, daß jeder Brigadier sich in etwa bemüht, bei seinem jeweiligen russischen Vorgesetzten jetzt schon „gut auszusehen". Auf vielen Baustellen dürfte allerdings ein solches Verlangen von vornherein zum Scheitern verurteilt sein, denn selbst bei noch so guten Arbeitsleistungen schreiben die betreffenden Natschalniks bekannterweise keine ausreichenden Prozente. Es sind jene Typen, die, ressentimentserfüllt und voreingenommen, dem ortsüblichen Bild „vom bösen, deutsch-faschistischen Mordbrenner" verhaftet sind. Auf der Baustelle „Kino Moskau" ist es der „Chinese", ein Kalmück mit einem abstoßenden Gesicht, der entscheidet, wieviel Prozente erarbeitet wurden. Auf Schule III ist es „Kuchenzahn", dessen Fluchvokabular reine Pornographie ist. Auf Schule VI und VII ist es „Holzauge", ein ehemaliger Sergeant, der ein Auge im Großen Vaterländischen Krieg verlor, und auch wir Verlader unterstehen einem dieser genannten Prozenteschreiber und können in punkto Normerfüllung auf keinen grünen Zweig kommen. Wenn sich die umlaufenden Gerüchte bewahrheiten, dann sind das trübe Aspekte für die Zukunft.

In diesen letzten Oktobertagen bekommen wir auch einen Vorgeschmack auf den bevorstehenden Winter. Ein scharfer Nordostwind bläst über die Berge und läßt uns in unseren dünnen Sommerfähnchen erschauern. Wenn es im Juli/August fast unerträglich heiß war, so verspricht der Winter eisig kalt zu werden.

„Planlose Planung"

Vor wenigen Wochen glaubte ich noch, daß die Turbulenz im Lager nicht mehr zu überbieten sei. Jetzt wird man aber wahrlich eines Besseren belehrt. Bis zum 29. Jahrestag der großen sozialistischen

Oktoverrevolution sollen alle Anbauten fertig und bezogen sein. Wir werden fast jede Nacht in andere Räume verwiesen und pennen durcheinandergewürfelt in Gängen und Stuben, während von nebenan das Gehämmer der in Nachtschicht arbeitenden Baubrigade durch die Wände dröhnt. In der Nacht auf den 3. November 1946 wird ein Teil von uns herausgeholt. Es gilt, drei Studebaker abzuladen, die mit Eisengestängen beladen sind. Diese rostigen Gestelle müssen zu Feldbetten zusammengesetzt werden. Was diese beiden Wagen angebracht haben, reicht aber höchstens dafür, einen Bau zu füllen. Die krankgeschriebenen Kameraden im Lager, die eigentlich in ein Bett gehören, sitzen vor den oxydierten Eisengestellen und kratzen den Rost ab. Nur der Hauptbau wird zunächst mit Betten bestellt, während in den Anbau die Holzpritschen vom großen Mannschaftszelt eingepaßt werden. Da keine weiteren Bettgestelle mehr anrollen, werden in einigen Räumen, in denen man in Erwartung der Eisenbetten die Holzpritschen voreilig herausgerissen hatte, wieder solche eingebaut, die allerdings wackliger und splittriger sind als die alten. So wird im Lager 148/2 praktisch demonstriert, was bei einer „planlosen Planung" alles herauskommen kann. Ein neues Kommando wird gebildet, das meist aus Fußkranken besteht, den Strohsackfüllern. Jeder mögliche Dreck, der von weiß Gott wo angefahren wird, muß in die Hüllen hineingestopft werden: Sägemehl, Häckselstroh, Hobelspäne, Trokkenlaub und Heu. Nur um den Plan zu erfüllen, wird das Mannschaftszelt abgeschlagen und die Insassen, denen man vorher schon die Holzpritschen herausgerissen hat, werden in den Neubau verlegt, von dessen schwitzenden Wänden das Wasser tropft und bei dem noch gut die Hälfte der Fenster mit Zementsackpapier verhängt ist, weil die Rahmen nicht planmäßig angeliefert wurden. Zwei Tage vor dem Beginn der Revolutionsfesttage inspiziert „Rotkäppchen" mit seiner widerlichen Begleitung das Lager bis zum letzten Winkel. Mit zusammengebundenen Strauchästen, die als Besen dienen, werden der Appellplatz und die Lagerstraßen blankgefegt. Am Morgen des 7. November ist arbeitsfrei. Obwohl die Sonne scheint, ist es zugig kalt. Zunächst „dürfen" wir stundenlang auf dem gefegten Platz ein Meeting abhalten, bei dem „Rotkäppchen" als Hauptredner fungiert. Vom Gedenken an die Revolution ist in seiner Ansprache so gut wie nichts zu spüren. Statt dessen ist sein ganzes Festtagsgepolter nichts als Geschimpfe über Robotti, Sabotage und Disziplina. Er droht, daß nun alles anders werden wird. Der kalte Wind hat uns schon längst bis ins Mark durchgeblasen, als „Rotkäppchen" endlich die Katze aus dem Sack läßt: die Verkündung der neuen Verpflegungssätze mit sofortiger Gültigkeit, das heißt, nur am Revolutionstag gibt es nochmals für alle aus einem Pott, dann wird es anders! Am Schluß seiner Ansprache gibt „Rotkäppchen" die für uns so überaus erfreuliche Losung zur 29. Wiederkehr der großen sozialistischen Oktoberrevolution bekannt:

„Wer nicht arbeitet, der soll auch nicht essen!"

Ich habe ein Gefühl im Bauch, das sich nicht beschreiben läßt. Wie heißt es doch in der Internationale „. . . wachet auf, Verdammte dieser Erde, die stets man noch zum Hungern zwingt. . . " – Der Geschmack auf der Zunge ist bitter, und erst beim Studium der neuen Verordnung über die prozentuale Aufteilung der Verpflegung, angeschlagen am Schwarzen Brett, wird einem mit aller Deutlichkeit klar, welch miesen Zeiten wir entgegengehen:

Verpflegungssystem

Unter 71 % Normerfüllung 400 g Brot Suppe Kategorie A	von 71 % – 81 % Normerfüllung 500 g Brot Suppe Kategorie B
von 81 % – 101 % Normerfüllung 600 g Brot Suppe Kategorie C	von 101 % – 126 % Normerfüllung 700 g Brot Suppe Kategorie D

Arbeitet der Kriegsgefangene auffällig oft unter Normerfüllung, wird er zur Hebung der Arbeitsmoral mit Karzerverpflegung bestraft, bestehend aus 300 g Brot und zweimal täglich dünner Suppe.

Wir magern wieder ab

Am ersten Tag des Inkrafttretens der neuen Verpflegungssätze gibt es viel Zank und Geschrei. Einige bekommen überhaupt nichts zu essen, weil sie einfach nirgends aufgeführt wurden. Ich kann mit Müh und Not den für mich zuständigen Suppenkübel auffinden und empfange meine 500 g Brot und B-Suppe, eine wässerige Brühe mit etwas Kapusta. Die A-Suppe ist noch schlechter, und man soll darin nur einige verirrte Erbsenschalen gefunden haben. Die C-Suppe enthält immerhin Kartoffelstücke und etwas mehr Kapusta als die unteren Suppenklassen. Die D-Suppe, das Spitzenprodukt, besteht fast ausschließlich aus Kapusta. Der russische Kapitän Klinkow, seines Zeichens unser Verpflegungsminister und von gleicher Brutalität wie Mitow, meint mit zynischer Offenheit, daß für die wirklich sehr fadenscheinigen A- und B-Suppen noch zuviel Produkte verwendet worden seien. So werden diese Suppen in den folgenden Tagen und Wochen dünn und dünner, und die Folgen davon bleiben nicht aus. Wir kommen körperlich so herunter, daß es uns Ende November zu dritt nur schwerlich gelingt, einen zweirädrigen LKW-Anhänger an eine Zugmaschine zu hängen. Von den russischen Meistern, die selten Verständnis für unsere Situation haben, geschweige denn über unsere Verpflegungssätze Bescheid wissen, wird dieser Massenaufwand an Arbeitskräften für relativ nicht allzu schwere Arbeiten meist so ausgelegt, als ob wir faul und unwillig seien. Die Prozente fallen danach aus, und in verhängsnivoller Kettenreaktion wird die Verpflegung, entsprechend den miesen Prozenten noch schlechter. Es ist ein Teufelskreis, aus dem es wie es scheint kein Entrinnen gibt, es sei denn, es geschähen Wunder, und uneinsichtige Russen würden über Nacht zu einsichtsvollen Mitmenschen.

Der eiskalte Nordostwind macht uns schwer zu schaffen

Wenn die weißen Wolken über die Berge von Noworossijsk kriechen, sind das die Vorreiter des „Simna", eines Nordostwindes, der uns schwer zu schaffen macht. Am Vormittag des 12. Dezember 1946 fängt es an. Wir sind mit Misuris Fahrzeug unterwegs, um in der Nähe der gesprengten Ölbunker im Hafengelände Sand zu laden. Kolbach ist nicht mehr mit von der Partie. Er hat beim Magaziner einen Posten bekommen und schiebt eine ruhige Kugel mit gesicherter C-Verpflegung, ohne das Zusätzliche, das er sich mit seinem Kollegen Teufel organisieren kann. Da ich gut russisch verstehe, bestimmt mich Misuri zum Vorarbeiter, und an Kolbachs Stelle ist der Magdeburger Heinz Becker zu uns gekommen. Der „Simna" pfeift mit solcher Stärke von den Bergen, daß es nahezu unmöglich ist, eine volle Schaufel auf den LKW zu bringen. Der Sand fliegt uns in die Augen und wird durch den Sturm in die Kleidung gedrückt. Gegen diesen kalten Nordost hilft nur Bewegung und nochmals Bewegung. Wir stecken die Schaufeln in den Sand, und mit zugekniffenen Augen machen wir den Versuch, die Ladefläche des LKWs allmählich zu füllen. Der Wind kommt aus allen Richtungen, und im Hexenwirbel treibt es den Sand um die zerborstenen Silos. Der Wagen ist noch nicht halb beladen, als Misuri, der sich aus seinem Führerhaus erst gar nicht herauswagt, ein Einsehen mit uns hat und vorzeitig wegfährt. Eng aneinandergedrückt kauern wir uns hinter dem Führerhaus möglichst klein zusammen. Unsere Ladung ist für „Kino Moskau" bestimmt. Die Menschen eilen hastig durch die Straßen und stemmen sich nach vorn gebeugt gegen den Wind. Im „Kino Moskau" ist der Wagen sehr schnell abgeladen, und Misuri, der dieser Tage auch als unser Posten fungiert, genehmigt eine Aufwärmpause. Wir begeben uns in das Innere des Rohbaues, wo unsere hier arbeitenden Kameraden mit Nasilkas Backsteine auf Gerüste schleppen. Der Nordost pfeift durch alle Ritzen, und Deckung finden wir so gut wie keine. Hinter der einzigen windgeschützten Stelle zieht ein dünnes Rauchfähnchen nach oben, das magnetisch anzieht. Doch das Feuer, das wir hier vermuteten, ist ausgetreten, angekohlte Holzstücke schwelen noch so ein bißchen weiter. Wir stochern mit ein paar Holzspänen darin herum, um mit den noch spärlich zu findenden Glutstückchen und Abfallholz das Feuerchen erneut anzufachen. Heinz Becker ist gerade fest am Blasen, als er einen Tritt bekommt, daß er mit dem Gesicht in die Asche fällt. Der „Chinese" muß uns beobachtet haben und treibt uns wie Hunde aus dem Bau hinaus. Misuri kommt aus einem Winkel, und ich erkläre ihm, daß der Natschalnik das Feuer ausgetreten und uns weggejagt hat. Respektlos wie er ist, geht er sofort zu dem „Chinesen" und nennt ihn einen

„bljadski Durak", was unserem Schimpfwort vom „blöden Idioten" entspricht. Wie eine quietschende Säge schneidet sich der Wind an den Gerüstbalken, und erst als der Konvoi zum Natschalnik geht und diesem Rückendeckung gibt, räumt Misuri spuckend und schimpfend das Feld. Wenn er uns auch neulich mit den Schuhen und den Strohsackhüllen betrogen hat, so ist er andererseits doch auch wieder ein verständnisvoller Mann, der für Bosheiten oder Ressentiments wenig übrig hat. Wenn es zu arg über uns kam, hat er sich immer für uns eingesetzt. Am zweiten Sturmtag führt der Wind Hagel und Eiskristalle mit sich. Man muß alle Öffnungen der Kleidung zubinden; denn wenn der Wind irgendwo Einschlupf findet, wird man bis aufs Mark ausgeblasen. Dieses Zubinden der Ärmel, Hosenbeine und Kragen ist zwar nur ein Notbehelf, aber es verhindert doch zumindest, daß der „Simna" in offene Ärmel hineinbläst und das Gerippe völlig unterkühlt. Jetzt machen sich auch im Lager wieder Läuse und Flöhe breit. Im Vergleich zu Djetschokowka hält sich die Plage zwar noch in erträglichen Grenzen, aber bei der märchenhaften Fruchtbarkeit und Widerstandskraft dieser Parasiten kann sich die Situation sehr schnell zu unseren Ungunsten ändern.

Draußen tobt der Sturm in heftigen Windstößen. Heulend und pfeifend knallen die brausenden Luftmassen auf das am Hang über Noworossijsk liegende Lager. Die Berge sind in aufgeplusterte Sturmwolken gehüllt, und darüber wölbt sich stahlblau der Himmel. Für uns ausgemergelte Kriegsgefangenen bedeutet es einen wahren Schrecken, inmitten dieser entfesselten Naturgewalten ohne ausreichende Kleidung und ohne besondere Schutzmöglichkeiten arbeiten zu müssen. Man denkt am Morgen mit Bangen an den langen Tag und am Abend mit Grauen an die Nacht und an den Morgen.

Wir können nachts die Kleidung nicht ausziehen, weil es in den Unterkünften erbärmlich kalt ist. Die Lagerleitung hat in den einzelnen Buden sogenannte Stopföfen installiert, die mit gestampfter Sägemehlfüllung für ein, zwei Stunden ein bißchen spärliche Heizkraft ausstrahlen, um dann sehr schnell wieder zu erkalten. Gleichzeitig mit dem wiederum sehr späten Empfang der Winterklamotten werden auf Befehl von „Rotkäppchen" die an der Windseite des Lagers gelegenen Unterkünfte geräumt. Dicht zusammengedrängt vegetieren wir nun in den rückwärtigen, vom Wind etwas besser geschützten Unterkünften.

Ich komme bei dieser Umquartierung auf Stube vier zu liegen. Mangels sonstigen Platzes etabliere ich mich unter dem Bett eines Stammbewohners. Damit ich des Nachts nicht spüre, wie sich die Wanzen von den Bettbrettern beutegierig herunterfallen lassen, habe ich meine Pelzmütze über die Ohren geklappt, die Steppjacke über den Kopf gezogen, die Füße mit Lappen umwickelt und den Mantel um die Beine geschlungen. Wir hocken in diesen Windunterkünften wirklich dicht auf dicht und ein strenger undefinierbarer Mief nach alten Klamotten und verschiedenartigster menschlicher Ausdünstung gibt wenigstens etwas Wärme. Das Landsersprichwort „Im Mief ist noch keiner erfroren" wird zur Wahrheit.

Am 13. 12. 46 fahren wir Blech zur Schule VII. Es ist ein 1,5 Tonner Ford-Wagen, den nicht Misuri steuert, sondern eine stadtbekannte „Heldin der Sowjetunion". Es ist ein vielfach ausgezeichneter Oberleutnant der Roten Armee, eine Frau, genannt Tamara. Mir ist zu Ohren gekommen, daß sie im „Großen Vaterländischen Krieg" eine tollkühne Panzerfahrerin gewesen sein soll und mit einem 51-Tonner „Josef Stalin III" von Wjasma bis Berlin gewalzt sei. Alex, der sich krank gemeldet hat, weil ihm wahrscheinlich das Wetter zu schlecht ist, hat Tamara immer sehr untertänig und ehrfurchtsvoll gegrüßt und nicht ohne Stolz erklärt, um was für eine bedeutsame Person es sich in diesem Falle handelt. Tamara, kräftig gebaut und strohblond, ist nett zu uns, und beim Aufladen des Blechs packt sie sogar im Gegensatz zu ihren männlichen Chauffeurkollegen selbst mit an. „Kalt Kameraden! Da, da", ruft sie uns scherzend zu. Ich versuche ein zustimmendes Grinsen, während der Wind bei Becker Tränen aus den Augenwinkeln preßt, die er mit seinem schmutzigen Ärmel abzuwischen versucht. Was bei diesem Unterfangen herauskommt, kann man sich leicht ausmalen. Grotesk wird die Situation aber erst dann, als Gottfried und ich ein etwa 3 qm großes Blech verladen wollen und mit dieser schon reichlich mühsam hochkant gewuchteten Fläche von einem kräftigen Windstoß erfaßt werden, daß wir umfallen und von dem Blech gnädig zugedeckt werden. Tamara kann noch mit einem Satz zur Seite springen, während der unglückliche Becker, der uns unterstützen wollte, böse hinstürzt. Wirklich, unser Debüt bei einer Heldin der Sowjetunion ist alles andere als heldisch, und Tamara nennt uns auch prompt „alte Großmütter". Nachdem mit Müh' und

Not der Wagen schließlich doch beladen wurde, fährt Tamara zur Schule VII. Die Arbeit ist dort wegen des Sturmes eingestellt, und stumm vor sich hindösend drücken sich die trotzdem auf die Baustelle geschickten Kameraden um ein paar spärliche Feuerchen. Becker, dessen Unterlippe vom Sturz dick angeschwollen ist, fängt auf einmal unvermittelt zu heulen an wie ein kleines Kind und weigert sich, die Bleche abzuladen. Er verschwindet einfach im Bau und Gottfried und mir bleibt es überlassen, die Platten vom LKW zu werfen. Anschließend genehmigt uns Tamara, daß wir uns fünf Minuten aufwärmen dürfen. Sie ist auch so vermummt, daß nur ihr derbes Bauerngesicht und eine Haarsträhne unter dem mehrfach um den Kopf geschlungenen Wolltuch hervorschaut. Im Sommer trug sie meist blaue Arbeitshosen und einen rosa Pullover, unter dem ein beträchtlich großer, wahrhaft heldisch zu nennender Busen wogte. Jetzt aber sind auch ihre beachtlichen Konturen verschwommen und alles an ihr ist Steppzeug und rundliche Fülle. Aus fünf Minuten Pause werden mehr als zehn. Erst dann holt uns Tamara mit einem rauhen „dawai Kamerad" vom Feuer. Becker ist so fix und fertig, daß wir ihn, noch immer tränenfeucht, die Bordwand hochziehen. Tamara sieht das und schüttelt den Kopf. Aber mit nichts auf den Rippen und nichts im Magen sind wir nun einmal nichts anderes als Vogelscheuchen, denen der eiskalte „Simna" die Fetzen am Körper flattern läßt und das letzte Restchen Energie aus dem Leibe bläst. Wahrlich, Tamara, Heldin der großen mächtigen Sowjetunion, du mußt ein schlechtes Bild von uns gewonnen haben, aber es war ein falsches.

Der Sturm wird zur Plage

In der Nacht müssen zukünftig innerhalb der Unterkünfte Wachen gestellt werden. Einige scheuen sich nämlich davor, durch den Sturm zur abseits liegenden Latrine zu springen und verrichten daher ihre Notdurft im Gebäude selbst oder gerade so vor der Tür. Andere wiederum, die so anständig waren und zum Lokus gingen, wurden vom Sturm in den Stacheldrahtzaun geblasen und waren zu schwach, um sich befreien zu können. Da die Posten auf den vier Türmen bis auf einen verringert waren, wurden die Armen erst spät entdeckt und mit zum

Teil schweren Erfrierungen ins Lazarett gebracht. Aufgrund dieser Vorkommnisse wird veranlaßt, daß vom Hauptbau zur Latrine ein Strick gespannt wird, an dem man sich entlanghangeln kann. Am Stacheldraht bilden sich bizarre Formen aus Eis- und Schneezapfen und die ganze Umgebung glitzert und funkelt im kalten Sonnenlicht.

Drei Tage dauert nun schon der Sturm, und eben an diesem dritten Tag müssen wir Zement fahren. Bei diesem Wetter bedeutet das für uns eine Strafe ohnegleichen. Vorbei am Hafen, über dessen Kaimauern meterhohe Wellen stürzen und auch dahinter noch einen beachtlichen Wellengang verursachen, fahren wir zur Zementfabrik. Der Kai ist vereist und phantastische Eisgebilde am Getäu und den Aufbauten dort festgezurrter Schifferkähne erinnern eher an einen Eismeerhafen als an eine Stadt unter dem 46. Breitengrad. Bei der Zementfabrik angekommen, stoßen wir sofort mit dem LKW unter ein Abflußrohr im Verladeraum der Fabrik, die als eine der größten in Europa gilt. Mit dem Schaufelstiel drücke ich die Sperre nach oben und bin erschreckt, was ich da auslöse. Ein dicker Strahl heißen Zements ergießt sich auf das Deck des LKW und der heiße Staub dringt mir in die Augen, verklebt mir die Nase und macht mir den Mund pappig. Verzweifelt springe ich vom LKW herunter. Der Körper wehrt sich gegen den Zementstaub und mir läuft das Wasser nicht nur aus den Augen, sondern auch aus Nase und Mund. Während ich noch die Augen reibe und die Sache dabei nur schlimmer mache, brüllt mich Misuri an, daß ich den Sperrhahn des Ausflußrohres schließen soll. Ich kann nur verschwommen sehen und klettere erneut auf den inzwischen beinahe mit Zement überschwappenden LKW. Misuri reicht mir die Schaufel hoch und nach einigem vergeblichen Herumgefummel gelingt es mir, den verhängnisvollen Schieber herunterzudrücken. Mir ist, als seien meine Augäpfel auf spitzen Steinchen gelagert. Mit einer viel zu kurzen Plane versuchen wir, die Ladung einigermaßen gegen den Wind zu schützen. Unsere Hände stecken wir in den heißen Zement. Die Augen fest zusammengepreßt brausen wir aus der Halle, hinein in das Windgetose. Es ist schon ein gemeiner Geselle, der „Simna", er findet die freien Stellen auf unserem Zementtransporter und bläst uns wie zum Hohn die aufgewirbelten Staubwölkchen mitten ins Gesicht. Mehr als zehn LKWs fahren bei diesem stürmischen Wetter ununterbrochen Zement. Beim Abladen wird fast genausoviel weggeblasen wie in die

Silos wandert. Ein dummes, unrentables Unterfangen. Aber wie man hört, will die Zementfabrik unbedingt bis zum Jahresende ihr „Soll" als erfüllt melden und zu diesem Zweck müßten von dem Unternehmen noch etliche hundert Tonnen Zement abgestoßen werden, damit das „hohe Ziel" erreicht werden kann. Daß einige ... zig Tonnen dabei zum Teufel gehen – was soll's? Hauptsache Plan erfüllt!

Alle Zementarbeiten, die wir verrichten müssen, gehen – wider die Vorschrift – ohne Schutzbrillen über die Bühne. Im „Kino Moskau" werden vom dortigen Brigadier wegen der unmöglichen Arbeitsbedingungen alle fünf Minuten drei Männer zum Abladen herausgeschickt. Bestehend aus einem Holzrahmen, der mit Dachpappe benagelt ist, wird frontal gegen die Sturmrichtung vor der Abladestelle ein Windschirm erstellt, der für kurze Zeit ein bißchen Erleichterung beim Abladen verschafft, ehe er voll vom Sturm erfaßt wird und in Fetzen durch die Luft fliegt. Die folgenden Wagen werden ohne Schutz abgeladen. Mehr als die Hälfte aller Ladungen wird im wahrsten Sinne des Wortes „vom Winde verweht". Viele Meter weit um die Ausladestelle ist der Boden dick mit Zementstaub bedeckt und an ein gegenüberliegendes Haus, das in seiner ganzen Frontfassade grau angeblasen ist, wurde der Zement, ähnlich einer Schneewehe, an der gesamten Hauswand entlang vom Sturmwind angehäuft. Alle verfügbaren Lagerhäuser und Baustellensilos werden ausgerechnet in diesen Sturmtagen vollgefahren. Mit entzündeten Augen hasten wir am Abend dem Lager zu. Der Kampf gegen Wind und Kälte dominiert gegenüber dem nagenden Hungergefühl.

Der Sturm nimmt täglich an Heftigkeit zu und dauert nun schon fünf Tage. In der Nacht auf den 6. Sturmtag fliegt auf Schule III das Dach des dortigen, etwa 5 m langen Zementschuppens durch die Luft, abgehoben vom Sturm. Ein schnell auf die Beine gestelltes Katastrophenkommando muß den Zement, der bis zum Dach gelegen hatte, abdecken. Mitten im Schuppen hatte ein Luftwirbel ein tiefes Loch in den Zementvorrat gebohrt und dabei eine ganz gehörige Menge Zement mit in die Lüfte entführt. Bei dieser Witterung wird weiteres Arbeiten im Freien so gut wie unmöglich, das muß letzten Endes auch unser grimmiges „Rotkäppchen" einsehen, und ab sofort bleiben alle Kommandos im Lager.

Die nun folgenden Tage müssen wir in kurzen Zeitabständen Ar-

beitsdienst innerhalb des Lagers und für Privatzwecke der russischen
Lageroffiziere leisten.

Raubüberfälle auf Essenholer

Während wir in den letzten Tagen mit jeder Faser unseres Seins
gegen den unbarmherzigen „Simna" ankämpfen mußten, überfällt uns
nun in der Langeweile des Lagers der Hunger mit seiner ganzen
Gewalt. Nachts sind wir meist ohne Licht, weil der Sturm Masten
knickt und Kurzschlüsse am laufenden Band auslöst. Am Anfang wird
tagsüber der Schaden noch behoben, aber jetzt, bei längerer Fortdauer
des Unwetters, ist es ganz aus. In der früh einbrechenden Dunkelheit
wurden schon verschiedentlich die einzelnen Brotholer der Kompanie
überfallen. Der Furier der Offiziersbude erhielt mit einem Lattenstück
Schläge über den Kopf. Er ließ das Brot fallen und dies machte sich der
Täter zunutze und verschwand mit einigen Portionen, ohne entdeckt zu
werden. Als der Furier mühsam im Kerzenlicht das Brot zusammen-
sucht, fehlen vier Portionen à 600 g. Dieses Ereignis bewirkt, daß alle
eingeteilten Essen- und Brotholer von einer Leibwache begleitet
werden, die auf dem Weg von der Küche bis zur Unterkunft dafür zu
sorgen hat, daß ähnliche Überfälle wie der stattgefundene unmöglich
werden.

Der Brotholer der III. Kompanie unter Oberleutnant Lidicki wird
dabei ertappt, wie er in der Dunkelheit ohne Ursache um Hilfe schreit
und sich in dem dadurch entstehenden Gewühl selbst eine Portion Brot
in die Tasche steckt. Er hoffte, mit diesem Trick für sich Vorteile
verschaffen zu können. Von den Betroffenen wird er windelweich
geprügelt, und für die Zukunft dürfte es ihm vergangen sein, sich auf
Kosten seiner Kameraden den Bauch vollzuschlagen. Im heulenden
Sturmwind und im kalten Dunkel der Unterkünfte finden regelrechte
Jagden nach Brotdieben und Suppenspringern statt. Sie verlaufen
meist ergebnislos und mehr als einmal verprügeln sich völlig Unbetei-
ligte und Unschuldige in ohnmächtigem Zorn.

An einem Kameradendieb wird ein Exempel statuiert

Zwei Tage vor Weihnachten werden am Abend die Essenholer unserer Kompanie im Gang des Hauptbaues angesprungen. Pech für den Täter ist es, daß im Moment des Überfalls der seit Tagen fehlende Strom in die Leitung fließt und blitzartig die Situation erhellt. Wie aus einem Munde schreien die Träger: „Heck!" Mit schreckhaft geweiteten Augen rennt der überraschte Mundräuber vom Kübel weg und läßt in der Angst seine schon halb in die Brühe getauchte Eßbüchse zurück, die glucksend im Kübel verschwindet. Es ist, als ahne das plötzlich angegangene Licht, was für ein Drama sich nun abspielen wird, denn so überraschend wie das Licht kam, geht es auch wieder aus und hat alle wieder in Dunkelheit zurückgestürzt; und in dieser Finsternis brodelt der Hunger und der Haß auf alles und besonders auf diejenigen, welche das letzte bißchen Fressen dem Menschen noch wegnehmen wollen. Auf Heck beginnt eine erbarmungslose Jagd, die sich zuerst auf die Räume erstreckt und einige Male zu tragikomischen Verwechslungen führt. Die Verfolger glaubten, sie hätten ihn gefaßt und in Wirklichkeit hatten sie einen Falschen am Wickel. Heck aber gelang es, an seinen Jägern vorbeizuschleichen und nach draußen zu rennen, wo er schließlich auf der Latrine entdeckt und gestellt wird. Tretend und wie mit Dreschflegeln um sich hauend, kämpft er den Kampf der Verzweiflung. Es nützt ihm nichts und er wird schließlich doch überwältigt. Selbst dann versucht er sich noch loszureißen, doch mit hoch auf den Rücken gedrehten Armen schleppen sie ihn schließlich an. Er muß gezogen und gezerrt werden und mit zurückgeworfenem Kopf versucht er, den Plennis, die ihn abtransportieren, in die Waden zu beißen. Mit ihm ist ein schon mehrfach überführter, aber immer relativ gut weggekommener Kameradendieb geschnappt worden, an dem ein Exempel statuiert wird, das ich meiner Lebtage nicht vergessen werde. Heck weiß, daß es ihm dieses Mal an den Kragen geht und schreit wie ein Irrer: „Laßt mich looos, laaaaßt miich...!" Doch kein Russe hört das Schreien, das der Wind mitnimmt und im Geheul des tobenden Unwetters verwischt und gelöscht wird. Heck wird in die Unterkunft gezerrt, wo ein schimpfender, wütender Haufen bereits auf ihn wartet. Unser Kompanieführer, Postrat Wagner, erscheint und bringt mit einer hoch über den Kopf gehaltenen Petroleumfunzel flackerndes Licht auf die gespenstische Szene. Mit der Faust schlägt er auf ein Pritschenbrett und brüllt in den Lärm hinein: „Herhör'n! Ruhe! – Ruhe! – Ruhe!" Auch Heck, der schon eine gute Portion Püffe und Schläge abbekommen hat, hört allmählich auf zu zetern, so daß Wagner fortfahren kann: „Dieser verdammte Dreckskerl hat eine Strafe verdient!" – „Pfui Teufel, pfui, pfui, pfui", schreien ein paar außer Rand und Band Geratene wie krächzende Raben und spucken dem Kameradendieb ins Gesicht. Einer davon verausgabt sich dabei so, daß er einen Hustenanfall bekommt. Den Hals merkwürdig weit vorgereckt, erbricht er sich würgend und drückt mit den Händen auf den Bauch, so, als wolle er seine ganzen Innereien von sich geben. Brüllendes böses Gelächter ergießt sich über den schwächlichen Spucker und Wagner kommandiert wieder mit harter Stimme: „Ruhe jetzt!!" Das Spektakel legt sich aber erst, als er eine schärfere Tonart anschlägt: „Ruhe, ihr Idioten! Haltet endlich die Schnauze, sonst hetzt ihr uns noch die Russen auf den Hals. Führt diesen Hundsfott ab in die Windjammer!" Im flackernden Schein der Ölfunzel drängt eine ganze Horde Plennis, den wild schreienden Heck am Kragen packend, in eine geräumte Bude auf der „Windjammerseite". „Dem Schweinehund die Hosen runter!" befiehlt Wagner, dessen ansonsten gutmütiges Gesicht hart und versteinert wirkt. „Waas – was – was wollt ihr mit mir machen, waaaas??" bricht es nun weinerlich aus Heck hervor. „Halt die Schnauze, Kameradendieb verfluchter, wir werden dir den Kopf zurechtrücken", preßt ein Plenni durch die Lippen und schlägt dem Gefaßten ins Gesicht, daß Heck aufstöhnt und wie ein Raubtier die Zähne fletscht. Durch dieses Verhalten noch mehr gereizt, stürzen sich zwei, drei Mann auf Heck und mit der ganzen Wucht ihres Hasses zerren und reißen sie ihm die Kleidung vom Leibe und pressen ihn mit gespreizten Beinen – das Gesäß nach oben – über eine leere Holzpritsche. Einer mit einem merkwürdigen Ausdruck in den schwarzen Augen drängt sich vor, macht den Anfang und haut – übermannt von toller Wut – mit einem Lederriemen über Hecks Hintern, der einen jämmerlich abgemagerten Eindruck macht. Sie haben ihm schon die Arme ausgekugelt und brauchen ihm diese nicht mehr festzuhalten. Diese „Klauwerkzeuge" baumeln an ihm herum, als ob sie schon nicht mehr zu ihm gehören. In dichter Folge klatschen Schläge von überall her auf Hecks Körper, dessen Gesicht eine qualvolle Grimasse ist und der unmenschlich klingende, gräßliche Schreie ausstößt. Man kommt sich vor wie in einer mittelalterlichen Folterkammer und die wilden Aufschreie des Gepeinigten bringen die strafenden Plennis noch mehr in Raserei. Es hat den Anschein, als sei der schlummernde Sadismus erwacht: „Haut ihm jetzt in die Fresse"! schreit einer mit einer schrillen Stimme und gibt sich ganz verzückt; die Horde befolgt diesen Rat. Röcheln und von Schmerz zerfetzte Aufschreie mischen sich mit den Drohungen und Beschimpfungen und in dieses wüste Stimmenwirrwarr klatschen die Schläge. „Mistsau, Verräter!" überbrüllt ein Plenni die schwächer werdenden Schreie von Heck mit dumpf bellender Stimme und fast sieht es so aus, als bäumten sich selbst seine stachligen Barthaare vor grimmiger Wut in die Höhe. Knarrend schnarrt die Türe in ihren Angeln und neue fanatische Gesichter drängen in den Raum. Das nur noch stöhnende Winseln des Geschlagenen ist kaum mehr vom Heulen des Sturmes zu unterscheiden. „Halt, halt, halt hab ich gesagt! – seid ihr wahnsinnig!!??" Wagner, der totenblaß, ohne daß er sich bisher gerührt hat, neben Heck steht, gebietet Einhalt. Seine Lippen zittern beim Sprechen und alle Zwischenrufer, die noch nicht auf ihre Kosten kamen, verstummen, als von der Pritsche, über der Heck hängt, ein dumpfer, tierisch klagender Laut durch den Raum kriecht. Eiskalte Schauer laufen mir über den ganzen Körper und die Knechte unmittelbar um Heck herum lassen von ihm ab, so daß er langsam von der Pritsche herabrutscht und aufs Gesicht fällt. Er liegt so verrenkt da, daß man annehmen könnte, alle Knochen müßten ihm gebrochen sein. Sie drehen ihn herum und ziehen ihm auf Wagners Geheiß die Lumpen über die blutigen Knochen. Auf Hecks Gesicht zeigt sich ein so unermeßliches Grauen, daß ich meinen Blick abwenden muß und auch die meisten anderen verschämt zu Boden blicken. Geboren aus Hunger, Verzweiflung, Schmerz und ewiger Angst, hatte sich auf Heck die ganze angestaute Wut in erschreckender Weise entladen. Wagner veranlaßt, daß Heck weggebracht wird. Als es Tag geworden ist, zeigt eine dünne Spur geronnenen Blutes, daß der Weg des kleinen Plennis Heck direkt ins Lazarett führte. So geschehen zwei Tage vor Weihnachten 1946 im Lager 148/2.

Trostlosigkeit von Hunger und eisigem Sturm

Im Sommer fluchten wir über die verdammte Hitze und den lästigen Staub und heute fluchen wir über die Kälte und den erbarmungslosen Wind. Man sehnt sich förmlich nach der heißen Sommerzeit und sehnsüchtig denke ich an jene Stunden zurück, die ich, im Nichtstun und im Schatten dösend, in „meinem Kabinett" auf der Baustelle Schule III verbrachte. Tag und Nacht hocken wir zusammengedrängt im Qualm einiger glimmender Sägemehlöfen auf und unter den Pritschen oder rostigen Feldbetten und die dumpfen Gedanken gehen selten über den stickigen Raum hinaus. Sie drehen sich meist darum, wie man dem dreimal verfluchten, eiskalten Sturm am besten entrinnen kann und natürlich um das Essen.

Erschöpft und gleichgültig erleben wir den Heiligen Abend. Statt eines Tannenbaumes hockt das Gespenst des Hungers in der Unterkunft, grinst aus allen Ecken und bleckt aus allen Gesichtern. Wenn der Magen leer ist und die Glieder bleischwer am ausgeblasenen Körper hängen, ist es nicht leicht, „friedvoll" christlichen Gedanken nachzuhängen. Obwohl wir des Nachts dicht an dicht liegen, um jedes bißchen verbliebene Körperwärme gegenseitig zu nutzen, läßt mich die Kälte nicht schlafen. Erst spät kommt Ruhe in die zusammengerollten menschlichen Lumpenbündel, die in der Heiligen Nacht 1946 in der Trostlosigkeit von Hunger und eisigem Sturm ohne Hoffnung dahindämmern. In derselben Nacht wird trotz des Unwetters aus dem Neubau ein Kommando zum Zementfahren herausgeholt. Dabei kommt es zu Schlägereien mit dem Kompanieführer und seinen Mannen, die für die Aufstellung der Brigade verantwortlich gemacht worden sind. Einige Plennis weigern sich beharrlich, dem Befehl Folge zu leisten und scharen sich in einer Ecke zusammen. Selbst als Panfilow auf der Bildfläche erscheint, knurren die Kerls ungeniert das Götz-Zitat und erst als Lischka beschwörend auf die Landser einredet und verspricht, daß sie baldigst abgelöst würden, sind sie, wenn auch in allen Tonlagen schimpfend und fluchend, bereit, loszuziehen. Die Zementfabrik will unter allen Umständen ihr Jahressoll erfüllen und aus diesem Grunde werden auch die in unmittelbarer Nähe von Noworossijsk liegenden Lagerschuppen der Baustellen Tag und Nacht über Weihnachten vollgepackt. Wir in unserem Bau bleiben Gott sei Dank von dieser

Arbeit, die wir bis zum Erbrechen genossen haben, verschont. Weihnachten erhalte ich A-Verpflegung, 400 g Brot und eine unmögliche Wassersuppe. Der Himmel hat wenigstens ein Einsehen mit uns und zum ersten Mal flaut der Sturm ab. Das hat auch negative Auswirkungen, denn der erste Weihnachtstag ist auch der erste reguläre Arbeitstag seit Toben des Sturmes. Wir Verlader fahren Wasser und Schlacke nach „Kino Moskau", während wir am zweiten Tag eine stillgelegte Straße aufhacken müssen, damit die Sandschicht, die unter der Packlage liegt, frei wird und rationell für nützliche Zwecke beim Wiederaufbau verwendet werden kann.

Am Abend müssen wir für die Küche Wasser schleppen. Das ist, aus der Fülle der russischen Feierabendbeschäftigungen, die notwendigste und meistgehaßte neben Zementfahren. Die freiliegende Wasserleitung zur Küche ist schon seit Wochen eingefroren. Der Brunnen, aus dem das Wasser nun geschöpft werden muß, liegt in einer Senke, etwa 100 m unmittelbar vor dem Lager. Ein sehr steiler, schlecht begehbarer und in diesen Tagen durch das verschüttete Wasser völlig vereister Abhang wird regelmäßig zum Golgatha aller Wasserträger. Wenn man mehr rutschend als gehend am Brunnen ankommt, muß man wie ein Eiertänzer balancieren, damit man nicht auf der zentimeterdicken Eisschicht, die rund um die eiskrustige Schöpfstelle zusammengefroren ist, ausrutscht und hinfällt. Schon beim Einschöpfen kann man nicht vermeiden, daß man sich naß macht und den Aufstieg kann man nur mit knapp halb vollem Kübel wagen. Dieser Aufstieg ist bei unserer körperlichen Verfassung nur schwer zu bewältigen und die gräßlichsten Flüche, die in Noworossijsk geflucht werden, kann man ohne Zweifel an diesem Eishang hören. Kriechend, schiebend, zurückgleitend und sich wieder stückweise hocharbeitend, geht es nur langsam vorwärts, und wenn das Wasser inzwischen nicht ganz auskippt, so schwabbelt doch laufend so viel aus dem Kübel, daß in der Küche immer nur ein Bruchteil dessen ankommt, was unten geschöpft wurde. Öfter als wir vertragen können, wird deshalb rigoros die ohnehin schon erbärmliche Suppenmenge entsprechend gekürzt. Die Folgen bleiben nicht aus: Wir werden dünn und dünner und schließlich wird und bleibt uns alles „nitschewo". Alle Drohungen der Russen verpuffen nahezu wirkungslos und Arbeitsverweigerungen und Aufsässigkeit unsererseits und Zwangsmaßnahmen und Schläge russischerseits nehmen von Tag zu Tag zu.

Befehlsverweigerung auf Baustelle „Kino Moskau"

Als Brigadier der Verladergruppe IV. Bezirk verweigere ich am 5. Januar 1947 auf „Kino Moskau" den Befehl des Natschalniks, mit einem Kameraden nach 17 Uhr, als es schon nahezu dunkel ist, etwa 10 km einfache Wegstrecke entfernt, auf der Halbinsel noch eine Fuhre Kies zu holen. Misuri steht dabei und sagt, verblüfft durch meine überraschende Bockbeinigkeit, zunächst einmal gar nichts. Der Natschalnik zischt „Sabotasch" (= Sabotage) durch die Zähne und mustert mich gehässig mit zusammengekniffenen Augen. Durchgefroren von den Tagesfuhren, reiße ich meine Handschuhe herunter und halte dem Russen meine blaugefrorenen, aufgesprungenen Hände in vollem Dreck unter die Nase: „Sieh' dir diese Hände an, dann weißt du, warum wir nicht mehr arbeiten können." „Nje chotschisch da?? – Du Gitler (Hitler) da?" (= Du willst nicht? Du Hitler, ja?) Er brüllt noch mehr, der Genosse Natschalnik, aber ich stehe ihm nicht nach und brülle mit meinem „Holzhacker-Russisch" frech dagegen: „Nix Hitler! Wenig Essen, sehr kalt, Jacke und Schuhe kaputt, Arbeit heute fertig. Noch mal eine Fahrt zu machen ist nicht nötig. Die Kameraden können nicht mehr. Das ist die Wahrheit. Stimmt das, Misuri, oder nicht?" Mit dem letzten Satz wende ich mich an Misuri, unseren Chauffeur. Obwohl erstaunt und erschrocken über meine Weigerung, gibt er mir doch die erwartete Schützenhilfe und erklärt dem Natschalnik mit beruhigenden Worten, daß wir nicht mehr arbeiten können und heute schon genug in der Norm robotet hätten. Außerdem sei es „schwanzmäßig" kalt, die Leute seien total durchgefroren und hätten den ganzen Tag noch kein Gramm Kuschet (= Essen) gesehen. Da Misuri ein alter Fuchs ist, faselt er noch etwas Politisches, daß diese Art von Arbeitseinteilung nicht im Sinne des Sozialismus sei oder so ähnlich und zur Überraschung aller Anwesenden gibt der Natschalnik nach und schickt mich fluchend raus. Er vergißt aber nicht hinzuzufügen, daß er Towarisch Mitow, unserem Kommandanten, sagen wird, welche „Hurengroßmütter" in seinem Lager das wertvolle Chleba wegfräßen. Obwohl ich nach dieser Ankündigung ein komisches Gefühl habe, läßt mich dieses Geschimpfe nach meinem „Sieg" reichlich unberührt. Als ich abends noch Post von Mama erhalte, ist der Vorfall vollends vergessen und in der Tat geschieht mir auch in den folgenden Tagen nichts. Statt dessen wird mir bewußt, daß es auch als Gefangener in bestimmten Situationen gut sein kann, wenn man einmal die Zähne zeigt. Wenn man sich dabei auch hüten soll, zuzubeißen, denn das würde bestimmt ins Auge gehen! Der Natschalnik von „Kino Moskau", der gefürchtete „Chinese", spricht mich seit diesem Disput mit „Towarisch Melcher" an, was ich zugunsten unserer Brigade zu würdigen weiß. Mit Leutnant Gutsche habe ich eine ähnliche Auseinandersetzung, als er uns außer der Reihe wieder zum Wasserholen für die Küche einteilen will. Er nennt mich einen „jungen Rotzer", aber dank meines Repertoirs an gemeinen Schimpfwörtern kann ich mit seiner Berliner Schnauze konkurrieren – und Wasserholen gehen nicht wir, sondern diejenigen, die an der Reihe sind.

Die Essenholer werden immer noch von den Kompanien mit Bewachung losgeschickt und das Brotauto wird mangels zuverlässiger Helfer vom Küchenchef und Broteschneider Rieger persönlich ausgeladen. Die „Aktion Heck" ist allgemein bekannt geworden und die Kameradendiebstähle haben fast aufgehört.

Vom Arbeitslager zum Krankenlager

In diesen Tagen wird im Lager der bisherige „Arzt" Strelikow abgelöst. Er wird angeblich in Krimskaja die Stelle eines Magaziners einnehmen. Vom Arzt zum Magaziner, wahrlich eine bemerkenswerte Berufsveränderung! An seine Stelle tritt im Lager ein großes, sehr freundlich wirkendes blondes Mädel – wie man hört, eine richtige Ärztin. Man flüstert, daß sie sich erschrocken über die Zustände im Lager geäußert habe und sie dafür sorgen wolle, daß es anders werde. Ob diese Flüsterparole auf Wahrheit beruht oder nur in den Köpfen der Plennis als Wunschtraum herumspukt, ist nicht so ohne weiteres festzustellen. Tatsache ist jedenfalls, daß sie mit „Rotkäppchen" heftig diskutiert, als sie mit ihm zusammen die Unterkünfte besichtigt. Der

Anlaß, der zu einer Änderung der herrschenden Verhältnisse beiträgt, ergibt sich rascher als gedacht: Beim abendlichen Arbeitsdienst „Holztragen" bricht einer zusammen und als sie ihn mit ins Lager schleppen, kann die Ärztin nur noch den Tod feststellen. 1947 ist nicht mehr 1945 oder noch früher, wo die Gefangenen namenlos und ohne registriert zu werden sterben konnten, wo und wann immer sie wollten. 1947 muß über jeden verstorbenen Kriegsgefangenen Rechenschaft abgelegt werden. Ob die Verantwortlichen hellhörig geworden sind oder durch die neue Ärztin alarmiert wurden, entzieht sich meiner Kenntnis. Tatsache ist, daß am 18. 1. 47 eine Kommission erscheint und alles eingehend inspiziert. Dann passiert ein paar Tage überhaupt nichts, nur daß „Rotkäppchen" merkwürdig friedlich ist und die Suppen der einzelnen Verpflegungssätze wesentlich dicker werden und auch etwas besser schmecken. Am 24. 1. 47 erscheint eine Ärztekommission und mustert uns. Das Ergebnis ist nicht weiter erstaunlich. Nach der Untersuchung zeigt es sich, daß im ganzen Lager nur noch 150 Plennis als beschränkt arbeitsfähig eingestuft werden. An die 600 Mann dürfen nicht mehr zur Arbeit gehen und das Lager 148/2 wird vom Arbeitslager zum Krankenlager, dessen Insassen von der sowjetischen Ärztekommission nach folgenden Kategorien beurteilt werden.

I	Zur Arbeit ohne Einschränkung verwendbar (meist
II	nur Küchenpersonal)
II (–)	Zweier mit Strich sind arbeitsfähig und der Kategorie I näher
II (?)	Zweier mit Fragezeichen sind beschränkt arbeitsfähig, der Kategorie III näher
III	für leichte Arbeit bedingt verwendbar
III (25 %)	Die Prozentzahl gibt den Anteil der Arbeitsunfähigkeit wider
III (75 %)	Zu 75 % arbeitsunfähig
IV	Invaliden

OK (= Osdorowitelnaja Komanda, Genesendenkompanie): Kurz vor der Dystrophie
Dystrophie I, II, III
Verursacht durch ein raffiniert gekoppeltes Verpflegungs- und Ausbeutungssystem, verursacht durch die Folgen einer in der Regel 16-stündigen täglichen Arbeitszeit innerhalb und außerhalb des Lagers,

verursacht durch ständiges Arbeiten ohne Ruhetag und nicht zuletzt verursacht durch die miserable bisherige „ärztliche" Betreuung, sitzen nun gut drei Viertel der Lagerbelegschaft untätig herum, um mit Hilfe einer nicht einmal mittelmäßigen Verpflegung und mit einfachem Nichtstun darauf zu warten, von dem Wratsch (= Arzt) wieder als „erholt" arbeitsfähig geschrieben zu werden. Ich glaube, daß die Zustände im Lager 148/2 zu einem Hauptteil der korrupten Lagerführung zugeschrieben werden können, die durch unsere laufend geleisteten Schwarzarbeiten sich ihre Taschen füllen konnte, während die Gefangenen bei spärlichster Verpflegung schuftend dahinvegetierten.

Ich wurde bei der Musterung als IIIer eingestuft. Damit wäre ich also „für leichte Arbeit bedingt verwendbar". Meine leichte Arbeit besteht nun in der Hauptsache darin, einen geplätteten Gang innerhalb des Hauptbaues sauberzuhalten. Ich gebe mir redlich Mühe und Oberleutnant Dahlmann, unser deutscher Natschalnik Schtaba, scheint auch leidlich mit mir und dem Aussehen des Ganges zufrieden zu sein. „Rotkäppchen" hatte bei der Inspektion noch nichts auszusetzen gehabt und das kommt mir zugute. Etwa acht Tage lang lasse ich meinen Gang im Hochglanz erstrahlen. Zuerst wische ich naß, dann setze ich mich auf einen Wollappen und rutsche die ganze Fläche ab. Das ist mein ganzes „Erfolgsrezept". Nach diesen acht Tagen gibt es eine erfreuliche Wendung meines Daseins. Dahlmann kannte mich schon als Brigadier der Verlader vom IV. Bezirk und er macht dem Inspekteur der Wach-Hilfsmannschaft (Wspomogatelnoij-Kommando), Leutnant Kolterjahn den Vorschlag, mich in seinen „Verein" aufzunehmen. Die bisherigen WK-Männer müssen, soweit sie nicht IIIer geblieben sind, wieder zur Arbeit gehen. Die Lücken werden aufgefüllt und so kommt es, daß ich dank der glänzend polierten Bodenplatten unter der Protektion Dahlmanns in die WK-Mannschaft beordert werde.

Einsatz als WK-Mann mit ehemaligem SS-Koppel

Als WK-Mann obliegt es mir nun, neben den Kameraden herzulaufen, wenn sie zur Arbeit gehen und auf der Baustelle werden wir von dem jeweiligen Postenführer an bestimmten Punkten aufgestellt, um, wie es heißt, „persönlich haftend" zu verhindern, daß es evtl. einem Plenni in den Sinn kommt, „die Kurve zu kratzen". Daran denkt keiner und die ganze WK-Geschichte ist lediglich Formsache und ein Erholungsposten für heruntergekommene Kriegsgefangene.

Die Zugehörigkeit zum WK-Kommando ist mit einer ganzen Reihe von Vorteilen und Annehmlichkeiten verbunden. Ich schlafe von nun an in der Wachbude, einem der saubersten Räume im Lager. Allerdings muß ich mich erst an die recht militärischen Appelle, die Kolterjahn zur Überprüfung unserer Kleidung und Haltung abhält, gewöhnen: Sind die Schuhe gewichst, das Koppel geputzt, sitzt die „WK"-Binde am Arm ordentlich, sind die Kleider ausgebürstet, das sind so die Kontrollen, die Kolterjahn bei seinen morgendlichen Appellen vornimmt. Sinnigerweise erhalte ich ein ehemaliges SS-Koppel als Ausrüstung. Hakenkreuz und Adler sind plattgeschlagen, aber von dem Wahlspruch der SS stehen noch die Worte „. . . heißt Treue".

Immer eine halbe Stunde vor Ausrücken stehen wir angetreten. Kolterjahn, ein schwerkriegsbeschädigter junger Offizier, hält seinen oben geschilderten Appell ab. Dann kommt das Kommando: „Stillgestanden! – Richt euch! – – – – Augen geradeee aus!! – Rechts um! – Im Gleichschritt marsch!!!" Ab geht's in Richtung Tor und dort werden wir nach Plan auf die einzelnen Arbeitskommandos aufgeteilt. Es sind ja nicht viele, die zur Arbeit gehen, aber es hat den Anschein, daß es von Tag zu Tag doch wieder mehr werden, wobei die Kategorieeinteilung, die von der Ärztekommission getroffen wurde, keine Gültigkeit zu haben scheint. Bei meinem neuen Posten habe ich nun sehr viel Zeit, meine Beobachtungen zu machen und noch mehr Zeit, an das Essen zu denken. Zuerst stehe ich Wache auf „Kino Moskau". Der „Chinese" tut erfreut, als er „Towarisch Melcher" auf einem Vertrauensposten entdeckt und klopft mir leutselig auf die Schulter.

Die Rotarmisten exerzieren wie die Preußen

Täglich exerzieren unweit meines Standplatzes Rotarmisten von der naheliegenden Kaserne auf einer Nebenstraße. Ich kann dabei beobachten, daß ihr Exerzierreglement haargenau dem preußisch-deutschen entspricht und dem Reibert (= „Der Dienstunterricht im Heere", von Dr. jur. W. Reibert, Hauptmann und Kompaniechef) entnommen scheint. Sie üben links und rechts um auf Zeiten: „Ras – dwa", sie treten in Linie, Reihe und Marschordnung an, sie marschieren links und rechts auf und kennen das Kommando „ohne Tritt" und „im Gleichschritt". Ein Unterleutnant befehligt etwa 12–15 Mann und ein Sergeant übt nach meinen Wahrnehmungen mit etwa 5–6 Mann. Sie setzen auch auf entsprechendes Kommando die Gewehre zusammen, dabei machen die ungeraden Rotten links und die geraden rechts um, und auf neues Kommando setzen die Soldaten zuerst der gleichen Glieder, dann die beider Rotten die Gewehre mit den Stöcken zusammen und stellen sich vor bzw. hinter den Gewehrpyramiden auf. Genauso haben wir es gelernt und ich nehme an, daß die Russen dieses Reglement schon von der Reichswehr übernommen haben.

Beobachtungen auf verschiedenen Baustellen

Im weiteren Verlauf meiner WK-Zeit komme ich auf fast allen Baustellen unseres Lagerbereichs herum und ich kann viele Arbeitsvorgänge in etwa studieren. Fast überall wird ohne Aufzug und Mischmaschine gebaut und von schöner Formgebung ist bei den Neubauten wenig zu spüren. Man vermißt die klare, sachliche Linienführung, und auch ohne entsprechende Fachkenntnisse sieht man mit einem bißchen Sinn für Schönheit, daß die meisten Bauten irgendwie plump und schwerfällig wirken. Es sind wohl reine Zweckformen, und der technische Komfort läßt dementsprechend alle Wünsche offen. Von einer Mechanisierung des Baugewerbes ist bis jetzt in Rußland noch wenig oder gar nichts zu spüren. Wohlgemerkt gilt dies natürlich nur für den Bereich, den ich zu überblicken in der Lage bin. Einen Großteil der Bauarbeiter stellen Frauen, die meist in Handarbeit die Bauten hochziehen und vollenden. Oft sind es auch russische

Strafgefangene, die meist unter noch schlechteren Bedingungen auf den Baustellen arbeiten müssen als wir.

Ich werde Illustrator der Wandzeitung

Ende Februar, Anfang März komme ich zum erstenmal mit dem Antifakomitee in Fühlung. Werner Gierlach kommt eines Tages zu uns auf die Bude: „Hört mal her! Wenn einer unter euch so ein bißchen zeichnen kann, der kann sich bei mir melden!" Ich entsinne mich meiner Fähigkeiten und in der stillen Hoffnung, dadurch etwas an Verpflegung hinzuzuverdienen, melde ich mich bei unserem antifaschistischen Triumvirat Gierlach – Gehl – Schmitt. Ich werfe zunächst als Probe meines Könnens ein paar Churchill-Karikaturen auf Zementsackpapier. Die Zeichnungen finden Anklang und ich bin als Illustrator für die Wandzeitung engagiert. Die langen Stunden meiner Postenzeit fülle ich nun damit aus, neue Zeichnungen zu überlegen und auch den dazu passenden Kurztext zu formulieren.

In der letzten Märzwoche bekomme ich einen tollen Posten. Abwechselnd mit Sergej, einem Rotarmisten aus Kiew, stehe ich jeweils in der Nacht fünf Stunden Wache vor einem Hauptmagazin neben dem Krankenhaus. Sergej ist mit einer MPi bewaffnet und er erklärt mir die „Spritze" ziemlich genau. Besonderen Spaß macht es ihm, mich nach Partisanenart zu überfallen. Er schleicht sich lautlos an – vermeintlich lautlos –, denn ich höre ihn wohl, will ihm aber den Spaß nicht verderben. Dann springt er mich von hinten an und ich lasse mich dann regelmäßig mit einem langgezogenen Stöhnen wie ein Erstochener zu Boden sinken. Ich mime den Ermordeten so theatralisch, daß bei Sergej die Freude an diesem Spiel immer größer wird. Nach meinen Sterbeszenen sieht sich Sergej zu der Äußerung veranlaßt, daß der Soldat der „Sowjetski Sojus" (= Sowjetische Armee) der beste „Wsje Mir" – der ganzen Welt – ist. Mit derlei Mätzchen vertreiben wir uns die Zeit.

Wieder abkommandiert zur Arbeitsbrigade

Am 30. März bekomme ich 100 Rubel Löhnung, und am 1. April 1947 werde ich als IIer gemustert und wieder zu einer Arbeitsbrigade abkommandiert. Am 2. April ist mein erster regulärer Arbeitstag und ich muß sagen, daß es ein ausgesprochenes Vorzugskommando ist, zu dem man mich da eingeteilt hat. Das Kommando, es heißt: „Malaja Semlja", ist so gefährlich, daß wir vorher von Hauptmann Lischka vergattert werden: „Paßt mir auf, daß nichts passiert. Es liegt ganz an euch, wie oft ihr nach ‚Malaja Semlja' gehen dürft oder angefordert werdet. Macht mir keinen Quatsch!" Unser Brigadier heißt Speck. Er ist einer der Zugführer im Lager und er verspricht Lischka, daß wir uns entsprechend verhalten. „Malaja Semlja" ist der größte Weinkeller der gleichnamigen Kolchose, auf der ich auch schon gearbeitet habe. Unsere Aufgabe besteht zunächst einmal darin, ein Loch im Kellergewölbe fachmännisch mit Beton auszugießen. Am Nachmittag verladen wir Sektkisten, die aus dem Keller über eine Holztreppe nach draußen getragen und auf LKWs verladen werden. Die Arbeit ist nicht leicht und macht mir zu schaffen, zumal wir die ziemlich schweren Kisten allein hochschleppen müssen. Zwei Mann wuchten einem die Kisten auf die Schulter und ab geht's nach oben. Der Natschalnik, ein kleiner, ungemein beweglicher Russe, der mit seinem Schnurrbärtchen wie ein Italiener aussieht, sorgt dafür, daß wir nicht aus dem Trab kommen. Das hätte er nicht tun sollen, denn unseren zwei Aufladern im Keller paßt diese Art des Antreibens nicht und sie wissen daher schon am ersten Tag, wo die Fässer stehen, in die man nur ein kleines Schläuchlein zu stecken braucht und ziehen muß, damit das kostbare Naß die Kehle hinunterrinnen kann. Trotzdem vergeht der erste Tag ohne besondere Vorkommnisse. Als der Deschournij-Offizier bei unserer Rückkehr den Namen unseres Kommandos hört, mustert er uns besonders sorgfältig, bevor er uns passieren läßt. Am Abend erhält Speck von seinem Vorgänger bei dem Kommando „Malaja Semlja" im Tausch gegen 200 g Brot ein 50 cm langes Stück Weinschlauch, und als wir am Morgen des 3. April 1947 losziehen, muß ich Speck darauf aufmerksam machen, daß ihm der eingesteckte Schlauch ein gutes Stück aus der Hosentasche heraushängt.

Gustav, der Berliner, läßt sich vollaufen

Der Morgen auf „Malaja Semlja" beginnt mit Unkrautjäten auf dem geräumigen Hof der Firma. Gustav, der Berliner, stöhnt und flucht, daß Gott erbarm, denn die Feldflasche, die er sich zwischen die Beine gebunden hat, klemmt ihm immer die Hoden ein. Am Mittag kommt unsere große Stunde: Flaschenstapeln im Weinkeller. Der fixe Natschalnik ist überall, aber er kann es nicht verhindern, daß sich einer von uns fünf Männekens verdrückt. Dieser eine ist Gustav, der, bewaffnet mit Specks Weinschlauch und seiner Feldflasche, genüßlich schlürfend hinter einem Faß hockt. Nachdem er die Flasche gefüllt hat, läßt sich Gustav selbst vollaufen und ist mit guten Worten von uns nicht mehr zu bewegen, hinter dem Faß hervorzukommen. Zu allem Unglück rollt auch noch ein LKW an, den wir beladen müssen. In dem Moment, in dem der Natschalnik aus einer Art Kontor im Keller nach oben flitzt, saust Speck hinter das Faß und stößt Gustav heraus, der simpel grinsend mit glasigen Augen dümmlich flötet: „Wat willste denn – wat willste denn – bist wohl neidisch, wa??" Der Kerl ist blau wie eine Haubitze, wobei man ruhig annehmen kann, daß sich der Rausch erst voll entwickeln wird, wenn Gustav hochkommt oder wenn noch ein kleines Weilchen herum ist. Trotz dieser Misere geht Speck kaltblütig nach hinten und füllt sich schnell seine Feldflasche. Von ihm dürfte auch das Schnurrbärtchen am wenigsten erwarten, daß er sich am sozialistischen, volkseigenen Wein vergreifen würde. Das Verhängnis ist sowieso nicht mehr aufzuhalten, und die im Keller beschäftigten russischen Frauen grinsen verständnisvoll, wenn sie „Justav" ansichtig werden und unsere Bemühungen verfolgen, den Kerl wenigstens auf den Beinen zu halten. Der Natschalnik, allgemein unter dem Namen „Flitzer" bekannt, ahnt noch nichts von der Tragödie in Gustavs Innern, als er ihn, bepackt mit einer Kiste Wein auf dem Rücken, an sich vorbeischwanken läßt. Gustav wackelt wie ein Schilfrohr im Winde, fängt an zu torkeln und knallt die Kiste im Fallen auf die Treppe. „Flitzer" ist natürlich sofort zur Stelle, und mit allen Tonlagen des Triumphes in der Stimme packt er den Berliner am Schlawittchen, zieht ihn nahe zu sich hoch, schnuppert an ihm herum wie ein Hund und stellt dann fest: „Aaaaha!!!! Aaaaha!!!!! – Wino pid, Wino zappzerrapp" (= Wein getrunken, Wein geklaut), und es folgen noch ein paar

Flüche der deftigsten russischen Art. Mit spärlichem Augenaufschlag glotzt Gustav den Natschalnik an und sagt unter dumpfen Rülpsern: „Nix – hick – nix hick – To – To – Towarisch Genosse Antreiber – nix wino pid, nur malo kuschet, aber det vastehst du ja nich, du, du Arschloch, du dämliches!" Uns verschlägt es die Sprache, der Russe aber grinst sarkastisch: „Schdo, Schdo, malo kuschet – nix wino pid?? Smotri, smotri eto otschin chuijowij Tschelowjek. Wino zappzerrapp – eto prawelna – on gawurid, malo kuschet, jibij . . .!" (= Was, was wenig Essen – und kein Wein getrunken? Schaut den Typ an, er hat Wein geklaut, und er sagt, er hat zu wenig zu essen!) Wiederum bringt „Flitzer" ein paar wundervoll klingende, mir noch unbekannte russische Prachtflüche und jedesmal knickt Gustav nach vorne zusammen wie ein altes Taschenmesser, wenn „Flitzer" ihn hin und her schüttelt. Mit einer theatralisch wirkenden Handbewegung beschließt der Russe das Schauspiel: „Ja gawarju Mitow" – Ich werde es Mitow sagen. Wir machen uns Sorgen und beladen den Lastwagen, während Gustav sich glücklich grinsend auf der Treppe lümmelt, vor sich hinrülpst und sagt: „Der Justav is jar nich so dumm. . . " Glück für uns, daß dies kurz vor Feierabend geschehen ist und doppelt Glück, daß der „Flitzer" beim Abmarsch nicht filzt. Wenn Gustav sich zusammenreißt, daß es dem Wachhabenden am Lagertor vielleicht nicht auffällt, dann sind uns zwei Feldflaschen süßen Dessertweines sicher, die laut Abmachung untereinander aufgeteilt werden. Gustav kommt aber nicht mehr in Frage. Vier Mann und zwei Feldflaschen, das könnte heiter werden. Es ist sowieso so gut wie sicher, daß es für uns mit diesem Kommando vorbei ist. Unsere diversen Vorgänger kamen verschiedentlich schon am ersten Tag sternhagelvoll zurück ins Lager.

Gustav hält eisern Richtung, indem er sich am Jackenzipfel von Speck festhält, während wir versuchen, teils mit Drohungen, teils mit aufmunternden Worten, die Energie des Besoffenen wachzuhalten. Er hat verdammt weiche Knie und muß wohl eine gehörige Portion Wein in sich hineingezogen haben. Der Wein wird jetzt erst so richtig wirken, denn die Außentemperatur ist doch schon beträchtlich warm, während es im Keller relativ kühl war. Ich verspüre Herzklopfen, als uns Speck am Tor anmeldet. Gustav ist schon fast weg und kann sich kaum mehr aufrecht halten. Im Unterbewußtsein muß sich aber bei ihm doch noch ein Quentchen Verstand regen, denn als wir glücklich die Wache passieren, mogelt sich Gustav leidlich mit hindurch. Der Wachhabende hat es wohl bemerkt, aber nur gegrinst und nichts unternommen, vielleicht auch deswegen, weil Speck bei ihm gut angeschrieben ist und er ihm deswegen keine Scherereien machen möchte. In der Unterkunft angekommen, ist es aus mit Gustav. Er wird zur Sehenswürdigkeit, phantasiert im Vollrausch von allerlei wunderlichen Dingen, übergibt sich mehrmals und kommt erst am nächsten Morgen zu sich, wobei er ein Gesicht schneidet, wie ein kranker Orang-Utan im Zoo. Gustav fängt sofort Streit an, denn seine Mitbewohner haben sein Abendessen und seine Brotportion brüderlich aufgegessen. Wir hatten in der Nacht Gustav noch mühevoll die Feldflasche losgezurrt und Speck verteilte aus zwei Flaschen für vier Mann prächtig schmeckenden süßen Wein. Es hatte gerade für einen kleinen Schwips gereicht und ich kann Gustav verstehen, der dieser süßen Fülle nicht widerstehen konnte.

Wir mogeln uns die Norm zusammen

Am 4. April trotte ich wieder zur alten, vertrauten Baustelle Schule III unter Gutsche. Die Invaliden gehen auch täglich hinaus zur Arbeit. Sie sorgen für eine Vitaminanreicherung unseres Essens, indem sie Brennesseln, Löwenzahn, Melde, Schafgarbe und Sauerampfer sammeln. Die Suppen bestehen fast nur noch aus den Produkten dieser Vitaminsammelkommandos. Manche kauen das Zeug auch roh und sehen aus wie Kühe, wenn ihnen das Kraut links und rechts aus dem Mund hängt.

Die Norm auf Schule III ist inzwischen auch nicht niedriger geworden und deshalb muß man mogeln, um wenigstens verpflegungsmäßig auf einen grünen Zweig zu kommen. Ich werde zumeist beim Fundamentbetonieren eingesetzt. Die Norm beträgt für eine Brigade mit 10 Mann zwanzig laufende Meter, 1,5 m tief, 0,5 m breit, die mit Beton aufgefüllt werden müssen. Alles handgemischt, versteht sich, mit immer länger werdenden Anlaufwegen zum Zementschuppen, den Kies- und Sandhaufen. Unsere Bemühungen, die Norm mit dem Längerwerden der Arbeitswege entsprechend zu kürzen, bleiben erfolglos. Selbst wenn wir uns halb umbringen würden vor Arbeitseifer, können wir diese Norm regulär nie schaffen. Es wäre ein sinn- und nutzloses Unterfangen, reell arbeiten zu wollen, denn wir wären dabei nur die Angeschmierten. Wichtig ist lediglich, daß die 20 m gut geschafft werden, ganz egal wie, denn wenn „Kuchenzahn" am Abend nachmißt, kommt er mir vor wie der personifizierte Geiz, dem es nachgerade körperliche Schmerzen zu verursachen scheint, wenn er anhand des Meßergebnisses 100 Prozent schreiben muß. Das Erfüllen unserer nichterfüllbaren Norm geschieht auf folgende Weise: Es ist eine Fügung des Himmels, daß auf dem Vorgelände der Schule III mehr als genügend alte Betonbrocken herumliegen. Wenn nun „Kuchenzahn" außer Sichtweite ist und wir gerade eine Betonmischung fertig haben, stehen zwei Mann mit Schubkarren bereit, die einen bereits vorher in Augenschein genommenen, passenden Mauerbrocken blitzschnell herankarren, in den Fundamentschacht kippen, und ebenso schnell kommen dann die Betonmischer und kippen ihren Zementbrei über den Fremdkörper. Auf diese Art und Weise machen wir ungeahnte laufende Meter und wir glauben sogar, daß „Kuchenzahn" schon aufgefallen ist, daß die Trümmerstücke in auffallender Weise weniger werden, je länger unser betonierter Sockel wird.

Als Bestarbeiter ausgezeichnet

Am 1. Mai ist das übliche Tam-tam im Lager mit Festtagsmeeting usw. Die Wandzeitung bringt einen Artikel von mir über „Die Wiederaufbauarbeit – Das Kommando Schule III". Auf dem Titelblatt der Noworossijsker Lokalzeitung prangt Tamara, die Panzerfahrerin und Heldin der Sowjetunion, die zu Ehren des „Perwogo Maja" irgend etwas Würdiges von sich gegeben hat und im Sportstadion von Noworossijsk paradieren die kommunistischen Jugendverbände mit vielen roten Fahnen und Spruchbändern an ihren Führern vorbei.

Anfang Mai werde ich zum Kommando Schule VII versetzt. Chef ist hier Stabsveterinär Mehrens. Als Mann mit einschlägiger Erfahrung im Normerfüllen beim Pfeilerbetonieren „avanciere" ich zum Brigadier der dortigen Betonbrigade und ziehe nun um Schule VII die gleiche Umfassungsmauer mit Pfeilern, wie um Schule III. Was wir dort mit Betonbrocken schafften, erreichen wir hier mit Steinen. Die einzelnen Pfeiler stopfe ich selbst und bin immer sehr darauf bedacht, die Steine in die Mitte zu packen, damit sie beim Ausschalen nicht auffallen. Mangels genügender Verschalgehäuse gehe ich dazu über, die morgens betonierten Pfeiler schon am Mittag des gleichen Tages wieder auszuschalen. Die Dinger werden laufend begossen und abgesehen von kleinen Stückchen, die an den eingeölten Schalbrettern hängenbleiben, bricht keiner der „Schnellbeton-Pfeiler" zusammen. Aufgrund dieser Methode werde ich am 18. Mai 1947 vor versammelter Mannschaft als Bestarbeiter mit 200 g Zusatzbrot und einer neuen Garnitur Unterwäsche „ausgezeichnet". Gleichzeitig rutsche ich in die höchste Verpflegungsstufe D.

In das Antifaschistische Komitee des Lagers gewählt

Meine Illustrationen für die Wandzeitung bringen kaum etwas ein, es sei denn, daß ich einstimmig in das Antifaschistische Komitee des Lagers gewählt werde. Im Aktiv sitzen 11 Mann, alles Lagerprominente, ich bin der zwölfte und damit der zweite „Arbeiter" in diesem Verein. Das Noworossijsker Aktiv ist gar nicht so aktiv und macht auch nicht betont auf antifaschistisch. Ich würde es eher als eine Ansammlung solcher Plennis bezeichnen, die durch glückliche Umstände dazu gekommen sind und nun mit Hilfe sozialistischen Getues versuchen, sich das Leben hinter Stacheldraht erträglicher zu gestalten. Der einzige, der nach meiner Wahrnehmung von der Sache des Kommunismus überzeugt zu sein scheint, ist Werner Gierlach, unbestritten ein Idealist von der sympathischen Sorte, der sich, was für ein antifaschistisches Komitee-Mitglied nicht die Regel ist, schon mehrfach mit Erfolg beim Russen für die Sache der Kameraden eingesetzt hat.

Nikolai ist wieder Spitze

Seit längerer Zeit kommt mal wieder Nikolai als Konvoi zur Schule III, bei der ich nun, im Wechsel mit Schule VII, erneut gelandet bin. Er ist der weitaus beliebteste Konvoi. Wir hatten mit ihm oft lustige und originelle Erlebnisse. Das wiegt doppelt, wenn man in Erwägung zieht, wie tierisch ernst in der Regel der Tagesablauf in Gefangenschaft ist.

Schon gleich am Morgen, vor Arbeitsbeginn, gibt Nikolai unserem ganzen Haufen Proben seiner neuesten Deutschkenntnisse. Von einem langen Zettel liest er Wörter ab, die mit dem Allerwertesten des menschlichen Körpers beginnen und in zunehmendem Maße ordinärer werden. Nikolai liest die Wörter in harter Sprache herunter und die Plennis grinsen. Er gefällt sich so in seiner Rolle, daß er diese Anhäufung deutscher Primitivwörter mehrmals aufs neue beginnend hersagt und jedem, der in seine Nähe kommt, haut er kameradschaftlich auf die Schulter und wiehert wie ein Pferd: „Wo Kamerad. Läck mich am Arsch! Hahahihahiahia." Gutsche meint: „Fehlt bloß noch, dat er uns heut abend det Rotspanienlied schmettern läßt." Nun, Nikolai befiehlt dieses nicht, aber er gibt am anderen Tag eine ulkige Vorstellung, die ihn bei den Plennis noch populärer macht. Nikolai hat gar viele gute Qualitäten: Er ist der Dickste und Gemütlichste unter den Konvois. Man wird auch unter den Brüdern keinen finden, der mehr Sommersprossen im Gesicht hat als Nikolai, und seine einmalig laute Lache vermag selbst auf die verkümmerten Lachmuskeln eines Dystrophikers noch eine anreizende Wirkung auszuüben. Wenn sich Nikolai über irgend etwas nicht amüsiert, dann pfeift er meist vor sich hin, oder er hockt, entgegen den Postenvorschriften der Roten Armee, auf einem Holzstapel und singt lustige Lieder meist zotigen Inhalts. Verständlich, daß sich Nikolai auch kräftig fühlt, und diesem Kraftgefühl gibt er ganz nach Art eines Naturburschen auf einfache Art und Weise Ausdruck: „Offizier – idi suda!" schallt es über den Hof der Schule III, und Gutsche kommt aus dem Bau und steuert auf Nikolai zu. „Gutschä, – a schdo eto po Njemjetzki, ja krepki?" – Was heißt auf Deutsch: Ich bin stark? – Nach kurzer Überlegung erklärt ihm Gutsche spitzbübisch, das heißt: „Ich bin blöd". – „Schdo, schdo" meint Nikolai und streckt wißbegierig den Kopf vor. Gutsche wiederholt langsam und Nikolai scheint es einzugehen wie warme Semmeln: „Wo Wo, Gutschä, karascho!" Er hat verstanden und zwei Mann, die mit einem Gerüstbalken auf den Schultern vorbeilaufen, sind neben Gutsche die ersten Zeugen von Nikolais neuen Sprachfortschritten. Nikolai gibt bekannt, daß er stark und kräftig sei: „Wo Kamrad smotri" (= Schau her Kamerad), dabei steht er wie ein aufgeplusterter Truthahn auf seinem Holzstoß, läßt die Armmuskeln spielen, daß sich die Blusenärmel stramm über den Wülsten spannen und freut sich: „Kamrad – ich bin bläd!" Später gucken die Plennis lachend und grienend aus den Fensteröffnungen der Baustelle und ein Witzbold klärt Nikolai noch darüber auf, daß ein Deutscher, wenn er sage er sei stark, vorher noch „Hurra" schreie. Nikolai läßt sich dies nicht zweimal sagen und Gutsche wird es geradezu peinlich, wie er den gutmütigen Russen so dastehen sieht und hören muß wie er „Hurra – ich bin bläd" durch die Gegend brüllt. Dezenter Aufklärung, daß das, was er da sagt, nur Dialekt sei, verdankt es Nikolai, daß er doch noch erfährt, wie „ich bin stark" auf hochdeutsch heißt und wir brauchen nicht zu fürchten, daß der gutmütige Nikolai die Wahrheit von anderen erfährt, die zwar besser Deutsch sprechen als er, es aber leider weniger gut mit uns meinen.

„Aufgaben nach unserer Heimkehr"

Am 15. Juli werde ich plötzlich nachts wach gerüttelt und Werner Gierlach erklärt mir im Beisein des russischen Perewoschiks, daß ich meine Gedanken „Über die Aufgaben nach unserer Heimkehr" auf einem Stück Zementsackpapier niederschreiben soll. Auf meine entsprechenden Fragen erfahre ich, daß dieser Erguß als Manuskript für eine Ansprache dienen soll, die evtl. von mir gehalten werden muß, vorausgesetzt, daß sie von dem Politruk, dem das Manuskript vorgelegt werden muß, gebilligt und genehmigt wird. Ich schlurfe mit meinen Holzpantinen in Begleitung von Gierlach in die Antifabude und schreibe kurz auf, was mir Verstand und Herz eingeben. Es dauert vielleicht eine Stunde, bis ich wieder auf der Pritsche liege, sinne aber noch lange darüber nach, wieso ausgerechnet ich dazu qualifiziert sein kann, über die „Aufgaben nach unserer Heimkehr" vor meinen Kameraden zu sprechen. Am 18. Juli gründe ich unsere Jugend-Wandzeitung „Freie Deutsche Jugend" als verantwortlicher Schriftleiter. Meinen ersten Leitartikel überschreibe ich mit „Alt und jung". Hier versuche ich besonders, die immer wieder auftauchenden Gegensätze zwischen den älteren und den jüngeren Kriegsgefangenen treffend zu charakterisieren. Mit einem Gedicht „Müllgrubenforscher" geißle ich vor allem jene Elemente unter uns, die laufend in den Abfallgruben nach Eßbarem herumstochern und nachher meist sehr schnell erkranken und ihre Gesundheit völlig ruinieren.

Festmeeting der „Freien Deutschen Jugend"
im Lager VII

Am 22. Juli 1947, einem Sonntag, werde ich mit einer Gruppe von zwanzig meist jüngeren Kriegsgefangenen und dem gesamten Antifaschistischen Komitee in das Lager VII beordert, wo zum Jahrestag des Überfalls auf die Sowjetunion eine große Jugendversammlung des Bezirks Noworossijsk abgehalten wird. Wir reiben unsere Schuhe mit Staufferfett ein und klopfen von unserer Arbeitskleidung so gut es eben geht den Dreck ab, denn wir alle sind Robotschicks (= Arbeiter), außer den zehn Komitee-Mitgliedern, die im Lager Funktionen ausüben und auch besser gekleidet sind als wir. Unser Politoffizier hält vor dem Abrücken Appell ab, dann marschieren wir los, als einzigen Bewacher Schmalkow, der ungezwungen mit uns zum Lager VII pilgert. Der Weg zieht sich und nach dreiviertelstündigem Marsch betreten wir das Lager VII, dessen Tor an diesem Tag weit offen steht. Aber nach Ankunft der Delegationen aus den Lagern 2/14/4 und 22 wird es wieder geschlossen. Bei dem Marsch zum Lager VII ist uns besonders aufgefallen, wie sehr Wände und Mauern in Noworossisjk mit Parolen und Sprüchen bepflastert sind. Den Parolen ist es übrigens zu verdanken, daß ich das gesamte kyrillische Alphabet inzwischen begriffen habe und es lesen und schreiben kann. Ich habe oft buchstabiert und kombiniert und tue es auch immer noch, denn wenn man die Sprache beherrscht, kann man manchen Ärger vermeiden und das ist besonders in Gefangenschaft von eminenter Wichtigkeit. Wie oft und wie leicht kann ein kleines sprachliches Mißverständnis als Auflehnung oder gar als Sabotage ausgelegt werden!

Bis zu Beginn des Festmeetings laufen wir durch das Lager, studieren die Anschlagbretter, auf denen über die Wiederaufbauarbeit berichtet wird und auf denen steil nach oben steigende Produktionskurven in graphischer Darstellung von überfüllten Normen berichten. Man trifft und bespricht sich mit Kameraden von den anderen Lagern und erkennt dabei, daß es fast überall gleich mies ist. An der Stirnseite des Appellplatzes ist eine Bühne aufgestellt. Über das Podium ist ein blaues Transparent mit weißer Inschrift „Freie Deutsche Jugend" gespannt. Darunter steht der Präsidiumstisch mit acht Stühlen und einem Rednerpult. Die ganze Versammlung dieser „Freien Deutschen" ist hübsch eingerahmt von dem doppelten Stacheldrahtzaun, der sich um das Lager VII zieht.

Es ist schwül und drückend, als ein Trompetenspiel den Beginn des Meetings ankündigt. Wir versammeln uns nach Lagern geordnet auf dem Platz und der russische Major Wolodarow eröffnet die Veranstaltung mit der Anweisung, die Präsidiumsmitglieder der einzelnen Lager durch Zuruf vorzuschlagen. Alles scheint gut vorbereitet und die Antifafritzen bringen ihren vorbestimmten Mann durch Zurufe ins Präsidium. Von unserem Lager ruft Werner Gierlach „Melcher" und ich begebe mich, wie vorgesehen, unverzüglich nach oben, wo jeder der „Vorgeschlagenen" von Major Wolodarow und Oberleutnant Schmalkow mit Handschlag begrüßt wird und Platz nimmt. Überraschenderweise schlagen vom Lager VII ein paar Witzbolde einen Kandidaten vor, der, wie man hört, als Lagertrottel bekannt ist. Im allgemeinen Gelächter richtet der Major fragende Blicke an den neben ihm stehenden Antifabeauftragten des Lagers VII, Gerd Proske. Dieser befiehlt seinen Leuten, den Mund zu halten: „Macht keinen Quatsch, los Schneider, komm schon hoch!" Und der von Proske bestimmte Hafenmolenbrigadier Hannes Schneider prescht eilfertig nach oben und setzt sich auf einen Stuhl. Das Präsidium ist vollzählig und besteht aus den beiden russischen Politruks

Major Wolodarow und
Oltn. Schmalkow. Daneben sitzen
Josef Czibor, ein Ungar,
Hannes Schneider, Hafenmolenbrigadier
Hermann Melcher, Betonarbeiter,
Gerd Proske, Antifavorsitzender,
Walter Weinert, Antifa-Komiteeler und
Franz Powalla, Dolmetscher.

Zu Beginn hält Wolodarow in gutem Deutsch eine Ansprache über den Jahrestag des Überfalls auf die Sowjetunion. Es ist die übliche Reichseinheitsrede sowjetrussischer Prägung mit stets sich wiederholenden Redewendungen. Als Wolodarow geendet hat, klatschen die meisten folgsam Beifall und als daraufhin Hannes Schneider ans Rednerpodium tritt, erhebt sich allgemeines Rhabarbergemurmel. Seine relativ lange Ansprache strotzt von russischen Parolen und klingt fast russischer als die „Festrede" von Major Wolodarow. Aus der Ecke seiner Brigade erhält er den meisten Beifall; die werden wissen, warum sie klatschen!

Schmalkow hat mir inzwischen den Zementsackzettel zugesteckt, den ich schon vor Tagen mit meinen Gedankengängen „Über die Aufgabe nach unserer Heimkehr" vollgekritzelt hatte. Er gibt mir zu verstehen, daß ich als nächster Redner sprechen soll. Der Zettel ist unverändert und ich muß gestehen, daß ich einigermaßen aufgeregt bin. Ich trete ans Podium und beginne: „Es wird unsere zukünftige Aufgabe in der Heimat sein, für Frieden und Freiheit einzutreten! Wir alle haben die Schrecken der Vergangenheit bis zum Letzten erlebt und ich glaube, daß niemand mehr dazu berufen sein wird als wir, neue und zuverlässige sichere Wege zur Verständigung zwischen den Völkern und zu deren friedlichem Zusammenleben zu suchen, systematisch auszubauen und zu verteidigen. Wir müssen allen friedlichen Kräften ein gutes Beispiel geben und dafür sorgen, daß die imperialistischen Eroberungskriege ein für allemal unmöglich gemacht werden. Wir sollten in dem Kampf für den Frieden unerschrocken die Verantwortung tragen und uns darüber klar sein, daß wir in diesem friedlichen Kampf siegreich bleiben müssen, denn sonst könnte es denen, die nach uns kommen, genauso ergehen wie uns. Wir werden uns in Zukunft dazu verpflichtet fühlen müssen, jeglichem Kriegsgeschrei energisch entgegenzutreten und Kriegstreibern unsere Unterstützung zu versagen. Wir werden es aus dem Wissen heraus tun, daß wir richtig handeln, damit wir und unsere geliebte Heimat nicht noch einmal für verrückte, selbstmörderische Experimentierzwecke größenwahnsinniger Diktatoren sinnlos geopfert werden." Wenn ich am Anfang doch etwas aufgeregt war, so muß ich sagen, daß ich jetzt fast erschrecke, denn ich kriege einen tollen Beifall, mit dem ich nicht im entferntesten gerechnet hatte. Wolodarow und Schmalkow stecken die Köpfe zusammen und tuscheln, während mir die anderen Präsidiumsmitglieder zunicken und Beifall spenden. Zu meinem Erstaunen fordert Schmalkow von mir mein Manuskript zurück und grinst dabei reichlich undurchsichtig. Nach mir spricht noch der Delegierte Powalla. Er verliest mit starkem oberschlesischem Akzent eine Resolution seines Lagers und verkündet, daß sich die Belegschaft seines Lagers verpflichtet hat, ihr Soll im Monat August mit 130 Prozent überzuerfüllen. Die Abordnung, der Powalla angehört, klatscht sogar im Takt Beifall, aber die anderen schweigen. Er fordert im weiteren Verlauf seiner Rede alle Delegierten auf, in ähnlichem Sinne Verpflichtungen in den Lagern einzugehen, um damit den Menschen in der Sowjetunion zu zeigen, daß wir gewillt sind, wiedergutzumachen, was von uns ungewollt auf unheilvolle Befehle hin zerstört wurde. – Beifall –. Das Präsidium erhebt sich, der Vorhang der Bühne geht auf und die Lagerkapelle des Lagers VII, im Frack mit silbernen Aufschlägen, spielt eindrucksvoll auf.* Proske** gibt den weiteren Verlauf des Programms bekannt und auf die wichtigste Frage, ob wir hier auch etwas zu essen bekämen, kam die lapidare Antwort: „Wir haben uns hier nicht zum Essen versammelt, Kameraden."

Bis gegen 22 Uhr sitzen wir im Lager VII und schauen uns an, was sich so auf der Bühne alles abspielt. Die Kapelle des Lagers VII ist unserer ehrlichen Bewunderung gewiß. Sie spielt prima und ihre elegante Kleidung wirkt beinahe noch imposanter als die vorgetragenen Musikstücke. Die Bühnendekoration ist ebenfalls vorzüglich gelungen. Die Kapelle spielt hinter einem silbernen Spinnennetz, das je nach Beleuchtung in verschiedenen Farben schimmert. Ein dunkles Gewittergrollen kommt nah und näher, und auf halbem Nachhauseweg öffnet der Himmel seine Schleusen und wir werden völlig durchnäßt. Unter Blitzezucken und Donnerschlägen kommen wir klitschnaß, hungrig und verdammt müde im Lager an. Die kalte Suppe wird hinuntergestürzt und die Schwüle in der Unterkunft mischt sich mit dem Geruch unserer alten Klamotten zu modrigem Mief.

---

* Der verantwortliche Leiter der Lagerbühne und Programmgestalter war Albert Schulte, der auch den Text für den Hauptschlager des Musicals „Meine Tante, Deine Tante" geschrieben hat, das auch von der Theatergruppe des Lagers Krasnaja Poljana mit großem Erfolg aufgeführt wurde. Die Musik hierzu schrieb Karl Kuhnes, der Saxophonist des Lagerorchesters, der in den 30er Jahren das Saxophon in dem berühmten Wiener Swing-Orchester Charly Gaudriot blies.
** Antifaleiter Gerd Proske war im übrigen ein sauberer und anständiger Kamerad, der bemüht war, in seinem „Amt" gerade zu bleiben. Neben dem Lagerführer, dem ehemaligen Luftwaffenmajor Friedrich Gräf, der sich als Mittler zwischen den Russen und den Gefangenen verstand und sich durch sein korrektes und vertrauenswürdiges Auftreten die Sympathien der Kameraden und die Achtung der Russen erwarb, waren sowohl Gräfe als auch Proske ausgesprochene Glücksfälle für das Lager VII.

Oberleutnant Schmalkow will meinen Lebenslauf

In der Wandzeitung plaziere ich noch dreimal meine Artikel und Zeichnungen. Mit „Die Kanonen schweigen" versuche ich, dem Jahrestag des Überfalls auf die Sowjetunion gerecht zu werden, in „Die Wahrheit über die Fremdenlegion" operiere ich mit Zahlenmaterial und Angaben, die teils auf eigener Phantasie beruhen und die ich an.andernteils aus der deutsch-kommunistischen Zeitung „Neues Deutschland" entnommen habe. Diese Zeitung, die aus der Ostzone Deutschlands zu uns kommt, kann ich mit anderen Publikationen regelmäßig im Komitee lesen. Sie soll jetzt auch allgemein zugänglich gemacht und auf einer besonderen Anschlagtafel plaziert werden. Unter den Fremdenlegionsartikel male ich zwei Legionäre, von denen einer langgestreckt auf dem Wüstensand liegt und dessen Zunge heraushängt, während der andere gerade in die Knie gehen will, aber von einem brutalen Vorgesetzten die Pistole ins Kreuz gestoßen bekommt und vorwärtsgetrieben wird. Mein dritter und letzter Artikel bespricht und ehrt den „Internationalen Frauentag". Darunter male ich drei Walküren. Die eine nordisch-deutsch, wie unter Adolf die Mütter des Volkes, als zweite eine Negerin und als dritte eine Frau mit unverkennbar asiatischen Zügen. Alle drei reichen sich gemeinsam die Hände für Frieden–Freiheit–Verständigung. Das ist das letzte Zeugnis meiner antifaschistischen „Aktivität", denn Oberleutnant Schmalkow gibt mir aus unerklärlichen Gründen ein Formular DIN A 4, auf dem ich ausführlich meinen Lebenslauf schildern soll. Da ich ahne, was kommt und worauf die ganze Sache wahrscheinlich hinausläuft, verschweige ich nicht, daß ich bei der Waffen-SS war und schreibe: „... Ich gehörte dem 95. Waffen-SS Kav.-Rgt. als einfacher Soldat an ..." Ich gebe meinen Bericht an Gierlach. Es dauert ein paar Tage, bis die Sache ins Rollen kommt.

Mit sofortiger Wirkung vom Antifaschistischen Lagerkomitee ausgeschlossen

Bei einem abendlichen Schulungsvortrag von Werner Gierlach über den historischen und dialektischen Materialismus und seine Anwendung auf Gesamtdeutschland stelle ich eine Frage: „Hör mal, Werner, wie stellst du dir das eigentlich vor? Was wir hier täglich sehen, ist doch keineswegs nachahmenswert, geschweige denn auf unsere geordneten deutschen Verhältnisse, ich meine dem Vorkriegsstand entsprechend, übertragbar." Werner Gierlach antwortet: „Wir wollen ja in Deutschland keinen Sozialismus wie hier in Rußland aufbauen. Du mußt bedenken, daß die Russen unter dem Zaren bis aufs Blut geknechtet wurden. Heute geht es ihnen um vieles besser, wenn sie auch noch nicht, durch den von uns verursachten Krieg verhindert, unseren deutschen Lebensstandard vor dem Krieg erreicht haben. Wir können also unseren fortgeschrittenen deutschen Sozialismus unverzüglich aufbauen und vervollkommnen, was die Sowjetunion allerdings nicht daran hindern wird, uns eines schönen Tages zu überholen. Sie hat jetzt noch mit Schwierigkeiten zu kämpfen, wir sehen das ja täglich, aber daß sie überwunden werden, muß uns klar sein, denn überzeugte Sozialisten kämpfen an allen Fronten für den Sieg des Sozialismus, der zukünftigen – ich sage der zukünftigen – Idealform menschlichen Zusammenlebens, bei der vielleicht nicht einmal ausgeschlossen sein wird, daß Deutschland mit seiner Form des Sozialismus an erster Stelle steht.

Der Sozialismus hat jetzt noch viele Gesichter, aber im Endeffekt wird er dem entsprechen, was wir uns alle im deutschen Sinne darunter vorstellen." Gierlach will noch weiter aufklären, aber Schmalkow tritt ein und setzt sich zu uns. Das hat einen Wechsel des Themas zur Folge, denn Schmalkow würde wahrscheinlich staunen, wenn Gierlach ihm erklären würde, daß wir uns unter Sozialismus etwas anderes vorstellen als die Russen. Das Thema wird nun weniger verfänglich und Gierlach plaudert wie eine Großmutter vor dem Einschlafen. Nach dem Schulungsabend hält mich Schmalkow zurück: „Melcher, du SS?" – „Jawohl", sage ich nur. Schmalkow wendet sich zu Gierlach und redet auf ihn ein. Ich höre mehrmals Wortfetzen heraus und kann mir gut vorstellen, wie hier der Hase läuft. Ich werde mit sofortiger Wirkung vom Komitee ausgeschlossen. So ist also meiner antifaschistischen Tätigkeit, zu der ich durch eine Reihe von Zufällen gekommen bin, ein Ende gesetzt worden. Abends kommt Gierlach zu mir an die Pritsche und tröstet mich kameradschaftlich: „Mach dir nichts draus – du sollst auf einem Sonderkommando arbeiten, wir werden das aber schon irgendwie deichseln. Ich habe Schmalkow erklärt, daß du ein bewährter Wiederaufbaurobotschik bist." „Schon gut, Werner", sage ich zu Gierlach, der sich mit einem freundschaftlichen Klaps von mir verabschiedet. Als Theo Gehl eines Abends zu mir kommt, und mich bittet, ihm eine Zeichnung zu entwerfen, sage ich ihm unmißverständlich: „Weißt du was, Theo, nimm es mir nicht übel, aber alle Antifaschisten können mich kreuzweise..."

Arbeit als „Stukkateurlehrling" und Parkettschleifer

Trotz allem werde ich nicht, wie von Schmalkow vorgesehen, zu einem Sonderkommando versetzt, sondern trotte nach wie vor brav auf Schule III, wo man sich inzwischen intensiv bemüht, qualifizierte Fachkräfte heranzubilden. Mit zehn Mann werden wir von dem Zwang der Normerfüllung befreit und als Stukkateurlehrlinge automatisch täglich mit 100 Prozent eingestuft. Unter Anleitung von „Kuchenzahn" und Kameraden, die gelernte oder angelernte Stukkateure sind oder sich auch nur dafür ausgeben, bewerfen wir die Wände und bauen mit Hilfe einer großen Menge von Einschalholz kantige, fast kunstvolle Gesimse. Meine „Lehrzeit" wird allerdings schon nach knapp 14 Tagen unterbrochen, und wir wandern zu den russischen Parkettlegern als Handlanger. Anschließend dürfen wir die Unebenheiten des verlegten Parkettbodens mit Hilfe von Glasscherben abschaben. Wir machen das sehr gründlich und genau und schaffen wirklich nicht mehr als täglich etwa 3 qm pro Nase. „Kuchenzahn" schreibt daraufhin nur 40 Prozent Normerfüllung und im Lager gibt es einen Mordsstunk und einen Wirbel, der, angefangen von Sabotage, die ganze Skala ortsüblicher Verdächtigungen einschließt. Für mich ist das besonders schlecht, denn wenn man frisch aus dem Komitee gefeuert worden ist, kann man so allerhand unterstellt bekommen. Panfilow, unser Arbeitsminister, begibt sich anderntags selbst in die Parketträume der Schule III und betrachtet sich unsere Arbeit. Dort, wo wir schon geschabt hatten, ist der Boden einwandfrei glatt. Panfilow sieht auch, wie das anscheinend noch nicht genügend abgelagerte Parkettholz teilweise gequollen ist und welche Kantenerhöhungen die russischen Parkettleger mit hineinverlegt haben. Nach heftiger Diskussion mit „Kuchenzahn" glauben wir, daß sich Panfilow von unserer Unschuld überzeugt haben wird und das Unmögliche einsieht, daß man unter solchen Umständen größere Flächen einwandfrei abziehen kann. Weit gefehlt, denn am gleichen Abend des selben Tages, an dem Panfilow uns auf der Baustelle besucht hat, werden wir Parkettschaber aus den Unterkünften geholt und zur Wache gebracht. „Kuchenzahn" hatte, trotz der Diskussion mit Panfilow, wiederum nur 40 Prozent geschrieben. Als wir alle vollzählig auf der Wache versammelt sind, werden wir in den Lagerneubau hinter der Küche geführt. Zu unserer Überraschung sitzen dort, einem Tribunal nicht unähnlich, die Genossen Schmalkow, Panfilow und ein uns unbekannter Zivilist.

Verdammt und verdonnert

Wir bauen uns vor den dreien auf, Lischka, der uns herangeführt hat, steht abseits. Zunächst redet sich Panfilow mit grimmigen Worten und bissigem Gesichtsausdruck in Rage und ich möchte fast behaupten, daß in jedem Satz die Floskel „Faschist-plocho robotti" (= Faschist schlecht gearbeitet) vorkommt. „Sibir budet" (= Sibirien wird sein) hört man ebenfalls einige Male in Wiederholung und dazwischen immer wieder das Lieblingswörtchen kommunistischer Funktionäre „Sabotage". Der Zivilist übersetzt recht geläufig und was uns sichtlich Mißvergnügen bereitet, scheint den Russen Spaß zu machen: „Genosse Panfilow sagt, daß Sie alle nach Sibirien kommen, wenn Sie weiterhin ihre Norm nicht erfüllen." In ähnlicher Weise äußert sich auch noch Schmalkow und der Zivilist übersetzt: „Genosse Schmalkow sagt..." Nun, im Grunde sagen sie alle dasselbe. Schmalkow fängt dann nochmals an und dabei schaut er unverwandt auf mich, als ob ich an allem schuld sei. Seine anschließende Strafpredigt hat politischen Charakter und beginnt weitausholend bei der großen sozialistischen Oktoberrevolution und führt über den Großen Vaterländischen Krieg in direkter Linie zu uns, den faschistischen Mordbrennern, die ihre Norm nicht erfüllen wollen. Es ist bekannt, daß Schmalkow seine Argumente immer weit herholt und es nimmt nicht Wunder, daß wir länger als eine Stunde verdammt und verdonnert werden und die massiven Drohungen ihre Wirkung auf uns nicht verfehlen.

Mit schneller Pfuscharbeit die Norm erfüllt

Gleich am Morgen des folgenden Tages beschweren wir uns bei „Kuchenzahn", daß wir mit solch kleinen Glassplitterchen, die er uns bisher zur Verfügung gestellt hat, die Norm nie erfüllen können und daß er dafür sorgen soll, daß wir richtige Flächenschaber in die Hände kriegen. „Kuchenzahn" spuckt und flucht, aber er haut ab und kommt tatsächlich mit nahezu ganzen Fensterscheiben an, bei denen eigentlich nur kleine Ecken herausgesprungen sind. Wir nehmen diese Scheiben fast unverändert in zwei Hände, machen die Beine breit und ziehen nebeneinander arbeitend in zwei Stunden ein ganzes Zimmer ab. Bei gründlicher Arbeit brauchten wir vorher für den gleichen Raum 3–4 Tage. Die Unterschiede sind begreiflicherweise sehr beträchtlich. „Kuchenzahn" macht sich gleich gar nicht die Mühe, die nach wie vor bestehenden Unebenheiten im Parkett in Augenschein zu nehmen. Für uns ist diese Arbeit offensichtlich schlecht, aber es gibt keine andere Möglichkeit als Pfuscharbeit, um diese unsinnige Norm zu erfüllen. Am Abend bringen wir 105 Prozent nach Hause und sind wieder um einige Erfahrungen reicher geworden.

Je verbotener die Arbeit, je höher die Prozente

Verbotene Schwarzarbeit muß in Noworossijsk meistens in der Nacht erledigt werden. In einer solchen Nacht werden wir mit 100 Mann aus dem Lager geholt. Man führt uns in eiligem Marsch zum Hafen, wo auf einem Abstellgleis drei Waggons mit Langholz darauf warten, von uns abgeladen zu werden. In gut zwei Stunden ist die Sache erledigt und wir kommen mit 167 Prozent bestätigter Normerfüllung im

Lager an. Bei gut geglückter Schwarzarbeit sind die Prozenteschreiber in der Regel nicht kleinlich, und je verbotener die Arbeit und je heimlicher die Schiebung, desto höher liegen die Prozente für die beteiligten Plennis. Diese Nachtarbeit war für mich doppelt ergiebig, denn von einem in der Nähe der Waggons liegenden Salzhaufen habe ich mir im Vorbeigehen die Taschen mit Salz füllen können, einem raren Artikel in Noworossijsk. Trotz der Salzvorräte im Noworossijsker Hafengebiet ist dieses Mineral Mangelware und man kann mit den Russen Salz gegen Machorka und Brot oder andere Produkte eintauschen.

Die Einweihung der Schule III

Wir erleben noch, wie auf Schule III der von uns aufgebaute Hauptflügel eingeweiht wird. Dabei haben wir Gelegenheit zu beobachten, wie die Schulkinder das erste Mal in ihr neues Schulhaus einziehen. Einfache und in der Regel sauber gekleidete junge Mädchen bevölkern mit ihren einheitlichen weißen Blusen und den roten „Junge-Pionier-Halstüchern" lustig schwatzend den Hof. Das Alter liegt so zwischen 10 und 15 Jahren. Später sammeln sie sich nach Klassen und formieren sich zum großen Einmarsch. Voran geht jeweils eine besonders ausgezeichnete Schülerin, die einen Wimpel trägt. Singend wird anmarschiert und fähnchenschwenkend geht's hinein in die neue Schule III. Uns, die Wiederaufbauarbeiter, hat man in hintere Regionen abgeschoben und es dauert dann auch nur noch drei Tage, bis das Kommando Schule III aufgelöst und auf andere Baustellen aufgeteilt wird.

Vom Holzplatz zum Sägegatter

Bei der neuen Einteilung habe ich wenig Glück, denn ich werde einem Holzlager zugeteilt, dessen Natschalnik am ersten Tag handgreiflich wird. Wir schleppen zu viert, bei der Hitze des Tages mit entblößtem Oberkörper, dicke Eichenbohlen, die wir an anderer Stelle aufstapeln müssen. Im Beisein des Natschalniks meckere ich mit meinem Nebenmann, weil er mir meist die Brechstange zu kurz durchstreckt und so das Gewicht der Bohle fast ganz auf meiner Seite liegt. Weiß der Teufel, warum der Russe das in den falschen Hals kriegt, plötzlich auf mich zuläuft, mir den linken Arm herumdreht und ohne viel hinzuschauen mit den Augen rollt und „Du SS?" fragt. Dabei bleibt es nicht und er schlägt mir ohne ersichtlichen Grund ins Gesicht, daß ich weiße Pünktchen sehe. Ich beiße die Zähne zusammen in ohnmächtiger Wut und gebe mir größte Mühe, die Aufmerksamkeit des merkwürdigen Natschalniks nicht noch einmal zu erregen. Die Arbeit auf dem Holzplatz ist harte Knochensache. Am Abend gehe ich zu unserem deutschen Kommandanten und schildere ihm den Vorfall. Lischka meint es gut mit mir und sorgt dafür, daß ich dort nicht mehr den Prügelknaben spielen muß.

Von nun an gehe ich zum Kommando Stroidetal, wo ich als Helfer des am Gatter als Sägemeister arbeitenden Urschwaben Eugen Pfisterer aus Öhringen fungiere. Wir sägen die dicksten Stämme in Bretter und erfüllen unsere Norm meist zu 120–130 Prozent. Im Laufe unserer Zusammenarbeit werden Eugen und ich dicke Freunde. Er nennt mich „Kloiner" und ich erbe von ihm so manche Zusatzportion Suppe, denn als „Spieß" der I. Kompanie erhält er einen Doppelschlag, den er aber nicht immer auffuttert.

Tang gegen Läuse – Gerüchte nach Visite eines Generals

Im August 1947 gibt es wieder überraschend viele Läuse. Als Gegenmaßnahme verkündet „Rotkäppchen" einen originellen Befehl. Er läßt zunächst alle Insassen des Lagers an der steinigsten Stelle des Noworossijsker „Strandes" zum Baden führen. Dort wird es jedem von uns zur Norm gemacht, Wasserpflanzen, von denen es hier ganze Kolonien gibt, abzureißen und am Strand zum Trocknen hinzulegen. Wie man hört, sollen wir dann mit diesen Pflanzen, wenn sie trocken sind, die Strohsäcke auffüllen, da sich Läuse in getrocknetem Tang nicht wohl fühlen sollen. Es wird sogar ein extra Kommando sonst Arbeitsunfähiger zusammengestellt, deren ausschließliche Aufgabe darin besteht, die bekannten Wasserpflanzenwiesen für den genannten Zweck abzuweiden. Die ersten Plennis haben auch tatsächlich schon ihre Strohsäcke mit getrocknetem Tang gefüllt. Man soll ziemlich hart darauf liegen. Wir anderen sind noch mitten in dieser Umfüllaktion, als plötzlich und wie es scheint unerwartet, in einem Kübelwagen ein russischer General erscheint und Appell abnimmt. In schneeweißer Uniform, die mit Goldtressen verziert und Orden behängt ist, macht der kleine dicke Offizier mit dem Goldzwicker auf der roten Nase eher den Eindruck eines gemütlichen Weinhändlers als den eines Generals. Doch dieser Eindruck täuscht, denn als er sehr langsam und gründlich mit dem inzwischen herbeigeeilten „Rotkäppchen" jeden einzelnen von uns mustert und in einwandfreiem Deutsch auch Fragen stellt, wie: „Hast du hier immer so schlechte Schuhe verpaßt bekommen? – Wie bist du mit der Verpflegung zufrieden?", dann sieht man, daß die Augen in dem geröteten, fleischigen Gesicht stahlhart durch den Zwicker fixieren. Nach dem Generalsbesuch häufen sich die Gerüchte: Wir kommen nach Hause. – Wir kommen ins Donezbecken. – Wir kommen nach Armavir, werden dort aufgepäppelt und fahren dann nach Hause. Das Lager wird unruhig und einziges Gesprächsthema auf den Baustellen ist, daß Molotow lt. „Neues Deutschland" auf der UNO-Versammlung in New York gesagt haben soll, daß bis Dezember 1948 alle in der Sowjetunion befindlichen Kriegsgefangenen entlassen sein würden. Nach einigen Tagen, in denen die tollsten Parolen kursieren und die positiven unter ihnen genüßlich eingehen, beruhigt sich die Atmosphäre im Lager und auch die Latrinenparolen werden lahmer und weniger optimistisch.

Wir sehen einen Hetzfilm aus der Kriegszeit

An einem späten Abend Ende August soll bei uns auf dem Appellplatz eine russische Filmvorführung stattfinden. Wir freuen uns, einmal etwas anderes sehen zu dürfen und harren erwartungsvoll der Dinge, die da kommen. Nachdem der Filmvorführer schon geraume Weile an dem Vorführgerät herumfummelt, beginnt endlich die Vorstellung. Sie servieren uns einen russischen Kriegsfilm, der dem Vorspann nach zu urteilen, 1942 gemacht worden sein muß. Die ersten Bilder zeigen, wie die russischen Patrioten die eingefallenen Armeen Napoleons vernichten und aus dem Lande treiben. Dann wird übergeblendet zu dem

„Großen Vaterländischen Krieg", bei dem es gilt, die eingefallenen Teufel, personifiziert durch die faschistischen Deutschen, auszurotten oder zumindest, ebenfalls wie zur Zeit Napoleons, in die Flucht zu schlagen. Wenn schon die Rassen- und Untermenschentheorie des Nationalsozialismus sich meines Erachtens äußerst verhängnisvoll auswirkte, so war dies doch alles zu dem, was wir hier vorgesetzt bekommen, schwacher Tobak. Wenn am Anfang des Filmes die russischen Muschiks mit Dreschflegeln und Sensen die Franzosen Napoleons massenweise ummähen, erschlagen oder mit Messern liquidieren, möchte man den historischen Wahrheitsgehalt noch irgendwie akzeptieren, aber was dann kommt ist so erbärmlich entstellte Lüge und gehässige Hetze, daß man sich über die im Kriege begangenen Grausamkeiten nicht zu wundern braucht. Es gehört wenig Phantasie dazu, um zu erkennen, daß die Hersteller solcher Machwerke die eigentlichen Mörder sind. Sie, die von sicherer, ungefährdeter Warte aus wüste Propaganda betrieben und ihren unbeschreiblichen Haßgefühlen in Aufrufen, in Filmen, der Presse und der Literatur Ausdruck geben und in ununterbrochener Folge auf die harmlosen Gemüter losließen und diese zu Mord- und Gewalttat aufputschten.

Im weiteren Verlauf des Films sieht man dickbäuchige Deutsche mit wüsten Fratzen, die sich in Scharen, wie Schweine grunzend, auf die Zuckermelonenfelder stürzen und ganze Landstriche ratzekahl leerfressen. Dazwischen kratzen sie sich wie Kasperlefiguren, denn es ist klar, daß sie den Russen die Läuse mitgebracht haben. Ein kleiner tapferer Partisan von vielleicht 10 Jahren kriecht durch einen Schornstein in der von den Deutschen überfallenen Kolchose und verjagt aus dem Ofenloch hüpfend den zu Tode erschrockenen deutschen Stab, dessen Offiziere sich gerade um die Aufteilung des geraubten Beutegutes stritten und mit der Zertrümmerung des Inventars beschäftigt waren. Vor den Trümmern brennender Häuser liegen erschlagene Kinder, in deren blutigen, kleinen Körperchen lange Messer stecken und monokeläugige, mit Eisernen Kreuzen dutzendweise behangene preußische Junker erschießen unter brüllendem Gelächter vor ihnen auf den Füßen liegende, um ihr Leben bittende russische Mütter mit Säuglingen im Arm. Überall lassen die deutschen Mörder mit den Schweinsgesichtern Tod und Zerstörung zurück und mit weiteren wüsten, unbeschreiblichen Schockeffekten und beachtlicher Leichenhäufung kommt der Film zum Höhepunkt: Bis zum Horizont der Rollbahn zeigt die Leinwand eine nicht endenwollende Reihe gekreuzigter, brennender Partisanen. Unter den Kreuzen dieser Märtyrer torkeln betrunkene deutsche Soldaten und zerren und stoßen, grölend und „Heil Hitler" schreiend, im Angesicht der sterbenden Patrioten nackte russische Frauen an den Haaren hinter sich her. Das Finale: Der Regisseur läßt die Partisanen am Kreuz der Reihe nach sterben. Im Schein der zuckenden Flammen, bevor der Kopf mit dem schmerzverzerrten Gesicht auf die Brust fällt, stößt der Patriot, ein alter Muschik, noch mit letzter Kraft durch die Zähne: „Tod den deutschen Okkupanten!" Dann geht es weiter: „Vernichtet die deutschen Mörder!" Mit diesen letzten Worten stirbt ein junger Partisan. Eine auffallend hübsche Partisanin flüstert: „Vernichtet die deutschen Barbaren", um dann ihren Geist aufzugeben. Bis zum sterbenden Kind wiederholt sich das eine ganze Weile: Tod – Rache – Haß – Vergeltung – schlagt sie – tötet sie –. Mit kriegsliederschmetternden, vorwärtsstürmenden russischen Rotarmisten, Frauen und Kindern und rennenden deutschen Soldaten, die ihre Stiefel verlieren und in Großaufnahme von russischen Bajonetten durchbohrt werden, endet dieser unheilvolle Film, den wir nicht sillschweigend hinnehmen. Eine Abordnung unter Führung von Gierlach mit Lischka und allen Kompanieführern beschwert sich bei Schmalkow über die „lügenhafte, verbrecherische Tendenz" dieses Zelluloidmachwerkes. Schon während der Vorführung kam es zu Pfiffen, Gelächter und lautem Protest. Eine solche Äußerung will in russischer Gefangenschaft schon etwas heißen. Daraufhin gibt Schmalkow sogar eine Art Entschuldigung von sich: der Film sei halt in den ersten Kriegstagen gemacht worden und in der Wut über den deutschen Überfall in der vorgeführten Fassung entstanden. Er hätte ihn selbst noch nicht gesehen gehabt, sonst hätte er ihn vielleicht nicht zeigen lassen.

Ursachen und Wirkung

Ich kann in dieser Nacht nicht schlafen und mir gellt noch die rauhe brutale Stimme in den Ohren, die über den Sender Prag zum Mord aufrief: „Smrt fse Nomcum" – Tod allen Deutschen – Tschechen tötet die Deutschen!, und wie Schuppen fällt es mir von den Augen: Während des Krieges wurden im Osten vermißte deutsche Landser von ihren wieder vorgerückten Kameraden entdeckt, man hatte sie aufgehängt, an Bäume genagelt und angezündet. Diese Grausamkeiten zogen schreckliche Vergeltungsmaßnahmen nach sich und der ganze Krieg bestand ja vielerorts nur noch aus Mord und Gegenmord, Rache und Vergeltung. Die Drahtzieher und Hintermänner aber läßt man nun ungeschoren. Sie haben doch systematisch den Haß in ihren Völkern geschürt und sie sind mit hauptverantwortlich für hunderttausendfachen Mord und viele grausame Geschehnisse dieses schrecklichen Krieges. Eigentlich müßte es die Hauptaufgabe aller verständigungsbereiten Menschen sein, diesen intellektuellen Brunnenvergiftern und ihren Handlangern ein für allemal das dreckige Handwerk zu legen. Wehe, wenn solche Geister wieder die Massen gegeneinanderhetzen, dann wird jedes verständigungsbereite Bemühen um Frieden zur Farce und die Kriege werden von Mal zu Mal grausamer und unerbittlicher.

Wir verlassen Noworossijsk

Es stellt sich heraus, daß an den Latrinenparolen doch etwas Wahres dran ist, denn am 26. September 1947 ist überraschend der letzte Arbeitstag. Die Lagerkommandanten des Bezirks sollen sich zu einer Konferenz im Lager 7 getroffen haben. Es wird konferiert und beraten, gemustert und registriert, ausgesucht und zurückgestellt. Am 27. September geht der erste Schub ab nach Hause, am 28. September der zweite, der nach Stalino kommen soll und beim dritten und letzten Transport bin ich mit dabei und darunter ist auch fast die gesamte ehemalige Lagerprominenz. In der Regel soll sich eine Lagerauflösung folgendermaßen abspielen: Ein Lager erhält den Befehl, daß es aufzulösen ist und seine Belegschaft nach Hause geschickt werden kann. Die gesunden und noch einigermaßen arbeitsfähigen Kriegsgefangenen dieses aufzulösenden Lagers werden ausgemustert und auf andere, noch bestehende Lager aufgeteilt. In den anderen umliegenden Lagern werden sodann eine bestimmte Anzahl arbeitsunfähiger, invalider und kranker Gefangener ausgesucht, die insgesamt der Insassenzahl des aufzulösenden Lagers entsprechen. Diese Gebrechlichen fahren dann wirklich nach Hause, während die anderen weiter roboten müssen, bis sie auch heimatreif werden.

Fragezeichen der Ungewißheit

Wenn man so ein Lager verläßt, geschieht das meist mit gemischten Gefühlen und rückblickenden Gedanken. Ein bißchen erwartungsvoll sieht man dem Kommenden entgegen, aber das große Fragezeichen der Ungewißheit läßt kaum Optimismus aufkommen. Wie und wo wird das neue Arbeitslager sein und wie ist dort die Verpflegung? Um diese einfachen, aber für uns ungeheuer bedeutungsvollen Fragen kreisen alle Gedanken und Überlegungen. Am 29. September 47, morgens 6 Uhr, fahren wir mit dem ehemaligen Ostseedampfer „Nord" vom Kai in Noworossijsk ab und langsam verschwindet im Morgendunst die vertraut gewordene Silhouette der Stadt. Wir können uns zwanglos auf dem Schiff bewegen und nur ein Raum ist mitfahrenden russischen Zivilisten vorbehalten. Eine ganze Schar Delphine tummelt sich um unseren Dampfer herum und man kann gut beobachten, wie die Fische lebhaft aus dem Wasser hüpfen und Bruchteile von Sekunden der langgestreckte, wie ein geölter Torpedo glänzende Fischleib sichtbar wird. Eins, zwei, drei bis zu zwölf aus dem Wasser herausschauende Rücken des Delphinrudels zeigten, daß diese Gesellen in starken Scharen herumstreifen. Alles hängt an der Reling und bewundert die Gewandtheit, mit der unsere Begleiter unter Wasser mit lustigen Sprüngen aus ihrem Element heraushüpfen. Aber zu fressen gibt es dafür nichts, denn die Zuschauer haben selbst nichts zu beißen.

Halt in Sotschi – Fahrt ins Gebirge

Um 15 Uhr machen wir Zwischenstation in Tuapse. Dort steigt ein russischer Fliegeroffizier hinzu, der von seinen zahlreichen, an der Anlegestelle versammelten Angehörigen, sehr herzlich und mit viel Tränen verabschiedet wird. Gegen 24 Uhr laufen wir in den Hafen von Sotschi ein. Vom Meer her klingt lautes Lachen und Singen zu uns herüber und einige Boote gleiten mit Lampions beleuchtet, die wie

Glühwürmchen schimmern, an der Backbordseite unseres Schiffes vorbei. Wir werden beim Verlassen des Dampfers und später noch einmal gezählt, nachdem wir angetreten sind. Das erste, was ins Auge sticht, ist die peinliche Sauberkeit des Hafens, in dem auch viele Segelboote angetäut liegen. Für unseren Weitertransport hat man schon SIS-LKWs bereitgestellt. Die Wagen sind auffallend sauber gewaschen und wir müssen mit 25 Mann darauf Platz nehmen. Auf einer breiten Prachtstraße mit gepflegten Boulevards, die beiderseits alle 20 m von verzierten Ampeln fast taghell erleuchtet sind, fahren die LKWs in schneller Fahrt vom Hafen weg. Es hat den Anschein, daß man den Feriengästen in Sotschi unseren Anblick möglichst ersparen möchte. Von den dunklen Hängen leuchten hell angestrahlte Sanatorien, die in ihrer Ausführung und mit ihren fassadengeschmückten Säulen eher an altgriechische Tempel als an russische Arbeitererholungsheime erinnern. Bevor wir unseren LKW besteigen, sagt uns der Fahrer, daß wir nach Krasnaja Poljana kommen: „Tam Otschin karascho i mnogo chleba polutschaitje". (= Dort ist es sehr gut und ihr könnt hier viel Brot empfangen) Na ja, das kann ja gut werden. Das Klima ist wunderbar mild und wir verdrehen die Köpfe wie junge Hühner, denen man im Frühjahr den ersten Salat vor den Schnabel hält.

Sotschi ist wirklich Klasse! Wir fahren über eine Brücke, die mit schmückenden schlanken Säulen begrenzt ist und von der Brüstung dieses klassischen Geländers hängen üppig blühende Blumen herunter, die bei mir im Vorbeifahren den Eindruck einer Märchenbrücke hinterlassen. Nach etwa fünf Minuten ist der Zauber vorbei, wir biegen von der lichtüberfluteten Avenue plötzlich ab und von nun an geht es über eine ganz gewöhnliche Straße russischer Ordnung ohne Ampeln und ohne Märchenbrücken weiter. Mit zunehmenden Kilometern steigt die Straße steiler an und führt mitten durch eine wilde Felsenlandschaft. Ich sitze auf meinem russischen Kochgeschirr. Als wir in der Tschechei tagelang nicht aus dem Sattel kamen hat mir der Hintern bei weitem nicht so weh getan wie jetzt, wo ich auf dem Eßnapf sitzend höher und höher geschaukelt und gerüttelt werde. Es ist beklemmend für uns alle, wie wir auf dieser schmalen Paßstraße inmitten der finster aufsteigenden Gebirgsmassive unserem Ziel entgegenfahren. Jetzt verfrachten sie uns dahin, wo sich Fuchs und Hase „Gute Nacht" sagen und wo wahrscheinlich keine Kommissionen hinkommen. Ich denke bei mir, daß wir nun endgültig verkauft werden. Nebelwolken hüllen die Felsenspitzen ein und breiten sich in der Nacht wie dunkle Schleier über die Täler. Dann setzt Nieselregen ein, der uns so nach und nach völlig durchnäßt. Wir hocken wie das zusammengekrochene Elend auf dem LKW. Steil und dunkel überhängende bizarre Felsen, tief abfallende Schluchten und mit rauschendem Getöse herabstürzende Gebirgsbäche, prägen diese wilde, in der Nacht unheimliche Landschaft. Es wird immer kühler und mir schaudert, wenn ich daran denke, daß sie uns in dieser Wildnis abladen könnten.

Ankunft im Lager 148/14 Krasnaja Poljana

Am 30. September 47, morgens gegen 5 Uhr, treffen wir im Lager 148/14 Krasnaja Poljana ein. Unter dem pompösesten Torbogen, der mir bis jetzt begegnet ist, marschieren wir in das Lager hinein. Wenn man einen solchen Torbogen sieht, könnte man meinen, daß es eine wahre Freude sein muß, in der Sowjetunion als Gefangener weilen zu dürfen. „ES LEBE DIE SOWJET-UNION, DAS BOLLWERK DES WELT-FRIEDENS". So prangt es über unseren Häuptern. Nirgendwo wird so zynische, unwahrhafte Propaganda gemacht wie hier in Rußland. Die Gaukelei gehört eben zum Kommunismus wie die Nacht zum Tag.

Die Lagerstellen sind eine Dreck- und Schlammasse. Die Baracken sind zum Teil noch nicht fertigstellt. Die Dächer sind mit Holzschindeln gedeckt. Der Wind pfeift hindurch und durch undichte Stellen tropft der Regen in darunter gehängte Büchsen. Für den Sommer mögen sie gut gewesen sein, aber für den kommenden Winter sind sie denkbar ungeeignet. Das macht sich auch stark in der Lagerpropaganda bemerkbar, denn überall versuchen Plakate, Transparente und Bilder das Tempo der „Winterfestmachung" zu beschleunigen:

„HAU-RUCK – HAU RUCK!
BRIGADE MILENSKI, HAU REIN,
ZUM OKTOBER MUSS ALLES WINTERFEST SEIN!"

„HÖSCHELS MANNEN – WERDEN DEN WINTER BANNEN!"

„ACHTET AUF EUER WERKZEUG! WER NICHT AR-
BEITET, SOLL AUCH NICHT ESSEN!"

„MEHR ARBEITEN – BESSER LEBEN!"

„JEDER NACH SEINER LEISTUNG, JEDER NACH
SEINEN FÄHIGKEITEN!"

Im Lager selbst laufen neben diesem Agitprop-Rummel noch Brigade-
wettbewerbe, Leistungssteigerungen zwischen den Arbeitsgruppen
und andere „freiwillige" Selbstverpflichtungen für Übersoll- und Mehr-
arbeitsleistungen. Natürlich geschieht dies alles zu Ehren der großen
sozialistischen Oktoberrevolution. Für uns heißt es, wo jetzt noch
kaukasischer Urwald wuchert und Berge im Wege sind, ein E-Werk zu
errichten. Wenn das fertiggestellt ist, dürfen wir heim, so erzählt man
sich im Lager. Molotow hat ja gesagt, daß wir bis 31. 12. 48 alle
entlassen sein werden. Es kann höchstens sein, daß man bestimmte
Kategorien Gefangener einfach zu „Kriegsverbrechern" erklärt und
über diesen Zeitpunkt hinaus weiter roboten läßt. Hier ist alles möglich
und unsere Überlegungen kreisen um diese evtl. Entwicklung.

Erster Arbeitstag

Mein erstes Kommando in Poljana heißt I. UTSCHASTOK GOT-
LOWAN (Erdbewegung I. Bezirk). Wir haben einen Anmarschweg
von 4 km. Unsere Arbeitsstelle ist nichts weiter als ein jämmerlich
trostloses Loch voller Steine und Wasser, das insgesamt 5 m tief
ausgeschachtet werden muß. Das Wetter scheint um diese Jahreszeit
hier nur aus Regen zu bestehen. Wir sind täglich durchnäßt und in der
Nacht vermag der Barackenmief allein nicht, die Klamotten zu trocknen. Wenn wir solchermaßen, von unten und oben unter Wasser
gesetzt, durchfroren und hungrig ins Lager kommen, geht es ohne
Rücksicht gleich weiter mit der Arbeit: Sägemehl aufladen, Bretter
tragen, Schindeln schneiden, Holz sägen, Steine tragen, für die Maurer
Lehm graben, Speis schleppen usw. Alles zu Ehren der großen
sozialistischen Oktoberrevolution, deren 30. Wiederkehr wir das große
Glück haben, miterleben zu dürfen.

Es gehen drei Schichten zur Arbeit

Praktisch wird ununterbrochen bei jeder Witterung robotet. In unserem Loch kommt jede Schicht etwa 5 cm tiefer. Innerhalb 24 Stunden sind das 15 cm und damit schon eine zweistellige Kubikmeterzahl. PROSTOI, Wartezeit, gibt es nicht und unter schwierigsten Bedingungen und mit primitivsten Mitteln werden die Arbeiten Tag und Nacht vorwärtsgetrieben.

Das Essen im Lager ist besser als in Noworossijsk, aber genauso eingeteilt wie dort in ABCD-Verpflegung. Der Unterschied liegt darin, daß die D-Verpflegung im Vergleich zur Spitzenkategorie sich eigentlich kaum unterscheidet. Die Suppen sind „mitteldick", und das Brot ist nicht ganz so naß und maishaltig wie in Noworossijsk.

Das Lager wird auf volle Stärke gebracht

Im Lager, das bei unserer Ankunft schon etwa 700 Plennis seit 1½ Jahren beherbergt, treffen immer noch neue Verstärkungen ein. Meist kommen sie aus den Lagern um Noworossijsk, Krasnodar, Armavir; allerdings sind auch welche darunter, die aus Lagern von Nordrußland hierhertransportiert wurden. Ein kleineres Kontingent war im Lager Parachino bei Borowitschi, bevor es nach Poljana kam. Alle sind Ier und IIer, obwohl manche aussehen, als seien sie Dystrophiker.

Lager 148/14 liegt auf einer Anhöhe in einem Tal. Bei klarer Sicht kann man die gar nicht so weit entfernten, mit etwas Schnee bedeckten Bergriesen des Kaukasus bewundern und rings um unsere Barackenbehausung erheben sich Wälder, in die man vereinzelt Schneisen hineingeschlagen hat, auf deren Rodeflächen Bergbauern versuchen, Getreide und Kartoffeln anzupflanzen. Der Menschenschlag ist hier ein ganz anderer als in Noworossijsk, Taganrog oder Armavir. Man sieht hier Einheimische mit scharf geschnittenen Gesichtern, kohlschwarzen Haaren und tiefdunklen Augen. Auf unseren Baustellen arbeiten meist nur Russen. Es sind in der Mehrzahl „freiwillig" dienstverpflichtete, ehemalige russische Kriegsgefangene, die in Deutschland waren, entlassene Sträflinge, die zur Bewährung hierher kommandiert wurden und andere Leute, die meist dem Regime in irgendeiner Art und Weise aufgefallen sind. Sie sind, ähnlich wie wir, in Barackenwohnungen in der Nähe der Baustelle zusammengefaßt. Sie können sich zwar in einem bestimmten Umkreis des Rayons frei bewegen, darüber hinaus brauchen sie aber einen besonderen Propusk (= Bescheinigung). Letztlich sind es auch Gefangene, wenn auch ohne Stacheldraht und ohne Konvois.

Angst vor Unterleutnant Radschenko

Der für unser Lager zuständige NKWD-Offizier Unterleutnant Radschenko ist allgemein gefürchtet. Bei den Erdbewegungen ist unvermeidlich, daß täglich Arbeitsgerät kaputt geht, Hammerstiele abbrechen, Spitzhacken stumpf werden, sich Brechstangen verbiegen und Stücke aus Spaten- und Schaufelblättern herausbrechen. Radschenko ist in diesen Fällen mit Sabotagebezichtigungen schnell bei der Hand und mehr als ein Brigadier oder Robotschick muß deshalb für Tage mit dem Karzer Bekanntschaft schließen, bei 300 g Brot und einmal 500 g Suppe täglich. Nach Möglichkeit wird defektes Werkzeug entweder unauffällig ausgewechselt oder es verschwindet stillschweigend. Unsere Brigade hat einiges Werkzeug, das wir den russischen Arbeitern geklaut haben, in Reserve. Die Angst vor Radschenko und seinem Karzer hat uns zu diesen „Sicherheitsvorkehrungen" gezwungen. Am 25. Oktober werde ich gemustert und zum IIIer gemacht. Gleichzeitig werde ich in den fünfzigsten Zug versetzt, vorher war ich im fünfundvierzigsten.

Ich schiebe Nachtwache

Bis sich herausstellt, was und wo unser Zug, der nur aus Leuten der Kategorie III besteht, arbeiten soll, gehen wir auf die Kommandos LENIA PEREDATSCHIA (Stromleitung) und DEREWAZIA (Ausschachtung). Hernach wird bestimmt, daß der 50. IIIer Zug nur 4 Stunden täglich arbeiten darf. Nebenbei muß allerdings sämtlicher im Lager anfallender Arbeitsdienst von den IIIern gemacht werden. Für die regulären Arbeitskommandos bedeutet das eine gewisse Entlastung, denn die Arbeit im Lager nach dem Tagesrobot hat viele Ier und IIer in ihrem Gesundheitszustand wieder absinken lassen. Die jetzt eingeleiteten Maßnahmen mit dem IIIer-Zug sollen anscheinend diese nach unten tendierende Kategorienentwicklung, ähnlich wie Ende 46 in Noworossijsk, rechtzeitig verhindern und stoppen. Ich habe Glück und erwische innerhalb unserer Aufgaben einen dankbaren, ergiebigen Posten. In den Baracken 6 und 7 lagern Kartoffeln, rote Rüben und Zwiebeln in großen Haufen. Diese Baracken werden Tag und Nacht bewacht. Ich stehe mit einem anderen Plenni abwechselnd vier Stunden in der Nacht und habe damit mein Arbeitspensum voll erfüllt.

Wenn man vier Stunden Wache schieben muß, macht man sich so allerlei Gedanken. Nachts ist es lausig kalt und wir bekommen einen Fellmantel und Filzpantoffeln. Das macht die Sache etwas erträglicher. Wir Posten sind mit einem Stock bewaffnet. Dieser erfüllt in Zukunft ganz andere Aufgaben, als ihm eigentlich zugedacht sind. In den Lagerungsbaracken sind keine Fenster, sondern zur notwendigen Luftzufuhr hat man einfach Gitter angebracht. Die Kartoffeln und Rüben liegen bis dicht an die Gitter und man könnte eigentlich mit Hilfe unseres Prügels und einer entsprechenden Spitze die kostbaren Produkte prächtig herauspicken und sich so ergiebige, vitaminhaltige Zusatznahrung verschaffen. Die Spitze wird in Form eines etwa 15 cm langen Zimmermannagels gefunden und am anderen Morgen befinden sich unter meinem Kopfkeil sechs Kartoffeln und drei dicke rote Rüben. Meine Sorgen gelten von nun an täglich dem Ofen, denn ich habe mit der Zubereitung dieses „Beutegutes" ganz schön zu tun. Meist muß ich das Erworbene halb gar und ohne Salz hinunterschlingen. Hauptsache, es füllt den Magen und verursacht keine Beschwerden.

Eine Porträtzeichnung für 20 Kartoffeln

In den nächsten Tagen tausche ich Rüben, Zwiebeln und Kartoschkas gegen Salz und Brot. Von dem Kameraden Walter Tripp, der von Beruf Graphiker ist, lasse ich mich für einen Gegenwert von zwanzig Kartoffeln malen. Es ist eine Bleistiftskizze, die mich mit Pelzmütze und Steppjacke zeigt. Das Bildchen hefte ich an eine Postkarte und schicke es nach Hause. Ende November verdiene ich mir noch einiges hinzu, indem ich die Weihnachts- und Neujahrspostkarten meiner Kameraden bemale. Schornsteinfeger, Kleeblätter, Sechser-Würfel und Schweinchen auf der einen und eine schwingende Glocke mit der Aufschrift 1948 und ein paar Tannenzweigen auf der anderen Seite male ich für 100 g Brot. Wie jeder für mich günstige Job in Gefangenschaft geht auch dieser schnell vorüber.

Ein Festessen mit Folgen am Heiligen Abend 1947

Am Heiligen Abend 1947 werde ich zum IIerKO (erholungsbedürftig) „auf Probe" gemustert. Weihnachten feiere ich aber noch als IIIer. Am Heiligen Abend ist die Nacht still und klar und es liegt 40 cm Neuschnee. Ich mache ein „Prasdnik"-Festessen, wie noch nie in Rußland. Seit Tagen habe ich mich schon darauf vorbereitet. Endlich verdrücke ich auf einen Schlag 800 g Brot, 100 g Brötchen, die es als Weihnachtssonderzuteilung mit 50 g Bockwurst gibt, 200 g aufgesparten und eingetauschten Zucker, den ich mit geriebenen roten Rüben zu Marmelade verrühre, 400 g gekochte Kartoffeln, unter die ich zerquetschte kleine Kamsa (= Ölfische) mit klein gehackten Zwiebeln zur besonderen Würze beimenge, 2 ½ Portionen Borschtschsuppe und zu guter Letzt noch ¾ Liter Bierhefe, damit alles gut schwimmt. Langsam und allmählich habe ich mich an diesem Heiligen Abend vollgegessen. Die Wirkung bleibt nicht aus. Mein Leib wird binnen kürzester Zeit so aufgedunsen, daß ich allen Ernstes glaube, die Hülle platzt. Den Rest der Nacht und einen Großteil des anderen Tages verbringe ich zwischen den Donnerbalken. Meine ganze Verpflegung verschenke ich, da allein schon der Gedanke an Essen Übelkeit bei mir verursacht. Tagelange Kopfschmerzen und lang anhaltendes Schwindelgefühl sind die weiteren Quittungen für mein unvernünftiges und nur aus unserem konstanten Hungergefühl heraus erklärbares Verhalten.

Arbeitsplatz II Utschastok

Ich werde zum 19. Zug versetzt und gehe wieder mit hinaus zur Arbeit. Zugführer ist Artur Müller, ein Sachse aus Leipzig. Müller ist ein ulkiger Kerl, der mit den Russen nur sächsischen Dialekt spricht. Er unterstützt seine Reden mit mannigfachem Gefuchtel, das selbst einem Neapolitaner Ehre machen würde.

Unser Arbeitsplatz ist am II. UTSCHASTOK. Dort müssen wir Hang abgraben und Ausschachtarbeiten vornehmen. Eine richtige Dreckarbeit, bei der vorher noch Schnee geschaufelt werden muß und sich der Boden erst dann in vollem Matsch präsentiert. Eines Mittags entdecken wir, nicht weit weg von uns, auf einem steilen Felsvorsprung einen Steinadler, der majestätisch um sich äugend kaum Notiz von uns nimmt, so als wüßte er, daß ihm von uns, den Gefangenen, keine Gefahr droht. Allerdings haben wir ja auch noch einen Posten, der sofort aufmerksam wird, als wir an die Stelle deuten. Von soviel Unruhe stutzig geworden, erhebt sich der Vogel in die Lüfte und bei uns wird darüber gestritten, ob die Spannweite über oder unter zwei Metern liegt. Das Gefieder schimmert rotbraun, als er sich erhebt, um schleunigst abzustreichen. Später ist er nochmals zu sehen, bis er, in ziemlicher Höhe segelnd hinter den Bergen verschwindet.

Vom Erholungsheim zum Kommando Steinbruch

Am 10. 1. 48 komme ich überraschend in das Erholungsheim, das neuerdings als Ferienplatz und Urlaubshaus für die Lagerbelegschaft eingerichtet wurde. Ich finde das einmalig, daß ich in den Genuß einer für unmöglich gehaltenen Einrichtung kommen soll, wo man einige Zeit einmal tatsächlich nicht arbeiten muß und sich durch Nichtstun die Zeit vertreiben kann. Dieses Erholungsheim ist für 25 Mann eingerichtet und von unserem „Hofmaler" Fritz Müller mit Wandmalereien arbeitender Werktätiger versehen worden. Das Essen ist nicht reichlicher, aber besser als die übliche Lagerverpflegung zubereitet. Als der Schnee in diesen Tagen zum ersten Mal wegtaut, machen wir 25 Urlauber einen ausgedehnten Streifzug in die naheliegenden Wälder. Auf noch nicht weggetauten Schneefeldern identifizieren wir unter

Unmengen von Wildspuren relativ frische Fährten. Unser Begleiter, ein russischer Waldarbeiter, sagt uns, daß dies Spuren vom „Wolk" (Wolf) seien. Die Fährte ist gut zu erkennen und führt in ein dichtes, undurchdringliches Waldgebiet. Wir finden noch einige Eßkastanien, die wir mitnehmen und im Erholungsheim rösten. Sie schmecken ganz süß und sind schon reichlich zäh.

Am 25. Januar 48 werde ich aus dem Erholungsheim entlassen und zum Kommando Steinbruch versetzt. Brigadier ist Julius Terheiden. Wir kennen uns schon und wir verstehen uns gut. – Abrücken zur Nachtschicht ist jeweils um 24 Uhr. Bis wir an Ort und Stelle sind, ist es 1 Uhr morgens. Um 8 Uhr, bei Eintreffen der Tagesschicht, ist für uns Arbeitsschluß.

Wenn wir nach unserer Schicht ins Lager kommen, müssen wir selten Arbeitsdienst machen. Man läßt uns meist in Ruhe pennen. Terheiden versteht es ausgezeichnet, unser Kommando als schwer hinzustellen und die Arbeitsstelle als reinste Knochenmühle den Verantwortlichen zu schildern. Dabei sitzen wir fast die ganze Nacht in unserer Baubude aus Geflecht und Lehm und brennen große Feuer, während Terheiden und Fritz Holzkamp aus Bielefeld von alten Zeiten klönen. Die Kameraden in unserem Haufen passen wirklich gut zusammen: Julius Terheiden spielt den Brigadier. Er ist mit fast 2 m Größe mit Abstand der Längste unter uns. Sein Stellvertreter ist Heinz Göttel, ehemaliger Koch vom Lager Armavir, der immer noch reichlich geschniegelt im Vergleich zu uns anderen herumläuft und der auch nach wie vor gute Beziehungen zur Poljaner Küche hat. Da ist dann noch Fritz Holzkamp, Schneider, Kraftfahrer und Elektriker. Er hat von allem eine Ahnung und seine Erzählungen während der „Arbeit" am Feuer sind meist sehr spannend und interessant. Bernhard Grings stammt aus Euskirchen; er ist der kleinste unserer Brigade und wir rufen ihn alle „Bubi". Karl Strattner aus Fürth in Bayern war schon im Lager Noworossijsk mein Nasilkapartner und ist es auch hier wieder, wenn wir Steine zur TRAPILKA (= Steinmühle) schleppen müssen. Erich Wenigerkind aus Halle und Walter Lubba, ein Metzgermeister aus Posen, sind die beiden ältesten und auch ruhigsten Vertreter unseres Vereins. Lubba weiß überhaupt nicht, was aus seiner Familie geworden ist und Erich Wenigerkind hat auch noch keine Post empfangen. Rudi Bachmann ist ein 21jähriger Schüler aus Schlesien und der Sachse Karl

Becker war schon in meiner Verladerbrigade in Noworossijsk. Ich bin mit 19 Jahren der Jüngste im Bunde. Heinz Helm aus Westfalen, ein ehemaliger Spieß, begleitet uns als WK-Mann.

Am 12. 3. 48 fängt es noch einmal zu schneien an, was das Zeug hält. Die ganze Arbeit besteht fast nur aus Schneeräumen und die Feuer in unserer Räucherbude werden von Nacht zu Nacht größer. Von den Leuten im Dorf hat man gehört, daß ein Rudel Wölfe am hellichten Tag ein paar Dorfköter zerrissen habe und sogar in einen Pferdestall eingedrungen sei. Dort habe man drei Wölfe erschossen, andere habe man zwischen den Katen totgeschlagen. Ganz in unserer Nähe hören wir es des öfteren heulen und Walter Lubba meint, daß dies auch Schakale sein könnten. Aber oft ist das Heulen so lautstark durchdringend und wir sehen breite vierzehige, genagelte Spuren, daß sich auch Lubba davon überzeugen läßt, daß es Wölfe sein müssen, die hier herumschleichen.

Ein Felssturz wird uns fast zum Verhängnis

Am 23. März 1948 morgens gegen 3 Uhr ereignet sich bei uns auf dem Steinbruch ein großer Felssturz, der uns leicht den Tod hätte bringen können. Wir arbeiten abwechselnd zu jeweils fünf Mann im Steinbruch, während die anderen fünf sich in der Nähe aufwärmen. Vom Steinbruch zur Steinmühle ist ein Gleis gebaut und die 50 m Strecke wird mit zwei Loren befahren, die am Steinbruch beladen, vor die Mühle gefahren und dort ausgekippt werden. Die Tagschicht mahlt die Steine durch, die Spätschicht sprengt neues Gestein heraus und zerschlägt die größten Brocken, während es uns als Nachtschicht wieder obliegt, die Gesteinsmengen zur Mühle zu befördern. Seit Tagen ist nun von dem verantwortlichen russischen Sprengmeister so gesprengt worden, daß im Steinbruch ein gefährlicher Überhang entstand, unter dem wir gezwungen sind, in der Nacht zu arbeiten. Solange tags und nachts tiefer Frost herrscht, hält das Gestein zusammen. Am 23. März aber ist tagsüber mildes Tauwetter, so daß der geschmolzene Schnee in Bächen die Felswand herabrinnt, in die Spalten sickert und sich in Hohlräumen sammelt. Am Abend ist es schon wieder empfindlich kalt und in der Nacht laufen wir ziemlich schnell, um unsere wärmende Bude zu erreichen. Wir verabreden, daß jede Partie zwei Loren heranfährt und sich dann, während die andere Partie draußen ist, wieder aufwärmen kann. Unsere Partie, Göttel, Wenigerkind, Holzkamp, Strattner, Terheiden und ich sind gerade damit beschäftigt, ein paar größere Gesteinsbrocken zu zerschlagen, als plötzlich mit einem Knall ein gewaltiger Schatten vom Fels stürzt – ein Schrei, ein blitzschnelles Erkennen der Situation –. Ich weiß nicht, wie ich darunter weggekommen bin, meine Füße zittern. Vor mir sitzt Holzkamp im Schnee, unfähig etwas zu sagen. – Wo sind die andern...? Karl Strattner kommt taumelnd die Böschung hoch. Er sagt kein Wort und läßt sich zu Boden fallen; – die anderen aus der Bude kommen angestürzt. Erst jetzt legt sich bei mir dieses Wie-gelähmt-Sein. Terheiden ruft Göttel, Wenigerkind, nichts rührt sich. Die Loren sind weg. Wo wir standen, liegen Felsbrocken von der Größe eines kleinen Hauses. Über diese Felsbrocken kommen Göttel und Wenigerkind totenblaß, aber unversehrt, angekrochen. Gott sei Dank!! Was haben wir für ein Glück gehabt! Strattner hat nur die Backe leicht angekrazt. Über ihn flog ein tonnenschweres Felsstück, das eine leere Lore mit sich riß. Göttel und Wenigerkind flogen und sprangen von dem Luftdruck und der eigenen Angst getrieben in Riesensätzen den Abhang hinunter. Holzkamp und ich sind die Böschung zur Bude hinuntergerollt.

Terheiden und Strattner wählten den gefährlichsten Weg: Sie sind wie die herabstürzenden Felsstücke geradeaus die Böschung hinuntergejagt, und keinen Meter von beiden entfernt bohrte sich die Lore ins gefrorene Erdreich. Terheiden sagt: „Junge, Junge so'nen Dussel kann man bloß einmal han! Junge, Junge...." Wir beglückwünschen uns still, ohne etwas zu sagen! Jedes Wort wäre hier zuviel. Es war wahrlich Gottesfügung, daß wir nicht zermalmt und erschlagen wurden. Den Rest der Nacht verbringen wir in der Hütte. Als am Morgen unser russischer Meister kommt, macht er Tamm-tamm; warum wir nicht arbeiten. Das haut dem Faß den Boden aus, denn die Bescherung sieht man schon von weitem. Ins Lager zurückgekommen, machen wir Meldung. Es begibt sich eine Kommission an den Ort des Ereignisses, und nachdem man sich überzeugt hat, daß man uns keine Sabotage in die Schuhe schieben kann, erhalten wir für die folgenden Nächte Anweisung, den Steinbruch nicht mehr zu betreten. Nun sprengt die Tagschicht, die Spätschicht fährt das Gestein heran, und wir brechen mit unserer Trapilka, der Steinmühle, die Brocken zu Schotter. Jedesmal, wenn ich es vom Steinbruch her rieseln höre, läuft es mir kalt über den Rücken, und ich erinnere mich an die Nacht mit der herabstürzenden Wand. Apropos Sabotage. Diese Beschuldigung wird ohnehin von den Russen allzu leicht erhoben. Als einmal die unzulänglich geschützten Glühbirnen, die unsere nächtliche Arbeitsstelle im Steinbruch erhellen sollten, bei stürmischem Wind und Regen platzten, ertönte sofort der Ruf Sabotage. Als zwei Russen zur Überprüfung bei uns auftauchten und die Meinung äußerten, wir hätten die Glühbirnen mit Steinen ausgeworfen, platzte im gleichen Moment eine der Lichtquellen. Der Fall war geklärt. Wir waren unschuldig.

Ein Brief nach Hause

Langsam, aber stetig zieht der Frühling ins Land, und in einem Brief, den wir nun jedes Vierteljahr nach Hause schreiben dürfen, versuche ich, meinen Eltern die Landschaft, die uns umgibt, zu schildern: „Jetzt ist herrlichstes Frühlingswetter. Alpenrosen, Alpenveilchen, Ehrenpreis, Haselnußsträucher und Marillen stehen in der Blüte. Die Mandeln fangen auch bald an. In dichten Laubwäldern gibt es die verschiedensten immergrünen Pflanzen. Die Bäume haben oft breite Blätter, und an den Baumstämmen winden sich Lianen in die Höhe. An der Meeresküste erheben sich inmitten von Palmen, Magnolien und Oleander Sanatorien, die bei der Vorbeifahrt den Eindruck griechischer Tempel in mir hinterließen. Ein wilde, herrliche Gegend. Hier ist der Bär noch heimisch, und der Adler zieht stolz seine Kreise in den azurblauben Himmel. Ja, liebe Eltern! Ihr werdet wohl noch wissen, daß ich immer davon schwärmte, einmal die Welt kennenzulernen, leider geschieht dies nun auf diesem Wege."

Als „amtliche Produkteträger" bestellt

Am 19. April 1948 wird unsere Brigade vom Küchenchef Kobierski zur amtlichen Produkteträgerbrigade im Lager bestimmt. Göttel wird Brigadier, und unser Julius Terheiden fährt als OK-Mann nach Hause.

Mit ihm fahren 120 Invaliden, Kranke und andere Arbeitsunfähige des Lagers in die Heimat. Adressen werden ausgetauscht, unsere Lagerkapelle spielt ein Abschiedslied, und die Glücklichen verschwinden in einer Staubwolke auf der Paßstraße in Richtung Westen. Wir wählen an diesem Heimkehrtag in „geheimer, freier Wahl" unsere Lagerführung, die uns allerdings auf einer Liste vorbestimmt wird. Es gibt an diesem Tag ein besseres Essen, die Baracken sind auf Hochglanz gewienert, und an den Balken haben wir frische Birkensträußchen festgebunden. Unsere Baracke macht im Wettbewerb der Unterkünfte den ersten Preis, und unser Kompanieführer Hermann Knipprath bekommt als Anerkennung für jeden Mann einen Schlag Zusatzkasch, den wir genüßlich in unserer preisgekrönten Baracke verzehren.

Von dem Zeitpunkt unserer Bestimmung als Produkteträgerbrigade an hat sich sehr vieles geändert. Wir wollen uns nicht sagen lassen, daß wir bei der Arbeit faulenzen, um tagsüber für die Küche arbeiten zu können. So übererfüllen wir nächtlich unsere Norm an der Steinmühle. Die Zeit der großen Feuer und langen Erzählungen ist endgültig vorbei. Man muß sich sehr in acht nehmen, denn Futterneid und Mißgunst sind weit verbreitet und NKWD-Unterleutnant Radschenko ist in seinem Haus, von uns „Knusperhäuschen" genannt, begierig, Fälle von Arbeitssabotage, Nichtnormerfüllungen und ähnlichen Delikten zu erfahren und zu bearbeiten.

Nachdem wir schon 14 Tage Produkte getragen haben, wiege ich 69 kg, habe einen typisch russischen „Kaschkopp" und meine Kumpels sagen auf einmal „Dicker" zu mir. Wenn mir am Anfang fast die Beine versagten, wenn ich einen 50-kg-Sack trug oder im Steinbruch Steine schlagen sollte, so trage ich nun mühelos 75-kg-Säcke 300 m weit mit drei Meter Steigung zur Küche und schlage dicke Steine in kleine Stückchen. Wir rollen Tomatenfässer, schleppen Kartoffeltragen und Säcke und putzen Fische. Zu essen habe ich endlich einmal genug. Am Anfang hatten wir für die Küche von abends 20.00 Uhr bis morgens 3.00 Uhr Kartoffeln zu schälen und erhielten dafür mit Müh' und Not einen kalten Schlag Krautsuppe. Morgens um 6.00 Uhr ging es wieder los zur Arbeit. Heute erhalten wir wenigstens ordentlich zu futtern, aber das Produktetragen kann man zusätzlich zur Arbeit nicht machen, wenn man keinen Bizeps in den Armen hat. Wenn wir von der Nachtschicht ins Lager kommen, schlafen wir bis gegen 12.00 Uhr. Von dieser Zeit an tragen wir bis gegen 17.00 Uhr mit Unterbrechungen Produkte vom Magazin, den Kartoffelsilos und von LKWs in die Lagerküche. Anschließend ist meist Zählappell, und erst von 19.00 Uhr an können wir dann versuchen zu schlafen. Um 23.00 Uhr wird für die Nachtschichten zum Essenfassen herausgepfiffen, und um 24.00 Uhr gehen wir hinaus zur Arbeit.

Faschisten und Saboteure für den Strafzug

Schon seit längerer Zeit munkelt man, daß Radschenko das Lager wieder einmal nach Faschisten und Saboteuren durchkämmen will. Es vergeht fast kein Zählappell, an dem uns unser Kommandant Karl Gutjahr nicht ein Kriegsgerichtsurteil aus Krosnodar oder Rostow vorliest und wo wir in Hab-acht-Stellung vernehmen können, daß der Kriegsgefangene Müller oder Meier wegen Arbeitssabotage, Diebstahl, Verweigerung der Arbeit, Widerstand usw. zu 5, 10, 15 oder gar 25 Jahren Arbeitslager verurteilt wurde. In der Tat greift auch Radschenko ein, und er findet genügend Faschisten, Saboteure, Diebe sozialistischen Eigentums und andere, die man wohl meist auf Denunziationen ihrer „Kameraden" hin hat vorführen lassen. Diese Leute kommen alle in den Strafzug, der dem Würzburger Reinhold Tedio untersteht. Tedio ist gefürchtet und steht völlig im Sold der Russen. Er kann sich überall frei bewegen und geht nur in Luftwaffenoffiziersuniform mit Juchtenstiefeln. Das Arbeitsgebiet des Strafzugs ist ein sonnenüberflutetes Stück Graben, in dem es von dicken Steinen nur so wimmelt. Tedio sitzt am Rande dieses Grabens unter einem extra für ihn gebauten, hölzernen Sonnendach, brüllt jeden an und droht demjenigen mit völligem Essensentzug, der sich nur einmal kurz verschnaufen will. Die Arbeitszeit des Strafzugs beginnt eine Stunde früher und endet zwei Stunden später als die des übrigen Lagers. Das Quartier für den Strafzug besteht aus einer doppelt mit Stacheldraht umzogenen, abgeteilten Baracke. Die Notdurft der Insassen muß im Freien in einen Eimer verrichtet werden, der direkt vor der Tür des Baues stehenbleiben muß.

Kamerad Roland Weimar wird denunziert

Über mir liegt ein Landser, der sich Roland Weimar nennt. Seiner perfekten russischen Sprachkenntnisse wegen sagen die Russen nur „Sjemljak" – Landsmann – zu ihm. Er ist und bleibt aber einfacher Robotschik, obwohl es ihm allein auf Grund seiner Sprachkenntnisse ein leichtes sein könnte, die beste Stellung im Lager einzunehmen. Roland Weimar ist aber weder gerissen genug für so etwas noch zeigt er das geringste Interesse für eine solche Position. Er ist ein prächtiger, hilfsbereiter Kamerad, der oft erstaunliche Anekdötchen erzählt und in jeder freien Minute Bücher in russischer Sprache von Tolstoi, Turgenjew oder Gorki liest. Er spricht außer Russisch und verschiedenen Dialekten perfekt Englisch und scheint auf allen Gebieten sehr beschlagen. Kurzum, man sieht sofort, daß dieser Mann mit dem welligen, dünnen Blondhaar und der hohen Stirn allerhand im Köpfchen hat. Überraschend holt ihn eines Abends der deutsche Putzer von Radschenko, ein unangenehmer, stets kameradschaftlich tuender geschniegelter Kerl mit einem Schnurrbärtchen von der Pritsche. Roland Weimar kommt nicht mehr zurück. Von Radschenko aus wurde er gleich in den Karzer eingeliefert. Man erzählt sich, daß Weimar der Mann der Tochter des ehemals russisch-zaristischen Gesandten in Berlin sei.

Als im Winter die Kolonne, mit der Weimar marschierte, bei tiefem Schnee im Gänsemarsch zur Arbeit ging, gab der russische Posten den Befehl, in Fünferreihen untergehakt, den Schnee niederzutrampeln. Weimar soll zu einem Kameraden gesagt haben, dieses Schwein muß man den Abhang hinunterwerfen. Das ist Radschenko hinterbracht worden, und er hat es zum Vorwand genommen, Weimar endlich zu stellen und zu fassen. Ich bin erschüttert über diese Denunziation, eine Erschütterung, die auch in einem Brief zum Ausdruck kommt, den ich an meine Eltern schreibe: „. . . In der Gefangenschaft ist es, wo die Masken fallen, wo mir zum ersten Mal die grausame Wahrheit zu Bewußtsein kommt, daß der Deutsche der schlimmste Feind des Deutschen ist. Das hungrige Tier faucht um den kümmerlichen Eßnapf, und die Not des Daseins entfesselt alle Hemmungen, die sich hinter der künstlichen Wehr von Sitte, Moral und Kultur gestaut hatten. Ich habe schon soviel Schmutz und Niedertracht kennenge-

lernt, daß man, von der Gemeinheit und Bosheit des Alltags überwältigt, voll Mißtrauen gegen das Leben und die Menschen wird und
manchmal mit sich selbst nichts als ein ohnmächtiges Mitleid empfindet. Doch wenn man die Bosheit und Gemeinheit erkannt hat, wehrt
man sich gegen sie voller Trotz mit zusammengebissenen Zähnen und
geballten Fäusten. Glaubt mir, daß ich in drei Jahren Gefangenschaft
mehr gesehen, gelernt und erlebt habe, als mancher Mensch in langen,
normal verlaufenen Lebensjahren erfahren kann. Mein Wahlspruch ist
der des russischen Dichters Maxim Gorki: SCHAUEN – SCHWEI-
GEN – MERKEN !..."

Es mögen etwa 14 Tage seit Roland Weimars „Verhaftung" vergangen sein, als er unserem Kommando überraschend begegnet, wie er
gerade von einem Konvoi aus dem Karzer zum „Knusperhäuschen"
geführt wird. Sein Anblick ist erschreckend. Weimar ist bis zur
Unkenntlichkeit abgemagert und sein spitzes Gesicht von einer Toten-
blässe überzogen. Trotzdem versucht er ein müdes Lächeln, als er
unser ansichtig wird. Mit beiden Händen hält er die viel zu weit
gewordene Hose, denn zweifelsohne hat man ihm den Riemen weggenommen, bevor er in das Loch eingeliefert wurde. Wie das leibhaftige
Elend klappert Roland auf Holzschuhen an uns vorbei. Die eigene
Angst und der finster dreinblickende russische Begleiter lassen uns
schweigen. Nur Göttel hebt verstohlen die Hand an die Mütze, aber das
hat Weimar schon gar nicht mehr gesehen. Im Lager ist es unruhig, und
uns allen sitzt die Angst im Nacken, daß man selbst der nächste sein
könnte, dem es so geht wie Weimar.

Ein Aktivist und Bestarbeiter fällt in Ungnade

Zu gleicher Zeit wird im „Knusperhäuschen" in Sachen des ehemaligen Aktivisten und Bestarbeiters des Lagers, des Kriegsgefangenen,
Zugführers und Brigadiers a. D. Herbert Spyra verhandelt. Spyra
wurde uns von Anfang an als 1. Aktivist und als 1. Bestarbeiter des
ganzen Lagers vorgestellt, dessen Beispiel jeder Kriegsgefangene
nacheifern soll. Er hatte Wunschkost und einen gewaltigen Schlag beim
Lagerkommandanten, Major Konjew, einem Bruder des Marschalls
der Sowjetunion. Spyra soll in großem Umfang Zement verschoben

haben. Diese Schiebungen kamen ans Tageslicht, als im Frühjahr die unter seiner Leitung betonierten Rohrsockel des kleinen E-Werks MALAJA GESS tiefe Risse zeigten, aufsprangen und wie Sand abzubröckeln begannen. Spyra, der Bestarbeiter, ließ beim größten Frost betonieren und dazu noch mit nur einem Drittel der vorgesehenen Zementmenge. Das ging nicht gut, und er fällt in Ungnade, ohne Rücksicht auf seine sonstigen „beispielhaften Verdienste". Spyra sitzt zunächst im Karzer, und es ist anzunehmen, daß er verknackt wird.

Überall auf den Baustellen wird geschuftet und geschwitzt. Schacht- und Betonarbeiten verändern die Landschaft und man sieht, wie das Werk und seine Anlagen in ununterbrochener Tag- und Nachtarbeit förmlich aus dem Boden gestampft werden. Die riesigen Leitungsrohre werden in gefährlicher Fahrt aus Adler bei Sotschi über die Paßstraße herangebracht, und es passiert zweimal, daß Rohre die Vertäuung der Tieflader sprengen und mit Getöse die wilden Abgründe hinunterpoltern.

Wir schließen untereinander „freiwillige Arbeitswettbewerbe" ab, und die russische Bauführung zahlt die ersten Rubelprämien an einfache Wojenno Plenni Robotschiki (= Kriegsgefangenen-Arbeiter). Die sowjetischen Sklavenarbeitsmaschine läuft auf vollen Touren, und mittenhinein platzt bei einem Zählappell die Nachricht, daß Spyra vom Kriegsgericht in Krasnodar wegen Arbeitssabotage zu 25 Jahren Zwangsarbeit verurteilt wurde. Seine drei Brigadiere, ehemalige SS-Offiziere, wurden mitschuldig gesprochen und erhielten Zwangsarbeitsstrafen von 5 bis 15 Jahren. Die Tatsache, daß Spyras Brigadiere „Faschisten" waren, gibt der NKWD Veranlassung, alle SS-Dienstgrade ab Unterscharführer von solchen Posten zu entfernen. „Sie sollen als einfache Robotschiks wirken, und man darf ihnen keine Möglichkeit geben, ihre arbeitswilligen, antifaschistischen Kameraden wie im Falle Spyra nazistisch zu verseuchen und zur Sabotage gegenüber der Sowjetunion anzustiften." So lautete der Kommentar aus dem „Knusperhäuschen" zum Fall des Aktivisten Spyra und seiner Brigadiere. Im Zuge dieser allgemeinen Säuberung muß auch unser Brigadier Göttel zur Tagschicht gehen, weil die russischen Kommandostellen nicht verantworten können, daß ein ehemaliger Unterscharführer der Waffen-SS Brigadier spielt. Er darf sich keine 20 m von der Arbeitsstelle entfernen und darf mit dem in der Steinbruchhütte gelagerten Sprengstoff nicht mehr wie bislang in Berührung kommen. Göttel nimmt das weiter nicht tragisch und meint nur: „Eigentlich hab i garnete gwußt, daß i so'n gfährlicher Kerle bin." An seiner Stelle wird Holzkamp Brigadier. Er versteht es aber nicht, sich durchzusetzen und unsere Nachtschicht wird immer ungemütlicher.

Auf der Bestarbeiterliste

Ende Mai 1948 wird unser Kommando Kamijentrapilka aufgelöst und zu dem 6. Zug versetzt. Unsere Arbeitsaufgabe besteht darin, einen Abflußgraben unter der Rohrleitung auszuschachten und zu pflastern. Mit Fritz Holzkamp, unserem letzten Brigadier auf Kamijen-trapilka, habe ich mich angefreundet, und dieser ist es auch, der mich wieder zum Zug Müller zurückholt. Dort arbeite ich dann als Betonar-beiter und zeitweilig als Vibrator. Am 19. Juli 1948 werde ich das erste Mal in der Bestarbeiterliste aufgeführt und erhalte eine Prämie von 35 Rubel. Dafür kaufe ich mir für 15 Rubel kleine Ostereier, ähnlich bunten Bonbons, und für die restlichen 20 Rubel lasse ich mir von einem Kunstschreiner eine Tabaksdose anfertigen, die aus fünf in Poljana vorkommenden Holzarten geschmackvoll zusammengefügt ist. Mein Freund Fritz Holzkamp sorgt dafür, daß wir jeden Tag etwas zusätzliches zum Futtern haben. Er hat gute Beziehungen zum deut-schen Stab und zur Bäckerei, und das kommt uns zugute, denn seit Kamijentrapilka aufgelöst wurde, ist es auch mit Produktetragen vorbei. Der Magen hat sich an Mengen gewöhnt, und es würde ihm schwerfallen, ohne Übergang auf Normalration gesetzt zu werden.

Zementausladen in Adler bei Sotschi

Am 4. August 1948 wird unser ganzer Zug morgens um 11.00 Uhr von der Arbeit geholt. Wir sollen für vier Tage nach Adler zum Zementausladen. Erst gegen 16.00 Uhr geht es mit zwei LKWs ab, und etwa um 19.00 Uhr treffen wir in Adler ein. Man sieht nicht, wo wir übernachten sollen, dagegen empfängt uns ein Zivilist, der uns die Mitteilung macht, daß wir noch vier Stunden arbeiten müssen, da wir ja am Morgen nur unser halbes Tagespensum erledigt hätten und die Restzeit nun nachzuholen sei. Wir sind alles andere als begeistert von dieser Maßnahme und folgen dem Russen murrend zum Geräteempfang: unzulängliche Spaten oder überdimensionale Kohlenschaufeln mit rissigen Stielen, die für uns zum Zementausladen von weiß Gott woher zusammengesucht wurden. Auf einem Abstellgleis stehen 50 Tonner Pullmanwaggons. Gegenüber den Waggons liegen große Rohre, deren Öffnungen man hinten vollständig und vorne halb mit Brettern zugenagelt und angestützt hat. Es sind dieselben Rohre, die man für die Zuleitung zum E-Werk nach Poljana jongliert. Der Russe stellt uns ein kleines Blechrohr zur Verfügung, mit dem wir allerdings nichts anzufangen wissen. Nachdem die Waggons geöffnet sind, demonstriert uns der Zivilist, daß wir das Blechrohr vom Waggon zu den großen Silorohren schräg ansetzen und den Zement hineinschaufeln sollen. „A podom Zement sam pojeschajt." – der Zement rutscht dann von selbst, so meint er gemütlich. Daß das nicht ganz so einfach ist, sollen wir gleich erfahren. Ich bin zusammen mit neun Kameraden an einem Waggon mit der Rohrleitung. Die zweite und dritte Partie mit je 10 Mann bauen sich aus Bohlen einen Steg und karren den Zement pro Waggon mit einem Schubkarren in die Silorohre. Beide Methoden sind höchst unrationell und umständlich. In den ersten Stunden schlucken wir so viel Zementstaub, daß wir den fertigen Beton aus Mund und Nase auswerfen können. So arbeiten wir bis morgens gegen 1.00 Uhr. Dreckverstaubt und verschwitzt wie wir sind, werden wir zu abseits liegenden Rohren geführt, die vorne und hinten offen in einer nassen Wiese liegen und unsere Unterkunft darstellen sollen. Man hat die blanken Eisenrohre mit einer dünnen Schicht Häckselstroh aufgeschüttet. Wir werden schlechter als Kolchosenochsen gehalten, und zur Abendfütterung gibt es ein dünnes Mehlsüppchen ohne Salz, das ein eigens aus dem Lager mitgebrachter Hilfskoch auf offenem Feuer zusammengebraut hat. Sechs Mann liegen in einem Rohr, und es dauert nicht lange und unsere Besatzung schläft den Schlaf der Gerechten. Bei Morgengrauen werden wir mit „dawai bistrej Kamerad" von Posten in Uniform und Zivilrussen aus dem Schlaf gerüttelt. Unser Erstaunen ist groß, als wir sofort weiter ausladen müssen, weil „sewodni mnogo Waggone budet" – viele Waggons sein werden. Unsere Kaffeebrühe ist noch nicht einmal aufgestellt, und so geht es ohne Futter zur Arbeit. Unsere Stimmung ist an einem Tiefpunkt angelangt, und viertelstündlich pendelt ein Späher zur Kochstelle und peilt, ob es etwas zu essen gibt. Als es schließlich soweit ist und die Arbeit kurz unterbrochen wird, stehen ein paar Russen dabei, die mit ihrem „dawai bistrej" auch nicht gerade zur Hebung unserer Laune beitragen.

Am frühen Morgen geht die Arbeit am besten von der Hand, und das Klima ist erträglich. Sobald aber die Sonne voll am Himmel steht, drückt eine Hitze auf uns herab, die man kaum auszuhalten vermag. Der Zement ist so heiß, daß das geflickte Schuhzeug einen nur notdürftigen Schutz bietet. Bei jeder Brigade sind schon Leute ausgefallen. Zum Teil ist ihnen heißer Zement in die Augen gespritzt oder es ist ihnen in der Hitze vorübergehend die Puste ausgegangen. Sie hocken in den schmalen Schatten der Rohre, und die Erschöpften versuchen, den Zementblinden den Dreck aus den entzündeten Augen zu pulen. Der erste Tag ist ein Höllentag, der zweite Tag ist ein Höllentag, der dritte Tag ist ein Höllentag. So geht es weiter, und erst als wir fast im Zement ertrinken, kommen 200 Mann Verstärkung aus dem Lager. Es rollen immer neue Waggons an – zehn – zwanzig – dreißig –, und es nimmt kein Ende. In Tag- und Nachtschicht wird entladen, und LKWs nach Poljana werden beladen. Oft stehen wir bis zum Bauch im heißen Zement, und täglich werden Fieberkranke, Erschöpfte, solche mit Zementverbrennungen, allergischen Hautausschlägen, schweren Sonnenbränden und durch die Hitze Angeschlagene nach Poljana ins Hauptlager zurückgefahren. Am 12. August 1948 meldet unser Natschalnik, daß er 52° Celsius vom Thermometer abgelesen hat. Es ist ein mörderisch heißer Tag, und die Landser fallen um wie die Fliegen. Diese ausgefallenen Kameraden werden unverzüglich durch Leute aus den freien Schichten ersetzt, ohne Rücksicht auf bereits geleistete Arbeitszeit. Wenn ich mir durch das Produktetragen keinen Wams angegessen hätte, wäre ich wahrscheinlich auch schon umgekippt. Ich bin erstaunt über mich selbst, daß ich dieses turbulente Tempo unter diesen verdammten Umständen durchhalten kann.

Antifa-Besuch aus Poljana

Mit einem LKW aus Poljana kommt überraschend Werner Gierlach zu uns. Er war längere Zeit in Krasnodar auf der Antifaschule und macht nun nach dieser geistigen Bluttransfusion in AGITPROP (= *Agit*ation und *Prop*aganda). Er hat sogar einen Ledermantel dabei und informiert uns am Abend über die Wichtigkeit unserer Arbeit, von der die gesamte Planerfüllung beim Bau des E-Werks abhängen würde. Spät am Abend komme ich zu ihm. Unsere Begrüßung ist herzlich, und ich kann keinen „Tick" bei ihm feststellen. Für mich ist interessant, von ihm zu erfahren, daß Roland Weimar in erster Instanz vom Kriegsgericht Krasnodar, bei dessen Verfahren er sich selbst verteidigte, freigesprochen wurde. Einige Tage arbeitete er als Dolmetscher auf einer Baustelle in Krasnodar, dann wurde er plötzlich wieder eingebuchtet. Gierlach erzählt nun, daß er gehört habe, Weimar sei vom Hauptkriegsgericht der NKWD des Kaukasus mit Sitz in Rostow jüngst wegen Anstiftung zu Meuterei, Arbeitssabotage, Umsturzversuch und Landesverrat zu insgesamt 65 Jahren Zwangsarbeit verurteilt worden. Während ich dieses unverständliche Urteil kritisiere, gibt Gierlach dagegen keinen Kommentar von sich und schweigt. Daran merke ich, daß in Krasnodar doch etwas an ihm hängengeblieben ist. Ich frage ihn noch, ob er etwas gehört habe, wann wir evtl. entlassen würden. „Molotow hat ja gesagt, daß bis Dezember 48 alle entlassen sein würden, dann muß es schon stimmen", gibt mir Gierlach zur Antwort. Der Ton erscheint mir etwas zu forsch, und ich verabschiede mich von unserem Agitpropagandisten.

Wir bleiben als Stammannschaft in Adler

Als 57 Pullman-Waggons mit rund 3000 Tonnen Zement umgeladen sind, rückt das Hauptkontingent der Plennis wieder ab ins Lager. Unser Zug bleibt zurück als „Stamm". Obwohl wir täglich an das fünf Minuten entfernte Meer dürfen, ist unsere Haut vom Arbeiten im Zementstaub weiß, fleckig, ausgetrocknet und schuppig. Als wir in den ersten Tagen von gut einem Dutzend Konvois zum Baden ans Meer geführt wurden, mußten wir mit Klamotten den Kies bedecken, so unerträglich heiß brannten die sonnenerhitzten Steine an den Füßen. Jetzt geht es, und es ist lange nicht mehr so eine glühende Hitze wie in den ersten Augusttagen. Wir beladen nur hier und da ein paar LKWs und im übrigen sind die meisten von uns damit beauftragt, alles in der Nähe zu erwischende, eßbare Obst und Gemüse für die Küche zu organisieren. An einer Aktion bin ich beteiligt. Als wir uns um Mitternacht in ein Zuckermelonenfeld geschlichen haben, patrouilliert überraschend ein bewaffneter, von uns noch nie wahrgenommener Flurwärter ahnungslos vorbei. Einer von uns verliert die Nerven und springt schon ab, als der Posten sich noch keine 10 m von dem Acker entfernt hat. Der wittert natürlich Diebe und schreit „Stoi – Stoi – Stoi" und flucht dabei. Er rennt dem Flüchtenden nach, was für uns das Zeichen ist, auf einem kleinen Umweg schnellstens unsere Lagerstätte zu erreichen und die Zuckermelonen am Stengel zu lassen. Wir liegen schon längst im Stroh, als unser „Flüchtling" eintrifft. Glücklicherweise hatte er einen Haken geschlagen, damit der Flurwächter von unserer Fährte abgelenkt und unser Lager nicht in Verdacht kommt. Ich bin sehr aufgeregt, und auch die anderen lauschen und hören, denn auf Diebstahl sozialistischen Volkseigentums stehen 25 Jahre. Von diesem Zeitpunkt an lassen wir unsere Streifzüge sein, denn was einmal gutgegangen ist, kann ein zweites Mal ins Auge gehen.

Man hat für uns übriggebliebenen 25 Mann ein Mannschaftszelt erstellt, das sogar einen Holzfußboden hat. Die kommenden Tage laden wir noch vier Waggons mit Langholz und Telegraphenmastglokken aus. Zwischendurch machen wir einen Spaziergang zu einem am Strand gelegenen Mädchenheim. Die Mädels machen einen verwahrlosten Eindruck und liegen mit strähnigen Haaren und halbnackten Brüsten in den Fenstern. Wir bestaunen die Kurven, was die holde Weiblichkeit zu frenetischem Kichern und zotigen Zurufen inspiriert. Als sie anfangen, mit faulen Birnen zu werfen, ziehen wir es vor, die Kurve zu kratzen.

Wir unterhalten uns wenig später mit einem Studenten, der perfekt Deutsch kann. Er sitzt am Strand mit seinen Büchern und läßt sich von dem leise den Ufersand streichelnden Wasser die Füße kitzeln. Er spricht sehr offen zu uns und befragt uns über unsere Eindrücke in der Sowjetunion. Wir nehmen kein Blatt vor den Mund, und er gesteht ein, daß in der Sowjetunion noch sehr vieles im argen ist und daß es

Aufgabe der kommenden Generation sei, mit dem Brecheisen herauszustoßen, was nicht im Sinne des Sozialismus sei. Der Mann gefällt mir, und wenn er Kommunist ist, habe ich in ihm einen offenen, sympathischen Idealisten kennengelernt. Es gibt eben überall solche und solche, und man muß sich sehr hüten, zu verallgemeinern.

Am liebsten lade ich in den kommenden Tagen am Strande Kies. Nicht weit von unserer Ladestelle liegt regelmäßig eine splitternackte, üppige Schwarzhaarige in den besten Jahren. Sie liest seelenruhig in einem Buch und scheint von uns überhaupt keine Notiz zu nehmen. Doch meinem Kameraden fällt fast die Schaufel aus der Hand, als diese sonnenhungrige Badenixe ungeniert vor unseren Augen am hellichten Morgen anfängt, splitternackt gymnastische Übungen zu machen. Rumpfbeuge – Rumpf gestreckt – wippende Brüste – straffe Brüste – seitliche Drehung – tolles Profil – Sprung in die Höhe – kräftige Arme schwingen nach oben – Ende der Übung, und wir können nur noch einen braunen Rücken und runde Kurven bewundern, deren Besitzerin wieder völlig in ihr Buch vertieft scheint. Unser russischer Chauffeur nimmt erstaunlicherweise nur wenig Notiz von dieser Frau, kaut aber um so intensiver an einem Apfel herum, dessen rote Bäckchen ihn mehr zu interessieren scheinen als die gebräunten weiblichen Bäckchen nicht weit vor dem Kühler seines Lastautos.

Der Deschournij-Offizier aus Poljana prügelt sein Täubchen

Am 20. August bekommen wir Besuch von unserem Deschournij-Offizier Horotkow, dessen hübsche Frau wir vor Tagen mit einem anderen Mann am Strand sitzen sahen. Er sucht sie und findet sie auch dort, sie ist allerdings allein. Es muß ihm aber etwas zu Ohren gekommen sein, denn urplötzlich zieht der Kerl sein Koppel aus und schlägt es seiner Frau wie wild auf den Kopf. Laut schreiend flüchtet diese über den Strand, während in der Nähe befindliche Russen den tobenden kleinen Deschournij-Offizier aus Poljana in eine lautstarke Diskussion verwickeln. Stunden später sehe ich, wie der Deschournij mit seiner Frau am Arm friedlich einen nach Poljana fahrenden LKW besteigt, so als ob rein gar nichts vorgefallen wäre. Wer sein Täubchen liebt, der haut es eben ab und zu, heißt es in einem russischen Sprichwort.

Wette mit Wellengang

Am 21. August gehe ich eine riskante Wette ein. Es herrscht stürmisches Wetter, und die See brandet hoch an das sonst friedliche Ufer. Mit meinem Kameraden Fellner zusammen wette ich, daß wir bei diesem Wellengang mindestens 20 m weit hinausschwimmen. Zwei andere setzen 10 Rubel dafür, das wären für jeden fünf. Wir gehen wie immer nackt ins Wasser, und ich verspüre keinerlei Angst, wohl aber prickelnd den Reiz einer kleinen sportlichen Wette. Überraschend reißt mir ein Brecher die Füße weg und kopfüber werde ich von einer starken Unterströmung ins Meer gespült. Sofort geht mein ganzes Tun darauf aus, so schnell wie möglich wieder herauszukommen. Ich schwimme in den Wellentälern und bin in den nächsten Sekunden schon wieder oben auf einem Wellenkamm. Fellner sichte ich nicht weit weg von mir, er scheint aber auch Mühe zu haben, nicht weggetrieben zu werden. Ich kann sehen, daß unsere Wettkumpane am Strande hin und her rennen. Sie scheinen den Ernst der Situation erkannt zu haben. Dreimal versuche ich vergeblich, an Land zu kommen. Jedesmal zieht mich der starke Sog zurückrollender Brecher wieder hinein in die Wellentäler und schäumenden Kämme der aufgewühlten Wassermasse. Mir wird es mulmig, und Gott sei Dank werde ich so plötzlich wie ich hineingezogen worden bin von einer wuchtig anbrausenden Welle ans Ufer geschleudert. Es gelingt mir, schnell auf die Füße zu kommen und mit nahezu letzter Kraft torkle ich an Land. Fellner kommt, anscheinend von der derselben Welle wie ich herausgedrückt, weiter unten heraus. Da haben wir großen Dussel gehabt, und als der eine unserer Wettkumpane anfängt zu zweifeln, daß wir 20 m weit draußen gewesen sind, verzichten Fellner und ich freiwillig auf die 10 Rubel. Wir sind froh, daß wir nur wieder herausgekommen sind.

Mit Malaria zurück nach Poljana

Am 23. August tobt ein Sturm, der fast unser ganzes Zelt weggerissen hätte. Das Wasser fällt in Sturzbächen vom Himmel, und in der Nacht holt man uns heraus, um den Zement abzudecken, der vor dem aus allen Richtungen peitschenden Regen auch in den Rohren nicht sicher ist. Das Unwetter verwandelt die Stätte in einen dreckigen Morast, so daß wir Bohlen legen müssen, um unser Zelt überhaupt erreichen zu können, durch dessen Holzfußboden das brackige Wasser hochdrückt. Tagsüber knallt die Sonne auf die überschwemmten Wiesen, und Myriaden von Stechfliegen machen einem das Leben sauer. Nachts quaken die Frösche, und die herumschwirrenden Mükken sorgen dafür, daß der Schlaf nicht erquickend wird. Beim Beladen eines Lastwagens wird mir auf einmal speiübel und Schüttelfrost jagt durch meinen Körper. Ein ehemaliger Sani stellt die Diagnose: sumpffieberverdächtig!! Dieser Verdacht bestätigt sich, und drei Tage lang habe ich ziemlich hohes Fieber, und selbst das Essen ist mir zuwider. Ich schlucke Atebrin und nehme allmählich eine gelbe Farbe an. Es liegen noch mehr mit mir im Zelt, und die Malaria scheint uns epidemiemäßig überfallen zu haben. Die Russen sprühen stinkendes Öl über die Sumpfwiesen, und am 29. August, nachdem die Zustände unhaltbar geworden sind, werden wir ins Lager zurückgeholt. Der Großeinsatz ZEMENT FÜR KRASNAJA POLJANA ist damit praktisch beendet.

Mit zwei LKWs starten wir nach Poljana. Der eine ist fast ausschließlich mit Fieberkranken besetzt, die, fest in Decken eingehüllt, apathisch an der Bordwand hocken oder fast übereinanderliegen. Mit wackligen Beinen, aber gutem Appetit sitze ich auf dem „gesunden" SIS-Laster und lasse die einmalige Schönheit dieser tropisch-kaukasischen Landschaft auf mich einwirken. In den urwüchsigen Gebirgswäldern wuchern riesige Farne, und phantastisch blühende Schlingpflanzen prangen in leuchtenden Farben von den Stämmen dicker Bäume, deren dichtes Blätterdach von der Sonne nur hie und da von wunderlich kontrastierenden Strahlen durchbrochen wird. Je höher wir kommen, desto besser wird die Luft, und der tropische Charakter der Landschaft weicht einer typischen Hochgebirgsflora. Tief aus dem Tal dringt das Brausen des Wassers herauf, das auf grobe Felsblöcke prallt und oft von turmhohen, steilen Wänden herunterstürzt. Die wehenden Wasserschleier schimmern in den Spektralfarben und verhüllen die Felswand mit ihren scharf geschnittenen Spitzen. Schlank und nadelspitz stechen die Wipfel vereinzelter Bäume von den Felsen in den azurblauen Himmel. Stellenweise stehen ganze Kolonien von Laubbäumen dicht beieinander. Die Luft ist kristallklar, und nach der stickigen Sumpfluft unseres Lagers in Adler empfindet man das als besonders wohltuend. Die Straße wird immer schmaler und windet sich zwischen mächtigen Felsblöcken und schroffen Wänden nach oben. Wir fahren durch den Tunnel, vor dessen Eingang ein Betonsockel mit Sowjetstern prangt. Auf der kerzengerade nach unten fallenden Außenseite dieses gewaltigen Massivs ist der Fels ausgehauen, und ein russischer Posten hat uns erzählt, daß diese Straße von türkischen Kriegsgefangenen im Jahre 1829 erbaut worden sei. Ein türkischer Ingenieur soll damals den Befehl bekommen haben, die Straße fertigzustellen, um dann anschließend nach Hause fahren zu dürfen. Er kam bis zu diesem Felsmassiv, und an der angekratzten Stelle kann man erkennen, daß er versucht haben muß, die Straße in den Fels hineinzuhauen. Nachdem er das Unmögliche dieses Vorhabens eingesehen habe, soll er sich vom Fels in die Tiefe gestürzt haben. Auf der Rückseite der Tunneldurchfahrt stehen auf schmalen Felsvorsprüngen verrostete Brecheisen, die wahrscheinlich auch noch aus dieser Zeit stammen. Wer den Tunnel aber wirklich gebaut hat, vermochte der Posten nicht zu sagen. Tatsache dürfte sein, daß in dieser wilden, herrlichen Gegend schon viele vor uns geschwitzt, geschuftet und geblutet haben. Nach diesen mächtigen Felskolossen und kahl und nackt in der Sonne schimmernden Steinwänden bestimmen wieder steile Wälder von Eichen, Ebereschen und Rotbuchen die Landschaft. Dann gibt es Aufenthalt. Eine große brüllende Rinderherde, die von abenteuerlich aussehenden, zum Teil berittenen Hirten von den Almen abgetrieben wird, füllt mit ihren wogenden Leibern das ganze schmale Sträßchen. Die Hirten mit langen Bärten und quergeschulterten Patronenstreifen treiben mit rauhem Gebrüll das Vieh vorwärts. Auf ihren zottigen Ponys hocken sie ohne Sattel und ohne Decke, und Hanfstricke ersetzen Zaumzeug und Zügel. Langhaarige Hütehunde, ähnlich den Bernhardinern, knurren unsere im Wege stehenden Autos an. Ein Bild, das so recht in diese wilde Landschaft hineinpaßt. Es dauert fast zwanzig Minuten, bis sich die Herde durch den schmalen Durchgang gequetscht hat, und unsere Fahrer drücken dann gewaltig aufs Gas. Die noch vor uns liegende Strecke ist leichter zu fahren, und es dauert auch nicht mehr lange, bis die schneebedeckten Zinnen der hinter Poljana aufsteigenden Bergriesen durch den lichter werdenden Wald schimmern. Sie schließen das Tal, in welchem Krasnaja Poljana liegt, ab, und zwischen diesen Bergen soll die brausende Kraft wild zu Tal stürzender Gebirgsbäche gebändigt und dem Menschen nutzbar gemacht werden.

Viele Veränderungen in Poljana

In den vier Wochen unserer Abwesenheit hat sich im Lager relativ viel verändert. Man hat die Wege bzw. Lagerstraßen gepflastert, und unter Leitung unseres „königlich-württembergischen Hofgärtners" Schorsch Beyer hat sich eine Gartenbaubrigade gebildet, die vor jeder Baracke Sowjetsterne mit Hammer und Sichel aus Waldmoos, Immergrün und geriebenem Sandstein angelegt hat. Bis zum Einsetzen der Regenperiode (Ende September/Anfang Oktober) werden wir innerhalb des Lagers wohl nicht mehr in Schlamm und Matsch waten müssen. Ja, eigentlich dürfen wir nur bis Dezember hier sein, denn Molotow hat ja gesagt, daß bis 31. 12. 48 alle zu Hause sein sollen. Die Gerüchte im Lager verdichten sich, aber keinerlei Anzeichen deuten darauf hin, daß wir tatsächlich entlassen werden könnten.

Ich erhalte Nachricht vom Tod meiner Schwester

Am 10. September 1948, spät abends gegen 22.00 Uhr, bringt mir unser Kompanieführer eine Postkarte von zu Hause. Es trifft mich mitten ins Herz, als ich gleich am Anfang in Mutters Handschrift lese: „Klärle ist am 17. Mai schon ein Jahr tot." Meine Augen werden feucht, und ich ahne, welche Tragik und wieviel Sorge und Leid sich hinter diesem einfachen Satz verstecken und welche Überwindung es Mama gekostet haben mag, mir diese Mitteilung überhaupt zu machen.

Meine innigstgeliebte Schwester ist tot. Ich kann es nicht fassen!

Immer und immer wieder lese ich diese unfaßbare Nachricht. „Gestorben im Wochenbett in den Armen ihres Mannes. Das Kind, ein kleines Mädchen, ist auch tot." Meine Gedanken eilen Jahre zurück, und Klärle, wie wir sie zärtlich nannten, steht vor mir. Sie war und ist mein Vorbild in jeder Beziehung. Nun ist sie heimgegangen in Gottes Frieden, und mit der Todesnachricht in Händen trete ich vor die Baracke. Ich will ganz allein sein, aber mein Blick bleibt am Stacheldraht hängen, und schmerzhaft dringen mir die spitzen Dornen ins Bewußtsein. Aber als ich den Blick zum Himmel erhebe, ist es mir, als würde Klärles Lieblingslied – das „Ave Maria" – aus all den funkelnden Sternen klingen.

Kommando „Tunnel II. Bezirk"

Anfang Oktober wird unsere Brigade vom Zug Wiese übernommen. Heinz Wiese, der Zugführer, ist genau das, was man in Gefangenschaft einen „eleganten Hund" nennt. Jeder ehrliche Landser meidet nach Möglichkeit diesen gefährlichen Typ, der meist auch bezahlten Spitzeldienst leistet. Bei Wiese arbeiten wir auf dem gefürchtetsten Projekt des Lagers: „TUNNEL II. Bezirk". Dieser Tunnel soll nach Fertigstellung 656 m lang sein und wird mit halbmeterdicken Betonwänden im Halbrund ausgegossen. Das Wasser für die Speisung der Turbinen soll durch den Tunnel und eine Kläranlage fließen und erst dann der großen Wasserleitung, deren Rohre in der Regel 10–15 Tonnen wiegen, 10 m lang sind und einen Durchmesser von 3 m aufweisen, zugeführt werden. Mir schaudert jeden Morgen, wenn ich die schwarze Öffnung des Tunnelstollens sehe. Das Wasser tropft von den Wänden, und innen steht es knöcheltief auf dem Boden. Eine Brigade ist eigens damit beschäftigt, dieses Wasser in Abflußrinnen aus dem Stollen zu pumpen. Vorne im „Saboi" wird mit nacktem Oberkörper gearbeitet, und im Steinstaub bohren und brechen mit hämmerndem Getöse Kriegsgefangene und russische Zwangsverpflichtete um die Wette das Gestein aus dem Berg. Hier drinnen ist mir noch kein freundlicher Mensch begegnet, und die Natschalniks und ihre deutschen Mittelsmänner fluchen und schimpfen den „lieben" langen Tag.

Im Tunnel herrscht gewaltiger Betrieb. Da wird auf Loren Beton herangefahren und von den Betonierbrigaden in die Verschalungen geworfen. Die Zimmerleute bauen Stützgerüste und schalen neue Strecken ein, und die Elektriker fummeln andauernd an den Leitungen herum. Die Techniker sind den ganzen Tag angespannt, daß die Sauganlage für Verbrauchtluftabzug und Frischluftzufuhr funktioniert. Außerdem sind die Preßluftschläuche fast täglich an irgendeiner Stelle undicht. Die einzigen, die man in diesem Dreckstollen lachen sieht und zeitweilig singen hört, sind die Angehörigen einer russischen Frauenbrigade, von denen man wirklich nicht weiß, ob sie so unförmig dick sind oder ob sie nur von den Wattehosen und Jacken, in die sich einmummen, die fülligen Formen bekommen haben. Erstaunlicherweise sind diese Arbeiterinnen meist gut aufgelegt. Ihre Arbeit ist nicht leicht. Sie drücken den Beton von außen heran, und wenn eine Sprengung bevorsteht, obliegt es nur ihnen, die Sprenglöcher mit Lehmpfropfen zu verstopfen, eine Arbeit, die sie meist besonders gerne verrichten. Warum, das soll ich ein paar Tage später selbst erfahren, als wieder so eine Sprengung fällig ist. Es ist einer von uns, der den russischen Frauen die Lehmpfropfen zum Verstopfen der Sprenglöcher formt. Sie stehen um ihn herum und verfolgen kichernd und quietschend, was Max, der Sprenglochverstopfungsspezialist, in schöpferischer Phantasie unter seinen Händen heranbildet. Alle Pfropfen haben die Form eines männlichen Gliedes, und mit begeistertem Kreischen quittieren die Russinnen Maxens liebevoll geformte Lehmarbeiten. In der Trostlosigkeit ihres Barackenlebens und der täglichen Dreckarbeit bleibt diesen russischen Arbeiterinnen vom Leben nichts anderes übrig als zu trinken, solange ein paar Rubel in der Tasche stecken, und zu lieben, sofern sich ein Partner dazu finden läßt. Sie suchen darin ihr Vergnügen, während es für uns kein größeres geben könnte, als möglichst viel zu essen zu kriegen und baldigst nach Hause geschickt zu werden, damit man diese Arbeitsstelle, vor der man das Grausen bekommen könnte, für alle Zeiten nicht mehr sehen müßte.

Entlassungstermin verlängert

Wir schreiben November 1948. Die Oktoberrevolutionsfeiern sind mit dem üblichen Tamtam und einer Generalfilzung des ganzen Lagers vorübergegangen. Man war besonders scharf auf Schneide-, Säge- und Schlagwerkzeuge. Jeder gefundene, als Messer breitgeklopfte Zimmermannsnagel wurde kassiert.

Mitte November wird uns mitgeteilt, daß die Frist zur Entlassung der Kriegsgefangenen um ein weiteres Jahr, auf 31. 12. 49, verlängert worden ist, bis dahin käme aber dann wirklich jeder nach Hause. Im Lager herrscht Untergangsstimmung. In 1500 Männern bricht jede Hoffnung und jeder Glaube an eine baldige Heimkehr zusammen. Die Fata Morgana der nach der Heimat, nach den Eltern und Geschwistern, nach Frauen und Kindern dürstenden Gefangenen hat sich in Nichts aufgelöst. Zurückgestoßen in die Finsternis der Ungewißheit und des verzweifelnden Grübelns um die Zukunft, bleibt jeder für sich allein gelassen. Jeder muß mit sich allein fertig werden. Es kommt zu zwei Selbstmordversuchen durch Erhängen. Beide Lebensmüde werden von Kameraden rechtzeitig abgeschnitten. Es kommt zu Selbstverstümmelungen. Ein Österreicher schlägt sich mit dem Beil die linke Hand ab. Als ihn seine holzfällenden Kameraden entdecken, ist er bereits verblutet.

Mit Siegfried Kampke aus Dresden bin ich in diesen Tagen beim Verschalungsabreißen eingesetzt. Er ist Pessimist und malt die Zukunft in düsteren Farben. Mein Zustand ist „Nichts." In mir ist alles hohl, und ich habe völlig auf „stur" geschaltet. Ich habe mir eisern vorgenommen, mich nur auf mich selbst zu besinnen und allen negativen Einflüssen so gut es eben unter diesen Umständen geht durch radikale Abschaltung keinen Ansatzpunkt zu geben, wie Holzwürmer die Struktur zu zerstören, was dann zu solchen Kurzschlußhandlungen führen könnte wie bei dem Österreicher oder anderen Kameraden, die mit Selbstmordgedanken und finsterem Gesicht in der Gegend herumlaufen und ihre maßlose Wut in sich hineinfressen oder diese an ihren Kameraden auslassen.

Es passiert noch allerhand in diesem unglückseligen Monat November des Jahres 1948 in Poljana. Kalt und düster verregnet hätte er zu dem Tiefpunkt unserer Stimmung gar nicht besser passen können, und fast scheint es so, als habe sich nun alles gegen uns verschworen.

Fünf Kameraden verunglücken tödlich

Das schlimmste Unglück ereignet sich am 20. November 1948, als die über einen reißenden Gebirgsfluß schwebende Seilbrücke unter der Last von fünf Mann herunterbricht. Sie sollten das jenseits des Flusses geschlagene Holz über die schwankenden Bohlen dieser primitiven Hängebrücke auf das gegenüberliegende Ufer schleppen. Augenzeugen berichten, daß das einzige, was man von den fünf Mann noch gesehen habe, ein Arm gewesen sei, der aus den wildschäumenden Wassern zwischen zu Tal schießenden Baumstämmen herausgeschaut habe. Die Suche nach den fünf Kameraden, bei der sich in anerkennenswerter Weise auch die sowjetische Garnison beteiligt, bleibt erfolglos.

Wenige Tage später verschüttet ein Erdrutsch den Eingang zum Tunnel. Ein Bagger und an die 300 Mann beseitigen in 8 Stunden die riesigen Erdmassen, und die Nachtschicht kommt vollzählig, relativ munter und freudestrahlend aus dem Stollen. Kurz darauf krachen etliche Tonnen Gestein aus einem noch nicht betonierten Deckenteil des Tunnelstollens, und unvermutet wird dadurch eine Wasserader frei, die beachtliche Wassermengen gleich einer Quelle in den Schacht sprudelt. Glücklicherweise kommt auch hier niemand zu Schaden, aber es dauert 2 Tage, bis russische Spezialisten die undichte Stelle abgedichtet haben. Wir bleiben damit beschäftigt, Schlamm und eingedrungenes Wasser herauszuschaffen.

Abends versuchen Fritz Holzkamp und ich mit Hilfe zweier wertvoller Nähnadeln und einiger aus der Schneiderei besorgter Tuchreste, Flußlappen in Schuhform zusammenzuschneidern, die wir pro Paar für drei Rubel verkloppen. Das hilft über die schlimmste Zeit hinweg, und Anfang Dezember gelingt es Fritz, uns beide vom Zug Wiese loszueisen. Während dieser acht Wochen haben wir wieder ziemlich Gewicht verloren, und es ist wirklich an der Zeit, eine ruhigere Arbeitsstelle zu erwischen als „TUNNEL II. BEZIRK".

Zur Erdbewegung im III. Bezirk

Wir werden zum 14. Zug versetzt, den Strafzugführer Tedio seit Auflösung des Strafzuges übernommen hat. Dieser 14. Zug unter Tedio arbeitet in „Cotlowan III. Utschastok" – Erdbewegung III. Bezirk. Das Positive an dieser Arbeitsstelle ist, daß der Anmarsch nur halb so lang ist wie zum Tunnel und über bessere Wege führt. Wichtig ist auch, daß man keinen Steinstaub schlucken muß und dadurch das übermäßige, ungesunde Wassertrinken sein läßt.

Ich arbeite bei einer Erdarbeiterbrigade an einer Straße, die zu einer Brücke im II. Bezirk führen soll. Unsere Hilfsmittel sind Spitzhacken, Hämmer, Brechstangen, Schaufeln und Schubkarren, mit denen wir dem meist sehr steinigen Boden zu Leibe rücken. Tedio scheint erstaunlicherweise zahmer geworden zu sein, und ich muß sagen, daß ich mich schnell in diesem neuen Zug eingewöhne. Mein Freund Fritz hat es da schon schwerer. Er hält seine große Klappe nicht, und Tedio macht ihn ganz gemein „zur Sau". Nach einer Woche ist Fritz bei der Mittelschicht, die von 16.00–24.00 Uhr arbeiten muß, und Tedio hat anscheinend unserem Natschalnik Staba Wolf einen Wink gegeben, daß er Holzkamp nach der Arbeitszeit zur Sonderarbeit im Lager heranziehen soll. Fritz fällt in der Folgezeit wegen Kleinigkeiten auf und wird von Wolf und Tedio abwechselnd schikaniert. Es dauert bis Weihnachten, denn erst zu der Zeit hält Fritz seinen Mund, und unsere „Führer" lassen ihn dann auch in Ruhe. Wer gegen den Stachel löckt und gegen die herrschende Lageraristokratie aufbegehrt, ist immer der Dumme.

Ein Lager ist wie eine Diktatur

Die Lagerführung entspricht der Parteispitze und die Küche einer zentralen Parteiinstanz, deren Mitglieder dafür sorgen, daß die Regierungsmaschinerie gut geschmiert bleibt und daß Putzer, Unterputzer, Holzhacker, Kesselspüler und Produkteholer als sogenannte Privilegierte immer hübsch bei der Stange bleiben und sich den Anordnungen ihrer Parteileitung nicht widersetzen. Die Masse der Genossen, der einfachen Robotschicks, hat nichts zu sagen und muß froh sein, wenn sie die ihr zustehende Ration voll ins Kochgeschirr bekommt. Das große Fragezeichen, das ein solches Gefüge ins Wanken bringen kann, sind die vielen, meist unbekannten Spitzel in allen Schichten des Lagervolkes. Sie haben ihre Ohren bei ihren eigenen Kameraden und das Lästermaul beim Russen. Mit Vorsicht zu genießen sind die Bonzen der Arbeit. Das sind Spitzenspezialisten, die meist auch für den Russen tabu sind und je nach Charakter mehr oder weniger überheblich diesen Vorrang gegenüber ihren Kameraden herauskehren. Die „Großen Unbekannten" sind die Banja-Leute, Friseure, Schneider und Schuster, denn in der warm behaglichen Entlausung, beim Bartschaben, Hosenflicken und Absätzegradekloppen hat schon manchen der „Kasch gejuckt", was nicht unbedingt immer zum Nutzen der herrschenden Schicht ist.

Liebe zwischen Männern

Es ist klar, daß sich bei jahrelanger Enthaltsamkeit in einem Kriegsgefangenlager auch besondere Liebesbeziehungen zwischen Männern entwickeln können. So gibt es im Lager Burschen, die von ihren Liebhabern, meist aus der Lagerprominenz, in gute Innendienstpositionen gebracht und dort gehegt und gepflegt werden und die dann auch entsprechende Dienste zu bieten haben. Fällt der Liebhaber aus irgendwelchen Gründen aus der Lagerprominenz ins arbeitende Volk zurück, geht es ihm wie einem gestürzten Politiker: keiner will mehr etwas mit ihm zu tun haben, das heißt, auch eine Liebesbeziehung, die wahrscheinlich ohnehin mehr geschäftlicher Art als von wahrer Männerliebe oder Veranlagung getragen war, erlischt in einem solchen Fall. Es wäre aber hier unangebracht, verallgemeinern oder gar anprangern zu wollen, wenn auch im Lager Poljana in der besten Verdienst- und Verpflegungszeit die Zahl der davon Betroffenen mit 10 % der Gesamtbelegschaft nicht zu hoch gegriffen sein dürfte. Die Masse der Kriegsgefangenen ist jedenfalls auf Grund der Umstände und ihrer seelischen und körperlichen Verfassung sexuell uninteressiert.

Sonderschichten zu Ehren Adolf Henneckes

In der sowjetisch besetzten Zone Deutschlands hatte Mitte Oktober 1948 der Hauer Adolf Hennecke in einem Stollen der Grube Karl Liebknecht in Zwickau die übliche Tagesnorm um 380 % überboten. Der deutsche Stachanow ist nun entdeckt, und uns in Poljana bleibt es nicht erspart, zu Ehren Adolf Henneckes „Hennecke-Schichten" einzuführen. Jedes Stück freie Mauer oder Barackenwand ist mit Aufrufen zu „Hennecke-Schichten", sozialistischen Schlagwörtern und mehr oder minder blödsinnigen Arbeitsparolen bekritzelt. Propagandisten versuchen mit primitiven Mitteln, teils aber auch mit sehr treffenden, schwer widerlegbaren Argumenten, die Masse der Gefangenen für die kommunistische Idee zu begeistern. Wie Morgenröte soll dieses Bild in uns aufsteigen, so formuliert es ein Agitator, und in der Tat gibt es einige, die wie gebannt auf jenes Menschheitsgebäude Sozialismus starren, ohne aber zu versäumen, gleichzeitig nach vollerem Kochgeschirr und angenehmeren Lebensbedingungen zu schielen. Jeder Gesinnungswandel in Gefangenschaft hängt meist mit dem Essen zusammen, allerdings wird er dann verwerflich, wenn die anderen Kameraden darunter leiden müssen und den Karriereehrgeiz und die antifaschistische Gesinnung mit Denunziation und Arbeitsantreiberei zu spüren bekommen.

Der 14. Zug ist gut zusammengesetzt

Beim 14. Zug ist ein Zusammenhalt, wie ich ihn in der ganzen Gefangenschaft noch nicht angetroffen habe. Das mag zum Teil daran liegen, daß die Männer in der Mehrzahl Nebendienste für die Küche leisten, und jeder dieser Küchenarbeiter hat natürlich seinen Putzer. Wenn für diesen Putzer noch genügend übrigbleibt, hält der sich noch einen Putzer, so daß man ruhig sagen kann: der 14. Zug besteht aus Küchenarbeitern, deren Putzern und aus den Putzern der Putzer. Wenn nun der Küchenarbeiter zu seinem abhängigen Putzer etwas sagt, hat das genau soviel Gültigkeit, als wenn der Putzer seinem Putzer Anweisungen gibt. Es herrscht ungetrübte Harmonie, denn wer wird schon durch Majestätsbeleidigung seine eigene Futterquelle verstopfen?

Der Brigadier Heinz Braun aus Ostpreußen ist ein ganz fabelhafter

Kerl mit sehr viel menschlichem Verständnis und großem Talent, Gegensätze und Ansatzpunkte zu Streitereien aus der Welt zu schaffen.

Ottmar Zickwolf aus Bruchsal, wegen seiner großen Zahnlücke oft gehänselt, erzählt am liebsten seine Weibergeschichten. Franz Stahl aus Neckarhausen bei Ladenburg, der in dieser Hinsicht auch seinen Stolz hat, gibt Ottmar regelmäßig kontra. Ich bin der Jüngste im Zug. Einer, der genauso jung ausschaut, aber wesentlich kräftiger wirkt als ich, ist „Hänschen", der als Hilfskoch in der Küche arbeitet. „Hänschen" ist Hans Wilmes aus Wippingen bei Lathen im Emsland. Ich arbeite mit ihm zusammen, und weil man sagt, Jugend zieht zu Jugend, wird es wohl daran liegen, daß wir uns von Anfang an gut verstehen. „Hänschen" gibt dem auch Ausdruck, indem er mich eines Tages fragt: „Hermann, hör mal zu! Willste nich mein Putzer spiel'n? Brauchst ja nichts zu machen, als auf meine Klamotten uffpassen un so'n bisken 's Zeugs in Ordnung halten. Meine ganze Futterage kannste selbst verfuttern, nur so'n bißchen Brot von der Portion ess' ich ab und zu. Biste einverstand'n?" Da „Hänschens" alter Putzer jetzt selbst in der Küche ist, gibt sich das bestens, und ich spiele bei Hans Wilmes den Putzer. Von diesem Tage an sind wir beide unzertrennlich.

Überraschungen am Heiligen Abend

In der Weihnachtswoche geht unser Zug auf Mittelschicht, während Fritz Holzkamp mit seiner Brigade zur Tagschicht geht. Es schneit fast ohne Unterbrechung, und Ottmar Zickwolf meint, daß dies hier die größten Schneeflocken sind, die er je in diesem Land gesehen habe. Binnen weniger Tage ist das ganze Tal in einen Schneemantel von beachtlicher Höhe gehüllt und die meisten Kommandos sind nur damit beschäftigt, Wege und Baustellen von den Schneemassen einigermaßen freizuhalten.

Am Heiligen Abend sitzen wir in einem Rohr, in dem wir ein prächtig knisterndes und wärmespendendes Feuer angelegt haben. Selbst Tedio sitzt friedlich unter uns, während es draußen weiter schneit und ein eiskalter Nordost von den Bergen durch das Tal fegt. Der Wind pfeift stürmisch um das Rohr herum und trägt plötzlich einen wilden Schrei zu uns herüber. Tedio fährt auf, und auch wir sausen nach draußen. Durch das Feuer geblendet sieht man zunächst gar nichts. Aus dem dichten Schneetreiben klingen russische Laute. Tedio gibt uns Befehl, Schnee zu schaufeln und nimmt Richtung auf die Stelle, wo anscheinend etwas passiert sein muß. Es stellt sich heraus, daß ein russischer Elektriker auf dem Leitungsmast mit dem Strom in Berührung gekommen ist und einen ordentlichen Schlag abbekommen hat. „Bewußtlos oder tot", sagt Tedio. „Und das am Heiligen Abend", meint Paulchen nachdenklich.

Als wir durchgefroren im Lager eintreffen, gibt es für mich eine große Überraschung. Fritz hat einen richtigen Gabentisch aufgebaut, und auf dem Hocker, der dafür herhalten darf, fehlt sogar die Kerze nicht, ein Paraffinstück, in das Fritz Dochte eingezogen hat. Ich bin ehrlich gerührt, und die Überraschung ist Fritz wirklich geglückt. Am ersten Weihnachtstag ist frei, und das Essen ist relativ gut. Wir bekommen auch Postkarten, und ich schreibe am 28. 12. 48 nach Hause: „Heiliger Abend. – Schnee fiel in großen Flocken und ein eiskalter Wind brauste von den kaukasischen Bergen. Als unsere Arbeitszeit vorüber war und wir durchgefroren im Lager ankamen, empfing mich dort eine große Überraschung. Hatte doch tatsächlich mein in der Unterkunft verbliebener Kamerad einen Gabentisch hergerichtet, was eigentlich etwas völlig Unbekanntes in Gefangenschaft ist. Imbisse der verschiedensten Art, aus einfachsten Mitteln hergestellt und unserem Milieu entsprechend, wechselten mit Weißbrot, und dazu tranken wir heißen ‚Punsch', der fast wie richtiger Punsch geschmeckt hat. Unsere Gedanken aber waren und sind stets bei Euch in der geliebten Heimat, und über die Brücke der Sterne sprechen wir zu Euch – sursum corda – Empor die Herzen."

In Poljana wird Tag und Nacht Schnee geschippt. Die Baracken stecken bis zum Dach im Weiß, und in unseren Unterkünften herrscht Dauerdämmerung. Der Mief im Innern verdichtet sich aus den beklemmenden Gerüchen nasser Fußlappen, menschlicher Ausdünstung und beißendem Rauch, der durch die Ritzen des Ofens drückt. Man fürchtet nachts den kommenden Tag und am Tag die kalte Nacht im stinkenden Mief. Am besten haben es in dieser Zeit die Mittel- und Nachtschichten. Sie können sich noch am ehesten verdrücken und an Feuern erwärmen, und tagsüber ist der Gestank in den Baracken weit weniger penetrant als in der Nacht, wenn die Masse ihrer Bewohner sich warmfurzt.

Bildung wird großgeschrieben

Von der Antifabaracke wird bekannt, daß eine Theatergruppe im Entstehen ist. Die vorgesehenen Mitglieder werden vom Politruk von der Arbeit befreit. Ihre Aufgabe ist es, zunächst als WK-Männer Dienst zu tun und darüber hinaus bis zum Frühjahr gewappnet zu sein, die Kriegsgefangenen durch entsprechende politische Aufklärungsarbeit in Form sozialistischer Theaterstücke weiterzubilden.

Wir müßten keine Landser gewesen sein, wenn es uns schließlich nicht doch gelungen wäre, aus den katastrophalen Verhältnissen der ersten Jahre Kriegsgefangenschaft ein in etwa erträgliches Leben zu schaffen. Für unsere Theatergruppe organisieren wir alles: Glühbirnen, Werkzeuge, Farbe, Nägel und nicht zuletzt Holz für die Bühnendekorationen. Die Schneiderei näht aus Stoffresten und alten WH-Klamotten die erstaunlichsten Fräcke und Kleider für unsere „Divas", die von begabten Plennis mit weiblichem Einfühlungsvermögen gespielt werden. Instrumente – made in Germany – werden von sauer verdienten Kopeken des gesamten Lagers so nach und nach angeschafft, und auch für die Bildung wird etwas getan: Nachdem sich das Antifa-Komitee und die gesamte übrige Prominenz an Dr. Theodor Hendrik van de Veldes Buch „Die vollkommene Ehe" sattgelesen hat, wandern Fragmente dieses einen Exemplars durch die Baracken des Volkes. Erstaunlich, wo dieses Buch überhaupt herkommt, denn im Verlag für fremdsprachliche Literatur in Moskaus dürfte es schwerlich zu finden sein. Bei uns in der Kompanie gehen die Blätter von Ganghofers „Der Dorfapostel" von Hand zu Hand, und 150 Mann verschlingen diesen Roman an wenigen Abenden blattweise. Da ich schon von jeher ziemlich schnell lese, muß ich meist länger warten, bis mein Nachbar Seppl Probst, ein Landwirt aus Bayern, die zwei Seiten jedes Blattes sorgfältig und langsam in sich aufgenommen hat. So wandern die Seiten von einem zum andern, und es dürfte nicht alltäglich sein, daß 150 Menschen zu gleicher Zeit in ein und demselben Buch lesen. Man ist richtig ausgehungert nach unpolitischer Unterhaltungsliteratur, und der Dorfapostel Johann Peter Zdazilek mit seinem tragischen Schicksal ist Gesprächstoff auf den Baustellen.

Ein grausiger Fund

Ende Januar ist Großeinsatz der Schneeräumer, und mit Bulldozern müssen sie beim Tunnel die Straße von einer heruntergekommenen Schnee- und Steinlawine freimachen. Die Baracken schwanken, wenn die Schneelast auf ihren Dächern ins Rutschen kommt, und es ist ulkig anzuschauen, wenn das ganze Fußlappengesocks und die Schuhe, die zum Trocknen unter der warmen Decke aufgeknüpft sind, bei solchen Schneerutschen mit dem Gebälk wie im Winde schwanken. Ein erleichtertes Stöhnen geht durchs Barackenholz, und für uns heißt es, die Schneemassen von den Wänden und Fenstern zu schaufeln, damit das Schmelzwasser nicht eindringen kann. Die Füße werden nicht mehr trocken, aber Kranke gibt es trotzdem verhältnismäßig wenig. Es wechseln die Tage mit Sonne, starkem Frost und erneutem Schneefall, der die Arbeiten an allen Baustellen zum Erliegen bringt. Ende Februar scheint dann aber die Kraft des Winters endgültig gebrochen zu sein, und Anfang März machen Plennis einen grausigen Fund: Als sie daran gehen, die Taue der zusammengebrochenen Hängebrücke zu bergen, stellen sie fest, daß drei Mann der fünf Vermißten an den Seilen hängen. Die starke Strömung hatte die Taue bis zum Rückenmark durchgedrückt, und so hingen sie fast nebeneinander, abgespült und ausgewaschen bis zum Skelett. Von den anderen zwei Männern hat man keine Spur mehr gefunden; zumindest wurde im Lager nicht bekannt, daß man sie irgendwo entdeckt hat.

Mein Freund Hans Wilmes

Seitdem ich Hänschens Putzer mache, habe ich wieder ganz schön zugenommen. Er muß jede zweite Nacht in der Küche arbeiten und jeden Tag, sofort nach dem Einrücken ins Lager, geht er wieder an die Quelle unseres Wohlbefindens. Auf der Baustelle ist er oft so müde, daß ihm die Augen zufallen. Er ist überhaupt chronisch müde, und ich sorge auch dafür, daß er nach Möglichkeit die leichtere Arbeit macht, denn beim Küchendienst muß er gehörig zupacken. Hans Wilmes, der blonde Bauernsohn, und ich, wir beide verstehen uns prächtig. Mitspielen mag hierbei die günstige Verpflegungslage, aber ausschlaggebend ist dies nicht. Es ist eine tiefe Sympathie, die wir füreinander empfinden, eine große Freundschaft zwischen jungen Schicksalsgefährten. Zu gleicher Zeit geht das Zusammenarbeiten mit Fritz Holzkamp, einem guten Kameraden, zu Ende. Fritz, ein älterer Kamerad, hat uneigennützig für uns beide gesorgt. Durch die Versetzung von Fritz in einen anderen Zug sehen wir uns leider nur noch selten.

Hans weckt mich mit Stichwort

Als Hans wieder einmal von der Küche kommt, weckt er mich vorsichtig: „Hermann, steh' up, du mußt schiffen!" Das ist das Stichwort dafür, daß er einen Leckerbissen aus der Küche für mich mitgebracht hat, den er mir auf der Latrine zustecken will. Gemeinsam pilgern wir zum Lokus, und unterwegs schiebt mir Hans unauffällig zwei-, dreimal etwas Weiches in die Tasche. In Hockstellung über dem Lokusloch hole ich die Dingerchen hervor, die sich bei näherem Hinsehen als in Sonnenblumenöl herausgebackene Fleischküchlein entpuppen. Genüßlich schmatzend, lasse ich diese kulinarische Kostbarkeiten auf der Zunge zergehen und kaue hinter jedem Bissen noch einmal her.

Verliebt in Challa, die Komsomolzin

Die letzten Frühlingstage in Poljana sind 1949 schon so heiß, daß man glauben könnte, mitten im Hochsommer zu sein. Wir wechseln mal wieder unseren Arbeitsplatz und werden mit der ganzen Brigade als Hilfsarbeiter einer russischen Schweißergruppe beigegeben. An diesem Projekt mit der Dringlichkeitsstufe I wird mit Hochdruck gearbeitet. Unter den russischen Facharbeitern befindet sich auch ein anmutiges Mädchen mit einer zierlichen Figur und kohlschwarzen Haaren, die glatt zurückgekämmt hinten in einem Knoten zusammengefaßt sind. Zu unserem allgemeinen Erstaunen arbeitet dieses Püppchen mit einem Niethammer. Ich werde diesem Mädchen als Handlanger zugeteilt, und mir obliegt es, mit einer langen Zange die am Feuer geglühten Rundkopfnieten der Genossin Spezialistin zuzureichen.

Wiedersehen des Autors mit dem „Caruso von Krasnaja Poljana", dem Kameraden Jakob Rees, genannt „Jockel", beim Heimkehrertreffen der Kaukasuslager am 17. Juni 1984 in Worms am Rhein.

Der Gedanke an die Familie war für viele Kriegsgefangene Halt und Hoffnung zugleich, und es traf die Männer schwer, wenn daheim der liebste Mensch versagt hatte. Die jüngeren unter ihnen, wie der Autor, kamen erst längere Zeit nach der Heimkehr zur Familiengründung. Im Bild der Autor mit seiner Frau Lotti und Tochter Inge.

Heimkehrer-Demonstration in Bonn am 8. 12. 1963. Das Motiv des Autors „Gehungert, gequält, geschuftet – Heimkehrer fordern ihr Recht" war in vielen Tageszeitungen wiedergegeben, u. a. auf der Titelseite der WESTDEUTSCHE ALLGEMEINE (WAZ) vom 9. 12. 63.

Wiedersehen des Autors mit alten Weggefährten. Bild oben: Mit dem österreichischen Kameraden Seppl Steiner aus Eisenstadt/Burgenland am 23. 8. 1959 in Heidelberg. Seppl Steiner ist am 12. 10. 1982 verstorben. Bild links: Mit dem Schul- und Kriegskameraden Willi Haungs am 8. 1. 1971 in Donaueschingen.

Bild links: Wiedersehen des Autors mit Kamerad Oberstrichter Dr. Artur Neumann in Berlin-Frohnau am 5. November 1966. Dr. Neumann war der deutsche Lagerkommandant des Stützpunktes Malaja Semlja bei Noworossijsk, ein deutscher Offizier, der auch in sowjetischer Gefangenschaft ein Mann mit Herz geblieben ist und seine Haltung nicht verloren hat. (Dr. Neumann ist am 4. 3. 1976 verstorben.)

Bild rechts: Der Autor mit Kamerad Karl Strattner am 27. 4. 1974 in Heidelberg. Karl Strattner war mit dabei von Noworossijsk bis Krasnaja Poljana.

Ein bewegtes Wiedersehen mit dem Kameraden Hans Wilmes gab es nach 31 Jahren am 11. September 1980 in Wippingen bei Lathen im Emsland. Das eingeblendete Foto zeigt Hans Wilmes nach seiner Heimkehr im Jahre 1949.

Bild links: Die Kameradi▮ Gertrud Sasse geb. Wein▮ mann, Krankenschweste▮ im Lager Armavir, erhiel▮ erstmals im Jahre 198▮ eine Besuchsgenehmigun▮ für eine Reise DDR/Bun▮ desrepublik. Ein überau▮ frohes Wiedersehen nac▮ rund 40 Jahren mit der▮ Autor und dem Kamera▮ den Jakob Rees gab es a▮ 1. 11. 1985 in Mannhei▮ „Stammtischrunde" a▮ dem Lager Krasnaja Po▮ jana beim Heimkehre▮

treffen der Kaukasuslag▮ am 15. 6. 1986 in Worm▮ Von links: der Autor m▮ den Kameraden Wern▮ Henke, Jakob Rees u▮ Heinz Gieske.

Bild links: Ein erstes Wi▮ dersehen des Autors m▮ Schwadronskameraden g▮ es beim 10. Suchdiens▮ treffen der Truppe▮ kameradschaft der K▮ vallerie-Divisionen a▮ 21. 9. 1986 in Sonthof▮ Von links: Werner B▮ mann, Heinz Söntgera▮ der Autor, Oswald Bäd▮ Joachim Kehr.

Einige andere, die in der Nähe mit Planierungsarbeiten eingesetzt sind, lachen, weil ich mich anscheinend unter der Hitze des Tages und des Nietfeuers recht eckig bewege. Die Maid macht mich auch nervös, denn durch intensives Palaver versucht sie mir klarzumachen, wie sie am liebsten die Nieten herangereicht haben will und wie ich mich stellen muß, damit mir der Glutatem des Feuers nicht direkt ins Gesicht bläst und mir die Luft nimmt. Nach und nach geht es besser, und ich glaube, daß sie mit mir auch so einigermaßen zufrieden ist. In der kurzen Pause zirpt sie öfter in hohen Tönen seltsam klingende Melodien. „Eto nje russki. – Das ist nicht russisch", sage ich zu ihr. „Nje, nje – da, da –. Nein, nein – ja, ja", flötet sie, und ich bin genauso gescheit wie vorher. Drrrratarataratatata, dröhnt der Hammer und drückt die Niete in den Stahl. „Olololahaja", summt das Mädchen hernach, lacht mir freundlich schelmisch ins Gesicht und wischt sich mit dem nackten Arm über die schweißnasse Stirn. Die Bluse ist auch schon reichlich durchgeschwitzt, und wir haben es nur insofern besser, als wir mit nacktem Oberkörper arbeiten können. Ratataratatadrdrdr – man gewöhnt sich an den Krach, und wenn sich das Mädchen mit der ganzen Zierlichkeit seiner Person auf die Niete stemmt, heben sich die Adern fast veilchenblau von der sonnengebräunten Haut ab, und die Brüste zittern unter der harten Vibration des Hammers. Diese Russin mit dem angehefteten Komsomolabzeichen an der dünnen Bluse imponiert mir gewaltig, und daß diese Sympathie nicht ganz einseitig zu sein scheint, erlebe ich am anderen Tage. Unser Brigadier Heinz Braun teilt ein, und dabei bekomme ich eine andere Arbeit zugewiesen. Das ist weiter nichts Besonderes, aber „meine" Komsomolzin protestiert temperamentvoll und verlangt, daß sie ihren „moja molodez" (= meinen Jungen) wieder bekommt. Ich werde ihr schließlich zugeteilt und verspüre darüber ein freudiges Pochen in meinem zentralen Lebensmotor. Selbstverständlich machen die anderen Witze, und mein Freund Hans Wilmes lästert: „Ich helf dir, Hermann, zu poussieren statt zu arbeiten." „Poussieren" ist das Stichwort für meine Spezialistin. Da sich der Posten schon verkrümelt hat und auch kein russischer Kollege sichtbar ist, zieht mich das Mädchen plötzlich aus der Reihe, umarmt mich stürmisch, daß ich ihre goldigen Hügelchen einzeln auf meiner Brust verspüre, und sagt vor versammelter Mannschaft: „Etu moja molodjez, ponjemajesch? – Das ist mein Junge, habt ihr verstanden?"

Die Brigade klatscht Beifall und brüllt zustimmend: „Dawei lubi Hermann" – Los Mensch, pack se doch mal", meint Hans. Aber ich habe mich nicht zu rühren gewagt, und Hans erzählt mir später: „Mensch Kerl, du hast krebsrot dagestanden mit angelegten Flossen wie ein begossener Pudel – das wäre mir nicht passiert!" Der Posten erscheint auch wieder auf der Bildfläche, angelockt durch das Lachen; als er aber sieht, daß nichts ist, verschwindet er wieder. Er soll in der Natschalnikbaracke mit einer Normberechnerin ab und an ein bißchen Zeitvertreib spielen. Heinz Braun kennt ihn schon von anderen Baustellen. Wenn Inspektion aus dem Lager kommt, wird er selbstver-ständlich dezent gewarnt. Ehrensache unter alten Kameraden!

Das Mädchen und ich, wir beide kommen uns näher, und der Niethammer rattert nicht mehr in so schneller Aufeinanderfolge wie in den ersten Tagen, meint unser Brigadier. Sie erzählt mir, daß sie Challa heißt, und da ihr das H meines Vornamens Schwierigkeiten macht, nennt sie mich einfach „Germanski". Schließlich komme ich auch hinter den Sinn einer etwas verworrenen Zeichnung, die sie mit vielen schwungvollen Strichen mit Kreide auf ein Rohr gezeichnet hat. Es soll eine Art Landkarte darstellen: „Eto sowjetski Sojus. – Hier ist die Sowjetunion –. Eto Tscherni More ... – Hier ist das Schwarze Meer", deutet sie auf eine Stelle, die wie ein Hühnerei aussieht. „Hier ist das Mittelmeer." – Und zu der Stelle, die sie tropfenförmig wie eine Träne angezeichnet hat, sagt sie: „Etu Krezia. – Das ist Griechenland. Etu jest moja Semlja, ponjemajesch?" – Das ist mein Heimatland, ver-stehst Du? – Dort ist Krieg, das ist nicht gut – „Tam sitschas woina - woina nix gutt – nitschewo njet!! Tam Generall Markos, nje snajesch Germanski?" „Da, da", sage ich, denn von dem griechischen Parti-sanenführer General Markos steht in den uns zugänglichen ostdeut-schen Zeitungen wahrhaftig genug drin. Sie erzählt mir noch ein bißchen was, das ich nicht verstehe. Das Wort „Sozialistischeski" und „Armi" wiederholt sich aber des öfteren, und ich schließe daraus, daß sie mir irgendeinen politischen Vortrag über das Griechenland des General Markos gehalten hat. Challa müßte demnach griechischer Abstammung und ihr Singsang, der mich so interessiert hat, könnte eine griechische Melodie gewesen sein. „Ja sam nje snaju. – Ich weiß es selbst nicht", antwortet sie auf meine Frage, wie sie denn eigentlich hier in den „Kaukas" gekommen sei. „Eschtscho Ljudi tam. Es sind noch mehr Leute in Poljana", meint sie. Über dem weiteren Nachdenken ist ihr Gesicht ernster geworden, und zwischen den Augenbrauen zeigt sich eine steile Falte, die so gar nicht zu ihrem Gesicht passen will. „Pa", platzt es auf einmal aus ihr heraus, „nitschewo kak etu – egal wie", und eine energisch wegwerfende Handbewegung unterstreicht das Ende ihrer sicher vergeblichen Überlegung, wie sie wohl aus Griechenland in den Kaukasus gekommen ist.

Über eine Woche bin ich nun schon Challas Handlanger, als etwas sehr Unerwartetes passiert. Challa trägt ausgeschnittene Halbschuhe mit hohen Absätzen. Es sind alte Dinger, die, wie es aussieht, kaum jemals Schuhcreme gesehen haben. Wie sie nun vom kurzen Gerüstbock auf den Boden hüpfen will, bricht ihr ein Absatz ab, und darüber ist sie recht untröstlich. „Nitschewo Challa, tam jest Molotok, skoro budet karascho" (= Macht nichts, Challa, dort ist ein Hammer, und bald wird es wieder gut sein) versuche ich zu trösten. Nägel liegen genug herum, und sie streift den Schuh vom Fuß und gibt ihn mir: „Karascho Tscholowjek", lacht sie und folgt mir in ein Rohr, wo ich den Absatz annageln will. Kaum habe ich mich niedergekniet und die ersten Schläge getan, als mich Challa von hinten umfaßt und ihr Köpfchen an mich preßt. Überrascht blicke ich seitwärts und erkenne, daß sie ihre Augen geschlossen hält. Wir verlieren das Gleichgewicht und fallen auf den Rohrboden, und wie selbstverständlich findet sich Mund auf Mund.

Challa bringt mir täglich Brot und Speck, und ich trinke mit ihr aus einer Feldflasche, auf die ein Halbmond eingeritzt ist, wohlschmeckenden Tee. Wenn der Posten in der Nähe ist, könnte ich den Kerl erschlagen. Das Erlebnis mit Challa hat mich anders gemacht, und noch viel, viel schwerer als sonst empfinde ich die Unfreiheit als teuflisches Übel.

Challa kommt nicht mehr

Mir ist verdammt schwer ums Herz, als Challa eines Morgens nicht da ist. Die Russen stehen tuschelnd in Gruppen beisammen, aber was los ist, bringe ich nicht in Erfahrung. Seit Tagen trage ich ein Bild bei mir, das ich im Lager mit organisierten einfachen Erdfarben von ihr gemalt habe und das ich ihr schenken wollte: „Challa moja! Poljana/ Kaukas – Hermann twoij! Germanja – 1949 goda." – Challa kommt nicht mehr. Ein Chauffeur mit Propusk hat im Lager erzählt, daß das Wohngebiet der griechischen Minderheit des Nachts von NKWD-Truppen umstellt, alle auf LKWs verladen worden seien und mit unbekanntem Ziel abtransportiert wurden. Man munkelt von Kasach-stan, aber es kann ja auch genausogut Workuta sein. In den ostdeut-schen Zeitungen wird es auch um General Markos still, und es dürfte anzunehmen sein, daß er um diese Zeit am Ende seines Lateins angelangt war und seine Bewegung wohl vernichtet wurde. Stalin duldet keine Angehörigen von Verlierern an seinen Grenzen, nur aus diesem Grund könnte einem die Aktion verständlich sein. Diese üble Sache tritt bald in den Hintergrund, denn im Lager munkelt man, daß demnächst die Waffen-SS-Leute abtransportiert würden.

Im „Knusperhäuschen" springt mein Unterkiefer raus

Die Gerüchte verdichten sich, und in der Tat teilt mir der Läufer vom „Knusperhäuschen" mit , daß ich am anderen Abend meinen Lebens-lauf im Antifakommitee abzugeben hätte. Hans, der nicht bei der Waffen-SS war, ist davon fast betroffener als ich, aber die Arbeit will mir tagsüber nicht von der Hand gehen, und ich drücke mich, wo's nur geht. Schon als Pimpf habe ich das Buch von K. I. Albrecht „Der verratene Sozialismus" gelesen. Es wurde von der Antikominternbuch-handlung vertrieben und beschrieb Verhörmethoden und Strafrechts-anwendung in der Sowjetunion. (Karl I. Albrecht brachte es übrigens in der Sowjetunion zum obersten Leiter der Sektion für Waldwirt-schaft, Holzbearbeitende und Holzverarbeitende Industrie in der Zentralkommission der Kommunistischen Partei und Arbeiter- und Bauerninspektion der UdSSR. Nach seiner Verhaftung durch die sowjetische GPU, der Rückkehr nach Deutschland, hier Verhaftung durch die Gestapo, trat Albrecht später in die Waffen-SS ein. Als Sturmbannführer, Major, hat er dort während des Krieges und danach eine vorbildliche Haltung an den Tag gelegt.) So kratze ich am Abend mit einem alten Federhalter in der Antifabaracke meinen schon längst auswendig im Kopf sitzenden Lebenslauf auf vornehmes, weißes

Papier, das eigens aus dem „Knusperhäuschen" für diesen Zweck zur Verfügung gestellt wurde:

„Am 21. 5. 28 als Sohn des einfachen Arbeiters Josef Melcher in Heidelberg geboren. 1945 im März wurde ich im Zuge der Totalmobilmachung zwangsweise eingezogen. Meine Einheit war das 95. Kav.-Rgt. Als der Krieg aus war, waren wir noch auf dem Truppenübungsplatz in Beneschau."

Mit diesem unscheinbaren Lebensläufchen marschiere ich also in der Nacht vom 16. Juni 1949 zum „Knusperhäuschen". Fünfzehn Mann sind noch vor mir. Uns ist alles so ziemlich egal, und ich kann keinen erkennen, der einen besonders deprimierten Eindruck machen würde. Viele sind im Gegensatz zu mir schon öfter hier gewesen. Sie hocken auf dem Boden, qualmen Machorka und warten, bis sie „dran" sind. Auf einmal gibt es einen Knall, und man hört Schreie und ein unheimliches Wasserrauschen. Die Türe wird aufgerissen, und die Politoffiziere rennen zum Lagertor. Es dauert lange, bis sie zurückkehren, und von der Mittelschicht zurückkommende Landser erzählen, daß am Schleusenhaus eine Rohrdrossel geplatzt sei und eine freigewordenen Sturzwelle riesige Steine, Balken und eine Unmasse Erde ins Werk bis zu den Turbinenkammern hineingespült habe. Prost Mahlzeit! Das kann heiter werden, und einer meint: „Was glaubst du, wie gutgelaunt die Brüder zurückkommen!"

Erst nach Mitternacht geruhen die Herren, mit ihren Verhören fortzufahren. In den frühen Morgenstunden bin ich an der Reihe. Zugegeben, ich bin gespannt wie nur etwas, und das Herz klopft mir bis zum Halse, als ich durch zwei doppelt gepolsterte Türen in den Raum trete, der schon manchem zum Verhängnis geworden ist. Die Deckenlampe hängt unter einem groß an die Wand gemalten Sowjetstern. Ansonsten kann ich nichts erkennen, denn ich werde von zwei starken, auf einem Tisch stehenden Lampen angestrahlt. Erst nach und nach gewöhnt sich das Auge an diese überraschende, unangenehme Lichtfülle. Hinter dem Schreibtisch hockt ein extrem haariger Kerl in einem grünen Sporthemd und einem brutal abstoßenden Gesicht, ein Kerl, wie ihn die nationalsozialistische Karikatur selbst bei größter Übertreibung nicht besser hätte erfinden können. Stechende Blicke liegen auf mir, und ich glaube, daß man das Klopfen meines Herzens an den Schläfen sehen muß. Der Haarige fährt mit dem Finger auf einem

Zettel hin und her und flucht mit gutturaler Stimme die russischen Standartflüche, die mir alle bekannt sind.

Zum Dolmetscher, dem russischen Leutnant Lach (Lach ist Jude und hieß früher Lersch), hingewendet, fragt er plötzlich unbeherrscht: „Gdje, gdje? – Wo ist? – Wo ist?" Da erst erkenne ich, daß es sich bei dem Zettel um meinen Lebenslauf handelt. Lach sagt bösartig zu mir: „Du SS." Ich nicke mit dem Kopf und empfange gleichzeitig zwei Ohrfeigen, daß das Hämmern im Kopf sich zum Sausen verstärkt. Jetzt ist alles aus, denke ich bei mir. Von den Brüdern ist kein Mitleid zu erwarten. „Warum du nix schreiben SS?" brüllt Lach, und der Haarige schreit: „Faschist, du Hitler!" und will mir einen marmornen Tintenlöscher an den Kopf werfen. Was nun geschieht, passiert sehr schnell. Der Haarige schnellt von seinem Stuhl hoch, dabei kippt die Sitzfläche um. Mit zwei Schritten ist er bei mir, und statt des Tintenlöschers haut er mir mit den Fäusten ins Gesicht, und aufstöhnend merke ich, daß er irgend etwas kaputtgeschlagen hat, denn ich kriege meinen Mund nicht mehr zu. Die beiden wollen sich beinahe ausschütten vor Lachen, als sie meinen Zustand sehen. Taumelnd versuche ich mich auf den Beinen zu halten. Lach zieht mich an den Haaren und wirft mir den Zettel meines Lebenslaufs vor die Füße: „Dawai na Ambulanz", und in 10 Minuten bist du wieder da, aber mit richtig Lebenslauf. SS muß stehen darin, kapiert? – „Ajoll", lalle ich statt jawoll, und mit einem Fußtritt fliege ich zu einer Hintertür hinaus, damit die nach mir Kommenden nichts sehen können. Draußen wische ich mir den Schweiß von der Stirn. Die kühle Morgenluft wirkt wohltuend.

In der Ambulanz muß ich erst den Doktor heraustrommeln. Der besieht sich murrend die Bescherung, und ein diensttuender Sani grinst blöde. „Unterkiefer ausgehängt", meint der Arzt lakonisch und befiehlt mir, mich auf einen Stuhl zu setzen. Er gibt dem Sani einen Wink, der drückt mir mit den Daumen in die Ohren, und ruck, zuck hängt die Backe wieder richtig. Unser Arzt, ein Oberschlesier, fährt mir väterlich durchs Haar: „Nimms nicht tragisch", meint er besorgt, „das geht auch mal rum!" Noch in der Ambulanz verbessere ich meinen Lebenslauf und flicke vor 95. Kav.-Rgt. ein nicht zu stark betontes SS. Man weiß ja nie, was die Brüder dann zu beanstanden haben. Ich wollte nicht reizen und habe die beiden verhängnisvollen Buchstaben bewußt weggelassen. Unruhig gehe ich zurück zum „Knusperhäuschen", um meinen verbesserten Lebenslauf abzuliefern. Es hocken immer noch ein paar davor, und ich warte, bis ich erneut an der Reihe bin. Ein Ehemaliger von der Division Brandenburg erzählt mir, daß der Haarige aus Krasnodar sei. „Genickschußspezialist", brummt er vor sich hin und spuckt auf den Boden. Beim nächsten Türöffnen erspäht mich Lach, und mit „Idi suda" winkt er mich hinein. Alkohol- und Tabakdunst schlägt mir entgegen. Lach hängt das Haar ins übernächtigte Gesicht, und der Haarige hockt stumpf hinter dem klotzigen Schreibtisch. „Dawai", knurrt Lach und hält die Hand hin, um meinen Schrieb in Empfang zu nehmen. „SS ist?" fragt er barsch und drückt mir die Nase zu. Es ist schon verdammt entwürdigend, wie sie das machen. Ich nicke nur, mehr Bewegung ist da nicht ratsam. Über dem Schreibtisch hängt ein Plakat: Trud w CCCP delo tschasti, delo slawi . . .Mehr kann ich nicht mehr buchstabieren, denn ein Kommando „Stillgestanne!" kommt hinter dem Schreibtisch vor. Ich verstehe zuerst nicht. Lach hilft nach und stößt mir in die Seite. „Staiid", zischt er und haucht Alkoholdunst wie frisch aus der Schnapsflasche in mein Gesicht. „Kehrt Marrsch!" befiehlt der Haarige, und ich bin Gott sei Dank aus dieser teuflischen Stinkbude entlassen. Der Morgen graut schon, als ich zur Küche pendle, wo mich Hans bereits erwartet. Ich erzähle ihm, was passiert ist, und er reicht mir ein volles 2-Liter-Kochgeschirr Nudel-kasch in die Holzhackerabteilung, wo ich es genüßlich auslöffle. Das einzige, was stört, ist die geschwollene, schmerzende Backe.

Auf der Stancia sieht es böse aus

LKWs wurden durch den Rohrbruch umgestürzt und zwei Bagger halb verschüttet. Der russische Bauführer Kallertschuk, der damals im April, als es fast wochenlang ununterbrochen regnete, den Befehl gab, selbst wenn es Backsteine regne, werde weitergearbeitet; Prostoi – Wartezeit, gebe es nicht, er gibt die Parole aus: Strom nach Sotschi! „Dok w Sotschi!" Riesengroß ist der Schaden, den die geplatzte Rohrdrossel verursacht hat. Über 1000 cbm Erde sind in den Turbinen-keller gespült worden. Bis zur Decke hin ist fast nur Erde zu sehen. Tag und Nacht wird gearbeitet. An die Internationale Solidarität wird erinnert und mit Tanz- und Marschmusik der Dreck hinausbefördert.

„Strom nach Sotschi", so prangt es in großen Lettern in Deutsch und Russisch über dem Schlachtfeld. Drei Monate hat man für die Instandsetzung angesetzt. Wir haben es in sechs Wochen geschafft, und der Minister für das Elektrizitätswesen in der georgischen Sowjetrepublik spricht uns Kriegsgefangen seinen persönlichen Dank für die geleistete Arbeit aus.

Das E-Werk läuft und liefert Strom nach Sotschi

Am 27. Juli 1949 läuft das E-Werk, das unter großen Strapazen von uns erbaut wurde, und liefert zunächst mit zwei Turbinen Strom nach Sotschi. Inmitten der wilden Gebirgswelt leuchtet der weißgetünchte wuchtige Bau der „Ministerstwo Elektrostancia".

Wie Verpflegungsketten entstehen

Die Verpflegung im Lager wird besser und die Einteilung nach Prozenten aufgehoben. Es gibt wieder Gemeinschaftsessen, und für gute Arbeitsleistungen werden Rubel ausbezahlt. Ich habe genügend zum Essen, und Hans steckt mir zusätzlich noch so viel zu, daß auch ich mir einen „Putzer" halten kann, der für die üblichen kleinen Handreichungen mit Fressalien bezahlt wird. Er heißt Hans Moser und ist ein ehemaliger Unterscharführer der HJ-Division. Unsere Strohsäcke werden von ihm aufgeschüttet, die Schuhe mit Stauferfett blankgeschmiert, und das Essen holt er uns von der Küche ab. Bei Arbeitsdienst im Lager stellt er sich für einen von uns stellvertretend zur Verfügung, und Hans Moser müßte kein Schwabe sein, wenn er sich nicht bald so hochgeschafft hätte, daß auch er sich einen Putzer zulegen kann, der ihm weitgehend die bei Hans und mir anfallenden Arbeiten abnimmt und die seinen noch mit dazu erledigt. Diese ganze Kette hängt zunächst an Hans allein, und erst als dieser mich zum Holzhacken in der Küche unterbringt, erhöhen sich die Tarife, so daß sich die Kette zwar vergrößert, aber sich auf Hans und mich aufteilt.

Meine Kräfte nehmen zu, und bei dem gefürchteten Tedio, unserem Zugführer, sind Hans und ich als seine Stachanows sehr gut angeschrieben; er läßt uns auch in Ruhe. Bald stehen wir auf der Bestarbeiterliste, und ich kann wieder 20 Rubel einstecken, von denen ich 10 Rubel an Hans abtrete, der sich dafür mit gebackenen Nudeln aus der Lazarettkost erkenntlich zeigt. Unser Geld kommt gemeinsam in die Kasse, welche Hans verwaltet, und mit meinem Einverständnis kann er ohne Umstände daraus Geld entnehmen, wenn er glaubt, daß dieses für irgendeinen Zweck notwendig ist. Als Koch hat er ab und zu gesteigerte Lebensbedürfnisse, was sich auch darin äußert, daß er sich manchmal in der Schneiderei ein Kleidungsstück bauen läßt, das ihn aus der Masse der Plennis durch seine Sauberkeit und Paßform nicht unerheblich heraushebt.

Arbeitsrekorde

In der Folgezeit stellen wir Arbeitsrekorde in unserem Zug auf, und wir sind stets darauf bedacht, daß unsere Putzer und Unterputzer alle in einem Verein versammelt sind. Hans und ich halten den Rekord im Karrenfahren mit Aufpickeln und Aufschaufeln und bekommen für diese Leistung eine Rote-Kreuz-Postkarte extra. Den Rekord im Steineschlagen halte ich sogar allein. Zu diesem „Rekord" kam es so: Auf einer schräg geebneten Böschung prangte ein fetter Flußstein von etwa 4 cbm Ausmaß. Dieser Brocken ließ sich durch nichts erschüttern. Der Natschalnik setzte eine Prämie aus, und ich meldete mich freiwillig, um den Unnachgiebigen zu zerschmettern. Ich betrachtete mir dessen Wachstum und erhielt die Erlaubnis, dem Stein tüchtig einheizen zu dürfen. Mit Verschalungsrestholz unterhielt ich etwa zwei Stunden lang ein kräftiges Feuer rings um den Fels. Mit unseren leeren Essenkannen holte ich mir anschließend aus dem Fluß Wasser und goß es über den Stein, daß es zischte und kochte. Nach dieser Prozedur zeigte sich der geringe Ansatz eines Sprungs. Entlang dieser schwachen Stelle schlug ich das Ding kurz und klein. Mit der versprochenen Prämie haperte es zwar, denn der Natschalnik steckte von den genannten 30 ausgesetzten Rubeln 20 selbst ein, und mit Mühe und Not konnte Tedio für mich 10 Rubel loseisen. Dieser Rekord steht nur kurze Zeit. Wenige Tage später gelingt es unserem gut herausgefütterten Putzer Hans Moser, einen neuen Rekord mit 6 cbm aufzustellen, allerdings mit kleineren, leichter zu schlagenden Steinen, die er jedoch noch aufstapelte.

Arbeitsnorm, Plansoll und Leistungsdurchschnitt hatte man uns inzwischen eingepaukt als die Vokabeln der sozialistischen Religion. Ehrentafeln, Bestarbeiterlisten und die lobende Erwähnung in der Lagerzeitung, Prämien und sonstige Preise ersetzen das Zuckerbrot – für die Peitsche ist allenthalben gesorgt! Hans und ich stehen fast regelmäßig auf den Bestarbeiterlisten, aber wir haben ohne Zweifel auch mehr zu essen als ein Großteil unserer Kameraden. Viele profitieren von unserem Einkommen, aber wir sind nicht nur allein deshalb im Lager beliebt.

Neuer Malaria-Anfall

Nach der Einweihung des E-Werks wird mir ziemlich mies. Drei Tage liege ich vom Fieber geschüttelt in der Baracke, ehe man mich ins Lazarett einweist. Die Malaria hat mich dieses Mal ordentlich gepackt, und meine Fieberkurve schwankt zwischen 40 und 41. Ich kann nichts mehr zu mir nehmen und liege apathisch auf dem sauberen Lazarett-strohsack. Draußen herrscht eine tolle Hitze, aber zwei Decken, die mir zur Verfügung stehen, spenden mir noch nicht genügend Wärme. Als ich mich erhebe, um zu dem vor der Tür abgedeckt stehenden Urineimer zu laufen, breche ich zusammen, und wie durch einen Schleier sehe ich noch jemanden über mich gebeugt, ehe ich in tiefe Bewußtlosigkeit verfalle. Ich weiß nicht, wie lange ich so gelegen haben mag, aber als ich erwache, sehe ich unseren Dr. Wart* und Sanitäter Jockel Rees** bei mir am Bett. Ich werde abgehorcht, Puls wird gemessen, Blutdruck überprüft, ehe man mir eine Spritze mit mir unbekannter Zusammenstellung in den Hintern jagt. Hans ist rührend um mich besorgt und läßt mir aus der Küche dicken Kasch schicken. Leider schmeckt mir das Zeug noch nicht, aber meine kranken

* Dr. Georg Wart war Oberarzt (Internist) an der Uniklinik in Würzburg. Er hatte beim Terrorangriff alliierter Bomberverbände auf Würzburg seine Frau und Kinder verloren.
** Neben seiner Gesangstätigkeit bei der Lagerbühne war Jockel Rees eineinhalb Jahre als Sanitäter, später Starchij-Sanitäter (= Obersanitäter), bei Dr. Wart und hat bei allen Operationen, die mit primitivsten Mitteln durchgeführt wurden, ihm und Dr. Hans Stork aus Alsfeld assistiert. Neben der Betreuung der Seuchenstation hatte Jockel Rees auch die an offener Tb leidenden Kameraden zu pflegen. (Die Kameraden Leutnant Lasch und H. Sobschak sind im Lazarett mit Knochenmark-Tb verstorben.)

Mitbrüder freuen sich über diese Appetitlosigkeit. Nach wenigen Tagen wird mein Appetit besser, und ich kann wahrhaftig fast nicht genug bekommen. Drei Tage gibt man mir Zeit, dann werde ich entlassen und wieder zur Arbeit geschickt. Ich muß sagen, daß mir die Arbeit in der ersten Zeit schwer von der Hand geht, und die übermäßige Sonneneinwirkung verursacht bei mir starke Kopfschmerzen. Langsam bessert sich mein Befinden, doch muß ich laufend Atebrin schlucken, das mir vom russischen Arzt verordnet wurde, und bekomme zusätzlich in gewissen Abständen noch drei Atebrinspritzen verpaßt.

Pech am laufenden Band

Beim Steineschlagen passiert mir ein kleines Malheur. Als ich mit voller Wucht beim Zertrümmern eines Steines bin, springen von dem schon ziemlich deformierten Schlaghammer Splitter ab, die mir zum Teil am Kopf vorbeischwirren und zum anderen Teil, vermischt mit spitzen Steinstückchen, ins Knie dringen. Das Blut strömt nur so aus diesen messerscharfen Schnittwunden, und der Posten schickt einen WK-Mann mit mir ins Lager, wo sie mir im Lazarett eine Tetanusspritze geben und das Blut stillen. Ich bin erstaunt, daß mich der Doktor sofort wieder mit zur Arbeit schickt. Das Pech will mich anscheinend nicht so schnell verlassen. Beim abendlichen Schlürfen von Erbensuppe fällt mir eine Plombe heraus, und ich bekomme Zahnschmerzen. Ich lasse Essen Essen sein und eile im Geschwindschritt zur Ambulanz, wo mir unser Zahnarzt, ein Student der Zahnheilkunde, erklärt, daß dieser elende „Scherben" gleich gezogen werden muß. Ohne viel Umstände plaziere ich mich auf seinem einfachen Küchenstuhl, während er auf einem Kocher mit Bestecken herumfummelt. Als er schließlich seine Zange gefunden hat, befiehlt er seinem Gehilfen meinen Kopf zu halten, was dieser auch sofort befolgt, indem er mir schmerzhaft, wie schon einmal erlebt, in die Ohren drückt. Unser Zahndoktor beugt sich über mich, und mit einem knirschenden Ruck reißt er mir den Zahn des Anstoßes aus dem Kiefer, daß ich fast glaube, mein ganzes Zahnfleisch hängt mit an der Zange, die einer normalen Flachzange verdammt ähnlich sieht. „Worauf wartest du denn?" fragt mich dieser „Klempner". – „Ja, ich muß doch noch ausspülen", antwortete ich fast schüchtern.

427

„Da kannst dich unter die Rohrleitung hängen", gibt er mir zu verstehen. „Bei uns kennt man diesen Komfort nicht", ergänzt er schmunzelnd. Blutspuckend haue ich ab, und gemäß der Anweisung unseres Zahndoktors, des stud. med. dent., hänge ich mich unter unsere alte Wasserleitung, aus der, ähnlich wie in Noworossisk, das Wasser in dünnem Rinnsal aus rostigen Löchern sickert. Ich muß den Mund ziemlich verziehen, bis sich etwas Wasser darin gesammelt hat. Gründlich spüle ich aus, und ich muß sagen, selten hat sich eine Zahnwunde schmerzloser, schneller und ohne Komplikationen geschlossen, als gerade diese bei dem Herausriß in Krasnaja Poljana im Sommer 1949.

Kamerad Müller mauert das Bild seiner Frau ein

Der Kriegsgefangene Müller aus Fürth erhält von seinen Eltern Nachricht, daß seine Frau ein Kind bekommen hat. Er solle nicht erschrecken, denn dieses Kind sei von einem Neger. Müller nimmt davon mit stoischer Ruhe Kenntnis, und ich höre, daß er, der als Maurer bei Reparaturarbeiten an der Villa Woroschilow in Sotschi eingesetzt ist, das Bild seiner Frau unter der dritten Treppe von oben eingemauert habe. Er habe geantwortet, sie habe das ja verdient, denn da unten sei das Klima wohl am afrikanischsten.

Müller ist auch derjenige, der dem Hund des Politoffiziers „Sascha" den Garaus gemacht hat. „Sascha" war uns schon lange ein „Dorn im Auge", und Müller meint, daß der Hund einen prächtigen Braten abgeben würde, man müßte ihn nur richtig erwischen. Der Moment kommt auf einer lagernahen Baustelle. „Sascha" wird von Metzger Müller fachgerecht erledigt, auseinandergenommen und von den Eingeweihten unserer Brigade mit ins Lager gebracht. Ich habe ein Stück Hinterschenkel unter dem Mantel verborgen. Drei andere Kameraden haben die restlichen verwertbaren Teile von „Sascha" in ihren Klamotten versteckt, und am Abend kochen in mehreren Kochgeschirren Fleischstücke bisher unbekannter Größenordnung. Obwohl sich die Aktion „Sascha" nicht verheimlichen läßt, hat sie erstaunlicherweise keine Folgen für uns, es sei denn diese, daß wir „Hundefresser" nach der Mahlzeit einen ordentlichen „Durchmarsch" bekommen und von einigen Kameraden beim morgendlichen Antreten mit leisem Jaulen und Bellen begrüßt werden. Der Politoffizier sucht noch lange nach „Sascha", doch sein Fell ist schon längst unter Beton verschwunden und sein Fleisch in eiweißhungrigen Plennimägen verdaut. „Sascha" hat übrigens geschmeckt wie ein gutes Stück vom Kalb.

Der russische Feldscher interessiert sich für meine Blutgruppennarbe

Nach einer der üblichen, routinemäßigen Musterungen werde ich überraschend zum russischen Feldscher bestellt. Mir schmeckt das Essen nicht, und ich habe üble Ahnungen. Am Abend melde ich mich in der Ambulanz. Der Feldscher ist noch nicht da, und ich muß geraume Zeit warten. Als er schließlich in schneeweißer Uniform eintrifft, bittet er mich höflich, ihm zu folgen. Ich muß den Oberkörper freimachen, und er dreht behutsam meinen linken Oberarm nach innen, so daß die Blutgruppennarbe gut zu sehen ist. „Schdo takoj? – Was ist das?" – Ich schweige betreten, antworte dann aber wahrheitsgemäß „SS." Der Feldscher schaut mich an, und ich weiß nicht, ob dieses Gesicht freundlich oder unfreundlich ist. In gebrochenem Deutsch erklärt er mir dann: „Ich nix NKWD verraten – dak – nur moje Interesse Wratsch a schdo takoj eto weg sdjelatj." Ich verstehe dieses Gestammel sofort, er möchte nur aus ärztlichem Interesse wissen, auf welche Art und Weise ich die Blutgruppe entfernt habe. In ausführlicher Demonstration erkläre ich ihm dies und versuche, ihm auch meine Beweggründe klarzumachen. Unbewegt hört er sich das alles an, und mit einem freundlichen Händedruck und der Bemerkung: „Wsje pojedut domoi. – Alle werdet ihr nach Hause fahren!" verabschiedet mich der Feldscher. Ich bin hocherfreut, daß er sonst nichts von mir wollte, und in der Baracke löst diese Mitteilung bei meinen tätowierten Kameraden freudigen Optimismus aus.

„Die erste demokratische Wahl unseres Lebens"

In diesen Tagen wählen wir unser Antifaschistisches Komitee. Mit großem Tamtam werden Kandidaten aufgestellt und Wahlurnen mit Vorhängen gebaut, während man uns plausibel macht, daß wir nun das große Glück hätten, zu der ersten demokratischen Wahl unseres Lebens gehen zu dürfen. Man muß die Feste feiern, wie wie fallen, und uns Plennis ist es völlig gleichgültig, ob es sich dabei um den 1. Mai, den Jahrestag der Oktoberrevolution oder der Jahrestag des Sieges über Hitler-Deutschland handelt. Hauptsache, das Essen ist gut und reichlicher, und es muß nicht gearbeitet werden.

Am Wahltag spielt schon am frühen Morgen unser Kammerorchester die Internationale und die russische Hymne. Anschließend hält der Politruk mit seinem „demokratisch"-deutschen Anhang die üblichen UdSSR-Einheitsreden. Die Feier ist würdig umrahmt von den Lorbeerstöcken Schorsch Beyers. Es wird über Freiheit, gerechten Frieden, die Segnungen des Sozialismus und den Fluch des Monopolkapitalismus gesprochen.

Auf dem Olympiaacker von Krasnaja Poljana

Am Mittag folgt der gemütliche Teil: Fußball mit dem Kampf um den Pokal des Antifaschistischen Komitees. Hier ist echte Begeisterung zu spüren, und hier gibt es für unsere dritte Kompanie unter Hermann Knipprath etwas zu verteidigen, denn von den wenigen Spielen, die nach Feierabend hie und da ausgetragen wurden, ging unsere Mannschaft der dritten Kompanie als ungeschlagener Lagermeister hervor. Heute gilt es, den Pokal zu gewinnen, und die Mannschaft des Stabes (Küche, Antifa, Schneider, Schuster etc.) verkündet großsprecherisch, daß für die dritte Kompanie nur eine Schlappe oder der Untergang mit fliegenden Fahnen herauskommen wird. Alles fiebert dem Spiel entgegen. Das ganze Lager ist um den „Olympiaacker" von Krasnaja Poljana versammelt, als Helmut Rinaß, der auch die Fußballkritiken schreibt, das Spiel anpfeift. Die ganze russische Prominenz ist mit dabei, und dezenterweise hat man auf den Posten für den unmittelbar vor dem Lager gelegenen Platz verzichtet, so daß wir sogar unbeanstandet und unbewacht ein Stückchen hin und her laufen können. Schon nach wenigen Minuten Spielzeit balanciert ein Spieler des Stabes mit artistischer Gewandtheit den Ball in unser Tor, und es steht 1:0 für den Stab. Weitere gefährliche Schüsse werden von unserem Tormann in glänzender Manier gemeistert, und obwohl der Politoffizier weiß, daß er bei der Leibstandarte Adolf Hitler (LAH) war, klatscht er Beifall für die Paraden unseres Keepers. Ununterbrochen stürmt der Stab, und die Dritte kriegt erst Auftrieb, als unser Mittelstürmer Hans Feres eine Vorlage knapp neben den Kasten des Stabes knallt. Ein schneller Gegenstoß des Stabes bringt das 2:0, und triumphierend brüllen die Kesselspüler und die Prominenz, während wir geschlagen im Gras hocken, denn uns scheint nichts zu glücken. Als ein gefährlich vorgetragener Angriff unserer Elf einen Eckball einbringt, den Müller, der „Negerpapa" aus Fürth, kaltblütig zum 2:1 verwandelt, brüllen wir wie die Löwen und feuern unsere Mannen mit Sprechchören an. Auf den Namen unseres Kompanieführers Knipprath anspielend, wird mit „Knipp Knipp Ran" angefeuert, oder „Dritte vor, noch ein Tor!" Dieses Tor läßt in der Tat nicht lange auf sich warten. Unser Mittelläufer verwandelt einen 16-m-Freistoß nach einem vorangegangenen Foul zum 2:2. Dieses Tor und unser Gebrüll versetzt der Mannschaft des Stabes einen schweren Schlag, von dem sie sich auch nicht wieder erholen sollte. Genugtuung macht sich unter uns breit, und es ertönen ulkige Zwischenrufe, die allgemeines Gelächter nach sich ziehen. Das 16-m-Tor wird diskutiert. „Zackig, wie der Bua dean Schuß denna ins Gehäuse gejubelt hoat", meint ein Bayer und kaut auf seiner Machorka herum. „Tor, Tor...", jubelt es wieder, als einer unserer Stürmer eine Flanke mit dem Kopf in den Kasten des Stabes gestoßen hat. Wir springen auf und schreien „Tor, Tor, Toor!!!" Wenig später pfeift Rinaß zur Halbzeit, so daß unsere Männer mit einem Vorsprung in die Pause gehen, in der wir sie mit mitgebrachtem Wasser abspritzen und freudig umringen. In der zweiten Halbzeit bestimmt überraschend zunächst der Stab das Geschehen, und wer von uns geglaubt hat, die Männer des Stabes seien am Ende, hat sich getäuscht. Nach einer Bombe von Kobierski, dem Mittelstürmer des Stabes, streckt sich unser Keeper vergeblich, und der Ball zappelt im Netz – 3:3. Diesmal brüllen die anderen, und die Sache wird nun erst richtig spannend. Die Chancen wechseln auf beiden Seiten, ohne zu

Ergebnissen zu führen. Doch dann kommt eine Musterkombination unserer Mannschaft, und wir brüllen schon voller Begeisterung, als wir erkennen, daß der Ball im Außennetz hängt. Die Entscheidung fällt kurz vor Schluß: Müller stürmt auf das Tor zu und gibt an dem herauslaufenden Torhüter des Stabes vorbei zu dem mitgelaufenen Feres, der sich diese einmalige Chance nicht entgehen läßt und zum 4:3 einbombt. Kurz danach pfeift Schiri Rinaß ab, und jubelnd werfen die Spieler der 3. Kp. und wir Zuschauer die Arme hoch. Der Antifafritz hält eine Ansprache und überreicht den Pokal, der eigentlich ein Eichenschild ist, auf dem in einer Metallscheibe künstlerisch eingraphiert steht: „Dem Sieger im Antifaschistischen Fußballpokal 1949 Krasnaja Poljana/Kaukasus." Das war ein Spiel, das war ein Ereignis, und beiden Mannschaften muß man bescheinigen, daß sie ihr Bestes gegeben haben, obwohl sich die Stabsangehörigen manchen boshaften Kommentar gefallen lassen müssen. Es ging wahrhaftig dramatisch zu wie bei einem Länderspiel. So ein Ereignis gibt wieder seelischen Auftrieb, den jeder Kriegsgefangene dringend benötigt, um durchhalten zu können. Es ist für die nächsten Tage Gesprächsstoff, wie die Dritte aus einem 2:0-Rückstand in einem großartigen Endspurt noch ein 4:3 schaffte. Die Kritik, die Schiri Rinaß aus Berlin geschrieben hat, ist dicht umlagert, und die einzelnen Tore werden von beiden Parteien mit viel Wenn und Aber kommentiert, und kommenden Monat will der Stab Revanche nehmen. Prognosen werden vorsichtigerweise von ihnen nicht mehr gegeben. –

Ein Zweckopportunist

Helmut Rinaß aus Berlin ist auch Verfasser zahlreicher antifaschistischer, stark prokommunistischer Artikel in unserer Lagerzeitung. In verschiedenen Bildreportagen, die er aus den ihm zugänglichen Zeitschriften herausgeschnitten und zusammengestellt hat, versucht er, ein Bild über die verschiedenen Sowjetrepubliken zu vermitteln. Wenn man dies alles so hört und sieht, könnte man unwillkürlich glauben, daß Rinaß vom Sowjetsystem begeistert und überzeugt sei. Weit gefehlt. Zu mir, in den er anscheinend großes Vertrauen setzt, äußerte er unlängst, daß er ein Buch schreiben wolle, wenn er nach Hause käme, das auf flammendrotem Umschlag mit weißer Aufschrift mit „DA-WAI" betitelt würde und die Mißstände im sozialistischen Rußland und die miserable Behandlung der Kriegsgefangenen zum Inhalt haben solle. Ich bin nach dieser Offenbarung selbst ein wenig überrascht, denn es paßt so gar nicht zu dem Bild, das ich mir bisher von diesem Menschen gemacht hatte. Wer kann schon ergründen, wie es im Innern selbst des lautesten Schreiers aussieht, und Rinaß' Haltung finde ich als typisch und sehr bezeichnend für diejenigen Kriegsgefangenen, die sich aus reinem Zweckopportunismus antifaschistisch hervortun. Leider geschieht dies nicht immer zum Wohle ihrer Kameraden. Rinaß' Aktivitäten jedoch schaden keinem Landser, nützen ihm aber sehr viel, und weil er das so geschickt fertigbringt, ist er auch durch seine Beiträge allgemein beliebt, und wer zwischen den Zeilen liest, kann doch eigentlich manche Spitze und viel Ironie herauslesen.

Unsere Theatergruppe in Aktion

An Samstagabenden tritt immer unsere Theatergruppe in Aktion. Wir freuen uns alle auf das Auftreten unserer Kameraden, die mit wenigen, primitiven Mitteln erstaunliche Effekte erzielen und herzerfrischende Stücke auf die Beine stellen. Wenn man von der Theatergruppe spricht, dann ist dies in Krasnaja Poljana untrennbar verbunden mit dem Namen eines vorbildlichen Kameraden, den auch die Russen respektieren: Hauptmann Karl Gutjahr, Germanist aus Worms am Rhein. Er hat die Kulturgruppe ins Leben gerufen, und er hat die Programme vor den Russen verantwortet. Er hat einige Kameraden vor dem Knast bewahrt und zur Heimfahrt verholfen, ohne daß diese es wußten. Beliebt sind auch seine Dichterlesungen, die er mit Hans Welker und Fred Wenger durchführt. Jockel Rees schmückt diese Lesungen mit Liedbeiträgen von Schubert, Schumann und russischen Weisen auf das Trefflichste aus. Begleitet von Willi Müller, Gitarre, Fips Hillenbrand, Akkordeon, und im Duo mit den Violinvirtuosen Conny Sedlak und Herbert Seifert bringen es diese Kameraden fertig, so manchen müden und resignierenden Plenni wieder aufzufrischen. Die für uns zuständigen Russen erscheinen jedesmal mit Kind und Kegel, denn auch für sie sind die Darbietungen unserer Kameraden eine willkommene Abwechslung in der Eintönigkeit ihres Bewacherdaseins. Man kann die Kameraden nicht genug loben, die oft in nächtelangen Proben ihre beachtlichen Stücke einstudieren. Wie oft mimt der eine oder andere von ihnen den Spaßvogel, und man weiß ganz genau, daß der NKWD-Fritze hinter ihm her ist, weil er einer „verbrecherischen Organisation" angehörte. Das hindert allerdings den NKWD-Russen nicht, sich über die Späße seines „Verbrechers" vor Lachen auszuschütten. Da ist vor allen Dingen Fritz Müller, einer unserer Hauptspaßmacher, dem es selbst wohl am wenigsten zum Lachen ist, denn NKWD-Radschenko hat ihm schon ein paarmal 25 Jahre vorausgesagt. Müller war bei einer Polizeieinheit, die Partisanen bekämpft haben soll. Radschenko erhielt von dieser Tatsache durch Denunzianten Wind und läßt Müller öfter zum Verhör holen. Müller ist ein ganzer Kerl, und wenn er schmettert: „. . . Was kann der Sigismund dafür, daß er so schöön ist", dann bleibt kein Auge trocken. Ich glaube, daß er sein eigenes Schicksal auf die ironischste Weise zum Wohle und zur Erbauung seiner Kameraden verspottet. Da ist „Jim" Schimanski aus Berlin, der Charly Chaplin unseres Lagers, und wenn er über die Bretter schleicht, brüllen die Russen am meisten. Daneben agiert Hans Welker, unser Conférencier, der in seinem Frack wie ein leibhaftiger Lebemann aussieht und dem von so mancher Natascha mehr oder weniger verstohlen zugeblinzelt wird. Karl Böker, unser Willy Birgel, spielt meist den Grandseigneur vom Scheitel bis zur Sohle. Unseren Heldentenor, Jockel Rees aus Hessen, erkennt man an einem riesigen Schafwollschal, der das Gold in seiner Kehle schützen soll, und Sänger Albert Bulle glänzt mit Lohengringang und einem Heinrich-George-Organ. Erich Kruse ist unser Trompetensolist, und wenn er sein Instrument bedient, juckt's in den müden Füßen mit den plumpen Holzpantoffeln. Kein Wunder, er war 1. Solotrompeter am Theater in Stettin. Seine Solonummern: Teufelszungen, Trompeter von Säckingen, Post im Walde. Unsere beiden Violinvirtuosen in der Kapelle Kaminski sind Conny Sedlack, der schon vor dem Krieg im In- und Ausland Konzerte gegeben hat, und Herbert Seifert, ehemals Konzertmeister in Schwerin. Diese beiden begeistern ebenso wie Hermann Pfeifer mit seiner Posaune oder Herbert Fuchs mit seiner Gitarre, und wenn Fips Hillenbrands Finger über das Akkordeon huschen, kann man kaum mit den Augen folgen. (Die meisten dieser Kameraden haben uns auch schon im Krankenlager Armavir erfreut.) Leutnant

Heinz Wurmstädt, Kunstmaler, Bruno Franosch und Klaus Reber bilden das Triumvirat der Divas. Wenn Heinz über die Bühne schwebt, kommt das große Glotzen über uns. Sein schmaler, in ein hautenges Kleid eingepaßter Offiziersarsch wippt verführerisch nach jeder Seite, und sein Prachtbusen über haariger Männerbrust schwingt federnd im Rhythmus der wohlgesetzten Schrittchen auf hohen Stöckeln. Damenschuhe und echte Unterwäsche werden meist von der hübschen Frau des kleinen Deschournij-Offiziers Horotkow zur freundlichen Verfügung gestellt. Sie wurde schon in Sotschi von ihrem zwar mickrigen aber überaus brutalen Mann verdroschen, und es ist ein offenes Geheimnis, daß sie unsere Divas bewundert. Bruno Franosch spielt die „Unschuldige" sehr ergreifend und Klaus Reber ist Spezialist für urwüchsige Ungarinnen und ähnliche Temperamente, ein wirbelndes, vielbeklatschtes Quecksilber. Seine Glutaugen und sein zartgliedriges Jünglingsgesicht lassen ihn für seine Rollen geradezu prädestiniert erscheinen. Wenn er mit grellgeschminktem Schmollmund Handküßchen in die weiberlose Menge wirft, antwortet ihm stets ein kräftiges Geschmatze.

Wir haben sogar eine Trachtengruppe. Der Clou dieses Ensembles ist ein original-bayrisches Watschentanzpaar, das sich mit Schrammelbegleitung und unter brüllendem Beifall der Gefangenen und ihrer Bewacher die knallendsten Dinger um die Ohren haut. Bruno Franosch und Klaus Reber tanzen dazu wie die hübschesten bayrischen Dirndl im Originalkostüm.

Unvergeßlich wird mir Albert Bulle als Kálmán Zsupán in der „Zigeunerbaron" sein. Der Beifall will kein Ende nehmen, und die Masse der Gefangenen vergißt, daß sie hinter Stacheldraht applaudiert. Fritz Müller als „Gräfin Mariza" steht dem nicht nach, und Jockel Rees als Graf Tassilo schmettert das Lied „Grüß mir die reizenden Frauen im schönen Wien" mit einer Inbrunst und einem Prachttenor, der ihm den Namen „Caruso von Poljana" einbringt. In „Land des Lächelns" spielt Jim Schimanski den Obereunuchen mit so viel Einfühlungsvermögen, daß selbst die mitwirkenden Damen der Gesellschaft während der Aufführung in männlich rauhes Gelächter ausbrechen. Prinz Sou-Chong wird von Hans Welker mit unnachahmlicher Eleganz dargestellt, während Karl Böker dem Feldmarschalleutnant Graf Ferdinand Lichtenfels einen imperialistischen, militärischen und dekadenten Anstrich gibt. Den Wünschen des Politoffiziers ist damit Genüge getan, denn er verlangte, daß vornehmlich politische, „erzieherisch" wirkende Tendenzstücke gespielt werden. Meist wird diese Forderung ignoriert, wenn es aber gar nicht zu umgehen ist, wird man eben in der Verzeichnung einer historischen Operettenfigur im sozialistisch-fortschrittlichen Sinne erzieherischen Wünschen gerecht. Wenn man in Betracht zieht, mit welch primitiven Mitteln unser Theaterensemble aufgebaut wurde und unter welchen Umständen die Akteure spielen, dann kann man diese Leistung gar nicht hoch genug veranschlagen. Man hat die transportfähigen Kranken im Lazarett auf Tragbahren gelegt und in die ersten Reihen vor die Bühne gestellt, damit auch sie diese Aufführungen miterleben und neuen Lebensmut fassen können. Wenn Theaterabend ist, bleibt keiner in den Baracken, und der Appellplatz ist dicht an dicht besetzt. Das Stück „Meine Tante, Deine Tante" ist das Schlagerstück überhaupt. Jim Schimanski und Fritz Müller in den Hauptrollen sorgen dafür, daß kein Auge trocken bleibt. Auf vielfachen Wunsch erlebt es drei Aufführungen an drei Samstagen hintereinander, und wir Plennis singen das Lied:

„Meine Tante, Deine Tante,
diese zärtliche Verwandte . . .

kräftig mit. – Die Texte und die Musik aller zur Aufführung gelangten Operetten und Schauspiele wurden aus dem Kopf rekonstruiert und inszeniert. Die Kameraden von der Theatergruppe geben uns viel, und so mancher erfährt dadurch eine dringend notwendige Stärkung seines Rückgrates. Sie lassen einem für Stunden vergessen, wo man sich befindet, und das gesamte Ensemble ist so großartig aufeinander abgestimmt, daß die Bühne, auf der ihre Darbietungen abrollen, im wahrsten Sinne des Wortes zur Tankstelle für Lebensmut wird.[*]

[*] Die Künstlergruppe, der Jockel Rees über sechs lange Jahre in verschiedenen Lagern angehörte, hat neben der harten Tagesarbeit über 500 Aufführungen verschiedener Art dargeboten. Jockel Rees hat beispielsweise die rund 150 Lieder, Arien und Operettenmelodien sich vorsingen lassen. Dann wurden diese auf einem Holzbrett oder – wenn vorhanden – Tabak- bzw. Zementsackpapier notiert, damit sie der jeweilige Orchesterleiter für seine Leute bearbeiten konnte. Diese vorbildlichen Kameraden haben in Kriegsgefangenschaft ihr Bestes gegeben, um ein bißchen Freude und Hoffnung in die Leiden der Lager hineinzuzaubern. Im Sommer 1949 erlebte der Autor dieses Buches Jockel Rees zum letzten Mal auf der Bühne in Krasnaja Poljana. Dann trennten sich die Wege. Nach dreimaliger Streichung auf der Liste der Heimkehrer schaffte es Jockel Rees im Jahre 1950, die Heimat wiederzusehen. Hernach studierte er vier Jahre an der Musikhochschule in Frankfurt, ehe er in Oberhausen seine Bühnenlaufbahn begann. Dann wurde er 1. Tenorbuffo am Nationaltheater in Mannheim, wo er bis zu seinem

Auf der Arbeitsehrentafel der Kriegsgefangenenzeitung „Nachrichten"

Im August 1949 steht unsere damalige „Brigade Zirkel" auf der Arbeitsehrentafel in der Kriegsgefangenenzeitung „Nachrichten." Es ist dies das erste Mal, daß eine Brigade unseres Lagers in der Zeitung für deutsche Kriegsgefangene in der Sowjetunion „gewürdigt" wird. Es steht dort: „Nach gründlicher Vorbereitung und genauem Studium des Arbeitsvorgangs erreichte die Brigade Zirkel mit 12 Mann aus dem Lager 7148 179 %." In Wirklichkeit bestand diese Leistung aus einer einmaligen Schufterei, gemischt mit einer guten Portion Antreiberei. Es war am 12. März 1949. Am Abend dieses „denkwürdigen" Tages hatten wir unser Soll mit 179 % übererfüllt; für einfache Erdarbeiter sicher sehr beachtlich, denn die Normen dieser Arbeitskategorie sind bekannterweise fast nicht zu schaffen. Unter schwierigsten Verhältnissen hatten wir 12 Züge zu je 6 Loren in knöcheltiefem Lehm- und Schlammboden ausgeladen, überschaufelt und eingeebnet. Nebenher mußten ständig die Gleisanlagen unterlegt, die Loren einzeln abgehängt und nach vorne geschoben, entgleiste Loren wieder eingehoben werden. Bei dem Entladen mußten sich immer einige Mann an die Kipplore hängen, um sie vor dem Umkippen zu bewahren. Ein Mann flog beim Ausladen in hohem Bogen über die Lore, brach sich so nebenbei das Schlüsselbein und fuhr sechs Wochen später nach Hause. Es war dies der erste „Flug in die Heimat", und jeder von uns bedauerte, nicht selbst der „Flieger" gewesen zu sein. So stehen wir also fünf Monate später auf der Ehrentafel, werden am Anschlagbrett namentlich aufgeführt und erhalten als Preis eine zusätzliche Rot-Kreuz-Karte mit Sonderbelobigung vor versammelter Mannschaft: „Durch eine neue Einstellung zur Arbeit, die eine wesentliche Verbesserung der Arbeitsproduktivi-

gesundheitlich bedingten Abschied im Jahre 1981 auf der Bühne stand. Jockel Rees ist Ehrenmitglied des Nationaltheaters Mannheim. Er gastierte als international anerkannter Sänger an vielen großen Bühnen im In- und Ausland. Über 80 Opern und Operetten sowie 200 Lieder verschiedener Art zählen zu seinem Reportoire. Beim Deutschlandtreffen der Spätheimkehrer aus dem Kaukasuslagerbereich und dem Steinlager Stalingrad 1984, das von den Kameraden Adam Hormuth (Worms) beispielhaft organisiert wird, trat Jockel Rees, wie so oft schon, wieder auf die Bühne. Für seine Lieder bereiteten ihm die Kameraden stürmische Ovationen.

tät brachte, wurde die Brigade Zirkel lobend in den ‚Nachrichten‘ erwähnt. An der Erreichung dieses Arbeitsrekordes waren beteiligt die Kriegsgefangenen:

Zirkel, Gustav – Braun, Heinz – Wilmes, Hans – Zickwolf, Ottmar – Stahl, Franz – Knopek, Paul – Schneider, Luis – Onzik, Heinz – Neubauer, Ernst – Melcher, Hermann – Moser, Hans – Probst, Seppl.‘‘

Teilnehmer am Antifasportfest

Anfang September wird ein großes Antifasportfest ausgeschrieben. Mit Hans bin ich auf unserer Baustelle im Wald schon auf Probe um die Wette gelaufen, und ich habe den jungen, kräftigen Kameraden ein paar klare Meter hinter mir gelassen. So melde ich mich also hoffnungsvoll zur Teilnahme am Wettkampf, und zwar zu den Disziplinen 100-m-Lauf, Hoch- und Weitsprung. Im Gewichtheben habe ich mich auch schon geübt, und im Dreikampf erreiche ich die Leistung von 170 kg: Stoßen 65 kg, Drücken 55 kg, Reißen 50 kg. Damit habe ich zwar keine Chance, in meiner Gewichtsklasse Gewichthebermeister zu werden, aber wenn man berücksichtigt, daß man vor knapp zwei Jahren als Dystrophiker vor dem Abkratzen stand, dann kann man wohl mit dem Ergebnis zufrieden sein.

Mit Gruppen zu je 10 Mann stehen wir in einer Reihe auf unserem Olympiaacker, um die 100-m-Vorläufe zu bestreiten. Die ersten zwei gelangen in die Zwischenläufe. Ich scheide beim ersten Vorlauf aus. Die Beine sind doch in all den Jahren schwer geworden, und so kommt es, daß ich etwa an sechster Stelle des ersten Vorlaufs durchs Ziel schnaufe. Zeit wird keine gestoppt, da keine Stoppuhr vorhanden ist. Wie bei den antiken Sportfesten wird nur der Erste ermittelt. Die „ferner liefen“ sind uninteressant, und durch Augenentscheidung der Richter können sie leicht von den meist mit mehreren Metern Vorsprung einlaufenden Siegern ausgeschieden werden. Im Hoch- und Weitsprung kann ich mich mit 1,45 m bzw. 4,20 m für die Endausscheidungen qualifizieren. Bei meinem letzten Sprungversuch gibt es einen Knacks im Knie, und nur unter Schmerzen kann ich das Bein belasten. Mit meiner weiteren Teilnahme ist es nun sehr schnell aus, und die Endkämpfe erlebe ich als Zuschauer auf dem Olympiaacker. Erster im

100-m-Lauf wird unser Tormann der III. Kp. Den Weitsprung gewinnt er auch mit 5,70 m und den Hochsprung gewinnt ein anderer mit 1,65 m.

Stolz auf „unser Werk"

Wir werden nun vornehmlich mit Verschönerungsarbeiten beschäftigt. Erdaufwürfe werden planiert und begradigt, Böschungen geglättet und noch evtl. hervorstehende Steine „abgehobelt". Das Werk läuft, und ich muß gestehen, daß wir nicht ohne Stolz sind, denn es ist fast ausschließlich unser Werk. Das Wasser braust, schäumt und fließt durch den Abflußkanal, der mit wenigen Ausnahmen von unserer Brigade gepflastert wurde. Mit Steinen, die wir zurechtgeschlagen haben und von denen mancher die Initialen und den Heimatort seines Pflasterers oder Zuschlägers eingekratzt trägt. Das Essen im Lager ist relativ gut, und wir holen uns den notwendigen Vitaminzusatz aus dem Wald: Nüsse, wilde, herrlich süße Birnen – sie schmecken am besten, wenn sie ganz braun und matschig sind –, Eßkastanien, und hie und da findet man auch noch Heidelbeeren. Voraussetzung ist immer, daß der Posten einverstanden ist, wenn ein oder zwei Mann diese Waldkostbarkeiten sammeln. Einmal hauen wir ohne Genehmigung ab, und das Schlitzohr von Posten macht während unserer Abwesenheit Zählappell. Er ist ganz außer sich, daß zwei Mann fehlen, und erst die Versicherung unseres Brigadiers, daß hier keiner fliehen wird, beruhigt den jungen Rotarmisten. Als wir nach ausgedehntem Rundgang durch ein Waldstück zurückkommen, müssen wir alles Gesammelte dem Posten abliefern. Er droht mit Meldung, und wir sind dadurch etwas beunruhigt. Als er einen gut Teil unserer Birnen allein aufgegessen hat, wird er wieder umgänglicher, und den Rest gibt er unserem Brigadier zurück, Meldung macht er keine.

Die Gerüchteküche kocht wieder

Im Lager wollen die Gerüchte, daß die SS-Angehörigen wegkommen, nicht verstummen. Man spricht viel von Heimkehr, aber wir Tätowierten sollen davon ausgeschlossen bleiben. Nach dem Motto „Der Mohr hat seine Schuldigkeit getan" werden die russischen Meister wieder vielfach mit ihrer Normberechnung recht kleinlich, und es hat ganz den Anschein, daß dies auf höhere Weisung zurückzuführen ist. Das „Knusperhäuschen" entfaltet erneut rege Aktivität, und uns Betroffenen sitzt wirklich die Angst im Nacken. Seit dem Vorfall mit dem ausgerenkten Unterkiefer bekomme ich direkt Zustände, wenn ich daran denke, daß sie mich eines Tages wieder holen könnten. Das passiert schneller als mir lieb ist. Am Morgen vor Arbeitsbeginn wird mir mitgeteilt, daß ich mich zur Verfügung des Politoffiziers im Lager bereitzuhalten habe. Mir klopft das Herz, und ich glaube, daß ich kreidebleich bin, denn Hans klopft mir auf die Schulter und meint beruhigend: „Let's go, Hermann, kriegst am Abend wieder Nudeln mit Soße!" Der Sinn steht mir nicht danach, und schweigend trete ich aus der Arbeitskolonne und gehe allein in die Baracke zurück. Mit kaltem Schweiß auf der Stirn haue ich mich auf meinen Strohsack und harre der Dinge, die da unausweichlich auf mich zukommen.

Überraschend hören wir am Abend im Lager, daß sich der Vater des kleinen Deschournij Offiziers Horotkow unterhalb von Krasnaja Poljana am dicken Ast eines Baumes aufgehängt hat. In seiner Eigenschaft als Sanitäter muß Jockel Rees den alten Mann abschneiden, der auf dem Kriegsgefangenenfriedhof des Lagers beerdigt wird.

Wieder im „Knusperhäuschen"

Den ganzen Tag über passiert nichts, und zur Ablenkung hacke ich für die Küche Holz. Hans stürzt am Abend auf mich zu und ist hocherfreut, daß mein Gesicht keine Schwellung aufweist. Aber die Ungewißheit zehrt an den Nerven, und man macht sich so allerhand Gedanken, was alles kommen kann. Der abendliche Zählappell vergeht, die Nacht vergeht, eine lange, schlaflose, unruhige Nacht! Mit mehreren Latrinengängen eröffne ich den neuen Tag. Die ganze Sache hat sich auch noch auf den Magen geschlagen. Noch vor der Morgensuppe erscheint der Läufer des „Knusperhäuschens" mit dem erneuten Prikass (= Befehl) „Melcher zur Verfügung des Politoffiziers im Lager bleiben!" Er nennt noch einige Namen, darunter auch welche, die nicht bei der Waffen-SS waren. Das gibt mir insofern ein bißchen Hoffnung, als ich nun annehmen darf, daß sie sich nicht mit mir allein beschäftigen werden.

Am Mittag des 10. September 1949 ist es dann soweit: Mit Butter in den Knien gehe ich zum „Knusperhaus". Den Läufer frage ich, was los ist. Er zuckt nur mit den Schultern und sagt uninteressiert: „Ich bin doch kein Jesus!" Unten angelangt komme ich gleich dran, und nun, wo es darauf ankommen wird, bin ich nicht mehr so aufgeregt wie die ganze Zeit vorher. Zu meinem nicht geringen Erstaunen versucht Leutnant Lach, der allein im Raum ist, ein freundliches Gesicht zu zeigen. Er grient vom Mund bis zu den Ohren und sagt: „Straßtwuitje, Kamrad (!!) Melcher". „Straßtwuitje, Towarisch Offizier", antworte ich und versuche, seine „Freundlichkeit" durch ein ängstliches Lächeln zu erwidern. Es haut dem Faß fast den Boden aus, als er mir Platz anbietet: „Säditje poschalustra!" – und fragt: „Kuritj? – Rauchst du?" Ich bejahe freudig und stecke mir die Machorka hinters Ohr. Da er mir in überaus freundlicher Manier auch Feuer reicht, bleibt mir nichts anderes übrig, als das Ding anzuzünden. So sitzen wir uns also freundlich lächelnd gegenüber, und ich bemühe mich, den Qualm an Leutnant Lach vorbeizublasen. Bei meiner letzten Vorladung hatte die Situation gleich von Anfang an anders und viel gefährlicher ausgesehen. Ich spüre, wie eine wohltuende Bierruhe über mich kommt und fühle mich der Situation durchaus gewachsen. „Mama, Papa pisal?" (= Haben deine Eltern schon geschrieben?) fragt Lach interessiert. „Da, da", antworte ich schnell. „Kakoi Zone?" will er wissen. „Amerikanski Zone", erkläre ich ihm. „Mmmhm" wackelt er mit dem Kopf, „tam otschin plocho". Dort ist es sehr schlecht, meint er besorgt und erzählt mir, daß die Leute von den Amis nur halbverdorbenes Pferdefleisch zu essen bekämen, das die Kapitalisten nirgends mehr absetzen könnten. Bereitwillig schüttle ich den Kopf über diese verdammten Kapitalisten und fluche ein paar schöne russische Flüche, was Lach ein Lächeln abnötigt, das mich an den Pferdemetzger von Blatna erinnert. Dann kommt die Katze aus dem Sack. Nachdem Lach solchermaßen für gute

Stimmung gesorgt hat, hofft er nun wahrscheinlich, mich genügend aufgeschlossen zu haben, um das von mir zu hören, was in den Ohren eines sowjetischen Vernehmungsoffiziers wie Engelsmusik klingt. „Sage mir", so Leutnant Lach erwartungsvoll nach vorn gebeugt, „wieviel Tschechen habt ihr auf dem Territorium der Tschechoslowakei erschossen? Das ist nur eine Formsache. Dein Fall ist so gutt wie erlädigt – nu dawei, erzähl mir was!"

Bevor ich weiter schildere, muß ich noch einiges vorausschicken. Glücklicherweise habe ich die Art der Vernehmung, dank des Buches von Karl I. Albrecht „Der verratene Sozialismus", durchschaut, und ich weiß in etwa, wo's lang geht. Schon lange machte ich mir Gedanken über Dinge, von denen ich annahm, daß sie zu meinen Ungunsten gewertet werden könnten. Belastend für mich könnte die Teilnahme meines Regimentes bei den Kämpfen in und um Prag im Mai 1945 sein. Belastend deshalb, weil es im sowjetischen Strafgesetzbuch den § 58* gibt, der in 14 Unterziffern gegliedert ist und der die sogenannten gegenrevolutionären Delikte behandelt. Im Grunde genommen kann jeder Mißliebige von den Russen nach diesem Gummiparagraphen 58 als innenpolitischer Gegner der Sowjetunion erklärt und als Gegenrevolutionär in das sowjetische Strafverfolgungssystem hineingezogen und verurteilt werden. Wahrlich keine guten Aussichten!

Recht unbehaglich antworte ich auch demnach: „Towarisch Leutnant – ich war nur acht Wochen Soldat. Ich habe überhaupt nicht geschossen. Wir haben nur Ausbildung gemacht und wurden noch während der Ausbildung gefangengenommen. Ich war erst 16 Jahre." Und zur Bekräftigung setze ich noch in russisch dazu: „Ja njekowo rastreljal, – etu absolutni prawda, Towarisch-Leutnant. – Ich habe überhaupt nicht geschossen, das ist absolut wahr, Leutnant." – Lach flucht und sieht im Moment recht böse aus. Doch ebenso überraschend schlägt die Stimmung wieder auf freundlich um: „Nu prawelna –

---

* Der Tatbestand des § 58/1 des sowjetischen Strafgesetzbuches lautet wie folgt: „Als gegenrevolutionär gilt jede Handlung, die auf den Sturz, die Unterhöhlung oder die Schwächung der Herrschaft der Räte der Arbeiter und Bauern und der von ihnen auf Grund der Verfassung der Union der SSR, der Unionsrepubliken und autonomen Republiken oder auf die Unterhöhlung oder Schwächung der äußeren Sicherheit der Union der SSR und der grundlegenden wirtschaftlichen, politischen und nationalen Errungenschaften der proletarischen Revolution gerichtet sind. Kraft der internationalen Solidarität der Interessen aller Werktätigen gelten Handlungen gleicher Art als gegenrevolutionär auch dann, wenn sie gegen einen anderen – der Union der SSR nicht angehörenden – Staat der Werktätigen gerichtet sind."

Karascho. – Es ist gutt – du gannst gehen. Noch September pojedjesch domoi (= nach Hause fahren), dein Fall ist erledigt." Ich kann es kaum fassen und möchte den Kerl am liebsten umarmen. Vorsichtshalber frage ich an, ob ich gehen kann, „da da", antwortet Lach ohne aufzusehen. Meinen „Straßdwuitje"-Gruß erwidert er nicht. – So schwer wie mir der Hinweg fiel, so leicht marschiere ich zurück. „Jubel im Herzen" wäre die beste Beschreibung meines Zustandes. In „dulci-jubilo"-Stimmung schwinge ich mich auf meinen Strohsack, und die dunkle Barackendecke erscheint mir wie rosa getüncht.

Zehn leicht verdiente Rubel

In den kommenden Arbeitstagen bin ich voller Übermut. Mit unserem Brigadier Heinz Braun machen Hans Moser und ich eine Wette, daß wir den reißenden Gebirgsfluß, der auch die Turbinen speist und in dessen Hochwasserfluten 1948 die fünf Landser ertranken, genau an der Stelle durchschwimmen, wo man drei der fünf Vermißten in den Seilen hängend gefunden hat. Der Fluß soll bei Hochwasser nach russischen Angaben mit 15 m/sek. zu Tal brausen. Die Geschwindigkeit ist auch jetzt noch beachtlich, und als Heinz Braun eingeschlagen hat, ist es uns doch ein bißchen kribbelig zumute. Hans Feres warnt uns. Er glaubt, daß wir auf spitze Felsstücke aufgetrieben werden könnten, die uns den Bauch aufkratzen könnten. Taub gegen solche gutgemeinten Ratschläge steigen wir wie Gott uns schuf 3 m oberhalb der Hängebrücke in die kalte Gebirgsflut. Hans Moser läßt sich als erster hineinfallen und wird im Nu abgetrieben. Ich brauche nicht lange zu überlegen, denn als ich noch einen Schritt nach vorne gehen will, verliere ich den Boden unter den Füßen und treibe innerhalb weniger Sekunden schon inmitten des Flusses, der zur Zeit etwa 30 m breit sein dürfte.

Ich sehe Moser, wie er weiter unten schon Fuß gefaßt hat, und wenig später habe ich auch wieder Land unter den Füßen. Nur wenige Schwimmstöße haben zu dieser Überquerung genügt, und Braun ist etwas sauer, als er Moser und mir je 10 Rubel bezahlen muß. Weil es so schön ging, probieren wir die Überquerung noch einmal, und wenn man mit einkalkuliert, wie weit man abgetrieben wird, kommt man ziemlich genau an der Stelle an, wo man hin will. Viele Zuschauer, einschließlich der russischen Posten und der russischen Arbeiter, haben sich eingefunden, als wir zum zweiten Mal rüberschwimmen. Wir genießen unseren „Ruhm", denn keiner weiß besser als wir, daß es offensichtlich ungefährlich ist, wenn man an dieser Stelle zu dieser Zeit den Fluß schwimmend überquert.

Nervöse Stimmung im Lager

Überraschenderweise müssen alle Waffen-SS-Angehörigen am 19. September 1949 einen Lebenslauf schreiben. Von der Antifa her kommt das Gerücht, daß alle „Verdächtigen" innerhalb acht Tagen abtransportiert würden. Der Rest des Lagers würde nach Hause fahren. Die Stimmung ist nervös. Das gesamte Lager ist von größter Unruhe erfaßt, und auf den Baustellen wird sowenig wie möglich gearbeitet. Wer ist verdächtig, wer ist verdachtfrei? Das sind die großen Fragen, um die sich alle Gespräche drehen, zumal auch unter den Lebenslaufschreibern Landser sind, die nicht der Waffen-SS angehörten. Das verwirrt die Geister kolossal. Betroffene und sich nicht betroffen Fühlende laufen mit mehr oder weniger nachdenklichen Gesichtern herum und scheinen Gewissenserforschung zu betreiben. Es vergeht der 20., der 21. und der 22. September, ohne daß etwas Besonderes passiert. Allein das Gerücht hält sich hartnäckig, daß die Angehörigen der Waffen-SS wegkommen.

Am 23. September bringen Essenholer die Nachricht auf unseren Arbeitsplatz, daß die ersten Kameraden über ihren bevorstehenden Abtransport in ein anderes Lager schon informiert sind. Mein Freund Hans Wilmes schaut mich betroffen an: Wir hoffen, zusammen nach Hause fahren zu dürfen. Wir haben uns einen Holzkoffer machen lassen, in dem wir schon Kekse, Bonbons, Zucker und Hartbrot für die Reise aufgespart haben. Auch ein ganzes Pfundpaket kaukasischen Tabaks befindet sich darunter. Man hat uns ja bei der Einweihung des E-Werks zu verstehen gegeben, daß alle Kriegsgefangenen, die am Aufbau des E-Werks in Krasnaja Poljana mitgearbeitet haben, nach Hause fahren können. Es war nicht davon die Rede, daß man vorher noch eine Unterteilung nach Schafen und Böcken trifft. Aber nun scheint dies doch zu geschehen. Mit einem schlechten Gefühl trotten wir bei Feierabend zurück ins Lager. Über der ganzen Kolonne herrscht ahnungsvolles Schweigen. Als ich meine Spitzhacke in die Bauhütte stelle, denke ich bei mir: „Heute wirst du das letzte Mal mit Hans zusammen in Poljana gearbeitet haben." So schnell ändert sich in Gefangenschaft die Situation. Vor wenigen Tagen habe ich in reinem Übermut den Gebirgsfluß durchschwommen und heute bin ich nahezu unfähig, klare Gedanken zu fassen. Uns Tätowierte wird man fertigmachen, und wenn eine Heimkehr für uns überhaupt in Frage kommt, dann wahrscheinlich nur als untauglich Kranke. Mir gehen so allerhand Gedanken durch den Kopf, wobei sich auch Selbstmordabsichten entwickeln. Im Lager hört man offiziell, daß morgen alle diejenigen wegkommen, die bei den Russen auf der Liste stehen. Hans geht an diesem Abend nicht in die Küche. Die ganze Brigade sitzt zusammen, und jeder versucht, positive Momente als Trost ins Spiel zu bringen. Die unausgesprochene Skepsis überwiegt. Ein kleiner Hoffnungsschimmer bleibt mir, ein Strohhalm nur, an den ich mich klammere: Lach hat gesagt, daß mein Fall abgeschlossen sei und ich im September nach Hause fahren dürfe. Vielleicht bin ich doch nicht bei den „Verbrechern"!??

„Steh' auf, ihr kommt weg!"

Obwohl es um diese Jahreszeit noch nicht so kalt ist, friere ich bis ins Mark. Gleich nach dem Zählappell lege ich mich auf meinen Strohsack, ziehe den Mantel über den Kopf und bin allein mit meinen Gedanken. Zum Schlafen komme ich nicht. Es ist eine innere Unruhe in mir, die mich einfach nicht verläßt, auch dann nicht, als die ganze Baracke schon am Schnarchen ist. Hans wälzt sich auch hin und her. In der Nachbarbaracke werden Stimmen laut. Wenig später geht bei uns die Türe auf. Feste Schritte kommen näher, ich fiebere an allen Gliedern und schicke ein Stoßgebet zum Himmel: „Wenn es dich gibt, Herrgott – laß ihn an mir vorübergehen – ich bitte dich, Herr, laß . . ." Die Schritte biegen in unseren Gang ein – man braucht mich nicht wachzurütteln. Ich weiß nun, daß ich mit dabei bin: „Hermann, steh' auf, ihr kommt weg – ihr müßt sofort eure Strohsäcke zusammenpacken und in der

Antifabaracke abgeben. Dort sammelt ihr euch auch." Hermann Knipprath, unser Kompanieführer, macht ein sehr ernstes Gesicht bei dieser Eröffnung, und ich muß sagen, daß alle Spannung von mir genommen ist. Ich weiß, daß ich dabei bin, und irgendwie regt sich in mir ein trotziges Gefühl. Ich baue meine Bettstatt ab, stecke die Bilder, die mir meine Eltern von sich geschickt haben, in die Brusttasche, packe meinen Brotbeutel und verabschiede mich von den Kameraden. Den Abschied von Hans spare ich auf bis zum Schluß. Er gibt mir fast alles mit, was wir in unserem Holzkoffer aufgespart hatten. Dem guten Freund aus dem Emsland sind die Augen feucht geworden, und Arm in Arm gehen wir aus der Baracke. „Hermann, mach's gut – Kopf hoch – auch ihr fahrt bald nach Hause!" – Es ist gut, was die Kameraden da sagen, und es ist mir ehrlich schwer ums Herz! Draußen vor der Baracke sitzen Hans und ich noch eine Weile auf der kleinen Birkenbank, die Kameraden aus Birkenprügeln zusammengebastelt haben. Der Himmel ist sternenübersät; wir schauen nach oben und bringen im Angesicht des Himmels kein Wort über die Lippen. –

Die ganze Nacht über werden wir registriert, empfangen Marschverpflegung, und Hans kommt noch einmal und steckt mir stillschweigend ein Päckchen mit 100 Rubeln in die Tasche. Früh am Morgen treten wir an, und Matteskow, seines Zeichens neuer Lagerkommandant, hält vor uns Ausgestoßenen eine Ansprache. Der Dolmetscher übersetzt: Es sei Blödsinn, daß man im Lager erzählen würde, nur SS-Leute kämen weg. Der beste Beweis hierfür sei doch der, daß noch viele SS-Leute im Lager und unter uns auch solche seien, die mit der SS oder sonstigen unangenehmen Sachen überhaupt nichts zu tun hätten. Er habe einfach den Befehl bekommen, Leute abgeben zu müssen, und da sei das Los auf uns gefallen. Er, Matteskow, gebe uns aber die Versicherung, daß wir genauso schnell nach Hause fahren würden wie die anderen Tschelowjeka, die noch hierbleiben müßten. Es würde ihm leid tun, daß er uns hätte abgeben müssen, aber wie gesagt, uns würde daraus kein Nachteil entstehen.

Anschließend geht er durch die Reihen und würdigt einen jeden von uns eines gutmütigen Blickes. Umfragen ergeben, daß diejenigen, die nicht bei der SS waren und unter uns sind, fast ausschließlich Elitedivisionen angehörten wie der 8. Panzerdivision, der Division Großdeutschland, dem Regiment Feldherrnhalle, der Division Brandenburg usw. An einen reinen Zufall glaubt also keiner. Alles scheint auf ein beliebtes russisches Täuschungsmanöver hinauszulaufen, und die paar Hansel von der Waffen-SS, die noch im Lager bleiben, werden sicher auch noch nachgeschickt.

Abtransport aus Poljana

Gegen 8.00 Uhr morgens werden wir 100 Männer auf drei LKWs verladen, und ab geht's in Richtung Sotschi. Nur zwei Mann hat man als Posten mitgeschickt, demnach schätzt man uns offensichtlich als friedlich und ungefährlich ein. Optimisten unter uns schließen daraus, daß es Matteskow vielleicht doch ehrlich mit seiner Ansprache gemeint hat.

Ich sitze auf dem letzten Querbrett unseres SIS-Transporters, und es bedeutet für mich eine große, wenn auch schmerzliche Freude, als mich überraschend die Kameraden meiner Brigade und Hans mit einem „Herrmann, mach's gut!" im Sprechchor verabschieden. Es ergibt sich so, daß unser LKW an dieser Stelle langsam fahren muß, und fast sieht es so aus, als ob sich die Brigade extra an diesem Straßenknick versammelt habe, um uns zu verabschieden. Es war ein prachtvoller Haufen mit dem relativ besten Zusammenhalt, den ich bislang erlebte. Und erst als in einer Biegung die winkenden Kameraden verschwinden, fühle ich zuinnerst, wie einsam sich der Mensch inmitten der steil aufragenden und tief abstürzenden Felsen ohne die guten, alten Kameraden fühlen kann.

Wir fahren bis Sotschi

Vor der Stadt Sotschi steigen wir ab und müssen die Wagen waschen, denn kein ungewaschener Wagen würde ohne Strafmandat durch Sotschi fahren dürfen. Etwas abseits eines kleineren Verladegleises hocken wir auf einer Wiese, um nach etwa einer Stunde Wartezeit in zwei eigens für uns herangefahrene Personenwagen einzusteigen. Das dauert dann noch ein bißchen, und ungehindert können wir bei heruntergekurbelten Fenstern die Gegend in Augenschein nehmen. Ihre Prachtstücke zeigen die Russen recht gerne, und als wir auf den

Hauptbahnhof von Sotschi eingeschoben und einem anderen Zug angehängt werden, haben wir noch gut Gelegenheit, die Bahnhofsboulevards zu bestaunen, auf denen Männlein und Weiblein in gestreiften Schlafanzügen promenieren und respektable Autos parken.

Überall sind Blumenkästen und Laternen mit geschwungenen Leuchtarmen angebracht, und man kann sich gut vorstellen, daß man sich als freier Tourist hier wohl fühlen könnte. Das Klima ist jetzt noch sehr mild, uns kommt es sogar reichlich warm vor, denn in den Bergen von Poljana war es doch frischer als in Sotschi. Wir fahren noch ein gutes Stück an der herrlichen Küste entlang. Der Strand wimmelt von Sonnenanbetern, Promenierenden und solchen, die in Massen jauchzend im Wasser herumpaddeln. Plötzlich bricht dieses Bild ab, und eigenartigerweise kommt auf einmal ein Stacheldrahtzaun, der ein völlig menschenleeres Strandstück absperrt, und das zum Meer hin sogar mit eingerammten Eisenpfählen gesichert ist. Von da verlassen wir das Küstengebiet, und die Bahn fährt zwischen Hügelketten und kaukasischen Pipelines hindurch. Die Ölleitung begleitet die Bahnlinie mehrere Kilometer. Sie kommt von Baku, und ihr Inhalt fließt in die Ölspeicher verschiedener Schwarzmeerhäfen.

Ankunft im Lager 7148-E Tuapse

Am Abend treffen wir in der Hafenstadt Tuapse ein. Nach einem Fußmarsch von einer halben Stunde kommen wir im neuen Lager an. Es liegt direkt am Wasser, etwa inmitten der Stadt, die sich am Schwarzen Meer entlangstreckt. Wir werden sogar empfangen. Die dortige Lagerprominenz ist auf dem Hof vor einem festen Gebäude angetreten, und der kleine Lagerkommandant in ungarischer Uniform begrüßt uns mit den salbungsvollen Worten: „Ich heiße Euch im letzten Lager vor unserer Heimkehr willkommen und hoffe auf gute Zusammenarbeit!" Anschließend werden wir als eine geschlossene Kompanie aufgestellt. Kompanieführer ist ein „Einheimischer". Wir kommen alle in einen Raum zu liegen, der wie üblich beiderseits mit Doppelpritschen bebaut ist. Essen gibt es zu unserem Leidwesen keines mehr, denn wir haben ja unsere Verpflegung schon in Poljana gefaßt. Ich mache mich an unsere Kekse, die mir Hans mitgegeben hat. Die

Rolle wollte ich mir so schön einteilen. Daraus wird nichts, denn der Kohldampf ist stärker als der gute Wille.

Die Alten vom Lager erzählen, daß wir alle im Oktober nach Hause fahren würden. Die Stärke des Lagers 7148-E beträgt mit uns Neuankömmlingen 400 Mann. Die Morgensuppe ist im Vergleich zu Poljana reichlich schlabberig. Wer im Gegensatz zu mir nichts zuzusetzen hat, mag den Unterschied zwischen hier und dort als besonders kraß empfinden.

Auf zur Baustelle „Observatorium"

Wie üblich werden wir „Neuen" an die schlechtesten Arbeitsplätze geschickt. Wir arbeiten ausnahmslos als Erdarbeiter oder Handlanger der Spezialisten. Unser Arbeitsplatz nennt sich „Observatorium" und liegt auf einem Hügel mit Sicht auf das Meer am Stadtrand von Tuapse. Es soll eine Wetterstation für die Seefahrt werden. Unsere Hauptaufgabe besteht darin, durch harten Lehm und Schieferboden eine Zufahrtsstraße auszuschachten. Das ist eine mühselige Sache, und obwohl wir schwer reinhauen und uns redliche Mühe geben, liegen die Prozente am Abend unter dem Soll. Da niemand als Saboteur angeschrieben werden will, was evtl. die Heimfahrt kosten könnte, ist die Sache besonders unangenehm. Gleich am ersten Tag aufzufallen, ist verdammt peinlich, zumal man auf uns als „Faschisten" besonderes Augenmerk zu richten scheint. Am anderen Tag trifft auch schon eine Kommission auf unserer Baustelle ein, um an Ort und Stelle den Schuldigen festzustellen. Daß das nur wir Plennis sein können, steht so gut wie fest. Dafür wird der Leiter dieses „Untersuchungsausschusses", der im Lager Tuapse allseits gefürchtete und unbeliebte Altkommunist Oberleutnant Borodin, sorgen. Er, der Prototyp eines Bolschewisten mit einem verkniffenen Gesicht, das man sich lachend gar nicht vorstellen kann, schnappt sich gleich eine Spitzhacke, um den Njemjetz zu zeigen, welches Arbeitstempo das richtige ist. Borodin sagt, daß dies sehr leichter Boden sei – höchstens Kategorie 3 –, und er demonstriert dies mit einer Spitzhacke, die er Heinz Totzke weggenommen hat. Heinz Totzke hatte in mühevoller Kleinarbeit ein größeres Stück Erde unterhöhlt, um die harte Kruste besser zum Einstürzen zu bringen. Das

Schlitzohr Borodin scheint diese günstige Stelle für seine Demonstration gesucht zu haben, denn ohne viel Anstrengung haut er das Zeug herunter, jeden Schlag mit einem triumphierenden „Smatri! Smatri! Seht her! Sehr her!" begleitend. „Wot, tak nada rabotatj! – So wird gearbeitet!" sagt er mit einer hinweisenden Handbewegung auf das von ihm, dem Oberleutnant Borodin, eingeschlagene Erdreich. Die ihn begleitenden deutschen Antifafritzen vom Lager Tuapse wagen keinen Einwand, obwohl der Schwindel offen zutage liegt. Nur unser Hauptmann, Karl Gutjahr aus Krasnaja Poljana, der auch mit uns hierherkam und nun als Dolmetscher bei der Kommission dabei ist, erklärt Borodin, daß er ja berücksichtigen müsse, daß das ganze Stück, das er hier heruntergehauen habe, schon unterhöhlt gewesen sei und daß dieses ja die Hauptarbeit sei und nicht das Abschlagen –, das sei ja das Leichteste. Borodin überhört diesen Einwand: „Eto Ljudi nitschewo njet Robotajet, pomalo Robotajet i plocho. Robotajet – ponjemajesch Guttjahr?" Wir arbeiten ihm eben nicht gut genug, nicht schnell genug, und alles geht dem Genossen Borodin gegen den Strich. Gutjahr sagt nichts mehr, und das Antifakomitee steht auch stumm dabei. Selbst der russische Meister lobt uns, aber er erklärt auch, daß er nicht mehr Prozente schreiben könne, wenn nicht mehr gemacht werde. Die Norma sei nun eben mal so, und da ist nitschewo nix zu machen. Anschließend verschwinden die Arbeitsprüfer, und wir versuchen, wenigstens unserem Meister in etwa zu gefallen. Daß Karl Gutjahr gut für uns gesprochen hat, war prima. Man ist dies von ihm schon gewohnt. Er war in Poljana sehr beliebt und was er sagte, galt auch etwas bei den Russen. In Poljana ließ er einmal den ganzen Verein antreten, weil ihm einer seinen alten Löffel, der ihn schon von Stalingrad an begleitete, geklaut hatte. Damals bat er den Dieb, den Loschka zurückzubringen, da er ja für ihn keinerlei Bedeutung habe. Er setzte sogar eine Portion Brot dafür aus, und er soll den Stalingradlöffel auch wirklich wieder bekommen haben. Gutjahr spricht perfekt Russisch, und er kam nicht nach Tuapse als politisch Verdächtiger, sondern als Dolmetscher eines Politoffiziers, der einen Antifalehrgang im Lager Tuapse leitet.

Vom „Observatorium" zum „Gespensterschiff"

Acht Tage blieben wir auf der Baustelle „Observatorium". Die schönste Zeit war immer am Abend, wenn auf unserem Hügel der Ballon der Wetterstation in die Lüfte gelassen wurde, dann war nämlich Feierabend. Allerdings kommen wir von dort „vom Regen in die Traufe", denn wir werden zu dem unbeliebtesten Kommando des Lagerbereiches abkommandiert, auf das „Gespensterschiff" zur „Bresche". Das „Gespensterschiff" ist ein alter rumänischer Lastkahn, der bis obenhin vollgepfropft ist mit Zement, Kies, Sand, Förderbändern, Kranen, Betonmaschinen und Aufzügen. Die „Bresche" ist die zerstörte Kaimauer vor dem Hafen. Wir werden zum Zug Seiss versetzt. Seiss ist Schwabe und Altgefangener mit guten russischen Sprachkenntnissen. Aus seiner Jackentasche schaut meistens eine russische Zeitung heraus, die er regelmäßig studiert und scherzhafterweise als „Popolo di Roma" bezeichnet. In oft zwölfstündiger Arbeit müssen wir hier ohne jegliches Essen in den Bunkern des Lastkahns, in Gruppen eingeteilt, Zement, Sand und Kies auf die ratternden Förderbänder schaufeln. Oben auf Deck fließt das Zeug in großen Betonmaschinen zusammen und wird in Rohren unter Wasser gedrückt, um die Bresche in der Kaimauer von Tuapse zu schließen.

Das Dröhnen der Betonmaschinen, das Geratter der Laufbänder, das Quietschen der Aufzüge, das Schreien und Rufen, um sich inmitten des Lärms verständlich zu machen, die nackten, staubigen Gestalten der rastlos arbeitenden Menschen und die an der Stahlwand des schwankenden Schiffes entlanghuschenden Schatten der ununterbrochen schaufelnden Männer – eine Symphonie der Arbeit, untermalt vom Rauschen des Meeres. Die Gefangenen sagen „Gespensterschiff", und das dürfte die treffendste Bezeichnung für diesen Wackelkahn sein.

Mit den Prozenten haben wir keinen Ärger mehr, wir bekommen oft 200 % und mehr geschrieben, aber unser Körpergewicht nimmt laufend ab. Es ist gut, daß ich von meinem „Poljanaspeck" noch etwas zehren kann. Mit den Rubeln von Hans, die wir uns gemeinsam für die Heimfahrt zusammengespart hatten, muß ich haushalten. Täglich leiste ich mir für 1,5 Rubel 500 g Zusatzbrot. Das geht die ersten Tage gut, dann wird aber der Hunger immer stärker, und aus 1,5 Rubel werden drei Rubel und mehr. Manche Tage habe ich überhaupt nichts Zusätzliches, weil nirgendwo Brot aufzutreiben ist. Das Weißbrot, das es manchmal anstelle von Schwarzbrot zu kaufen gibt, kostet das Doppelte wie das Dunkelbrot und hat den halben Sättigungswert, so daß man absolut keine Fülle im Magen verspürt. Das Brot ist knapp in Tuapse. Selbst die russische Zivilbevölkerung steht vor den Magazinen Schlange, und schon mehrere Male konnte ich Schlägereien während einer Brotausgabe beobachten.

Die Gründung zweier deutscher Staaten am Anschlagbrett

Am 9. Oktober stehen abends dicke „Trauben" vor den Anschlagsbrettern im geplätteten „Foyer" unserer Unterkunft. Das „Neue Deutschland" berichtet in dicken Schlagzeilen von der Gründung der „Deutschen Demokratischen Republik" (DDR) am 7. 10. 1949: „Basierend auf allen fortschrittlichen, aufbauwilligen und demokratischen Kräften unseres Volkes ist diese Staatsgründung ein historischer Moment in der Geschichte der deutschen Arbeiterklasse und des Sozialismus überhaupt." Die KPD und SPD, die sich schon 1946 zur Sozialistischen Einheitspartei (SED) zusammengeschlossen hatten, stellen mit Otto Grotewohl den Ministerpräsidenten und mit Wilhelm Pieck den Staatspräsidenten. Erstaunlicherweise erfahren wir dabei auch, daß diese DDR-Gründung nur die Antwort auf das westliche Gegenstück, die am 23. September 1949 gegründete Bundesrepublik Deutschland ist. Das ist völlig neu für uns, denn bis zu diesem Tage haben wir davon noch nichts gehört. Die drei Besatzungszonen der Westmächte haben sich zu einem Verband zusammengeschlossen und einen Konrad Adenauer zum Bundeskanzler und einen Theodor Heuss zum Bundespräsidenten gewählt. Alle vier Politiker aus Ost und West sind uns Jüngeren kaum bekannt, es sei denn, daß der Name Pieck schon am Anfang der Gefangenschaft mit dem des unrühmlich bekannten Generals von Seydlitz unter Aufrufen und Flugblättern des Komitees „Freies Deutschland" stand und dann in ziemlich regelmäßiger Reihenfolge in den für uns bestimmten ostdeutschen Zeitungen in Verbindung mit

Namen wie Ulbricht, Bolz, Grotewohl, Dertinger und Rau erschienen ist. Die Namen Adenauer und Heuss sagen uns auch nicht viel. Ein Kamerad aus Köln erzählt, daß in den zwanziger Jahren ein Adenauer Oberbürgermeister seiner Heimatstadt gewesen sei und daß es sich bei dem westdeutschen Bundeskanzler wohl um diesen Oberbürgermeister handeln könne. Meiner Beobachtung nach werden diese beiden Staatsgründungen, die, wie es scheint, ganz auf fremden Befehl zustande kamen, von der Mehrzahl nicht gutgeheißen. Die Alliierten werden genau als das erkannt, was sie in Wirklichkeit sind: die Spalter Deutschlands. „Eine Vereinigung dieser beiden Gründungen werden wir wohl nicht mehr erleben", so meint einer, der sich mit nachdenklichem Gesicht aus einer Gruppe löst, die dicht an dicht vor den Zeitungen steht. „Das wäre gelacht, laßt uns erst einmal nach Hause kommen, dann werden wir schon die richtige Partei der Heimkehrer ins Leben rufen", entgegnet ein anderer. „Wenn ich Partei höre, habe ich immer einen bitteren Geschmack auf der Zunge", bemerkt ein älterer geringschätzig. „Die Vereinigung kann kommen, wenn wir alle rot werden wollen", denkt ein dritter laut. „Lieber verduften, als unter Hammer und Sichel schuften", gibt ein kleiner Landser mit einem Spitzmausgesicht von sich und blickt etwas erschrocken über seine laute Äußerung vorsichtig um sich, bevor er sich wieder der ostdeutschen Druckerschwärze zuwendet, die den ersten Arbeiter- und Bauernstaat auf deutschem Boden emphatisch feiert.

Politische Schulungsabende mit Major Griszenko

Erst kurz vor der Oktoberrevolution gibt es wieder genügend Brot zu kaufen. Die Suppe ist in diesen drei Tagen nicht so dünn und „durchsichtig" wie sonst. Die Stimmung ist gut, zumal auch deshalb, weil in diesen Tagen sehr viel von Heimkehr gemunkelt wird. Die Arbeit auf dem „Gespensterschiff" geht leichter vonstatten als in den ersten Tagen. Wenn der Hafenschlepper „Jalta" die Ablösung bringt und uns mitnimmt zum Festland, dann beginnt immer ein großes Fragen nach den Neuigkeiten. Die letzte Neuigkeit ist ein „Politischer Schulungsabend", dessen Besuch für jeden freiwillig sein soll. Major Griszenko gibt sich dabei alle Mühe, uns davon zu überzeugen, daß die anglo-amerikanischen Imperialisten einzig und allein an unserem Unglück schuld sind, und daß der wahre Freund des deutschen Volkes nur die fortschrittliche Sowjetunion sein kann. Er versucht uns mit den „Segnungen" des Sozialismus, deren Auswirkungen wir täglich am eigenen Körper verspüren, vertraut zu machen, und dadurch kommt es auch, daß die Schulungsabende in ihrer heuchlerischen Verlogenheit und gähnenden Langeweile kaum noch besucht werden. Die Drohung des Antifakomitees: „Ihr verscherzt euch durch euer dummes Verhalten noch die Heimfahrt", macht die Bankreihen im Speisesaal, wo die Abende stattfinden, wieder etwas voller. Als die Zuhörer aber trotzdem wieder weniger werden, wird der Besuch zur Pflicht gemacht, und wer schwänzt, muß Sonderarbeitsdienst leisten oder damit rechnen, bei der NKWD angeschwärzt zu werden. Glücklicherweise haben wir die kommende Woche Spätschicht, so daß uns der Besuch der politischen Theaterabende für ein paar Tage erspart bleibt. Die Antifaschisten sind von Unruhe erfüllt, weil sie wegen unseres Verhaltens von den russischen Stellen erfahren mußten, daß sie anscheinend nichts taugen, denn die politische Bildungsarbeit sei von ihnen sehr vernachlässigt worden, anders sei die totale Desinteressiertheit der Lagerinsassen nicht zu erklären. Der ruhende Pol in diesem Treiben ist Karl Gutjahr, der durch seine russischen Sprachkenntnisse und seine kluge Diplomatie vieles zum Guten wendet, was vielleicht sonst durch die mindere Intelligenz der üblichen Antifafritzen zum Fiasko hätte werden können.

„Wachet auf, Verdammte dieser Erde..."

Mitte November bin ich blank. Die Rubel sind alle, und die Zusatzverpflegung von Hans aus Poljana ist auch schon längst aufgefuttert. Jetzt bin ich wieder nur auf das angewiesen, was wir zugeteilt bekommen, und das ist bitter. Die beschrifteten Wände unseres Speiseraumes sind ein einziger Hohn und eine einzige Lüge, das tritt mir mit dem stärker werdenden Hunger besonders deutlich ins Bewußtsein! Steht doch da in schön verschnörkelten Buchstaben die Internationale:

„Wacht auf, Verdammte dieser Erde,
die stets man noch zum Hungern zwingt;
das Recht wie Glut im Kraterherde
nun mit Macht zum Durchbruch dringt..."

„...die stets man noch zum Hungern zwingt..." – Wir hocken unter diesem Text, diesem Kampflied der internationalen Arbeiterbewegung, und löffeln unser dünnes Süppchen. Der Hunger glotzt uns aus den Augen, und wenn man „aufwachen" dürfte in diesem Arbeiterparadies, dann müßte man doch in logischer Konsequenz dieses ganze Gebäude aus Bluff, Lug und Trug zusammenschlagen, damit „das Recht wie Glut im Kraterherde mit Macht zum Durchbruch dringen" könnte. Die reine kommunistische Idee mag vielleicht nicht schlecht sein, aber diejenigen, die sich dafür ausgeben, ihre Verwirklicher zu sein, sind weiter denn je von dieser Idee entfernt. Statt Beseitigung des Kapitalismus und seiner ausbeuterischen Tendenz haben sie einen Staatskapitalismus mit noch schlimmeren Folgeerscheinungen entwickelt, und statt Auflösung der Klassen haben sie eine neue Klasse der Funktionäre gezüchtet, der Menschen neuen Typus, wie es im Parteikauderwelsch heißt. Statt einer Regierung des Volkes huldigen sie ihrem großen, allmächtigen Gottersatz Stalin, der, ausgestattet mit allen Vollmachten, tun und lassen kann, was er will, ohne das Volk oder dessen „Vertreter" zu fragen.

Friedhofsaktion im Bereich des Lagers Tuapse

Die Politschulung im Lager läuft auf vollen Touren. Gleichzeitig finden noch drei ganztägige, insgesamt zwei Wochen dauernde Antifalehrgänge statt, deren Teilnehmer bessere Verpflegung und für die Dauer des Lehrgangs fünfzig Rubel „Gehalt" erhalten. Diese „Schule" ist für uns Waffen-SS-Leute verschlossen, ebenfalls für solche Kameraden, die einstmals einer Eliteeinheit angehörten oder im Krieg ausgezeichnet worden sind. Durch die schwere körperliche Arbeit an der Kaimauer habe ich wieder einige Pfunde abgenommen. Auch merke ich, daß sich in meinen Beinen Wasser bildet. Wenn ich draufdrücke, bleibt wieder eine kleine Delle zurück. Ich schwitze auch sehr leicht, und das Herz sticht gegen die Rippen, daß es mir oft recht unbehaglich zumute ist.

An einem Sonntag in der zweiten Novemberhälfte werde ich mit anderen morgens in der Frühe zum Arbeitsdienst eingeteilt. Zusammen sind wir etwa 50 Mann. Wir fassen Schaufeln und Pickhacken und verlassen das Lager. In der Stadt ist kein nennenswerter Betrieb, und in den Außenbezirken liegen die Straßen nahezu menschenleer im Novemberdunst. Nach etwa einer Stunde Marsch erreichen wir ein hügeliges, dicht mit Buschwerk bestandenes Gelände, durch das ein leicht ansteigender, morastiger Feldweg führt. Der Weg wird zum Pfad, und das Strauchwerk schließt in geringer Höhe schon dicht zusammen. Wir müssen uns bücken und halten etwas Abstand, damit wir von der Nässe dieses Bewuchses nicht allzusehr berieselt werden. Ein alter „Tuapser" sagt uns gleich, wo es hingeht: zum Totenacker! Hier hätten sie 43/44 die toten Kriegsgefangenen auf Brettern angebunden und hochgeschleift. Er sagt, daß er sich genau erinnere und wir es ja sehen werden. Die Toten seien nur wenige Zentimeter tief in den harten Boden verscharrt worden, und da den Bestattungskommandos der Weg oft zu lang gewesen sei, haben sie die Leichen einfach da verscharrt, wo es zu dem betreffenden Zeitpunkt gerade günstig gewesen sei. Die Toten müssen hier überall verstreut im Gelände liegen, und die Landser hätten diese Gegend nur als Totenacker bezeichnet. Er schätze, daß hier ein paar hundert Mann begraben liegen müßten, denn die Sterblichkeit sei in diesen Jahren sehr hoch gewesen. Da, wo der Pfad am dichtesten scheint und schon kaum mehr als solcher zu erkennen ist, sind wir am Ziel angelangt. Wir zwängen uns durch die letzten, tief herunterhängenden Äste, und vor uns liegt ein ebenes Grasstück, das im Geviert etwa 20 m breit und 60 m lang sein dürfte. In der Mitte dieses Grasackers kann man einige aufgeworfene Hügel erkennen, die dicht von Unkraut überwuchert sind und die man nur mit sehr viel Phantasie als Gräber identifizieren kann. Und doch müssen es welche sein, denn bei näherem Hinsehen entdecken wir, daß diese Aufwürfe ursprünglich mit Feldsteinen eingefaßt gewesen sind. Wir werden von zwei uns begleitenden russischen Offizieren eingeteilt und müssen anhand eines Planes in Zehnerreihen Hügel aufwerfen. Die Hügel sind 2 m lang, etwa 50 cm breit, und am Schluß wird jeder einzelne Erdaufwurf mit dem Spaten so festgeklatscht, daß er aussieht

456

wie ein lehmiger Sargdeckel. Zehn Mann sind zum Steinesuchen eingeteilt, und sie entdecken, daß sich um diese ganze Fläche ein alter, rostiger, zum Teil überwucherter Stacheldraht auf dem Boden entlangrollt. Man hat demnach, genau wie in Armavir, die Toten hinter Stacheldraht im Boden verscharrt. Die Steinsucher erzählen auch, daß weiter hinten zwischen den Büschen wesentlich mehr Hügel zu erkennen seien als auf dem Feld, das wir nun „behügeln" müssen. Auf jeden von uns aufgeworfenen Grabhügel wird am Kopfende ein Feldstein niedergelegt. Obwohl wir davon überzeugt sind, daß vielleicht unter den Hügeln, die wir aufwerfen, gar kein Toter liegt, geben wir uns redlich Mühe, den Grasacker in etwa als Grabstätte herzurichten. Wir arbeiten schnell. Es fällt kaum ein Wort unter uns, und ich glaube, daß die meisten sehr bedrückt sind. Ich denke bei mir: „Wenn du bloß nicht hier eingehst. Erdhügel, Feldsteine und Stacheldraht, überwuchert von Unkraut, wahrlich eine grausliche Ruhestätte. Wenn es mir nicht vergönnt sein sollte weiterzuleben, die Heimat möchte ich doch wiedersehen, und in der Heimat möchte ich beerdigt sein – verdammt noch mal –, ich will nicht hier verscharrt werden!! Ich will nicht!! –"

Bis weit in den Mittag hinein verrichten wir unsere traurige Arbeit. 358 Hügel sind es am Abend, und es entspricht vielleicht der Zahl der von den Russen registrierten Toten. Einer der Offiziere fotografiert die Anlage mit einer Leica, und wenig später verlassen wir die traurige Stätte und verschwinden auf dem morastigen, überwucherten Pfad in Richtung Lager.

Bangen zwischen Abtransport und Heimkehr

Zwei Tage nach unserer Friedhofsaktion werden Kameraden von den Baustellen geholt. Es sind insgesamt 45 Mann, die innerhalb von 12 Stunden mit unbekanntem Ziel abtransportiert werden. Darunter sind etwa 30 Mann aus Poljana. Es sind fast alles Angehörige der SS-Totenkopfverbände und der Division „Brandenburg". Wir sind sehr niedergeschlagen, und ich fühle mich so enttäuscht und lebensmüde wie selten zuvor. Sicher werden sie uns auch noch holen. Es ist ein Irrtum, anzunehmen, daß überhaupt ein Waffen-SS-Angehöriger nach Hause kommt. Sie werden uns ein Ende bescheren, wie wir es auf dem

Grasacker erahnen konnten. Wenn man bloß wüßte, was die Zukunft bringen wird, dann wäre es vielleicht das Beste, gleich Schluß zu machen! – Aufhängen?? – Pulsader aufschlitzen?? – Grasacker?? – Nein und nochmals nein!! Sie sollen uns nicht weich machen. Wer sich aufgibt, ist verloren! – Alles Quatsch –, sie müssen uns nach Hause schicken. – Du hast Prag überlebt, du bist in Djetschokowka nicht eingegangen, du bist unter dem einstürzenden Steinbruch in Poljana weggekommen, warum sollst du eigentlich die Heimfahrt nicht schaffen?? Weg mit diesen trüben Gedanken! Solange wir 600 g Brot und Suppe bekommen, kann man sich noch über Wasser halten. Abwarten – dann wird es sich zeigen, was kommt –, und das ist ja eigentlich die reale Quintessenz aller Überlegungen.

Erstaunlicherweise erhält das Antifaaktiv nach dem Abtransport der 45 Kameraden Anweisung, Transparente für die Heimfahrt malen zu lassen. 22 Transparente werden angefertigt, Schöpfkellen geschmiedet und Aufsteigleitern für die Waggons zusammengenagelt. Aber immer noch werden einzelne Landser weggeholt und abtransportiert. Unsere Gefühle variieren zwischen himmelhoch und höllentief. Man kommt sich vor wie ein Sandsack, der, hin und her geboxt, nur selten ruhig schwingt. Es herrscht beträchtliche Unruhe im Lager, und zu gleichen Teilen fiebert man der Heimkehr oder dem Abtransport entgegen.

Oberstleutnant Agadin sagt: „Ihr fahrt alle nach Hause"

Ende November kommen wir von der Tagschicht II. Bresche am Abend zurück ins Lager. Auf unserem Anschlagbrett steht mit Kreide die sensationelle Ankündigung geschrieben: „Es spricht der Lagerkommandant, Oberstleutnant Agadin, über die Heimkehr." – Der Speisesaal ist zum Bersten voll, und noch nie herrschte eine so gespannte Erwartung wie an diesem Abend. Man merkt eben gleich, daß keine Politschulung auf der Tafel angekündigt war, sondern ein hochaktuelles Thema zur Debatte steht. Wir spritzen alle hoch, als das „Aaachtung!" des Diensthabenden die Ankunft der Hauptakteure ankündigt. Major Griszenko kann es sich angesichts des versammelten Lagers nicht verkneifen, in Ausnützung der günstigen Situation über die „Sowjetski Sojusa" (= Sowjetunion) zu sprechen. Als er

458

unter orkanartigem Beifall, der wohl mehr provozierend als beifällig ist, endet, spricht in eine völlige Stille hinein Oberstleutnant Agadin. Er macht uns die Mitteilung, daß wir, so wie wir hier sitzen, allesamt nach Hause fahren würden, da sämtliche Kriegsverbrecher ausgemerzt worden seien: „ÄsÄs (SS), Än Äs Dä A P (NSDAP) wsje nitschewo!" Es herrscht eine Stimmung ohnegleichen, und man sieht keinen, der nicht ein frohes Gesicht macht. Selbst Agadin gibt sich leutselig und betont nochmals, daß wir alle nach Hause fahren würden. Nun, die Freudentöne sind uns nicht fremd, aber man klammert sich nun mal in Gefangenschaft an jeden Strohhalm, der sich einem bietet. Nach Beendigung dieser „Kundgebung" holen ein paar Kameraden Musikinstrumente, und im „Foyer" der Unterkunft tanzen wir nach Walzerklängen von Johann Strauß. Ein paar Unentwegte drehen sich so beschwingt und elegant zu den Fiedelklängen, daß man glauben könnte, sie bewegten sich voller Würde auf einem Ball. Diese Nacht über will es keine Ruhe geben, und wir alle sind in Gedanken schon zu Hause.

Ein fatales Gerücht wird zur Wahrheit

Neuerdings arbeite ich auf Se-R-Se, einer Gießerei und Maschinenfabrik. Wir sind mit Gleislegen beschäftigt, zeigen aber keine große Arbeitslust mehr. Unser Zugführer heißt Siegert und ist ein Deutscher aus Polen. Brigadier ist ein Westfale namens Willi Schieren. Hier ist es auch, wo uns zwei Tage nach Agadins freudiger Mitteilung das fatale Gerücht erreicht, daß die restlichen 80 Waffen-SS-Leute und verschiedene andere Kameraden vor der Heimfahrt abtransportiert würden. Ich will diese Parole nicht glauben, denn ein Plenni glaubt im Grunde nur positive Parolen. Am Abend erhalten wir die niederschmetternde Nachricht, daß alle aus Poljana in 4 Tagen ins Lager Krasnodar verlegt werden. Was uns daraufhin bewegt, kann man nicht in Worte fassen. Die Kameraden, die nicht davon betroffen sind, freuen sich, aber sie zeigen diese freudige Stimmung uns gegenüber nicht. Am letzten Arbeitstag legen wir noch immer Gleise, und Sturmin, unser Natschalnik, ist untröstlich, daß er seine gesamten „Nemjez" auf einmal verliert. Am Abend vor unserem Abtransport spricht nochmals Agadin im Speisesaal. Stellung nehmend zu unserer Verlegung sagt er: „Es ist plötzlich (neoschidannij) ein Prikass aus Moskau gekommen*. Dieser Befehl besagt, daß bestimmte Leute weg müssen. Diese Leute fahren auch nach Hause, nur etwas später", fügt er nach einer Kunstpause ironisch hinzu. Neues sagt er nicht mehr. Es würde ihm, dem russischen Oberstleutnant Agadin, auch gar niemand mehr glauben. Man will uns fertigmachen, man betrügt und belügt uns nach Strich und Faden, man gibt uns Hoffnungen, um sie desto brutaler und gewissenloser wieder zerstören zu können. Man führt uns in die Irre bis zum Ende. Ich gebe mich keinerlei Hoffnungen mehr hin, wie dieses Ende aussehen und was uns in dem Lager Krasnodar erwarten wird. Wir sind nun so weit, daß uns jeder Russe erzählen kann, was immer er will, er wird bei uns keinen Glauben mehr finden, denn keinem von ihnen ist zu trauen.

Abtransport aus Tuapse

Am 1. Dezember 1949 werden wir aus dem Lager abtransportiert. Der Abschied von unseren heimfahrenden Kameraden ist kurz und schmerzlos. Mit dem ehemaligen Ostseedampfer „Jupiter" fahren wir entlang der Küste nach Noworossijsk. Wir können uns relativ frei auf dem Dampfer bewegen, und bei leichtem Seegang opfern nicht wenige, über die Reeling gebeugt, Neptun ihren spärlichen Mageninhalt. Es ist schon Abend, als uns die Lichter von Noworossijsk im Halbrund der altvertrauten Hafeneinfahrt entgegenblinken. Kaum hat das Küstenschiff angelegt, werden wir schon mit dem unumgänglichen „dawai bistrej" an Deck aufgestellt und über den schmalen Laufsteg, doppelt gezählt, an Land gelassen. Von einem großen englischen Frachter mit dem „Union Jack" am Mast, in dessen unmittelbarer Nähe wir angetreten stehen, beobachtet eine Menge Matrosen unseren Aufzug. Der Anlegeplatz dieses Frachters ist menschenleer und wird von pelzbemützten NKWD-Soldaten, die auf und ab patrouillieren, bewacht. Durch ein dickes Rohr, das bis in den Bauch des Schiffes zu reichen

* Heute erscheint sicher, daß dieser Befehl von Stalin erteilt worden ist und die Massenprozesse gegen deutsche Kriegsgefangene in den Jahren 1949/50 als Aktionen zur Vernichtung von Systemgegnern zu werten sind.

scheint, wird dem Anschein nach, Getreide in die Laderäume des Schiffes geblasen. Es bleibt uns keine Zeit, Gedanken nachzuhängen. Die Posten umschwärmen uns außerordentlich nervös, was ganz im Gegensatz zu ihrem Verhalten auf dem Schiff steht. Einen kurzen Blick schicke ich noch in Richtung des mit vielen kleinen Lichtpunkten übersäten Hügels, auf dem unser Lager war und dem man aus der Ferne nicht mehr ansieht, daß er vor noch nicht allzu langer Zeit unser Grabhügel hätte werden können. Noworossisjk: Hitze, Wassermangel im Sommer und Winter, eisiger Simna über kahlen Flächen, Hunger und Durst, Lynchjustiz an Kameraden – alles in allem keine freudigen Erinnerungen. Von dem hohen englischen Frachter mögen wir ausgesehen haben wie ein gesichtsloser grauer Haufen, als wir hastigen Schrittes, von den Rotarmisten zur Eile angetrieben, das Hafengebiet verlassen. An einem offenen Gleis, es muß unweit des Zementwerkes sein, werden wir auf einen mit einfachem Draht umspannten Platz zusammengepfercht. Wir müssen uns der besseren Übersicht wegen setzen, und die Posten tun auf einmal so, als seien wir Verbrecher von der gefährlichsten Sorte. Ein neu hinzugekommener NKWD-Offizier scheint diesen Wandel bewirkt zu haben. Wir mögen etwa eine Stunde so sitzen, als das Kommando kommt: „Stroize dawei!" (= Schnell antreten) Nach einigen hundert Metern, die wir im Dauerlauf zurücklegen, treffen wir an bereitstehenden Waggons ein, und zu je acht Mann werden wir in ein Personenzugabteil eingewiesen. Die Türen werden verschlossen, und die Posten stehen im Gang. Wenig später setzt sich der Zug schwerfällig rumpelnd in Bewegung. So nach und nach gibt es Ruhe in unserer „Kajüte", und ich falle in einen unruhigen Schlaf, zwischen harter Holzlehne und dem Rücken des Nebenmannes hin und her geschüttelt.

Wir sind in Krasnodar

Wie von der Tarantel gestochen fahren wir hoch, als plötzlich die Abteiltür aufgerissen wird und ein Russe „dawai rauss, Stanzia budet" befiehlt. Der Strahl einer starken Lampe gleitet prüfend über das aufgeschreckte Menschenbündel in unserem miefigen Abteil. Der Zug rattert noch mit unverminderter Geschwindigkeit dahin, während wir schweigsam oder fluchend, je nach Temperament, unsere Knochen ordnen und die wenigen Habseligkeiten unter den Arm klemmen. Es dauert noch ein Weilchen, bis man in der Dunkelheit durch die trüben Scheiben erkennen kann, daß der Zug, vorbei an dunklen Ruinenfassaden, in einen beleuchteten, mehrgleisigen Bahnhof einbiegt.

4.30 Uhr zeigt eine Stanziauhr, die an dünnen Kabeln hängend in einem naßkalten Wind herumpendelt. Die niederen Stationsgebäude des Bahnhofs Krasnodar machen einen alten, verwahrlosten Eindruck, und es hat den Anschein, als seien seit der Zeit, als die Stadt noch Jekaterinodar hieß, an ihnen keine Ausbesserungen mehr vorgenommen worden. Zu staunen beginnen wir aber erst, als wir zusätzlich zu unseren Posten noch von etwa 10 Konvois mit fünf Schäferhunden vor dem Bahnhofsgebäude in Empfang genommen werden. Wie eine Herde verängstigter Schafe laufen wir gesenkten Kopfes, umgeben von schwerbewaffneten NKWD-Russen und auf den Mann dressierten Hunden, durch dunkle Seitenstraßen der schlafenden Stadt Krasnodar zum neuen Lager.

Das Regime-Lager IX Krasnodar – eine Stacheldrahtfestung

Ein Nieselregen geht durch bis auf die Haut. Wir sind außerhalb der Stadt, und mein Nebenmann flüstert mir zu, daß es auf dieser Straße zum Militärflugplatz geht. „Mensch, was haben die bloß mit uns vor?" fragen andere, und es wogt ein unruhiges Geflüster durch unsere Reihen. „A schdo takoj!" (= Was ist los?) brüllt auf einmal ein Posten mit einer nervösen Kinderstimme, dem unser Wispern offensichtlich auf die Nerven geht. Das Stimmchen wäre zum Lachen, wenn nicht das drohende Gekläff der Begleithunde dem Ernst der Situation drastische Wirklichkeit gäbe. Wir halten den Mund, und außer einem gelegentlichen „Dawai" und knurrenden Wachhunden bleibt die Marschszenerie relativ friedlich. Das ändert sich aber, als wir von der Asphaltstraße nach rechts abbiegen und in einem umfangreichen stacheldrahtigen Geviert, das rundherum von großen Wachtürmen herunter mit starken Scheinwerfern beleuchtet ist, am Zielort angekommen sind. Der

Regen wird immer stärker, und im Strahlenbündel der Scheinwerfer glitzern die Wassersträhnen in kaltem Weiß, und sie tropfen an dem Drahtgewirr herunter, als seien sie das Kühlwasser der Hölle für die, die dahinter schmoren müssen. Der Zaun zieht sich in dreifacher Stärke um das Lager, und aus dem nächstliegenden Turm schaut ein Lauf heraus, der zu einem schweren MG gehören könnte. Ein lähmendes Entsetzen befällt uns alle. Das Lagertor, kreuz und quer zwischen wuchtigen Holzbohlen verdrahtet, wird von zwei Mann aufgedrückt, und durch eine Gasse russischer Posten und zählender Offiziere werden wir in das Lager förmlich hineingestoßen. Schweigend stehen wir im Regen, bis alle hereingestolpert sind. Als sich das erste Tor und dann ein zweites knarrend schließen, ist es mir, als sei die Brücke zur Heimat endgültig abgebrochen – verschlossen, vernagelt, mit dreifachem Stacheldraht versperrt, in gleißendes Licht getaucht und von Türmen umgeben, aus denen die Läufe todbringender Waffen lauern. „Hier kommst du nicht mehr raus", ist das resignierende Ergebnis der ersten Eindrücke.

Im Lager ist gerade Wecken. Nicht lange danach kommen Kameraden angetrudelt, und unter ihnen sind auch einige aus Krasnaja Poljana, die schon seit drei Wochen hier sind. Wir werden gleich richtig informiert: „Der Karl und der Erik sind schon verurteilt und abtransportiert." – „Schneider und Geldner haben sie in der Nacht geholt, und beide sind nicht mehr zurückgekommen." – „Nur schlechte Arbeitsstellen." – „Der Fraß ist miserabel und die Konvois, fast alles junge Burschen, sind unberechenbar." – „Laufende Tag- und Nachtverhöre und andauernd Abgänge ins Stadtgefängnis, letzte Nacht waren es 45 Mann, und nach der Arbeit gibt es jeden Abend Politschulung bis zum Kotzen!!" – Uns reicht's! Tiefer kann die Stimmung nicht mehr sinken. Wir sind unter Null. „Laßt jede Hoffnung fahren!" – diese Ansicht wird der Sache hier auf den Kern kommen. Nachdem sich keiner mehr um uns kümmert, verkrümeln wir uns in einen Gemeinschaftsraum, dessen Wände über und über mit russischen Einheitsparolen beschrieben sind. Selbst das rot angepinselte Gebälk kündet in Kursivschrift von den friedvollen Absichten der besten Freunde des deutschen Volkes und von dem genialen Führer und treuesten Freund der fortschrittlichen Menschheit: J. W. Stalin. Noch unter dem „Eindruck" der Parolen wird uns mitgeteilt, daß wir für heute keine Verpflegung zu beanspruchen haben. Das ist für uns eine sehr unangenehme Mitteilung, denn das bißchen Brot und Zucker haben wir gleich nach Empfang aufgegessen, und das ist auch schon gute 24 Stunden her. Nach dreizehnstündigem Herumstehen, in dessen Verlauf wir nur registriert werden, erhalten wir dann gnädigerweise das im Lager übliche Abendbrot: eine Kelle heißen „Kaffee". Anschließend werden wir in eine Unterkunft eingewiesen. Als Neuankömmlinge erhält man in Gefangenschaft natürlich immer das „Beste", und so ist es nicht weiter verwunderlich, daß wir schließlich in einem wanzenübervölkerten, eiskalten Erdbunker landen, in dem jeweils vier Holzpritschen zusammengenagelt sind, zwei mickrige Birnen Tag und Nacht die einzige Lichtquelle bilden und eine gräßliche Holztüre Quietschtöne von sich gibt, als trete man einer Wildsau auf den Schwanz. Bis zu später Nachtstunde werden wir eingeteilt und einem Arbeitszug zugewiesen, tagsüber hatte man hierzu keine Zeit, und so wird es eben in der Nacht gemacht. Ich komme zum Zug Rieger. Rieger kenne ich schon seit meiner Noworossijsker Aktivistenzeit. Er war dort zeitweise Vorsitzender des Aktivs und besaß den begehrten und viel beneideten Posten des Brotschneiders. Während des Krieges soll er „Schreibstubenfritze" bei der LAH gewesen sein. Er ist verträglich und bei weitem nicht der Typ eines Kameradenschinders oder Antreibers.

Nach dem Brotempfang und dem Wassersüppchenfassen am Morgen geht es das erste Mal hinaus zur Arbeit, hinaus aus dem Regimelager IX in Krasnodar. Zu je 25 Mann müssen wir auf einen LKW steigen, Gesicht nach vorne, nach links und rechts schauen verboten, Sprechen verboten, bewegen verboten! Als der erste LKW an der mit Stacheldraht und Wachtürmen abgesicherten Baustelle angekommen ist, muß so lange gewartet werden, bis auch der zweite und der dritte LKW aufgeschlossen und angehalten haben. Mit gezogener Pistole und in Anschlag gebrachten Schnellfeuergewehren der Konvoisoldaten werden wir aufgefordert, einzeln abzusteigen. Langsam gehen wir durch eine Gasse der Pistolenhelden über die Straße in die Baustelle. Dort beginnt die Arbeit unter der Fuchtel russischer Meister.

Ich arbeite als Hilfsarbeiter bei Hermann Roselett, einem Kameraden aus dem Lager Noworossijsk, der als Tischler, Schreiner und Zimmermann tätig ist. Wir kommen gut miteinander aus und versuchen, uns gegenseitig zu trösten. Er hat es nötiger als ich, denn er hegt die größten Befürchtungen, weil er Unterscharführer bei der SS-Totenkopfdivision war: „. . . und die denken doch, wenn einer da dabei war, muß er automatisch auch ein Kriegsverbrechen begangen haben!" Mittags bekommen wir ein noch dünneres Süppchen als am Morgen auf die Baustelle gebracht, und einer meint galgenhumorig: „Die haben ja vergessen, Stacheldraht um die Schöpfkelle zu machen, du meine Güte, sind die Leute doch so unvorsichtig." Am Abend geht es mit den gleichen Sicherheitsvorkehrungen „nach Hause", verschärfend kommt hinzu, daß man im Sitzen auf dem LKW zusätzlich die Hände auf den Rücken legen muß. Die ganze Geschichte ist schon reichlich deprimierend, und man braucht die Abgebrühtheit und das stumpfe Ergeben alter Plennis, die nur so, ohne darüber nachzudenken und darüber zu grübeln, nicht verzweifeln und damit eine echte Chance haben, durchzuhalten, bis – das wage ich nicht auszusprechen.

Abends nach unserem Kaffeempfang müssen wir zur Politschulung. Man liest uns eine Rede von J. W. Stalin vor, die dieser auf der ersten Unionsberatung der Stachanowleute am 17. 11. 35 gehalten hatte. 1. Die Bedeutung der Stachanowbewegung, 2. Die Wurzeln der Stachanowbewegung, 3. Neue Menschen – Neue technische Normen. Dann hören wir noch einen Vortrag über die geniale Verfassung der UdSSR. Mir dreht es dabei fast den Magen um vor lauter Kohldampf, und die anderen hocken ebenso desinteressiert, gähnend und hungrig auf den Holzbänken und lassen das sozialistische Geplapper an sich herunterlaufen. Noch am gleichen Abend läuft ein Gerücht von den Baracken zu den Bunkern, über die Latrine und wieder zurück. Der Politinstrukteur habe einem „Alten" im Lager erzählt, daß wir wieder ruhig schlafen könnten, denn die Vernehmungen seien abgeschlossen. Es wäre zu schön, um wahr zu sein! Nachdem zwei Tage wirklich relative Ruhe herrschte und weder Verhöre noch Verurteilungen oder Abtransporte zu verzeichnen waren, fingen trotz amtlicher Versprechungen und Beteuerungen diese uns alle erschreckenden Untersuchungen mit verstärkter Aktivität wieder von vorne an, denn es war ja wieder „Kriegsverbrechernachschub" aus Tuapse eingetroffen. Da müssen selbstverständlich alle Akten nochmals überarbeitet werden, sowohl die alten als auch die neuen. Der Alpdruck, der aufgrund der russischen Erklärung von uns weichen sollte, war nun in verstärktem Maße wieder da. Das gehört eben zur Zermürbungstaktik, und ich muß sagen, die

Burschen verstehen ihr Geschäft. Selbst wenn man persönlich noch nicht zum Verhör geholt wurde, so ergibt sich im Grunde genommen derselbe Wirkungseffekt: eine durch Angst und völlige Ungewißheit bedingte Überreizung der Nerven, der Stacheldrahtkoller. Man ist schon „eine arme Sau", aller Rechte und Protestmöglichkeiten beraubt und der Willkür fremder Herren ausgeliefert. Ich fühle mich hilflos, verlassen und so wehrlos wie selten zuvor. Nur jetzt nicht mürbe werden und physisch zusammenbrechen, so machen wir uns gegenseitig Mut. Es hilft aber herzlich wenig.

Die NKWD Vernehmungsmaschine läuft Tag und Nacht

Von der Pritsche, der Arbeitsstelle, dem Suppenschlürfen, überall und zu jeder Tages- und Nachtzeit werden Kameraden weggeholt. Noch bin ich nicht aufgerufen worden, aber wenn wir abends von der Baustelle zurückkommen, stehen diese verfluchten grünen Kästen, es sind ehemalige Studebaker mit Holzverdeck, oft mit leise laufendem Motor auf Wartestellung. Wie lauernde Ungeheuer kommen mir diese vergitterten LKWs vor, in denen schon so viele unserer Kameraden auf Nimmerwiedersehen verschwunden sind.

Wenn sich die quietschende Bunkertür unseres finsteren Verlieses öffnet, so wenden sich jedesmal ängstlich und bangen Herzens alle Augen nach dort. Ist es ein Russe, werden mit ziemlicher Sicherheit wieder ein oder zwei Mann zum Verhör abgeführt. Wenn es der deutsche Läufer vom Stab ist, so wird er Namen verlesen, und wer vorgelesen wird, muß am anderen Tag im Lager bleiben, und das ist gleichbedeutend mit Verhör und Abtransport. Der Vorgelesene gilt als verdächtig, und ist ganz allein seinem Schicksal überlassen. Wenn ein Zugführer zur Türe „hereinquietscht", ist Arbeitsdienst fällig, kommt einer vom Antifa, dann sollen wir an der Politschulung teilnehmen, und kommt gar einmal ein Kamerad, noch unter dem Schock des Verhörs stehend, still zurück, dann stürzt sich die Meute auf ihn und beginnt, ihn wie eine Zitrone auszupressen, auszufragen, zu beglückwünschen und zu beneiden. Die Qual der sich öffnenden Türe mit dem ekligen Geräusch, dieses widerliche Krächzen, das

Namenverlesen, die folgende Stille, die angstvollen bangen Mienen und die fragenden Augen in bleichen, nervös zuckenden Gesichtern, das ist schon ein Alptraum, reale Wirklichkeit, erbarmungsloses Schicksal, auf das man keinerlei Einfluß hat. Zu erfahren ist, daß die Kriegsgerichtsverfahren, die den Verhören folgen, im allgemeinen nur wenige Minuten dauern. Die hohnsprechenden Urteile bewegen sich alle so um die 25 Jahre Arbeitslager und mehr. Freisprüche von Kameraden werden uns nicht bekannt, denn die sowjetische Justiz gibt sich keine Mühe, „Täter ihres Verbrechens zu überführen", nein, es genügt, an kriegerischen Geschehnissen „zustimmend teilgenommen zu haben" – was immer man auch darunter verstehen mag –, um zu einer Verurteilung zu kommen. Man muß wissen: Die Kriege, die die Sowjetunion führt, sind immer gerechte Kriege, die der anderen sind ungerecht und damit verbrecherisch. So einfach ist das, denn damit ist auch die strafrechtliche Verfolgung deutscher Soldaten aus sowjetischer Sicht zulässig. Die Urteile sind dementsprechend und in ihrer unmöglichen Art geradezu niederschmetternd. Beispiele: Ein Kamerad wird verurteilt, weil er als Metzger bei der Truppe durch das Schlachten von Schweinen aus sowjetischen Beständen sich a) am sozialistischen Eigentum vergriffen und weil er damit b) die Kampfkraft der Invasionstruppen gestärkt hat. Ein Offizier, der, wie ich, mit der Heeresgruppe Schörner zunächst in amerikanische Gefangenschaft geriet und dann den Sowjets ausgeliefert wurde, wird als amerikanischer Spion verurteilt. Unzähligen anderen hängt man einfach schlechte Arbeitsleistung an oder man wirft ihnen Sabotage vor. So kann man sie wegen Schädlingsarbeit verurteilen. Das alles zeigt, daß man selbst die harmlosesten Vorgänge nach irgendeinem Paragraphen des sowjetischen Rechts unter Strafdrohung bringen kann. Diese Massenprozesse mit ihren absurden Beschuldigungen und hohen Strafen und das Gefühl, der sowjetischen Willkür hilflos ausgeliefert zu sein, wirkt auf uns Gefangene zutiefst deprimierend.

Abkommandiert nach Tschernikow

Am Abend des 9. Dezember werden 10 Mann aufgerufen. Das Herz fällt mir bald in die Hosentasche, als ich auch meinen Namen höre. Ich befürchte das Schlimmste, aber es sollte in der Tat etwas Positives für uns sein. Wir werden von einem Arzt gemustert und gefragt, ob wir für zehn Tage schwere Arbeit leisten könnten, was wir ohne Ausnahme alle bejahen. Wenn wir nur sonst unsere Ruhe haben und aus der Hölle dieses Regimelagers heraus sind. Wir sind alle zehn junge Kerle, und die Kameraden beneiden uns wegen dieses Kommandos: „Ihr seid alle jung, und eure Fälle sind bestimmt schon erledigt." – „Wenn ihr 10 Tage außerhalb des Lagers arbeiten dürft, dann fahrt ihr auch bestimmt nach Hause." – „Ihr seid ganz sicher leichte Fälle." –

Unser Kommando wird abkommandiert nach Tschernikow/Armjanskogo Rayona – armenischer Rayon, wo wir ein Waldstück sauber machen sollen. Das Waldlager, das sich dort befand, ist aufgelöst worden, und die Insassen fuhren entweder nach Hause oder sie sitzen mit uns im Regimelager IX und harren der Dinge, die da herankommen. Das geschlagene Holz sollen wir nun abräumen und zum Abtransport fertig machen. Das ist die offizielle Aufgabe.

Am 10. 12. 49 fahren wir 10 Mann mit 10 Tagen Verpflegung im LKW 120 km südöstlich Krasnodar. Wir können von Glück sagen, daß keine eisige Kälte herrscht, denn wir hocken auf dem offenen Deck des Wagens, und der Wind pfeift um das Fahrzeug. Er kann uns wenig anhaben, denn wir kauern dicht an dicht hinter dem Schutz gebenden Führerhaus, in dem neben dem Fahrer unser Konvoi sitzt, was allein schon von großem Vertrauen zeugt. Vielleicht haben die Kameraden recht, und wir sind wirklich leichte Fälle. Mit so mäßiger Bewachung ist bestimmt noch kein LKW aus dem Regimelager IX gestartet. In einer kleineren Ortschaft, der ersten nach vielen Kilometern, steigen wir aus, laden unsere Verpflegung ab, und nach kurzer Wartezeit steigen wir auf einen offenen Plattformwagen eines Schmalspurwaldexpresses, der mit viel Mühe mit 30 km/Std. von einer Henschellok bergan gezogen wird. Nachts gegen 24.00 Uhr treffen wir durchgefroren in Tschernikow, einem kleinen Holzfällerdorf und Umladeplatz für Bauholz, ein. In einer alten ehemaligen Backstube nehmen wir Quartier. Mit kalten Knochen, müde und hungrig, sind wir doch froh, Krasnodar vorerst für

10 Tage entronnen zu sein. Unser Mief macht die kleine Backstube allmählich erträglicher, und als wir uns zum Schlafen einrichten wollen, steht plötzlich unser Konvoi mit einem Natschalnik im Türrahmen, um uns zur Arbeit einzuteilen. Ich werde zur Holzwache kommandiert und habe die Aufgabe, einen 250 qm großen Holzplatz zu bewachen. Es ist meist Holz, das für die Gruben des Donbas bestimmt sein soll, Grubenstempel, die übereinandergestapelt den ganzen Platz bedekken. Mein Wachhabender heißt Sascha, ein Jungkommunist von vielleicht 25 Jahren. Er impft mir ein, daß ich gut aufpassen muß, daß ja kein Stück Holz geklaut wird. „Du bist dafür verantwortlich, und wenn geklaut wird, a podom dwazet Pjutj budet!" (= Dann wirst du 25 Jahre bekommen) Drastischer hätte er mir meine Aufgabe nicht schildern können. Ich muß also als Kriegsgefangener den Holzplatz, das sozialistische Eigentum des russischen Volkes, vor den russischen Volksgenossen schützen –, paradoxer geht's wohl nicht mehr.

Ich bin von morgens sieben bis abends sieben auf dem Holzplatz. Die Nacht über steht ein Kamerad Wache. Das Mittagessen wird mir vom Koch gebracht. Am zweiten Tag kommt der Natschalnik Magazin mit einem Wägelchen und einem klapperdürren Gaul auf den Holzplatz. Ohne mich zu fragen, beginnt er emsig den Karren mit Holz zu beladen, mit bestem Grubenholz, versteht sich! Unschlüssig schlendere ich zu ihm hin und sage etwas zaghaft: „Eto njelsja, Towarisch! Das ist nicht erlaubt, Genosse!" Er sagt mir: „Sascha skasall, on snajet wsje poriadki – Sascha befahl und weiß es." Er schaut mich dabei gar nicht an und packt ohne Verzögerung das Fuhrwerk voll. Mir soll es recht sein, und es dauert nicht lange, als der Natschalnik Magazin mit einem Rutenstück seinem Pferdchen übers Fell haut, daß der Karren durch den plötzlichen Anzug fast aus dem Gleichgewicht gerät. Ich kann überhaupt hier die Beobachtung machen, daß die Armenier die Tiere von der Pferdestation zwar ausleihen, aber erbärmlich mit ihnen umgehen und bestrebt sind, das Letzte aus den Kreaturen herauszuholen. Hernach werden sie wieder abgestellt: „Soll der Nächste sehen, wie er mit den ‚faulen Viechern' zurechtkommt." Der Natschalnik Magazin hat es verdammt eilig gehabt, aber besondere Gedanken mache ich mir über dessen schnelles Verschwinden nicht. Etwa eine halbe Stunde mag vergangen sein, als plötzlich eiligen Schrittes Sascha auf mich zustampft. Nichts Gutes ahnend, gehe ich ihm langsam entgegen, ohne aber zu versäumen, durch Links- und Rechtsschauen einen besonders wachsamen Eindruck zu machen. Ich komme nicht einmal dazu, Meldung zu machen. Gerade wollte ich sagen: „Wsje wporiadki." – „Alles in Ordnung", als er wie ein Tobsüchtiger zu brüllen anfängt und ich ernstlich glaube, daß das Herumgefuchtel dicht vor meinem Gesicht nur ein Vorgeplänkel ist und wohl Prügel darauf folgen werden. Sein Arm mit dem ausgestreckten Zeigefinger sticht in schneller Reihenfolge in die Luft und zeigt in die Richtung, wo der Natschalnik Magazin mit dem Grubenholz verschwunden ist: „Zappzerapp, Zappzerapp", brüllt er ganz außer sich, und seine Stimme überschlägt sich. Er will wissen, warum ich den Magaziner das Holz habe klauen lassen. Mit viel Kauderwelsch erkläre ich ihm, daß der Towarisch gesagt habe, er, Sascha, habe erlaubt, daß er, der Magaziner, Holz aufladen dürfe. „Jibij twoja Matj", zischt Sascha nach dieser Erklärung zornig durch die Zähne und spuckt einen „Platscher" auf den Boden. „A, schdo djelatj? – Was soll ich tun? – Ja Plenni i Ntaschalnik Magazina jest Kommunist – ich bin Kriegsgefangener, und der Dieb ist Kommunist und Aufseher des Magazins –, da kann ich nichts machen!" Sascha wird gemäßigter, und meine Worte scheinen ihm das Widersinnige dieser Situation klarzumachen. Weit gefehlt. Er tritt so nahe an mich heran, daß ich die Pickel auf seiner Nase zählen kann: „Ich, Sascha, befehle dir – weißt du überhaupt wer ich bin? – beim Teufel schüttle ich dir die Seele aus dem Leibe, wenn noch ein Stück Holz geklaut wird!" – „Was soll ich tun, Genosse Sascha?" frage ich vorsichtig. „Ich kann doch den Russen nicht schlagen, sonst sind mir 25 Jahre Arbeitslager sicher." Sascha noch immer im gleichen Zorn: „Chuij 25 Let – nitschewo nje budet! Bei meinem Schwanz wirst du keine 25 Jahre kriegen. Du kannst einen Balken nehmen – wosmi bolschoi trewe – und jeden totschlagen, der ohne meinen Prikass Holz klaut – ponemajesch –! Ich, Sascha, hoffentlich weißt du jetzt, wer ich bin, du Hundesohn, übernehme die Verantwortung. – Kto tebja skasall, Sascha skasall – du kannst immer sagen, Sascha hat's befohlen." Ich muß nach dieser Aufklärung staunend und mit offenem Mund dagestanden sein, denn Sascha tippt an seine Mütze, und im Weggehen bemerke ich noch, daß der Kerl grinst. Man hat es nicht leicht, wenn man aus dem Krasnodarer Regimelager mit dreifachem Stacheldraht kommt und als gefährlicher Faschist nun auf einmal sozialistisches Volkseigentum vor den russischen Genossen, den Menschen neuen Typus, wie es im Parteirussisch heißt, schützen und bewachen soll.

Ich stelle einen Holzdieb

Der darauffolgende Tag soll mir unerwartet Gelegenheit geben, meine Unerbittlichkeit gegenüber Dieben am Volkseigentum unter Beweis zu stellen. Zur besseren Geltung meiner Person habe ich mich mit einem griffigen Holzknüppel bewaffnet und nehme etwa alle 10 Minuten einen Routinegang rund um den Gesamtbereich des Holzlagers vor. An der der Straße abgewandten Seite des Lagerplatzes steht eine Kate, und rein zufällig sehe ich, wie der Hausherr, mit einem Balken unter dem Arm, sich hinter einen Holzstoß duckt, immer kleiner wird und sich schließlich zu verkrümeln sucht. „Stoi!" schreie ich, und im Geschwindschritt folge ich dem „Flüchtling". Der steht schließlich sichtlich erschrocken und knieschlotternd vor mir, daß ich im Moment nicht weiß, was ich überhaupt sagen soll. Wie ein Wasserfall sprudelt es schließlich aus ihm heraus, und er macht wahrlich Anstalten, sich vor mir, dem Kriegsgefangenen, hinzuknien. „Ich habe das Holz nur gebraucht, weil – weil – weißt du, Herr – weil ich mir ein paar Stollen auf die Schuhe nageln wollte, damit ich im Wald nicht ausrutsche. Ohne Stollen ist es schlecht hier – prawda Gospodin, otschin plocho." Ich beruhige den Muschik und mache ihm plausibel, daß es mir persönlich „nitschewo" sei, ob er das Holz hier wegnehme oder nicht. „Wenn aber gestohlen wird und ich diesen Diebstahl nicht melde, bekomme ich „wot" – fünf gespreizte Finger vor das Gesicht haltend – „budit sadize!" Er fleht mich an, daß ich doch ja nichts dem Starschina Sascha sagen solle, er hätte das Stück Holz ja sicher wieder zurückgebracht, weil es ihm für Stollen sowieso unbrauchbar erscheine. „Du bist ein alter Lügner, Towarisch", sage ich zu dem Muschik und scheuche ihn pro forma von dannen, so daß seine weite Steppjacke recht verloren um seine dünne Figur flattert. Er wollte sicher nur seinen Morgenkasch kochen. Es tut mir leid, daß ihm das nicht gelungen ist. Vor Sascha aber scheinen sie alle eine Mordsangst zu haben. Er wird wohl der Diktator der Partei in Tschernikow sein. Vor dem muß man sich hüten. Der Bursche ist unberechenbar.

Besprisornik Alexander hat Heimrecht an unserem Feuer

Wenn man den ganzen lieben langen Tag auf Wache steht, kann man allerhand Beobachtungen machen. Es ist inzwischen wesentlich kälter geworden als es bei unserer Abfahrt aus dem Regimelager gewesen ist. Im Zentrum des Holzplatzes unterhalten wir Tag und Nacht ein kleines Feuer, an dem wir uns ab und zu aufwärmen können. An diesem Feuer sitzt meist ein „Besprisornik" genanntes Bürschlein, 14 Jahre alt, raucht wie ein Schlot, hat weder Vater noch Mutter und kennt nur seinen Vornamen: Alexander. Er schläft überall und nirgends, und er starrt vor Schmutz. Seine Kleidung besteht aus einer „Hose", die er am Bund mehrmals umgeschlagen hat, sonst würde sie ihm wahrscheinlich bis zum Hals reichen, einer langen Steppjacke, an der die Watte nahezu überall heraushängt und einer zerschlissenen, fransigen Pelzkappe, die ihm fast auf der Nase sitzt. Barfuß schlürft er in viel zu großen, erbärmlich aussehenden Schuhen daher. Socken kennt er überhaupt nicht. Seine Beine sind von Ödemen gezeichnet und blaurot angelaufen. Alex hat Heimrecht an unserem Feuer. Der Kamerad, der in der Nacht Wache steht, heizt dem Jungen tüchtig ein, und ich passe am Tag auf, daß ihn Sascha nicht erwischt oder irgendein Milizsoldat ihn nicht entdeckt, der ihn dann wahrscheinlich prügeln und mitnehmen würde. Nach meinem Empfinden ist der Junge zu verwahrlost, als daß man noch etwas Gescheites aus ihm machen könnte. Er kann weder lesen noch schreiben und weiß auch nicht genau, wo er schon überall herumgestreunt ist. Er hüstelt verdächtig schwindsüchtig, und wenn man Alex genau betrachtet, gibt man ihm nicht mehr viel Zeit zum Leben. Das spitze Näschen und das fleckige Gesicht lassen nichts Gutes ahnen. Wenn er zusammengerollt wie ein Hund am Feuer liegt, muß man schon genau hinschauen, wenn man unter diesem Lumpenbündel noch einen Menschen erkennen will. Nur zweimal am Tage verläßt Alex das Feuer, und zwar gegen 10.00 Uhr am Morgen und nochmals gegen 15.00 Uhr. Er geht dann betteln. Je nach Spendefreudigkeit dauert dieser wichtige Gang für seinen Lebensunterhalt ½–1 Stunde. Wenn er irgendwo weggescheucht wird, kommt er meist später, weil er sich zwischendurch wahrscheinlich verbergen muß. Bei der Rückkehr zum Feuer hat er oft die Taschen voll Brotkrusten, manchmal auch Maiskuchen oder Plinsen. Hie und da schleppt er auch Kartoffeln an, die er irgendwo geklaut hat. Er spricht nicht viel darüber, wie er zu seinem Essen kommt; Hauptsache, er hat, und wenn er hat, dann teilt er das brüderlich mit mir, und ich bin viel zu ausgehungert, als daß ich die Brotkrusten oder das andere Bettelzeug, das er aus seinen dreckigen Taschen zieht, nicht mit ihm essen würde. Schließlich haben wir beide, Alex, der jugendliche russische Landstreicher, und ich, der deutsche Kriegsgefangene, so manches gemeinsam. Beide gelten wir nicht viel, und beide eint uns der gleiche Kohldampf. Wir essen die halbgaren Kartoffeln aus der Glut und schmatzen genüßlich die Plinsen, gestohlen und erbettelt, aber es hilft, den ewig knurrenden Magen zu füllen. Ich weiß es ihm zu danken, indem ich auf ihn aufpasse und durch kräftiges Schüren das Feuer anfache, damit sein Aufenthalt dort behaglicher wird, mehr Möglichkeiten gibt es da nicht.

Täglich am Morgen gehen auch die Schulkinder von Tschernikow am Holzplatz vorbei. Zum überwiegenden Teil halten sie scheuen Abstand von Alex, dem Besprisornik, mit mir aber machen sie Tauschgeschäfte. „Friitz, Tabak jest? – Fritz, hast du Tabak?" Ich habe von der Portion, die wir in Krasnodar quasi als Marschverpflegung empfangen haben, noch etwa 30 g im Beutel. Diese Menge teile ich mir ein, und gegen soviel, wie drei kleine Kinderfingerspitzchen fassen können, ertausche ich mir das Frühstücksbrot oder die morgendliche Maisplinse von den Jungen. Diese drehen sich gleich an Ort und Stelle eine Papirossa, wobei sie sich noch in die Haare kriegen, weil das Zeitungspapier knapp ist. Qualmend pilgern die „Pimpfe" dann zur Schule und spucken um sich wie die Alten. Ich röste das Brot und kaue hinter jedem knusprigen Bissen noch lange her. Am Tag passiert nicht viel. Sascha hat sich auch nicht mehr blicken lassen, aber des Nachts hat er Stichproben gemacht, ob der Wächter nicht schläft.

„Stalin nix gut"

Gegen 17.00 Uhr kommen immer die Holzfäller aus dem Wald zurück, Männer und Frauen in Gruppen, in Reihen hintereinander oder auch einzeln, verschiedene sogar zu Pferde, die Beile geschultert, plappernd oder schweigsam. Es ist schon ein abenteuerliches Bild, wenn die Waldarbeiter ins Dorf zurückkehren. Einer von ihnen kommt schon den vierten Abend zu mir ans Feuer. Es ist ein Armenier mit kohlschwarzen Haaren und einer Hakennase, die mich an den Schnabel eines Adlers erinnert. Er klagt mir sein Leid: „Stalin nix gut – viel Mensch kaputt gemacht, tysnajesch kaputt?" Er macht dazu die Gebärde des Aufhängens, des Erschießens und Erstechens. Zu jeder Demonstration macht er auch noch das passende Gesicht, Zunge heraushängen, an die Brust fassen und Augen rollen. Stalin, die Juden und die Russen kommen nicht gut weg bei ihm, und er wünscht sie alle miteinander zum „Tschort" (= Teufel). Während er mir lautstark erzählt, höre ich es im Hintergrund des Holzplatzes poltern. Seine Kameraden klauen im Finstern jede Menge Holz.

Eine unvergeßliche Begegnung

Wenn meine lange Wachzeit am Abend vorbei ist, gehe ich mit Walter Turek aus Aachen zu zwei Frauen, Mutter und Tochter, die unweit unseres Lagers ihre bescheidene Kate haben. Wir hacken ihnen Holz und verrichten kleine Arbeiten, für die wir regelmäßig mit Essen entlohnt werden. Sie erzählen uns: „Die Deutschen waren während des Krieges auch hier. Sie kamen noch 20 km weiter, dann war Schluß. Bei uns war ein Offizier der deutschen Wehrmacht, er hieß Rudolf, war ein sehr guter Mensch und hat uns Gutscheine gegeben, damit haben wir oft an der Küche bei ihnen Essen geholt. Das hat uns viel geholfen, denn wir hatten hier nichts mehr zu essen. Eines Morgens rückten die Deutschen wieder weiter, und wir sahen, daß Rudolf seine Uhr bei uns liegengelassen hatte. Das war uns nicht recht, denn Rudolf konnte ja glauben, daß wir seine Uhr gestohlen haben, das tun wir aber bei Gott nicht. Zwei Wochen später klopft es nachts an unserer Tür. Es war Rudolf, ganz dreckig und bärtig. Wir haben uns alle gefreut über das Wiedersehen, und doch war Rudolf sehr ernst. Als wir ihm seine Uhr wiedergeben wollten, hat er diese nicht mehr haben wollen, und er hat sie uns geschenkt. Er war voller Freude, daß wir an ihn gedacht haben, aber die Deutschen mußten noch in derselben Nacht zurück. Am anderen Tag kam die Rote Armee, und es gab noch weniger zu essen. Uns hätten sie bald erschossen, weil wir an der Feldküche von den Deutschen Essen

474

genommen hätten. Die Lehrerin hat uns gerettet, sie war die Partisa-
nenchefin in dieser Gegend."

Wir sind jeden Abend bei den Frauen, und auch die anderen
Kameraden haben im Dorf ihre „Futterstelle". Der Posten hat nichts
dagegen, wenn wir nur nicht über den Zapfen hauen. So gegen 21.00
Uhr kommt er meist kontrollieren, und wehe dem, der dann nicht da
ist.

Am nächsten Tag, abends, sitzen Walter Turek und ich wieder bei
den Frauen. Wir sollen nichts arbeiten, aber ich habe am Tage ein paar
ordentliche Stücke Prügelholz so deponiert, daß Walter und ich diese
ungesehen zu der Kate der Frauen hinschleppen können. Die Freude
ist entsprechend, und wir müssen mit ihnen in der einfachen, aber
sauberen Stube sitzen, deren Decke wir mit unseren Köpfen fast
erreichen. An der einen Wand ist ein gemauerter Herd, daneben steht
ein uraltes, grünes Plüschsofa, und in der Ecke auf einem kleinen
Holzständer steht ein Samowar, der, blitzblank geputzt, wohl das beste
Stück des Raumes darstellt. Gegenüber ist eine Ikone mit vergilbten
Steppenblumen geschmückt, darunter steht ein klobiger, sauber ge-
scheuerter Holztisch mit einem einzigen Stuhl, auf dessen einer Kante
Walter sitzt und auf der anderen ich. Vor uns steht eine dampfende
Schüssel mit Hirsebrei, den wir fürsorglich jeweils von der Mutter und
der Tochter mit Rübensirup übergossen bekommen. Es ist das reinste
Schlemmermahl, und dazu müssen wir noch Maisblinsen essen. Nach
diesem prachtvollen Essen erzählen die Frauen wieder vom Krieg. Sie
nennen uns mit Vornamen und sind so rührend um uns besorgt, daß wir
diese Situation wohl nie vergessen werden. „Die Deutschen sind gut,
sie sind auch hier gut gewesen", sagt die Mutter in fast genauso gutem
Deutsch wie ihre Tochter. „Nur die SS ist schlecht", ergänzt die
Tochter. Walter und ich treten uns unter dem Tisch verstohlen auf die
Zehen. „War auch SS hier gewesen?" frage ich die beiden Frauen.
„Nein, aber man hört viel Böses von den SS-Armisten." Walter meint:
„Es gibt unter allen Leuten gute und böse", und ich habe fast Angst,
daß Walter Farbe bekennt. Es wäre schwer, sich auszumalen, wie die
beiden Frauen darauf reagieren würden. Ich nehme das Wort und sage:
„Krieg ist nie gut, alle Völker sollen sich vertragen." – „Ja, wir wollen
uns vertragen", seufzt die Tochter und hat Tränen in den Augen, denn
wir müssen aufbrechen, um beizeiten „zu Hause" zu sein. Mutter und

Tochter, 68 und 50 Jahre alt, stehen vor uns, und wir alle fühlen, daß diese eindrucksvolle menschliche Begegnung wohl das letzte Mal stattgefunden hat. Beschwörend hält die alte Frau ihre abgearbeiteten Hände in Richtung der Ikone: „Nie wieder Krieg – ihr seid gut, Germann und Walter –, nie wieder Krieg." – „Macht nicht mehr mit", flüstert die Tochter und ergreift meine Hand, „auf Nimmerwiedersehen, Germann und Walter! Hoffentlich geht es euch besser als uns. Doswidanja! Doswidanja!" Nach russischer Sitte küssen wir beide Wangen der Frauen zum Abschied, und wir schämen uns unserer Tränen nicht. Dieses Erleben hat uns so ergriffen, daß wir schweigend zurücklaufen und am Abend sogar vergessen, mit unserer Mahlzeit zu protzen. Jene beiden Frauen haben zur Völkerverständigung im kleinen mehr beigetragen als es alle Umschulungsvorträge, Schulungsabende oder Politinstruktionen je vermocht haben.

„Bei uns ist es am schönsten..."

Die Jungens, denen ich den Tabak verschepperte, besuchen mich am anderen Tag am Feuer. Alex ist nicht zurückgekommen, und ich frage sie, ob sie ihn irgendwo gesehen hätten: „Miliz", sagen sie nur, und ich weiß Bescheid. Die armenischen Jungen wollen wissen, wo ich zu Hause bin, und ich erzähle ihnen, daß ich eine Woche und noch eine ganze Woche fahren muß, um nach Deutschland zu kommen, wo mein Vater und meine Mutter wohnen und wo ich geboren bin. Sie meinen, ich solle doch einfach bei ihnen hier bleiben, dann bräuchte ich nicht zu fahren: „Bei uns ist es am schönsten", meinen die jungen Raucher, „auch schöner als in deinem doma", und sie können nicht verstehen, daß ich trotzdem nach Hause will.

Mit Kosaken am Feuer

In der Nacht sitzen bei meiner Ablösung treckende Kosaken am Feuer. Sie liegen und hocken auch noch am Morgen, als ich komme, dort und kochen in einem schwarzen Kessel einen Kascha mit Speck und Sonnenblumenöl. Die Pferde stehen abgezäumt um zwei Wagen herum und schnauben oder scharren auf dem harten Boden. Dichter Rauch zieht kerzengerade von dem gut geschürten Feuer nach oben, und aus dem Stroh eines Wagens dringt mächtiges Schnarchen. Ein stachelbärtiger Alter rührt in dem Kessel herum und fischt sich behende Speckstücke heraus, die er schmatzend durchkaut, daß die Fettbrühe in den Bart quillt, den er mit dem Ärmel seiner Steppjacke abwischt und dabei zufriedene Grunztöne von sich gibt. Kein Wunder, daß der Ärmel vor Fett glänzt. Nach und nach holt er seine Kameraden ans Feuer, die zwar noch voller Stroh hängen, aber sich an einem mitgeführten Wasserfäßchen einen Mund voll Wasser nehmen, dieses in die hohle Hand spucken und damit im verschlafenen Gesicht herumfahren. Morgenwäsche der Kosaken, die, wie wir hören, mit ihren Gespannen aus der Gegend von Proletarskaja im Kubangebiet nach hier dienstverpflichtet wurden, um ein halbes Jahr lang Holz zu fahren. Wenn ich die bärtigen Brummer richtig verstanden habe, so sind sie schon etwa vier Wochen unterwegs. Sie fluchen prachtvolle Flüche und essen mit breiten Holzloschkas gemeinsam aus dem Pott. Unsere gierigen Augen stören sie nicht im mindesten, und sie lassen uns ungeniert zuschauen, ohne daß etwas für uns abfällt. Der leere Kessel fliegt schließlich auf den Wagen, mit Gefluche und Geschrei werden die Gäule angeschirrt, und mit Karacho ziehen die Brüder ab. Wir machen lange Gesichter, und mein Kamerad Nachtwächter trottet zurück zu unserem Stützpunkt. Nach eingehender Untersuchung des Lagerplatzes entdecke ich mit kundigem Blick etwas verschütteten Machorka. Sorgfältig lese ich die Tabakkrümel auf, und dann dauert es auch nicht lange, bis meine kleinen Freunde ankommen: „Fritz, schdo tebja sewodni – Was hast du heute?"

Zurück ins Regime-Lager IX

Am 18. Dezember 1949, morgens 5.00 Uhr, kommt überraschend unser Wächter. Er macht den altgewohnten Spektakel und teilt uns nebenbei mit, daß es heute abend zurück ins Lager geht. „Dann fahrt ihr nach Hause", sagt er beiläufig. Diese Ankündigung beflügelt uns ungemein, wenn wir auch russischen Versprechungen keinen

Wahrheitsgehalt mehr beimessen, so wird es sich doch nicht ausmerzen lassen, daß man alles Positive über zu Hause nur allzu gerne hört.

Nach dem „Frühstück" müssen wir ohne Gepäck antreten, und unser Bewacher fragt, ob wir gut zu Fuß seien. Keiner will zurückbleiben, und so machen wir uns in Begleitung unseres Sergeanten und eines Russen in grüner Joppe auf den Weg. Schon bei den ersten Kilometern drücken mich meine Schuhe erbärmlich. „Schuhe" ist allerdings eine relativ luxuriöse Bezeichnung für ein Paar Pantinen, die im normalen Leben schon längst im Mülleimer gelandet wären. Wir balancieren über zwei schwankende Hängebrücken, und über Stock und Stein geht es unaufhörlich bergaufwärts. Dichte Buchenwaldungen mit undurchdringlich aussehendem Unterholz bilden in diesen Regionen den Wald. Schätzungsweise zwei Kilometer weiter und etwa 300 m höher hören diese Buchenwaldungen auf und werden von ebenso dichten Tannenbeständen abgelöst. Von kultivierter Forstwirtschaft ist wenig zu spüren. An einem reichlich gelichteten Waldstück halten wir an. Der Russe in der grünen Joppe entpuppt sich als Forstnatschalnik und zeigt uns kleine Tannen im Weihnachtsbaumformat, die wir schlagen müssen und zu je fünfen zusammenbinden sollen, damit wir sie bequem auf dem Rücken mit hinunternehmen können. Das wird einen Rückmarsch geben! Nachdem die Tännchen geschlagen sind und jeder mehr schlecht als recht sein Bündel zusammengeschnürt hat, geht es nach einer kurzen Verschnaufpause weiter. Es ist ein wunderschöner Herbsttag, und die Spinnweben fliegen genauso, von der Sonne silbern beleuchtet, wie in den heimatlichen Wäldern, wenn, ja wenn man kein Gefangener wäre oder zumindest wüßte, ob die Heimkehr unmittelbar nach unserer Rückkehr nach Krasnodar Wirklichkeit würde, könnten wir diesen herrlichen Tag genießen. Krasnodar – Alptraum, der einen Tag und Nacht verfolgt, und die Tannen auf unserem Rücken drücken auch ganz schön. Öfter, als es unseren beiden Begleitern lieb ist, müssen wir Ruhepausen einlegen. Die Sache geht bald über unsere Kräfte. Mein Hemd ist so naß geschwitzt, daß ich es auswinden könnte. Ich muß wohl dicke Blasen an den Füßen haben, denn eine Ferse brennt höllisch. Gefährlich wird es aber erst dann, als wir über die Hängebrücken schleichen. Über brausenden Wildwassern sind in etwa 10 m Höhe an dünnen Drahtseilen zwei Bohlen nebeneinandergelegt. Einzeln drücken wir uns hinüber, und ich vermeide ängstlich, nach unten zu sehen, denn ein Blick auf das stürzende Wasser würde mich schwindelig machen. Abstürzen kann man hier, wann immer man Lust oder Pech hat. So etwas von Brücke wäre in Deutschland unmöglich. Zum Halten dienen lediglich zwei genauso dünne Stahlseilchen, dazwischen ist nichts, es sei denn, daß man die Verbindungsdrahtstücke von Halteseil und Bodenseil als Sicherheitsstreben ansieht. An den Ufern sind diese Brückenwunder an zwar wuchtigen, in die Erde gerammten und ähnlich wie in Poljana mit riesigen Steinhaufen beschwerten und umgebenen dicken Bohlen befestigt, aber einen vertrauenswürdigen Eindruck machen diese „Bauwerke" nicht. Wir kommen alle glücklich hinüber und treffen nach zirka sechs Stunden An- und Abstieg wieder in unserer Unterkunft ein. Dort stellen wir betrübt fest, daß der Koch das Mittagessen noch nicht fertig hat. Ich möchte bloß wissen, was der Bursche während der ganzen Zeit gemacht hat.

Alle Verdächtigungen und Vorwürfe sind indes unberechtigt, denn der Vielgeplagte mußte statt kochen Holz hacken! Es hat sich überhaupt herausgestellt, daß die Aufgabe unseres Kommandos nicht im „Säubern des Waldes" besteht, sondern daß wir meistbietend an Interessenten vermietet werden, die billige Arbeitskräfte brauchen und dafür an die Verantwortlichen dieser Aktion ihren Obolus entrichten müssen. Als gegen 17.00 Uhr endlich unser Mittagessen fertig geworden ist, wir haben den Schlag gerade gefaßt, steht unser Sergeant im Türrahmen: „Dawai Dawai – Kuschatj sakonschi, dawai dawai!" (= Schnell das Essen beenden) Hungrig wie wir sind, löffeln wir ruhig weiter, aber es ist gut, wenn man den Burschen im Auge behält, der, weil sich niemand rührt, zunächst einen sprachlosen Eindruck macht. Genosse Konvoi wird dann kurzentschlossen handgreiflich, packt das Kochgeschirr des ihm Zunächstsitzenden und feuert das Ding samt angelöffeltem Inhalt durch die Tür. Es folgen die übelsten Flüche, und man spürt, das ist Krasnodarer Luft. Fast überhastet packen wir unsere wenigen Klamotten zusammen, bergen unser Kochgeschirr, und es mag keine 10 Minuten gedauert haben, bis wir in Richtung Stanzia trotten. Zum letzten Mal am Holzplatz vorbei, die Kate der beiden Frauen schaut mit dem kleinen Dach über die Holzstöße, und ein kleiner Junge sagt, als er mich entdeckt: „Doswídanja, Fritz" (= Auf Wiedersehen, Fritz!). Der Konvoi hat dieses bemerkt und scheucht das Kerlchen mit einem bösen „Dawai nasad!" zurück. Ich verbeiße ein

Lachen, als der Junge dem Soldaten aus Revanche die Zunge heraus- streckt und wie weiland Max und Moritz das Weite sucht. Der Konvoi schimpft, und ich wage mich nicht herumzudrehen, weil sonst damit zu rechnen wäre, als Blitzableiter dienen zu müssen. Ich nehme an, daß er angetrunken ist, denn so böse war er sonst nicht. Vielleicht hatte er für den Abend noch irgendwo ein Rendezvous mit einem gefälligen Mädchen – der Möglichkeiten mag es wohl viele geben, einschließlich der, daß er genauso ungern nach Krasnodar zurückgeht wie wir.

Startbereit stehen wir am Bahnhof von Tschernikow, und ich erinne- re mich eines Filmes aus dem Wilden Westen, in dem der dortige Bahnhof dem Tschernikowschen verdammt ähnlich war. Ein paar Hütten, das Stationsgebäude ist ein Blockhaus, und die Figuren, die herumstehen und sitzen, sehen so abenteuerlich aus wie Gestalten aus Karl May. Unsere Produkte für die restlichen zwei Tage und die Tannenbäume haben wir auch noch mitzuschleppen. Erst jetzt können wir unser inzwischen kalt gewordenes Mittagessen hinunterschlingen. Warm hat es einigermaßen gemundet – mit erheblichem Vorbehalt –, aber kalt schmeckt es wirklich abscheulich. Es dauert fast zwei Stun- den, bis der Waldexpreß endlich angeschnauft kommt. Der übereilte Aufbruch war wieder typisch russisch; zuerst ein toller Krawall mit „dawai" und „bistrej", so als ob der Zug schon nahezu am Anfahren wäre, hernach stundenlange Wartezeit. Eine der Hauptursachen dürfte auch darin liegen, daß die für die Kriegsgefangenen Verantwortlichen eine übertriebene Angst davor haben, daß etwas nicht nach „Plana" klappt. Der Konvoi kommt nun, da er seine Schäfchen alle am Bahnhof versammelt hat, auch allmählich wieder zu sich und wird etwas verträglicher. Wir setzen uns auf einen mit Schnittbrettern beladenen Planwagen und klappen die Kragen hoch, denn besonders am Abend ist es empfindlich kalt. Schnaubend und funkenspuckend zieht die Schmalspurhenschellok an, und die wenigen Lichtpünktchen des Holz- fällerdorfs Tschernikow versinken im Dunkel.

30 km werden zur Ewigkeit

Die Kurven dieser Bahnstrecke scheinen zu stark ausgebaut, denn die kleine Lok bringt an solchen Stellen die Holzwaggons nur mit größter Mühe vorwärts. Zweimal müssen wir Passagiere absteigen, und mit „ras, dwa, wsjalli" drücken wir an den Waggons. Ein Funkenregen stiebt aus dem Schornstein, und wie ein Asthmatiker einen Berg besteigt, schleicht unser Geleitzug um die Spitzkurve. Dabei müssen wir im Laufschritt aufspringen, denn sonst könnte es ja passieren, daß unser Lokomotivchen seinen Schwung verliert und gänzlich stehenbleibt. Das könnte uns die Heimfahrt vermasseln, und wir sind deshalb ängstlich besorgt, daß dem „Lökchen" nichts passieren möge. Man hört auf das Fahrtgeräusch, und fast möchte ich behaupten, daß mit dem Absinken des Tempos und den Anzeichen eines neuen Anhaltens unsere Herzschläge schneller werden. Mit Dampf und Funken kommen wir schließlich doch ans Ziel und steigen auf einen bereitstehenden Lkw um, der uns zurück nach Krasnador bringt. Steifgefroren stehen wir am 19. 12. 49 vor dem dreifachen Stacheldraht des Regimelagers IX. Um drei Uhr morgens öffnen und schließen sich die Tore der drei Stacheldrahtgassen. Wir sind wieder da. Die geschlagenen Tannenbäume, die wir mitbrachten, sollen – man höre und staune – als Weihnachtsbäume für die russischen Offiziere dienen und werden im Garnisonshäuschen abgegeben. Wir sind voll gespannter Erwartung, was sich in der Zwischenzeit alles getan haben mag.

Die große Angst geht um

Als wir in unseren Bunker stolpern, werden wir von unseren hellwachen Kameraden gleich entsprechend empfangen. Von Heimkehrstimmung keine Spur. Benno Raabe, Bruno Wagner, Adolf Gaulrapp, Willi Steffen, Siegfried Kampke – ein Schwadronskamerad von mir – Fritz Müller, Julius Dittmeier sind im Gefängnis. Daß Siegfried Kampke auch im Gefängnis sitzt, erfüllt mich mit besonders großer Angst. Der Gedanke, daß Kampke wegen Prag „gepfiffen" haben könnte, hat etwas ungemein Beklemmendes für mich. Es sticht mir in die Herzgegend, und ich merke, als ich mit der Hand über die

Stirne fahre, daß sie von kaltem Angstschweiß bedeckt ist. Nicht daß ich mir etwas vorzuwerfen hätte, aber der berüchtigte § 58 existiert nun einmal und könnte auch für mich zum Fallstrick vor der Heimkehr werden. Kampke war immer ein guter Kamerad, aber wenn er gefragt wurde, wer sein bester Kamerad ist, damit er diesem seine Adresse übergeben kann, könnte es doch sein, daß er verständlicherweise meinen Namen genannt hat. Das allein könnte schon ein Grund dafür sein, daß die Akte Melcher einer genauen Kontrolle unterzogen wird, und siehe, der Mann war in der gleichen Einheit. Schlußfolgerung: Wieder ein Konterrevolutionär geschnappt! Die Kerle arbeiten ja mit allen erdenkbaren Raffinessen und ganz selbstverständlich ohne jegliche Skrupel. Bei all diesen Überlegungen ist es mir völlig entgangen, daß auf der Viererpritsche, deren untersten Platz ich bisher belegt habe, keiner mehr liegt. Man hat sie alle fortgeholt, und ich bin bis jetzt der einzige „Überlebende". Wird man auch mich wegholen? – Ich haue mich auf die leere Pritsche und träume nach langem Wachliegen lauter wirres Zeug. Am Morgen des 19. 12. 49 steht ein Russe unter der Tür und verliest ein paar Namen. Alle richten sich auf und lauschen mit ängstlich geweiteten Augen. Mein Herz klopft wie rasend, und in der Aufregung verstehe ich nur Degler. – Hat er nicht etwa Melcher gesagt? – Nein, er sagte Deglerr und schnurrte das r guttural heraus. Degler stammt meines Wissens aus Karlsruhe und liegt auf der Nebenpritsche. Er wird weiß wie Kalk, springt wortlos auf, um mit einem stöhnenden Laut wieder auf die Pritsche zurückzusinken. Aber ruckartig erhebt er sich wieder, packt seine Klamotten zusammen, gibt einem Kameraden einen Zettel und geht an mir vorbei zur Tür, um dem Russen zu folgen. Den Blick von Degler werde ich mein Leben lang nicht vergessen!

Am 19. 12. 1949 wird die Heimkehr angekündigt

Es wird nicht mehr gearbeitet an jenem 19. 12. 49. Die Verhöre laufen weiter, und aus Baracken und Bunkern werden noch immer Kameraden abgeholt. Sonderkommandos gehen unter starker Bewachung auf eine Baustelle. Wir hocken abwartend in unserem Bunker, während einzelne Kameraden im Lager umherlaufen und Nachrichten aufschnappen. Man munkelt von Entlassung, und am Mittag des 19. 12. 49 wird auf einem überraschend angesetzten Lagerappell tatsächlich die Heimkehr verkündet. Kein Jubel, keine Ausgelassenheit, wir haben zu lange auf diesen Augenblick gewartet und können und wollen es nicht glauben, daß es nun endlich soweit sein soll. Es werden Namen aufgerufen und Nummern ausgegeben. Der aufgerufene Besitzer einer solchen Nummer ist dann zum Empfang einer Heimkehrergarnitur, bestehend aus Unterhose, Hemd, blauem Arbeitsanzug, langer blauer Steppjacke, Fußlappen und ein paar neuen Arbeitsschuhen berechtigt. Das angetretene Häuflein ist ziemlich klein, und es hat den Anschein, daß nahezu die Hälfte der Lagerbelegschaft ins Gefängnis abtransportiert wurde. Die meisten sind schon verlesen, als endlich ich unter der Nummer 455 an der Reihe bin. Zu unserem Erschrecken laufen die Verhöre immer noch weiter, ja selbst eingekleidete Landser werden noch abgeführt. „Hoffentlich komm ich nicht dran!" – So mag wohl jeder denken. Die vorbereitenden Arbeiten zur Heimkehr laufen nebenbei mit Hochdruck weiter. Den ganzen Tag und die darauffolgende Nacht wird Holz für die Transportküche klein gemacht. Zimmerleute und Schreiner werden zum Bahnhof kommandiert, um die Pritschen in Zusatzwaggons einzubauen. Das Antifaaktiv legt eine Henneckeschicht für die talentierten Plakatmaler ein. Stalin und Lenin werden porträtiert, und die Schnurrbärte der beiden erscheinen mir besonders prachtvoll hervorgehoben. Friedens- und Freundschaftssprüche werden in Serienherstellung gemalt, eingerahmt und gleich zum Bahnhof gebracht. Am 20. 12. werden wir 10 Tschernikowfahrer herausgerufen zum Produkteverladen. Wir dürfen unbewacht aus dem Lager treten, was im allgemeinen als gutes Omen zu werten ist. Aus dem Hauptmagazin laden wir Brot, Mehl, Salz und Zucker auf Lkws. Mitfahren dürfen wir nicht. Das Ausladen besorgen andere, die anscheinend gar nicht mehr ins Lager zurückkommen. Man hört, daß es morgen an Stalins 70. Geburtstag endgültig losgehen soll. Es folgt eine schlaflose, unruhige Nacht.

Eine bemerkenswerte Schlußansprache

Der 21. 12. 49 ist ein nebliger, naßkalter Dezembertag. Um 10.00 Uhr morgens wird angetreten zur Abschluß- und Stalingeburtstagsfeier. Vor versammelter Mannschaft – es stehen 758 Mann angetreten von vormals 1200 – hält ein Politmajor die Ansprache, die von einem deutschen Dolmetscher übersetzt wird. Zuerst erfolgt die landesübliche Lobeshymne auf J. W. Stalin, dann die Erklärung, daß Kriegsverbrecher und Verdächtige nun aus unseren Reihen entfernt seien. Ihre Fälle würden nochmals überprüft. Sollten sie unschuldig sein, würden auch sie später nach Hause fahren. Er hat „skoro" gesagt, und es ist Erfahrungssache, daß russisch „skoro" Jahre dauern kann. Dann spricht der Politoffizier zu uns gewandt: „Kämpft für den Frieden! Sagt die Wahrheit über die Sowjetunion, die fortschrittlichen Sowjetmenschen und deren Kultur. Laßt euch nicht nochmals für imperialistischen Kriegsdienst von den kapitalistischen Kriegshetzern verführen, denn im nächsten Krieg macht Rußland keine Gefangenen mehr. Eschtscho ras na Russki Sjemlja pridjosch, takda rabotajesch gdje tolko Kamienj. Tam buditje propallo, wsjet – Betretet ihr nochmals russischen Boden als Aggressoren, dann kommt ihr dahin, wo es bloß Steine gibt. Dort werdet ihr alle kaputtgehen. – Das ist die Mahnung von uns an euch. Ich wünsche euch im Namen des Sowjetvolkes eine glückliche, gesunde Heimkehr als Friedenskämpfer und Freunde der Sowjetunion. Es lebe Stalin! – Es lebe die internationale Solidarität! – Es lebe die deutsch-sowjetische Freundschaft!" Anstandsbeifall dankt dem Politmajor. Es folgen die Ansprachen des deutschen Antifaaktivs, deren Grundtenor die „Danksagung" für die humane Behandlung in Kriegsgefangenschaft ist und die Versicherung, daß alle Heimkehrer überzeugte Friedenskämpfer und Freunde der Sowjetunion seien und daß ihnen nichts ferner liege, als nochmals gegen die friedliebende Sowjetunion mit der Waffe in der Hand einen imperialistischen Eroberungskrieg zu führen.

Der letzte Appell

Gegen 14.00 Uhr wird das Lager zum letzten Appell herausgerufen, werden alle Namen verlesen, und bevor das bißchen Gepäck gefilzt wird, gehe ich nochmals zur Latrine und zerreiße ein paar Postkarten, die ich mir als wohltuende Grüße von zu Hause aufgehoben hatte. Darunter ist die einzige Nachricht, die mich von meiner verstorbenen Schwester in Gefangenschaft erreichte, und ein paar Notizen, die ich auswendig gelernt habe, um sie demnächst wieder aufschreiben zu können. Sie sollen nichts bei mir finden, was für die Heimfahrt hinderlich ausgelegt werden könnte. Nur zwei Fotos, die mir Mutter geschickt hat, entgehen dieser „Vernichtungsaktion". Diese Bildchen möchte ich mit in die Heimat nehmen, denn sie können ja schwerlich als gefährliches oder verdächtiges Dokument angesehen werden. Nach der Filzung des Gepäcks – mir wurde nichts weggenommen – geht es zu je fünf Mann aus dem Lagertor; und draußen formieren wir uns zum Heimkehrmarsch. Voraus trägt einer eine blutrote Fahne, und aus der zum Bahnhof marschierenden Kolonne wird noch ein Offizier zurückgeholt, der weinend abgeführt wird. Dieser Fall zeigt die Aktivität einer bis zuletzt arbeitenden NKWD-Institution. Die Verhaftung des Kameraden ist der bittere Beigeschmack auf diesem letzten Marsch. Unterwegs rufen uns Russen Abschiedsworte zu: „Viel Glück na doma!"

„Doswidanja, Fritze!" Je näher der Bahnhof rückt, um so größer wird die Unruhe in unseren Reihen. Bei der Einteilung gibt es großes Gedränge, und vor den Waggons spürt man die Hektik in unseren Reihen. Das habe ich mir alles einmal anders vorgestellt. Jeder will verständlicherweise so schnell wie möglich seinen Platz einnehmen, denn die Angst, daß evtl. die Waggons nicht ausreichen könnten, ist riesengroß, und wer möchte hier wohl als überzählig zurückbleiben bis zum nächsten Transport, der, wenn überhaupt, weiß Gott wann fahren könnte.

Wir fahren westwärts

Einzelne Namen werden verlesen, und die Verlesenen werden durch Befehl zu Waggonältesten ernannt. Nun folgt erst richtiges Gedränge. Vor den 20 Waggons, 50- und 18-Tonner, die auf dem Abstellgleis des Krasnodarer Hauptbahnhofes stehen, haben sich die Waggonältesten postiert und zählen ab: „Eins – zwei – drei – vier – fünf..." In die kleinen Waggons müssen 26 Mann und in die großen 52. Ich habe bei dieser „Jagd nach den Plätzen" verhältnismäßig Glück und erwische einen Waggon mit einigen Poljanern. Mein ehemaliger Arbeitskamerad Pit Koch aus Köln ist Wagenältester. Unser Waggon ist der drittletzte. Meine Befürchtung: Hoffentlich wird er nicht abgehängt, denn er ist ziemlich klein. Rechts und links sind zwei Pritschen von etwa 2,50 m Breite eingebaut. Eine solche Pritsche müssen sich 6 Mann teilen, zwei Mann schlafen auf dem Boden in der Nähe eines Kanonenöfchens, das etwa in der Mitte des Waggons steht, daneben steht der zum Essenempfang bestimmte Kübel. Alles geht sehr eng zu, doch sind wir zunächst einmal froh, im Waggon zu sein. Die beiden „Ofenschläfer" versuchen sofort, aus dem neben dem Ofen liegenden Holz ein Feuer anzufachen, aber das Öfchen qualmt nur; doch einige Zeit später wird es etwas besser. Abends um 22.00 Uhr erhalten wir endlich eine Lok, und kurz danach fahren wir an. In Krasnodar HBF Mitte halten wir an. Ob die Regie es so will, entzieht sich meiner Kenntnis, aber auf alle Fälle ertönt laut und deutlich aus einem Lautsprecher die Stimme des stellvertretenden Ministerpräsidenten der DDR, des Genossen Walter Ulbricht. Der „sächsische Russe" spricht zu Ehren des großen Geburtstagskindes J. W. Stalin direkt aus dem Kreml über den Moskauer Rundfunk. Gezwungenermaßen lauschen wir der Rede des „Spitzbarts", die sich durch besondere Heraushebung der löblichen Eigenschaften des Führers der friedliebenden Menschheit, des großen J. W. Stalin, auszeichnet. Für diese widerliche Lobhudelei des sächselnden Redners haben wir überhaupt kein Verständnis, und wir sind froh, daß die Lok noch mitten in der Rede wieder anruckt, und das Lobgenuschel Ulbrichts geht unter in der Schienenmusik des westwärts fahrenden Heimkehrertransportes.

Dank an Stalin

Im Lager Tuapse waren damals eigens zu Stalins Geburtstag ein paar Kunsthandwerker und Graphiker verpflichtet worden, um zu Ehren von Stalins Geburtstag einen kunstvollen Einband herzustellen, in den die Unterschriften des gesamten Lagers eingelegt werden sollten, um dies dann J. W. Stalin als Geschenk überreichen zu können. Die Sache machte Fortschritte, und eines Tages wurde uns im Rahmen einer Feier ein wirklich prachtvoller Einband mit folgendem Text vorgelegt:

> „Wir danken dem großen Führer des russischen Volkes, Josef Wissarionowitsch Stalin, zu Ehren seines 70. Geburtstages für die humane Behandlung in Kriegsgefangenschaft und für die Befreiung vom faschistischen Gedankengut.
>
> Wir geloben Ihnen, sehr verehrter Genosse Stalin, daß wir nie mehr mit der Waffe in der Hand gegen die friedliebende Sowjetunion und ihre freundschaftlich verbündeten sozialistischen Staaten kämpfen werden. Wir geloben, stets mit all unseren Kräften für die Sache des Sozialismus einzutreten. Wir danken für die gute Behandlung und versichern Ihnen, daß wir als treue Freunde des großen Sowjetvolkes in die Heimat zurückkehren und in Zukunft alles unternehmen werden, um künftigen Kriegshetzern von Anbeginn an ein für alle Mal das Handwerk zu legen."

Der Text war in gotischen Buchstaben gemalt, und darunter mußten wir „freiwillig" unsere Namen setzen. Wir denken heute im Waggon an die Aktion und an dieses Geburtstagsgeschenk. Der Zufall ergibt, daß wir auch fast so zusammenliegen, wie wir damals in Tuapse unterschrieben hatten, mit Namen, Vornamen, Vatersvornamen, Heimatort und Straße.

Es geht uns zu langsam voran

Im Waggon ist es so kalt, daß man unmöglich Schlaf finden kann. Ich liege auf der oberen Pritsche am Fenster neben Pit Koch. Unsere Hosen haben wir über die Füße gestreift, eine Steppjacke untergelegt, und mit der Jacke des Kameraden wird sich zugedeckt. Immer zwei Mann dicht an dicht wärmen sich so am besten. Es zieht zu allen Fugen herein, und mein Atem wird in der Nähe des zugigen Fensters zu Eis. Mehr als uns lieb ist, bewegt sich der Transport im Schneckentempo weiter oder steht stundenlang auf irgendwelchen Abstellgleisen. Das Signal „Freie Fahrt" läßt auf sich warten. Die Transportverpflegung besteht aus 600 g Brot, einem Salzfisch mittlerer Größe für zwei Mann, zweimal 500 g Suppe und einem Teelöffel Zucker, Tabak gibt es keinen Krümel, und der Zucker bleibt später auch aus.

Die ersten Tage verlaufen ruhig. Von Krasnodar fahren wir über Tichorezkaja – alte Erinnerungen an das Todeslager Nowo Djetschokowka tauchen auf, dann geht es über Rostow, die Hauptstadt Nordkaukasiens. Im dämmrigen Halbdunkel des Waggons liegen die meisten und schlafen oder versuchen zu schlafen. Diejenigen unter uns, welche das Glück oder Pech haben, am „Fenster" zu liegen, betrachten sich die Gegend, wenn sie interessant ist, oder schlafen ebenfalls. Andere dösen vor sich hin. Jedenfalls ist von Heimkehrerstimmung oder überschäumender Freude absolut nichts zu spüren. Das schwere Erleben der letzten Tage in Krasnodar ist noch gegenwärtig. Es kommt keine Stimmung auf. Die Mehrzahl der Heimkehrer schaut mit ernstem Blick vor sich hin, und es sieht so aus, als ob wir alle nicht fassen können, daß wir der Freiheit entgegenfahren. Von Station zu Station stellt man sich immer wieder die bange Frage: „Holen sie auch keinen heraus? Lassen sie uns unbehelligt?" Im Laufe der Fahrt entwickeln wir uns zu wahren Akrobaten im „Abprotzen mit Anlauf". Es bleibt uns nur die Möglichkeit, die Notdurft während der Fahrt zur Türe hinaus zu verrichten oder während eines Aufenthaltes, von dem man nie weiß, ob er von langer oder nur von kurzer Dauer ist. Wenn es gleich weitergeht, bietet sich meist ein ulkiges Bild: Den ganzen Transport entlang sieht man dann Landser rennen, die zum großen Teil die Hosen in der Hand halten und mit grotesken Sprüngen versuchen, sich auf die Trittbretter zu schwingen, beflügelt von dem Gedanken, den Anschluß nicht zu

verpassen, denn das könnte unweigerlich Verlängerung der Kriegsgefangenschaft bedeuten.

Heiliger Abend 1949 auf freier Strecke

Der Zug fährt vorbei an den Gruben und Zechen, an den rauchenden
Schloten Stalinos, durch die Weiten der Ukraine, durch Poltawa bis zur
ukrainischen Hauptstadt Kiew. Hier mache ich eine interessante
Feststellung: Ich sehe unweit der Bahnstrecke den ersten Friedhof, der
nach westeuropäischem Vorbild angelegt und gepflegt ist. Die So-
phienkathedrale leuchtet in der Ferne; Weihnachten steht vor der Tür.
Am Heiligen Abend hält unser Zug auf freier Strecke. Ein von
heulendem Wind begleiteter Schneesturm fegt über das Land. Kalt ist
es im Waggon, unheimlich kalt. Rudi Minka, ein Student aus Schlesien,
hält eine kleine Ansprache und liest aus einer Bibel im Taschenformat,
die er die ganzen Jahre behütete und durchschleusen konnte: „Erschienen ist die Güte und Menschenfreundlichkeit Gottes, unseres Hei-
lands, und hat uns das Heil gebracht, damit wir, durch seine Gnade
gerechtfertigt, Erben des ewigen Lebens werden, das wir erhoffen in
Christus Jesus, unserem Herrn."

Banges Warten vor Brest-Litowsk

An den Weihnachtstagen fahren wir zwischen Gomel und Brest-
Litowsk. Das Land ist verschneit, und die Kälte im Waggon ist
erbärmlich. Von Gomel ab ist „dicke Waschküche", so daß man nichts
sehen kann. Durch die schemenhaft erkennbaren Urwälder der Prip-
jet- und Rokitnosümpfe geht es auf Brest zu.
Am 27. 12. 49, nachmittags gegen 17.00 Uhr, laufen wir in der Station
eines kleinen Dörfchens vor Brest ein. Es passiert uns Transport um
Transport, und man munkelt schon, daß ein Telegramm gekommen sei
und der Transport zurückfahren müsse, da laut neuester Order keine
SS-Leute mehr entlassen werden dürften. Die Stimmung entspricht der
Außentemperatur, 10 Grad unter Null.
Nach vierzehnstündiger Wartezeit geht es doch endlich weiter west-

wärts, und nach halbstündiger Fahrt trudeln wir am Morgen des 28. 12. 49 in Brest ein. Mit 64 Gleisen dürfte Brest der größte Verschiebebahnhof Rußlands sein. Von hier aus soll es auf europäischer Normalspur weitergehen. Gleichzeitig verlassen wir den Boden der Sowjetunion und fahren durch Polen. Um 15.00 Uhr müssen wir die Fensterscheiben ausbauen, Pritschen abreißen und Öfen abliefern. Der Transport soll mit Stückgut beladen wieder zurückgehen. Noch drei Transporte stehen vor uns und warten auf ihre Abfertigung. Wenn man den Angaben der anderen Kameraden Glauben schenken kann, kommt man gut auf 8000–10000 Mann, die hier eingetroffen sind. Es ist uns unverständlich, daß wir alles schon rausreißen müssen, da doch noch so viele vor uns dran kommen. Dem Bahnhofsgelände von Brest–Litowsk merkt man an, daß schon Hunderttausende hier durchgeschleust wurden. Die ganzen Gleise und das anschließende Gelände sind total verdreckt, und in einem Bach, der schon mehr einem Pfuhl ähnelt, dürfen wir uns „waschen".

Eine Nacht, die man nicht vergißt

28. 12., abends: Wir gehen alle spazieren, um nicht „auf der Stelle" anzufrieren. Es folgt eine furchtbare Nacht. Wenn wir des Laufens zwischen den Kothaufen müde werden, hocken wir Mann an Mann im offenen Waggon, um uns durch die Körperwärme gegenseitig etwas „aufzuheizen". Man ist vor allen Dingen besser als im Freien vor dem scharfen Wind geschützt, der um die Waggons und durch die offenen Fenster pfeift und Schnee und aufgewirbelten Unrat in den Wagen hereinweht. Wir sind ziemlich deprimiert, sprechen uns aber gegenseitig Mut zu: „Jetzt haben wir fünf Jahre standgehalten, und diese letzten Tage werden wir auch noch durchbeißen." Als der Morgen graut fragen sich viele: „Wird es der letzte Tag auf russischem Boden sein?" 29. 12. 49: Endloser Tag, endlose Nacht. Warme Verpflegung gibt es keine mehr, denn die Küche ist auch ausgebaut. Mir ist, als hätte ich überhaupt keine Wärmekalorien mehr. Noch zwei Transporte sind vor uns. Einer ist erst abgefertigt worden. 30. 12. 49: Endloser Tag, endlose Nacht. Nur die Hoffnung hält uns aufrecht.

Endlich abgefertigt

31. 12. 49: Endloser Tag. Endlich gegen 22.00 Uhr abends kommt der Befehl zu packen. Wir kommen an die Reihe! Waggonweise wird aufgerufen, dann muß schnell angetreten werden, damit wir geschlossen durch die sogenannte Untersuchungsbaracke laufen können. Anschließend an diese Filzung wird in bereitgestellte neue Waggons umgestiegen. Als unser Waggon an die Reihe kommt, fängt es wieder an zu schneien. Nackt, die Kleider auf dem Arm, Schuhe in der Hand, Gepäck offen, müssen wir durch eine Gasse weißbeschürzter russischer NKWD-Soldaten marschieren. Die Holzkoffer werden mit großen Messern durchstochen und Kochgeschirre nach doppeltem Boden abgeklopft. Obwohl mir nicht bekannt wurde, daß Familienfotos in Brest abgenommen worden wären, stecke ich die Bilder meiner Eltern und Schwestern zwischen die Sohlen meiner schmutzigen Schuhe und bringe sie so durch die Filzung. Zwei Mann bleiben zurück. Einer hatte einen größeren Rubelbetrag im eigens dafür konstruierten Kochgeschirrdeckel mitnehmen wollen, ein anderer hatte in seiner Steppjacke ein Eisernes Kreuz I. Klasse eingenäht. Beide werden sofort abgeführt.

Wir verlassen die Sowjetunion

Ein älterer Kamerad kommt nicht mehr den Waggon hoch. Er weint und hat blaugefrorene Hände. Die Scheiben dieses neuen Wagens sind gesprungen, und eine dünne Schneedecke hat sich wie ein Hauch über den Pritschen ausgebreitet, die in der gleichen Anordnung eingebaut sind wie im ersten Waggon. Am frühen Morgen des 1. Januar 1950 treffen wir am Bug ein. Auf sowjetischer Seite werden wir genau gezählt. Die gleiche Prozedur spielt sich auf der polnischen Seite ab, nur müssen wir dort sogar die Waggons verlassen, das Innere der Wagen wird abgeleuchtet und abgeklopft. Unter den Waggons kriechen die Polen auch herum, dann dürfen wir einzeln wieder einsteigen. Nach etwa zwei Stunden geht die Fahrt weiter, und uns ist jetzt schon um vieles leichter, obwohl wir uns immer noch im Machtbereich Sowjetrußlands befinden. Das Loch im Fenster wird mit einem Papier zugesteckt, und sinnigerweise muß dafür das Porträt Lenins herhalten, das völlig überflüssig am Waggon hing und nun endlich einem guten Zweck dient, nämlich dem, den Waggon „winterfest" zu machen. Ein Kamerad entdeckt hinter einem hellerleuchteten Fenster eines dicht am Bahnsteig stehenden Hauses einen brennenden Weihnachtsbaum. Alles reckt den Hals, und in diesem Falle ist es gut, daß der Zug mit mäßiger Geschwindigkeit fährt. Es ist eigentlich das erste vertraute Zeichen der näherrückenden Heimat. Einige Kameraden quälen sich mit ihren Gewissen, denn ihnen ist nicht ganz klar, ob sie sich sofort in den Westen entlassen lassen, um dann ihre Angehörigen nachzuholen, oder ob sie doch zuerst in der sowjetischen Zone ihren Wohnsitz nehmen sollen. In der Tat ist das schwer zu entscheiden, und ich bin froh, daß ich nicht solchen Gewissenskonflikten ausgesetzt bin. Viele Sorgen der Kameraden bleiben mir erspart. Ich habe noch mein Elternhaus, meine Heimat, und weiß, was mich erwartet, weiß, wohin ich mich wenden muß. Das mit dem Beruf wird sich schon geben, und notfalls werde ich nochmals die Schulbank drücken und das Abitur nachholen, aber das sollen zunächst meine geringsten Sorgen sein. Erst einmal tüchtig ausschlafen, dann am schön gedeckten Tisch sitzen, gut essen und gut gekleidet spazieren gehen.

Früh am Morgen fahren wir durch die Außenbezirke Warschaus, wo man sehr viele Ruinen gegen den Morgenhimmel erkennen kann. Die Weichsel liegt im Nebeldunst, als der Transport langsam über eine Brücke rollt.

In Lowisz liegen Kartoffelberge auf der Station. Unbehelligt organisieren wir, bis der Zug weiterfährt.

In Kutno kommen wir mit Polen ins Gespräch und tauschen unsere Seife, mit der wir mangels Wassers nichts anfangen können, gegen Speck. „Schlecht hier", sagen die Polen. „Habt ihr gesehen, daß Wald links und rechts der Bahnlinie abgeholzt?" Wir bejahen, und in leidlichem Deutsch erzählen uns die erbitterten Polen, daß hier Partisanentätigkeit gegen die Russen spürbar wird. „Anschläge auf Bahnstrecke", flüstert ein Langer geheimnisvoll und schaut sich ängstlich um. Wir geben keinen Kommentar, denn man weiß nicht, ob die Kerls gedungene Parteispitzel sind, um unsere Gesinnung zu prüfen. Ich glaube allerdings nicht, daß die Polen unehrlich waren.

Posen: Walter Huballa ist aus Posen und wird unruhig. Er liegt unablässig am Fenster und redet kein Wort. Bei einem Aufenthalt spricht er mit einem polnischen Eisenbahner. Fazit der Unterhaltung: Es ist schlecht hier, und Walter Huballa fällt es leichter, weiter westwärts fahren zu müssen.

In unserem Waggon sind nur zwei Kameraden, die einen Rasierapparat haben. Diese beiden Apparate gehen von Hand zu Hand, denn die Grenze ist nicht mehr weit, und man will sauber deutsches Gebiet betreten. Irgendwie sehen wir allerdings ein bißchen lächerlich aus, denn der mühsam abgeschabte Bart hebt die Dreckränder der übrigen Gesichtspartien besonders kraß hervor.

Rudi Minka macht auf Kunersdorf aufmerksam, das sich jetzt vielleicht Kunowicze nennt. „Hier bekam 1759 der Alte Fritz einen auf den Deckel." Pit Koch schaut ob solcher Gescheitheit erstaunt zu Minka hoch, denn Jahreszahlen waren noch nie seine Stärke, und man erzählt sich, daß Pit, der als alter Draufgänger bekannt ist, nicht einmal genau wisse, wie oft er im Krieg verwundet wurde.

Ankunft Frankfurt/Oder Hauptbahnhof

Vor der Oder hält der Zug. Das gleiche Bild und die gleichen Maßnahmen wie am Bug. Zählen, Ableuchten der Waggons usw. Nach etwa einer Stunde rollen wir über die Oder, und am deutschen Ufer sehen wir zum ersten Mal bewaffnete Volkspolizisten vor einem Wachhaus nahe des Ufers. Pit Koch ruft: „Gude Tag, mer sen da!" Er erhält keine Antwort.

Gegen 8.00 Uhr morgens Ankunft in Frankfurt/Oder Hauptbahnhof. Wie Fabelwesen betrachten wir zwei pelzbemützte deutsche Jungen von etwa 7 Jahren. Sie haben so helle Kinderstimmchen. Daß sie allerdings unverfroren Zigaretten und Tabak zu erbetteln versuchen, stimmt uns nachdenklich. Ein deutscher Eisenbahner holt ängstlich einen Korb. Wir geben ihm Kartoffeln, die wir in Lowicz organisiert haben. „Seid froh, daß ihr in den goldenen Westen fahrt!" Das gleiche Bild wie in Polen: Er schaut sich ängstlich um und verschwindet sehr plötzlich, als ein offensichtlich linientreuer Bahnhofsvorstand nach dem Rechten sieht. Der Kerl tut großkotzig, und als er von Pit kameradschaftlich angequasselt wird, wird er politisch: „Habt ihr noch nichts gelernt?" – „... Verboten, mit dem Zugpersonal zu sprechen ...

Vorschriften ... Arbeit abhalten ..." – Wortfetzen des ersten heimat-
deutschen Sozialisten dringen durch die Waggontür, die Pit einfach
zugedrückt hat. – „So streng sind da die Bräuche", meint Minka
ironisch. Langsam fahren wir aus dem Bahnhof, der einen reichlich
verwahrlosten, heruntergekommenen Eindruck macht.

Neuer Eindruck: Mit aufgepflanzter Fahne arbeitet eine Frauenbrigade „Ernst Thälmann" am Gleisbau in den Außenanlagen des Frank-
furter Bahnhofs. Lustige Zurufe werden, wenn überhaupt, mit einem
resignierenden, müden Lächeln beantwortet. Nur hier und da winkt
eine Frau. Das hatte ich mir anders vorgestellt. Die Frauen tragen
Männerkleidung, und in diesem Aufzug ist nur wenig Weibliches an
ihnen. „Armes Deutschland", sagt Pit Koch und spuckt ärgerlich auf
den Waggonboden.

Fertigmachen zum Aussteigen

Nach zwei Stunden Wartezeit auf einem Abstellgleis – aus großem
Abstand betrachten uns einige Personen, die sich sichtlich scheuen,
näher an uns heranzukommen – kommt der Befehl: Fertigmachen zum
Aussteigen. Der Gesamttransport soll auf 5000 Mann angewachsen
sein. Sie kommen aus den Lagern Baku, Monsk, Saratow, Leningrad,
Charkow, Moskau, Ural – und wir aus Krasnodar. Wir füllen den
Bahnsteig, und ohne gezählt zu werden, ergießen wir uns auf die
Straße, die zum Durchgangslager Frankfurt/Oder führen soll. Voller
Freude werfen wir unsere Pelzmützen auf Akazienbäume, und es sieht
ulkig aus, wie die Schapkas an den dürren Ästen schaukeln. An der
Straße stehen gutaussehende Häuser, zum Teil nicht beschädigt, zum
Teil aber nur notdürftig ausgebessert. Es müssen Eigenheime sein, und
einer, der hier aus der Nähe ist, sagt, daß dies schon immer ein
Beamtenviertel gewesen sei. Der Straßenbelag sieht nicht gut aus und
ist mit tiefen Schlaglöchern im Asphalt stark angeschlagen. Wir
marschieren schnell, und doch geht es noch nicht schnell genug. Wir
brauchen die ganze Straße, und erst als ein sowjetischer Jeep, mit
Offizieren besetzt, entgegenkommt, wird einem bewußt, daß man
immer noch auf sowjetischem Gebiet marschiert – im sowjetisch
besetzten Teil unseres Vaterlandes.

Fassungslos glücklich

Wir kommen ins Lager Frankfurt/Oder: Baracken, aber kein Stacheldraht. Die Lagerwege sind zum Teil asphaltiert, zum Teil russisch verschlammt. Es vibriert und fiebert in der Masse der Heimkehrer, denn die Heimat ist greifbar nahe, und die Abwicklung kann nicht schnell genug vonstatten gehen. – Entlausung, Baden, Wäscheempfang, wohlschmeckenden, fetten Nudelkasch zum Mittag. – Die Stimmung steigt an. Unsere ostdeutschen Kameraden sind gedrückter; ihre Abfertigung geht schneller als die von uns Westdeutschen. Registriert – Adressenaustausch – erste Verabschiedungen – undramatisch: „Mach's gut, auf Wiedersehen!" – Die ganze Nacht geht drauf.

Wir erhalten unsere Entlassungsscheine

5. Januar 1950, morgens 4.00 Uhr: Nach stundenlangem Anstehen am Lagerpostamt gelingt es mir, ein Telegramm an meine Eltern auf den Weg zu bringen. Es enthält nur zwei Worte: „Komme, Hermann." Endlich erfolgt die Ausgabe der Entlassungsscheine – o glücklicher, jahrelang herbeigesehnter Moment: „Melcher, Hermann, Josef 1928." – „Hier", brülle ich und dränge mich durch die Gruppe der Kameraden, die um den Ausgeber herumsteht. Ich kann es nicht fassen und kneife mich in die Nase – jetzt habe ich es schwarz auf weiß – auf einem kleinen Stück Papier: Das Ministerium der Streitkräfte der UdSSR, Militäreinheit 6/948, bescheinigt dem ehemaligen Kriegsgefangenen Melcher, Hermann, geb. 1928, daß er aus der Kriegsgefangenschaft entlassen worden ist und sich auf der Heimreise nach Heidelberg befindet. Die Rückseite ist russisch beschriftet. Fassungslos glücklich stehen wir mit unseren Entlassungsscheinen, werden von denen, die ihren noch erwarten, weggeschubst – alles egal –, wir sind entlassen.

Der Weg in die Freiheit kann beginnen

Vorher werden wir noch von einem Vertreter der Sozialistischen Einheitspartei begrüßt und verabschiedet. Er macht es kurz, denn das Zischen und Rhabarbergemurmel wird stärker. Wir wollen keine Reichseinheitsreden mehr hören, uns reicht's!

Mit 50,– DM Ost in der Tasche verlassen wir das Lager Frankfurt/ Oder, die meisten mit verwunderten, staunenden Augen, viele krank oder unendlich müde wirkend, aber alle sind wir unsagbar glücklich, und wir hoffen, das letzte Mal Lagerluft geatmet zu haben. Für viele wird das Schicksal noch schwere Prüfungen bringen, und viele können jetzt erst mit der Suche nach Frau und Kindern beginnen. Für mich wird die Suche nach einem Arbeitsplatz im Mittelpunkt stehen, aber ich habe ja meine Eltern, und das ist beruhigend. Man hat noch jemand vor sich stehen, der einem mit Rat und Tat helfen kann, und mit Gottes Hilfe wird es schon zu schaffen sein. Meine Gedanken sind bereits zu Hause, und wie auf Flügeln schwebe ich zum Bahnhof, wo wir gegen Abend in einen Personenzug einsteigen. Ungeheizt, dreckig und zum Teil mit zersplitterten Fenstern fährt der Zug über Guben, Cottbus und Torgau nach Leipzig. Bereits vor Leipzig warnt uns eine mitfahrende Rot-Kreuz-Schwester vor den „Bienchen" in Leipzig: „Männer, wenn ihr gesund nach Hause kommen wollt, dann laßt euch nicht mit Mädchen in Leipzig ein. – Eine gewisse Sorte streunt auf dem Bahnhof herum, und auf Heimkehrer sind sie besonders scharf, weil die die Ostmark meist hier noch absetzen."

„Zweemol Hooreschneiden" in Leipzig

In großen Leuchtbuchstaben steht in Leipzig über dem Bahnhof: „Es lebe Stalin, der beste Freund des deutschen Volkes." Halbwüchsige Uniformierte patrouillieren mit uniformierten Mädchen am Bahnhof auf und ab. Ärmlich gekleidete Menschen hasten durch halbdunkle Straßen. An einem Stand der staatlichen Handelsorganisation HO kaufe ich mir ein Brötchen mit einem Würstchen: „Macht 3,90 Mark." Wir haben vier Stunden Aufenthalt, und beim Bahnhofsfriseur lasse ich mir die Haare schneiden. „Bei Ihnen muß man jo sochen: Zweemol

Hooreschneiden", kommentiert der Figaro meinen russischen Winter-schopf. Nach der Verschönerung fühle ich mich direkt wohl. „Macht egol 6,– Mark." Der Salon war direkt elegant, seine Preise auch! Anschließend geht es zum Zirkus, der unweit des Bahnhofs gastiert. Er zeigt mehr politische Clownerien als Tiere, und noch während der Vorstellung verlassen wir das Zelt, um uns „Leipzsch" näher anzu-schauen.

Rudi Minka und ich gehen zusammen und es dauert gar nicht lange, bis zwei „Damen" auf uns zusteuern: „Na, wie geht's eich denn?" fragt eine primitiv Angemalte. „Danke, gut", sagen wir, und da wir nicht weiter wissen, was wir tun sollen, wollen wir die beiden ins Kino einladen. „Jooo", sagt die eine gedehnt und es scheint ihr nicht so recht zu passen. Sie laufen ein Stück mit uns. In einer dunklen Seitenstraße haken uns die beiden unter, und so lieb, wie sie es fertigbringen, macht die Ältere von beiden einen nicht mißzuverstehenden Vorschlag. Wir merken, daß wir im Umgang mit Frauen, und ganz speziell mit solchen Typen, die reinsten „Blindgänger" sind. Wir murmeln etwas: „Wir haben keine Zeit, unser Zug fährt bald ab." – „Was seid ihr doch für bläde Orschlöcher", meint die Jüngere ärgerlich, und sie lassen uns einfach stehen. Wir schütteln den Kopf und schlendern zum Bahnhof zurück. „An so was muß man sich erst gewöhnen", lacht Minka, und ich gestehe, daß mir das zum ersten Mal passiert ist. Deutlicher ging es ja auch wirklich nimmer.

Wir essen noch zwei Brötchen mit Wurst. „Macht 8,– Mark." Man bekommt das Gekaufte so lieblos auf die Theke geknallt, daß man die Interesselosigkeit der Verkäuferin sofort spürt. Am Bahnhof unterhal-ten wir uns mit einem Mann, der als Gepäckträger arbeitet, aber nur einen Arm hat. Er ist kriegsbeschädigt, bekommt eine kümmerliche Rente und verdient schlecht. Eine alte Frau unterhält sich mit einer anderen Gruppe von Heimkehrern. Ich geselle mich hinzu, kann aber nichts verstehen, da die Stimme der Frau von Tränen erstickt wird. Als eine Streife vorbeigeht, verschwindet sie, und wir machen betretene Gesichter. Gegen Mitternacht geht es weiter: „Seid froh, daß ihr in den goldenen Westen fahrt!" – Diesen Ausspruch hört man oft.

Wir stehen noch lange, bis der Zug Leipzig verläßt. Die Strecke ist eingleisig. Die anderen Gleise wurden demontiert. Unterwegs haben wir auch sehr viel Aufenthalt, und am frühen Morgen sind wir erst in

Altenburg. Brotbettelnde Kinder stehen in Reihen am Bahnhof. Sie bekommen alle Geld von uns. In Plauen trinken wir von einem fliegenden Händler billigen Fusel für die letzten Ostmark, und in Hirschberg sind wir endlich an der Zonengrenze angelangt. Durch eine kleine Baracke laufen wir auf die westliche Seite, wo ein Zug schon unter Dampf steht. Ein Volkspolizist läuft durch die Abteile und fragt nach einem „Georg Schuster". Es meldet sich kein „Schuster", und wenig später fährt der Zug an.

Der Heimat entgegen

Wir fahren nach Westdeutschland. Im Lager Hof/Moschendorf in Bayern werden wir verpflegt und ärztlich gemustert. Wir bekommen so viel, daß wir es nicht schaffen können. Unverzüglich werden wir weitergeleitet, und auf dem Bahnhof müssen wir nur knapp 10 Minuten warten, bis ein Schnellzug einläuft und uns mit 90 km/Std. dem Zielort näher bringt. Landschaften, Dörfer und Städte fliegen vorüber. – In Nürnberg sehen wir den ersten Amerikaner auf dem Bahnsteig stehen. Er wird bestaunt. Die letzten Amerikaner waren die, die uns an die Russen ausgeliefert hatten. Die Leute winken, Kameraden steigen aus, Frauen schreien auf und fallen ihren Männern um den Hals, großgewordene Kinder stehen verlegen dabei. Es gibt Freudentränen – und Tränen des Schmerzes. „Kennt ihr den?" – „Zuletzt gesehen in Saporoschje." – „Vermißt in Königsberg." – Ratata – Ratata – Ratata singt der Zug und dampft weiter, vorbei an vielen, wohltuend aussehenden Dörfern, und auf größeren Stationen wird wieder angehalten. Die Bahnsteige stehen voller Menschen, wir sind angekündigt; Feuerwehrkapellen spielen „. . . in der Heimat, in der Heimat, da gibt's ein Wiedersehn!" Frauen reichen uns Kuchen, Äpfel, Nüsse und Gebäck durch die Fenster, welch ein Unterschied zu der Ostzone!

Von nun an auf jeder Station das gleiche Bild: Aussteigende Kameraden brechen fast zusammen unter der Last der an ihnen hängenden Angehörigen, daneben steht einer wie verloren mit seinem Holzköfferchen – auf ihn wartet niemand. In Augsburg läuten die Glocken, und wir sind überwältigt von diesem Empfang. Man könnte glauben, wir hätten den Krieg gewonnen.

Nachts Ankunft in Ulm. Der Bahnhof ist schwarz von Menschen, und durch das Spalier der Leute drängen wir uns aus dem Bahnhof. Eine Kapelle spielt den „Alte Kameraden"-Marsch, und vor dem Bahnhof formieren wir uns nicht mehr – „po pjatj" – zu fünf, nein, zu dreien wie in alten Zeiten. Vorne stimmen sie ein Marschlied an, das von allen übernommen wird, und zu nächtlicher Zeit schallt es durch die Straßen Ulms:

„Weit ist der Weg zurück ins Heimatland, so weit, so weit.
Dort bei den Sternen überm Waldesrand liegt die neue Zeit.
Jeder brave Musketier sehnt heimlich sich nach ihr;
ja weit ist der Weg zurück ins Heimatland, so weit, so weit."

Befreit vom Nationalsozialismus und Militarismus nach Hause entlassen

Im Staatlichen Durchgangslager Ulm-Kienlesberg werden wir von einem Herrn mit einer sehr herzlich gehaltenen Ansprache empfangen. Ich komme auf Zimmer 22b zu liegen, mein Holzkoffer ist gefüllt mit lang entbehrten Köstlichkeiten: Käse, Butter, Obst und Kuchen. Das Abendessen wird auf Tellern serviert – goldener Westen! Am Morgen: Untersuchung, Verhör durch den amerikanischen CIC: „Wo haben Sie gearbeitet? Was haben Sie gemacht? Haben Sie sich antifaschistisch betätigt...?" Bei einer Versammlung werden die „Antifaschisten" festgestellt. Es hebt ein schwaches Geschimpfe an, aber wir sind zu glücklich, und es ist kein Haß in uns, um Vergeltung durch Prügel zu üben. Wir empfangen 90,– DM Westgeld, und ich kaufe mir zuerst eine Brieftasche und – ein Taschenmesser. Hernach gibt es noch großes Gelächter, denn wir müssen eine Entnazifizierungskommission durchlaufen. Auch ich werde aufgerufen, obgleich ich ja eigentlich unter die sogenannte „Jugend-Amnestie" falle. Die Sache ist aber gleich erledigt. Drei biedere schwäbische Bürger sitzen etwas erhöht hinter einem Podest auf ihren Hockern, damit das Gerichtsmäßige ihres hohen Amtes wahrscheinlich gebührend zum Ausdruck kommt. Der Vorsitzende fragt: „Melcher, Hermann, 21. 5. 28 geboren?" – „Jawohl", antworte ich, während der zweite Mann schon auf seiner Maschine klappert. „Sie waren bei der

Waffen-SS!?" – „Jawohl." – Und der Vorsitzende diktiert seinem Sekretär in die Maschine: „Der Obengenannte wurde nach den Angaben in seinem Meldebogen, die durch seine eidesstattliche Erklärung ergänzt werden, zwangsweise zur Waffen-SS eingezogen. Er fällt somit nicht unter Teil A, Abschnitt E II/1, der Anlage zum Gesetz Nr. 104 und ist vom Gesetz nicht betroffen. Das Verfahren war daher einzustellen."

Ich bin ja etwas erstaunt, denn ich habe weder einen Meldebogen ausfüllen müssen, noch habe ich eine eidesstattliche Erklärung abgegeben, zwangsweise zur Waffen-SS eingezogen worden zu sein. Aber was soll's! Warum soll ich den Herrn erklären, die es sicher gut mit mir meinen und denen es keinen Spaß zu bereiten scheint, Spätheimkehrer entnazifizieren zu müssen, daß ich mich freiwillig gemeldet hatte und von Zwang nie die Rede sein konnte. So kann ich denn den Einstellungsbeschluß der Zentralspruchkammer Nord-Württemberg unter dem Aktenzeichen Q/H/ 122 651, unterschrieben vom öffentlichen Kläger Kaiser, gleich mitnehmen. Neben der Unterschrift steht noch in Großbuchstaben geschrieben:

DIE ENTSCHEIDUNG IST RECHTSKRÄFTIG

Befreit vom Nationalsozialismus und Militarismus, gemäß Artikel 33, Absatz 5 vom 5. März 1946, fahren wir am 7. 1. 1950 mittags gegen 17.30 Uhr vom Hauptbahnhof Ulm in Richtung Heidelberg ab. Karl Petri aus Walldorf und Fritz Wehe aus Friedrichsfeld sind mit im Abteil. Geislingen, Göppingen, Esslingen, Stuttgart – schnell – schnell – schnell – ratata ratata – Bruchsal, Walldorf –. „Mach's gut, Karl!" – Wir ziehen die Fenster herunter, der kalte Zugwind kümmert uns nicht – altvertrauter Römerübergang – Heidelberg Hauptbahnhof. – Mach's gut, Fritz!" – Holzkoffer in der Hand – Bahnsteig ist menschenleer – ein wenig scheu schaue ich mich um – ich könnte jetzt nicht ausdrücken, was ich fühle und was ich denke –, überglücklich – ein paar Leute, die von der Sperre herkommen, schauen mir nach: „Oh, ein Rußlandheimkehrer – wie jung der noch ist!" Ich lächle die Leute an. Bahnsteig – Kontrolle. „Hallo, Taxi!" Der Holzkoffer fliegt ins Rückteil. „Pfaffengrund", sage ich zu dem Fahrer und spüre, wie meine Stimme unsicher klingt – der fährt mit Vollgas und will von Rußland erzählt haben. „Gut, daß es vorbei ist", sage ich zu ihm, und er gibt sich mit der Auskunft zufrieden. Czernybrücke, Reichsbahnsportplatz, Marktplatz

– Reiherstraße!!! Herrgott, bin ich glücklich, daß ich das erleben darf. – Ich springe aus dem Wagen. – „Herzlich Willkommen", prangt ein mit Tannengrün geschmücktes Schild über dem Gartentor. – Ich wandle wie im Traum – trommle mit beiden Händen mein altes Signal an den Fensterladen. „Das ist er!!!" ruft es freudig erregt von drinnen. – Die Tür fliegt auf, und ich falle meinen Eltern in die Arme. „Wie gut, daß du wieder da bist", ruft meine Mutter unter Tränen. „Wir sind überglücklich!"

Ein neuer Abschnitt des Lebens beginnt, und alles Schwere, was hinter mir liegt, scheint zu versinken.

Inhaltsverzeichnis

Marsch nach Prag 7
Feindberührung 9
Ungewißheit zehrt an den Nerven 10
Ran an den Feind 10
Straßenkampf 11
In Prag ist die Hölle los 12
Dezimierte Schwadron 15
Ludescu bringt die Meldung vom Kriegsende 16
Noch kampf- und abwehrbereit 18
Auf die Pferde 19
Fliegeralarm 20
Straße der Hoffnung 20
Straße des Elends und der Angst 22
Die Russen kommen 22
Stop durch Feldgendarmen 24
Untersturmführer Köhler befiehlt Abmarsch 25
Wir erreichen die amerikanischen Linien 27
In US-amerikanischer Kriegsgefangenschaft 28
Merkwürdiges Verhalten der Amerikaner 29
Russen stehlen meine Taschenuhr 31
Morgendlicher Zählappell 32
Bombenstimmung 33
21. Mai 1945 – Schicksalstag 34
„Make snell – nach Hause" 36
Die Auslieferung an die Sowjets 37
Brezova Hora 39
Im Wald von Pribrams: Tschechischen Partisanen freigegeben . . 41
Wehe den Besiegten 44
Das große Treiben nach Osten 47
Im Gefangenen-Lindwurm 48
Sammellager Königssaal 51
Erste Registrierung 53
Wir fassen Verpflegung und bauen Notunterkünfte 54
Der „Natschalnik Schdaba" schießt auf ein Liebespaar 56
Wir tragen „Platte" 57

Wieder unter alten Kameraden 57
Fata Morgana der Hungrigen 58
Tschechische Posten spielen verrückt 59
Philosophische Gespräche unter der Zeltplane 62
„Baden" in der Moldau 64
Quer durch Böhmen 65
Lager Bistritz 66
Mit Blutdurchfall auf dem Weitermarsch 69
Fütterung am Wege 70
Vier Mann unter einer Decke 71
Durchgangslager Deutsch-Brod 73
Weitermarsch Richtung Südost 75
Ankunft in Brünn 76
Lager UFPPL 33 der ukrainischen Front, Kuhberg/Brünn . . . 79
Häufiger Besucher einer „sozialistischen Bildungsstätte" 83
Hungerphantasien 85
Ein Transport geht nach Hause 88
Erste Nachrichten am Anschlagbrett 89
Entscheidende Musterungen 91
Die Würfel sind gefallen 93
Im Verladelager Brünn 93
Kochgeschirr-Antifaschisten am Werk 95
Wir werden verladen 96
Im Waggon 97
Wir fahren und fahren 99
Kienzle, der SA-Sturmführer 100
Parolen bestimmen Gefühle 102
Die grüßenden Glocken von Esztergom 105
Zwei hauen ab 106
Die Zahl der Gefangenen stimmt wieder 109
Der Elsässer Eberhardt dreht durch 112
Unsere Erziehung war hart 112
Spuren des Krieges 113
Das Ende des Elsässers Eberhardt 114
Abnorme Reaktionen beim Wasserempfang 116
„Bad" im unbekannten Fluß 116
Durch das Banat 117

An Plojesti vorbei 118
Aussteigen in Ramnicul Sarat/Rumänien 119
Ein Durchgangslager großer Stils 119
Katastrophaler Wassermangel 121
Die Skelette in den „Hasenkuhlen" 121
Dammbruch zwischen den Kotgruben 122
Erste Begegnung mit dem Komitee „Freies Deutschland" 123
Ich brenne und schneide meine Blutgruppentätowierung heraus . 124
„Linker Arm hoch!" 127
Vom Komitee verhört und gefilzt 127
Eine Tagebuchnotiz hilft mir 129
1000 Mann „Politische" 130
Schikanen nehmen zu 130
Stellungsbau unter verschärften Bedingungen 131
„Der Deutsche ist des Deutschen schlimmster Feind" 132
„Paulchen" entgeht mit Mühe dem Lynchen 134
Auf russische Breitspur verladen 135
Gemeinsames Schicksal schweißt zusammen 137
Ankunft in Taganrog, Lager 4 138
Die Lagerprominenz wird von Ungarn gestellt 139
Jeden Tag der gleiche Zirkus und dasselbe Drama 140
Straßenkehrer in Taganrog 141
Begegnung mit Mütterchen Rußland 141
Beim Kommando „Tranwajnij-Park" 142
Wir bewundern den alten Wassiljewitsch 143
Überraschung im Lager 144
Der planierte deutsche Soldatenfriedhof Taganrog 145
Arbeitskommando Kolchose 146
Drückende Winde donnern 150
Ungewohnte Kost rächt sich 151
In Unterhose beim Morgenappell 153
Wer gehen kann, ist nicht krank 154
Krankeneinsatz im Hafen Taganrog 156
200 % Normerfüllung 158
Kommando Rollbahn 159
Eine Ärztin belebt das Lagerbild 160
Ereignisreicher Nachmittag 161

Es wird wieder gemustert 162
Abtransport aus Taganrog 163
Wir dösen dem Fahrtziel entgegen 163
Im Lager Tichorezkaja 164
Abmarsch aus Tichorezkaja 167
Ein Kamerad wird erschossen 168
Ausgekochte Strauchritter in der Uniform der Roten Armee . . . 169
Ankunft im neuen Lager: ein schilfbedeckter Stall in der Steppe . 171
Die Empfangsworte des Kommandanten 172
Wir werden in den Stall eingewiesen 174
Der erste Tag im Kuhstall-Lager 422 174
Die Oktoberrevolution fällt für uns aus 176
Vom Traum in die rauhe Wirklichkeit 177
Überall Dreck und Schmutz 179
Auf „Holzsuche" bei eisigem Wind 180
Die triefenden Nasen gefrieren zu spitzen Zapfen 180
Ein Flämmchen wird zur Flamme 181
Gespenster unterwegs 183
Nowo Djetschokowka kennt keinen Tag und keine Nacht 184
Krasse Temperaturwechsel beim Kommando Ziegelei 184
Der Tod des Kameraden Weiß 185
Vaselinsalbe und Maschinenöl sind die einzigen „Medikamente" . 187
Katastrophale Zustände 187
Badespuk in der Banja 188
Den Schlaf des Gefangenen schläft in Djetschkokowka
niemand allein 189
Mit Panjepferden unterwegs 190
Die „Musik" der Blechbüchsen 192
Ein Zugochse bricht zusammen 193
Mais – die Währung der Plennis 194
Das Mißgeschick mit dem Kolchosenochsen „Anastas" 195
Kommando „Elewator" 196
Getreideberge spenden uns Wärme 196
Zwölf Waggons mit Getreide beladen 198
Ein Hahn entwischt 199
Das große Läuseknacken 200
Es gibt „Abfallkohle" 201

505

Freß-GmbHs der Geschirrbesitzer und der Geschirrlosen 202
Der Kuh-Huf im Kochgeschirr 203
Ein Millionär in Djetschokowka 204
Das elende „Warum" 205
Ein heruntergekommener Haufen 205
Menschen ohne Maske 206
Mäuse in Massen 209
69 Mann zur Arbeit – 50 krank 211
Auf Schilf-Kommando 212
Anton – der Kameradenschinder 212
Erschöpfender Rückweg 213
Es gibt Winterklamotten 213
Kommt das Ende? 215
„K & K", das Beerdigungskommando 216
Heiligabend 1945 in Djetschokowka 217
Spatzen als Weihnachtsmenü 219
Mein erbärmliches Konterfei im Fensterglas 222
Eine grimmige Tortur 223
Die freundliche Unbekannte 224
Schwester „Vaseline" verfügt meine Einweisung in das Lazarett . 225
Internationale Offizierskeilerei 226
„Sanitäter Hans" weist mir meinen Platz im Lazarett zu 227
Asyl des Elends 229
Es kommt eine Kommission 231
Die Direktiven der Kommission werden nicht befolgt 233
Im Magazin „reißen" wir ein halbes Brot 233
Der letzte Appell in Djetschokowka 236
Die Überlebenden verlassen Djetschokowka 236
Schlimme Szenen auf dem Bahnhof Armavir 238
Durch hohen Schnee zum neuen Lager 239
Halluzinationen des Hungers 239
Um 2.00 Uhr morgens: 52 Mann vor dem Lager Armavir 240
Sammellager des Elends 241
Eingewiesen in Erdbunker 243
Plennikommandant Michalaki setzt sich in Szene 245
Entlausung und Totalfilzung durch ungarische Lagerganoven . . 246
Ich ekle mich vor mir selbst 247

Mit stumpfen Messern blankgescheuert 248
Kapitänarzt Iljitsch kümmert sich um uns 249
Ein feiner Pinkel holt uns ab 251
Einweisung in den Krankenpavillon 253
Kamerad Fritz Richards ist mein Pritschennachbar 254
Klare Worte des deutschen Pavillonarztes 255
Weinkrampf nach dem Essenempfang 255
Ein Ausspruch zum Einprägen 257
Einfachste Behandlungsmethoden 258
Gezeichnet und geplagt 259
Medizinische Raritäten 260
Tabak verhilft zu besonderem Glücksempfinden 261
Ich wollte Karl Marx begreifen 262
Schwester Gertrud weckt Erinnerungen 264
Man spricht über Schwester Gertrud 265
Winston Churchill wird uns als Feind des russischen
Volkes präsentiert 265
Es darf gelacht werden 268
Ein HJ-Führer und ein Pater sind unsere führenden
Antifaschisten 268
Heilungstendenzen erkennbar 270
Abschied von Fritz Richards 271
Aus dem Krankenpavillon entlassen 273
Festmeeting auf dem Appellplatz 274
Der erste Postempfang 276
Violinkonzert und Fußballmatch 276
Paradenmarsch als Disziplinübung 278
Unser Bunker 47 wird prämiert 279
Die deutsche Lagerprominenz von Djetschokowka im Strafzug
des Lagers Armavir 280
Ein Wiedersehen mit Kamerad Pferd 281
Gemütliches Steinetragen 282
Sauhatz auf russisch 283
Letzter Arbeitseinsatz in Armavir 284
Zum Abmarsch bereit 284
Blitzmusterung 285
Wir verlassen Armavir 286

Wo geht es hin? 287
Erste Eindrücke von Noworossijsk 289
Ankunft im Lager 148/7 Noworossijsk 290
Mit „Karacho" durch Noworossijsk 291
Stop auf der Halbinsel Malaja Semlja – Kleines Land – bei
Noworossijsk, dem besten Weinanbaugebiet dieser Gegend . . . 292
Oberst Dr. Neumann – ein Mann mit Herz 294
Zurück nach Noworossijsk, Lager 148/2 295
Organisiertes Durcheinander in den ersten Tagen 296
Die gefährlichste Figur – der sowjetische Kommandant Mitow . . 298
Bildung eines antifaschistischen Aktivs 301
Arbeitsinspektor Panfilow verbreitet Angst 301
Große Überraschung am 8. Juni 1946 303
Oberstrichter Dr. Neumann wird abgeführt 304
Kommando Kollektorreinigung 305
Der unvergeßliche Nikolai 307
Eichenrinde gegen „Dünnpfiff" 309
Kommandant Mitow hält eine Drohrede 310
Verschärfte Bewachung 311
Pausen im „Geheim-Salon" 313
Pech bei Fluchtversuch im Lager 4 315
Jeden Abend Rabatz 316
Spuren im Kies 317
Helmut Kolbach hat eine makabre Idee 319
Eine Wolgadeutsche 322
In einer russischen Mietskaserne 324
Turbulenzen im Lagerbereich 325
Ein Reinfall mit versöhnlichem Ausklang 326
Die erste Post von zu Hause 329
Trübe Aspekte für die Zukunft 330
„Planlose Planung" 331
Wir magern wieder ab 334
Der eiskalte Nordostwind macht uns schwer zu schaffen 334
Der Sturm wird zur Plage 338
Raubüberfälle auf Essenholer 341
An einem Kameradendieb wird ein Exempel statuiert 342
Trostlosigkeit von Hunger und eisigem Sturm 345

Befehlsverweigerung auf Baustelle „Kino Moskau" 347
Vom Arbeitslager zum Krankenlager 348
Einsatz als WK-Mann mit ehemaligem SS-Koppel 351
Die Rotarmisten exerzieren wie die Preußen 352
Beobachtungen auf verschiedenen Baustellen 352
Ich werde Illustrator der Wandzeitung 353
Wieder abkommandiert zur Arbeitsbrigade 354
Gustav, der Berliner, läßt sich vollaufen 355
Wir mogeln uns die Norm zusammen 357
Als Bestarbeiter ausgezeichnet 358
In das Antifaschistische Komitee des Lagers gewählt 359
Nikolai ist wieder Spitze 359
„Aufgaben nach unserer Heimkehr" 361
Festmeeting der „Freien Deutschen Jugend" im Lager VII . . . 362
Oberleutnant Schmalkow will meinen Lebenslauf 366
Mit sofortiger Wirkung vom Antifaschistischen Lagerkomitee
ausgeschlossen 367
Arbeit als „Stukkateurlehrling" und Parkettschleifer 368
Verdammt und verdonnert 369
Mit schneller Pfuscharbeit die Norm erfüllt 370
Je verbotener die Arbeit, je höher die Prozente 370
Die Einweihung der Schule III 371
Vom Holzplatz zum Sägegatter 371
Tang gegen Läuse – Gerüchte nach Visite eines Generals 372
Wir sehen einen Hetzfilm aus der Kriegszeit 373
Ursachen und Wirkung 375
Wir verlassen Noworossijsk 376
Fragezeichen der Ungewißheit 377
Halt in Sotschi – Fahrt ins Gebirge 377
Ankunft im Lager 148/14 Krasnaja Poljana 379
Erster Arbeitstag 380
Es gehen drei Schichten zur Arbeit 381
Das Lager wird auf volle Stärke gebracht 381
Angst vor Unterleutnant Radschenko 382
Ich schiebe Nachtwache 382
Eine Porträtzeichnung für 20 Kartoffeln 383
Ein Festessen mit Folgen am Heiligen Abend 1947 384

Arbeitsplatz II Utschastok 385
Vom Erholungsheim zum Kommando Steinbruch 385
Ein Felssturz wird uns fast zum Verhängnis 387
Ein Brief nach Hause 389
Als „amtliche Produkteträger" bestellt 389
Faschisten und Saboteure für den Strafzug 391
Kamerad Roland Weimar wird denunziert 392
Ein Aktivist und Bestarbeiter fällt in Ungnade 393
Auf der Bestarbeiterliste 395
Zementausladen in Adler bei Sotschi 395
Antifa-Besuch aus Poljana 398
Wir bleiben als Stammannschaft in Adler 398
Der Deschournij-Offizier aus Poljana prügelt sein Täubchen . . . 400
Wette mit Wellengang 401
Mit Malaria zurück nach Poljana 402
Viele Veränderungen in Poljana 404
Ich erhalte Nachricht vom Tod meiner Schwester 404
Kommando „Tunnel II. Bezirk" 405
Entlassungstermin verlängert 407
Fünf Kameraden verunglücken tödlich 408
Zur Erdbewegung im III. Bezirk 409
Ein Lager ist wie eine Diktatur 409
Liebe zwischen Männern 410
Sonderschichten zu Ehren Adolf Henneckes 411
Der 14. Zug ist gut zusammengesetzt 411
Überraschungen am Heiligen Abend 412
Bildung wird großgeschrieben 414
Ein grausiger Fund 415
Mein Freund Hans Wilmes 415
Hans weckt mich mit Stichwort 416
Verliebt in Challa, die Komsomolzin 416
Challa kommt nicht mehr 419
Im „Knusperhäuschen" springt mein Unterkiefer raus 420
Auf der Stancia sieht es böse aus 423
Das E-Werk läuft und liefert Strom nach Sotschi 424
Wie Verpflegungsketten entstehen 424
Arbeitsrekorde 425

Neuer Malaria-Anfall 426
Pech am laufenden Band 427
Kamerad Müller mauert das Bild seiner Frau ein 428
Der russische Feldscher interessiert sich für meine
Blutgruppennarbe 429
„Die erste demokratische Wahl unseres Lebens“ 430
Auf dem Olympiaacker von Krasnaja Poljana 430
Ein Zweckopportunist 432
Unsere Theatergruppe in Aktion 433
Auf der Arbeitsehrentafel der Kriegsgefangenenzeitung
„Nachrichten“ 437
Teilnehmer am Antifasportfest 438
Stolz auf „unser Werk“ 439
Die Gerüchteküche kocht wieder 440
Wieder im „Knusperhäuschen“ 440
Zehn leicht verdiente Rubel 443
Nervöse Stimmung im Lager 444
„Steh' auf, ihr kommt weg!“ 445
Abtransport aus Poljana 447
Wir fahren bis Sotschi 447
Ankunft im Lager 7148-E Tuapse 448
Auf zur Baustelle „Observatorium“ 449
Vom „Observatorium“ zum „Gespensterschiff“ 451
Die Gründung zweier deutscher Staaten am Anschlagbrett . . . 452
Politische Schulungsabende mit Major Griszenko 453
„Wachet auf, Verdammte dieser Erde . . .“ 454
Friedhofsaktion im Bereich des Lagers Tuapse 455
Bangen zwischen Abtransport und Heimkehr 457
Oberstleutnant Agadin sagt: „Ihr fahrt alle nach Hause“ 458
Ein fatales Gerücht wird zur Wahrheit 459
Abtransport aus Tuapse 460
Wir sind in Krasnodar 461
Das Regime-Lager IX Krasnodar – ein Stacheldrahtfestung . . . 462
Die NKWD-Vernehmungsmaschine läuft Tag und Nacht 466
Abkommandiert nach Tschernikow 468
Ich stelle einen Holzdieb 471
Besprisornik Alexander hat Heimrecht an unserem Feuer 472

511

„Stalin nix gut" 473
Eine unvergeßliche Begegnung 474
„Bei uns ist es am schönsten . . ." 476
Mit Kosaken am Feuer 476
Zurück ins Regime-Lager IX 477
30 km werden zur Ewigkeit 481
Die große Angst geht um 481
Am 19. 12. 1949 wird die Heimkehr angekündigt 482
Eine bemerkenswerte Schlußansprache 484
Der letzte Appell 485
Wir fahren westwärts 486
Dank an Stalin 487
Es geht uns zu langsam voran 488
Heiliger Abend 1949 auf freier Strecke 489
Banges Warten vor Brest-Litowsk 489
Eine Nacht, die man nicht vergißt 490
Endlich abgefertigt 491
Wir verlassen die Sowjetunion 491
Ankunft Frankfurt/Oder Hauptbahnhof 493
Fertigmachen zum Aussteigen 494
Fassungslos glücklich 495
Wir erhalten unsere Entlassungsscheine 495
Der Weg in die Freiheit kann beginnen 496
„Zweemol Hooreschneiden" in Leipzig 496
Der Heimat entgegen 498
Befreit vom Nationalsozialismus und Militarismus
nach Hause entlassen 499